ESCRITORXS SALVAJES

Hernán Vera Álvarez (ed.)

ESCRITORXS SALVAJES.

37 Hispanic writers in the United States

De la presente edición, 2019:

© Hernán Vera Álvarez
© Editorial Hypermedia

Editorial Hypermedia
www.editorialhypermedia.com
www.hypermediamagazine.com
hypermedia@editorialhypermedia.com

Edición: Ladislao Aguado
Diseño de colección y portada: Herman Vega Vogeler
Corrección y maquetación: Editorial Hypermedia

ISBN: 978-1-948517-47-8

ÍNDICE

A mi hermana Pilar

APUNTES (PARA UN PRÓLOGO DE UN LIBRO SALVAJE)

UNA ANTOLOGÍA DEL FUTURO

En diciembre regreso a ciertos films de mi niñez. No lo hago por nostalgia sino por el tiempo libre que esta época del año finalmente permite: otra vez disfruto de obras que conservo como un tesoro privado. Uno de aquellos tesoros es *The Time Machine* (1960), película basada en la novela homónima de H. G. Wells, del director George Pal y con Rod Taylor como el científico que viaja hacia el futuro. Al núcleo de ciencia ficción lo rodea una historia de amor y amistad, algo de nihilismo, mucho de fantasía, y un terror con aires a pesadilla despierta. En la última escena, Taylor, que ha vencido a los "Morlocks"–especie primitiva devenida de los humanos– regresa al pasado con una única misión: llevarse tres libros que le servirán para construir los cimientos de una nueva época. Nunca sabremos los libros que Taylor eligió pero el misterio seduce.

Este libro tiene algo de ese anhelo: es una antología que, escrita en el presente, se proyecta hacia el futuro. Reúne a una treintena de autores que en español –y ocasionalmente en inglés– ha formado un corpus creativo sumamente interesante durante las primeras décadas del siglo XXI.

ETIQUETAS

"¿Latino? ¿Hispano?" A veces, la palabrita/adjetivo se vuelve una etiqueta difícil de aceptar. Con el tiempo pesa menos, y uno se lo toma en gracia, ya que el ser "un escritor latino (o hispano)" no es una molestia que conlleva oscuros pensamientos, al contrario, es algo mucho más fácil de entender a medida que se vive en este país: la sociedad norteamericana necesita encasillarlo todo para dejar de lado cierta paranoia que viene desde los tiempos de la Guerra Fría.

Aun así, con el cartelito sobre nuestras espaldas, también lo aceptamos por una sencilla razón: produce visibilidad. La población hispana en Estados Unidos crece rápidamente: en el 2017 había 58,9 millones, según las últimas estimaciones del censo estadounidense. A su vez, el español se ha expandido como un agradable virus –los políticos de derecha hablarían de pernicioso...

Pasaportes quemados

Llegué a tierra estadounidense en mayo del 2000. Para ese entonces, el único referente que un veinteañero aprendiz de escritor iberoamericano tenía al alcance de la mano era *Se habla español*, antología de Edmundo Paz Soldán y Alberto Fuguet que reunía autores que vivían o pasaban por el país y narraban su experiencia.

En los años siguientes el número creció de manera vertiginosa. Esta vez no solo venían a hacer posgrados sino que las distintas olas migratorias, ahora con jóvenes provenientes de Argentina, Chile, Colombia, España, Perú y por supuesto Venezuela –sin olvidar las históricas del Caribe, México y Centroamérica– comenzaban a dibujar un mapa de la literatura en castellano impensado décadas atrás.

A pulso con los nuevos tiempos se abrieron maestrías de Escritura Creativa en Español en las universidades de Iowa, Nueva York y Texas. Recientemente, la escritora y docente Cristina Rivera-Garza dobló el desafío e inauguró un Doctorado en la universidad de Houston.

Trans

De la misma manera que en el nuevo milenio los géneros sexuales languidecen, por fortuna, lo mismo ocurre con los literarios. Esta antología incluye cuento, poesía, crónica, ensayo personal y novela. Muchos de los textos están felizmente contaminados de uno y otro estilo.

Toda literatura es una experiencia. Salvo un par que publicó en los 90, este trabajo reúne autores que en casi dos décadas hicieron una obra en tierra norteamericana: algunos describen la relación con el país extranjero en el que viven; a la vez, los escenarios se extienden por el resto del mundo. Es decir: los escritores que ya están afincados no siguen necesariamente hablando de inmigración, indocumentados, etc. Ya lo hicieron y ahora tienen nuevas obsesiones.

Otro rasgo distintivo y acorde con el siglo XXI es la incorporación de mujeres. Subrayo: siempre estuvieron allí, pero las antologías casi no daban cuenta de ellas. Del total de 37 creadores, 16 son mujeres.

Esta obra es trans, también, por una sencilla razón: los autores son parte de esa biblioteca cada vez más grande que es la literatura escrita en español en Estados Unidos que construye puentes con las de America Latina y España. Son creadores de varias tradiciones.

AY REMEMBER

Me gustan las antologías, hacerlas y leerlas. En mi primera juventud en Buenos Aires solía deambular por las librerías buscando alguna gema oculta. Por trabajos de este tipo descubrí autores que de otra manera hubiera sido imposible.

Las antologías se alejan de las grandes avenidas y se adentran en la parte más íntima de la literatura.

Como señala Borges en su libro de ensayos *Otras inquisiciones*, la única prueba que tiene Coleridge de haber estado en el paraíso –como Taylor del futuro– es una flor.

Ojalá que este libro guarde para los lectores del presente y futuro una salvaje e irreverente belleza.

Vera
Design District, Miami, 31 de enero 2019

Liliana Colanzi

Liliana Colanzi (Santa Cruz, Bolivia, 1981). Publicó los libros de cuentos *Vacaciones permanentes* (2010) y *Nuestro mundo muerto* (2017). Ha colaborado en medios como *Letras Libres, Gatopardo, Granta, Orsai* y *The White Review.* Ganó el premio de literatura Aura Estrada, México, 2015. Fue seleccionada entre los 39 mejores escritores latinoamericanos menores de 40 años por el Hay Festival, Bogotá 39-2017. Vive en Ithaca, Nueva York, y enseña literatura latinoamericana en la universidad de Cornell. *Nuestro mundo muerto* fue finalista del Premio de cuento Gabriel García Márquez y ha sido traducido al inglés, francés, italiano y holandés.

LA OLA

La Ola regresó durante uno de los inviernos más feroces de la Costa Este. Ese año se suicidaron siete estudiantes entre noviembre y abril: cuatro se arrojaron a los barrancos desde los puentes de Ithaca, los otros recurrieron al sueño borroso de los fármacos. Era mi segundo año en Cornell y me quedaban todavía otros tres o cuatro, o puede que cinco o seis. Pero daba igual. En Ithaca todos los días se fundían en el mismo día.

La Ola llegaba siempre de la misma manera: sin anunciarse. Las parejas se peleaban, los psicópatas esperaban en los callejones, los estudiantes más jóvenes se dejaban arrastrar por las voces que les susurraban espirales en los oídos. ¿Qué les dirían? No estarás nunca a la altura de este lugar. Serás la vergüenza de tu familia. Ese tipo de cosas. La ciudad estaba poseída por una vibración extraña. Por las mañanas me ponía las botas de astronauta para salir a palear la nieve, que crecía como un castillo encima de otro, de manera que el cartero pudiera llegar a mi puerta. Desde el porche podía ver la Ola abrazando a la ciudad con sus largos brazos pálidos. La blancura refractaba todas las visiones, amplificaba las voces de los muertos, las huellas de los ciervos migrando hacia la falsa seguridad de los bosques. El viejo Sueño había vuelto a visitarme varias noches, imágenes del infierno sobre las que no pienso decir una sola palabra más. Lloraba todos los días. No podía leer, no podía escribir, apenas conseguía salir de la cama.

Había llegado la Ola y yo, que había pasado los últimos años de un país a otro huyendo de ella —como si alguien pudiera esconderse de su abrazo helado—, me detuve frente al espejo para recordar por última vez que la realidad es el reflejo del cristal y no lo otro, lo que se esconde detrás. Esto soy yo, me dije, todavía de este lado de las cosas, afinando los sentidos, invadida por la sensación inminente de algo que ya había vivido muchas veces.

21

Y me senté a esperar.

¿Siente cosas fuera de lo normal?, preguntó el médico del seguro universitario, a quien le habían asignado la tarea de registrar la persistencia de la melancolía entre los estudiantes.

No sé de qué me está hablando, dije.

Esa mañana me había despertado la estridencia de miles de pájaros aterrados sobrevolando el techo de la casa. ¡Cómo chillaban! Cuando corrí a buscarlos, tiritando dentro de mis pantuflas húmedas, solo quedaban finas volutas de plumas cenicientas manchando la nieve. La Ola se los había llevado también a ellos.

Pero, ¿cómo contarles a los demás sobre la Ola? En Cornell nadie cree en nada. Se gastan muchas horas discutiendo ideas, teorizando sobre la ética y la estética, caminando deprisa para evitar el flash de las miradas, organizando simposios y coloquios, pero no pueden reconocer a un ángel cuando les sopla en la cara. Así son. Llega la Ola al campus y arrastra de noche, de puntillas, a siete estudiantes, y lo único que se les ocurre es llenarte los bolsillos de Trazodone o regalarte una lámpara de luz ultravioleta.

Y pese a todo, creo sinceramente que debe haber un modo de mantenerla a raya a ella, a la Ola. A veces, como chispazos, intuyo que me asomo a ese misterio, solo para perderlo de inmediato en la oscuridad. Una vez —solamente una— estuve a punto de rozarlo. El asunto tiene que ver con la antena y se los voy a contar tal como lo recuerdo. Sucedió durante los primeros días de la temporada de los suicidios. Me sentía sola y extrañaba mi casa, la casa de mi infancia. Me senté a escribir.

Cuando llegué a Ithaca, antes de enterarme de Rancière y de Lyotard y de las tribulaciones de la ética y estética, creía ingenuamente que los estudios literarios servían para mantener encendida la antena. Así que alguna que otra noche, después de leer cien o doscientas páginas de un tema que no me interesaba, todavía me quedaban fuerzas para intentar escribir algo que fuera mío. El cuento que quería escribir iba del achachairú, que suena a nombre de monstruo pero se trata, en realidad, de la fruta más deliciosa del mundo: por fuera es de un anaranjado violento y por dentro es carnosa, blanca, dulce, ligeramente ácida, y por alguna razón incomprensible se da únicamente en Santa Cruz. Deseaba poder decir algo sobre esta fruta, algo tan poderoso y definitivo que fuera capaz de regresarme a casa. En mi cuento había achachairuses, pero también un chico y una chica, y padres y hermanos y una infancia lejana en una casa de campo que ya no existía sino en mi historia, y había odio y dolor, y la agonía de la felicidad y el frío de la muerte misma. Estuve sentada hasta muy tarde tratando de sintonizar con los conflictos imaginarios de estos personajes imaginarios que luchaban por llegar hasta mí. En un determinado momento sentí hambre y fui en busca de un vaso de leche. Me senté junto a la ventana mirando cómo la ligera nieve caía y se desintegraba antes de tocar la tierra congelada donde dormían escondidas las semillas y las larvas. De pronto tuve una sensación muy peculiar: me vi viajando en dirección opuesta a la nieve, hacia las nubes, contemplando en lo alto mi propia figura acodada a la ventana en esa noche de invierno.

Desde arriba, suspendida en la oscuridad y el silencio, podía entender los intentos de ese ser de abajo —yo misma— por alcanzar algo que me sobrepasaba, como una antena solitaria que se esfuerza por sintonizar una música lejana y desconocida. Mi antena estaba abierta, centelleante, llamando, y pude ver a los personajes de mis cuentos como lo que en verdad eran: seres que a su vez luchaban a ciegas por llegar hasta mí desde todas las direcciones. Los vi caminando, perdiéndose, viviendo: entregados, en fin, a sus propios asuntos incluso cuando yo no estaba ahí para escribirlos. Descendían por mi antena mientras yo, distraída con otros pensamientos, bebía el vaso de leche fría en esa noche también fría de noviembre o diciembre, cuando la Ola todavía no hacía otra cosa que acariciarnos.

De tanto en tanto algunas de las figuras —un hombre de bigote que leía el periódico, un adolescente fumando al borde de un edificio, una mujer vestida de rojo que empañaba el vidrio con su aliento alcohólico— intuían mi presencia y hacían un alto para percibirme con una mezcla de anhelo y estupor. Tenían tanto miedo de mí como yo de la Ola, y ese descubrimiento fue suficiente para traerme de regreso a la silla y al vaso de leche junto a la ventana, al cuerpo que respiraba y que pensaba y que otra vez era mío, y empecé a reír con el alivio de alguien a quien le ha sido entregada su vida entera y algo más.

Quise hablar con las criaturas, decirles que no se preocuparan o algo por el estilo, pero sabía que no podían escucharme en medio del alboroto de sus propias vidas ficticias. Me fui a dormir arrastrada por el murmullo de las figuritas, dispuesta a darles toda mi atención luego de haber descansado. Pero al día siguiente las voces de las criaturas me evadían, sus contornos se esfumaban, las palabras se desbarrancaban en el momento en que las escribía: no había forma de encontrar a esos seres ni de averiguar quiénes eran.

Durante la noche mi antena les había perdido el rastro.
Ya no me pertenecían.

De chica, cuando la Ola me encontraba por las noches, corría a meterme en la cama de mis padres. Dormían en un colchón enorme con muchas almohadas y yo podía deslizarme entre los dos sin despertarlos. Me daba miedo quedarme dormida y ver lo que se escondía detrás de la oscuridad de los ojos. La Ola también vivía ahí, en el límite del sueño, y tenía las caras de un caleidoscopio del horror. La estática de la televisión, que permanecía encendida hasta el amanecer, zumbaba y parpadeaba como un escudo diseñado para protegerme. Me quedaba inmóvil en la inmensa cama donde persistían, divididos, los olores tan distintos de papá y mamá. Si viene la Ola, pensaba, mis padres me van a agarrar fuerte. Bastaba con que dijera algo para que uno de los dos abriera los ojos. Y vos, ¿qué hacés aquí?, me decían, aturdidos, y me pasaban la almohada pequeña, la mía.

Mi padre dormía de espaldas, vestido solo con calzoncillos. La panza velluda subía y bajaba al ritmo de la cascada pacífica de sus ronquidos y esa cadencia, la de los ronquidos en el cuarto apenas sostenido por el resplandor nuclear de la pantalla, era la más dulce de la tierra. Estaba segura de que él no experimentaba eso, la soledad infinita de un universo desquiciado y sin propósito. Aunque todavía no pudiera darle un nombre, Eso, lo otro, estaba reservado para los seres fallados como yo.

Papá era diferente. Papá era un asesino. Había matado a un hombre años antes de conocer a mamá, cuando era joven y extranjero y trabajaba de fotógrafo en un pueblo en la frontera con Brasil. Fue un accidente estúpido. Una noche, mientras cerraba el estudio, fue a buscarlo su mejor amigo. Era un conocido peleador y un mujeriego, un verdadero hombre de mundo, y papá lo reverenciaba. El tipo intentó venderle un revólver robado y papá, que no sabía nada de armas, apretó el gatillo sin querer: su amigo murió camino al hospital.

Después no sé muy bien lo que pasó.

Me enteré de todo esto el día en que detuvieron a papá por ese asunto de la estafa. Me lo contó mamá mientras la pila de papeles ardía en una fogata improvisada en el patio; las virutas de papel quemado viajaban en remolinos que arrastraba el viento. Mamá juraba que la policía estaba a punto de allanar la casa en cualquier momento y quería deshacerse de cualquier vestigio de nuestra historia familiar. Su figura contra el fuego, abrazándose a sí misma y maldiciendo a Dios, era tan hermosa que me hacía daño.

En resumen: la policía nunca allanó nuestra casa, el juicio por estafa no prosperó y mi padre regresó esa madrugada sin dar explicaciones. Mamá no volvió a mencionar el tema. Pero yo, milagrosamente, empecé a mejorar. Permanecía quieta en la oscuridad de mi cuarto, atenta a los latidos regulares de mi propio corazón. Mi padre ha matado a alguien, pensaba cada noche, golpeada por la enormidad de ese secreto. Soy la hija de un asesino, repetía, inmersa en un sentimiento nuevo que se aproximaba al consuelo o a la felicidad.

Y me dormía de inmediato.

Años más tarde emprendí la huida.

Era la Nochebuena y papá se quedó dormido después de la primera copa de vino. Al principio parecía muy alegre. Mamá se había pasado la tarde en el salón de belleza. Papá, desde su silla, la seguía con ojos asombrados, como si la viera por primera vez.

¿Me queda bien?, preguntó mamá tocándose el pelo, consciente de que estaba gloriosa con los tacos altos y el peinado nuevo.

¿Y ella quién es?, me susurró papá.

Es tu mujer, le dije.

Mamá se quedó inmóvil. Nos miramos iluminadas por los fuegos artificiales que rasgaban el cielo.

¿Por qué está llorando?, me dijo papá al oído.

Papá, imploré.

Es una bonita mujer, insistió papá. Decile que no llore. Vamos a brindar.

Ya basta, dijo mamá, y se metió en la casa.

En el patio el aire olía a pólvora y a lluvia. Cacé un mosquito con la mano: estalló la sangre. Papá observó la mesa con el chancho, la ensalada de choclo y la bandeja con los dulces, y frunció la cara como un niño pequeño y contrariado.

Esta es una fiesta, ¿no? ¿Dónde está la música? ¿Por qué nadie baila? Me invadió un calor sofocante.

Salud por los que…, llegó a decir papá, con la copa en alto, y la cabeza se le derrumbó sobre el pecho en medio de la frase.

Nos costó muchísimo cargarlo hasta el cuarto, desvestirlo y acomodarlo sobre la cama. Intentamos terminar la cena, pero no teníamos nada de qué hablar, o quizás evitábamos decir cosas que nos devolvieran a la nueva versión de papá. Juntas limpiamos la mesa, guardamos los restos del chancho y apagamos las luces del arbolito —un árbol grande y caro en una casa donde no existían niños ni regalos— y nos fuimos a acostar antes de la medianoche.

Más tarde unos aullidos se colaron en mis sueños. Parecían los gemidos de un perro colgado por el cuello en sus momentos finales en este planeta. Era un sonido obsceno, capaz de intoxicarte de pura soledad. Dormida, creí que peleaba otra vez con el viejo Sueño. Pero no. Despierta, yo todavía era yo y el aullido también persistía, saliendo en estampida del cuarto contiguo.

Encontré a papá tirado en el piso, a medio camino entre la cama y el baño, peleando a ciegas en un charco de su propio pis.

Teresa, Teresa, amor mío, lloraba, y volvía a gritar y a retorcerse.

Mamá ya estaba sobre él.

¿Vos conocés a alguna Teresa?, me preguntó.

No, le dije, y era verdad.

La cara contorsionada de papá, entregada al terror sin dignidad alguna, revelaba todo el desconsuelo de nuestro paso por el mundo: él no podía contarnos lo que veía y mamá y yo no podíamos hacer nada para contrarrestar nuestro desamparo. Recuerdo la rabia subiendo por el estómago, anegando mis pulmones, luchando por salir. Mi padre no era un asesino: era apenas un hombre, un cobarde y un traidor.

Mientras yo trapeaba el pis mamá metió a papá bajo la ducha; él continuaba durmiendo y balbuceando. Al día siguiente despertó tranquilo. Estaba dócil y extrañado, tocado por la gracia. No recordaba nada. Sin embargo, algo malo debió habérseme metido esa noche, porque desde entonces comencé a sentir que mi cuerpo no estaba bien plantado sobre la tierra. ¿Y si la ley de la gravedad se revertía y terminábamos disparados hacia el espacio? ¿Y si algún meteorito caía sobre el planeta? No me interesaba acercarme a ningún misterio. Quería clavar los pies en este horrible mundo porque no podía soportar la idea de ningún otro.

Poco después, temerosa de la Ola y de mí misma, inicié la fuga.

La llamada llegó durante una tormenta tan espectacular que, por primera vez en muchos años, la universidad canceló las clases. Llegabas a perder la conciencia de toda civilización, de toda frontera más allá de esa blancura cegadora. La tarde se mezclaba con la noche, los ángeles bajaban sollozando del cielo y yo esperaba la llegada de un mesías, pero lo único que llegó esa tarde fue la llamada de mamá. Llevaba días esperando que sucediera algo, cualquier cosa. No puedo decir que me sorprendió. Casi me alegré de escuchar su voz cargada de rencor.

Tu padre se ha vuelto a caer. Un golpe en la cabeza, me informó.

¿Es grave?

Sigue vivo.

No hay necesidad de ponerse sarcástica, le dije, pero mamá ya había colgado.

Compré el pasaje de inmediato. El agente de la aerolínea me advirtió que todos los vuelos estaban retrasados por causa de la tormenta. En el avión no pude dormir. No era la turbulencia lo que me mantenía despierta. Era la certeza de que, si mi padre no llegaba a tener una muerte digna, entonces yo estaba condenada a vivir una vida miserable. No sé si esto tiene algún sentido.

Treinta y seis horas más tarde, y aún sin poder creerlo del todo, había aterrizado en Santa Cruz y un taxi me llevaba a la casa de mis padres. Acababa de llover y la humedad se desprendía como niebla caliente del asfalto. El conductor que me recogió esa madrugada manejaba un Toyota reciclado, una especie de collage de varios autos que mostraba sus tripas de cobre y aluminio. El taxista era un tipo conversador. Estaba al tanto de las noticias. Me habló del reciente tsunami en el Japón, del descongelamiento del Illimani, de la boa que habían encontrado en el Beni con una pierna humana adentro.

Grave nomás había sido el mundo, ¿no, señorita?, dijo, mirándome por el espejo retrovisor, un objeto chiquito y descolgado sobre el que se enroscaba un rosario.

Mi padre había pedido morir en casa. Hacía años que había comprado un mausoleo en el Jardín de los Recuerdos, un monumento funerario con lápidas de granito que llevaban nuestros nombres, las fechas de nuestros nacimientos contiguas a una raya que señalaba el momento incierto de nuestras muertes.

Allá donde usted vive, ¿es igual?, preguntó el taxista.

¿Qué cosa?, dije, distraída.

La vida, pues, qué más.

Cuando aquí hace calor, allá hace frío, y cuando aquí hace frío, allá hace calor, le dije para sacármelo de encima.

El taxista no se dio por vencido.

Yo no he salido nunca de Bolivia, dijo. Pero gracias al Sputnik conozco todo el país.

¿El Sputnik?

La flota para la que trabajaba.

A los dieciséis años dejó embarazada a una chica de su pueblo. El padre de ella era chofer del Sputnik y lo ayudó a encontrar trabajo en la misma compañía. Él conducía casi siempre en el turno de la noche. De Santa Cruz a Cochabamba, de Cochabamba a La Paz, de La Paz a Oruro, y así. En los pueblos conseguía mujeres; a veces las compartía con el otro chofer de turno.

Perdone que le cuente esto, me dijo el taxista, pero esa es la vida de carretera.

Un día, mientras partía de Sorata a un pueblo cuyo nombre no recuerdo, una cholita suplicó que le permitieran viajar gratis. La chola se plantó frente a los pasajeros. La mayoría comía naranjas, dormía, se tiraba pedos o miraba una película de Jackie Chan. Se presentó. Se llamaba Rosa Damiana Cuajira. Nadie le prestó atención aparte de un hombre mayor, un yatiri viejo que llevaba una bolsa de coca abierta sobre las rodillas.

Su historia era sencilla y a la vez extraordinaria. Era la hija de un minero. Su padre consiguió un permiso para trabajar en una mina de cobre en Chile, en Atacama, pero ella tuvo que quedarse con su madre y sus hermanos en la frontera, en un lugar tan olvidado que no tenía nombre. Había sido pastora de llamas toda su vida. Un día su madre enfermó. De un momento a otro no pudo salir de la cama. Rosa Damiana fue en busca del curandero que vivía al otro lado de la montaña, pero cuando llegó la vieja mujer del curandero le contó que lo acababan de enterrar.

Cuando la chica volvió su madre yacía en la litera, en la misma posición en la que la había dejado, respirando con la boca abierta. Mamá, la llamó, pero su madre ya no la escuchaba. Preparó el almuerzo para sus hermanos, encerró a las llamas en el establo y corrió a buscar a su padre al otro lado del desierto.

Cruzó la frontera electrizada por el temor de que la encontraran los chilenos. Había escuchado todo tipo de historias sobre ellos. Algunas eran ciertas. Por ejemplo, que habían escondido explosivos debajo de la tierra. Bastaba con pisar uno y tu cuerpo estallaba en un chorro de sangre y vísceras.

¿Qué más había en el desierto? Rosa Damiana no lo sabía. Tenía doce años y la voluntad de encontrar a su padre antes de que la alcanzara la oscuridad. Caminó hasta que el sol de los Andes le nubló la vista. Finalmente se sentó al pie de un cerro a descansar y a contemplar la soledad de Dios. Sabía que era el fin. No podía caminar más, sus pies estaban congelados. Las últimas luces ardían detrás de los contornos de las cosas. Un grupo de cactus crecía cerca del cerro con sus brazos de ocho puntas estirados hacia el cielo. Rosa Damiana arrancó un pedazo de uno de ellos. Comió todo lo que pudo, ahogándose en su propio vómito, y pidió morir.

Cuando abrió los ojos creyó que había resucitado en un lugar fulgurante. Era todavía de noche —lo advertía por la presencia de la luna—, pero su vista captaba las líneas más remotas del horizonte con la precisión de un zorro. Su cuerpo resplandecía en millones de partículas de luz. Al lado de su vómito, los cactus se habían transformado en pequeños hombres con sombreritos. Rosa Damiana conversó un largo rato con ellos. Eran simpáticos y reían mucho, y Rosa Damiana se doblaba de risa con ellos. No comprendía por qué había estado tan triste antes. Ya no sentía frío, sino más bien un agradable calor que la llenaba de energía. Su cuerpo estaba liviano y sereno.

Rosa Damiana miró al cielo líquido y conoció a los Guardianes. Algunas eran figuras amables, ancianos con largas barbas y ojos benévolos. Había también criaturas inquietantes, lagartijas de ojos múltiples que lanzaban lengüetazos hacia ella. La chica se tiró de espaldas en la tierra. ¿Dónde estoy?, pensó, perpleja. Las formas de las estrellas danzaban ante sus ojos. Rosa Damiana no supo cuánto tiempo permaneció así. Poco a poco fue recordando quién era y qué la había traído hasta el desierto.

Se levantó, les hizo una breve reverencia a los hombrecitos verdes, quienes a su vez inclinaron sus pequeños sombreros de ocho puntas, y prosiguió su camino. Fosforescían el desierto, las montañas, las rocas, su interior. Dejó atrás un promontorio que acababa en una larga planicie de sal. Recordó que mucho tiempo atrás todo ese territorio había sido una inmensa extensión de agua habitada por seres que ahora dormían, disecados, bajo el polvo. Rosa Damiana sintió en sus huesos el grito de todas esas criaturas olvidadas y supo, alcanzada por la revelación, que al amanecer encontraría a su padre y que su madre no iba a morir porque la tierra aún no la reclamaba. Conoció el día y la forma de su propia muerte, y también se le develó la fecha en la que el planeta y el universo y todas las cosas que existen dentro de él serían destruidas por una tremenda explosión que ahora mismo —mientras yo, con la antena encendida, imagino o convoco o recompongo la historia de un taxista, atenta a la presencia de la Ola, que de vez en cuando me cosquillea la nuca con sus largos dedos— sigue la trayectoria de miles de millones de años, hambrienta y desenfrenada hasta que todo sea oscuridad dentro de más oscuridad. Era una visión sobrecogedora y hermosa, y Rosa Damiana se estremeció de lástima y júbilo.

Poco después la flota llegó y Rosa Damiana se bajó de inmediato entre la confusión de viajeros y comerciantes. El chofer, intuyendo que había sido testigo de algo importante que se le escapaba, la buscó con la vista. Preguntó al ayudante por el paradero del yatiri, pero el chico —que era medio imbécil, aclaró el taxista, o quizás lo pensé yo— estaba entretenido jugando con su celular y no había visto nada.

Pude haberlo agarrado a patadas ahí mismo, dijo. Pude haberlo matado si me daba la gana. Pero en vez de eso busqué la botella de singani y me emborraché.

La historia de la cholita se le metió en la cabeza. No lo dejaba en paz. A veces dudaba. ¿Y si es verdad?, se preguntaba una y otra vez. Había tantos charlatanes.

Yo soy un hombre práctico, señorita, dijo el taxista. Cuando se acaba el trabajo, me duermo al tiro. Ni siquiera sueño. No soy de los que se quedan despiertos dándoles vueltas a las cosas. Eso siempre me ha parecido algo de mujeres, sin ofenderla. Pero esa vez...

Esa vez fue distinto. Perdió el gusto por los viajes. Todavía continuaba persiguiendo a mujeres entre un pueblo y otro, pero ya no era lo mismo. Todo le parecía sucio, ordinario, irreal. Se pasaba noches enteras mirando a su mujer y a sus hijos, que crecían con tanta rapidez —los cinco dormían en el mismo cuarto—, y a veces se preguntaba qué hacían esos desconocidos en su casa. No sentía nada especial por ellos. Hubieran podido reemplazarlos y a él le habría dado lo mismo. Empezó a buscar el rostro de Rosa Damiana en cada viajero que subía a su flota. Preguntaba por ella en los pueblos por los que pasaba. Nadie parecía conocerla. Llegó a pensar que todo había sido un sueño, o peor aun, que él era parte de alguno de los sueños que Rosa Damiana había abandonado en el desierto. Empezó a beber más que de costumbre.

Un día se durmió al volante mientras cruzaban el Chapare. El Sputnik rebotó cinco veces antes de quedar suspendido en un barranco. Antes de desmayarse lo invadió una enorme claridad. Lo último que vio fue al ayudante. Sus ojos lo atravesaron por completo hasta que ambos fueron uno solo. Luego todo se apagó. En total murieron cinco pasajeros en el accidente, entre ellos dos niños. Pasó un tiempo en el hospital y otro en San Sebastián, pero el penal estaba tan atestado que lo dejaron salir antes de tiempo. Entonces se compró su propio taxi, ese insecto en el que transitábamos ahora la semioscuridad del cuarto anillo de esa ciudad a la que me había prometido no volver.

Así es, señorita, se acabó la época de los viajes para mí, me dijo con la tranquilidad de quien acaba de sacarse el cuerpo de encima.

La humedad del trópico había dado paso a un amanecer transparente y frágil. Los comerciantes se acercaban a la carretera con sus carretillas rebosantes de mangas, sandías y naranjas. Pensé que lo primero que me gustaría hacer al llegar a casa —y me di cuenta de que la palabra "casa" había venido a mí sin ningún esfuerzo— era probar la acidez refrescante de un achachairú, aunque probablemente ya había pasado la temporada. El taxista encendió la radio. Contra todo pronóstico, funcionaba. *Yo quiero ser un triunfador de la vida y del amor*, cantaban Los Iracundos a esa extraña hora, y el taxista llevaba el ritmo silbando mientras el aire explotaba con la proximidad del día.

¿Y para qué quería encontrarla?, le pregunté.

¿A quién?, me dijo, distraído.

A Rosa Damiana.

Ah.

El hombre se encogió de hombros. *Con el saco sobre el hombro voy cruzando la ciudad, uno más de los que anhelan...*, gritaba la radio. Rosa Damiana se perdía a la distancia en una niebla metálica. O quizás era el océano. Mi padre navegaba más allá del bien y el mal, sumergido en el gran misterio. Su cuerpo todavía respiraba, pero él ya habría abandonado este mundo con todos sus secretos.

El taxista se dio la vuelta para mirarme.

Quería saber si me había embrujado, me dijo con un poco de vergüenza.

Se disculpó de inmediato:

No me haga caso. Solo los indios creen en esas cosas. A veces no me doy cuenta ni de lo que estoy hablando.

Puede que el taxista haya añadido algo más, pero eso es algo que nunca sabré. Ahí, bajo la luz dorada, estaba la casa de mi infancia. Las nubes que se desgajaban en lágrimas. El largo viaje. El viejo Sueño. La Ola suspendida en el horizonte, al principio y al final de todas las cosas, aguardando. Mi corazón gastado, estremecido, temblando de amor.

METEORITO

El meteoroide recorrió la misma órbita en el sistema solar durante quince millones de años hasta que el paso de un cometa lo empujó en dirección a la Tierra. Aún tardó veinte mil años en colisionar con el planeta, durante los cuales el mundo atravesó una glaciación, las montañas y las aguas se desplazaron e incontables seres vivos se extinguieron, mientras que otros lucharon con ferocidad, se adaptaron y volvieron a poblar la Tierra. Cuando finalmente el cuerpo ingresó a la atmósfera, la presión del choque lo redujo a una explosión de fragmentos incandescentes que se consumieron antes de llegar al suelo. El corazón del meteorito se salvó de la violenta desintegración: se trataba de una bola ígnea de un metro y medio que cayó en las afueras de San Borja y cuyo espectacular descenso de los cielos presenció una pareja que discutía en su casa a las cinco y media de la mañana.

Ruddy se levantó a lavar los platos cuando todo estaba oscuro. Abandonó el cuarto de puntillas para no despertar a Dayana, que dormía con la boca abierta, emitiendo gruñidos de chanchito. Se detuvo en el pasillo a sentir la oscuridad, todos sus poros atentos a las emanaciones de la noche. Los grillos chirriaban en un coro histérico; desde lejos le llegó el relincho cansado de los caballos. Otra vez su cuerpo vibraba con la energía mala. Avanzó hasta la cocina y encendió la luz. Los restos de la cena seguían en el mostrador, cubiertos por un hervor de hormigas: Ely, la empleadita, había faltado ese día, y Dayana apenas se ocupaba de la casa. En el campo uno se olvidaba de guardar la comida y los bichos devoraban todo en cuestión de horas. La idea del ejército de insectos bullendo sobre los platos sucios lo inquietaba al punto de empujarlo de la cama. Fregó cada uno de los platos y ollas con vigor, y la actividad logró erradicar por un momento algo de la energía mala de su cuerpo. Se sintió triunfante: había vencido a las hormigas. Capitán América, pensó. Luego secó la vajilla y la ordenó para guardarla. Estiró el brazo para abrir la alacena, pero al acercarse al mostrador su panza rozó por accidente el borde de la mesa. Los platos cayeron en cascada y el estruendo se expandió por toda la casa.

Se quedó de pie, aguardando tembloroso a que Dayana lo encontrara en calzoncillos en medio del estropicio y lo acusara de andar saqueando la cocina en busca de comida a sus espaldas. Pero nada se movió en la oscuridad. Barrió el destrozo sintiéndose estúpido y culpable, se sirvió un vaso de Coca Cola y se sentó a oscuras en el sofá de la sala, incapaz de volver a la cama pero sin saber qué hacer.

Había empezado a dormir mal desde que el doctor le recetara las pastillas para adelgazar. Era como si su cerebro trabajase a una velocidad distinta, incapaz de bloquear los pensamientos insistentes o los ruidos de la noche. Se despertaba sacudido por un golpe de adrenalina, listo para defenderse del zarpazo de una fiera o del ataque de un ladrón enmascarado, y ya no podía volver a dormir; se resignaba entonces a pasar la noche bajo la urgencia por ponerse en movimiento. Y luego estaba la interminable conversación consigo mismo, la espantosa vocecita en su cabeza que le señalaba todo lo que había hecho mal, los dolores de cabeza que llegaban como vendavales. Odiaba la pastilla.

Y sin embargo, la pastilla le había salvado la vida. Cuando fue a ver al doctor pesaba ciento setenta kilos, tenía los triglicéridos más altos de San Borja y la certeza de que moriría de un infarto antes de que su hijo Junior empezara el colegio. La gente todavía recordaba la muerte de su padre, hallado desnudo en el jacuzzi de un motel: el paro cardiaco lo encontró cogiendo con una putita adolescente. Estuvo una semana en coma y falleció sin haber recobrado la conciencia. No faltaba el chistoso que ponía a su padre como ejemplo, diciendo que esa sí que era una manera honrosa de irse de este mundo.

Pero Ruddy no quería dejar huérfano de padre al pequeño Junior. Gracias a la pastilla se le habían derretido cincuenta kilos en siete meses sin hacer ningún esfuerzo. Ni siquiera tuvo que dejar la cerveza o el churrasco. Nada. Un milagro del Señor, le había dicho Dayana, eufórica, y esa noche se había puesto las botas rojas de cuerina que a él le gustaban y habían cogido con frenesí, como cuando eran novios y estaban locos el uno por el otro y tan desesperados que se encerraban juntos en los baños de los karaokes. Fue Dayana quien lo llevó a ver al doctor argentino que pasaba por San Borja vendiendo esa cura milagrosa contra la gordura; también fue ella quien empezó a llamarlo Capitán América, divertida por su repentina hiperactividad. Eso sí, su mujer no sabía de sus vagabundeos nocturnos, de las noches en que la energía mala era tan abrumadora que empezaba a barrer el piso o se tiraba a hacer lagartijas en el suelo hasta que el alba lo encontraba con el corazón enloquecido.

Se acostó en el sofá y cerró los ojos. La fricción contra el forro plástico del sofá le quemaba la piel cada vez que se movía; no encontraba posición que propiciara el descanso. Tuvo pena de sí mismo. Él, nada menos que el hombre de la casa, exiliado de su propio cuarto, mientras que su mujer ni se enteraba. Negra de mierda igualada, pensó con rabia, revolcándose asediado por un nimbo de mosquitos. Debía estar en pie a las seis de la mañana para ir a comprar diésel, antes de que los contrabandistas se llevaran todo el combustible a la frontera. Luego le tocaba arreglar con la familia del peoncito al que una vaca había hundido el cráneo de una coz. Más le valía al peoncito haberse muerto: después de un golpe así en la cabeza le quedaba una vida de idiota o de vegetal. Nunca debió haber aceptado al chico. Hay gente que nace bajo una mala estrella y siembra a su paso la desgracia. Dayana no creía en esas cosas, pero él sí: los collas tenían incluso una palabra para designar al portador del mal agüero. Q'encha. El chico era q'encha, eso debió haberlo notado desde el momento en que vino su madre a dejárselo. Debía tener trece, catorce años a lo sumo. Era un caso curioso, incluso insólito: para haberse criado en el campo no sabía ni acarrear el tacho de la leche. Sus piernas parecían hechas de mantequilla, posiblemente un síntoma de desnutrición. Y no se daba bien con los animales: el caballo relinchó y lo tiró al piso al primer intento de montarlo. Debió haberlo devuelto a su madre ese mismo día.

Pero una vez más se había dejado arrastrar por el deseo de mostrarse generoso, magnánimo, delante de esos pobres diablos. La madre incluso trajo una gallina —casi tan esquelética como ella— de regalo. El papá de él es finado, dijo la mujer, señalando al chico con el mentón, y él no quiso enterarse de alguna historia trágica y seguramente exagerada, semejante a tantas otras que le contaban los campesinos para que aflojara unos pesos. Le prometió hacerse cargo del chico y le adelantó un billete de cincuenta. Ya cuando se iba, la mujer se le acercó tímidamente. Mi hijo tiene un don…, le dijo. Él se rio: ¿Ah, sí? Los paisanos salían con cada cosa. Ella lo miró con gravedad: Mi hijo puede hablar con seres superiores. Él escupió a un costado y se tocó los testículos. Mientras sepa ordeñar, señora, aquí no va a necesitar hablar con seres superiores, le dijo, y después la despachó.

Echado de espaldas en el sofá, Ruddy soltó una risa agria. ¡Qué don ni qué ocho cuartos! El chico ni siquiera había podido evitar la patada de la vaca. Fue Félix, su vaquero, quien lo encontró medio muerto en un charco de sangre. Y ahora él tendría que hacerse cargo de los gastos. Quinientos pesos: eso pensaba ofrecerle a la madre por el accidente del chico, ni un centavo más. Se rascó la panza y suspiró. No había empezado el día y su cabeza bullía de preocupaciones. Dayana, en cambio, seguiría en cama hasta las nueve. Después dedicaría una hora o dos a ensayar la ropa que llevaría para ir a sus clases de canto en San Borja, mientras que al pobrecito Junior lo atendía Ely. Ese era su último capricho: quería cantar profesionalmente. Incluso le había hecho traer un karaoke con luces de Santa Cruz para que pudiera practicar en la casa, a pesar de que el bendito aparato consumía toda la energía del generador y causaba apagones súbitos.

Aplastó con violencia otro mosquito en su canilla izquierda. La luz del amanecer aureolaba las cortinas. Decidió que haría seguir a Dayana uno de estos días con Félix, a ver si de verdad iba donde decía que iba. Pero de inmediato se le ocurrió que Félix haría correr el chisme: don Ruddy cree que su mujer le está poniendo los cuernos, yo la estuve siguiendo con la moto. Antes muerto que en boca de todos esos cambas. Ya se había hablado bastante de él cuando Leidy, su ex mujer, se fugó con un brasilero y él casi se suicidó a punta de comida y trago. Sabía que la gente decía a sus espaldas que era débil, que no estaba hecho de la misma sustancia que su padre, que la propiedad se estaba yendo a pique por su culpa. Soy un gordo de mierda, pensó.

Se tiró al piso e hizo cuarenta lagartijas. Al acabar se sentía enfermo y reventado, a punto de vomitar. Y sin embargo seguía tan despierto como antes. Permaneció de rodillas, frustrado y acezante mientras el sudor le escurría por la papada. No podía sacarse al chico de la cabeza. A la semana de su llegada lo mandó llamar. El chico apareció en la puerta de la casa con el sombrero en la mano: tenía el rostro desolado, como era usual en los paisanos, pero no había miedo en sus ojos. Tu madre me dijo que vos sos especial, le dijo a quemarropa. El chico permaneció en silencio, midiéndolo con la mirada. Te voy advirtiendo que no me gustan los flojos ni los charlatanes —continuó— y no me quiero enterar de que estás distrayendo a mi gente con historias de ángeles y aparecidos. El chico respondió con voz serena y firme: Pero no son historias de ángeles y aparecidos. ¡Qué cuero tenía! Ni los vaqueros más antiguos se atrevían a contradecirlo. Su insolencia le gustó. ¿Cuál es, pues, tu gracia?, le dijo, divertido. A veces hablo con gente del espacio, dijo el chico. Él se rio. Había escuchado a los vaqueros repetir con miedo las historias de los indios, leyendas sobre el Mapinguari, la bestia fétida del monte, pero este asunto de los extraterrestres era nuevo para él. Con seguridad el peoncito sufría algún tipo de delirio. ¿Y de qué tratan esas conversaciones, si puedo preguntarte?, le dijo, burlón. El chico dudó antes de contestar: Dicen que están viniendo. El peoncito estaba más loco que una cabra. ¿Y cómo sabés que no es tu imaginación?, le preguntó. Porque tengo el don, contestó el chico con absoluta seguridad. Se acercó al peoncito y le atizó un manotazo en la cabeza; el chico se protegió con ambas manos. La próxima que te oiga hablar del don te voy a tirar a los chanchos, amenazó. Se prometió que esa tarde iría a hablar con la madre y le explicaría que el chico sufría algún tipo de enfermedad mental. Pero estuvo ocupado con las cosas de la estancia y se olvidó. Quizás era su culpa lo que le había pasado al chico. No había muerto, pero los ojos quedaron casi fuera de las cuencas. Él mismo le pegó un tiro a la res que había perjudicado al chico. Era su obligación. Quiso dispararle entre los ojos, pero la mano le temblaba por causa del insomnio y la bala alcanzó el cuello de la vaca. El animal cayó sobre sus patas traseras, gimiendo y arrastrándose. Una desgracia, hacer sufrir así a una bestia. Qué miran, carajo, les gritó a los empleados, y remató a la vaca con dos balazos en la frente.

Félix le dijo que la gente tenía miedo: días antes del accidente el chico anunció que aparecería un fuego en el cielo a llevárselo. ¿Y si les había echado una mareción? ¿Y si estaban todos malditos? Hay un curandero chimán por aquí cerca, le sugirió Félix. ¿Por qué no lo llama para que acabe con la mareción? Qué mareción ni qué mierda, pensó él, y se propuso zanjar el asunto con la madre y acabar de una vez con los rumores. Todo lo del chico lo tenía al mismo tiempo harto y preocupado.

Todavía de rodillas en la sala, le llegaron los pacíficos ronquidos de Dayana desde el cuarto. Debería ser esa negra de mierda la que esté durmiendo en el sofá, no yo, pensó. Finalmente se incorporó y buscó el paquete de Marlboro que escondía debajo del asiento del sofá. No podía dormir, pero al menos podía fumar. Esa era su venganza contra Dayana y contra el mundo. Nadie le iba a privar de ese placer. Descalzo, palpó los bolsillos del short en busca del encendedor. Debo haberlo dejado en la cocina, pensó.

Entonces la vio: la puerta de la cocina se abrió como si alguien la empujara con la punta de los dedos. Ruddy soltó un alarido y cayó de rodillas sobre el sofá, esperando el ataque con las manos sobre la cabeza. Se quedó inmóvil en esa posición, demasiado aterrorizado como para huir o defenderse. Volvió a incorporarse poco a poco, acobardado ante la posibilidad de que el intruso estuviera a punto de lanzársele encima, pero no percibió ningún movimiento o ruido a su alrededor. Con cautela encendió la luz de la sala y luego la de la cocina: todo estaba en su lugar. La ventana cerrada de la cocina impedía el paso de la más mínima ráfaga de viento. Debe haber sido el gato, se le iluminó de pronto. Claro, tiene que haber sido Lolo. Escupió en el fregadero, aliviado. Pero recordó de inmediato que Lolo dormía fuera de la casa. Se calzó las chinelas y abrió la puerta. Lo recibió la limpidez del día que empezaba a manifestarse. Una bandada de loros anegó el cielo sobre su cabeza; eran cientos, estridentes y veloces. Por un momento los vio formar una espiral amenazante encima de él y tuvo la seguridad de que la multitud alada se estaba preparando para atacarlo. Cerró los ojos. Cuando volvió a abrirlos, la bandada había vuelto a dispersarse y se alejaba por el cielo con su estrépito feliz. El aire cargado de rocío de la mañana se le metió por las narices y lo hizo estornudar. Vio al gato acostado sobre el tanque de agua, relamiendo perezoso una de sus patas. El animal lo miró con indiferencia, como si la comida que recibía todos los días no dependiera de él, como si le diera igual que él, Ruddy, cayera muerto en ese instante, liquidado de terror por una puerta que se había abierto sola en la madrugada. Escupió y su esputo fue a dar al pasto húmedo. Volvió a cerrar la puerta y apoyó sus ciento veinte kilos sobre ella. El gordito de las hamburguesas Bob es maricón. A los cinco años lo habían elegido entre decenas de niños obesos para protagonizar la propaganda más famosa de las hamburguesas Bob, en la que aparecía atrapado en medio de dos panes, listo para ser devorado por una boca gigantesca. Así se sentía ahora, atrapado y a punto de ser engullido por una fuerza superior y maligna. Decidió intentar dormir una hora más, hasta que la empleada apareciera en la cocina para hacer el desayuno. Estaba por acostarse otra vez en el sofá cuando notó que la puerta de la cocina se cerraba sin la ayuda de nadie. Sintió una opresión en los testículos y en el estómago. Entonces corrió a llamar a Dayana.

Negra, la llamó, traspasado por el miedo.

Le sacudió los brazos.

¿Qué pasa?, dijo ella, mirándolo desde la frontera del sueño.

Tenés que venir a ver la puerta de la cocina. Se abrió y se cerró solita.

Ella soltó un suspiro profundo y le dio la espalda.

¡Negra!, chilló Ruddy.

Ya voy, ya voy, dijo Dayana con resignación, y se apoyó en los codos para levantarse.

Dormía con el maquillaje puesto para que Ruddy la viera hermosa incluso en sueños. Lo acompañó a la cocina vestida con el babydoll transparente. Tenía los pechos enormes, sensacionales, operados, y toda ella parecía fuera de lugar, como una actriz que se ha equivocado de rodaje. Él le contó a borbotones lo que había pasado.

La puerta se movió sola dos veces, negra, concluyó, asustado. ¿Qué vamos a hacer?

Dayana se cruzó de brazos.

Por el amor de Dios, Ruddy, le dijo. ¿Te das cuenta de lo que me estás diciendo?

Él la miró en silencio, avergonzado.

¿Qué carajos hacías lavando platos a las cuatro de la mañana?, insistió ella.

No podía dormir, se defendió Ruddy. Pero ese no es el punto, negra. Te digo que están pasando cosas muy extrañas.

Debe haber sido el viento, dijo Dayana, frotándose los brazos para calentárselos, y se dio la vuelta para regresar a la cama.

Hay algo en esta casa, dijo él a sus espaldas.

¿Qué puede haber?, dijo ella, deteniéndose.

Él dudó antes de convocar la idea. Tenía que juntar coraje para materializarla incluso en sus pensamientos.

Una presencia, dijo finalmente.

Dayana lo miró con incredulidad.

No seás ridículo, bebé, protestó. Ha sido el gato.

¡Lolo estaba afuera!, sollozó él, y agarrando a Dayana por los hombros, la arrastró hasta la ventana. Le señaló al gato, que seguía restregándose las patas en el mismo lugar en que lo había dejado momentos antes.

¿Viste?, dijo él, y se volcó hacia Dayana en busca de la confirmación de sus sospechas.

Pero Dayana no miraba al gato, sino al cielo. Él alzó la vista. Semidesnudos y trémulos frente a la ventana, vieron la bola de fuego descender en el aire tenue de la madrugada y perderse a lo lejos, refulgiendo entre las copas de los árboles.

¿Qué te pasa, Ruddy?, gritó Dayana. ¿Querés matarnos?

Agitándose en los brazos de su madre, Junior lloraba con toda la potencia de sus pequeños pulmones. Ruddy se había dormido por un segundo mientras manejaba y la camioneta se había salido del camino. Despertó justo a tiempo para evitar estrellarse contra un tajibo, pero la brusca maniobra los había estremecido. Dayana se acomodó el escote del top de lentejuelas e intentó apaciguar al bebé. Él volvió a enfilar la camioneta por el camino de tierra, todavía aturdido.

Disculpame, balbuceó, pero su mujer no se molestó en contestarle.

Miró por el espejo retrovisor a Félix, a la caza de algún gesto de burla o reprobación, pero el rostro de su vaquero era impenetrable. Había sido

38

un día agotador. Se había pasado la tarde en compañía de Félix buscando las tres reses perdidas, hasta que las encontraron enredadas en un zarzal: liberarlas y quitarles las espinas les tomó un par de horas bajo el sol. A ratos la vista se le empañaba de cansancio y todos los sonidos le horadaban el cerebro. Ahora mismo, por ejemplo, tenía ganas de ahorcar a Junior para que dejara de llorar. El llanto del niño lo sacaba de sus pensamientos. Por la radio habían dicho que la bola de fuego que él y Dayana habían visto en la madrugada había sido un meteorito. Pero no podía dejar de recordar las palabras del chico. Él había hablado de un fuego en el cielo. Es una coincidencia, había dicho Dayana, empeñada en negar todos los eventos extraños de ese día. Ruddy la obligó a acompañarlo, temeroso de abandonar a su familia en esas circunstancias; su mujer obedeció a regañadientes. Una parte suya se negaba a rendirse ante las supersticiones. ¿Pero cómo explicar lo de la puerta? La puerta se había movido minutos antes de la caída del meteorito. Tenía que ver al chico, tenía que hablar cuanto antes con la madre. Quizás el chico ya estuviera mejor, los cambas tenían una capacidad admirable para recuperarse incluso de las heridas más graves. Pero vos encontraste un pedazo de cerebro al lado de la vaca, pensó, nadie puede sanar de la falta de un pedazo de cerebro. Pisó el acelerador y una nube de polvo envolvió la camioneta. Dayana tosió.

¿Cuál es el apuro, bebé?, le reprochó. Tampoco te tomés tan en serio lo de Capitán América.

Es por aquí, don Ruddy, dijo Félix, señalándole un desvío entre los árboles.

La camioneta avanzó dando tumbos, cercada por el monte. Oscurecía y la noche —él podía sentirla— estaba habitada por una vibración distinta. El resplandor de los curucusís lo distraía. Pájaros de ojos fosforescentes pasaban volando bajo. Todo estaba vivo y le hablaba. Los faros de la camioneta alumbraron una tapera de techo de hojas de jatata; en su interior temblaba la luz de una lámpara de kerosén.

Yo me quedo acá con Junior, dijo Dayana, subiendo las ventanas automáticas. No me gusta ver enfermos.

Mejor, pensó él. Así podría hablar a sus anchas.

Vos, vení conmigo, le ordenó al vaquero, y el hombre bajó de la camioneta tras él.

Pudo oler el miedo de Félix: a su vaquero el chico siempre le había dado mala espina. El hombre lo siguió con reticencia, encendió un cigarro y se detuvo a fumarlo a unos pasos de la choza. No hizo falta llamar a la madre: la mujer los había visto llegar y los esperaba en la puerta. Lo recibió con el mismo vestido viejo estampado de flores con el que había ido a dejar al chico unas semanas atrás. Pero había algo distinto en ella.

Señora, dijo él. ¿Cómo está su hijo? Se jue, dijo la mujer, mirándolo de frente. No está aquí.

Escuchó a Félix aclararse la garganta a sus espaldas, nervioso. No supo qué decir. Él había venido a hacer preguntas y ahora... El aleteo de un pájaro en su oreja lo sobresaltó. Dio un salto. Pero no había nada ahí, solo la noche. Notó que estaba cubierto en sudor y que las náuseas regresaban en pequeñas olas.

¿Cómo que se fue?, insistió él.

La mujer sostuvo la mirada, desafiante. Era flaca, pero incluso bajo la tenue luz de la luna percibió la dureza de sus músculos, el cuerpo acostumbrado a cortar leña y a traer agua del río. Debía tener una voluntad temible para haber sobrevivido en el campo rodeada por los indios, haciendo las tareas de los hombres.

Esta mañana ya no estaba en su cama, dijo ella. ¿Qué quiere que le diga? Se jue sin despedirse.

La madre del chico largó un escupitajo que aterrizó cerca de sus pies. Él fue consciente de la provocación de la mujer. A pesar del mareo y de la presión insoportable en las sienes, tuvo ganas de reírse. Era una risa engendrada por el miedo y el absurdo, y que no llegó a nacer.

¿Me está queriendo decir que el meteorito...?, empezó él.

Váyase, ordenó la madre del chico.

Solo entonces reparó en que, escondida tras el marco de la puerta, la mano izquierda de la mujer se apoyaba en el caño de una escopeta. Parecía una calibre 12. De las antiguas, registró él, pero capaz de abrir un boquete del tamaño de una moneda de cinco pesos. Como si adivinara sus pensamientos, la mujer acercó el arma hacia su cuerpo demacrado.

Vámonos, don Ruddy, lo urgió Félix desde atrás.

Buscó en su bolsillo el pequeño fajo de billetes que había preparado para la mujer.

Tome, le dijo, y le extendió los quinientos pesos.

La mujer recibió el dinero sin contarlo y lo escondió en su pecho, debajo del sostén. No le dio las gracias: se quedó parada en la puerta de la choza, retándolo con la mirada.

Buenas noches, dijo él.

La mujer no contestó y le cerró la puerta en las narices. Se dio la vuelta para marcharse y descubrió a Félix persignándose. Decidió que a primera hora de la mañana le diría a Dayana que alistara las cosas para irse a San

Borja. Pero por ahora era mejor no inquietarla. No antes de emprender el viaje de regreso en la oscuridad del monte.

Ni una palabra de esto a mi mujer, le advirtió a Félix.

¿Cómo está el chico?, le preguntó Dayana cuando subieron a la camioneta. Está mejor, dijo él, y dio marcha al motor. Dentro de poco va a estar como nuevo.

Gracias a Dios, dijo ella, bostezando. Porque a Junior y a mí nos estaban comiendo los mosquitos.

Dayana reclinó el asiento y acomodó al niño entre sus brazos. No tardaron en caer dormidos, arrullados por el silbido del viento y el vaivén de la camioneta a toda velocidad. Por el espejo retrovisor espió a Félix, que iba con los ojos cerrados y las manos cruzadas sobre el pecho, como si rezara. El temor de su vaquero acentuaba la indignidad de la situación: dos hombres grandes espantados por una viuda.

Entonces vio los hechos con toda claridad. ¿Acaso no sabía que eso iba a pasar? La mujer había abandonado a su hijo en el monte. La gente decía que eso era algo que hacían los cambas con sus enfermos. En ese momento el chico debía estar bien muerto, convertido en festín de insectos. En unas semanas solo quedarían sus huesos, a los que las lluvias de febrero no tardarían en arrastrar río abajo. Pensó si debería denunciar a la mujer. Decidió que no. Después de todo el chico se había accidentado en su estancia, sin tener contrato laboral, y era menor de edad. Los pacos se aprovecharían de eso para chantajearlo y su nombre saldría en los periódicos, rodeado del escándalo. Además, ¿acaso podía culpar a esa miserable por no querer hacerse cargo de un muerto en vida?

Sacó la cabeza por la ventana y buscó en el viento de la noche alivio para el calor que lo agobiaba; el aire le trajo el murmullo de miles de criaturas. Su cuerpo trepidaba con la energía mala: se enseñoreaba sobre él, y esta vez no tuvo miedo de ella sino rabia. Apretó el acelerador. Zumbaron sus oídos y el súbito dolor en el pecho lo arrojó contra el volante de la camioneta. Latiendo entre los árboles, el resplandor lo encandiló. El camino de tierra se le hizo borroso.

Soy Capitán América, dijo la vocecita en su cabeza antes de que perdiera el control de la camioneta. Y luego no hubo más.

Pedro Medina León

Pedro Medina León (Lima, Perú, 1977). Es autor de los libros de ficción *Mañana no te veré en Miami*, *Marginal* y *Varsovia* (novela ganadora del Florida Book Award 2017, categoría español) y del libro de ensayos y crónicas breves *Tour: una vuelta por la cultura popular de Miami*. Editó las antologías *Viaje One Way* y *Miami (Un)Plugged*; además, fundador y editor del portal cultural y sello editorial Suburbano Ediciones. Como gestor cultural ha sido cocreador de los programas #CuentoManía, Miami Film Machine, Pido la palabra y Escribe Aquí —galardonado con una beca Knight Arts Challenge por la Knight Foundation Center. Asimismo, se desempeña como instructor de cursos de historia y cultura popular en Florida Humanities Council y columnista en *El Nuevo Herald*. Ha impartido clases de técnica narrativa en el Koubek Center de Miami Dade College. Estudió Literatura con una especialización en Sociología (Florida International University); así como Derecho y Ciencias Políticas (Universidad de Lima).

DAYS IN PARADISE

La relación entre The Beatles y Miami,
fue una de amor a primera vista.

El primer album de The Beatles llegó a América a fines de 1963, con el nombre *Beatlemania! With The Beatles,* y a inicios de 1964, su tema "I Want to Hold Your Hand "se posicionó en el Top Ranking de los Billboard. *Beatlemania! With The Beatles* era el segundo disco de la agrupación, aunque en Europa, territorio en el que ya se habían consagrado, salió bajo un título diferente. Su gran incursión en Estados Unidos llegó meses después, con el tour *A Ticket to Ride,* que los llevó a veintitrés ciudades e incluso a Canadá –*Beatlemania! With The Beatles* apareció antes allí–, y que es recordada por ser la gran gira del rock 'n roll de todos los tiempos y porque representó la invasión de la música británica en el mercado americano. Luego realizaron un par de tours más, pero menores.

A Ticket to Ride no fue el desembarco oficial de los Beatles en Norteamérica; su manager, Brian Epstein, organizó una mini gira previa en New York, Washington DC y Miami para ir entendiendo la reacción del público y los medios. Los conciertos en los *venues* Carneige Hall, de Manhattan, New York, y Coliseum Theater, de DC, fueron éxitos multitudinarios, incluso en New York se presentaron en el show de Ed Sullivan, en horario *prime time.* El último tramo estaba reservado para Miami, aquí ofrecerían un pequeño performance en el hotel en el que se hospedaban, el Deauville, de Miami Beach, también parte del show de Ed Sullivan –en ambas participaciones del show de Sullivan alcanzaron una audiencia total de 150 millones de televidentes–.

El cuarteto de Liverpool aterrizó en Miami el domingo 13 de febrero, en un simple vuelo comercial doméstico, y más de cinco mil personas los esperaban en el *councourse* 3 del Miami International Airport. El tumulto excedió la capacidad de la sala, varios de los ventanales se rompieron, hubo daños físicos y asfixias. No solo The Beatles no esperaban este recibimiento, se lo dijo Paul McCartney al periodista Larry King, quien fuera el único reportero estadounidense invitado a cubrir todo el *A Ticket to Ride*, si no que ni la prensa ni la policía lo esperaron, pero en aquel momento, estos cuatro sujetos con aspecto de niños y cabelleras desalineadas, cuyas edades no superaban los veintiún años, aún no muy populares en el *mainstream* local, llegaban con un mensaje *anti war* y de no a la segregación racial –Estados Unidos atravesaba una etapa crítica en este aspecto–, que era de lo que se nutría la juventud de la contracultura en San Francisco –no es coincidencia que *A Ticket to Ride* abriera el tour en esta ciudad– , en su protesta contra las acciones bélicas en Vietnam, y aquí, en el barrio bohemio de Coconut Grove, en el Peacock Park, se había creado algo similar a un "pequeño San Francisco", cubierto por una nube de marihuana, melenas largas, barbas ralas, guitarras y tambores. La nación, por otro lado, estaba de luto por el asesinato del presidente Kennedy, en noviembre de 1963, y los jóvenes se sentían plenamente identificados con el mensaje de la banda.

Además de la noche del show, el cual fue breve, de solo seis piezas, y un par de cenas de compromiso, The Beatles prácticamente estuvieron entre la piscina y el mar, en trato directo con la enorme cantidad de fanáticos que no les daban tregua con los autógrafos –por eso las anécdotas de "yo conocí a The Beatles en persona" abundan en Miami–, la ciudad vivía una fiebre por John Lennon, George Harrison, Paul McCartney y Ringo Star como no se ha visto hasta ahora. *The boys*, así los llamaban en su círculo íntimo, pasearon en bote, tomaron coktails, se deleitaron con los bikinis, recorrieron la ciudad y visitaron a Muhammad Ali que entonces entrenaba en el Fifth Gym de Alton Rd, para enfrentar a Sonny Liston en el Miami Convention Center, donde se coronaría campeón del mundo, pero cuyo triunfo no pudo celebrar en Miami Beach porque las leyes Jim Crow de segregación racial se lo prohibían.

Para estos muchachos acostumbrados al gris y frío Londres, el trópico resultó un lugar paradisíaco y deslumbrante –basta con ver algunas fotos, por ejemplo las que tiene The Betsy Hotel en sus pasillos–; y para su manager, Brian Epstein, solo confirmó lo que la intuición le venía diciendo: *the boys* debían volver pronto y con un compromiso mayor. Los Beatles no regresaron a Miami, pero sí a Florida, al Gator Bowl Stadium, de Jacksonville, en la gira *A Ticket to Ride*, con la condición de que pudieran asistir afroamericanos ya que originalmente no tenían permitido el ingreso.

Setlist, Hotel Deauville Miami. Febrero 16, 1964

She Loves You
This Boy
All My Loving
I Saw Her Standing There
From Me to You
I Want to Hold Your Hand

EL SUEÑO AMERICANO DE LOS BEE GEES

*Cuando todo parecía indicar que a The Bee Gees
les había llegado la hora de decir adiós,
surgió una última carta por jugar: Miami Beach.*

El 4 de marzo de 2007 se realizó una ceremonia en un pequeño parque de Miami Beach, en Purdy Avenue, con vistas al Venetian Causeway y al mar abierto de la bahía de Biscayne. Hasta entonces el parque llevaba el nombre Island View Park, pero desde ese día cambiaría por Maurice Gibb Memorial Park. Tres años antes, Maurice no sobrevivió a una cirugía por obstrucción intestinal que lo había ingresado al Mount Sinai Hospital.

Los hermanos Gibb sellaron un pacto desde muy jóvenes, que consistía en convertirse en una de las bandas más grandes de música en el mundo. Nacidos en el Reino Unido, emigraron a Australia cuando Barry, el mayor, tenía trece años, y los mellizos Maurice y Robin ocho. Pronto empezaron sus aventuras musicales en la escuela y con los amigos, luego en escenarios y shows en la televisión, y su album *The Bee Gees Sing and Play 14 Barry Gibb Songs,* vio la luz en 1965. Aunque siguió una etapa de gloria, Australia no es Europa ni Estados Unidos, y el techo era bajo y ya lo habían alcanzado.

The Bee Gees volvieron a Inglaterra a finales de los sesenta, los esperaba Robert Stigwood, socio del manager de The Beatles, Brian Epstein, con muchas expectativas y un contrato al que solo le faltaban las firmas a pie de página. Al inicio el público no fue indiferente, pero tampoco llegaron a posicionarse de acuerdo a lo esperado, incluso, en una de sus presentaciones les lanzaron huevos. En esa época el Reino Unido era el reino de The Beatles, y si The Bee Gees querían surgir, debían orientarse más hacia ese estilo, tanto en música y letras, y alejarse de las baladas de amor. El grupo barajó la idea de separarse, entre otras tantas, pero su amigo Eric Clapton les suguirió probar suerte en América, en Miami. Clapton se había recluído en Miami Beach, a recuperarse de su adicción a la heroína, en una casa en 461 Ocean Boulevard, cerca a los Criteria Studios donde grabó Layla y preparaba su próximo album, que llevaría por título la dirección de la casa y en el cover la foto.

Los hermanos Gibb aterrizaron en Miami Beach, a pasar una temporada en 461 Ocean Boulevard y buscar, de la mano del productor Arif Mardin, su cambio en los Criteria Studios, que en ese momento eran una una pequeña meca de músicos, en la cual Bob Dylan, The Eagles, Bob Marley, Fleetwod Mac, James Brown, habían grabado para Atlantic Records. El primer single de The Bee Gees en Miami, *Jive Talkin*, nació en la camioneta que los llevaba por Biscayne, desde Ocean Boulevard a Criteria, y mostró su otro rostro, uno con ritmos rockeros, que les valió los primeros lugares en los Billboard. Y el lanzamiento del album *Main Course*, con los temas "Winds of Change", "Fanny" y "Nights on Broadway" confirmó la calidad de su nuevo trabajo y determinó ese cambio que tanto buscaban. Posteriormente llegaría el soundtrack de *Saturday Nights Fever* y el reconocimiento de The Bee Gees como la gran banda de música disco de la historia.

Además de *Main Course*, The Bee Gees grabaron en Criteria los discos *E.S.P* y *Spirits Having Flown*, para buena parte de la crítica la mejor de sus entregas, con los temas "Tragedy' y "Too Much Heaven" que los llevaron al Top #1 no solo en Estados Unidos si no también en Inglaterra. A finales de los setenta e inicios de los ochenta, la familia Gibb ya se había establecido en Miami Beach, y en algunas entrevistas, ante la pregunta de por qué fijaron residencia en esta ciudad, la respuesta fue que Miami y su clima los enamoró desde el primer día.

AS REAL AS FICTION

Interior.

Night.

Location: Taco Bell sin clientela. Las luces blancas de los fluorescentes del techo, le da un aire de sala de espera de hospital.

Characters: Un hombre de bigotes como dos pinceladas café, con el uniforme de cashier del Winn Dixie. Dos dependientes de Taco Bell con sombreritos de Santa Claus que no sacan las miradas de sus celulares. Homeless red neck en una mesa de esquina, con un sueter de la bandera de Estados Unidos.

Soundtrack: "Street Life" (Randy Crowford).

El hombre del uniforme de cashier de Winn Dixxie ordena chicken quesadillas y Diet Pepsi y deja un billete de cinco y varios Quarters sobre el mostrador. También varios Dimes; Dimes y Nickels. Any sauce? pregunta uno de los dependientes, casi sin alejarse del celular. No, nada, no tiene hambre, solo quiere llenarse la barriga y que pase el rato para ir a dormir, pero los minutos parecen haberse pasmado, como una capa de moho en el metal de una tubería vieja. Cuando se cansa de revolver la soda con el pitillo, se levanta. Tiene los dedos húmedos, es por el deshielo en el cartón azul del vaso. Se seca en los pantalones, en los muslos. En la mesa queda la comida, intacta, y le hace una seña al homeless para que se acerque.

Enciende un Lucky Strike y sus ojos siguen al humo.

HABANA MEDLEY

ANY GIVEN DAY

El mar no rompía contra las piedras como en las postales decadentes. Era domingo. Un domingo color ocre. El Yoyi me buscaría por el malecón y lo esperaba con un ejemplar de Anagrama de *Los detectives salvajes*, cuando me abordó una muchacha con una libretita y un lápiz. Que no me moviera, chico. Chico, que quería hacerme una caricatura. Chico...Le mostré la foto de Bolaño, en la solapa de *Los detectives*, y le dije que mejor lo dibujara a él. Mientras hacía trazos grises compré dos helados Nestlé de chocolate, en un kiosko a unos pocos pasos. Le di uno y dejó la caricatura a la mitad. Me preguntó si yo venía de "allá, de la Yuma", con la boca atragantada de helado. Le dije que sí, y de entre las hojas de su libreta sacó la foto de un hombre de bigotes muy delgados, con el uniforme rojo y negro de Winn Dixxie. Era su padre, lo más de lindo ¿verdad? Y volvió a su libreta y a su lápiz. Y a la imagen de Bolaño.

ANY GIVEN BAR

Caminé hacia el baño por un pasadizo con focos desnudos, quemados, y olor a tierra mojada. Era un bar de la calle Obispo, de olores concentrados de sobacos y cuerpos sucios. El vómito me desbordó. Al juntar la puerta me desbordó. El sanitario era blanco, con trozos y manchas de mierda en la taza; el lavamanos era color rosa y de la llave salpicaba un hilillo miserable. Saqué de mi mochila uno de los libros usados que había comprado en una librería del Vedado. Arranqué una de sus hojas amarillentas y me limpié la cara, y el vómito de mi camiseta. Arranqué otra y me sequé la frente, la tenía empapada de sudor. Después lo dejé con su cubierta celeste pálido y sus bordes carcomidos en la ventanita que había con vista a la calle Obispo, y volví a la mesa donde me esperaba el Yoyi con un par de Bucaneros bien heladas.

ANY GIVEN NIGHT

Tomaban una botella de chispa de tren en el asiento trasero del Chevrolet del año 52. El auto no tenía cristal delantero. El Yoyi iba al volante. Atrás se besaban. Se lamían. Se mordían los labios y el cuello. El Chevrolet se perdió entre calles desangeladas. Se detuvo en la puerta de un solar. El Yoyi pidió fulas. Un "socio" se acercó e intercambió con el Yoyi un paquete de platina por unos billetes arrugados. Esta hierba está mojada, reclamó desde atrás la menos mulata, con las tetas afuera, cuando abrió la platina. Sus pezones eran del color de la canela, y eran grandes, muy grandes y gruesos. El Yoyi volteó, le dijo que no jodiera, y le pidió un poco. Fumó dos, tres caladas. Fumé dos, tres caladas. Y estuvimos listos para el cañonazo de las nueve.

AS REAL AS FICTION

SCENE #2

Outdoor
Night
Location: Coral Way. Algunos postes desprenden un chorro ámbar tenue. Otros no desprenden nada. En la berma central unos árboles muy grandes, de troncos gruesos, parecen encerrar la calle como en una cueva. Characters: Un hombre de bigotes como dos pinceladas café, con el uniforme de cashier del Winn Dixie. Familia: padre, madre y dos niños. Soundtrack: "A Long December" (Counting Crows).

El hombre con el uniforme de Winn Dixie deja caer el Lucky Strike, a un poco menos de la mitad. Lo pisa y estallan puntitos naranjas entre la suela de su zapato y el asfalto.

Lo único que tiene vida en la calle es el Coin Laundry con su olor a jabón, a detergente, con sus lavadoras y secadoras trajinadas, donde papá, mamá y dos niños esperan por su último load de medias, calzones y calzoncillos. El papá viste con una camiseta del Pachuca y uno de los niños está sentado sobre sus piernas. El otro, sobre las de la mamá. Entre el papá y la mamá hay una silla vacía con una caja de nuggets y una porción de large fries del Mc.Donalds. El niño que está sentado sobre las piernas de la mamá mastica las papitas pero no las traga, se llena la boca y se le chorrean, babosas, sobre la ropa. La mamá no dice nada, tiene la mirada perdida en la pared de enfrente, en el televisor que cuelga, en mute, con el especial de navidad de Sábado Gigante.

VARSOVIA
(novela, fragmento)

1.

El Comanche le pidió a Mariolys que lo esperara quince días hasta el siguiente cheque del unemployment; si no, lo iban a echar del Bikini. Ese no era su problema, fue la respuesta de Mariolys, ¿acaso quería que las botaran a ella y a su hija del cuarto? Cantidad de biles era lo que tenían encima.
—No empieces.
—Singao.
—Deja tu drama de telenovela para cocineras.
—Singao hijo de puta.
Mariolys tiró el teléfono.
Él siempre puso en claro que no quería hijos. Lo suyo era la noche, tomar ron, culear con su hembra como animales que quieren satisfacerse, nada más. Las familias representaban orden, jerarquías, eran una pequeña muestra de cómo debía ser la sociedad; él solo se sentía cómodo en el caos, en la parte desordenada del mundo Quizá manejaría a la familia un tiempo al inicio, aunque luego se agobiaría cuando empezara la rutina doméstica: no se imaginaba llevando a un niñito a la escuela o revisando las tareas por las tardes. Además, investigar crímenes lo mantenía expuesto a que lo encontraran en cualquier esquina, lleno de plomo, a medianoche. ¿Qué seguridad podía ofrecerle a un hijo?

Cuando recién se separó de Mariolys, estuvo en duda de si rentarse una habitación en una casa o ir al Bikini, pero afortunadamente le había agarrado el gustito a vivir en el hostal. Lo único que le molestaba era que no podía cocinar. Cuando vivía con Mariolys, los viernes era un clásico llegar por las noches, cortar tomates y cebolla roja en rodajas gruesas y ponerlos en la sartén con trozos de palomilla, sal y salsa de soya. Cuando la carne estaba a medio cocer, echaba papas para que se friera todo junto. Entonces destapaba la botella de Bacardí. Lo tomaba con Coca-Cola, limón, hielo. Ella lo acompañaba con la misma bebida. Fiestas, les llamaba el Comanche a esos vasos de ron; el ron le sabía a fiesta, a amanecida, a baile, a jarana, a puterío, a culeadera. Un par de fiestas y la cena estaba lista. Comían. Luego los vasos se llenaban con más fiesta, sonaban canciones de Héctor Lavoe: "Juanito Alimaña", "Periódico de ayer", "El cantante". Y se enredaban entre el baile, los besos y las manos torpes por debajo de la ropa.

2.

El trabajo de Mariolys en el Dolarazo del mall de Las Americas tenía los días contados: le habían reducido las horas semanales y no llegaba ni a cuarenta.

El dueño, Iñaki, cubría la otra parte del *shift*. Nadie entraba en esa tienda a comprar rosas artificiales, o lapiceros que dejaban de escribir a la semana, o chicles que después de dos masticadas perdían sabor. Ni los anuncios de ofertas que hacían con cartulinas de colores tenían éxito: lleve 3 por 1.50. A veces era una rosa, una liga de pelo y un chicle de menta; otras un chicle de canela, un marcador de páginas con las pirámides egipcias dibujadas y un colador de fideos. Iñaki le había llevado unos catálogos de Odeón para que probara como vendedora y ver si así se resolvía unos pesitos, aunque no era gran cosa: se ganaba solo por comisión, pero lo bueno era que podía acomodar sus horarios. Incluso a los clientes que entraran al Dolarazo podría ofrecerle productos. La mamá de Iñaki llevaba años con eso y no le iba mal. Eso sí: antes de que la aceptaran como vendedora, debía rendir un examen. Por eso estaba aprovechando las horas en blanco detrás del mostrador para aprenderse los catálogos de arriba a abajo. *Ay, muchacha, pero qué cositas tan lindas tenían esos de Odeón para tu niña: pulovitos pink, mediecitas del osito Winnie, zapatitos con flores lo más de bellos.*

En una época a Iñaki le dieron una concesión de venta de planes turísticos a las Bahamas y Disney y Mariolys intentó levantar el negocio con eso; además, ella ganaría por paquete vendido y las comisiones eran buenas, pero no se vendió uno solo: apenas entregó cuatro o cinco brochures entre sus conocidos del mall, y al mes se la quitaron. *¡No entraba un solo customer, caballero!* Las tiendas de al lado estaban cerradas o también vacías, al igual que la rotonda para niños, con un Dumbo pálido, al centro, que con el favor de unas moneditas tocaba *London Bridge is falling down, falling down, falling down.*

55

Carlos Pintado

Carlos Pintado (Cuba, 1974). Poeta, escritor, ensayista y dramaturgo, graduado de Lengua y Literatura Inglesa. Recibió el Premio Paz de poesía, otorgado por The National Poetry Series, por *Nueve Monedas* publicado en edición bilingüe por Akashic Books e incluido en World Literature Today entre sus libros más notables de 2015 y por Vancouver Poetry House en la lista de los 10 mejores; así como el premio Internacional de San Jordi Poesía Sant Jordi por *Habitación a oscuras*. Entre sus obras se encuentran *La Seducción del Minotauro, Los bosques de Mortefontaine, Los Nombres de la noche, El unicornio y otros poemas, Cuaderno del falso amor impuro, Taubenschlag y La sed del último que mira*. Textos suyos han sido publicados en *The New York Times, The American Poetry Review, Raspa Magazine, Latin American Literature Today*, entre otros. Sus poemas, cuentos y artículos han sido traducidos al inglés, alemán, turco, portugués, italiano y francés, y han aparecido en diversas antologías y revistas, de España, Cuba, Turquía, México, Alemania, Perú, Argentina y Estados Unidos.

EL NADADOR, CHEEVER, OTRA HISTORIA

Soy el nadador de Cheever. Esta historia la he escrito en diarios que el fuego consumirá. Mis hijos descubrirán estas páginas y sabrán que su padre fue algo más que un viejo escritor de Massachusetts. He amado como solo un hombre entrado en años debe amar: con miedo, con precaución, con cansancio. Todas las cosas del mundo son concedidas antes de morir menos el tiempo. Por eso es imposible amar de otra manera. Cuando vuelen los pájaros del estío los cielos de la tarde, yo habré escrito esta historia. Habré cruzado los patios con la locura dándome latigazos en el rostro, con el deseo partiéndome en dos los labios. Soy el nadador de Cheever y soy Cheever, John Cheever, a ratos, cuando emerjo de las piscinas y alguien prepara una fiesta de bienvenida para mí. Decían que estas casas guardaban una historia luctuosa. He comprendido que la larva sorprendida por la luz experimenta un extraño delirio y que la muerte, tal como la conocemos, no es más que un retorcimiento de la vida. He comprendido estás cosas tardíamente. Ya no tendré tiempo de asomarme a los campos en donde hombres de torsos hermosísimos perviven como estatuas. Soy el nadador de Cheever. Mi historia es triste y efímera, como todas las historias.

VIRGINA WOOLF, UN RIO, UNA FLOR QUE SE HUNDE

Estará en New Orleans, dijo. La luz golpeaba. El tren se extendía por campos en la noche. Estará en New Orleans, repetía. Algo de esto escribió en páginas que no guardarán más asombro que lo que se escribe acaso por amor o sosiego. Cada palabra intentaba describirlo. Si encontrase piedras, pensaría en Virginia Woolf, en un río, en una flor que se hunde. Detrás de él, pájaros oscuros picoteaban su sombra. La mujer diría algo. Los niños huirían. El fuego sería el mismo del filme de Tarkovsky.

OUT OF AFRICA

You know you are truly alive when you're living among lions
ISAK DINESEN

Yo nunca tuve una granja en África ni estuve al pie de las colinas de Ngong, y de joven, acaso por rebeldía, me resistí a leer el libro. Isak era un país en la memoria, nunca un cuerpo delgado consumido por la sífilis, una sombra que la hierba cortaría, sin eco alguno, sin musicalidad aparente.

Por años tuve el libro en mi mano y mi mano temblaba. Recuerdo cómo caía la lluvia sobre esas praderas y bastaba cerrar los ojos para ver aquellos cuerpos demorarse bajo la luz de la tarde, todo entrevisto desde la falsa luminosidad de una página escrita.

La muerte movía los portones. El dinero o el amante se perdían como las hojas. Yo nunca tuve una granja en África, tampoco el perfume del café invadiendo los cuartos en la mañana. Solo leones poblaron mi sueño y acaso el rugido lastimoso de esas bestias fue lo único memorable al despertar.

LA FOTO

Thomas Bernhard: la foto establece el orden, el sentido. Somos los sobrinos de Wittgenstein. Nada sabemos del frío o de la enfermedad. Nada puede herirnos. Somos los personajes de la foto. Ni la muerte puede llegar a nosotros en ese instante. No hay horror. La foto es el obstáculo (no nuestro), la fijación, un límite para que el no existimos. Temes acercarte o que yo esté desde siempre frente a la puerta, esperando. Temes el orden que establece la foto. Avanzas sobre ese pedacito de agua: te acomodas en el silencio, es tu estrategia. La tortura visual dura un segundo.

JOY ESLAVA

> *My "place of clear water,"*
> *the first hill in the world*
> *where springs washed into*
> *the shiny grass*
> *and darkened cobbles*
> *in the bed of the lane.*
>
> SEAMUS HEANEY

"Esta historia no sucedió, o está por suceder, que es lo mismo". Sus palabras hicieron eco, retumbando en su cabeza con el sonido, lejano e impreciso, de las cosas que se escuchan en sueños. Luego buscaría algo sin saber qué buscaba. La habitación sería un desierto: un cesto con papeles, algunos libros en el piso y un espejo en forma de óvalo, cubierto de manchones grises. La máquina de escribir enseñaba una cuartilla sin terminar. El ruido de la llave del agua, abierta, opacaba la música que venía de algún sitio. El hombre pestañeó varias veces. Sudaba. Fue hasta la llave; la cerró bruscamente.

La música de Clannad volvió a reinar en el cuarto.

Se preguntó qué fue a hacer a Joy Eslava esa noche, y, mientras se procuraba una respuesta, recordó aquella palabra: *Anahorish,* que lo devolvía a un poema de Heaney y a noches imaginadas en una taberna de Dublín.

Aquí es donde yo entro en la historia.

La historia que iba a suceder comenzaba conmigo yendo a Joy Eslava; algo de esta conjunción causal trato de explicarle, pero no entiende; no quiere entender. Tiene la tozudez característica de los irlandeses. Yo quise explicar, recordarle que en un poema de Heaney existe esa palabra que nunca pude traducir. Repito *Anahorish*, e intuyo que tampoco él sabrá traducirla. Pero se limitó a sonreír y yo ya no pude más. Bailamos, dice. No fue una pregunta. Yo no quería bailar pero no pude negarme; las manos de él (o quizás fue tan sólo una mano) se aferraron a las mías. Busqué esa confirmación del roce y no pude encontrarla: la penumbra negaba toda visión; las luces estallaban en las paredes, rielaban con fuerza en la fatua oscuridad del bar; sus dedos se enroscaban en los míos, persistentes. Años después yo escribiría, en una historia que nada tendría que ver que esta, cómo un personaje le recuerda al otro:"con tus dedos de sombra me tocaste". Algo así repetí, pero no se escuchó bien. Ahora no podría recordarlo con precisión. Sus palabras me devolvieron a ese momento.

Clannad cedió su espacio a los Cranberries. El teatro de techo circular sostendría la noche. Alcé la cabeza para mirar algo en el segundo piso y él aprovechó para besarme el cuello. Iba a preguntarle algo, pero no dije nada. Preferí irme e inventarme la historia de lo que pudo haber pasado: los dos en Joy Eslava, bailando, borrachos; yo sería el turista que está de paso por Madrid y él apenas la sombra de un sueño, una invención mía, aunque él lo negaría, por supuesto. No quiere para él ese destino que le concedo; dice que sí existe, que no es la sombra de nadie. Me agarraría por los hombros y yo tendría que recordar -en otra historia que pienso escribir - que en realidad alguien me sostuvo por los hombros en aquel lugar. En vano intentaría hacerme recordar cómo intercambiamos abrigos. "Para que tengas un recuerdo mío", dijo, poniéndome en las manos aquel abrigo de piel que a mí se me antojaba un oso muerto. En ese momento pienso que es mejor cerrar los ojos; pensar en esa palabra que nunca pude traducir y que tampoco él comprende. Lo único que no existe es esa palabra, exclamaría él.

Si le hubiera hecho caso, habría escrito mejor esta historia. Escribiría: el olor de su cigarrillo me trajo el recuerdo de otras yerbas. Y confesaría, después, que me gustaba verlo fumar en medio del gentío del lugar. Humo de Dublín, pensé. Y, como si me leyera el pensamiento, preguntó si conocía Irlanda. Nos miramos fijo. El humo era una nube frente a mis ojos; yo la inhalaba; el perfume del tabaco era diferente, suave. Humo de Dublín, escribiría años después, en otra historia que no tendría nada que ver con esta. Le explico -trato de explicarle - que algún día escribiré esta historia, pero no hace mucho caso. Luego seguimos jugando el mismo juego de inventarnos con palabras dichas en lo oscuro.

Me desperté con el ardor del fuego en el pecho. Había intentado hacer una traducción de Heaney antes de quedarme dormido. Desperté pensando en esa traducción. Susurré *Anahorish* como si no estuviera solo en el cuarto y alguien, desde la tiniebla del sueño, pudiera oírme.

Esperé unos segundos, pero no ocurrió nada. Debo esta historia a esa palabra. Me levanté con la certidumbre de ir a algún lugar. Pensé en aquel lugar que recordaba una "alegría eslava". Dudé en ir o quedarme. En algún lugar del cuello guardaba la marca, húmeda aún, de un beso. Al entrar lo vería bailar. Exactamente así: sonriendo sin mirar a nadie, con una gorra ladeada tapándole los ojos. Me asombra la palidez de su piel, como si no hubiera visto el sol en años. Minutos después bailábamos. A contraluz su cuerpo parece frágil, a punto de perderse entra tanta sombra junta. Me aproximo despacio. ¿Cómo explicarle que hace unas horas soñé con él? ¿Pensará que estoy loco? Me sobrecoge esa idea. No quisiera asustarlo. Quizás el sueño se ha extendido hasta aquí, hasta este momento en que por fin estamos los dos: él bailando, pausadamente, sonriendo como un niño; yo aquí, estatuario, observando lo irreal de la situación. ¿Será posible que aún esté soñando?, me pregunto, hasta que la voz de Dolores O'Riordan me tranquiliza.

Estamos en Joy Eslava. Esta historia es cierta. Sucede, me digo. La voz de la cantante farfulla un in your head, zombie, zombie... Yo vuelvo a pensar que todo ha sido un sueño. Es noviembre: Joy Eslava está repleta de gente linda, de turistas, de madrileños que, para escapar del frío, vienen a lugares como éste. La gente se mueve a ritmo de un trance incapturable. Voy a la barra y pido un trago que aleje la timidez. Hubiera preferido fumar un poco. Hace años que no pongo un cigarrillo en mis labios. Escucho: and the violence causes silence, who are we mistaken. Todo gira sin un centro fijo, sin gravedad, repleto de sombras que intercambian besos y abrazos. Pienso en el muchacho del sueño, que poco a poco va perdiendo lugar en mi memoria; el sueño termina por volver todo muy irreal, como ese poema de Heaney que habla de un sitio tranquilo, rodeado de aguas cálidas, donde poder tenderse y hablar. Repito la palabra, como para recordar un conjuro -a estas alturas dudo si repetirla se debe a un conjuro o a un acto esquizoide - y en ese instante una pareja se sienta cerca de mí; ella me mira y saluda; él hace el mismo gesto; ella deja de mirarme; le susurra algo; el muchacho demoró su mirada en mí; yo bajé la vista; los dedos de él se enroscan en los de ella, persistentes. *Anahorish*, digo yo ante el arranque estridente de la música. Después de eso pierdo la noción de todo. Hay un hilo muy breve entre la realidad y el sueño, pensaba yo en el instante en que la muchacha se deshace del muchacho y va a bailar sola. Mis ojos y los ojos del muchacho se encontraron en aquel mar de sombras y contornos esfumados. El quería bailar y yo diría que sí, por supuesto. Las manos de él -o quizás fue tan sólo una mano - se aferraron a mis manos.

Recordé un roce o la imagen de un roce. La piel erizada por el tacto. Miré su rostro: sonreía. En otra historia, e intentando describirlo, yo anotaría: " podré olvidar todo menos su sonrisa, suave, lasciva, como de niña. Más tarde me daría cuenta de que su piel, o más bien el blanco de su piel, es igual de memorable".

Fue aquí cuando sonrío por última vez y nos besamos.

Ella y bailamos. Las manos de ella -mucho más suaves que las de él- me abrazaron desde atrás. Sentí su lengua en mi nuca. En este instante confundo las dos historias; hace años pinté un bosque lleno de senderos que se confunden bajo la niebla. Esa imagen regresa a mi memoria. Pienso que en la mañana los dos serán tan sólo una como esa imagen. Recordaré las palabras de él: "mañana pensarás que fue un sueño". Fue entonces cuando advertí que la muchacha ya no estaba. Sorprendido, me pareció verla fugándose a algún sitio. Quise gritarle algo, pero entendí que era inútil: la música estallaba. Él y yo seguimos bailando con las camisas abiertas, muy pegados; su pecho rezumaba gotas luminosas. Sonreíamos y yo pensé que podría morir mirando esa sonrisa.

La noche nos lanzaba allí como náufragos. El aire se hacía menos aire. Sin dejar de abrazarlo busqué, entre el centenar de rostros que nos miraban, el rostro de ella. Aquí me doy cuenta de que ésta no es la historia de él ni la mía, sino la de ella. Mañana será ella quien escriba esta historia: él y yo en Joy Eslava, bailando y besándonos. "No te preocupes", me calmaría él, y las palabras retumbarían como dentro de un túnel, por encima de la música. "Ella sabrá terminar esta historia mejor que nadie".

De lejos la vi hablarle al cantinero; su cuerpo remedaba un arco; segundos después apuraba un trago, quizás dos. Bajo el cono de luz su rostro filtraba cierto parecido con el del muchacho que ahora me abrazaba. En el cristal de la barra su silueta era inexacta, deformada. Trazos de luces difusas se aferraban al reflejo de ella en el cristal. Temí que aquello se extendiera más allá del sueño. Siento que nos miró casi con envidia. "No le hagas caso. Tú y yo estamos donde ella no puede llegar", escuché, " por eso nos sueña". Yo pregunté: ¿Nos sueña?, sin entender mucho. Me sobrecogió la desesperación de no saber qué iba a pasar cuando ella se marchara. "¿Nos sueña o nos inventa?", vuelvo a preguntar, pero él no supo decirme o prefirió no hacerlo. Al final masculló: "eso sólo lo sabe ella. Nosotros estamos del lado de acá de las cosas". Hizo un gesto con las manos que no comprendí. Bailé, no por el placer del bailar, sino para buscar esa distancia que da el baile cuando hay poco que hablar.

Quise organizar mis ideas.

Las últimas palabras de él dejaron en mí un gusto extraño: "si ella deja de soñarnos, nosotros dejaremos de ser". Sonrió. Le conté mi sueño, el libro de versos de Heaney y aquella palabra que sonaba en mi sueño como un eco de címbalos que no podré traducir nunca. "Es una letanía insoportable", le dije, mientras él intentaba explicarme que en el sueño las cosas se repiten incansablemente; luego habló de una eternidad en el sueño que no entendí. "Esta historia no sucedió, o está por suceder, que es lo mismo", me dijo. Yo cerré los ojos. Recordé esas palabras. Una muchedumbre se abalanzaba sobre mí. El recuerdo de haber llegado a Madrid fue una argucia más. Quise negarme a ser el soñado, pero me faltaba esa desesperación innata que poseen algunos ante situaciones tan inusuales. Fue entonces cuando una de las puertas del bar se abrió y pensé que de allí podía escaparme. Avancé unos pasos, pero la mano de él se aferró a mi mano. "No hagas locuras, nadie escapa de un sueño; si ella te sueña aquí es porque aquí debes estar". Lo escucho y cierro los ojos. El rostro de ella viene a mi memoria. Al abrirlos estamos los tres bailando. No sé cómo sucedió. Las manos de ella serpenteaban en mi pecho, su lengua hincaba en mi nuca. Apoyé mi mano sobre el torso desnudo de él y lo empujé; al volverme estaba ella mirándome, sorprendida. "¿Por qué lo apartaste así?", me preguntó. Me encogí de hombros. "Fue sólo un instinto", dije, e intenté asirla por la cintura. Bailamos muy pegados. La música apenas se escuchaba. El aire era más humo que aire. Bailamos como si no tocáramos el piso. Le pregunté cómo se llamaba y no respondió; "quiero verte de nuevo" pedí. Sentí el peso del silencio. De reojo miré cómo nos duplicaba el espejo. Mi mano acariciaba la piel de su espalda como si la presintiera a punto de escaparse.

"No voy a escapar; también estoy presa de un sueño", me respondió. Los dos nos miramos muy fijo hasta que llegó él y se aprendió a mi hombro. Sentí sus dientes mordiendo, juguetones, el lóbulo de mi oreja. Ella nos miraba a los dos; reía sin ningún motivo. Dijo: " Yo soy el reflejo de ella misma en tu mundo; hasta aquí ella no puede llegar, por eso me inventa..." Yo fui a replicar, pero ella siguió: "...y te inventa"; le pedí que se callara y como si no estuviera escuchándome, concluyó: " y también lo inventa a él. Los tres somos materia de sus sueños. Mañana nada de esto será". Quise decirle que aquello no era cierto, pero preferí irme.

Fui abriendo paso entre la gente. Adiviné que la puerta del bar se abría y cerraba constantemente. Al empujarla volví a estar en aquel cuarto de la pensión. Todavía quedaba, en sordina, el eco ensordecedor del lugar. Cierro la puerta y miro el libro de Seamus Heaney en mis manos. Pienso que me he quedado dormido leyendo los poemas. Repito *Anahorish* con desgano, intentando recordar que he intuido un cuento donde alguien fabula sobre el significado de esa palabra. Mañana escribiré ese cuento, me digo, y caigo en el sofá. A mi derecha hay un cesto lleno de papeles, un espejo en forma de óvalo lleno de manchas grises. Desde la cocina llega el ruido del agua. Apenas puedo escuchar el disco de Clannad. Pienso: "Esta historia no sucedió, o está por suceder, que es lo mismo".

Me levanto y voy a cerrar la llave.

LA LUNA

Yo he tocado, en un sueño, los rostros de la luna: la luna de Estambul que promete el fuego, la luna de Shakespeare, cambiante y eterna como todas las lunas; la luna que tocaron con asombro los ciegos tejedores del Oriente; la luna cantada por las parcas; la luna que aparece en un grabado antiguo; la luna de Borges que la ceguera vuelve de plata y sueño; la luna que abreva en espejos de formas espectrales; la luna primigenia que Roma y Cartago compartieron una noche; la luna que estuvo antes que el mar, antes que el sol, antes que la palabra luna; la luna griega que llaman Artemisa; la luna que los alquimistas persiguieron, sin lograrla, en los metales; la luna del tarot que es un arcano del abismo; la luna de Galileo que niega la luna de Aristóteles, lisa como un cristal; la luna negra que una muchacha descubre en un templo azteca; la luna que viajó con Verne y Cyrano de Bergerac; la luna que Quevedo encierra en un epitafio hermoso y sangriento; la luna de Lorca que baja hasta la fragua con su polisón de nardos; la luna del haiku que no podrá competir con la falsa luminosidad de un guijarro en el río. Estas lunas son más entrañables que esa única luna que persiste, solitaria y perfecta, como una invención de la noche.

EL POEMA DE DURRELL

-Cuarteto de Alejandría-

Era el poema de Durrell
y no era el poema de Durrell
y los campos florecían
bajo la lluvia de otoño.
En el patio un pájaro
tocaba la muerte con su pico.
Yo me desnudaba. Hubo cuerpos
sagrados como lámparas.
En la quietud del aire, en el olor
de esos cuerpos al besarse, sentía
la felicidad.
El poema llegaba después. Las palabras.
El sonido que acompañan las palabras,
llegaba después.

Jorge Majfud

Jorge Majfud (Uruguay, 1969). En 1996 se graduó de arquitecto por la Universidad de la República del Uruguay y publicó su primera novela, Memorias de un desaparecido. Recorrió más de cuarenta países recogiendo material para sus primeros libros mientras trabajaba como como calculista de estructuras y como profesor de matemáticas. En el año 2003 abandonó definitivamente esas profesiones para dedicarse a su primera vocación. Máster y doctor en Literatura por la Universidad de Georgia en 2008, dio clases en diferentes universidades de Estados Unidos. Es el autor de varios libros de ensayos y análisis como El eterno retorno de Quetzalcóatl, Una teoría de los campos semánticos, y novelas como La reina de América, La ciudad de la Luna y Crisis. Es colaborador frecuente de diferentes medios internacionales. Actualmente es profesor de Literatura latinoamericana y Estudios Internacionales en Jacksonville University.

LA PRIMERA MUERTE DE ERNEST HATUEY

En una calle de asfalto cubierto por el polvo que todo lo desdibuja, a la hora en que el día se reparte entre la tarde y la noche y los olores de las aldeas de Irak se vuelven intensos como en las tiendas de granos y especies de los árabes de Manhattan, el convoy entró a la ciudad milenaria sin cambiar el paso. Por la ventanita de la unidad 16, Ernest vio pasar las primeras casas de techos planos y sin luces adentro. Vio las mismas personas de siempre que caminaban como sombras grises y silenciosas, como si tratasen de existir lo menos posible, apenas lo necesario como para volver a sus casas, o como si no supieran otras formas de vivir. Se había acostumbrado a las casas y a las calles, siempre desdibujadas, como si fuesen un bosquejo inacabado, sin límites claros, sin colores precisos, sin nada nítido que hiciera de aquella ciudad una ciudad y de aquella gente hombres y mujeres concretos y no personajes de viejas historias infantiles.

Entre las 17:00 y las 17:15 una explosión levantó por el aire a la unidad que marchaba delante. Como lo indicaba el procedimiento para esas ocasiones, las unidades adelantadas que no habían sido afectadas no se detuvieron. La que iba delante de Hatuey disminuyó la marcha para desviar la unidad siniestrada mientras un soldado abría fuego contra los nativos que no alcanzaban a recuperarse de la estampida.

En el vértigo habitual, acentuado por la sordera del estampido, Ernest se asomó por la escotilla y vio a un hombre que intentaba levantar a un niño. De alguna forma, no sabía cómo, había visto a ese hombre y a ese niño un instante antes de la explosión. Iban caminando de la mano. Iban vestidos más o menos igual, sin colores, con camisas y pantalones holgados, blancos, grises o simplemente sucios. En algún momento el niño comenzó a correr como si hubiese visto al mismo Diablo. Iba descalzo. Unos segundos después ocurrió la explosión y casi enseguida la ráfaga de disparos de la unidad que lo precedía.

Murieron dos compañeros de Arizona, aunque nunca supo quiénes. Tal vez supo el nombre del niño que había caído en la segunda ráfaga. Recordaba los gritos en árabe de alguien que lo llamaba. Recordaba el grito del niño y, sobre todo, recordaba, como una maldición eterna, el silencio que había seguido a aquella descarnada expresión de dolor o de miedo. El hombre gritaba *Johef*, o *Yohef*, o *Youssef*. Era un grito como un vómito, como si en uno de esos nombres estuviese vomitando toda su vida en aquella tierra maldita por Dios, pensaba. El vómito se extendía en la *e*, en la última *e* que se arrastraba en un ronquido que luego se ahogaba en la *f. Yousseeef.* No sabía por qué, pero esta vocal se había vuelto algo importante en su vida. ¿Por qué el vómito se ahogaba en esa *e* que a veces se volvía como una *i* interminable? ¿Por qué se le habían fijado esos detalles cuando había cosas más importantes en la guerra? El hombre que gritaba debía ser el padre. Porque sólo un padre —se animó a pensar— puede gritar de aquella forma que calaba los huesos. Tal vez gritaba para que el convoy se detuviera, alcanzó a reconocer una vez, totalmente ebrio en un bar de la calle Ocean Front de Jacksonville Beach. Tal vez gritaba para que los soldados dejaran de limpiar el área antes de continuar la marcha, omitió decir aquella tarde, pero lo reconoció en un correo electrónico que envió a su primo Eduardo en San Francisco, justo cuando salía de Hawái en el atunero que lo llevaría finalmente a Japón.

También reconoció, en el mismo correo, que cuando escuchó el primer grito casi detuvo el Abrams. Hubiese sido contra el reglamento, razón por la cual la unidad continuó el camino programado.

Pero no importaban las mejores razones para olvidar. Ernest no podía deshacerse de ese grito, de la *e* y del hombre tratando de levantar algo sin forma concreta. Como si esa hubiese sido la única baja en toda la guerra.

El niño había quedado detrás, tendido sobre una mancha de sangre. Su padre insistía en levantarlo, pero por alguna razón no encontraba la forma. Hatuey lo maldecía por esto. Una y otra vez lo había visto en sus sueños tratando de levantar ese bulto enredado en una túnica blanca o gris.

Ernest Hatuey iba a parar el M1 Abrams. Pudo hacerlo, aunque era contra el reglamento. Pudo hacerlo y no lo hizo. Tampoco podía saber si el niño había muerto en la explosión o bajo las garras del Abrams. Y aunque había resuelto la situación de forma correcta según las reglas y el estándar, aunque había visto morir mucha gente antes y después de esa tarde, esa tarde no fue como cualquier otra —y sólo Dios y el Diablo saben por qué.

74

Durante el resto del despliegue en Irak, Ernest Hatuey cumplió con sus obligaciones dentro del objetivo y las formas previstas. En la guerra no es posible apreciar que algo funciona mal, así que en los siguientes meses trabajó con disciplina a la espera del regreso definitivo.

Finalmente, el miércoles 21 de marzo de 2007, arribó al aeropuerto Hartsfield-Jackson de Atlanta. Cuando tomó el metro que lo llevaba de la terminal B a la T, quiso pensar en Claudia, en sus padres. Quiso sentir la misma ansiedad de sus compañeros.

Next stop, concourse C... C as in Charlie...

Sabía que lo estaban esperando. El viejo, emocionado pero inexpresivo; la vieja llorando; y Claudia, la ligera mariposa que se escapó de los paramilitares de Colombia casi diez años atrás, nerviosa, como siempre, delgada y sin saber dominar tanta ansiedad, porque para ella el mundo pendía de un hilo y cada detalle, de cada acontecimiento era una terrible amenaza.

Hubiese querido estar nervioso, pero no pudo. No había emociones fuertes en su estómago, ni las lágrimas que se había imaginado tantas noches, tirado en la litera del destacamento sin poder dormir, con un cigarrillo iluminando de vez en cuando el techo, como en las películas de Viet Nam, contando detalles de su madre y de su perra, escuchando sin tanto interés los detalles de las madres y las perras de sus compañeros, escuchando *Paint it Black* de los Rolling Stones para disimular la realidad. Cada vez que contaba algo de su vida casi olvidada de San Juan, viajaba al Caribe y sentía los olores de la guayaba, veía las flores de la abuela que rodeaban el pozo de agua y se trepaban en el muro del fondo, que él imaginaba el último bastión de la fortaleza que escondía a una hermosa joven raptada por los piratas, sin haberse dado cuenta nunca que los piratas no eran dueños de castillos sino de barcos, propios y ajenos. Y el coquí, por supuesto, el coquí multiplicado por mil en las noches sin autos. Co-quí, co-quí... Cuando la tía Eulogia agonizaba en Orlando, su hija le puso una grabación de estas ranitas en el dormitorio del hospital. Dos enfermeras habían entrado al escuchar el extraño ruido y tardaron en comprender que aquello era una grabación, que la grabación era de unas ranitas, y que las ranitas hacían sentir bien a la paciente. Pero la tía Eulogia no necesitaba más que el silencio y los coquís. Se había sonreído y antes de morir le había dado las gracias a su hija por haberla llevado de nuevo a Puerto Rico.

—*Hatuey, aparte de un nombre extraño, tiene una memoria muy creativa* —decía Jesús, el pelotero dominicano que dormía en la litera de abajo.

—*No seas ignorante* —respondía Hatuey— *¿no sabes quién fue Hatuey?*

Se dejó subir por una de las escaleras mecánicas. Luego por otra. Dos mujeres corrían exhaustas para alcanzar su vuelo.

—Yo sé —había contestado Carlos, desde la oscuridad—: *Es una marca de malta cubana. A un amigo chileno le gustaba mucho tomar malta y en el único lugar que la conseguía era en un restaurante cubano de West Palm Beach, lleno de mosas cubanas aunque nacidas en América. Mi amigo, al que le caía mejor el Che Guevara que la mafia de Miami, iba a comer empanadas cubanas allí, porque los yanquis no tenían la menor idea de qué se trataba eso de la malta. Lo peor fue que terminó enamorándose de una de aquellas niñas y creo que hasta se casaron.*

—No quiero saber lo que habrá sido la historia después.

—Ahora que lo recuerdo, tenía un indio en la etiqueta. La malta.

—Y los habanos, y los Cohiba y todo eso. Pero la verdad que se trata de un indio taíno, el primer rebelde de América.

Next stop, concourse T... T as in tango...

Pero todo eso había sido antes de Falluya. Antes de Falluya, los horrores de la guerra eran apenas eso; eran los horrores de la guerra que le ocurrían cada día a alguien que todavía estaba vivo.

Sin darse cuenta, de repente se vio caminando a paso medido en una fila que divagaba por el aeropuerto. *I see a red door and I want it painted black.* Una mujer rubia con una banderita en una mano dirigía la fila de soldados y los paseaba por las diferentes salas de espera para que los héroes recibieran la bienvenida que merecían. *No colors anymore I want them to turn black.* Una multitud de rostros desconocidos, algunos desencajados, como era costumbre, estaba allí para ovacionarlos. Apenas vio dos o tres hombres y una mujer que leían el diario o tomaban café, con una indiferencia que a Hatuey le pareció deliberada. Ni siquiera sintió odio o rabia por aquellos malagradecidos. Casi que los comprendía. Casi que le hubiese gustado que alguno se levantase y dijera algo, tal vez un insulto, pero algo que terminase con aquella agonía de héroes. Podía ver en sus rostros toda la pasión patriótica que él, Ernest Hatuey, había perdido en la guerra. *I see the girls walk by dressed in their summer clothes...* No le tenía ningún rencor al país al que representaba. Su rencor provenía de otro lado, pero el ruido de los aplausos no lo dejaba entender siquiera en un mínimo grado de dónde provenía ese rencor que lo llevaba a despreciar a aquella mujer gorda que tenía el rostro colorado de tanto aplaudir, o a aquel otro anciano que gritaba "*welcome, welcome!*"

Por todos estos indicios supo que estaba enfermo o algo no andaba bien. Un médico le explicará algunos años después que existe un síndrome del

76

soldado que transfería todas sus frustraciones y sus experiencias traumáticas a las autoridades que lo habían enviado a la guerra, y que esto se podría curar perdonando y habilitando un diálogo con aquellos que en su momento debieron tomar la decisión que finalmente terminó por afectar la vida del soldado renegado. Pero Hatuey descubrió, con total sorpresa, que los compañeros que estaban en su misma situación eran muchos, al menos muchos más de lo que cualquiera de ellos podía reconocer.

Mientras caminaba en silencio, arrastrando por el piso brillante aquellas botas de color arena del Oriente que debía guardar como el mayor trofeo de su vida, Ernest siguió esperando que la emoción brotase a sus ojos mientras cumplía con la ceremonia de recibimiento. Todos sus compañeros habían estado ansiosos desde que divisaron las costas de Estados Unidos hasta el último minuto.

Cuando el martirio del desfile de recibimiento terminó, todos se echaron a los brazos de sus padres y de sus mujeres. Algunos, incluso, tenían hijos pequeños. Sintió envidia de estos niños pequeños, corriendo como locos a tirarse a los brazos de su padre ausente en una misteriosa tierra, en un ingrato país lejano que había devorado a muchos de aquellos sufridos héroes. Y gracias a ellos ahora sus niños eran libres.

Ernest Hatuey intentó hacer lo mismo. Cuando vio a sus padres y a Claudia con el rostro cruzado de lágrimas, extendió los brazos y una sonrisa que sus ojos no acompañaron. No podía emocionarse. Mucho menos llorar o arrancar una lágrima a aquellos ojos resecos por la arena del desierto. Resecos, pensó, como si estuviesen muertos. Intentó fingir emoción, pero tampoco pudo.

Allí estaban su esposa y sus padres, y allí estaba él haciendo lo que debía hacer: abrazarlos, decirles que estaba feliz por el regreso. Pero sólo pensaba en llegar a su casa y acostarse. Era como si un gran cansancio, luego de días de caminar, lo hubiese invadido sin razón.

En su casa encontró a su perra Glory, a la perra que tanto había extrañado. Allí estaba, nerviosa, saltando hasta donde le daban las patas. Ernest Hatuey se arrodilló y la abrazó tratando de evitar las lamidas desesperadas de aquella pequeña bestia que no había entendido nada.

Pocos meses después de su regreso, los médicos diagnosticaron que Ernest Hatuey sufría de PTSD, es decir, de *posttraumatic stress disorder*. Según le explicaron, nadie sabía todavía por qué las mismas experiencias tienen efectos diferentes en diferentes personas e, incluso, en una misma persona. Pero al menos toda la furia contra los desconocidos que se habían quedado y toda indiferencia por su esposa y por sus padres, tenían un nombre y, probablemente, los médicos tenían alguna idea de cómo aliviar un problema que se había vuelto crónico por no haber sido tratado a tiempo, según decían ellos.

Así que, poco a poco, fue descubriendo que ese día, el 16 de marzo de 2006, había muerto con la explosión o poco después, y su cadáver había quedado tendido en una calle polvorienta de Falluya, en manos de un padre desconocido, tan desconocido como el que encontró el mismo Ernest a su regreso en Atlanta, una tarde de otoño del 2007.

CARTA ABIERTA A DONALD TRUMP

Señor Trump:

Cuando usted lanzó su candidatura presidencial por el partido republicano a mediados del año pasado, con la intuición propia un empresario exitoso, ya sabía qué producto vender. Usted ha tenido el enorme mérito de convertir la política (que después de la generación fundadora nunca abundó en intelectuales) en una perfecta campaña de marketing comercial donde su eslogan principal tampoco ha sido muy sofisticado: Los mexicanos que llegan son violadores, criminales, invasores.

Nada nuevo, nada más lejos de la realidad. En las cárceles de este país usted encontrará que los inmigrantes, legales o ilegales, están subrepresentados con un cuarto de los convictos que les corresponderían en proporción a la población estadounidense. Por si no lo entiende: las estadísticas dicen que "los espaldas mojadas" tienen cuatro o cinco veces menos posibilidades de cometer un delito que sus encantadores hijos, señor Trump. Allí donde la inmigración es dominante el prejuicio y el racismo se incrementa y la criminalidad se desploma.

Verá usted, don Donald, que por siglos, mucho antes que sus abuelos llegaran de Alemania y tuviesen un gran éxito en el negocio de los hoteles y los prostíbulos en Nueva York, mucho antes que su madre llegara de Escocia, los mexicanos tenían aquí sus familias y ya habían dado nombre a todos los estados del Oeste, ríos, valles, montañas y ciudades. La arquitectura californiana y el cowboy texano, símbolo del "auténtico americano" no son otra cosa que el resultado de la hibridez, como todo, de la nueva cultura anglosajona con la largamente establecida cultura mexicana. ¿Se imagina usted a uno de los padres fundadores encontrándose un cowboy en el camino?

Cuando su madre llegó a este país en los años 30, medio millón de mexicoamericanos fueron expulsados, la mayoría de ellos eran ciudadanos estadounidenses pero habían tenido la mala suerte de que la frustración nacional por la Gran Depresión, que ellos no inventaron, los encontrase con caras de extranjeros.

Esa gente había tenido cara de extranjeros y de violadores (usted no fue el primero que lo supo) desde que Estados Unidos tomó posesión (digámoslo así, para no ofender a nadie) de la mitad del territorio mexicano a mediados del siglo XIX. Y como esa gente, que ya estaba ahí, no dejaba de hablar un idioma bárbaro como el español y se negaba a cambiar de color de piel, fueron perseguidos, expulsados o simplemente asesinados, acusados de ser bandidos, violadores y extranjeros invasores. El verdadero Zorro era moreno y no luchaba contra el despotismo mexicano (como lo puso Johnston McCulley para poder vender la historia a Hollywood) sino contra los anglosajones invasores que tomaron sus tierras. Moreno y rebelde como Jesús, aunque en las sagradas pinturas usted vea al Nazareno siempre rubio, de ojos celestes y más bien sumiso. El poder hegemónico de la época que lo crucificó tenía obvias razones políticas para hacerlo. Y lo siguió crucificando cuando tres siglos más tarde los cristianos dejaron de ser inmigrantes ilegales, perseguidos que se escondían en las catacumbas, y se convirtieron en perseguidores oficiales del poder de turno.

Afortunadamente, los inmigrantes europeos, como sus padres y su actual esposa, no venían con caras de extranjeros. Claro que si su madre hubiese llegado cuarenta años antes tal vez hubiese sido confundida con irlandeses. Esos sí tenían cara de invasores. Además de católicos, tenían el pelo como el suyo, cobrizo o anaranjado, algo que disgustaba a los blancos asimilados, es decir, blancos que alguna vez habían sido discriminados por su acento polaco, ruso o italiano. Pero afortunadamente los inmigrantes aprenden rápido.

Claro que eso es lo que usted y otros exigen: los inmigrantes deben asimilarse a "esta cultura". ¿Cuál cultura? En un una sociedad verdaderamente abierta y democrática, nadie debería olvidar quién es para ser aceptado, por lo cual, entiendo, la virtud debería ser la integración, no la asimilación. Asimilación es violencia. En muchas sociedades es un requisito, todas sociedades donde el fascismo sobrevive de una forma u otra.

Señor Trump, la creatividad de los hombres y mujeres de negocios de este país es admirable, aunque se exagera su importancia y se olvidan sus aspectos negativos:

No fueron hombres de negocios quienes en América Latina promovieron la democracia sino lo contrario. Varias exitosas empresas estadounidenses promovieron sangrientos golpes de Estado y apoyaron una larga lista de dictaduras.

Fueron hombres de negocios quienes, como Henry Ford, hicieron interesantes aportes a la industria, pero se olvida que, como muchos otros hombres de negocio, Ford fue un antisemita que colaboró con Hitler. Mientras se negaba refugio a los judíos perseguidos en Alemania, como hoy se los niegan a los musulmanes casi por las mismas razones, ALCOA y Texaco colaboraban con los regímenes fascistas de la época.

No fueron hombres de negocios los que desarrollaron las nuevas tecnologías y las ciencias sino inventores amateurs o profesores asalariados, desde la fundación de este país hasta la invención de Internet, pasando por Einstein y la llegada del hombre a la Luna. Por no hablar de la base de las ciencias, fundadas por esos horribles y primitivos árabes siglos atrás, desde los números que usamos hasta el álgebra, los algoritmos, y muchas otros ciencias y filosofías que hoy forman parte de Occidente, pasando por los europeos desde el siglo XVII, ninguno de ellos hombres de negocios, claro.

No fueron hombres de negocios los que lograron, por su acción de resistencia y lucha popular, casi todo el progreso en derechos civiles que conoce hoy este país, cuando en su época eran demonizados como peligrosos revoltosos y antiamericanos.

Señor Trump, yo sé que usted no lo sabe, por eso se lo digo: un país no es una empresa. Como empresario usted puede emplear o despedir a cuantos trabajadores quiera, por la simple razón de que hubo un Estado antes que dio educación a esas personas y habrá un Estado después que se haga cargo de ellos cuando sean despedidos, con ayudas sociales o con la policía, en el peor de los casos. Un empresario no tiene por qué resolver ninguna de esas externalidades, sólo se ocupa de su propio éxito que luego confunde con los méritos de toda una nación y los vende de esa forma, porque eso es lo que mejor sabe hacer un empresario: vender. Sea lo que sea.

Usted siempre se ufana de ser inmensamente rico. Lo admiro por su coraje. Pero si consideramos lo que usted ha hecho a parir de lo que recibió de sus padres y abuelos, aparte de dinero, se podría decir que casi cualquier hombre de negocios, cualquier trabajador de este país que ha comenzado con casi nada, y en muchos casos con enromes deudas producto de su educación, es mucho más exitoso que usted.

El turco Hamdi Ulukaya era in inmigrante pobre cuando hace pocos años fundó la compañía de yogures Chobani, valuada hoy en dos billones de dólares. Algo más probable en un gran país como este, sin dudas. Pero este creativo hombre de negocios tuvo la decencia de reconocer que él no lo hizo todo, que hubiese sido imposible sin un país abierto y sin sus trabajadores. No hace muchos días atrás donó el diez por ciento de las acciones de su empresa a sus empleados.

En México hay ejemplos similares al suyo. Pero mejores. El más conocido es el hijo de libaneses Carlos Slim que, tomando ventaja de las crisis económicas de su momento, como cualquier hombre con dinero, hoy tiene once veces su fortuna, señor Trump.

Señor Trump, la democracia tiene sus talones de Aquiles. No son los críticos, como normalmente se considera en toda sociedad fascista; son los demagogos, los que se hinchan el pecho de nacionalismo para abusar del poder de sus propias naciones.

La llamada primera democracia, Atenas, se enorgullecía de recibir a extranjeros; ésta no fue su debilidad, ni política ni moral. Atenas tenía esclavos, como la tuvo su país por un par de siglos y de alguna forma la sigue teniendo con los trabajadores indocumentados. Atenas tenía sus demagogos: Ánito, por ejemplo, un exitoso hombre de negocios que convenció muy democráticamente al resto de su sociedad para que condenaran a muerte a la mente pensante de su época, Sócrates, por cuestionar demasiado, por creer demasiado poco en los dioses de Atenas, por corromper a la juventud con cuestionamientos.

Por supuesto que casi nadie recuerda hoy a Ánito y lo mismo pasará con usted, al menos que redoble su apuesta y se convierta en alguna de las figuras que en Europa pasaron a la historia en el siglo XX por su exacerbado nacionalismo y su odio a aquellos que parecían extranjeros sin siquiera serlo. Seguidores siempre va a encontrar, porque eso también es parte del juego democrático y, por el momento, no tenemos un sistema mejor.

EL INMIGRANTE
(fragmento de la novela *Crisis*)

En este país que es un país y son muchos países, en esta gente que es un pueblo y son muchos pueblos nunca estarás en un lugar preciso ni serás un individuo concreto sino muchos lugares y muchos individuos.

Te sentarás en un restaurante de comida mexicana y apoyarás los codos en esa mesita larga con azulejos que parecerán hechos a mano en el Zócalo o en Sevilla, con paredes que lucirán pintadas por un artista único para un lugar único.

Por ninguno de esos detalles podrás decir si estás en Amarillo, Texas, o en El Cajon, California, o en Bonita Springs, Florida, o en Rio Grande, New Jersey. Las mesas con azulejos típicos de México o de Sevilla serán iguales, que es lo mismo que decir que serán las mismas mesas. Y también los olores y los cuadros y los pisos de cerámica y el paisaje por la ventana y la chica que aparecerá y te sonreirá. Será siempre esa misma sonrisa que irá incluida en el mismo menú y al mismo precio y no te importará porque sabrás que estás pagando para que te sonría, amable, linda, casi como si te simpatizara.

Como si te conociera.

Porque en el fondo ya te conoce.

Te ha sonreído antes en otros rostros como el tuyo que para ella es el mismo rostro. Y en el fondo sabrás que no es sincera pero ella no lo sabe y a ti tampoco te importará. Porque para caras largas estarán las oficinistas del gobierno, que también cobran pero fuera del círculo feliz del sistema, como lo llamarás si te llamas Ernesto, el criticón.

Y si vas dos veces, tres, cinco veces al mismo lugar, al mismito, vas a encontrar los mismos tacos y las mismas tortillas con salsa picante y las mismas fajitas y la misma margarita y una chica parecida con una sonrisa parecida, por el mismo precio. Pero la chica tampoco será la misma aunque sea lo mismo decir que es la misma chica.

Porque aquí todo está en movimiento. Todo es siempre nuevo aunque sea lo mismo. Todo corre como un río que se repite en cada atardecer. Pero nunca podrás conducir dos veces en la misma autopista. Serán otros los carros y serán los mismos. Nunca podrás pasar dos veces por el mismo *self-service* aunque el mismo self-service con el mismo hindú y los mismos hispanos comprando las mismas cervezas sin alcohol estén en muchas otras partes de muchos otros estados.

Todo correrá como un *road movie,* todo será otro lugar y será el mismo. Otras serán las muchachas de sonrisas azules y los viejos calvos con trajes de oficinistas y las viejas joviales de pelo corto y paso ejecutivo. Y serán los mismos.

Todo se moverá sin parar y nada cambiará, como si te pudieras perder en tu propia casa. Y con cierto placer te perderás por Virginia y por Texas y por Arizona y por California y descansarás en todos sus hoteles y moteles que por el mismo precio serán el mismo cuarto y el mismo baño y las mismas luces sobre un estacionamiento más o menos igual, el mismo césped recién cortado y las mismas flores recién trasplantadas.

Y casi con placer vivirás huyendo de algo, de alguien y de ti mismo, porque huir y perderse es la única forma de libertad que conocerás aquí.

Y te sentirás nadie y te sentirás todos, y te llamarás Ernesto o Guadalupe, José María o María José, y serás un poco de cada uno y serás el mismo que come ahora en un *Chili's* en Nevada y en un *On the Border* en Georgia, y tendrás los mismos sueños por el mismo precio y los mismos miedos por el mismo estatus legal, y las mismas ideas por la misma educación.

Y serás un expulsado de tu país y un perseguido en este, si eras pobre. O no te perseguirán y serás un exiliado con algunos privilegios si llegaste a un título universitario antes de venir. Pero siempre serás un golpeado, un resentido por la peor suerte de tus hermanos y hermanas que no conoces. Esos hermanos a los que te une tantas cosas y a veces solo un idioma.

Y de cualquier forma sufrirás por ser un *outsider* que ha aprendido a disfrutar esa forma de ser nadie, de perderse en un laberinto anónimo de restaurantes, moteles, mercados, plazas, playas lejanas, montañas sin cercos, desiertos sin límites, tiempos de la memoria sin espacio, países dentro de otros países, mundos dentro de otros mundos.

Y huirás sin volver nunca pero al final siempre huirás hacia la memoria que te espera en cada soledad llena de tanta gente que nunca conocerás aunque duerman a tu lado.

Y sólo tendrás una patria segura pero será intangible como el viento. Tendrás sólo una patria, un refugio hecho de memorias fantásticas sobre las profundas raíces del castellano y sobre las movedizas arenas de otras costumbres.

Melanie Márquez Adams

Melanie Márquez Adams. Escritora y editora ecuatoriana. Autora de la colección de cuentos *Mariposas negras*, ganadora del tercer lugar en los Premios North Texas Book Festival, 2018. Actualmente cursa la maestría en Escritura Creativa en la Universidad de Iowa, donde recibió la beca Iowa Arts Fellowship. Ha editado las antologías *Pertenencia: Narradores sudamericanos en Estados Unidos* y *Del sur al norte: Narrativa y poesía de autores andinos*, que recibió el primer lugar en los International Latino Book Awards, 2018. Sus textos de ficción y no ficción creativa aparecen en las revistas *ViceVersa, Suburbano, Literal* y *Nagari*.

EN EL TIEMPO DE LOS BOARDWALKS

Coney Island —amor a primera vista, como de otra vida. Adoras ese universo de tienditas, bares y cafeterías ensartados entre el mar y un parque de diversiones. El *boardwalk*. Un lugar para sentarte con un helado o una cerveza a disfrutar de la brisa marina y observar los cientos de turistas yendo y viniendo, alborotados igual que la veintena de gaviotas aleteando a tu alrededor. Donde puedes entrar a un bar en el que todos se conocen, en el que saludan a los que van llegando por su nombre de pila. Como si estuvieses en el mismísimo *Cheers*, como si el tiempo circular te transportase a un recuerdo perdido en la memoria de algún abuelo.

Una memoria de la infancia eso sí porque Coney Island tiene alma de circo, un mundo de fantasía con olor a sal. En lugar de palomitas, una cerveza. En lugar de la música orquestal, el sonido de las olas que golpean una y otra vez, una y otra vez se mecen contra el muelle. Crujen, cantan. El espectáculo principal: la marea de personas que viene y va, va y viene, traqueteando la madera con sus acentos, sus colores, sus risas. Bancos de ancianos anclados en las barandas con sus cañas de pescar. Anclados sin ningún tipo de pretensiones. No pretenden domar las criaturas marinas, sino que tan solo persiguen lo mismo que el resto: el entretenimiento del circo, sentirse parte de la función, convertirse en uno más de los personajes de aquel mundo fantástico.

Una experiencia similar te espera al otro lado del país: el Muelle de Santa Mónica. A mitad del *boardwalk*, un Jesús-trovador araña la guitarra para deleite de una media luna de apóstoles. Nadie se ofende, todo en buena onda. Al final del muelle, unas pancartas te cuentan la anécdota de Olaf Olsen —un robusto marino que pasó sus últimos días en ese rincón de mundo y acabaría siendo inspiración para el personaje del entrañable "Popeye". Cuando ves las fotos de Olsen —sonrisa pícara y ojos entrecerrados— no dudas que es cierto y te da gusto estar allí, frente al mismo trozo de mar por el que navegó libre en busca de aventuras aquel héroe de otros tiempos.

Porque es eso mismo lo que te enamora de los *boardwalks*. Ese olor añejo a posibilidades en aquellos tiempos cuando el futuro moderno parecía muy lejos. Un ambiente fresco bajo una carpa azul inmensa donde el único mandamiento es relajarse y acoger ese buen *feeling*. Disfrutar de los puestos de colores chillones —como payasitos que te ofrecen un sinfín de baratijas chinas, vasos de *shots* para los amigos, recuerdos— momentos capturados en el sombrero de un mago.

Allí se quedarán guardados hasta que un día, uno de esos en que tu mundo moderno rebosa de estrés, alcanzas a ver por el rabillo inquieto de tu ojo un magneto brillante prendido a la puerta de tu nevera. Entonces recuerdas un día de mar, caminando sobre la madera antigua sin prisas, los dedos de tus pies danzando al ritmo de las olas. Un día de paseo por un lugar mágico, de los de antes, en un mundo más tranquilo, más simple. En el tiempo de los *boardwalks*.

EL COLOR DE LOS LAGOS

—No, ¿cuál es tu *verdadero* nombre? —pregunta sin una pizca de asombro, como si dar un nombre falso fuera parte de la rutina.

—No entiendo bien lo que quieres decir—. Algo preocupada pienso que tal vez, desde mi última época de estudiante, se han inventado nuevas reglas para navegar la vida universitaria en *América*.

—Pues que los estudiantes internacionales suelen escoger un nombre *americano* porque...bueno ya sabes, los de ellos son difíciles de pronunciar—. Sonríe y la fila de dientes perfectos se pierde en su piel vampiresa.

Sonrío de vuelta. No es la primera vez que insinúan que no tengo cara de Melanie. Tampoco será la última.

—Claro, entiendo —digo sacudiendo la cabeza, tal vez demasiado enfática.

Señalando el cartel que está por despegarse de la puerta del dormitorio que me han asignado, le explico que en realidad me llamo así y que, de pequeña, era en mi país donde algunas personas no sabían cómo pronunciar mi nombre.

—¡*Wow*! ¿En serio? —. Cubre su boca con la mano derecha mientras se ríe despacito, los hombros moviéndose de arriba a abajo. Una barbilla puntiaguda completa la imagen de villano de caricatura.

Por la noche, doy vueltas en la cocina, exhausta y hambrienta luego de una clase de tres horas. Cindy sale de su habitación, lista para ofrecerme galletas y dulces, provisiones indispensables en el bol de plástico que hace también de centro de mesa.

Tiene toda clase de preguntas acerca del lugar del que vengo. Quiere saber sobre el clima, la comida, la música. Siente curiosidad más que nada

89

por las personas que habitan aquel rincón distante del mundo. "Seguro que *allá* la vida es más emocionante". El brillo en sus ojos mientras le cuento sobre Ecuador, es la de un niño que acaba de descubrir una nueva serie animada en la tele.

Cindy nunca ha estado fuera de su país. En realidad, nunca ha viajado más allá de un par de estados vecinos a Tennessee. Su fascinación por las personas extranjeras comenzó en una escuela rural en la que pudo conectar con estudiantes de intercambio que venían de Asia y África. Quedó enganchada desde entonces.

Cuando conversa acerca de los chicos de intercambio, sus ojos se enturbian —nubes rosas salpicando cielos azules perfectos. La primera vez que esto sucede, pregunto apenada si alguno de ellos murió.

—No, no es eso —limpia sus ojos con las yemas de los dedos—. Es solo que... ¡Eran *tan* dulces!

Me recuerda a la niña pequeña de una película que vi alguna vez —una que lloraba inconsolable por una camada de cachorritos a los cuales quería conservar para siempre.

Lástima que le fueron arrebatados demasiado pronto, cuando apenas había comenzado a amarlos.

No conozco todavía a mucha gente así es que paso la mayor parte de mi tiempo libre junto a Cindy. Vamos de compras al único centro comercial de la ciudad o a Walmart. Algunas veces damos vueltas en el coche, sondeando las montañas en búsqueda de un buen sitio para caminar.

Una tarde fresca de primavera, paseamos bajo los pinos que se entrelazan a nuestro alrededor. Fascinada con las ardillas que brincan por todos lados, le digo a Cindy que imagine que estamos en el medio de un acto de magia: enérgicas ardillas se transforman en largas y hermosas iguanas que prefieren estirarse bajo el sol antes que correr como maníacas.

—¿Puedes verlo Cindy? —pregunto anticipando su emoción—. Pues ahora estás en mi ciudad. ¡Guayaquil!

Sus pupilas se expanden hasta convertirse en dos enormes globos azules. Nunca había sido tan fácil deleitar a alguien con mis historias.

Me invita a la iglesia un miércoles y le explico con sutileza que mi tolerancia hacia los sermones queda reservada para los domingos. Bueno, *algunos* domingos. No admito mi ligera preocupación: que imagino los dulces pastelitos y donas rellenas de jalea —esos que abundan en las iglesias bautistas— escondiendo entre las capas de azúcar unos detectores diminutos de católicos; que en el preciso momento en que cruce la puerta, una alarma comenzará a chillar y un pastor bajará del púlpito para expulsarme; que luego enseguida procederá a informarme que mi alma adoradora de imágenes nunca llegará al cielo.

"¡El miércoles es *college night!*" insiste. "No hay sermones. Prometo que te vas a divertir." Es difícil concebir algo relacionado a la iglesia como divertido, pero cómo decir que no a la cara de gatito compungido que me mira ilusionada.

Atravesamos un auditorio amplio rebosante de adolescentes y veinteañeros. Arriba en el escenario, unos muchachos no mucho mayores a los de la audiencia, luchan con toda clase de equipos y cables. Antes de alcanzar a preguntar si estamos en una iglesia o en un concierto, la oscuridad desciende sobre nosotras. El escenario cobra vida en tonos de neón —relámpagos que saltan al ritmo del bajo y la guitarra eléctrica.

Con los brazos elevados hacia el cielo y los ojos cerrados, el cuerpo de Cindy se mece al ritmo del coro. La melodía es pegajosa y la letra de la canción es fácil de seguir —me rindo ante las tiernas voces exaltadas. Poseídas por el espíritu embriagante, mis caderas se menean contentas.

Vamos llenando nuestras bandejas de grasosos potingues sureños en la cafetería del centro estudiantil y nos entretenemos buscando alrededor de las mesas estudiantes internacionales apuestos. Entre los candidatos, un muchacho en particular —piel canela, cabello oscuro y, por supuesto, ojos oscuros también —llama la atención de Cindy.

Antes del receso de primavera, le doy una sorpresa. Acabo de conversar con el muchacho de la cafetería. Su nombre es Javier y es de México.

—¡Yo sabía que era *latino!* —grita—. ¡Tienes que presentármelo, por favor!

Mientras aplaude me cuenta que siempre ha querido tener un novio *latino.*

—¿Por qué latino? —le pregunto, aunque ya sé la respuesta.

Siempre es la misma respuesta.

—Porque son *tan* sensuales, *tan* románticos… —muerde sus labios delgados pensando qué más decir—. Es que no sé… los chicos blancos son *tan* aburridos. Yo quiero algo diferente. Apasionante.

Las aguas turquesas en sus ojos resplandecen llenas de posibilidades.

Ocho años después, curioseando en su página de Facebook, encuentro a Cindy comprometida con un chico que podría pasar por su hermano.

91

Supongo que la fantasía del novio latino no incluía un feliz para siempre. Tampoco así nuestra amistad, la cual no sobrevivió las fricciones de compartir un apartamento. A lo mejor fue la diferencia de edad. O quizás algunas amistades están destinadas a acabar con el último día de clases.

De vez en cuando pienso en aquellos días simples de primavera que pasé junto a Cindy, descubriendo mi nuevo entorno entre bosques y montañas. La imagino conversando con sus nuevas amigas sobre aquella compañera de apartamento extranjera que tuvo alguna vez. Sus ojos, del color de los lagos que habitan este lugar al que ahora pertenezco, nublados por recuerdos de iguanas, ardillas y novios latinos.

COLORES DE NOVIEMBRE

El cielo y los lagos amanecen con sus mejores tonos azules. Parecen empeñados en complicar un poco el día al contrastar con las preferencias rojas de esta región de montañas humeantes en Tennessee. Entre calabazas rollizas y espantapájaros sonrientes, veo asomar airosos varios carteles que despliegan el nombre del candidato presidencial republicano. Los árboles prefieren no opinar y sus hojas apenas muestran algo de color, confundidas por las altas temperaturas de este otoño. De todas maneras, el paisaje me regala una encantadora postal *country* que aliviana el camino de una hora hasta la universidad donde imparto clases de español.

Dentro del campus, letreros en rojo, azul y blanco instan a los estudiantes a que ejerzan su derecho al voto. Las ardillas los rodean curiosas, desdeñándolos enseguida al no encontrar comida. Para ellas es un día como cualquier otro. Me fijo en el puente peatonal cristalino que atraviesa una de las calles principales de la ciudad —varios jóvenes marchan hacia el lugar de votación asignado para los residentes en el campus. Deben ir en grupos: medida de seguridad luego de que las encuestas en la universidad revelaran su favoritismo por la candidata demócrata.

Converso con algunos de mis estudiantes luego de terminar nuestra clase de español intermedio. Todos ellos, veinteañeros y caucásicos, se muestran optimistas acerca de su generación. Me comentan que, aun cuando mantienen los valores religiosos y conservadores de la cultura en la que crecieron, están abiertos a otras perspectivas y dispuestos a entender los argumentos del otro lado. Para ellos, eso ya es un cambio importante con respecto a la manera de pensar de sus padres. Confían también en la democracia de su gobierno y en los controles establecidos entre los distintos poderes del estado. Después de todo, me dicen, su país ha sobrevivido anteriores desastres presidenciales. No creen que esta vez sea diferente.

Mi siguiente parada es el Centro de Recursos de Lenguas y Cultura, una pequeña oficina en el campus que provee servicios a la comunidad inmigrante hispana de la región. Tomo un café con la directora del centro, una argentina quien ha vivido en este rincón cobijado por los Montes Apalaches hace más de dos décadas. Esta es la primera vez que puede votar en los Estados Unidos, algo que la llena de satisfacción, no solo por considerarlo un deber cívico —piensa que ahora más que nunca es necesario educar a las personas sobre la importancia de acoger y cuidar la diversidad en este país.

Un manto de humo se extiende amenazante por la región y arruina el paisaje durante mi viaje de regreso. Las montañas desaparecen y en cambio escucho el eco incesante de los camiones de bomberos. Sabía de los incendios forestales provocados por la sequía, pero no había palpado el problema así de cerca.

La masa gris expande sus tentáculos, se apodera del ambiente, y me golpea la certeza de que pase lo que pase, nadie va a quedar contento.

Por la noche, sigo los resultados de las elecciones junto a mi esposo y su familia. De pensamiento liberal, no constituyen precisamente la familia típica de estos lados. La madre mira con incredulidad hacia el televisor y el padre se refugia en las cuerdas de su guitarra eléctrica. El abuelo, un veterano de la marina de noventa años, arruga su nariz afilada y sus ojos celestes durante unos segundos para finalmente encogerse de hombros. Él ya cumplió con su país y pudo alcanzar el sueño americano. La nueva generación tiene la posta.

Mariana Graciano

Mariana Graciano (Rosario, 1982). Estudió Letras en la Universidad de Buenos Aires, completó la maestría en Escritura Creativa en New York University, así como un doctorado en CUNY, New York, donde vive desde 2010 e imparte clases y talleres de literatura. Sus textos han aparecido en revistas de Argentina, Estados Unidos y España. Su primer libro de cuentos, *La visita* (Demipage, 2013), le valió el reconocimiento de Talento Fnac. Su *nouvelle Pasajes* (Chatos Inhumanos, 2017) fue traducida al inglés por Sarah Pollack (*Passages*, Chatos Inhumanos, 2018) y reeditada en Argentina por Baltasara Editora (2018). Ha participado además en las antologías *20/40* (2013), *Escribir en Nueva York* (2014) y *Disculpe que no me levante* (2014).

CAZADOR

Escucharon por la radio que estaba anunciada una tormenta para el fin de semana pero con un cielo tan azul y despejado pensaron que era imposible. Decidieron viajar con una sola valija donde pusieron la ropa de los tres. No hacía falta traer muchas cosas para un par de días en una quinta. "Con el calor que hace, no te vas a sacar la malla", le dijo Carla a Felipe.

Felipe ahora en el asiento trasero del auto mira por la ventanilla y lee un gran cartel que anuncia: "Bienvenido a la provincia de Santa Fe", ilustrado con un mapa físico-político.

—¿Ya llegamos, ma?

—No, hijo... pero falta poco.

—Tenemos dos horas y media más hasta Granadero Baigorria, más o menos, ¿querés parar para ir al baño o algo? —pregunta Alejandro mirando a Felipe por el espejo retrovisor.

Felipe niega con la cabeza.

—Cuando nosotros éramos chicos —sigue Alejandro— y teníamos un viaje largo, mi papá nos hacía elegir un animal a cada uno. Ponele yo elegía caballo y mi hermana vaca y teníamos que contar cuántos veía cada uno. El que veía más ganaba.

—¡Ja! Seguro que era así. Seguro que vos elegías caballo y Sara vacas... ya era más viva que vos desde chiquita.

Alejandro la mira con fastidio, baja la ventanilla y deja caer el codo izquierdo por fuera del auto.

En los carteles Felipe va reconociendo algunos lugares que le quedaron en la memoria de otros años: General Pico, Arroyo Seco, Venado Tuerto. Se acuerda de algunas de las leyendas que imaginó sobre el origen de esos nombres: el general que por la noche, en la intimidad de su casa, se transformaba en pájaro, el venado que confundiendo un árbol reseco con una hembra de su especie, había perdido un ojo.

Carla saca de la cartera las direcciones que su suegro les envió para encontrar la casa.

—Pasando la iglesia esa tenés que doblar a la derecha y es la segunda casa de mano izquierda sobre San Marcos.

—OK.

Felipe disfruta el ruido del auto sobre el camino de tierra, las piedritas apretándose contra las llantas, hasta que el auto se detiene frente a un portón blanco con el número indicado. Mientras se bajan del auto y abren el baúl, Osvaldo y María salen a recibirlos.

—Escuchamos el motor del auto desde la otra cuadra. ¡Qué increíble la paz que hay acá! —dice María acercándose a Alejandro—. ¿Cómo estás, nene? ¿Qué tal el viaje? ¿Comieron algo en el camino?

—Bien, mamá. Dejame que baje las cosas del auto primero.

—¡Felipe! Qué grande que estás, che... Dame eso que está muy pesado —Osvaldo toma la valija que Felipe tenía en sus manos y entran a la casa.

—¿Cómo estaba el clima en Buenos Aires, Carla? ¿Pesadísimo como acá? —pregunta María.

—Sí... pero me parece que acá está peor- responde Carla mientas va a la habitación a dejar su bolso. Desde ahí llama:

—Hijo, vení a ponerte la bermuda y aprovechá la pile un rato.

Felipe no la oye. Está afuera, sentado bajo la sombra de un árbol tratando de romper una fila de hormigas con una ramita. Alejandro lo descubre.

—Dicen que las hormigas saben cuando va a llover y que por eso salen a buscar comida como locas antes de guardarse.

—Sí, mi papá me lo contó un día. Y también buscan lugares más altos para no inundarse con el agua.

Escucha a su mamá que le grita, ahora desde la ventana, que entre a cambiarse y Felipe obedece. Con los brazos en jarra, Alejandro evalúa el estado del cielo. Sube la lomadita donde está la pileta para tener una visión más amplia. No hay nubes ni viento.

Después del almuerzo, la tarde se les va pasando entre saltar a la pileta, secarse en la reposera, tener calor otra vez, y volver a meterse.

Carla decide acostarse bajo la sombra del árbol más frondoso y hacerse la dormida para no seguirle la charla a María. María habla para todos esperando que alguien le responda.

—Qué pena que Sarita este año no pudo venir. Con este calor que está haciendo... Imaginate cómo hubiera aprovechado el agua, esta casa divina. Es mucho más linda que la que alquilamos el año pasado, ¿no?

Felipe, sumergido hasta las orejas, con su esnórquel y sus antiparras, no se entera de lo que está diciendo. Disfruta del momento en que queda a medio camino entre estar adentro y estar afuera del agua.

A través del plástico de las antiparras, la imagen de María se ve nublosa. Las gotitas en frente de los ojos son una cortina brillante, un vidrio esmerilado. Debajo del agua, la nitidez lo reconforta. Se siente un explorador, un buzo de aguas profundas, inhóspitas.

—Porque la del año pasado, no era fea pero tenía una pileta muy chiquita... Con lo que le gusta a Sara el sol y el agua.

—Será por eso que vive en Miami, mamá. Para qué mierda va a venir a disfrutar el sol y el agua de acá, ¿eh?

Osvaldo, inmutable, lee el diario en su silla de lona favorita.

—Me voy a "disfrutar" de una siesta con aire acondicionado, mejor. —dice Alejandro y se va a su habitación.

Cerca de las ocho de la noche el sol está cayendo. Osvaldo intenta prender el fuego para el asado pero los moquitos no lo dejan concentrarse en su tarea. A los gritos le pregunta a María dónde está el repelente. María le dice que se fije en la cocina sin despegar los ojos de la revista que le mandó Sarita por correo. Carla, aburrida, se sienta al lado de ella para hojear las mismas fotos.

Adentro de la casa Felipe busca videos en internet sobre la apnea. Encuentra testimonios de aficionados, explicaciones de la técnica y el record mundial: 230 metros. La señal de internet funciona intermitentemente. Felipe juega a aguantar la respiración hasta que vuelve. No logra aguantar tanto tiempo. Decide también que a partir de ahora su color preferido es el azul, en caso de que alguien le pregunte.

Alejandro entra a buscarlo.

—Feli, ¿querés ir conmigo hasta la despensa? Hace falta más carbón y repelente.

Felipe lee "sin conexión" en la pantalla y decide acompañarlo.

Afuera todavía hay claridad.

—Mirá los nubarrones que vienen de aquel lado. —apunta Alejandro señalando a su izquierda.

—¿Dónde queda la despensa? —pregunta Felipe después de una cuadra

—Acá cerca, en la esquina doblamos y de ahí es media cuadra más. Vamos a tener que bordear el arroyo ese... Preparate para ser comido por los mosquitos.

Los últimos metros hasta la despensa los corren, los dos ya tienen varias picaduras en las piernas y en los brazos. Antes de emprender el regreso a la casa, se rocían repelente por todos lados.

—¿Te gusta más la casa de este año que las anteriores?

—No sé, normal. —responde Felipe— La pile está buena.

—Sí, es más grande.

—¿Por qué siempre alquilan una casa acá?

—No sé, porque queda más o menos a mitad de camino entre Córdoba y Buenos Aires y es más fácil encontrarnos acá con mis papás. A ellos no les gusta Buenos Aires y mí me cansa ir a Córdoba.

—¿Es verdad que en Córdoba cuando viene la creciente tenés que salir corriendo?

—Bueno, más o menos. Depende dónde estés...

—En la tele decían de unos chicos que estaban acampando y se los llevó la creciente. ¿Es de verdad?

—Y por eso, depende dónde estés...Osvaldo y María viven en la capital, en un edificio. Ahí no hay problema pero en zonas más agrestes sí.

Felipe afirma con la cabeza.

Para cuando llegan a la casa ya es de noche cerrada. Carla los ve llegar. Cuando Felipe se para bajo la luz se le notan tres ronchas en la cara y las manos manchadas por la bolsa de carbón que en algún momento tocó.

—Ay dios mío, Felipe. Andá a bañarte ya. Tenés una baranda a chivo y repelente que mata... Das asco... Y vos también, Alejandro. Siguiente.

Después de dos horas, todos se sientan a la mesa en la galería. No saben qué hacer con la luz. Si la apagan, no se ve bien. Si la encienden se llena de bichos. Osvaldo dice que hay que apagar todo y dejar las velas con citronela. Con la poca luz, Carla no alcanza a ver cuando uno de los bichos cae en su plato. Está a punto de llevárselo a la boca cuando Felipe le avisa: "má, es un bicho".

—Esto es un asco —dice Carla y se va adentro a ver televisión.

María hace un gesto de desaprobación pero no dice nada. El resto sigue comiendo en silencio.

María levanta la mesa cuando terminan. Osvaldo da vuelta su silla para mirar al parque. "Está cambiando el viento", advierte.

Las ráfagas son cada vez más fuertes, las copas de los árboles se balancean, las hojas se dan vuelta esperando el agua y vuela cada vez más tierra. Felipe cree ver dos o tres luciérnagas revoloteando en el frente de la casa. Agarra un vaso de vidrio y un platito para usar como tapa y se va de cacería. Las ve, no las ve. Las ve cuando brillan, abre su trampa, apunta y desaparecen ante sus ojos otra vez. "Bioluminiscencia", se acuerda de la palabra que le enseñó su papá, le había dicho también que si un día atrapaba muchas y las ponía en un frasco, podría hacerse su propio farolito, un velador para poner en su mesita de luz.

Al levantar la vista buscando adónde se habían ido las luciérnagas, alcanza a ver una especie de nube de bichos que está trayendo el viento.

—¡Má! Vení. Mirá.

Carla sin despegar los ojos de la pantalla del televisor, le grita que se meta adentro.

Alejandro se acerca a Felipe. Los insectos empiezan a pegar contra las paredes de la casa y contra ellos para después caer al suelo. Son verdes, del tamaño de una cucaracha pero vuelan y pegan contra todo.

María desde la cocina los llama para que se metan adentro de la casa:

—¡Hay que cerrar todo antes que esa porquería se meta en la casa!

Le hacen caso. Osvaldo se queda parado junto a la ventana.

—Son cotorritas —afirma— en Córdoba hay siempre, pero esta cantidad no vi nunca.

También Felipe se pega al vidrio para verlas de cerca. El ruido que hacen al dar contra las cosas es ensordecedor, como si estuvieran cayendo piedras. La mesa en la que estaban comiendo afuera, ahora está cubierta por un manto verde. Los faroles del alumbrado de la calle tienen una nube espesa de bichos revoloteándole alrededor.

—Ay pero qué horrible ese ruido—se queja Carla.

Toma el control remoto para subir el volumen y entonces se corta la luz.

—Ah bueno… ahora sí que estamos en el Paraíso.

Felipe, asustado, tantea hasta encontrar una silla. Se sienta. Alejandro saca su encendedor y con una llama diminuta le ayuda a María a buscar velas en los cajones de la cocina. Encienden las dos que hay. Estallan los truenos, empieza a llover. Una cortina de agua pareja cae sobre la casa y enjuaga el bicherío.

Los despierta la claridad que va entrando a cada uno de los cuartos sin cortinas. Después de una noche agitada en la que casi no han podido dormir con los ruidos de los truenos y una gotera que apareció en el baño, van llegando de a uno a la cocina, tentados por el aroma del café que prepara María.

Alejandro comprueba que ninguna de las luces de la casa enciende todavía. Abre cajones. Encuentra una linterna y otra vela. Las deja arriba de la mesa del living. Se pega a la ventana, se lleva los brazos a la cintura, mira el cielo.

—No paró un minuto desde que se largó anoche —advierte preocupado— voy a salir a ver como está la cosa afuera.

Carla tirada en el sillón con cara de dormida, pierde la mirada en la lluvia.

—Felipe, ¿qué tomás vos de desayuno? —pregunta María.

—Café con leche.

—Uy, pero leche me parece que no hay... Carla, ¿ustedes trajeron leche?

Carla no responde. María insiste. Carla finalmente responde negando con la cabeza.

María, atolondrada, habla para el primero que la escuche:

—¿Y este chico pobrecito qué va a tomar de desayuno? Hace años que nosotros no compramos leche. El médico nos dijo que la lactosa no nos hacía bien y la suspendimos. Pero no te vas a quedar sin desayuno, vos nene.

Alejandro vuelve a entrar a la casa empapado.

—No se ve nada. Debe estar todo el mundo atrincherado adentro de las casas. El camino está imposible. No sé cuándo vamos a poder salir de acá manejando...

—Nene, pero este chico no tiene leche, fíjate vos. ¿Qué va a tomar de desayuno?

—¿Querés un té? —le pregunta Alejandro.

Felipe asiente mientras mira como la lluvia pega sobre la pileta que está llena de hojas y de tierra.

Mas tarde Alejandro le da las llaves que Felipe pide prestadas para ir a escuchar música al auto. El auto está estacionado en la galería del frente de la casa, bajo techo. Felipe enciende la radio. Imagina que maneja. Imagina que arranca el auto y que, como un corredor profesional de rally, toma una curva a toda velocidad salpicando barro para todos lados y abriéndose una huella en el camino. Después de 400 o 500 metros tendría que doblar a la izquierda una cuadra y luego dos a la derecha (según se acuerda) para poder salir a la ruta, al pavimento. Tendría que poner el limpiaparabrisas al máximo y limpiar con la franela el vidrio cada vez que se empañe. Lo hace. Practica. Lo vuelve a hacer mejor. La lluvia va a hacer un ruido tremendo contra el auto, piensa. Sólo voy a poder ver un metro adelante mío. Más allá se verá todo borroso. Se pega al volante y fija su mirada en un punto en el horizonte. Se abrocha el cinturón de seguridad. Mueve su cintura de izquierda a derecha, imitando el movimiento que haría el auto. Seguro que estaría culeteando con tanta agua. Recrea. En el kilómetro 30 encontraría la garita señalada en el mapa. Ese mapa que le habría dejado su papá antes de irse. Ese mapa que solo él entendería. Ese mapa que sería un código y un secreto para siempre entre ellos. Y entonces sí, en el km 30, en eso que creía que era la garita del km 30 que le habría señalado su padre, estacionaría, justo debajo del único techito que habría disponible y entonces unos segundos después, del otro lado de la pared, se asomaría papá, su papá, que lo habría estado esperando con un paraguas y un sobretodo negro, se subiría al auto y le diría: "Bien, hijo, entendiste todo al final. Vámonos." Y mientras hace el gesto de poner primera para arrancar el auto, ve salir a su mamá y a Alejandro de la casa con un paquete de cigarrillos y un encendedor.

Alejandro y Carla encienden sus cigarrillos. Hacen un gesto mínimo de saludo a Felipe cuando lo ven. En la radio suena una canción que Felipe no conoce pero sube el volumen. Observa los movimientos y las caras de Alejandro y Carla mientras charlan. Es evidente que están peleando. Alejandro frustrado arroja el cigarrillo a la lluvia cuando todavía le queda la mitad y se aleja. Carla fuma con la mirada perdida. Felipe espera unos minutos y luego se baja del auto y va hacia ella. Carla no se da cuenta de que Felipe está a su lado hasta que no le toca el hombro.

—Ay, me asustaste, hijo...

Se quedan mirando la pileta que rebalsa de agua.

En el living de la casa, María chequea su teléfono y camina acercándose a diferentes ventanas.

—Este aparato de porquería... Me llegó un mensaje de Sara preguntando si estábamos bien. Dice que vio en las noticias que había evacuaciones en Rosario por el temporal. Pero ahora no tengo señal para responderle... Será posible, ¡con este teléfono maldito!

Nadie le responde.

—La pileta está desbordada ya. Las hojas le deben haber tapado el desagote —señala Osvaldo.

La gotera del baño se transforma en un chorro constante, una cascadita en la pared. María se apura buscando un balde y unos trapos. La lluvia cae con más fuerza que antes. Dos horas después el agua empieza a colarse por debajo de la puerta. Desenchufan todo. Ponen arriba de la mesa las cosas que van encontrando en el piso. En el cuarto de Felipe hay una cama cucheta. Deciden llevar todas las cosas de valor ahí. Valijas, teléfonos, dinero. Cuando ya no queda nada por mover se acercan a la ventana del living. Durante una hora nadie habla. Observan lo que pasa afuera como una película de terror de la que no se conoce el final. Varias ramas cayeron en el medio del jardín, el viento sigue tambaleando los árboles. Carla mira fijamente la copa del más grande, trata de calcular mentalmente qué pasaría si se cayera, adónde caería. Alejandro mira el auto. El agua le cubre sólo las llantas, todavía no se ha metido adentro. Respira.

—¿Qué es eso? —pregunta Felipe señalando un bulto negro que se alcanza a ver por detrás de la pileta y que nadie había visto antes.

—Un cacho de árbol, seguro —apunta María.

—Vos sos más ciega mamá, eso no es un árbol... Parece como una bolsa.

—A lo mejor son bolsas de basura que movió el agua.

—¿Pero cómo va a llegar una bolsa de basura ahí? En el frente de la casa podría ser pero ahí atrás no.

—Mirá, parece que se mueve un poquito.

—No, es el agua que lo lleva.

—Para mí que se mueve, como que respira.

—Basta, mamá. Dejá de decir boludeces.

—Bueno, al menos parece que la lluvia está parando.

—Sí, cierto... Hasta está bajando el agua.

Con la nariz pegada al vidrio frío de la ventana Felipe imagina que se pone un sobretodo con capucha, botas y guantes. Tomará una de esas tenazas largas y uno de los pinches que usan para mover las brasas del asado y caminará hasta el bulto. Al sentir sus pasos la criatura se moverá, asustada, intentará atacar. No podrá moverse porque estará herida. Felipe podrá ver un manchón de sangre en el suelo y una especie de pata lastimada. Le mostrará los dientes pero todavía será difícil distinguirla. ¿Una comadreja gigante? ¿Un caimán salido del arroyo? Él lo domará con sus dos herramientas y su madre lo mirará desde este lado del vidrio llevándose las manos a la boca asombrada por su valentía.

Cuando finalmente deja de llover, los tres hombres salen de la casa y caminan hacia el bulto. A medida que se acercan la cosa deja de ser negra y empieza a verse cada vez más marrón. Luego advierten que tiene pelo, mojado, que no se mueve, que parece estar descomponiéndose desde hace rato, que es un perro muerto.

Lo rodean sin tocarlo. Felipe lo mira fijamente a los ojos. Osvaldo y Alejandro miran alrededor pensando de dónde puede haber salido.

—¿Será que estaba atrás del árbol y por eso no lo vimos?

—No, si yo caminé por ahí ayer.

—Quizás lo trajo el agua desde afuera, desde una zanga o el desagote de la pileta, andá a saber.

—A lo mejor estaba enterrado ahí, mirá. Abajo del cerco ese parece que hay un pozo...

—Puede ser, quizás tanto agua lo sacó a flote otra vez.

—Felipe, andá a buscar una bolsa grande de la cocina así lo metemos adentro.

Sin hablar, Felipe obedece. Camino a la cocina piensa: seguro que todavía alguien está esperando que vuelva.

LA VISITA

A veces todavía creo escuchar por mi ventana el cacareo y me despierto. Me toma unos segundos reconocer la cama, la habitación, la ciudad. Me pregunto qué habrá sido de aquel lugar, si acaso alguien estará viviendo allí, si existirá todavía o si habrá sido demolido, si ahora será todo pura tierra y yuyal olvidado o si habrá animales pastando, relamiéndose y masticando sin saber vestigios de pasado.

Fijo la mirada en uno de los bordes de mi mesa de luz y dejo de pestañear hasta que la mesa se desvanece, hasta que sólo veo manchas, y empiezo a reconstruir el recorrido a la perfección: primero salir del pueblo, dejar el pavimento, hacerle frente al camino de tierra. Dejar que la nube de polvo detrás del auto se lo vaya comiendo todo, atrás, la gente, las casas, las farmacias, las tiendas, el mundo, adiós.

Dos kilómetros en línea recta y al llegar a la vertiente, girar a la derecha, continuar por un kilómetro, luego girar a la izquierda. Después de algunos minutos ya empezaban a divisarse los dos pinos de la entrada. Una vez allí, el perrerío, las gallinas picoteando y cagándolo todo, el sol arrasando la tierra.

Apenas mi papá frenaba, yo ya estaba lista para bajarme. Abría la puerta rápido, notaba el entumecimiento de mis piernas después de las horas de viaje. Hola, qué grande estás, otro beso, tío, abrazo, primos, tía, hola, perro viejo, perros nuevos y detrás, detrás de nuestras voces, el profundo silencio del monte.

Bajábamos las valijas, encimábamos nuestras cosas en una de las habitaciones y mi madre nos mandaba enseguida a cambiarnos, a ponernos el traje de baño aunque no había dónde bañarse. La ropa no se aguantaba, menos los zapatos. Era cuestión de procurar la sombra todo el día y de darse baldazos con agua fría del pozo.

Mi prima Luciana me seguía el paso. Nos mirábamos, nos sonreíamos sin hablar mucho, reconociéndonos otra vez, después de un año, similitudes y diferencias.

A la media hora ya estábamos por ahí, explorándolo todo, charlando, jugando, planeando cosas para el día siguiente, mientras iban llegando más tíos, más primos, más coches, más bolsos.

Los que no estaban en la casa para el mediodía del 31 de diciembre, ya no vendrían. Seríamos los que estábamos. Nosotros solíamos llegar el 30 y quedarnos hasta el 4 de enero.

Por la tarde se dormía la siesta. Mi mamá se metía adentro de la casa, se acostaba en el cuarto que había sido suyo, con las ventanas abiertas y el ventilador al máximo dándole de frente. Mi papá prefería recostarse en cueros bajo el ombú. Yo también. Aunque no dormía, solía quedarme allí abajo mirando el camino, el horizonte, lejos, seco y brillante.

Cuando el sol bajaba un poco, los primos nos disfrazábamos con la ropa vieja que encontrábamos en una de las habitaciones, corríamos, bañábamos a los perros, nos embarrábamos hasta las rodillas, montábamos un circuito de obstáculos para las carreras de bicicletas, acariciábamos a los pollitos, asustábamos a los chanchos y decorábamos el gallinero con flores, tanto que la Luci se quería quedar a vivir ahí. Cerraba la puerta con el ganchito de alambre, se sentaba y teníamos que dejarla porque no había manera de hacerla entrar en razones, de explicarle que ella no podía vivir ahí, que esa era la casa de las gallinas. La recuerdo encaprichada, cruzada de brazos, sin querer salir, en su palacio, soberbia reina de las gallinas.

Y recuerdo ese último viaje. La noche antes de volvernos, dejamos las valijas listas para salir a la mañana temprano. Cenamos. El resto de las visitas ya se había ido. Sólo quedábamos mis padres y yo. Nadie se animaba a ir a la cama por el tremendo calor. Se te pegaban las sábanas al cuerpo y no se podía dormir.

Mi papá se había quedado afuera, tratando de tomar un poco de fresco. Tomé coraje para atravesar la juntada de sapos que había justo al lado de la puerta y salí a ver qué estaba haciendo. Se balanceaba apenas en la mecedora de lona gastada, alumbrado por la luna y el reflejo de la luz de la cocina. Busqué otra silla y me senté a su lado, sin decir nada. La noche en la tierra era de una oscuridad profunda, negro el camino, los árboles, todo, pero en el cielo, deslumbraba.

Me distraje viendo dos luciérnagas entre mis pies y el pasto, y entonces, mi papá:

—¿Viste eso, hija?

—No, ¿qué?

—Ahí mirá.

Apuntó con el índice al cielo y sí, vi. Había una luz distinta a todas las demás, más brillante, más cercana y en movimiento.

—¿Lo ves?

—Sí —le respondí. Ya estaba asustada.

—Parece como que se está moviendo a la derecha, ¿no?

—Sí...

Y sí, se movía porque cuando empezamos a verla estaba detrás de la casa y ahora ya estaba por encima del galpón. Cada vez nos costaba más divisarla y yo me tuve que parar en la silla para poder seguir su trayectoria. Mi papá también se había parado y estiraba el cuello. Observamos un rato sin decir nada, entre el chirrido de los grillos y el zumbido de los bichos revoloteando el foco.

—Andá, andá adentro a llamar al tío, hija.

Salí corriendo. Llamé al tío, al dueño de casa, al de la piel curtida, claro.

—Tío, vení que dice mi papá que vengas porque hay como una luz afuera.

Y el tío que era el único que ya estaba dispuesto a dormirse me miró como diciendo "¿hace falta?", pero no lo dijo, no dijo nada y salió a ver qué pasaba detrás de mí, descalzo y en calzones.

Para cuando volví afuera, mi papá se había corrido unos metros y seguía parado, mirando hacia el galpón.

—Vení, Efraín, vení. Mirá esto.

El tío se acercó sin ganas y alcancé a ver cómo se transformó su gesto, cómo juntó las cejas y se quedó sin palabras.

—¿Y eso qué es?

—Pst... no sé, ¿qué podrá ser?

Y yo también caminando en puntitas, entre el miedo a los sapos y a lo que pudiera venir del cielo, me acerqué hasta mi papá y lo tomé de la mano.

—Mirá, mirá...

La cosa empezó a moverse más rápido, acercándose, alejándose, zigzagueando.

—¿Qué pasa? —preguntó mi madre asomándose por la puerta. Se acercó ella también, seguida de mi tía y la Luci.

—Ahí no hay nada. Eso es puro monte nomás. —Dijo mi tío sin sacarle los ojos de encima a aquello.

Nos quedamos los seis callados, viendo cómo la cosa brillaba y se movía aleatoriamente. Hasta que ya no pudimos verla más.

Esa noche, en la habitación, la Luci me pidió que le diera la mano porque no se podía dormir. Yo tampoco.

Al amanecer cargamos las cosas, nos despedimos y desanduvimos aquel camino por última vez.

MI PAPÁ, LOS TRENES Y EL TIEMPO

1. Cuando tenía cinco años mi papá me llevó a conocer el mar. Fuimos a Mar del Plata, donde las playas son amplias y las olas bravas. Me acuerdo perfecto. Estábamos parados en la orilla. El océano de frente rugiendo, estallando cada vez. Yo con mi malla entera amarilla, le apretujaba la mano a mi viejo con todas mis fuerzas, lloraba desesperada. Él se reía a carcajadas y trataba de empujarme más adentro. La sal que traía el viento se me metía en la garganta entre sollozo y sollozo y se mezclaba con las lágrimas que me tragaba.

Por primera vez tuve pánico, me sentí desprotegida al lado de él.

2. A mis diez años y contra toda mi voluntad nos mudamos con mi familia de Rosario a Buenos Aires. Para tratar de convencerme de lo maravilloso y mucho mejor que sería la vida en la capital, mi papá decidió llevarme a conocer el subte. Caminamos por Scalabrini Ortiz hasta Corrientes y llegamos hasta la línea B. Al bajar las escaleras todo se puso sorpresivamente oscuro. Aunque afuera era de día, ahí debajo de repente se había hecho de noche y eso me pareció siniestro. Mi papá compró dos boletos y pasamos por los molinetes. Yo miraba para todos lados. Creí que nos habíamos equivocado de andén porque del otro lado de las vías había mucha más gente parada esperando el tren que de nuestro lado. De repente otra vez, desde la oscuridad profunda del túnel, otro rugido. Nuevamente le aprieto la mano a mi viejo. Llega el tren del otro lado cargado de gente. (En mi recuerdo está tan lleno ese tren que las personas viajan apiladas, con los cachetes pegados a las ventanillas). El vagón se llena aún más con todos los que estaban esperando en el andén y que ahora se empujan para subir. Me da un ataque de ansiedad, el pánico brota. Le digo a mi papá que me quiero ir,

que no quiero subir. ¿Estás segura?, me pregunta. Digo que sí y salimos a la superficie, otra vez la luz del sol, el aire fresco. Recupero el tiempo del día, el ritmo de mis pasos, la calma.

3. A los doce años empecé a volver sola a casa desde el colegio. Podía tomarme el 24 en Gascón y Sarmiento o el subte en Medrano. Me gustaba más el colectivo porque podía escuchar la radio en el walkman (debajo de la tierra no había señal) y mirar por la ventana.

Un día volviendo a casa en el 24 llenísimo, un tipo se paró atrás de mí, muy cerca, demasiado. Estaba acostumbrada a viajar a los empujones pero no a darme cuenta cuando estaba siendo abusada. Fue la primera vez y me llevó mucho tiempo entender lo que estaba pasando (aunque el viaje duraba 20 minutos en total, el abuso de este hombre duró horas, semanas, años). A mitad de recorrido empecé a cambiarme de lugar, a buscar otros huecos desde los que agarrarme de algún asiento y las tres veces que lo logré el tipo me siguió y se volvió a parar atrás de mí, refregando su miembro en mi uniforme gris de escuela primaria. Unas cuadras antes de llegar a casa el colectivo se detuvo en un semáforo todavía con la puerta de atrás abierta. Aproveché el lío de autos y la distracción del tipo que por un segundo miró para otro lado y me bajé del colectivo corriendo. En la esquina me escondí adentro de un quiosco y alcancé a ver que el tipo se había bajado después de mí. El corazón se me salía por la boca. Otra vez, pánico. Esperé hasta que el hombre cruzara la calle en la dirección contraria a mi casa. Entonces conté hasta tres y me largué a correr a toda máquina hasta mi casa sin mirar atrás. Entré al edificio. Subí las escaleras todavía corriendo y cerré las dos cerraduras de la puerta (la de arriba también, la que nunca se usaba).

Pasé el resto del día en silencio, encerrada en mi cuarto.

Mi papá trabajó hasta tarde y tuvimos que cenar sin él. Llegó recién cuando ya mi mamá y mi hermana se habían dormido. Yo, desde mi cucheta con los ojos abiertos como el dos de oro, lo escuché. Me bajé de la cama sin hacer ruido para no despertar a mi hermana. Fui a la cocina a buscarlo. ¿Qué pasó, hija? ¿Qué hacés despierta todavía? (debe haber dicho). Tengo que hablar con vos. Hoy me pasó algo...

4. Mi papá nació en una familia muy pobre en Rosario, Santa Fe, Argentina. El papá de mi papá (mi Lelo) tuvo muchos trabajos. De chiquito se tomaba el tren con mi bisabuela hasta las afueras de la ciudad y trabajaban como peones unos días recolectando maíz en el campo. A cambio les daban unos pesos y un plato de comida y después se volvían a su casa. De

grande mi abuelo fue zapatero, y albañil pero el trabajo del que mi abuela habla todavía con más orgullo es "guarda de tren".

En Rosario se les decía "chancho" a las personas que controlaban los boletos en el tranvía. De chica me daba risa que lo llamaran así porque mi abuelo era gordito y pelado. Mi papá ahora (que él también se convirtió en abuelo) se parece mucho a su papá, al Lelo, al chancho.

5. Hace cinco meses a mi papá le diagnosticaron cáncer de pulmón. Otra vez el rugido, el tren que avasalla y me lleva por encima.

6. Después de ese episodio en el 24 empecé a tomar el subte para todos lados y, por algunos años, recuerdo que el subte venía mucho más vacío que el colectivo. Viví en Buenos Aires de los 10 a los 27, hasta que me mudé a Nueva York en 2010.

La primera semana en esta ciudad fue atroz. Me mudé sola, sin casa, ni trabajo, sin un mapa de los trenes. Mi amiga Tory vino desde California a darme una mano con todo por cinco días. Me acuerdo todavía de lo que transpiré aquel primer viaje en metro después de que ella se volviera a su casa, leyendo el mismo cartel quince veces, cabeceando por la ventanilla en cada estación para ver dónde estábamos.

En comparación a los trenes de Nueva York, los subtes de Buenos Aires me parecen lentos, chiquitos y a veces mejor señalizados. Me acuerdo que los primeros días hablaba con mis viejos por Skype y les decía que acá todo era muy rápido, muchísimo más rápido que en Buenos Aires y que me daba mucha ansiedad.

7. Mi papá no se anima a subir solo a los trenes de Nueva York. En estos siete años que llevo acá, me vino a visitar dos veces. Lo pone tan nervioso viajar en avión que la última vez, en lugar de contar las gotas que le tocaban del frasquito de Rivotril y ponerlas en una cucharita, agarró el gotero y se echó un chorro entero adentro de la boca. Estaba tan "relajado" después que parecía borracho. Mi mamá y mi hermana lo tuvieron que ayudar a caminar porque se tambaleaba y se quedó dormido (con ronquidos y todo) en el taxi que se tomaron apenas salieron de su casa al aeropuerto.

Como yo vivo en Brooklyn y a ellos les gusta caminar por Manhattan, varias veces intenté explicarles cómo tomarse el metro, las líneas, las estaciones, etc., pero no hay caso. Mi papá no se anima a tomarse el metro solo en NY. Me acuerdo de un viaje cortito que hice con él desde el hotel donde estaban parando hasta el puente de Brooklyn. Mi papá se quiso quedar parado (aunque había un montón de asientos libres), apretando la manija agarramanos y preguntándome en cada estación: ¿acá bajamos?

8. Ahora que está enfermo y apenas puede caminar adentro de la casa, le pregunto a mi papá qué quiere hacer cuando se cure, cuando este tratamiento de mierda se termine. Viajar, me dice. Viajar.

9. El domingo a la noche hablé con mi papá por Skype. Estaba tomando mate en el living y había suspendido la quimio del día siguiente porque no se sentía bien. El lunes a la mañana lo llamé pero no atendió. Al rato me llamó mi mamá para avisarme que estaban en el hospital. Mi papá estaba en terapia intensiva, no podía respirar. A partir de ahí todo se acelera. Demasiado, demasiado rápido.
El miércoles a la noche mi papá falleció cuando yo estaba en un avión volando para allá en un avión lento, demasiado lento.

10. A partir de ahora tengo que hablar de mi papá en pasado. Me da mucha bronca.

11. Desde el día que lo internaron hasta ahora los momentos que viví con él pasan por mi mente como una película en flashes, en alta velocidad. Como cuando una va en tren y mira por la ventanilla el paisaje que remarca la ventana, cada imagen se me escapa, no la puedo retener. Mi papá riéndose, mi papá a la mañana después de ducharse con olor a after shave y perfume Polo, mi papá agarrándome la mano frente al mar, mi papá abrazándome, mi papá tosiendo, mi papá fumando, mi papá diciéndome "hola, bombón", mi papá charlando conmigo en la pileta, mi papá manejando, mi papá con el brazo apoyado en la ventanilla del auto, mi papá fumando en el auto, mi papá enseñándome a manejar en el campo, el auto de mi papá, todas las versiones de mi papá en sus distintos autos, mi papá yéndose de viaje, mi papá volviendo de viaje, mi papá con su hermano haciéndole bromas a mi abuela, mi papá intentando tocar el bombo, mi papá bailando, mi papá riéndose con los amigos, mi papá abrazando a mi hijo, mi papá, mi papá, mi papá.

Anjanette Delgado

Anjanette Delgado. De origen portorriqueño, radica en Miami, donde actualmente cursa una maestría en Ficción en la Universidad Internacional de la Florida. Autora de *La píldora del mal amor* (Simon and Schuster 2008) y *La clarividente de la Calle Ocho* (Penguin Random House, 2014.) Su trabajo ha sido publicado en The Kenyon Review, Pleiades, Vogue, NPR, HBO, etc. y antologada en numerosas ocasiones. Recibió un Emmy por su trabajo como escritora y productora de televisión.

ALTOPARLANTE

Otra vez no lo pudo evitar. El cliente no quiso entender razones y pidió —no, exigió—hablar con su supervisor. Terminó saliendo a las 11:15 de la noche en vez de a las 10 una vez más.

A las diez, la vecina todavía estaba despierta y algún que otro carro todavía pasaba por aquel vecindario del "norwés" de Miami con la música a todo lo que da. Pero ahora, gracias a su carro viejo que no aceleraba más de 50 millas por hora, llegaría a la medianoche y no habría nadie para acompañarla hasta su puerta sin saber que la estaba acompañando. Ninguna señal de vida para servirle de guardaespaldas.

De día, su barrio era un barrio como cualquier otro: de colores brillantes ya sucios, de gente cansada de trabajar. De noche, era lugar de recreo para los que no trabajaban. Se movían como sombras, de lado a lado del parque que abarcaba toda la acera de enfrente a su apartamento, que no era realmente un apartamento sino un pequeñísimo cuarto con un baño curtido que ella se empecinaba en intentar blanquear, y un microondas que había que mantener cerrado con un libro cuando se usaba.

De noche, las casas de su lado de la acera parecían espectadores que se habían aburrido y contaban los minutos para que se acabara la función. Al cruzar, en la acera de enfrente, el gran parque apagado, oscuro —excepto por los trocitos de luz de estrella que lo salpicaban— era el escenario por el que se movían esos seres hechos sombra, como tenores negándose a cantar, cobijados por la oscuridad.

Hacía semanas que ella se había percatado de que las sombras que solo veía cuando llegaba tarde sí eran hombres realmente. No se los había imaginado. Allí estaban: tatuados, en camisetilla, caminando encorvados, vistiendo pantalones cortos caídos hasta las rodillas. Alrededor de ellos, humo de cigarrillo. De los legales y de los otros. Llevaban cadenas de oro pesado y la miraban llegar. Ella los miraba también y veía violadores. Recordaba cosas que no tenía caso recordar. Cosas que tenía bien guardadas en la cajita con las cosas de la adolescencia en su país. Un día, ellos se dieron cuenta de que ella les temía en esa forma. Comenzaron a silbarle. A acercarse corriendo cuando ella llegaba para hacerla correr a encerrarse, dejando su carro abierto y el litro de leche recién comprado en la gasolinera, abandonado sobre el asiento del pasajero toda la noche.

Claro que llamó a la policía. Y vinieron. 45 minutos después. No podían hacer nada si no le habían hecho nada, dijeron.

Comenzó a no querer llegar a casa, pero no tenía a donde ir. Su madre haría mil preguntas y le echaría la culpa de todo lo que le explicara. Sus amigas tenían pareja. Su ex pareja también tenía nueva pareja.

Su compañero de mesa en el centro de llamadas vivía con sus padres. Una noche, ella le pidió dormir en su casa, explicándole lo que le ocurría. Pero no había amanecido cuando se dio cuenta de su error. Su compañero de mesa "obviamente" había asumido que todo el cuento había sido para lograr su verdadera meta en la vida: acostarse con él.

"Oye, a mí no me cojas para tus trajines que aquí viven mis padres. Si tienes miedo, cómprate un perro".

Un perro. ¿Dónde lo metería? Trabajaba todo el día y su casero no lo permitiría. No tenía dinero para un perro. No tenía alma para un perro.

A la tercera semana de susto, cuando sorprendió a uno de ellos espiando por la ventana, dio un grito que a ella misma le heló el corazón. Era el grito de una persona aterrorizada. De una persona que ha perdido la cabeza. De la persona que ella había jurado que no sería cuando le tocara el turno de ser "adulta".

El grito le produjo lástima de sí misma. Se vio gritar y el grito le permitió verse pobre, sola, "apendejada", como diría su padre, el valiente que tanto disfrutaba golpear y humillar a su madre, ya demasiado vieja para esa vida. Se vio sobreviviendo mediocremente, con poco que llamar suyo. Una cama cómoda para dormir y un vaso de leche frío antes de acostarse eran sus únicos lujos y hasta eso se estaba dejando quitar. Así le empezó la rabia y así se abrió la tapa de su caja de miedos y terrores. De golpe.

A la mañana siguiente, fue a la ferretería y compró un altoparlante y una linterna. Buscó en el internet cómo atascar una puerta utilizando una silla. Fue a la tienda del Ejército de Salvación y compró una silla de la altura que necesitaba. Era de madera y bambú y las secciones de bambú estaban deshilachadas. Le costó cuatro dólares. De regreso en su cuarto, tomó un cenicero y allí puso siete pedazos de hilo de coser para atravesarlos en el marco al cerrar la puerta y saber si alguien entraba cuando ella no estaba. Puso el cenicero con los hilos sobre la meseta al lado de la puerta y se fue a trabajar para estar en su lugar a la una de la tarde, el turno que su supervisor no le quiso cambiar cuando le contó que vivía en un mal barrio. Que le daba miedo ser atacada. No le dijo que para ella se trataba de un asunto de vida o muerte. No le dijo que su alma no querría seguir viviendo si "eso" le volvía a pasar.

"Pon una solicitud. Pero si a todo el mundo que quiere cambiar el turno se le da un turno diurno, nunca tendríamos a nadie trabajando la noche".

Cuando llegó del trabajo eran las 11:30 pm. Los tatuados estaban en la acera del enfrente y la miraron con sus rostros burlones. Ella se puso la cartera al hombro, tomó el altoparlante y la linterna y bajó del auto.

La calle dormía excepto por el farol que alumbraba a los tatuados y hacía qué sus camisetillas de algodón blanco parecieran chalecos de plata. Cerró el auto con un doble pitido, echó las llaves en el bolso, tomó aire y se viró hacia ellos.

"Soy una mujer sola," dijo entonces a través del altoparlante, el sonido emergiendo con más fuerza de lo que ella recordaba cuando lo probó en la ferretería.

Tras el asombro momentáneo, los tatuados se deshicieron en risa.

"Soy una mujer sola, pero estoy preparada para pelear por ser dejada en paz," prosiguió sintiendo de nuevo la misma rabia de la noche anterior. "Vengo de trabajar. De ganarme la vida." Sintió que una luz se encendía a sus espaldas. Miro de reojo y vio que el vecino de la izquierda se asomaba por la ventana.

Alguien gritó, "Cállate la boca que estamos durmiendo" y una de los tatuados avanzó hacia ella con las pupilas encendidas, brillosas, incluso desde antes de que ella encendiera la linterna y le apuntara a la cara.

"¿Qué quieres? ¿Me vas a atacar? ¿Me vas a matar? ¿Qué me van a hacer? dijo, todavía hablando por el altoparlante, pensando en la voz que la había mandado a callar desde alguna habitación oscura. La de una mujer.

El tatuado miró a sus amigos antes de escupir sus palabras: "Mira perra, sácame la cosa esa de la cara o te doy con ella por la cabeza, que tú no eres tan guapa ná'".

La voz de él también se filtró por el altoparlante.

"No puedo", dijo ella con palabras que se tambaleaban como bailarinas inexpertas sosteniéndose en las puntas de los pies.

El tatuado la miro sonriente por unos segundos, sus pupilas aún brillosas, sus labios dibujando un triángulo frente a su boca con la punta de un palillo de dientes.

Los demás tatuados se habían puesto serios.

"Ahora mismo hay gente llamando a la policía," dijo ella, sorprendida de escucharse hablar por fin con la firmeza del que está harto de esconderse y pensando que eso se lo debía al altoparlante. "Seguro hay más de una persona grabando todo esto con su teléfono. Quizás una de esas personas lo está haciendo porque yo sé lo pedí", dijo aunque sabía que no era el caso y la había entristecido que otra mujer la mandara a callar. "Quizás con este altoparlante me he asegurado de que nuestras palabras sean parte del vídeo que usaré para hacer la querella por hostigamiento y amenaza ante la policía".

Sus palabras retumbaron por toda la calle, tocando a las puertas de los dormidos, rogándoles que despertaran.

"Brother, olvídate de la cabrona esa. No vale la pena", dijeron los demás tatuados comenzando a formarse en retirada.

El tatuado del palillo de dientes la siguió mirando aun después de que dos luces más se encendieron a espaldas de ella.

"Quizás solo así pude obtener ayuda de alguien sin que ustedes sepan de quien se trata, sin poner en riesgo mis pruebas", dijo mirándolo hasta que a él se le apagaron los ojos y se alejó sin decir palabra, dándose prisa para alcanzar a los miembros de su cuarteto de guapería. Ella los miró alejarse riendo como si hubieran triunfado. Luego apagó el altoparlante y la linterna y entró a su casa con pasos lentos.

Esa noche, bebió su vaso de leche fría viendo un capítulo de comedia norteamericana que había visto no menos de 50 veces y en el que un grupo de amigos vivía haciendo bromas insulsas, sin urgencia, en un barrio pobre de Nueva York. Luego se acostó a dormir. A la mañana siguiente, condujo al refugio de animales y adoptó una perrita chihuahua. Le puso Carmen.

LA CARGA

"*Esto* es lo que él no puede ver, lo que no verá nunca y si lo cuentas a tu hermano, te mato, te juro que lo hago", dijo acercando sus pinzas a mis ojos como si fuera a hincar mis pupilas con ese único bello rojo brillante, casi naranja, que había logrado arrancar desde el folículo y que ahora sostenía —atrapado— entre puntas de metal.

Di un paso atrás para alejarme de la aberración de una con la piel clara y sin pecas de las mujeres blancas, y los labios color ciruela y las espaldas y trasero en forma de "S" de mis amigas negras. Así vi su terror de piernas abiertas —paralizado— por esta cosa casi invisible, los *jeans* de mi hermano demasiado grandes en una tan joven, demasiado joven, para estar preocupada porque un hombre pudiera ver su bello púbico. Una chiquilla enclenque, sola, intentando proteger bolsillos demasiado cargados de historia de algo tan inofensivo como la piel.

LA CLARIVIDENTE DE LA CALLE OCHO
(novela, fragmento)

¿Alguna vez te has preguntado por qué la gente va a ver a psíquicos, consultan a santeros, o se hacen tratar (por años, a veces) por psicólogos o consultores espirituales? ¿Cuál es el verdadero motivo por el que oran con sacerdotes o monjes budistas; consultan tableros de ouija; pagan para que les lean las cartas del tarot, la taza de café, las hojas del té o lo que aparezca que se pueda leer? ¿Por qué hay economías enteras sustentadas por quienes siguen sus horóscopos como si fuera un evangelio, se hacen la carta astral o tratan de descifrar sus sueños? La razón es muy sencilla. Hacemos todo eso y mucho más para evitar el arrepentimiento. Sí, porque el arrepentimiento es peor que la muerte. La muerte, al menos, es rápida. *Shit happens*, dicen los americanos. Así es la muerte, rápida como la mierda. Viene, pasa y se va, veloz como una bala.

Pero el arrepentimiento es mil veces peor, lento y torturante como una migraña, un dolor que sigue y sigue, que no amaina, pero que tampoco se vuelve jamás lo suficientemente urgente para justificar que te arranques la cabeza, por muy tentada que estés de hacerlo.

Mi madre tenía una teoría. Ella decía que su generación —la primera generación de cubanos exiliados en Miami— lo que tenía era más tristeza que coraje. Decía que mostraban rabia y hablaban fuerte para olvidar que estaban tristes y que sus corazones lloraban haber dejado la isla y no haber podido regresar. Ella estaba convencida de que ningún cubano de Miami mayor de cincuenta años había muerto jamás por otra causa que no fuera el arrepentimiento.

Arrepentimiento por haberse ido, o por no haberse ido a tiempo, o por haberse ido muy pronto. Arrepentimiento por haberse ido al lugar equivocado o por no haber traído a Pepito o a Anita con ellos cuando tuvieron la oportunidad, sin saber nunca a ciencia cierta si hubo algo que pudieron haber hecho diferente. Arrepentimiento por no haber confirmado si habrían sido lo suficientemente fuertes para pelear solos, o por haber salido pensando que el mundo los ayudaría. (Cosa que no pasó.) Estaban muy seguros de que pronto estarían de regreso. Pero tuvieron que resignarse a vivir en lo que entonces era un pantano húmedo e inhóspito, fingiendo a veces tener alguna basurilla en los ojos para poderse permitir una buena llorada por su isla, allá todavía, siendo golpeada, abusada. Como yo, ellos se arrepentían de no haber sido capaces de ver el futuro.

Así que ahora lo sabes: ése es el alpiste que alimenta la clarividencia: el arrepentimiento. Porque tú crees que si tienes toda la información, si de antemano sabes que si te vas nunca podrás regresar (porque aun si lo haces, estarías regresando a un sitio completamente diferente, que, da la casualidad, queda en el mismo lugar), dejarás de cuestionar las decisiones que tomaste. Estás seguro de que estarás bien porque, al final, al menos tu madre seguirá siendo tu madre. No sabes que ella va a cambiar. Que seguirá amándote, por supuesto, pero que más tarde descubrirás que su amor de ahora es diferente, que ha cambiado tras todo ese tiempo en el que se ha visto obligada a sobrellevar la distancia, a luchar para vivir con la maldita impotencia, tan fuerte que la frase "tan cerca y a la vez tan lejos" fue hecha para ella. Crees que si hubieras sabido todo esto habrías sido capaz de vivir con los resultados de tus decisiones sin volver a cuestionarte qué hubiera pasado si nunca te hubieras ido.

Como he sido clarividente, puedo entender por qué la gente cree que la información es el antídoto contra el arrepentimiento. Tal vez creen que saber las cosas de antemano les va a permitir decir "Yo hice todo lo que podía hacer", o "Nada de lo que hice iba a cambiar las cosas", y que esto les daría paz. Es como si estuvieran dispuestos a encararlo todo: la muerte, el abandono y la enfermedad. ¿Pero enfrentarse a la frase "Si lo hubiera sabido antes..."? No, eso no. Esa posibilidad no la pueden resistir.

La realidad es que la gente siempre va a hacer lo que quiere hacer, pase lo que pase. La mejor clarividente del mundo puede decirles exactamente lo que va a pasar y ellos, simplemente, lo racionalizarán y harán lo que quieran.

Aun así, ayuda estar preparado para racionalizar, lo cual claramente no era mi caso ese día que tan repentinamente había pasado de ser "el día después de que yo le importara tan poco a mi amante que él encontró apropiado terminar conmigo en mi cumpleaños" a ser "el día en que vi el

cuerpo de mi amante muerto transportado en una bolsa de plastic negra".
Fue como si un momento él me estuviese diciendo que su abandono era
su forma de hacer que yo "captara el mensaje" sin que él tuviera que dele-
trearmelo y, un segundo después, ya no hubiera mensaje ni letras ni papel
ni nada. Solo Héctor, tendido en esa camilla de los mil demonios, su rostro
cubierto, sus ojos cerrados para siempre.

Me senté en las escaleritas que conducían a la entrada de mi edificio,
con las bolsas llenas de productos de limpieza junto a mis pies, mirando
el tumulto que parecía cubrir toda la parte de la plaza que no había sido
acordonada por la policía, al otro lado de la calle.

Alguien me tomó la presión arterial. De hecho, me parece que había
dos paramédicos. Yo no estaba muy segura de por qué se necesitaban dos
cuando yo era sólo una. ¿Me habría desmayado? Hasta el sol de hoy, sigo
sin recordarlo.

Traté de percibir lo que estaba pasando a mi alrededor. Estacionadas en
la acera había ahora dos patrullas policiales más del condado Miami-Dade.
Las reconocí porque eran blancas con una franja verde. Había una ambulancia, pero el vehículo amarillo limón que parecía un camión de helados
se había ido, llevando a Héctor consigo. Desde donde estaba sentada podía
ver a un agente de la policía vestido de civil, o quizás era un técnico, tomando fotografías del área en el ex- tremo más lejano de la plaza, donde supuse
que lo habían encontrado.

Había dos camiones de transmisión de televisión en vivo al otro lado
de la calle. Recuerdo que alguien me preguntó si quería entrar, que adentro estaba más fresco, pero no recuerdo quién fue ni a dónde me invitaba.
Escuché que alguien dijo que yo era la casera y que el muerto era mi inquilino. Que había sido encontrado tirado debajo de una de las bancas de la
plaza, empapado, envuelto en una gabardina y una bufanda, con sangre en
el rostro. Llegué a escuchar preguntas susurradas: "¿Lo golpearon?", "¿Fue
asaltado?", "¿Tuvo un ataque cardiaco?". Yo volteaba hacia la persona a la
que le preguntaban, interesada en oír las respuestas, pero invariablemente
esa persona sólo se encogía de hombros.

El hombre muerto. ¿Cómo había muerto? ¿Cuándo? ¿Qué estaba haciendo en el parque? Tal vez el mal rato de anoche le había ocasionado un
ataque cardiaco, pensé horrorizada, imaginándolo doblado del dolor hasta
que recordé de quién se trataba. Héctor no era la clase de hombre que se habría muerto a causa de un exceso de emoción. Además, obviamente yo ya
no era lo suficientemente importante para causar en él una reacción como
ésa. ¿O sí? ¿Todos mis gritos para que se largara al carajo? No, no podía ser.

Él estaba bien cuando se fue la noche anterior y, definitivamente, se veía saludable. ¡Hasta había tenido tiempo para dibujar una carita sonriente en la versión de la carta que le escribí rompiendo nuestra relación y que dejó encima de mi mesa!

El coraje y el dolor que había sentido la noche anterior me parecían tan pequeños ahora, tan mezquinos e insignificantes. Sentada en esas escaleras, recé porque esto fuera una pesadilla, rogando a Dios que lo trajera de regreso a la vida para poder odiarlo sabiendo que aún existía. Que todo no había terminado de esta forma tan final.

Pero sí era el final. Él estaba muerto. Nunca más lo vería, ni volvería a escuchar su voz. Nunca lo tocaría, o pondría mi dedo en la arruga que se formaba entre sus cejas antes de besársela, transformando mágicamente su ceño fruncido en una sonrisa.

Justo cuando pensé que mi pecho no podía comprimirse más, vinieron las lágrimas y, como si mis lágrimas lo hubieran llamado, un hombre caminó hacia mí y se presentó como un agente de la Unidad de Investigaciones de la Escena del Crimen de Miami-Dade. tenía una chaqueta impermeable azul marino con letras amarillas y pantalones azules, y me cayó mal en el acto. Podía ver a otros que vestían como él, entrevistando a otras personas. Ellos también me cayeron mal.

El agente —olvidé su nombre tan pronto me lo dijo— achinó los ojos para leer el mensaje escrito sobre mi camiseta. (*"Bad Cop. No donuts"*). Luego arqueó las cejas antes de preguntarme mi nombre. También me hizo otras preguntas, o más bien la misma pregunta hecha en distintas formas: ¿había visto algo?, ¿conocía a alguien que hubiera querido lastimar a Héctor?

Entonces preguntó qué tan cercana había sido mi relación con el difunto. Me hablaba en inglés, lenguaje en el que difunto se dice *deceased*. Lo pronunció *disease* que significa enfermedad y me hizo reír, pues me recordó a Héctor, a quien visualicé como una enfermedad ambulante, la plaga que yo muchas veces había pensado que era. Pasé de una sonrisa irónica a una risa compulsiva e histérica de un momento a otro, mi sentido común secuestrado por mis nervios. El pobre policía me miraba serio, muy serio, y de seguro estaba pensando que esto era lo que le faltaba, tener que internar a una posible testigo por loca.

—Lo siento, lo siento mucho —dije, secándome las lágrimas que, a pesar de mi risa, continuaban rodando lentas por mi cara, como dolientes en un desfile funerario—. Es una reacción nerviosa. Yo soy, quiero decir, yo era su casera —dije, ignorando la forma en que mi estómago se contrajo cuando me escuché decir: "era".

—¿Era usted allegada al difunto o a su esposa?

—No, no, no realmente.

—¿Qué puede decirme sobre él?

—¿Yo? Nada —contesté con demasiada rapidez, encogiendo los hombros como niña de trece años a quién le preguntan de quién son esos cigarrillos y dice: "I don't know".

—¿De veras? —me preguntó con renovado interés.

—Yo no lo conocía bien. No los conocía bien. Realmente... para nada. No los conocía casi, no, la verdad es que no.

—De acuerdo, pero han sido sus inquilinos durante años. Algo debe saber sobre ellos.

—Tienen una librería.

—¿Y se llevaban bien?

—¿Qué quiere decir?

—Quiero decir que si se llevaban bien.

—Supongo.

—¿Y usted?

—¿Yo? —dije, sintiendo que mi cara enrojecía rápidamente.

—Sí. ¿Se saludaban? ¿Alguna vez los visitó para cenar? ¿Les pidió azúcar? Ese tipo de cosas...

—Nos llevábamos bien. todos. Ellos y yo... o sea, nosotros. Todos.

—¿Y ellos se llevaban bien, dice usted?

—Dije que eso suponía.

—Sí, es cierto, eso fue lo que dijo —aceptó mirándome con los ojos entrecerrados—. ¿Sabe si él tenía algún enemigo, alguien que quisiera hacerle daño?

Pensé que si me contaba a mí misma, sabía de al menos una persona que había querido hacerle daño anoche.

—¿Cómo murió? —pregunté.

—Uno de sus vecinos lo encontró en el parque. tenía sangre en la frente, probablemente una contusión. Pudo haber ocurrido si se cayó después de un ataque cardiaco, pero no podemos estar seguros, así que por ahora lo estamos tratando como una muerte sospechosa —dijo, más a sí mismo que a mí. Luego pareció recordar que yo estaba allí y agregó—: Realmente no lo sabemos todavía; pudo haber sido cualquier cosa.

Todo esto lo dijo sin emoción, como un maître que recita el nuevo menú de especialidades de la casa.

—No fue un ataque cardiaco —dije; la imagen de Héctor doblado del dolor reapareciendo en mi mente.

—¿Por qué no?

—Él era, usted sabe, él era saludable —dije, tratando de no llorar mientras pensaba en Héctor luchando para respirar, tomado por sorpresa por primera vez en su vida.

¿Se habría dado cuenta de que estaba muriendo? ¿Habría tenido tiempo de abrir los ojos en shock, negándose a morir? ¿Qué hacía en el parque a esa hora? Ay, Dios, ¿qué tal si había ido al parque para releer la versión de mi carta que se había llevado, la que lo insultaba, la que le deseaba la muerte? Eso explicaría por qué había ido al parque: para que su esposa no le preguntara qué estaba leyendo. ¿Y si había tropezado? ¿Y si se había golpeado la cabeza muriendo del impacto?

—Bueno, eso no es garantía. Nunca se sabe cuándo la salud va a fallar —dijo él.

—¿Y su esposa? —pregunté pensando en Olivia, imaginando su reacción cuando le dieron la noticia y sintiendo por ella la pena que nunca le tuve durante el tiempo en que no tuve reparos en acostarme con su marido prácticamente bajo su propio techo.

—Está catatónica la señora. No ha hablado.

Me pregunté cuáles serían las nociones del detective de lo que es estar catatónico, porque yo más de una vez había pensado que Olivia había nacido catatónica.

—¿Por qué preguta? ¿Tiene alguna razón para creer que ella es responsable de alguna manera?

—¿Qué? ¡No! Sólo preguntaba por saber si ella está bien.

Y lo había hecho con sinceridad, realmente queriendo saber, preocupada por ella; a la vez pensando, y no por primera vez, que existe una extraña conexión entre "la otra mujer" y la esposa. No se trata de celos, necesariamente —aunque algo de eso siempre hay—, pero no, es más una curiosidad morbosa mezclada con una afinidad imaginaria.   Como si la esposa fuera tu media hermana del primer matrimonio de tu padre a la que no estás autorizada a conocer, pero sobre quien a veces te descubres pensando que te gustaría conocerla, porque tienen a alguien en común y probablemente las respuestas a muchas de las interrogantes de la otra sobre esa persona.

—Bueno, ella está bien, dentro de lo que se puede esperar. Pero si usted recuerda algo que pueda ayudarnos a descartar cualquier acto criminal...

Lo dijo con expresión de policía rudo de película de Hollywood y sentí la risa brotar de mí nuevamente; mis nervios haciendo de mí lo que querían una vez más.

—De nuevo, lo siento. Lo siento mucho —terminé con un chillido apenas audible cuando logré contenerme, deseando que se largara para no tener que controlarme, desesperada por estar sola para llorar o reír o gritar. Pero él seguía ahí, parado frente a mí, mirándome fijamente.

—La acompaño en sus sentimientos, en su dolor —me dijo—. Estas cosas no siempre se pueden prevenir. Pasan, sencillamente.

Aparté la vista.

—Es duro, lo sé —insistió—. En este trabajo, usted sabe, ayuda creer en Dios.

—No —respondí, y mi rabia apareció repentinamente, como antes la risa—. Las cosas como éstas no "pasan, sencillamente", y Dios no tiene nada que ver con esto —le dije, pensando que si Dios hubiera hecho esto, lo hubiese hecho con ganas, con arte, con una cabrona guerra mundial, con un maremoto hecho de aguas teñidas de rojo sangre. En vez de eso, había pasado la mierda ésta: una producción teatral barata sin el más mínimo sentido del espectáculo (de hecho, sin sentido alguno) y que el propio Héctor habría despreciado y destrozado con su crítica.

—Tiene rabia —me dijo.

—Por supuesto que tengo rabia. Mi inquilino... está... muerto.

—Sí, puedo ver cuánto le ha afectado —dijo esta vez, mirando el área del escalón justo al lado de donde yo estaba sentada, como evaluando si se sentaba allí.

Dicho y hecho. Sacó un paquete de goma de mascar del bolsillo izquierdo de su pantalón, me ofreció un chicle con un movimiento de su quijada, aceptó mi rechazo con otro, se alzó los pantalones como si pretendiera ahorcarse los testículos antes de sentarse a mi lado en el escalón como si se estuviera sentando en un maldito trono. Se pasó una mano por su escaso pelo negro antes de inclinarse hacia atrás y unir ambas manos sobre la boca de su estómago, o más bien sobre su considerable panza de bebedor de cerveza, siempre sin dejar de masticar su chicle ni de asentir con la cabeza como si supiera todo lo que había que saber.

El corazón se me fue a los pies. Quería que se fuera. Quería estar sola para pensar sobre todo lo que aún no entendía sobre la muerte de Héctor. Sobre la posibilidad de que hubiera sido víctima de un crimen, de un atraco, por ejemplo. O sobre el hecho de que yo lo había soñado, logrando ver algo antes de que ocurriera, o tal vez mientras estaba pasando, por primera vez en mucho tiempo.

—Puedo ver que está angustiada. Entiendo y, como le dije, siento su pérdida. También puedo comprender lo preocupada que debe estar de que algún merodeador esté al acecho en su pequeño y apacible vecindario, pero voy a hablarle claro, señora Esteves: si esto fue un asesinato, a mí no me parece el acto de un merodeador.

—Señorita —dije, porque estaba aturdida y ebria de estupidez—. Y, ¿qué quiere decir?

—Bueno, por el vómito, el trauma en la cabeza y el hecho de que no aparece su billetera, el robo es una posibilidad. Pero está también el hecho de que no tenía ninguna razón obvia para ir al parque en una noche lluviosa y, que de acuerdo con los vecinos, nunca lo hacía; que la posible escena del crimen está rodeada de casas y negocios, y que, sin embargo, nadie, ni siquiera su propia esposa ni ninguna de las demás personas que viven en esta cuadra, vio nada, a pesar de la proximidad de todos los apartamentos a la escena del crimen.

—Probablemente la gente estaba durmiendo.

—Es posible. En cualquier caso, habrá una autopsia y vamos a necesitar toda la cooperación que podamos tener —concluyó, deslizando su mano dentro del bolsillo interior de su chaqueta y entregándome una tarjeta que olía levemente a ajo—. Si usted ve a alguien sospechoso, si recuerda algo o piensa en algo que pueda ayudarnos, quiero que me llame.

—No lo haré. Quiero decir, lo haré. Pero no creo, no creo que vaya a recordar nada más. Ya le he dicho todo lo que sé —dije, sabiendo cómo sonaban mis palabras, pero incapaz de suavizar mi tono.

—Lo cual es un poco sorprendente, dado que es un edificio tan pequeño, con tanta cercanía entre las puertas de entrada, y todas las ventanas frontales mirando hacia el parque —insistió.

Sé reconocer una indirecta cuando me la lanzan, pero me mantuve callada, permitiendo que él siguiera escudriñándome, rascándose la cabeza, haciéndome saber con cada pequeño y quisquilloso gesto que esto era serio, posiblemente tan serio como un asesinato, un homicidio involuntario o como sea que llaman a las muertes que no debían ocurrir.

—Veo que estuvo de compras esta mañana. ¿A dónde fue? —preguntó con un tono casual, mirando las bolsas que había traído de la ferretería, como si la pregunta se le acabara de ocurrir.

—A la ferretería de la calle 12.

—Ah, sí. He comprado ahí. Hacen toda clase de llaves. ¿Estaba usted haciendo nuevas llaves?

—No.

—¿Alguien la vio allí?

—Muchísima gente —le dije, pensando que como estaba el chismoso en Coffee Park, probablemente hasta había quien tuviera fotos de mí saliendo de mi casa esa mañana.

—Sólo le pregunto porque tal vez la persona con la que fue recuerde haber visto algo inusual cuando salieron hacia la ferretería.

—Fui sola.

Su celular empezó a timbrar, pero él siguió mirándome con fijeza.

—¿Estaba usted en su apartamento anoche?

—Sí.

—Pero no escuchó nada.

No dije nada, esperando que, como el gato estúpido que era, se estrangulara a sí mismo con su propia cola de tanto dar vueltas alrededor del mismo círculo.

—¿Estuvo en algún momento usted con alguien que pudiera haber escuchado algo? —dijo, y me di cuenta de que ya lo estaba haciendo por fastidiarme, esto de hacer la misma pregunta diez veces.

—Sí. Al menos una persona —dije, pensando que cuando me preguntara a quién me refería, le respondería que esa persona era yo misma y que pude haber escuchado algo pero que no lo hice, sólo para fastidiarlo yo a él.

Pero su teléfono sonó de nuevo. Se puso de pie y se volteó para pescar su teléfono celular del bolsillo izquierdo del pantalón, dando señales de estar a punto de irse, por fin. Pero entonces el bendito teléfono dejó de sonar abruptamente y, cuando se volteó hacia mí de nuevo, vi, para mi horror, que su expresión facial había cambiado y que ahora en su rostro se revelaban súbitas y desafortunadas señales de inteligencia.

—Una pregunta más, señora Esteves.

—Y dos también —dije como si no me importara seguir contestando sus preguntas clonadas.

—¿Cuándo fue exactamente la última vez que vio o habló con el difunto? Hora exacta y fecha, por favor, y, por supuesto, el tema que tocaron. Y le ruego, no se le ocurra escatimarme detalle.

Ado (Antonio Díaz Oliva)

Ado (Antonio Díaz Oliva) (Temuco, Chile). Autor de la investigación *Piedra Roja: El mito del Woodstock chileno,* la novela *La soga de los muertos,* los relatos *La experiencia formativa* y editor de la antología *Estados Hispanos de América: nueva narrativa latinoamericana made in USA.* Ha recibido el premio a la creación literaria Roberto Bolaño y a mejor obra por el Consejo Nacional del Libro de Chile; además de ser finalista en los concursos de cuentos revista Paula, Cosecha Eñe y Michael Jacobs de crónica viajera, Fundación Nuevo Periodismo Iberoamericano (FNPI), entre otros. Artículos suyos han aparecido en *Qué Pasa, Rolling Stone, La Tercera, Gatopardo, Letras Libres* y *El Malpensante.* Fue becario de Fulbright, NYU, del Consejo de la Cultura y las Artes en Chile y de la Fundación Gabriel García Márquez. Ha trabajado como periodista, traductor, *ghostwriter,* intérprete y profesor universitario en Bogotá, Santiago de Chile, Washington D.C. y New York. Su próximo libro es *Campus,* una novela sobre el mundillo académico Latinx en USA.

LOS SINTÉTICOS

Camina por las afueras del aeropuerto. De su hombro cuelga una mochila negra. A pocas cuadras la gente lleva su equipaje en carritos, pero él, luego de tantos viajes, se acostumbró a evitarlos.

Siente frío en sus manos y en los pies. Este año la primavera demorará. Así lo escuchó en el matinal, esa mañana, y también se enteró de que un nuevo frente polar llegará la semana entrante. Para ese entonces, cree, inevitablemente recordará sus primeros inviernos viviendo solo, en ese departamento amplio y sin calefacción del centro, y todas esas noches antes de irse a la cama, cuando se desvestía y luego, para acostarse, se vestía así: parka, chaleco y calcetas gruesas.

El transfer se acerca por la carretera. Es una camioneta negra con dibujos de aviones blancos y nubes frondosas. Señala con la mano derecha. La camioneta se detiene. Sube. Se paga, dice, y le pasa tres mil pesos al chofer. En los asientos traseros van dos azafatas y un sobrecargo revisando sus teléfonos; parecen estáticos, solo sus dedos se mueven. Él, a su vez, va solo: nadie a su derecha ni a su izquierda.

Recibe el vuelto, la boleta y da las gracias.

El transfer parte.

Se acercan al centro.

La ciudad parece ausente: una neblina inusual, apenas gente en las calles, y las micros, casi vacías y con las luces bajas, escasean. Van cuatro años desde que comenzó con este trabajo. Y cada vez más –día a día, semana a semana, mes a mes–, el regreso a casa parece eterno.

131

Luz roja.

El transfer se detiene en una esquina. Es un sector comercial, cerca de las distribuidoras de pisco y vino y de las tiendas con artículos para fiestas y cumpleaños. A su derecha, no muy lejos de una estación de metro con nombre de presidente, ve a cuatro punk maniquíes. No alcanza a distinguir con claridad; al principio ve –o cree ver– un bulto en el suelo. Los punk pegan con fuerza, se ríen e insultan al aire; el bulto parece ser un perro cubierto por una frazada, probablemente un perro callejero, piensa, aunque no puede ser así: la mayoría de los punk –según leyó en el diario del gobierno– se declaran también animalistas. Anti-sistémicos y animalistas. Entonces ve manos y pies y –de nuevo: puede ser el cansancio– distingue una mancha de sangre debajo del perro callejero cubierto por la frazada. Ve a un punk que levanta sus bototos y está por aplastar la cabeza o la sección del bulto donde hay una cabeza, cuando dan la luz verde.

El transfer acelera.

Todavía piensa en eso: en el bulto sangrante. Busca apoyo visual en las azafatas y el sobrecargo. Pero los tres, como buenos maniquíes, miran al frente; un punto de fuga que él no comparte: luces de neón que conforman la publicidad de una marca de vino con la siguiente frase: *Y hoy, por qué no?* Y a un costado una botella de vino que se abre y de la cual burbujea un líquido.

Su edificio queda en el centro de la ciudad, en el área heterogénea. Es un barrio cambiante. En cinco años se destruyeron todas las casonas y ahora son casi todos edificios nuevos. Una inmobiliaria se adjudicó la mayoría de las licitaciones, comenzó a construir y entonces vino el terremoto, la mitad de la población humana desapareció y se habilitaron zonas de viviendas mixtas. Por eso su edificio –que tiene forma de barco– está ladeado y los departamentos incluso sin terminar.

Se baja de la camioneta.

En la puerta no hay nadie pero la ausencia de un nochero no le extraña. Tampoco que las luces de la entrada no estén encendidas. Primero tira la mochila y después salta la reja. Cae arriba del pasto, justo cuando los aspersores comienzan a rociar agua sobre lo poco de verde que va quedando, por lo que sus rodillas se manchan con barro. Entra a la recepción pensando que mañana tendrá que lavar su ropa antes de salir al trabajo. En el lobby se encuentra con una mujer sentada en el sillón negro, la cual hojea la revista

Datos y Avisos. Sobre sus piernas hay un animal. Paso al lado de ella y la nota arrugada y vieja. Ella lo mira con deferencia y a la vez con miedo. El animal es un hurón amarrado con un collar. El hurón saca sus colmillos con la intención de amenazarlo. Gruñe.

Antes de subir al ascensor revisa su casilla de correo: cartas, cuentas y dos números de la revista informativa del gobierno. Las saca del plástico para revisarlas ahí mismo. En una se anuncia la llegada de un nuevo canal informativo; en la otra la posibilidad de ver fútbol y tenis las veinticuatro horas, aunque solo encuentros entre maniquíes. Guarda las revistas en su mochila negra, bota el resto de la correspondencia y camina por el pasillo.

Ascensor.

Ya no se sorprende al verse reflejado, sin rostro alguno, en las murallas con vidrios del ascensor. Adentro, al lado de los botones que indican los pisos, hay un anuncio. Lo lee: ese fin de semana se realizará una junta extraordinaria del consejo de vecinos y allegados del edificio. El tema a discutir, sigue, serán los incidentes causados por el arrendatario del 85 en el área de eventos. Al parecer el inculpado, el arrendatario del 85, le pagó a uno de los nocheros para que no pusiera el cobertor sobre la piscina. En medio de la celebración, la novia del festejado, o sea el arrendatario del 85, lanzó una botella de whisky al aire y ésta, al golpearse con uno de los bordes de la piscina, se desperdigó, ahora convertida en varios pedazos, en el fondo. Luego ve que en el anuncio se mencionan uno por uno los casos de los niños accidentados al bañarse (todos humanos). Nota que abajo de la comunicación alguien pegó fotos: ve sangre y cristales incrustados en pies pequeños, además de imágenes de los niños llorando. En la misma hoja, escrito con un plumón grueso, está el nombre del arrendatario y su novia, junto al teléfono y mail del primero y varios insultos. Se alienta a llamarlos y acosarlos hasta que den la cara.

Antes de bajarse del ascensor, anota el nombre y el teléfono en el borde de una de las revistas.

Cada vez que entra a su departamento –especialmente si es de noche– evita prender las luces por unos segundos. Es la mejor forma de espiar a los vecinos. Pero esa noche no hay nada interesante. Apenas se entretiene con dos escenas. Una pareja que cena a las velas y un joven que se masturba frente al computador. El resto –cada uno de los ventanales y balcones de un edificio también a medio construir– proyecta oscuridad y ausencia.

Más que un hogar, su departamento le parece un estacionamiento, ya que sólo duerme ahí entre viaje y viaje.

Se prepara un sándwich con lo poco que encuentra en el refrigerador: queso, una hoja de lechuga casi congelada, un pepinillo que flota solo en un tarro de vidrio, mostaza, dos aceitunas sin cuesco. La única mostaza que queda es la francesa, esa que le causa indigestión. De todas maneras le echa a su pan, aunque esa noche lo más probable es que duerma mal ya que su cuerpo está aprendiendo a digerir condimentos fuertes. Come parado, casi atragantándose, aún a oscuras.

Solo al terminar prende la luz.

De postre saca una casata de la parte de arriba del refrigerador. Está a punto de vencer. Al abrirla se sorprende: la parte de chocolate está cuchareada. Y no recuerda si fue él. O si ya estaba así cuando le asignaron este departamento que antes perteneció a un humano. Al principio se enoja, aunque luego piensa en el dedicado trabajo, casi una operación con bisturí; la parte de vainilla y frutilla intactas y ni rastro de la existencia del chocolate. Toma una cuchara grande y se tira en la cama. Una vez más abre las revistas gubernamentales, las hojea sin detenerse mucho en el contenido y prende la televisión. Primero aparece el mensaje del gobierno; letras blancas y parpadeantes sobre una pantalla negra. Cucharea la casata hasta que el sabor de la mostaza francesa se desvanece en su boca. Aún no se acostumbra a cosas como esas. Le gusta creer que uno de sus lados predomina. Aunque no sabe si el humano o el maniquí.

Sabe que a la mañana siguiente, culpa del helado, tendrá las manos dulces y pegoteadas, pero le da flojera ir lavárselas. Busca los canales deportivos: un partido de tenis entre maniquíes. No le interesa. Cambia: ahora es un partido de fútbol. Santiago Morning pierde por goleada. No reconoce al otro equipo. Pronto se aburre de ver hombres y maniquíes corriendo tras una pelota, además apenas hay gente en el estadio, y la niebla hace difícil diferenciar a los jugadores.

Esa noche duerme sin ponerse piyama ni apagar la televisión. Finalmente la mostaza no le causa molestar. Al contrario: lo seda, lo ayuda a dormir mejor. Esa noche, incluso, sueña.

Suena el despertador.

Calcula: cinco horas de sueño. En verdad no necesita más que eso.

Aún le falta para tener que dejar el departamento y enfilar hacia el aeropuerto, así que decide hacer un poco de ejercicio. Busca un buzo y unas zapatillas deportivas.

Ascensor.

Una vez más la hoja con la reunión extraordinaria. Las fotos de pies con sangre y cristales. El llamado a acosar al arrendatario del 85 y su polola. Nuevos insultos en los bordes. *Malditos humanos*, alguien anotó temblorosamente. *Maniquíes hijos de puta*, respondió otra persona. *La tuya*, escribió un tercero con lápiz pasta rojo.

Llega al último piso. Pasa por el área del quincho, la cual está cerrada con cinta amarilla tipo policial. Entra al gimnasio del edificio. No hay nadie. A lo lejos, en una de las corredoras, distingue una cosa pequeña y peluda en movimiento. Se acerca: el hurón de la noche anterior, atado a una de las esquinas de la máquina con una correa, corre como esos hámster dentro de una rueda giratoria: rápido y sin respiro. Se detiene a mirarlo. Todavía no entiende la afición humana por los animales. Ese apego a controlar otro ser viviente.

A los pocos segundos, desde uno de los baños del gimnasio, aparece alguien: es la dueña del hurón y ahora que la tiene más de cerca, piensa, no está tan mal. Algo le sucede en el cuerpo; siente una leve electricidad centrada en un punto por debajo de su cintura. La mujer pasa a su lado. Se pregunta por qué le colgó el título de señora cuando con suerte tiene dos o tres años más que él. No cruzan palabra. Debe ser uno de esos humanos asustadizos. Ella lo mira igual que la noche anterior, aunque ahora con más miedo que deferencia; y pese a eso le escucha un tímido *hola* antes de sacar al hurón de la corredora y salir rápidamente del gimnasio. La corredora del hurón sigue funcionando. Y también la televisión: es un especial del canal educativo del gobierno sobre mascotas que se parecen a sus dueños. Cambia de canal. Ahora aparece el mismo científico de siempre con un cuadro evolutivo para explicar el mestizaje entre humanos y maniquíes. Lo ha visto un millón de veces. Apaga la televisión y la corredora. Se queda pensando en la fragilidad de la mujer y lo fácil que sería someterla de la misma manera en que algunos someten a los humanos.

Se conecta los sensores en las sienes, se sube a una bicicleta y pedalea. Suda un poco. Pedalea fuerte. Suda. Pedalea más fuerte.

Sale del departamento con la misma mochila negra al hombro. Tampoco hay conserje a esa hora. Revisa el correo: son dos informativos que bota a la basura sin abrir, probablemente sobre el mestizaje. Una vez más se topa con el hurón y la mujer. Ahora el animal está dentro de una jaula y ella – que le parece incluso aún más atractiva que la última vez– lleva una maleta pequeña y ridículamente rosada con ruedidas.

Ahora le sonríe coquetamente. Y ella le devuelve la sonrisa. Todavía le cuesta reconocer los rostros humanos: tanto detalle y gestualidad innecesaria. Se pregunta si la mujer es humana o mixta, porque no parece maniquí.

Avanza por el lobby del edificio. Pasa cerca de la mujer. El hurón lo apunta con la nariz. Intenta morderlo a la distancia. Gruñe.

El conductor es un gordo ojeroso y parlanchín. Habla mucho, y de todo, aunque el tema principal es la niebla de la noche anterior. Él mira por la ventana y cuenta las estaciones de metro que van pasando. En cada una hay un repartidor del diario gratuito; un humano vestido de naranja fosforescente y filas de gente entrando y saliendo, como hormigas, que le piden un ejemplar. También pasan por un restaurante chino de fachada amarilla con la frase *Happy Every Body* en letras de neón, y entonces la camioneta se detiene: es la misma esquina de la noche anterior, y él reacciona. Busca el lugar exacto. Lo encuentra. Le pide al conductor que se calle. Nota varias chaquetas de cuero desparramadas por el suelo y al lado el bulto de los punk. También hay varias botellas de cerveza alineadas como pinos de bowling. Esta vez se fija mejor: el bulto no es un ser humano o un perro de la calle; es un colchón viejo con un gran tajo al medio. Pero la mancha roja sigue ahí. En cualquier minuto vendrán los limpiadores maniquíes a mojar y barrer estas calles.

La luz cambia y el conductor le vuelve a hablar. Acelera. Queda poco para llegar al aeropuerto.

Le paga antes de bajarse y le desea un buen día. Avanza por el costado de la carretera. Más allá, en el área de estacionamiento, ve que la gente camina con carros y acarrean maletas con ruedas. Llega a la caseta y saluda a su compañero. Se sienta y prende la radio.

No demora en aparecer el primer auto de la mañana. Se abre la ventana. Es un maniquí, pero un maniquí yuppie, probablemente de Sanhattan, ricachón, de esos que pagan por arrendar humanos.

Viene apurado.

Hay algo en su cara, piensa; algo anuncia sus ganas de apurar el trámite. Si fuera humano sería más fácil reconocerlo.

Le sonríe y le recibe el billete de cinco mil, se asegura que no sea falso, le pasa el vuelto, su boleta y se toma unos segundos –solamente para sentirse superior–, antes de presionar el botón que eleva el mástil y permite que los autos entren al aeropuerto. Le desea un buen día. El yuppie no dice nada. El auto avanza lentamente. Desde la caseta no alcanza a ver todo, además por momentos una estela de polvo le dificulta la vista; pero en el asiento trasero, de todas maneras, distingue al hurón. Éste va en la jaula y lleva la correa al cuello. También ve a la humana con un pedazo de cinta negra en la boca y las manos atadas, a un costado del animal. La ve balancearse inquietamente. La mujer sostiene, con sus piernas, la maleta rosada con rueditas.

El auto pasa la caseta.

Presiona el botón.

La barrera baja.

A PARTIR DE MANHATTAN

El año era 1978 y Enrique Lihn caminaba por las calles de Manhattan. En ese entonces Nueva York era una ciudad en decadencia, con sucias calles llenas de borrachos tirados, drogadictos en las esquinas y asaltos a las seis de la tarde.

Al poeta chileno, en todo caso, esa sordidez urbana lo inspiraba: "Si el paraíso terrenal fuera así", escribió de aquel viaje, "el infierno sería preferible".

Un año antes de la visita del poeta, Martin Scorsese había inmortalizado esa ciudad en decadencia en *Taxi Driver*, película sobre Travis Bickle, un taxista y veterano de la guerra de Vietnam que desciende psicológicamente. Hasta volverse loco y violento. "Por la noche salen bichos de todas clases: furcias, macarras, maleantes, maricas, lesbianas, drogadictos, traficantes de droga... tipos raros", dice Bickle sobre la Nueva York setentera. "Algún día llegará una verdadera lluvia que limpiará las calles de esta escoria".

Hay algo en común entre la figura de Bickle caminado bajo las luces de neón y *A partir de Manhattan*, el libro que resultó del paso de Lihn por Nueva York. Tanto en la película como en el poemario estamos frente a un hombre inmerso, como decía Federico García Lorca (ese otro poeta que escribió sobre esta ciudad), en esa "angustia imperfecta de Nueva York".

A partir de Manhattan se publicó por ediciones Ganymedes (Valparaíso) en octubre de 1979. El tiraje inicial fue de 5.000 ejemplares. Tanto en la portada como en la biografía se muestra la foto de un Enrique Lihn (de 50 años) con lentes, bufanda y un sombrero de copa. En su cara hay un rictus serio, aunque, a la vez, no demasiado serio, sino tal vez una parodia de la seriedad. Esa misma seriedad que Lihn le criticó a Pablo Neruda por su "carácter complaciente consigo mismo y falto de sentido autocrítico".

Nacido en 1929, el entonces poeta, narrador y ensayista trabajaba como profesor-investigador en el Departamento de Estudios Humanísticos de la Universidad de Chile. Hacia fines de los setenta libros suyos habían sido traducidos al francés y al inglés. Y su faceta cómica, o paródica, también circulaba: ya fuera por la publicación de *Batman en Chile*, una novela sobre un Batman financiado por la CIA que llega a Chile para detener el gobierno de la UP (la novela se publicó apenas un par de meses antes del golpe de estado). O por sus performances de la mano de Gerardo de Pompier, su otro yo, un caballero afrancesado, caduco y anquilosado.

Fue con ese bagaje biográfico, así como bibliográfico, con que Lihn parte a Nueva York, escribe y luego publica *A partir de Manhattan* (el cual pide a gritos una redición deluxe, ojalá con fotos y material adicional).

A partir de Manhattan es un libro que hoy se puede leer como la angustia de un poeta quien constantemente piensa en lo que a dejado atrás: Chile. Y en este caso, además, el Chile en dictadura.

"Traté de instalarme afuera, pero nunca pude. Siempre me he quedado con la incertidumbre de qué hubiera pasado si me hubiera ido, porque muchos escritores de mi generación lo hicieron", le dijo Lihn al periodista Juan Andrés Piña. "Yo he viajado, pero nunca me quedé. A pesar de que no existió ese exilio formal, pienso que los escritores hispanoamericanos vivimos en un exilio interior".

En *A partir de Manhattan* Lihn relata su contacto con Nueva York a través de una serie de poemas. Hay versos sobre el metro, las catedrales, los museos, los mendigos y las multitudes que no hacen más que vomitar más y más gente.

Eso sí: no todos los poemas que Lihn escribió "a partir de Manhattan" son sobre Nueva York, lo que por momentos hace que este libro se convierta en un volumen de crónicas de viajes. Así, en *A partir de Manhattan* hay paseos por San Francisco, Texas, Madrid y Barcelona. Paseos en que Lihn explora el paisaje tanto como la mirada y el lenguaje. Ahí está, por ejemplo, "Nada que ver en la mirada":

Un mundo de voyeurs sabe que la mirada
es sólo un escenario
donde el espectador se mira en sus fantasmas.

O "Edward Hopper", donde le rinde homenaje al pintor estadounidense:

Eso pintó Edward Hopper
un mundo de cosas frías
y rígidos encuentros entre maniquíes vivientes (...)
eso pintó: un camino sin principio ni fin
una calle de Manhattan entre este mundo y el otro.

Pero claro: antes que todo y nada, *A partir de Manhattan* es un libro tenso. Un poemario sobre la tensión entre salir de Chile o quedarse y morirse en éste. Así lo pone el mismo Lihn en "Nunca salí del horroroso Chile", uno de sus poemas más conocidos:

Nunca salí del horroroso Chile
mis viajes que no son imaginarios
tardíos sí - momentos de un momento -
no me desarraigaron del eriazo
remoto y presuntuoso
Nunca salí del habla que el Liceo Alemán
me inflingió en sus dos patios como en un regimiento
mordiendo en ella el polvo de un exilio imposible
Otras lenguas me inspiran un sagrado rencor:
el miedo de perder con la lengua materna
toda la realidad. Nunca salí de nada.

"¿Merecimos los chilenos tener a Lihn?", escribió Roberto Bolaño en una de sus columnas, publicada en el pasquín populista *Las Últimas Noticias*. "Esta es una pregunta inútil que él jamás se hubiera permitido. Yo creo que lo merecimos. No mucho, no tanto, pero lo merecimos."

A su regreso de Nueva York Lihn celebró cincuenta años. Y luego de la publicación de *A partir de Manhattan* volvería varias veces a Estados Unidos como profesor visitante en distintas universidades. También realizaría performances en Santiago: el happening *Adiós a Tarzán*, como una parodia a la dictadura, y la lectura de El Paseo Ahumada en esa misma calle y con un megáfono, lo cual le valdría un breve arresto policial.

Nunca saldría del horroroso Chile de Pinochet: el 10 de julio de 1988 – diez años luego de su viaje a Nueva York–, Enrique Lihn moriría de cáncer de pulmón. Apenas tres meses antes que el NO ganara el plebiscito.

Ese mismo 1978, mientras Lihn flaneaba por Manhattan, Manuel Puig también daba vueltas (y se iba de fiestas) por isla neoyorquina. El autor argentino, quien ya tenía tras de sí *El beso de la mujer araña*, se quejaba de lo insular que significaba ser un autor latinoamericano en tierra anglo: "¿Y qué es fracasar en Nueva York? No poder comprar todo lo que la publicidad impone con arte insuperado".

No era el primero ni el último: por esos mismos años Reinaldo Arenas llegaría a Nueva York y de hecho moriría ahí mismo, culpa del sida. "Manhattan es una de las pocas ciudades del mundo donde resulta imposible arraigarse a un recuerdo o tener un pasado", escribió el cubano. "En un sitio donde todo está en constante derrumbe y remodelación, ¿qué se puede recordar?"

Tanto Puig como Arenas son dos escritores latinoamericanos que, a diferencia de Lihn, sí salieron de sus horrorosos países.

Y que cayeron en Nueva York, una ciudad llena de latinos y culturalmente efervescente, sí; pero en la cual, en medio de multitudes de gente, la soledad y el aislamiento se intensifican.

Un tercer caso es Néstor Sánchez, escritor y traductor argentino, quien también vivió en Nueva York durante los setenta. Fue ahí, de hecho, donde Sánchez desapareció. Por lo menos para sus amigos, familia y el mundo literario.

En Nueva York Sánchez se convirtió en un vagabundo que escribía con la mano izquierda, uno que se hacía el loco para que la policía no lo molestara y que sobrevivía con lo mínimo. "Aprendí a subsistir con dos dólares por día", contaría más tarde, en una entrevista a su regreso a Argentina, "durmiendo en cualquier sitio y haciendo dinero mínimo para mis gastos de cualquier manera".

Antes de Nueva York, Sánchez vivió en Europa: Italia, Francia y Barcelona. Eran los setenta, la época del Boom, de los Donoso, Vargas Llosa, García Márquez y Fuentes. El Boom era un grupo, o una idea marketera, que a Sánchez le cargaba, pero que también le daba de comer. Fue su amigo Julio Cortázar, quien lo recomendó con sus publicaciones, así como ayudó a encontrar trabajos. Y la agente literaria Carmen Balcells, acaso la ideadora del Boom, también lo amadrinó.

Nacido en 1935, en Buenos Aires, a Néstor Sánchez se le conoce como unos de los autores menos expuestos y tal vez más anómalos de América Latina. Entre 1966 y 1988 publicó cinco libros: cuatro novelas (*Nosotros dos; Siberia blues; El amhor, los Orsinis y la Muerte; y Cómico de la lengua*) y uno de cuentos (*La condición efímera*). Son obras extravagantes y ricas en su lenguaje. Difíciles, claro, ya que la obra de Sánchez busca a propósito revolcarse en lo difícil.

En los libros de Sánchez se nota la influencia del jazz, lo esotérico (fue un seguidor intermitente de Gurdjieff), así como de los beats, especialmente de Jack Kerouac y su stacato escritural. De alguna forma, para Sánchez la literatura siempre se quedaba corta. No era un artesano de historias, sino de palabras, frases, incluso murmullos.

Así comienza el relato "Diario de Manhattan":

> *La elocuencia íntima sobradamente íntima de un año que termina en la vicisitud constante entre comprensión o penumbra.*

Es un relato (mas no un cuento) sobre un narrador que vagabundea alrededor de la isla de Manhattan:

> *Aparecer en esta isla, recorrerla incluso en sus gangrenas, es como adjudicarle verosimilitud: a veces, sin embargo, se parece demasiado a una metáfora de toda humanidad que decae degradándose; otras, un museo perfecto de hasta el último pormenor de lo que no debe hacerse.*

"Siempre tuve la intención de dedicarme al cine, pero en este país era una aventura muy difícil", le diría tiempo después a Página 12. "En París hice una adaptación cinematográfica de mi novela *El amhor, los Orsinis y la Muerte*, que le acerqué a François Truffaut. Y el me contestó que era un excelente guión para escribir una novela".

A sus 33 años, Sánchez se fue de Argentina con una beca. Pasó de Iowa a Nueva York y Nueva Orleans, de allí a Caracas, luego a Barcelona, después a París, y volvió a Nueva York, con paradas en San Francisco y Los Ángeles.

Si bien viajero, Sánchez era un escritor comprometido con su soledad. O con su solipsismo: de a poco dejó de hablar con su hijo, Carlos, quien actualmente es el encargado de republicar la obra de su padre.

En 1986 Carlos Sánchez recibió una postal desde Los Ángeles. Eran unas pocas líneas de su padre, de quien no sabía nada hace tiempo. Carlos le respondió: le dijo que quería abrazarlo.

Y de esta forma, a su vez, contestó su padre: "El abrazo sirve para arrugarse la ropa".

Le mandó dinero y lo fue a buscar al aeropuerto: Néstor Sánchez traía consigo un bolsito. Apenas un cepillo de dientes y otras escasas pertenencias. Nada más. Habían sido 18 años en el extranjero.

De a poco el autor argentino se volvió una figura velada, de culto se podría decir, aunque claro: la categoría "de culto" es siempre injusta. Y, además, más que un autor de culto Sánchez se volvió en un autor oculto: durante esos 18 años muchos lo habían pensado muerto. Bolaño y García Porta, en *Consejos de un discípulo de Morrison a un fanático de Joyce*, lo imaginan como un fantasma de las letras latinoamericanas: "¿Era Néstor Sánchez el que tocaba el saxo aquella noche en un café cantante en Ámsterdam?", se preguntan y luego agregan: "El perdido, el desaparecido no se sabe si por causas políticas o por propia voluntad; finalmente, el músico que da muerte piadosa al escritor".

Otro es Enrique Vila-Matas, quien escribió que la novela *Nosotros dos* "fue un libro decisivo para mí; tenía la cadencia del tango y de hecho resultaba muy parecido a un tango".

"Me quedé sin épica", dijo Sánchez, años más tarde, a su regresó a Argentina, cuando le preguntaban por qué había dejado de escribir. Aquellas palabras aparecerían en *Cerdos & Peces* (la revista de Enrique Symns) en mayo de 1987. Fue gracias a esta entrevista que una nueva generación de lectores, aquella que justamente miraba al Boom con sospecha, prestó atención a la obra de Sánchez, quien aseguraba que "para ser lumpen hay que tener conducta".

Desde entonces que sus libros de Sánchez se han reeditado y su escritura ha sido redescubierta, así como su vida: en 2015 se estrenó el documental *Se acabó la épica*, de Matilde Michanie; por su parte el argentino Osvaldo Baigorria escribió la semblanza *Sobre Sánchez*; y el año que viene el mexicano Jorge Antolín publicará una biografía.

Puede que "Diario de Manhattan" sea la mejor introducción a la obra de Néstor Sánchez. Es un relato que como dice su título más bien se lee como una bitácora: la de alguien que se invisibiliza. Un narrador, como le sucedió a Néstor Sánchez, quien recorre una ciudad tan llena de gente y luces que eventualmente deshumaniza todo a su alrededor.

> *La caravana incesante de los puentes que colma cada mañana la ciudad; la caravana desvariada que la vacía cada tarde con dos luces de frente, hacia los relámpagos sonoros del televisor. Cinco días de flujo y reflujo multitudinario en cuatro ruedas, acaso con el único motivo no del todo explícito de consumir petróleo en gran escala. El planeta, fatalidad en sí mismo, requiere ser vaciado, a su edad, del líquido negro.*

Más que otro autor "vanguardista" (aquel término manoseado por sosos académicos y escritores cortos de imaginación), hay que leer los libros de Sánchez como un grito primario. Su vida y obra son un recordatorio de lo efímero que significa estar vivo. Que la historia de la literatura es siempre ingrata, porque son pocos los autores y autoras que sobreviven el paso del tiempo. Porque la condición efímera, mejor no olvidarlo, es lo mismo que la condición humana.

EL VIEJO Y EL AMOR Y LOS GATOS

Podría ser un doble de Ernest Hemingway. O uno de los tantos turistas bronceados que caminan por Key West. Stan lleva una barba canosa, el mentón cuadrado y una actitud templada, masculina y un poco distante. Viste una camisa hawaiana y unas bermudas beige, además de calcetines de algodón y unas New Balance blancas. Cuesta entender si el guía de la casa de Hemingway en Key West realmente quiere parecerse al autor estadounidense ganador del Nobel, o simplemente viste el look que casi todo el mundo lleva en esta isla al sur de Florida, Estados Unidos. Como sea, hay una sola cosa que lo diferencia totalmente del autor de *Fiesta*: Stan lleva el pelo largo y amarrado y un jockey blanco con letras rojas que dice *Key West*. Mientras que Hemingway, en la gran mayoría de fotos, siempre aparece con el pelo corto.

Uno entra a la Ernest Hemingway Home and Museum y luego de pagar la entrada (14 dólares, solo efectivo), hay una figura levemente hemingweyana en el porche. Stan saluda y ofrece una hoja informativa con los fatos básicos de la casa/museo.

"Esperemos que llegue más gente," dice con esa controlada cordialidad de los estadounidenses que a veces los latinoamericanos confundimos con frialdad. "Por mientras, si deseas, puedes recorrer el primer piso".

Sucedió por accidente: cuando llegaron a Key West desde París, vía La Habana, el 7 de abril de 1928, Ernest y la muy embarazada Pauline Hemingway no planeaban quedarse en la isla por más de dos días. La idea era recoger el automóvil que el tío de Pauline había encargado para conducir hasta la propiedad de su familia en Piggott, Arkansas, y de ahí a Kansas City, donde daría a luz a Patrick, su primer hijo y el segundo de Hemingway.

Pero como bien le había advertido su amigo y también escritor John Dos Passos, Key West era un pequeño paraíso. Algo que eventualmente encantó tanto Hemingway como a Pauline, ya que la vida en el remoto Cayo Hueso era como estar en un país extranjero pero a la vez en Estados Unidos. "Es el mejor lugar en el que he estado; hay flores, tamarindos, guayabos y cocoteros", dijo Hemingway, quien tenía 29 años cuando pisó Key West. "Anoche me tomé una absenta y terminé haciendo trucos con cuchillos en un bar cercano".

Minutos más tarde Stan nos reúne a todos. Somos un grupo de turistas muy poco heterogéneo, no más de 15. La mayoría son blancos, rubios, bronceados, pasados de peso y un poco bovinos. Aunque también hay una pareja de jóvenes y delgados asiáticos. Y quien escribe.

Por fuera la casa de Hemingway es imponente; parece una pequeña mansión, pese a que por dentro es más bien estrecha. Construida en 1851, Stan asegura que está hecha de piedra colonial española. Por fuera la casa tiene ventanas francesas con persianas verdes y exuberantes jardines cubiertos de sagú de hojas grandes, palmitos, palmeras datileras y banianos de tronco grueso.

Caminamos por el primer piso, el cual se divide en cuatro ambientes. Un living con distintos muebles y objetos de safaris, otra pieza con las murallas llenas de afiches de varias adaptaciones cinematográficas de libros de Hemingway, una estrecha cocina con muchas baldosas, y un pasadizo con escalera de madera que cruje y da al segundo piso.

Stan nos dice que muchos de los muebles son antigüedades europeas recolectadas durante el tiempo de los Hemingway en París, ya que ahí el autor conoció a Pauline Pfeiffer. Que los trofeos y las pieles fueron recuerdos de los safaris africanos y numerosas expediciones de caza en el oeste de Estados Unidos. Y que a lo largo del tour veremos muchos gatos.

Lo cual se cumple rápidamente: ya en el primer piso, sobre un sillón de madera antiguo y con un cordón de seguridad para impedir que la gente se siente, un gato gris y ancho duerme. Los asiáticos son los primeros en sacar una foto. Luego sigo yo. Y entonces una señora pálida con bermudas, camisa calipso y pelo canoso lo acaricia. Sorprende la actitud del gato. No le importa que la gente lo toque ni le saque fotos. No hace nada.

"Ya están acostumbrados", explica Stan.

La historia de los 54 gatos que hoy viven en la casa de Hemingway se remonta a la década en que el autor vivió acá. En esos tiempos se necesitaban gatos para que cazaran ratones. Pero no solo eso, ya que algunos capitanes en Key West seguían una vieja superstición. Según ellos, los gatos de seis dedos gatos –los cuales sufren una enfermedad genética y se llaman polidáctiles– traían suerte. Y de ahí que un día Hemingway recibiera un regalo de un capitán: un pequeño gato llamado Snow Ball (Bola de Nieve). De aquel, al parecer, provienen los 54 gatos que actualmente pululan por la casa. Lo más divertido son sus nombres. Hemingway los bautizaba con nombres de escritores, estrellas de Hollywood, artistas y hasta familiares muertos. Y la tradición, en todo caso, aún continúa.

"El del sillón", dice Stan y se queda pensativo por unos segundos. "Si no me equivoco es Marilyn".

"La vida de cada hombre termina de la misma manera," dijo el autor de *Por qué doblan las campanas*. "Son solo los detalles de cómo vivió y cómo murió que distinguen a un hombre de otro".

Las casas de escritores nos dan acceso a ese tipo de aspectos mínimos y mundanos. Justamente esos detalles que ayudan a complejizar –y a veces a confirmar– los clichés y matices de una figura, por ejemplo, tan totémica como la de Hemingway.

Lo cual en este caso es complejo, especialmente porque para muchos Hemingway representa la imagen del escritor macho y violento, de barba canosa y cuerpo fornido. Y es aquí en Key West, de hecho, donde se alimenta eso mismo, el cliché más hemingweyano de los hemingweyanos. El último fin de semana de julio se celebra el concurso anual dobles de Hemingway. Son cientos de hombres blancos y barbudos (como Stan) que corren por la calle central de Key West y beben sangría o ron.

De habla Stan mientras subimos al segundo piso. En el paso de la escalera a la habitación principal hay algunos libros de Hemingway resguardados tras un cristal. Alcanzo a ver títulos de guerra, atlas, historia, geografía, África, pero no hay mucha ficción. Según Stan, la mayoría de los libros están en la Finca Vigía, el hogar cubano de Hemingway. A pocos pasos de los libros hay un dormitorio con una cama de madera antigua y cubierta con sábanas blancas y radiantes: sobre éstas duermen dos gatos. Uno persa y otro completamente negro; uno se llama Orson (Welles) y el otro es Capote (Truman). En una de las murallas, además, cuelga una réplica de un cuadro de Joan Mirò, "La Granja". Y al costado una puerta que conduce a una habitación extra, en la que hay fotografías del tiempo de los Hemingway en Paris. Por ahí se ven Gertrude Stein y Alice B. Toklas, Francis Scott Fitzgerald, su esposa Zelda. Y Hemingway y Pauline, jóvenes y felices.

Bajamos nuevamente por las escaleras, salimos de la casa y caminamos por la parte trasera de esta. Stan dice que es el recorrido que todas las mañanas, a las seis, Hemingway hacía para llegar a su estudio y ponerse a escribir. A lo largo del camino se ven más y más gatos. Todos de seis dedos y con nombres de famosos: Dillinger, Al Capone, Djuna, Getrude. El estudio es amplio y está acordonado, por lo que solo se ve a lo lejos; hay un escritorio de madera, una máquina de escribir, estantes con libros, la cabeza de un venado en una muralla y, por supuesto, algunos gatos desparramados.

"Ese es Humphrey y esa es Zelda," dice Stan.

Si uno mira la bibliografía de Hemingway, se nota que el tiempo con Pauline en Key West fue tal vez el más prolífico de su carrera. Acá terminó *Adiós a las armas*, así como escribió *Muerte en la tarde*, *Tener y no tener* y *Verdes colinas de África*. Hemingway escribía por las mañanas y por las tardes salía a recorrer Key West; iba a los bares, a pescar y a ver u organizar peleas de box. Por lo mismo, como él confesó muchas veces, no era el mejor de los maridos ni padres. Hacia fines de los años 40 la relación entre Hemingway y Pauline no estaba en su mejor momento. Llevaban nueve años casados cuando en su bar preferido de Key West, Sloppy Joe's, conoció a Martha Gellhorn. Dicen que fue un encuentro breve pero aún así lo marcó: el autor estadounidense quedó flechado y por eso en 1937 Hemingway hizo planes: organizó un viaje a España, país que pasaba por una guerra civil. Su coartada era que escribiría artículos para diarios estadounidenses. Y que así ayudaría a los republicanos. Pero su motivo secreto era otro: juntarse con Gellhorn, quien lo estaría esperando en Madrid.

Al bajar del estudio donde Hemingway escribía todas las mañanas, Stan nos lleva a recorrer el jardín de la casa. Es justamente en esta parte donde, a su vuelta de España, el autor estadounidense se encontraría con una sorpresa: una piscina. "De hecho", dice Stan, "la primera piscina en todo Key West".

El problema fue el precio: $20,000 dólares, lo cual era más del doble de lo que habían pagado por la casa (8 mil dólares). Hemingway se sintió desagradablemente sorprendido por el costo y gritó: "¿Acaso me quieres dejar sin dinero? Pues bien, acá tienes mi último centavo" y acto seguido sacó una moneda y la tiró al suelo. Pauline la recogió y años más tarde la incrustaría dentro de un cuadrado de concreto, a un lado de la piscina, y el cual permanece hasta la actualidad.

No muy lejos del centavo, nos indica Stan, hay otra curiosidad. A primeras parece una pequeña fuente de la cual cae agua. O algo parecido a una vasija de cemento. Pero no. Obtenido después de una renovación en Sloppy Joe's, Hemingway convirtió un orinal en una fuente de agua para mojar el terreno. Y donde hoy los gatos toman agua.

En 1940 Hemingway se divorció de Pauline. Esta se quedaría a cargo de Patrick y Gregroy, quienes eventualmente crecerían y se irían a la universidad. En 1951 Pauline moriría y la casa quedaría sola por un buen tiempo. Para entonces Hemingway estaba instalado en la Finca Vigía, casado con Martha Gellhorn y camino al Nobel. Volvería un par de veces a Key West, aunque solo para cuidar de la propiedad, o cuando necesitaba conseguir víveres antes de partir a Cuba. Hacia fines de los sesenta, luego de subidas y bajadas de ánimo, Ernest Hemingway sería internado en un hospital, donde le harían terapia de shock. Algunas fotos de entonces lo muestran viejo, serio y demacrado.

Fue en Key West donde Hemingway se terminó de convertir en Hemingway. En los siguientes años viviría en Cuba (desde 1939 a 1960). Y luego, causa de su depresión, volvería a Estados Unidos. De vez en cuando visitaba su casa en Key West.

Hasta que la madrugada del 2 de julio de 1961 –en su hogar en Ketchum, Idaho–, Hemingway abrió la bodega del sótano donde guardaba sus armas y subió las escaleras hacia el vestíbulo de la entrada principal de su casa. Consigo llevaba su escopeta favorita. Y ya nada sería como antes.

Ana Merino

Ana Merino (Madrid, 1971). Catedrática en el Departamento de Español y Portugués de la Universidad de Iowa, Estados Unidos, donde fundó y desarrolló el MFA de escritura creativa en español entre 2009-2011, que dirigió hasta 2018. Ha publicado nueve poemarios: *Preparativos para un viaje* (Rialp, 1995, 2a edic Reino de Cordelia, 2013), *Los días gemelos* (Visor, 1997), *La voz de los relojes* (Visor, 2000), *Juegos de niños* (Visor, 2003), *Compañera de celda* (Visor, 2006), *Curación* (Visor, 2010), *Los buenos propósitos* (Visor, 2015) y los infantiles *Hagamos caso al tigre* (Anaya, 2010) y *El viaje del vikingo soñador* (Santillana, 2015). También es autora de la novela juvenil *El hombre de los dos corazones* (Anaya, 2009); el álbum infantil *Martina y los piojos;* y las obras de teatro *Amor: muy frágil* (Reino de Cordelia, 2013), que dirigió y estrenó en Zúrich en 2012; *Las decepciones* (Literal/Conaculta, 2014), *La redención* (Reino de Cordelia, 2016) y *Salvemos al elefante* (Santillana, 2017). Dentro de sus ensayo académico se cuentan *El Cómic Hispánico* (Cátedra, 2003) y *Diez ensayos para pensar el cómic* (2017). Ha ganado los premios Adonais y Fray Luis de León de poesía, y el Diario de Avisos por sus artículos sobre cómics para la revista *Leer;* así como el accésit Carmen de Burgos de periodismo por su tribuna «Mujer con abanico». Asimismo, ha sido columnista en el diario *El País.* Sus artículos han aparecido en *DDLV, Leer, The Comics Journal, International Journal of Comic Art* e *Hispanic Issues.* Ha comisariado cuatro exhibiciones sobre cómics y fue la autora del catálogo *Fantagraphics creadores del canon* para la Semana Negra de 2003.

EL CORAZÓN DE SUSANNAH

"Alfonsina Storni nació en Suiza, pero murió en Mar del Plata, en Argentina. ¿Te imaginas la desesperación que debió sentir? Se tiró a la escollera del Club Argentino de Mujeres, su cuerpo apareció en la playa de La Perla. No sé cómo es esa playa tengo que ir allí para ver esa playa. Nació en Suiza en la zona en la que hablan en italiano, pero ella es argentina, bueno, fue argentina. Es una de las grandes poetas del siglo veinte". Marisa cierra los ojos, y toma aire por la nariz, traga saliva y se chupa los labios y continúa explicando algunos detalles sobre la poeta suicida. Luego se queda en silencio mirando a Susannah y le pregunta:

"¿Tu padre es argentino verdad? ¿La conoce? ¿Ha leído su obra?"

Susannah la mira y responde que no sabe. Piensa en su padre, pero no le explica a Marisa que su padre nunca quiere volver al Argentina, que le duele demasiado todo lo que le pasó a su familia. Los dos hermanos de su padre, sus tíos, desaparecieron, bueno, los desaparecieron los militares, y los abuelos de Susannah ya murieron, no hay nada que le pueda hacer volver. Los Rosenberg sólo estuvieron de paso en Argentina, y fue para sufrir el mismo sino dramático que en Polonia. Todo había sido demasiado doloroso para Aaron Rosenberg, el padre de Susannah. Se fue a vivir a Nueva York y allí borró las huellas de su vida en Argentina. Pero le quedaba la amargura del perpetuo sufrimiento familiar. La constante pérdida violenta de los seres queridos. Sus padres, que a duras penas habían escapado el infierno de los campos de exterminio europeos y que vieron cómo se llevaban a sus propios padres, también tuvieron que ver cómo se llevaban a sus hijos a otro infierno, el del Cono Sur. Los hermanos de Aaron nunca volvieron, no dejaron rastro pese a los innumerables esfuerzos de todos por recuperarlos. Creen, saben que son de los desaparecidos que lanzaron al mar en los vuelos de la muerte. Los abuelos de Aaron murieron en los hornos crematorios y sus hermanos en el fondo del mar. A sus abuelos les dijeron que se desnudasen para tomar una ducha y les ahogaron con gas, a sus hermanos los inyectaron tranquilizantes y los lanzaron vivos contra el cristal de las olas. A todos los quisieron borrar de la faz de la tierra. A sus abuelos los cremaron, a sus hermanos los escondieron en el fondo del mar. Su padre no pisa ni Argentina, ni Polonia, ni Alemania, ni el estado de Texas... No pisa prácticamente ningún lugar más allá de las siete calles de su barrio en Williamsburg, en la zona judía de Brooklyn, en Nueva York.

Nadie tuvo compasión con su familia, y su padre se salvó de milagro por unas monjas católicas francesas que se lo llevaron del país, y luego después de muchos avatares viviendo en Dinamarca pudo emigrar a la gran manzana y allí se hizo judío ortodoxo y empezó de cero. El padre de Susannah renunció a cualquier patria y se abrazó a la religión con todas sus fuerzas. Además, los abuelos de Susannah los padres de Aaron, para completar ese círculo desgraciado murieron de mala manera en Argentina. El abuelo de un ataque al corazón en plena calle ocasionado por el sufrimiento familiar, por la desaparición de sus dos hijos y la certeza de su tortura y muerte atroz. Y su abuela, se suicidó, exactamente igual que la poeta que Marisa estaba mencionando. Se tiró desde una escollera en la Costa Este del Uruguay. Cerca de un pequeño pueblo llamado La Paloma, donde había ido a descansar con unas amigas. Pero uno no habla de las muertes de sus familiares en su primera noche. No comenta las casualidades de los dos suicidios ni repasa la historia reciente del siglo veinte con sus hornos crematorios y sus vuelos de la muerte.

Sin embargo, en las clases de literatura latinoamericana le gustaba mencionar que su padre había nacido en Argentina y que sus abuelos paternos vivieron allí más de tres décadas. Pero Susannah no daba más detalles, simplemente quería dejar claro que, aunque hablara el español con un fuerte acento y diera muchas patadas al diccionario tenía una genuina curiosidad por Latinoamérica, especialmente el Cono Sur.

Desde el primer día que entró en ese curso graduado sobre la novela del boom Susannah supo que quería abrazar a aquella española que hablaba sin respirar y en carrerilla marcando la zeta y el vosotros. Se encandiló de esa chica menuda con la boca inmensa y tan entusiasta de Gabriel García Márquez que hacía que sus compañeros latinoamericanos la miraran con condescendencia y la llamasen la artística. Marisa española de Las Médulas.

"¿Y eso dónde está?", preguntaron todos.

"En la comarca del Bierzo, en el Reino de León, en España, respondió Marisa con un orgullo patrio que hizo que todos sus compañeros se sonrieran con indulgencia. A Susannah le encantó, simplemente le encantó. Una mujer española, en un seminario de narrativa latinoamericana del boom, un poco de alegría femenina, en un curso de hombres, sobre hombres con un gran hombre como profesor invitado. Ellas dos eran las únicas mujeres en una clase de lo más masculina. Y aquella preciosidad española era el mejor incentivo para permanecer en eso curso que celebraba la masculinidad más literaria.

La primera noche que intimaron fue cuando Marisa le habló de Alfonsina Storni:

"Alfonsina Storni-, repetía Juana- qué pena que se suicidara. El mar y los suicidas. Es todo un misterio. ¿Sabes que Alfonsina había mandado un poema al periódico *La Nación* y que salió publicado al día siguiente de su muerte?"

"Nope", le dijo Susannah mientras le acariciaba la cabeza.

"Se titula "Voy a dormir" y me lo sé de memoria".

Susannah sólo recordaba de aquella escena a Marisa recitando los dos últimos versos: "si él llama nuevamente por teléfono/ le dices que no insista, que he salido...". Y Susannah la besaba justo al final. Y se aferraba a esa boca que tan bien pronunciaba la zeta y hablaba con diminutivos.

"¿Qué pensaría la pobrecina cuando se tiró al mar? El agua debía estar muy fría". Otra vez le acaricia el recuerdo de la voz de Juana hablándola de la poeta.

Susannah se embelesa con ese instante de tiempo detenido, se descubre en la memoria mirando el cuerpo desnudo de Marisa y abrazándola. Piensa en la poeta que tanto le gustaba a su amiga. Piensa en su amiga llena de luz recitando los versos de la poeta suicida. A Susannah, que terminó leyendo las obras completas de Alfonsina Storni sobre todo le gustaba el poema del hombre pequeñito. ¿Cómo era ese poema?

Susannah traga saliva. Los labios de Marisa ya no están allí, tampoco su cuerpo sobre la cama. Ahora sólo está Brittany dormida. Han pasado 17 años desde aquella escena. La suma de escenas. Los recuerdos de Marisa dormida a su lado, los recuerdos de Marisa hablándole de Alfonsina Storni.

Cuánto quiso a Marisa, se repetía ese pensamiento mientras trataba de contener las lágrimas apretando los labios. Realmente fue la mujer que más ha amado, y no lo pensaba porque ahora estuviera muerta, sino porque efectivamente la amó con toda su alma. Por eso necesitaba recordar aquellos primeros encuentros llenos de pasión en los que ellas se entregaron sin descanso. Esos años maravillosos de la escuela graduada donde la vida era infinita y los cuerpos celebraban ese tiempo luminoso de la respiración acompasada, el placer y los besos.

La tesis de doctorado de Marisa se centró en varias poetas latinoamericanas, pero Alfonsina Storni fue la que inauguró la primera noche de amor y los días que siguieron a ese cálido encuentro. Alfonsina y el mar, y los hombres pequeñitos que querían encerrar a las mujeres en jaulas. Marisa había escapado de una de esas jaulas y se había posado a su lado.

(Arranque de novela- *work in progress*)

CARTA DE UN NÁUFRAGO

Con el consentimiento de la nieve
caminaré despacio.

Alguien habrá que espere junto al fuego
y yo, que estaré ciega por el frío,
haré paradas breves,
sacudiré el paraguas y empezaré de nuevo.

El único secreto es no sentirse
inmensamente lleno de verdades.
No aceptar nunca las invitaciones
que la neblina
sugiere al anidar con sus disfraces
de paisaje feliz, de grandes sueños.

Alguien habrá que diga, se ha perdido,
alguien saldrá a buscarme,
y llevará el calor de una botella

donde podré mandarte este mensaje.

(Los días gemelos, Visor, 1997)

NANAS DE LA GREYHOUND

I

Una ruta por donde descifrar el olvido
y ser su espectador desde los ventanales de emergencia,
carreteras y bosques adornan el paisaje
y una luz deliciosa de amanecer y otoño
acaricia mi rostro adormecido.

Quiero ser feliz en un día absurdo
de cansancio acumulado, de tos y estornudos,
en un día febril de autopistas
y ciudades en las que no me detengo.

Cruzo el deseo sobre un mar disfrazado de lago,
cataratas, casinos, espectáculos de luces en la noche.
las iglesias son casas de madera,
anuncian con letreros en la puerta
su amor a Dios como un nuevo producto
que desinfecta más que la tristeza.

Junto a mí una mujer arrugada
murmura sus penas
la vida le ha enseñado a estar en todas partes
pero todos se han ido de su mundo.

El autobús nos lleva por lugares sin alma,
por todos los rincones de una larga frontera.
El día se ha hecho eterno en la autopista
y los coches no saben iluminar la noche con sus faros.

La distancia no importa
si el miedo de vivir sigue latiendo
en mi pecho, en mi sangre, en mi garganta.
Las huidas son sólo un breve instante
un poema marchito de sombra pasajera.

II

Duerme ahora
que las curvas
ya no son tan cerradas.
Ahora que no hay semáforos
en este laberinto de promesas.
Ahora que el destino
es una parada más
en la que nadie se baja.

Duerme en el regazo
de todas las mujeres que amaste,
ahora que te pesan los párpados
y puedes intuir sus siluetas
como sombras de árboles
esculpidas con lluvia,
como cuerpos cortados
en una caja llena de espejismos.

Ahora que mis ojos de galgo
vigilan tu equipaje,
es hora de que duermas
y se duerman contigo
todos aquellos monstruos
que siempre te acompañan.

Prometo no ladrar a los borrachos,
ni a las viejas que chupan regaliz,
ni a los presos que van encadenados
arrastrando sentencias por cumplir.

Prometo enterrar tus pesadillas
en la estación vacía de los niños perdidos,
y jadear muy despacito
para que en sueños me llenes de caricias
y te duela tener que abandonarme.

(Juegos de niños, Visor. 2003)

IOWA HOUSE HOTEL

Me sentía tentada
de salir a la calle
y bajar al río a intentar caminar
sobre su capa de hielo.
Dejar mis pisadas en la nieve,
un rastro de marcas dispersas
sobre esos copos finos
que se habían depositado
encima de la escarcha.

La piel del río parecía
un abrazo de abismos gélidos.
Yo era idéntica
a ese río helado;
se había detenido
lo que quedaba de mí
a contemplar el invierno.

El agua era la solidez
de un estado inmóvil
como mi pensamiento
tratando de entender
la lógica del amor
en los días más fríos de la vida.

(*Los buenos propósitos*, Visor, 2015)

JUEGOS DE NIÑOS

El tráfico envenena
en los pequeños barrios
                    que cruza la autovía.
Las calles divididas
son ahora afluentes
                    de un gran río de asfalto.
Inmóviles y mudas
digieren su amargura
                    las casas del camino.
Desde la dignidad de sus boardillas
los niños juegan,
a inventar que los coches
                    son naves espaciales
y que la carretera es una ruta cósmica
donde los mercenarios esperan a sus víctimas.

Soledad y cristales,
ningún niño es visible detrás de las ventanas,
cortinones de tela les sirven de escondite,
su realidad se viste de galaxia lejana.
Sus miedos se parecen al sabor de otros miedos,
sus padres se han perdido,
sus abuelas les cuidan con rezos y suspiros,
y una bala perdida les roza la inocencia
dejando una señal en la pared.

Su niñez se fabrica
con todos los instantes
de una posible muerte,
y el azar silencioso
salvándoles la vida.

(*Juegos de niños*, Visor, 2003)

LA PELUQUERÍA DEL SEÑOR RUSSELL

38

En la peluquería del Señor Russell
me saludan con cariño sin conocerme,
y una anciana desdentada
me dice que mi corazón es dulce.
Yo sonrío
mientras me acomodo en una vieja silla de cuero
y escucho el sonido de las tijeras
al compás de la música arrugada
de unos discos de vinilo.
Y la cabeza me late
de caminar por el frío,
de buscar sigilosa
algún indicio azul de la primavera.

El cartero
ha dejado el bolsón de cartas
sobre la mesa de las horquillas y los peines
y se ha sentado con nosotros
a pasar el rato.
Se ha hundido lentamente
en un sofá giratorio
con orejeras.
Su cuerpo inmenso

ha sonado a océano por dentro.
Varias veces nos hemos mirado
y yo he creído ver
al rey de los peces
agonizar en su carraspeo
de voz ronca y tos sanguinolenta.

A la peluquería del Señor Russell
uno llega de casualidad
porque la casa no tiene escaparate,
sólo un cartel en la ventana
que dice que corta el pelo
incluso los domingos.
La curiosidad hace que llames a la puerta,
descubras un viejo salón
y veas como tus mechones van cayendo
junto a la chimenea.

Una mujer desde el espejo me mira,
tiene el pelo liso,
una melena corta a la altura de la nuca.
Esa mujer soy yo,
cuando se ríe,
es mi boca la que se abre.

Y el Señor Russell es feliz,
feliz de saber que sus dedos temblorosos
todavía pueden
cortarle la desolación a los días.

Yo yo, que soy la mujer del espejo,
tengo que cruzarlo para volver a casa
y llevarme de la mano
al rey de los peces
para que muera con dignidad
en la laguna del cementerio,
el único lugar que conozco
donde los árboles y el viento
saben imitar el sonido de las olas

y la nieve es la espuma
de un océano inmóvil.

Tengo que darme prisa
ahora que alguien ha dejado pasar unos segundos
y yo puedo cruzar
sobre mi cuerpo,
y aletear junto al cartero
en un simulacro de mar,
en la tristeza de sus ojos redondos
y de su boca abierta
como mi risa, que va perdiendo el color
hasta llenarse de sal fría.

Tengo que darme prisa
para despertar cuanto antes
de este sueño de lápidas blancas
y abrazarme a otro sueño
que me desnude bajo la tierra
y me haga morder la manzana del paraíso.

(«Poema 38», La voz de los relojes, Visor, 2000)

CARGAMENTO DE NIEVE

La nieve en los vagones
ha perdido hace tiempo
la textura perfecta de sus copos,
apelmazada y sucia
hoy huele a gasolina
o a basura olvidada
que creció en las aceras
y se volvió equipaje,
cargamento grisáceo
de un tren de mercancías.

Hay que limpiar las calles
y derretir su manto
de cuerpo mutilado
que se abraza al asfalto
y ni siente la sal
quemándole los párpados.

La nieve condenada
a ser charco en las vías
apenas se lamenta
de su extraño viaje.
El eco del verano
desnuda sus entrañas
y el óxido del sueño
la transforma en un líquido sagrado.

Así es la nieve vieja
que se llevan los trenes.

En su semilla blanca
de infinitos cristales
sólo germina el hielo.
Por eso la almacenan
en los vagones huecos
que recorren el ansia
de los que no soportan
el invierno.

(dentro de la Antología Premios del tren, Segundo Premio 2006)

Giovanna Rivero

Giovanna Rivero (Santa Cruz, Bolivia). Ha publicado libros de cuentos y novelas, entre los que destacan *Niñas y detectives* (2009), *Tukzon* (2008), *Para comerte mejor* (2015, 2018), *98 segundos sin sombra* (Caballo de Troya, Random House, El Cuervo). En 2011 fue seleccionada por la Feria Internacional del Libro de Guadalajara como uno de "Los 25 Secretos Literarios Mejor Guardados de América Latina". En 2015 recibió el Premio Internacional de Cuento "Cosecha Eñe" y ese mismo año se doctoró en literatura hispanoamericana por la University of Florida. En 2017 recibió la beca Fulbright. La Society of Voice Arts and Sciences otorgó el máximo galardón como Best Spanish Voiceover 2018 al audiobook de la novela *98 segundos sin sombra*, que será llevada al cine y está siendo traducida al inglés gracias a una beca de la National Endowment for the Arts (Estados Unidos). *Para comerte mejor* recibió el Premio Dante Alighieri (Bolivia) en 2018. Junto a la escritora Magela Baudoin, dirige el sello "Mantis", enfocada exclusivamente en la producción literaria de escritoras hispanoamericanas.

DUEÑOS DE LA ARENA

Cuando éramos chicos, metíamos los pies en los montoncitos de arena y amasábamos castillos. La lluvia se encargaba de diluir los castillos en el destino del agua. Los sabañones eran lo de menos, o el cristal finito de la arena que se convertía en mugre en las esquinas del dedo gordo. Una tarde pillamos el alacrán.

—¡Un ciempiés! —grité yo, que en mi ciencia sobre los insectos siempre fui tajante.

—No, tonta —dijo Erland—, es un alacrán, y está bravo.

El pequeño gladiador alzó su espada a punto de cometer un sacrificio o un crimen. Erland dijo que jamás debíamos tocar esa espada, que ahí estaba toda la muerte concentrada.

Esperamos con paciencia infinita a que el alacrán recorriera el caminito que rodeaba nuestro castillo del terror y que desembocaba en un mundo de cristal. Erland insistía en que solo era un frasco de mayonesa, ¿por qué yo siempre hablaba como si fuera un dibujo?

—No lo lavaste bien, ¡floja! —me reprochó Erland, poniendo el frasco a contraluz mientras el alacrán resbalaba hacia el fondo, horrible como él solo, engrandecido por el grosor del vidrio. Manchas de grasa convertían el mundo de cristal en una ciudad microscópica nublada. Su único habitante apenas podría respirar. El alacrán intentó escalar hacia la boca de aquel mundo.

—Tapalo, por favor, tapalo —supliqué. Una especie de felicidad me cosquilleaba en el estómago.

Erland enroscó la tapa y luego batió un poco el frasco. El alacrán se hizo un ovillo.

—¿Tenés miedo? —preguntó Erland. Lamía el frasco como si fuera un caramelo.

—Sí… –admití, y luego, como siempre en ese entonces, las palabras empezaron a decir la verdad—. Pero no es del alacrán que tengo miedo, es de vos. Vos me das miedo.

—¿Yo te doy miedo? ¿Yo? Estás loca —dijo Erland. Pero la sonrisita de asesino no se le iba. Yo conocía bien esa sonrisita a un costado de la cara porque la había visto en todas las historietas, en todos los personajes. Cuando el agente Denis Martin salía en misión secreta, le dibujaban esa sonrisa despedazada.

—Ya, ya. No peleemos —pedí. Sudaba. El sol estaba alto y las sombras se escurrían bajo nuestros pies, como si no tuviéramos fin. Me agaché un poco para que mi cabeza sombreara el castillo del terror. ¿No sabés si las hormigas también sudan?, quise preguntar, pero me callé. Eso era buscar más pleito.

—Está bien, no peleemos. ¿Pero no eras acaso vos la que quería crear un mundo? ¿No eras vos la que jodía y jodía por construir una ciudad completa?

Sí, claro, era yo. Estaba enojada, pero no pensaba morirme de aburrimiento en esa tarde infinita. Construimos entonces un campo de batalla. Liberamos al alacrán dándole golpecitos a la base del frasco, pues el bicho se había quedado tieso, quizás más enojado que al principio de la aventura, como si no estuviera de acuerdo con nada. Un perfecto aguafiestas.

Erland colocó al alacrán de un lado y a un soldadito de plástico del otro. Estuvimos sin hablar toda la tarde, mientras las sombras empezaban a recogerse bajo nuestros pies, como espíritus asustados.

—¿Vos sabés qué es un súcubo?

—¿Un qué?

—Un súcubo.

—Supongo que un cómic, ¿no? ¿O es una mala palabra?

—Sos un mal pensado, yo casi no digo malas palabras.

—Casi. El otro día te escuché una.

—Ah, ¿sí? ¿Cuál?

—¡Shist! Ya está, ya se acaloró, ¡ahora sí que se armó! Quedate quieta.

Podían pasar horas sin que el alacrán se aproximara al soldado. Horas o días o siglos o atardeceres larguísimos como una guerra rusa. Nosotros respirábamos veneno.

—¿Te acordás? —le digo ahora. Erland se acomoda el cabello ralo. Súbitamente, los hombres han sido reclutados por la calvicie. Erland no se escapa de esas traiciones de la juventud.

—Cómo no... —dice—. Pero me parece que fue hace un millón de años.

—Y sí —digo yo. Bajo un poco el vidrio de la ventanilla, por si no me atreviera, por si tuviera que huir. Un camión que pasa de frente arroja sus luces altas, Erland se cubre los ojos con el brazo. Quizás estemos definitivamente mal parqueados, quizás la gente se divierta delatando a los demás. Son crueles—. Sí. Fue hace un millón de años.

Otra tarde, el alacrán se encrespó. Las patas se le pusieron tensas, como los pies de un artrítico. La púa se dobló con fuerza apuntando hacia un blanco invisible.

—Deberíamos dejarlo ir —dije esa tarde. De pronto, el alacrán empezó a producirme tristeza, o celos. No sé.

—Es nuestro —dijo Erland. Y yo quedé convencida como si un hipnotizador me hubiera chasqueado los dedos.

—Es nuestro —repetí como un mantra. Las cosas nuestras no podían ser tocadas por nadie más. El alacrán y el castillo del terror eran tan nuestros como el movimiento de las sombras cuando nos movíamos. También era nuestra la arena.

—Necesita pelear —dijo Erland, con repentina furia.

El alacrán pareció responder irguiendo aún más la bandera filosa. Erland tomó un palito de picolé y retó al bicho a una batalla imaginaria. Yo aplaudía.

Luego metimos los pies en la arena, por debajo del territorio del alacrán, y nos acariciamos talón contra talón. En el fondo de la arena, debajo, sin que pudiéramos ver las chispas que nuestros talones sacaban por el deseo de estrujar la piel callosa, allí donde dormía la promesa de nuestras estaturas, el dédalo de terminaciones nerviosas, nos retorcíamos. Ignorando el sismo, el alacrán avanzaba lentamente. Me hacía pensar en los mutantes que acababan de vencer a Mark en el último episodio. Había guerras en todas partes. Era fascinante.

Parece que va a llover. Nubes oscuras se remontan. Desde cualquier parte de este mundo, desde cualquier época, podríamos mirar las nubes. Y son las mismas que anunciaron lluvias. No siempre cumplieron.

Erland me mira. En un acto automático de masculinidad, aparta un mechón de mi frente.

—Yo no volví... ¿Qué significaba volver? Quiero decir... ¿Me entendés?

—Tía no te lo permitió –me anticipo. A Erland le sienta bien la furia, incluso el cinismo, pero no las disculpas.

171

—Sí, sí, eso. Y después me pasó esta mierda. Creeme, no es una disculpa –dice, como si me estuviera adivinando el pensamiento, como hacía Dax, el de ojos de gato, allá en los desiertos de Manchuria, profetizándoles el futuro a las reinas sucias.

—Pero estás acá —digo, y quiero decir "¿en serio estás acá?" o "en el fondo no estás acá" o "por fin estás acá" o algo parecido a un reclamo. La sangre me late en las sienes.

—Estoy, pero no estoy. Y vos no deberías estar aquí.

De algún lugar, Erland consiguió otro alacrán, seguramente había nidos de alacranes entre las revistas más viejas, devorándose meticulosamente mis hojas preferidas, la parte coloreada de los dibujos, el pelo rubio de la agente Henrichsen, la boquita roja de la madre Amazonas. Por pura costumbre me puse de parte del alacrán uno. Erland sería el alacrán dos. Durante el día los entrenábamos seriamente y en la noche los guardábamos en el mundo de cristal.

—Si el mío lo mata al tuyo, te pago una promesa —dijo Erland.

—Y si el tuyo aniquila al mío, yo te la pago —pacté.

Dos días después, Erland colocó a los alacranes frente a frente. Al principio ni se miraban, quizás porque no sintonizaban la orden, tardaban en comprender que sus dueños, Erland y yo, habíamos decidido que fueran enemigos. Nerviosa, me escupí las palmas de las manos y las froté. Erland siempre decía que la saliva ácida se parecía a un olor prohibido.

Ahora, en cambio, tomo la mano de mi primo, la izquierda, donde falta el dedo índice, y beso el muñón.

—Nunca te pedí perdón por esto. Yo sé que vas a decir que no es mi culpa, y es verdad, no es totalmente mi culpa, pero se trataba de riesgo compartido.

—Yo tampoco pedí perdón por nada. No sé por qué a la gente le gusta hablar de perdón, ¿no se cansan? —Erland suspira. Sé que el hastío no va en contra mía—. Disculpame, no quiero ser... ¿cómo es que decías antes?

—¿Un aguafiestas?

—Eso. Un aguafiestas.

—¿Te duele? A veces, digo... —El muñón es una raíz cubierta con piel tierna, la piel que se obliga a cerrar sobre las heridas.

—Sí, a veces. Cuando hace frío. A veces, incluso, siento que el dedo sigue ahí, quiero hacer cosas, ensartar un hilo en una aguja, porque aunque no creas, he aprendido, vivo solo. Y el dedo hace falta. Estuve a punto de perder un trabajo por el dedo, porque no está, quiero decir. Pero bueno, ya no importa.

—No, no importa.

Para nada. Las nubes se deshilachan en el cielo. Un rayo podría partirnos el alma en zigzag. Pero se contienen. No lloverá. Las luces de otros vehículos pasan raudas, iluminándonos por segundos, reventando sordas en la coronilla colorada de mi primo; pasa un tráiler, pasa un chico en bicicleta que nos mira con indiferencia. ¿Cuándo la gente empezó a mirarte con indiferencia? No son las medicinas, es la piel de la parte superior del cráneo que va adquiriendo un brillo persistente de cuarentón. No existimos. Es lindo no existir.

El alacrán uno se acercó iracundo al alacrán dos. El alacrán dos estaba distraído, no intuía el peligro porque no había aprendido la lección sobre enemistad, pese a que Erland lo había amaestrado seriamente con el palito de picolé, hurgando en la ira natural que todo escorpión debe tener en sus espaldas de boxeador. Ocurrió en un instante: el alacrán dos ni siquiera se defendió: el alacrán uno le clavó la púa justo en la cabeza, entre los ojos; luego replegó el arma y se quedó quieto. Esperamos toda la tarde a que el alacrán uno celebrara su victoria. Erland lo azuzaba con el dedo índice, pero nada; sólo de vez en cuando estiraba las pinzas asiendo el vacío, como un aplauso sordo y soberbio. Por lo menos por esa tarde, la ración de veneno se había acabado.

—¿Y vos? —pregunta Erland—. ¿Seguís trabajando de guía turística?

—Ahora mismo estoy haciendo eso –bromeo. A mí siempre me han salido mal las bromas.

¿Cómo le hacía el detective Pepe Sánchez? Él también tenía una sonrisa que le colgaba, cínica a morir, de un lado de la cara.

—Y lo hacés bien. Vos podrías mostrarme el infierno con la gracia de una azafata.

—Pero no soy azafata.

—Cuando eras chica querías ser azafata.

—Y vos, astronauta. Es lo que uno decía, primo, pero todo cambia, ¿no? Claro que lo mío no es muy diferente de ser azafata, la sensación debe de ser la misma. Hacés que otros disfruten el vuelo mientras vos te aguantás las ganas de vomitar, equilibrándote como podés—. Con los brazos simulo un planeo con turbulencias.

—Hablás como un dibujo.

—Soy un dibujo.

—En serio, ¿cómo serías vos de azafata, no? De avioneta, supongo... De una Draken J-35...

—Burlate. Para ser sincera, no me dio el tamaño. Las azafatas tienen que ser altas y tener un buen culo.

—Vos tenés buen culo.

—Cuando eras chico no eras tan mirón.

—Claro que sí. Pero eras mi prima.

—¿Dejé acaso de ser tu prima?

—No, pero me fui. Y luego vos agarraste tus pilchas y dejaste la casa. Y eso como que cambió las cosas, ¿no?

—Quería un título. Yo también tenía derecho...

—Pero entonces terminaste de estudiar...

—No pude; me vine de La Paz, te conté, ¿no?

La tarde siguiente, el sol centelleaba sobre la arena como si un pirata de Lilliput hubiese desparramado un botín de años. Erland trajo una cajita de fósforos y retazos de cartón. Debíamos embardar el castillo con una sólida trinchera contra los enemigos. El héroe, mientras tanto, permanecía quieto. ¿En qué estaría pensando?

—Debe de estar creando veneno —dije—. Le fue bien en su primera pelea y debe de estar chocho.

—Recibirá su castigo —dijo Erland. El sol levantaba llamaradas en su cabello, bendiciendo la furia de mi primo. Yo miré mi sombra y me pareció más deforme que otras veces. En Mark, a las sombras de los mutantes las pintan de cualquier modo, una pincelada enloquecida, un bollo de oscuridad y ya está.

—¿Castigarlo? ¿Por qué? No ha hecho nada malo.

—Pero tampoco ha hecho nada bueno.

—Pero prometiste, prometiste, vos lo prometiste —sollocé.

—Sólo lo pondremos a prueba —dijo Erland—. Un boxeador debe ganar una, dos, tres veces. Si ya nadie le pega —dijo, esquivando un puñete goloso, enguantado en rojo y esponja, como hacía siempre su boxeador preferido, Cassius Clay—, si el que pega es él —prosiguió, inflando el cachete, lastimado por un rival transparente, como todos los rivales transparentes, los fantasmas y los microbios, y escupiendo sangre imaginaria a un costado—, entonces tiene el trofeo de campeón. Si alguien le saca la mierda, llora, llora como vos, como niñita. Por eso, no llorés, no le va a pasar nada. Te digo que es una prueba.

Y yo le creí.

Y yo le creo. Erland no quiere escuchar de mi boca los daños. Pretexta que ya lo sabe todo, que tía le ha contado con lujo de detalles. Yo insisto en contar; los detalles no son lujosos, son miserias astilladas por las grandes aspas de la desgracia, ¿entendés? Trizas, microbios, veneno pulverizado.

—Está bien, está bien —Erland cede—. Yo leí tu carta, la he leído mil veces, mil veces, pero me cuesta escucharlo. No sé... —Se rasca la nuca, la cabeza—. Son extrañas ustedes.

—¿Quiénes ustedes?

—Ustedes, vos, mamá, las mujeres. Les gusta hurgar y hurgar, les gusta ver pus. Deberían olvidarse de todo y punto.

—Pero yo quiero contártelo —exijo.

Cuando ya estuvo lista la trinchera, Erland empujó al alacrán héroe hasta el centro del castillo de arena. Allí reinaría como lo que era: un rey vencedor. Las hormigas que no se animaban a trepar sobre las pequeñas colinas orilleaban en la parte húmeda y volvían sobre sus pasitos. Caminaban por la colina del castillo y volvían.

—No se animan, ¿te fijaste? Ellas deben de oler el veneno.

—Están llenas –dijo Erland—, ya se comieron al perdedor.

—¿Y no les va a hacer daño? Cuando vos tragás comida pasada, fija que luego vomitás.

—No, tonta, ellas también son venenosas.

—No me digás tonta —reclamé.

Erland me miró con la furia convertida en otra cosa. Ya de chica yo lo sabía. Lo supe clarito. Las cosas que se convierten, que se tallan y doblegan en la consistencia de los sueños muy deseados. "No me contés". "Quiero contarte, dejame contarte". "No te escucho, no te escucho, tengo orejas de pescado". "No importa, yo quiero contarte".

Y yo le cuento:

—Quería ser alguien en la vida. No azafata, y menos astronauta, no te rías, alguien de verdad. Y cuando vos te fuiste, tía no pudo, o no quiso, es lo de menos, pasarme la pensión que me pasaba para los estudios. Dijo que yo te había perjudicado, que en el fondo te fuiste por mi culpa. Raro, ¿no?, si la que más quería que te quedaras era yo; pero bueno, ella cortó todo. Entonces me dediqué a ser "guía turística". ¿Captás? Pildoritas les dicen, pre-pago les dicen, candy, tuttiputri... Por las noches salía con otra compañera que estaba en las mismas; así sobrevivíamos. Ella se ocupaba de los excombatientes, hombres viejos, estropeados, sordos, temblorosos. Párkinson le dicen, como esos parques con toboganes. Yo quería más dinero, los excombatientes están jodidos, si ya casi no existen. Fichaba oficinistas, sobre todo en las quincenas y a fin de mes. Los oficinistas son exigentes al comienzo: sostenes rojos con bragas negras, pero después les mostraba el tiro del sostén y caían dormidos. El problema es que solo los encontrás una o dos veces por mes. Yo no era de las de alto riesgo. Por lo del tamaño, ja. Riesgo controlado. Hasta que sucedió eso.

Erland levanta el dedo imaginario y es el muñón con la piel de glande el que suplica silencio. Cuando éramos chicos, él ya hacía ese gesto, pero con furia, y con el dedo aún intacto. A uno también le amputan la furia. Te vas resignando. Es lindo resignarse. Si llega la lluvia, la furia amputada duele por la humedad. Si los rayos te parten en zigzag, no hay mitades perfectas, sólo destrozos.

—¿Qué sucedió?

—Lo peor.

—Siempre puede suceder algo peor que lo peor, nena —sonríe Erland de costado—. A Cassius Clay una vez lo dejaron sonriendo por un mes. El buen humor de los boxeadores.

—Te has vuelto gringo.

—No, sólo que no quiero saber. Deberías respetar eso, no quiero saber. Respeto por la verdad. Jugar a la verdad y lastimarse. Juego de chicos.

—¿Me equivoqué de vaso? ¿Me lo merecía? Vos siempre pensaste que hay que castigar los actos extremos con otro acto extremo. Es extraño que mientras eso sucedía, mientras eso *me* sucedía, las tenazas de aquel hombre sujetándome las muñecas, diciendo cosas, palabras que se pudrían al salir de su garganta, en el contacto con el aire, yo podía ver la luna. La luna temblaba, ¿o era yo? Cuando mordés una manzana, la carne se le oxida, se avejenta, así pasa con las chicas atenazadas. Se les oxida la piel de las piernas, la piel interior de los muslos, donde nadie ha mordido, todo se corrompe, todo está ya corrompido. Como en las películas de los muertos-vivos que veíamos. Exacto, como en los mutantes. La piel más delicada es la del interior de los muslos. Hay gente que quisiera hacerse una cara con esa piel. También pensaba en eso, pensaba cosas locas para esconderme en algún lugar del cerebro. No estoy aquí. Miro la luna. No estoy. Tía, tu madre, decía eso: mirá la luna y no estás aquí. ¿Dónde estamos? En un futuro. En un futuro lejano como la muerte de Gilgamesh. La luna era una manzana mordida, saboreada a dentelladas, o envenenada por las carcajadas de las madrastras. Tu madre fue como una madrastra para mí. Y supe que estábamos en ese valle por el rumor del agua. Pero el sonido del agua no me consolaba, parecía una risita, ¿sabés? Después no me acuerdo, me congelé de frío, me desmayé. Me encontró un yatiri que había ido a echar un embrujo al riachuelo. Dijo que mi sangre, la que me escurría por entre las piernas, le servía para el trabajo. Luego me ayudó.

—Ayudalo —rogué. Mi alacrán héroe era un rey desesperado.

—Él puede —dijo Erland. El fuego de la barda del castillo masticaba los cartones en pocos segundos.

—Por favor, ayudalo...

El alacrán héroe estaba totalmente cercado por las llamaradas, ya ni se movía. Parecía resignado al siniestro final que Erland, que yo de alguna manera, habíamos dispuesto para él.

Entonces Erland derrumbó un lado de la trinchera y con el índice quiso empujar al alacrán, conducirlo a la salvación, pero el alacrán había decidido su propia suerte, como lo hace un rey. Y para ir tras esa suerte tuvo que lastimar a su amo. Le clavó la púa a Erland. Yo no supe, en ese instante, que el rey había guardado un traguito para sí mismo. Ahora lo sé, beber sola es delicioso. Emborracharte con tu sombra bajo los pies, en el dominio absoluto del deseo.

—Lo siento —dijo Erland—. ¿Qué castigo me merezco?

—Ninguno. Nada. Pucha, primo, siempre el castigo. ¿Ahora sos vos el que busca perdón? Te juro que puedo vivir con eso. Pero... y vos, digo, a pesar de todo, ¿te hace bien volver acá?

—Me hace bien no estar allá. Allá te piden sangre cada semana, como si el mal pudiera largarse. El mal, este mal, está bien instalado.

—Debiste cuidarte, Erland. No te costaba nada usar forros, decir que no, pensar un poco. Pensar... ¿no te pusiste a pensar, vos? –reprocho. No me resisto. Soy como la petisa, la novia de Pepé Sánchez, siempre refunfuñando.

—En esos momentos no pensás, ¿quién piensa? Además, ¿qué otra muerte podría esperarme?

El rey se clavó el aguijón en las espaldas. Ya nada había que hacer, sólo mirar, encandilados por las lenguas de fuego que lo lamían como a un hijito, que no dejaban ya ni cenizas para las hormigas de la costa. Sólo arena.

Me acerco y beso a mi primo.

Esa tarde, cuando éramos chicos, y éramos dueños de un alacrán y de un castillo, quise curarle el dedo a mi primo. Su dolor era mi dolor. Me pertenecía. Su rabia, ese modo de ser, me pertenecía. Yo le pertenecía. En un futuro lejanísimo como otros mundos seguiríamos perteneciéndonos. La mano entera se le había puesto roja. No se lo dijimos a nadie. Yo besaba el dedo herido, emponzoñado por la traición al rey; lo chupaba para que mi saliva lo aliviara. No se lo dijimos a tía, nadie tocaba lo nuestro. Nadie, nadie, nadie tocaría lo nuestro.

—No deberías estar aquí, no de esta manera —Erland intenta separarme. ¿De cuál manera, vos? Yo he decidido quemar las bardas del castillo. Los momentos se devoran, no hay después. Hay cosas que es mejor no saber. Otras que es mejor saber. Cuando Nippur murió, lloré tres días seguidos, más por incredulidad que por viudez. Erland dijo que eso era estar camote. Lo decía con celos.

—Es que estoy camote —le río en la boca.

—Podés contagiarte, nena —dice mi primo.

Le acaricio la cabeza. Me acomodo sobre sus piernas con la velocidad de una azafata. Despeguemos. Podés contagiarte. Podés pertenecerme para siempre. Puedo amarte para siempre. Podemos criar alacranes, ¡una granja de alacranes! Alacrancitos tiernos, alacranes tan chiquititos que nadie pueda distinguirlos. ¿Te gustaría? ¿Te gusta?

—Contagiarme. Sí… No importa, ¿qué mierda importa? —digo—. Yo quiero estar aquí, así…

La mano donde habita el fantasma del dedo índice me toma por la nuca, ahí donde otros animales clavan el aguijón. A mi primo se le han humedecido los ojos. Puedo sentir en su aliento una mezcla de cigarrillos y medicamentos. Puedo sentir su respiración.

—Total, cuando éramos chicos nos aguantamos harto, ¿no? —dice, pregunta, casi solloza, finalmente convencido.

—Sí, harto. Demasiado —contesto yo, con una alegría feroz, la alegría perfecta de los alacranes suicidas.

RESPLANDOR

"Para cerrar el encuentro, haremos un corto viaje a Tiwanaku. El grupo se alojará en el hotel resort del lugar. El primer día visitaremos las ruinas, donde los escritores podrán apreciar la ascensión del astro rey por la mítica Puerta del Sol y tendrán la oportunidad de comunicarse por lo que consideramos el primer teléfono sin cable, gracias al sistema de agujeros que la antigua inteligencia incaica fue capaz de construir. El segundo día el grupo se trasladará hasta los extremos de la planicie donde podrán experimentar con los hologramas de alta densidad en base a sal, proyecciones especulares de la imagen del usuario, tecnología que, gracias a la iniciativa de Bolivia Cósmica, será estrenada ese día, en honor al aporte que los escritores realizan a las regiones intangibles de la imaginación. ¿Se imagina verse a sí mismo como en un espejo profundo de múltiples dimensiones? Los hologramas de sal formarán parte del catálogo artístico de nuestra fundación, por lo que le pedimos llene el formulario adjunto y el permiso correspondiente para cedernos su proyección como parte de su compromiso y de las responsabilidades asumidas con este encuentro literario, único en su naturaleza. Estamos seguros de que usted disfrutará de este paseo cultural".

Creo que fue la palabra "holograma" la que me causó escalofríos. ¿Por qué iba a querer yo verme, desdoblada de mi cuerpo, en una realidad de sal? Doblé la carta y decidí que esperaría un par de días antes de tomar una decisión. No había regresado a La Paz desde hacía muchos años y la invitación me cayó como un rayo, un hachazo que partía en dos mi historia. Y cuando digo "mi historia" no sé exactamente a qué me refiero. Ni siquiera la terapia que comenzaba a agotarme había conseguido desanudar las zonas de angustia.

A la vista ajena, todo en mi vida estaba en su lugar: un buen matrimonio, un hijo que había sido aceptado por la NASA (un deseo que quizás yo le había inoculado y que ahora él cumplía sin preguntarse mucho de dónde había nacido ese anhelo, sabia manera de lidiar con las proyecciones de la madre), una carrera literaria que, aunque no alcanzaba alturas inefables, me permitía publicar con cierta regularidad. Había días, sin embargo, en que me sentía absolutamente devastada, miraba el pasado y sentía que allí, en esa región de intensidad, se había quedado lo mejor de mí.

Los días en que esa desazón se atenuaba escribía y archivaba. Si no conseguía desarrollar un ritmo que me protegiera de ese *horror vacui* –un término que resemanticé según mis propios dolores–, me conformaba con escribir frases sueltas siguiendo fielmente el estilo de Georges Perec, es decir, sin contextualizaciones éticas o morales que urdieran un mapa lógico. Eran como mensajes en botellas sucias arrojadas a un mar tan antiguo como yo misma. Escribía: "Me acuerdo cuando mamá hablaba con pasión de Simone de Beauvoir", "Me acuerdo cuando la perra se comió a sus cachorros", "Me acuerdo cuando llovía propaganda política color rosa de las avionetas", "Me acuerdo del olor a chorizos del horno de mi abuela", "Me acuerdo de la tormenta que nacía de la máquina de escribir", "Me acuerdo de los jadeos", "Me acuerdo de la música de los Iracundos que llegaba con el viento".

Intenté, pues, ese mismo procedimiento fragmentario, sin una violencia impostada que le exigiera explicaciones a mi memoria, para darme ánimos y asistir a ese encuentro literario, donde tendría que fingir que las miradas y las actitudes de calculado desdén me eran planetas totalmente extraños. Escribí: "Me acuerdo que una colérica señora se bajó del micro en Los Pinos y gritó: ¡raza maldita! Me acuerdo que su cara era color remolacha", "Me acuerdo que yo tenía dieciocho años y usaba cruces de plata en el cuello, muchas cruces de plata". "Me acuerdo que intentaba pronunciar las eses". Me acuerdo y me acuerdo y me acuerdo y no supe cómo esas migajas de la memoria de mi juventud en La Paz se fueron acumulando y demandando de mí una sintaxis más compacta de los hechos que, dado que no podía escapar de ese compromiso, actuaba como una coartada, una justificación de mi propia debilidad ante el horror del viaje. Porque viajar siempre me ha producido horror. O quizás no siempre, sino a partir de cierto punto de esta *mi historia*.

Escribí:

I

Nadie vive en La Paz impunemente. Lo supe al cabo de apenas seis meses de haber estado viviendo en esa ciudad y lo saboreé o lo pagué, o ambas cosas, durante los tres años restantes. Tres años que, con la manía que tengo de asignarle a todo un género literario o cinematográfico: esto es un thriller, esto es una telenovela mexicana, esto es una comedia de enredos, todavía los considero como los inolvidables tres años de mi *bildüngsroman*, es decir, los años del jodido aprendizaje. Y por eso también, los años de la corrupción.

Llegué a La Paz en 1990, estrenábamos la década y yo estrenaba, por fin, una vida lejos de mis padres. La vida universitaria que me esperaba, sin embargo, incluía en su misión pedagógica una violenta educación sentimental que tenía entre ceja y ceja a la ingenuidad provinciana. Porque yo era de provincia. Nunca he dejado de serlo. La impronta de esa pertenencia al margen aprende a disimularse, cuando es necesario, pero está ahí, lista para brillar y traicionar.

Fue mi madre quien me llevó hasta esa ciudad. Quería dejarme instalada en un lugar decente, asegurarse de que el salto civilizatorio que estaba a punto de dar no iba a desgarrar la columna vertebral de mis valores. Ella también había atravesado los años clave de su juventud en La Paz, cuando conoció a mi padre, y juntos tuvieron que salir en estampida a mediados de 1971 porque el "General" acababa de derrocar a Juan José Torres. Ella no había regresado en todos esos años, de modo que la travesía se trataba para las dos de una cita con esos dos filos de la navaja del tiempo: su pasado y mi futuro.

La flota, me acuerdo, avanzó por la inmensidad marrón del Altiplano como penetrando en otra dimensión del tiempo, en otro planeta. Atrás quedaba el trópico, la vehemencia del verde, para adentrarnos en una intensidad desconocida y, en cierto modo, tristísima, una que no dependía de la clorofila o del aroma vegetal y que exigía, más bien, que uno respondiera a esa forma de gravedad con reacciones corporales, con encontradas emociones, del mismo modo en que siempre he imaginado que los gladiadores de comienzos del Cristianismo respondían al contrincante: sin asco por la sangre y el sudor ajenos, sin temor a morir, desesperadamente heroicos. Así de exigidos se sentían mis pulmones. Y el corazón, enloquecido por la falta de oxígeno en esas alturas traslúcidas y crueles, me obligaba a abrir la boca para meter aire. Mi madre dijo que el cuerpo tardaba tres días en acostumbrarse a esa sensación lunar. Tres días en resucitar.

Paramos a un costado de la carretera, frente a una fonda que parecía un delirio en toda esa sabana de tierra dura. El chofer de la flota dijo que teníamos treinta minutos para almorzar y entrar al baño, pues era posible que los cocaleros, ex mineros, bloquearan la entrada a La Paz esa misma noche y él no se hacía responsable de nada. Mi madre me pidió un mate de coca, justamente. Mi primer mate de coca. Mi madre dijo que en otras circunstancias no me hubiera dejado hacer lo que ahora me pedía hacer: masticar un pedacito de lejía mientras bebía el mate, pero es que yo me veía tan pálida, tan a punto de derrumbarme antes siquiera de haber comenzado a comprender de qué errores y qué insolencias estaba hecha la juventud, que esto se trataba de un único y aislado acto de supervivencia. A medida que ese mate salvaje y los trocitos lascivos de lejía operaban de algún modo celular en mi torrente sanguíneo, mi cerebro, mis pulmones, también mi corazón fueron descongestionándose, liberándose del veneno que el dióxido de carbono urdía como una traición. Y a propósito de traiciones, mi madre me encargó que, por el amor de Dios, no fuera a traicionarla, a ella, a la confianza que me tenían –ella, mi padre, mis recua de hermanos–, que no me hiciera "la moderna" en esa ciudad fascinante y extraña en la que iba a vivir solita. No fue necesario que detallara que "hacerse la moderna" significaba tener relaciones sexuales como Jen suelta en la humedad de la selva, o, en este caso, como Jen cagada de frío en busca de un cuerpo tibio que le aplaste los pechos con su cuerpo, que la salve de su impúdica ignorancia. El mate y la lejía me hacían volar.

Sin embargo, solo así pude orinar en aquel baño de puertas móviles que asemejaban a una taberna del Lejano Oeste y que también olía fuertemente a lejía, pero de la cruda, y que seguramente estaba descompuesto desde que Bolivia había nacido como república.

Cuando subimos a la flota con el cuerpo a punto de la hipotermia –mis pies eran prótesis de hielo respondiendo a lo Frankenstein, por puro automatismo–, mi madre me pidió que sacara la bolsa de panes que habíamos comprado en la terminal de Cochabamba. Aún refulgía un sol espléndido, un sol que ardía sin calentar las superficies. Por culpa de ese sol no podíamos calcular la distancia entre el avance de la flota y los cerros que mordían el horizonte, demasiado lúcidos en ese cielo tan conmovedor. Todo era resplandor y la sensación de los cuerpos violentamente individualizados por esa eternidad ancha, plana, de piedra y tierra. Igual, mi madre aseguró que aún alcanzaba para que los niños brotaran desde algún lugar como por arte de magia de ese mismo sol inútil, de su luz dañina.

Y así fue. Yo, por ejemplo, no supe en qué momento, de dónde, cómo, surgieron dos niños y una niña, abrigados con pantalones que no llegaban a cubrirles los tobillos y ponchos de lana de alpaca, supuse (mi madre había dicho que me compraría prendas así en un mercado paceño cuyo nombre era un ulular de lobos –"Uyustus"–), y con sombreros iguales a los del Ekeko y abarcas que –¡por Dios!– dejaban a la intemperie esos piecitos terribles. Eran piecitos-pezuñas, esculpidos en la gruesa epidermis, piecitos de piedra. Los niños, las mejillas rajadas por ese sol de mierda, estiraban las manos para recibir lo que la gente de la flota les arrojaba por las ventanillas. Mi madre lanzó la bolsa con panes y unas monedas. Yo tuve serias dudas de la utilidad de las monedas en semejante paréntesis del planeta. A los indiecitos les encanta la soda, dijo mi madre, con su sexto sentido tan infalible, capaz de desencriptar los nudos más ciegos de mis pensamientos. Llegamos a La Paz en la noche. El descenso desde El Alto fue, me acuerdo, el descenso a la borra oscura de mi espíritu asustado ante lo inminente. La certeza dolorida de que pronto tendría que despedirme de mamá, crecer, caminar por calles empinadas y solitarias, quizás incluso volverme "colla", separarme de la cultura anterior, encontrar con mis propias garras lo que parecía que mis padres habían encontrado con las suyas hacía ya demasiados años. Esta desazón no impidió que me entregara a la contemplación alucinada de las luces incontables que hervían en la concavidad de mi nuevo hogar. Nunca antes había viajado así de lejos, nunca antes había observado una ciudad desde un ángulo tan superior y absoluto que por unos instantes me permitiera sentirme poderosa, pequeña y contenida como Dios. Me sentía dueña de todas esas luces. "Así debe ser Nueva York", recuerdo que pensé, creando una memoria que no por espuria era menos auténtica.

II

En junio de ese año el CNPZ (Comando Néstor Paz Zamora) secuestró al empresario Jorge Lonsdale, presidente de la subsidiaria de la Coca Cola, y lo mantuvo cautivo durante seis meses, lo que dura un culebrón. Esa era, pues, la mejor telenovela que mis compañeras de apartamento y yo podíamos mirar cada noche, al volver de la universidad. Vivía con cuatro muchachas de distintas partes del país, dos de ellas habían estudiado de intercambio en Alemania y Estados Unidos, y las otras dos eran hijas de ganaderos benianos que les hacían llegar enormes encomiendas con conservas de frutas, carnes y dinero extra cada fin de semana. Fue en la intimidad que el provincianismo comenzó a dolerme, a oscurecer mi carácter. De ahí a tirarme la plata que mi padre me enviaba para pagar el semestre en la Universidad Católica Boliviana hubo un paso. No sabía cómo lidiar con el margen. El margen se me notaba en la ropa, en los gestos, en mis eses cambas aspiradas, en la sonrisita altanera que adopté para camuflar mis nervios, en la ignorancia salvaje respecto al cinismo que toda ciudad grande cultiva. Yo ideaba una y mil estrategias para disimularlo.

Los únicos momentos auténticos los experimentaba en mis paseos por un parque de Obrajes. Me gustaba sentarme en un banquillo a leer. La típica. Pero no leía, me protegía detrás del libro, intentaba comprender qué hacía yo ahí, en medio de la contradicción, por qué papá, que se decía izquierdista, no había querido que yo estudiara en la UMSA, entre verdaderos trotskistas, sino que se esforzaba por pagarme una universidad privada y clerical, a la que asistían hijos de ministros en descapotables azules, ni siquiera rojos, como en mis fantasías.

Una noche, al regresar de estos paseos, encontré a las muchachas en un estado de alegre histeria. Una de ellas había bajado a tender la ropa a un profundo desnivel del terreno que funcionaba como patio (La Paz se presta a esos retorcimientos arquitectónicos), en el que además había un depósito clausurado. Sin embargo, ese atardecer no estaba el candando que sellaba la puerta y ella cedió a la curiosidad. La penumbra comenzó a dibujar los rostros nerviosos de dos de los secuestradores de Jorge Lonsdale. Se veían más flacos que en las fotografías de la tele, ¡pero eran ellos! Le dijeron que no se le ocurriera hablar, que el dueño de todo ese conglomerado de cuartos para estudiantes era parte del Comando. Le dijeron que se solidarizara con su causa. Eso o morir (variante apurada de "patria o muerte").

Ella nos lo contaba por pura responsabilidad y emoción, pero ¡ay de nosotras si abríamos el pico!

Oh, por Dios, en ese momento yo necesité tanto contarle a mi padre lo cerca que estaba del vértigo izquierdista, decirle que el destino se las arreglaba para que yo experimentara mi propia utopía. Pero me aguanté. Quería que ese secreto se metabolizara en mi temperamento para hacerme más profunda, más interesante.

Mis paseos por el parque se tiñeron de ese misterio. Una tarde se detuvo un descapotable, era rojo, y tal vez por eso, y porque ese día yo cumplía dieciocho años y quería convertirme finalmente en una chica de ciudad, acepté conversar con el muchacho rubio que me sonreía. Fuimos a tomar un café y luego acepté ir a su casa. Escuché un rock brutal, tomé una cerveza y de pronto me vi intentando sacarme al tipo de encima. Por supuesto, no le gustaba mi resistencia, pero no quería aún gastar su violencia. Iría paso a paso.

Abrió su clóset y ante mí se desplegó una siniestra colección de implementos sadomasoquistas. Cinturones de cuero de distinto grosor, con y sin tachuelas, con y sin púas metálicas, esposas, fustes, botas, antifaces, gorras tipo nazi y hasta una máscara antigas coexistían allí en promiscua hermandad. De esa fauna el tipo extrajo algo que parecía una armónica y, al contacto de su pulgar, de ese rectángulo surgió la hoja brillante de una navaja. Recuerdo que tragué saliva y que mi saliva me supo amarga. Y recuerdo que pensé que era demasiado injusto que la única vez que me había animado a comportarme como alguien liberal, una chica "moderna", me tocara ser la presa en ese siniestro juego de la cacería. Por esos meses había conocido a una compañera tan o más outsider que yo (*outsider* era entonces el término de moda para designar a todos los que no se habían enterado de que los noventa habían llegado, hiperactivos, desacomplejados, modernísimos) y ella me había compartido lo que sabía de astrología. Pensé entonces que yo era el cruce interior de una cuadratura terrible entre planetas nefastos. Plutón, el que alecciona a través de la violencia sexual, los orificios del cuerpo, sus secreciones y fricciones, y las prácticas ilícitas, se había ensañado conmigo.

Sin embargo, en lugar de suplicar, de decir "no, por favor" o "ya es hora de volver a casa", le exigí a mi sádico anfitrión que me diera la llave de su cuarto, que qué se había creído. El sujeto me miró por algunos minutos. No puedo saber si yo temblaba o estaba pálida, si la sonrisita altanera me transformaba la cara, pero recuerdo hoy, tantos años después, que me dije: No voy a venirme de mi pueblo para que me vean la cara de pelotuda, vine a estudiar en una universidad carísima.

Es posible que esa furia sostenida por el provincianismo herido haya disuadido a mi cazador de llevar las cosas hasta sus últimas consecuencias. Es posible también, si me detengo ahora en la media sonrisa juguetona que le apareció en la cara de 'jailoncito' de la zona Sur, acaso como un reflejo de mi propia sonrisa-tic, que el tipo haya creído que yo aceptaba sus reglas y que el juego recién acababa de comenzar. Entonces arrojó las llaves contra mi pecho. "¡Cerdita!", dijo a carcajadas (he exorcizado esa cochina palabra en muchos cuentos, pero todavía hiede). Lo encerré en su cuarto y bajé desaforadamente las escaleras.

Caminé cuadras y cuadras –mi cuerpo ya inmune al *sorojchi*–, diciendo mentalmente mi nombre, Giovanna, Giovanna, Giovanna, para que mi ajayu no se quedara por los siglos de los siglos atrapado en ese asqueroso departamento de Achumani. Giovanna, Giovanna, Giovanna, llamándome desde el socavón de una tragedia de la que me había salvado por un pelo, por un gesto, por puro instinto. Giovanna, Giovanna, Giovana, hasta que recuperé las coordenadas de mi dignidad y alcé mi mano como una orden o una súplica, mientras los trufis y taxis llenos de omisión pasaban de largo porque ningún taxi paceño acepta virar, ir en sentido contrario al destino que ya ha decidido. Esos taxis no eran mi destino. Por fin tomé un micro atestado de albañiles que subían de los barrios residenciales hacia las casas amontonadas en las laderas, a merced de la lenta corrupción del río Choqueyapu. ¡Pare!, grité estrenando mi voz *postmórtem*, dos cuadras antes de la calle 2 de Obrajes. Me estrujé entre los cuerpos de los obreros y por fin el micro me escupió como a un embrión al ruido de la avenida.

Necesitaba caminar otro poco, desafiar aun más mi respiración. Atravesé sin prisa el puente peatonal, irónicamente no tenía miedo. Ni siquiera me di prisa cuando una mujer de mi misma estatura se acercaba en sentido contrario. No le miré la cara, pero sentí su mirada, su interés, el intento tal vez de una pregunta o un saludo, o quizás de pedir ayuda, ¿acaso una suicida? En cambio, levanté la vista y respiré. Qué cerca se veían las estrellas desde el puente, y qué frías. Las ventanitas de nuestro apartamento (al que pretenciosamente le llamábamos "garzonier" cuando no tenía ni calefacción) también brillaban como globos aerostáticos en lo alto de la colina de la curva que letalmente partía la ciudad en dos mitades. Igual que mi vida o que *mi historia*.

Esa noche no les conté nada a las chicas. Estaba muerta de vergüenza y de indignación.

Tampoco volví a leer o fingir que leía en el parque de Obrajes. Reemplacé los minutos de autenticidad por la contemplación del nevado Illimani. El hecho de que se mantuviera impávido, soberbio, resplandeciente ante las desgracias de la ciudad me tranquilizaba y me irritaba. Al mediodía abría mis manos hacia esa mole, inventándome mi propio solsticio de invierno: el sol atravesaba mis dedos, acuchillándolos. En las tardes intentaba no mirarlo para que no me arrasara la tristeza. Su maldad gélida, el modo en que al llegar la noche se desentendía de los humanos, me helaba el corazón a mí también.

Ese semestre murieron dos compañeros. Había algo de natural en la fatalidad. Como en esas películas gringas clase B, seguramente nos llegaría, uno a uno, nuestro respectivo turno. La muerte seguiría experimentando formas de eliminación que fluctuaban sin ninguna ética entre el crimen más atroz —morir a causa de una paliza— y la elegancia. Morir de amor, por ejemplo. Morir de juventud.

Varias semanas después por fin le conté a mi padre que dos de los secuestradores estaban escondidos en el desnivel de nuestro terreno. Eso explicaba su supervivencia, el hecho de que ni la Policía ni el ejército los hubiera encontrado. Escuché un carraspeo incrédulo al otro lado de la línea. Preguntó que qué hacían ahí, ¿quién entonces se encargaba de cuidar a Lonsdale? ¿Quién les alcanzaba comida? Preguntas elementales que yo no me había planteado ni por un instante. Esa misma noche les dije a las chicas que yo quería bajar al patio y llevarles hamburguesas a los secuestradores. La que había estudiado en Alemania comenzó a reír y luego se unieron las otras tres. ¿En serio me había creído que esos terroristas se habían refugiado en nuestra propia casa? ¿De qué lugar del mundo venía yo? Esto es una leyenda urbana, *my dear*, dijo la que había estudiado en Estados Unidos.

Tres días antes de que se acabara el semestre y nos despidiéramos para pasar las navidades con nuestros padres, dos noticias terminaron con los restos más tercos de mi ingenuidad. Todos los canales de televisión reportaban el fatal tiroteo que se había librado entre los secuestradores de Lonsdale y las fuerzas de seguridad del Estado. El italiano que lideraba el Comando y que supuestamente se había escondido en nuestro patio era una de las primeras víctimas. También el propio Lonsdale.

Si bien todo lo del refugio en el patio del desnivel había sido una leyenda tejida con alevosía por mis compañeras de apartamento para castigar las novatadas, de alguna manera me sentía cómplice de esa fallida subversión. En serio me hubiera gustado que el líder italiano, un ex jesuita que había ideado toda esa épica, estuviera ligado a mí, a mi tímida revolución, aunque fuese por accidente. Nos unía el equívoco, el haber creído que, por su cielo límpido y sus calles angostas, levitantes y artríticas, La Paz era un lugar domesticable. No sabíamos que así como avanza hacia el cielo, la ciudad puede ensimismarse en sus propias entrañas, como un Saturno narciso y obsesivo. Habíamos habitado apenas su superficie, dando saltitos aquí y allá, como astronautas quisquillosos, y esa ignorancia tenía un costo, el que suele cobrar la Pachamama.

La otra noticia apareció una sola vez en un canal alteño alternativo y popular. Tres muchachos que estudiaban en la escuela militar habían sido acusados por una joven de su mismo círculo social de haberla drogado y obligado a participar en una *hot party*. Con el corazón a mil les conté recién a mis compañeras sobre el pánico que había experimentado en la casa del cabrón rubio, el que aparecía ¡en medio de la toma!

Las chicas, acostumbradas a la invención de leyendas urbanas, me miraron con el escepticismo prematuro de las veinteañeras y dijeron que esa historia no me aportaba nada, era una venganza barata. "Aportar algo", por ese entonces, se refería al tipo de anécdotas o experiencias que te rodeaban de un halo glamoroso y sensual, interesante, que te subían de nivel (arriba, abajo, oblicuo, interior-mina, toda se cifraba en la geometría y en el necesario sacrificio).

La segunda noticia no volvió a salir nunca más ni en ese ni en ningún canal de televisión. Eran, claro, "jailoncitos" de la zona Sur y sus excesos y travesuras podían ser borrados de la historia de la humanidad.

Explicarle a mis padres por qué debía el semestre completo de la Católica fue, en medio de todo, el verdadero momento de autenticidad de ese año, suyo y mío. Los dos años y medio que me quedaban en La Paz aguardaban por mí con nuevas pruebas, pero ahora estaba lista para arrancar la flor completa, con su aroma y sus espinas. Y aun masticar sus pétalos con la voracidad de una cerda.

III

Me acuerdo que una noche, cruzando un puente peatonal, vi una muchachita que caminaba en sentido contrario al mío, apretando un cuaderno. No tenía miedo, no tenía frío. No lo parecía. De a ratos levantaba la cara y miraba el cielo. Era una noche clara, la luz de la luna la dibujaba con tonos pálidos pero precisos, vitales, y por eso tuve la impresión de que era alguien que yo conocía. ¿Estás perdida?, quise preguntarle. ¿Estás bien?, quise cuidarla. Pero entonces, el resplandor de las luces de los autos que pasaban raudos bajo el puente de la Calle 2 la iluminó también desde abajo y algo conmovedor se completó en lo que yo percibía de ella. Cerré los ojos por unos segundos para curarme de todo lo que encandilaba y me acuerdo que pensé que no era una buena idea cruzar esa aura invisible que cubría a la chica, que la empujaba o abducía, como esos ovnis de la imaginación clase B, hacia otras temporalidades. No sé por qué sentí la insoportable melancolía de los sobrevivientes. Me quedé quieta como una estatua de sal y luego me obligué a avanzar hacia el otro costado del puente, no fuera a pensar la muchachita que yo era una suicida, una más.

Fernando Olszanski

Fernando Olszanski (Buenos Aires, Argentina). Residente en Chicago, ha vivido alternativamente en Escocia, Ecuador, Japón y varias ciudades de Estados Unidos. De profesión educador, también es escritor, editor y artista visual. Autor de la novela *Rezos de marihuana*, el poemario *Parte del polvo* y los libros de cuentos *El orden natural de las cosas* y *Rojo sobre blanco y otros relatos*. Como editor, ha compilado las antologías *América Nuestra; Trasfondos, antología de narradores en español del medio oeste norteamericano* y *Ni Bárbaras ni Malinches, Antología de narradoras en Estados Unidos*, las tres galardonadas con el International Latino Book Award. Fue director editorial de las revistas *Contratiempo* y *Consenso*; actualmente dirige la editorial Ars Communis.

EL ORDEN NATURAL DE LAS COSAS

Sincronización, eso es lo que los ojos de Nora ven en general. La máquina no afloja el ritmo de los paquetes, la cinta no para de traer las bolsitas de chocolate y, la persona al final de la línea de empacado, mete sin cesar y sin descanso todos los envoltorios en una caja. Las cajas se acumulan en otra cinta y otra máquina se ocupará de estibarlas. El cuerpo humano parece adaptado a esa tarea, como si no tuviera deseos personales o voluntad propia. En eso piensa Nora a pesar de saber que no es cierto. Porque ella tiene voluntad propia; mientras trabaja, piensa, observa, analiza.

Nora arma las cajas donde van a ir a parar las bolsitas de chocolate. Las deja justo para que otra operadora, la que recibe las bolsitas, las ponga en la línea de envasado y para que el proceso continúe sin demoras y sin complicaciones.

La operadora que toma las bolsitas repite los movimientos de manera mecánica. Toma una de las cajas recién armadas, la coloca entre su cuerpo y la cinta que trae el producto y, con ambas manos, cuenta treinta y dos bolsitas, dieciséis en cada mano. Las coloca dentro, cierra la caja y deja que la automatización haga el resto; agregue precintos, ponga fecha de vencimiento y estibe.

Nora ve en Candy, la operadora que empaca, un ejemplo de sincronización; su cuerpo no se inmuta ni por la velocidad de las máquinas, ni por la temperatura ambiente, ni por la presión de hacer las cosas bien. Pero lo que Nora ve es la otra sincronización. La de los ojos de Candy.

No es tan difícil darse cuenta. Los ojos de Candy son tan grandes y tan negros que el contraste con el blanco es más que evidente y, además, muy expresivo.

Sin abandonar el ritmo que la producción le impone, Candy se las rebusca para ver pasar al supervisor. Lo que no le parece accidental a Nora,

191

es que el supervisor también mire a Candy y que, por algunos segundos, los dos queden sincronizados tan sólo por la mirada. Nora se imagina que, de alguna manera, también por los pensamientos.

Nora reflexiona sobre esa doble sincronización de Candy, y queda pasmada por aquella inusual habilidad. La de hacer cosas independientes al mismo tiempo.

Durante el almuerzo las dos están en silencio, comen juntas; calientan tortillas, preparan tacos y mastican sin ritmo, alejadas en cuerpo y espíritu de aquel comedor de fábrica. Nora, sin embargo, piensa en Candy. Ya no en la sincronización del cuerpo, la mente y los ojos, pero en función de todo ello.

Nora está sentada de costado, como si cabalgara el banco; mira los ventanales que dan a los jardines, pero nada de allí le llama la atención, ni las rosas, ni los jazmines, ni el verde artificial de aquel jardín.

Sabe que Candy es buena persona, una amiga en la que puede confiar y que nunca le ha fallado. Pero no puede dejar de sentir ciertos celos, una sana envidia, diría Nora.

Candy es atractiva, pero su encanto no pasa por los pechos grandes que todo el mundo le mira, incluso el supervisor, que la mira a los ojos, y después, instintivamente, le mira el busto, ni en los ojos inmensos, negros y llamativos. Candy es simpática, sin ser hermosa, pero con una suma de cosas que derrite a los hombres, la sonrisa, la mirada, la manera de hablar, las respuestas lentas, siempre con palabras pensadas y correctas.

Es lógico que los hombres se sientan atraídos y le revoloteen alrededor recogiendo migajas a su paso.

Muchas veces Nora piensa en preguntarle cómo hace para atraer a los hombres, pero, en secreto, sabe la respuesta de antemano. No es algo que pueda explicarse o transmitirse. A veces quiere imitarla, darle un poco de gracia a su vida y a su cuerpo, pero no lo consigue, o lo consigue sólo a medias, y manifiesta su frustración con silencio y resignación.

No se siente mal cuando van juntas por ahí y a la única que ven o le dicen algo es a Candy. Porque sabe que ella no lo provoca, sino que es tan espontáneo que le parece gracioso y hasta un poco ridículo.

Nora sabe que todo aquello es un juego, pero, a veces, las cosas pasan la línea de lo platónico para convertirse en una amenaza a la estabilidad de las cosas. A ella no le molesta que Candy reciba halagos todo el tiempo, porque casi siempre, se burlan juntas de las tonterías que dicen los hombres. Pero podría ser que alguna vez, alguna de esas tonterías llegue a no serlo, y Candy podría creer lo que no debiera. Después de todo, Candy está casada con el hermano de Nora.

Los tres viven en un apartamento del barrio hispano de Chicago. Nora recuerda el día que Candy llegó por primera vez. La discusión con su hermano fue interminable. Que deberías consultarme. Que no te consulto nada. Que yo también vivo aquí. Que puedes irte cuando quieras. Nora sabía que tenía razón, su hermano estaba rompiendo el equilibrio natural de sus vidas, quizá para siempre. Las cosas empeoraron cuando se habló de pagar las cuentas de a tres, porque aquello no era un asunto de dinero, sino de sus vidas. Pero cuando su hermano confesó que Candy podía ayudarle a cambiar, como ninguna mujer podía hacerlo, Nora cambió su postura, los lazos entre ellos siempre habían sido muy fuertes, y a regañadientes, con algunos reproches reprimidos en su garganta, aceptó.

No se habló del tema nunca más y, después de algún tiempo, la eventual intrusa se convirtió en cómplice de Nora. Su hermano no era precisamente un hombre que se destacaba por ser atento o delicado en el trato. Muchas veces, los problemas que surgían en el apartamento, eran por la forma en que él trataba a Candy, a veces a los gritos, a veces con indiferencia, a veces con un enfermizo sentido de propiedad.

Nora no concebía de otra manera esas marcas en el cuello, que como aquellas que se le hace al ganado para saber a quién pertenece. Está bien que la manera de hacerlas, en la cama, con pasión y con cierto descontrol, era entendible, pero la forma de revisar la cantidad, la oscuridad, la visibilidad de esas marcas tenía la única finalidad de enviar un mensaje: esta mujer tiene dueño, que la atiende muy bien y muy seguido y no necesita que nadie se le acerque.

Los comentarios que le hacían a Candy en el trabajo eran siempre dispares; estaban los graciosos, que relacionaban las marcas con vampiros; los irónicos, que hacían referencia al dolor, pero los que más llamaban la atención eran los del supervisor que, con cara de preocupación, preguntaba si todo estaba bien, azorado por la intensidad y por la violencia visual que aquello representaba. Nora escuchaba todos los comentarios, y los únicos que le preocupaban eran los del supervisor, porque eran visiblemente sinceros.

Durante la fiesta de fin de año todos estaban muy alegres. Una de las pocas veces en que la empresa convenía en agasajar a sus empleados. El año había sido muy bueno, tanto para la compañía como para los empleados, que obtuvieron un bono adicional. En la fiesta los ánimos estaban por las nubes, la gente bailaba y cantaba a la par de los músicos contratados para la ocasión, y celebraban las ocurrencias y bromas del borracho de turno. Nora y Candy habían tomado un par de copas y estaban a tono con la alegría general. A Candy se le había antojado fumar, cosa que no hacía muy a menudo porque el hermano de Nora se lo había prohibido. Nora le consiguió un cigarrillo junto con los cerillos para encenderlo, pero le recomendó que fumara afuera, en el patio trasero del salón, para que la ropa y el cabello no se le impregnaran del olor.

Nora siguió a Candy con la mirada hasta que se perdió tras el umbral. Iba a mirar hacia otro lado, pero al mover la cabeza, encontró que el supervisor también se dirigía a la misma puerta. Nora no supo qué hacer, si salir a fumar también, aunque no era su costumbre, o dejar que las cosas siguieran su rumbo natural.

Pensaba en eso cuando alguien súbitamente le tocó el hombro.

Su hermano había venido por ellas casi una hora antes de lo convenido. La pregunta le retumbó en la cabeza varias veces. ¿Dónde está Candy? Creo que está en el baño, contestó sin esforzarse. Los segundos le parecieron una eternidad

¿Estuvieron bebiendo? Preguntó su hermano algo contrariado. Nora quiso decir que fue tan sólo un brindis pero las palabras se le atoraban en la garganta. La expresión de su hermano le preocupaba, ella sabía cuando él empezaba a enojarse. Ve por ella, ordenó él. Pero no hizo falta. Una risa generosa llegó desde la puerta por donde Candy se había ido. Ella y el supervisor apagaban las colillas de sus cigarrillos, ambos portaban sonrisas, y casi inocentemente, la mano del supervisor se apoyaba en la espalda de Candy.

Las facciones de Candy cambiaron al ver a su esposo allí, caminó con paso seguro hasta donde se encontraban y quiso saber si todo estaba bien, sorprendida por lo temprano que él había pasado a buscarlas.

Las espero en el auto, dijo secamente el hermano de Nora y se retiró sin decir nada más.

Nora fue a buscar los abrigos mientras Candy se quedaba en silencio viendo la espalda de su marido irse tras el tumulto de personas. Nora imaginaba la mandíbula de su hermano masticando la saliva de la bronca.

El viaje de vuelta fue en silencio, cada uno ocupó su posición habitual, el hermano conduciendo, Nora sentada atrás y Candy en el asiento del acompañante. El hermano de Nora estaba hermético, conducía de manera rápida y hasta un poco tosca, parecía querer devorarse el camino. Esa paz tensa se terminó al llegar al apartamento. Para no verse involucrada, Nora se retiró a su habitación, pero las paredes dejaban oír gritos, insultos y un llanto difuso.

Casi a los diez minutos de discusión, dos sonidos bruscos señalaron el fin de la pelea. Ambos sonidos parecieron iguales pero distintos. Fueron dos puertas que se cerraron, una de la habitación de la pareja y, la otra, la del patio trasero.

Nora tuvo claro quién había cerrado cada puerta, siempre, cada vez que discutían el final era el mismo, él se encerraba en la habitación y Candy se escapaba al sótano del edificio, donde estaba la lavandería. En la oscuridad de su propia habitación, Nora estaba sentada en la cama, como pendiente del retorno de Candy que no se producía. Eso le inquietaba.

Buscó en sus cosas un paquete que alojó en uno de sus bolsillos; sigilosamente, bajó las escaleras hasta el sótano, encendió la luz y buscó con la mirada donde estaba Candy. No la vio, pero la supo escondida entre la última de las lavadoras y la pared, en ese rincón sucio y normalmente lleno de telarañas.

La vio acurrucada, con expresión perdida, como si pensara en algo que no podía llegar a imaginarse. Vio en su mejilla la marca roja de una mano que, seguramente, no le dolía en la piel, sino en algún lugar sin forma y sin espacio. Se agachó hasta estar a la misma altura de los ojos de Candy, que no se movieron ante su presencia. Sin decir nada, sacó de su bolsillo el paquete que traía y lo puso entre en las manos de Candy.

En ese momento Candy se movió por primera vez y se extrañó de lo que estaba haciendo su cuñada. Revisó el paquete y, sin cambiar de expresión en la cara, vio que el paquete era una suma de billetes. Dos mil dólares.

Los ojos de ambas se cruzaron durante algún tiempo, parecía un pacto de silencio, un pacto sin palabras ni comentarios.

Nora se paró y con la misma lentitud que había llegado, se fue. Al llegar al portal de la lavandería, apagó la luz como si quisiera ocultar lo que había hecho. Subió lentamente las escaleras asiéndose con las dos manos de la baranda, como si sintiera su cuerpo más pesado o más frágil. Caminó certeramente entre las sombras del apartamento, llegó a su habitación y cerró la puerta muy despacio, sin hacer ruidos y sin llamar la atención de su hermano. En la oscuridad de su aposento se desvistió ceremoniosamente, dibujando su cuerpo en el piso con las ropas que caían en orden. Se metió en la cama desnuda y abrazó la almohada. Cerró los ojos para vislumbrar la mañana. En ella se imaginó que despertaría con los sonidos bruscos de cosas rompiéndose contra el piso, contra las paredes, contra los muebles. Varios insultos llegarían a su oído. Maldiciones perdidas en tiempo y distancia, pero con nombre propio.

Ella se vestiría despacio, esperaría a que la furia de haber encontrado una nota de abandono se aplacara con el paso del llanto. Escucharía a su hermano desahogarse en la cama, golpeando la almohada, arrugando las sábanas con sus contorsiones. Ella dejaría su habitación. Caminaría por aquel muestrario de escombros. Levantaría del piso ese retrato de ellos donde se ven sonrientes y felices, y a pesar de los vidrios rotos, lo pondría de nuevo en su lugar. Entraría a la habitación donde su hermano le pediría que se vaya, y ella no contestaría. Iría a la ventana a contemplar la mañana y luego cerraría las cortinas como si quisiera encender las penumbras. Se arrodillaría frente a su hermano y le acariciaría suavemente los cabellos. Alzaría las sábanas y su hermano le haría un espacio en ellas. Como hacían entonces.

Todo volvería al orden natural de las cosas, ese orden que no debió alterarse.

Como siempre debió haber sido.

LA NOTICIA EN EL PERIÓDICO

Quizás si Valverde no hubiera sido tan escueto en su mensaje, no estaría preocupado. Tan sólo dejó unas palabras en el contestador: "Necesito verte. Es urgente". Valverde no es un tipo dramático, al contrario, es sereno al hablar, pensante a la hora de establecer las cosas. Me pidió que lo encontrara en el café de la 18th donde nos encontramos siempre. Allí se juntan muchos personajes como nosotros. Zapatistas frustrados, puertorriqueños que sueñan con la independencia, refugiados de alguna guerra centroamericana. Todos soñando con el regreso a una patria inexistente. No nos queda otra que seguir soñando.

Valverde, yo, y a veces Patricio, también nos juntamos a escuchar conspiraciones. Preferimos las conspiraciones de otros, porque ya no tenemos fuerzas para hacerlo por nuestra cuenta. Patricio es el más radical de los tres. Él sí quiere pelear otra vez. Él tiene razones para hacerlo. A él lo torturaron los militares. Lo fueron a buscar una noche a la universidad, lo encapucharon y después de tenerlo varios años en la clandestinidad, lo dejaron libre. Tuvo un Dios aparte cuando lo dejaron ir. Si es que alguna vez lo dejaron ir. De la cárcel voló directo a Chicago, donde lo esperábamos desde hacía algún tiempo. Nosotros no tuvimos las agallas para quedarnos y ver la destrucción de nuestros sueños.

Camino por la 18th pateando la nieve en la vereda. Llego al café donde Valverde me espera. Lo veo sentado en una mesa del fondo, con la cabeza gacha como rezando, pero sé que eso es imposible. Valverde es más ateo que el mismísimo Stalin. Me saco el abrigo y lo cuelgo en un perchero que está a la entrada. Valverde no me ha percibido. Su expresión me preocupa.

Al llegar a la mesa me pasa el periódico que está leyendo, y sin levantar la cabeza señala con el dedo uno de los artículos en la página.

—¿Desde cuándo lees este pasquín? —le digo con sarcasmo. Él sabe perfectamente lo que opino de la prensa en español en Estados Unidos. No levanta la cabeza. Con el dedo apunta al título de la noticia en el periódico. Lo hace repetidas veces y con tal fuerza que el sonido de su dedo golpeando contra la mesa hace girar las cabezas de algunos de los tipos que están en el café.

Me acomodo en la silla frente a Valverde. No levanta la cabeza. Me doy cuenta que no está para bromas. Miro el título del artículo y entiendo la gravedad. Al costado del título veo una foto de Patricio. Una foto sacada de algún documento oficial. No sonríe, al contrario, se lo nota incómodo, perturbado. Patricio siempre tuvo la mirada lejana, como posada en los recuerdos, en los malos recuerdos.

El pasquín dice que es un viejo terrorista sudamericano, me indigna esa tilde. Patricio fue un patriota. El artículo sigue diciendo que las fuerzas policiales lo han abatido en su propio apartamento, en el cual se atrincheró después de haber discutido con su *landowner* por una maldita lavadora que no funcionaba. Los detalles de la noticia en el periódico que siguen son sensacionalistas, típicos de los pasquines de mala muerte. Patricio nunca mencionó que tenía armas. Sí, era idealista, sí, era alguien que creía en un mundo mejor. Pero que lo mataran por una puta lavadora me parece una aberración. Una incongruencia libidinosa.

Me imagino lo que Patricio debe haber pensado al ver venir a los policías. Toda la fragilidad del pobre hombre se debe haber derrumbado con el sonido de las sirenas, con el correr de los uniformes, con los gritos desaforados de los agentes del orden. Patricio, esta vez, no permitiría que se lo llevasen.

Valverde me interrumpe la lectura, por primera vez me mira a los ojos y puedo ver que los suyos están empañados.

—Al fin Patricio es libre —dice Valverde mientras se le cae una lágrima.

No digo nada. Releo el artículo y no descubro más que una sarta de detalles incongruentes, que no hablan ni describen al verdadero Patricio. Treinta años han pasado pero la guerra sigue tan sucia como antes.

Ahora Valverde llora calladamente. Su rostro se va demacrando lentamente bajo el surco que dejan las lágrimas, pero en silencio. En triste y enjuto silencio.

No tengo espacio para las emociones. Decido irme. Decido pensar en lo que ha sucedido. No puedo analizarlo. No tengo ganas. No tengo fuerzas. No tengo voluntad. Me levanto de la silla sin hacer ruidos, respetando el llanto de mi amigo.

Valverde me toma de la mano y me mira. Su rostro es un páramo arrasado por una tormenta. Pero su voz es firme, es fuerte, es un trueno.

—Al fin Patricio es libre —repite con convicción.

—No, —le digo mientras tomo su mano como si se la tomara a un niño— a Patricio finalmente lo han terminado de matar.

Me despido de Valverde. Me abrigo y salgo al frío de la calle. El invierno de esta ciudad es inclemente. Algunas lágrimas se me caen de los ojos. Es el puto viento, me digo. Pienso en Patricio y siento envidia. Su guerra finalmente ha terminado. Murió peleando. No puedo evitar pensar en mí y en cómo terminará mi guerra, si es que algún día terminará. Pateo la nieve acumulada en la vereda. A lo lejos, se escuchan algunas sirenas.

ANIMAL

Es miércoles. Cinco de la mañana de una semana cualquiera. Suena el despertador y mi cuerpo pesado se levanta de la seudo cama. Me envuelvo en la vieja bata roja y me voy hasta el baño. La llamo seudo cama porque no es una cama sino un colchón tirado en el piso. Me cepillo los dientes mientras miro mi rostro que aún tiene marcas de la almohada y semejan cicatrices. No me he afeitado desde el viernes. No pienso hacerlo. Lleno de agua tibia las manos y me empapo la cara. Lentamente me seco y sigo mirando mi rostro que de a poco pierde la hinchazón del sueño y vuelve la normalidad. Noto que no me he peinado, algunos de los cabellos caen revueltos sobre la cara. Los ojos parecen mirarme, pero no me miran a mí, sino a sí mismos. Se controlan, se estudian, se desafían. Me quito los restos de agua de la piel y vuelvo a la habitación. Debo vestirme para ir a trabajar.

Trato de no hacer ruido. Mis roommates no se levantan tan temprano como yo. De hecho, no sé qué hacen porque parecen nunca estar en la casa, pero sé que están. Entro en mi habitación y no puedo evitar sentir ese olor. Muevo los músculos de la nariz porque no es un olor cualquiera. Es un olor no habitual en mi habitación. Es olor a mujer. A pesar de que no hay ninguna en ella.

Dejo caer la bata al piso y dejo mi cuerpo desnudo que ya se ha atemplado al fresco de la madrugada. Busco ropa interior en un cajón. Me parece algo extraño buscar ropa interior. Desde el sábado pasado he decidido dormir desnudo. Quizás el sábado a la noche fue un accidente haber dormido así, pero no el domingo, ni el lunes, ni el martes.

Las paredes blancas de la habitación están desnudas también. No hay nada que detenga la expansión del blanco en la pared. Decido de que es tiempo de que haya alguna foto o un cuadro o algún colgante que interrumpa el blanco y que deje constancia de que he decidido poner un punto de referencia en la pared.

Antes del sábado no pensaba lo mismo, ni siquiera me había dado cuenta que las paredes eran blancas. Me pregunto si las paredes huelen a mujer también. Pero me digo que no. Que el olor a mujer está impregnado en mi memoria y no en las paredes. Pero dudo. Antes del sábado nada olía a nada. Ahora son muchos los olores. Pero sólo uno es el que me interesa.

Me pongo la ropa interior y busco calcetines. Recojo la camisa del trabajo que está en el piso y veo dos camisas más que están debajo de ésta. Las levanto. Sin ceremonias las cuelgo en el armario vacío. No tengo mucha ropa. Ahora me doy cuenta de eso. Abotono la camisa y en un costado encuentro hecho un bollo los pantalones. Están arrugados. Nunca me importó que estuvieran arrugados. No sé por qué lo noto hoy. Los huelo. Distingo los olores del trabajo. Los míos. Algunos más que no distingo.

Han pasado seis meses desde que llegué a Chicago, conseguí esta habitación porque era barata, pequeña. Siempre la aborrecí, desde el comienzo. Pero estoy aquí. Estoy de paso me digo. Cumple una función y así me sirve. Trato de autoconvencerme.

Me calzo los pantalones y observo la seudo cama deshecha. Observo la mancha. La misma mancha que está ahí desde el sábado. Desde el mismo momento que la habitación empezó a oler a mujer. La he observado todas las mañanas al hacer la cama. Todas las mañanas me he dicho que voy a cambiar las sábanas. Pero no lo he hecho.

Tapo la mancha con la manta pero la sigo viendo a pesar de no estar a la vista. Huelo de nuevo. El olor a mujer tiene compañía. El olor a hombre.

No recuerdo demasiado sobre lo que pasó el sábado a la noche. Fui a ese bar porque quería beber una cerveza, aunque sin darme cuenta fueron varias. No me interesaba la música de aquel grupo que se presentaba. Pero la primera canción me gustó y las notas hacían de la cerveza algo más digerible. Lo que no sabía es que había un par de ojos que me estaban mirando. Ella no estaba con ese grupo de seis o siete personas que seguían a la banda. Ella estaba sola deseando compañía. Yo estaba sólo deseando terminar mi cerveza. Ella me invitó un trago y yo la invite a mi cama, que todavía no tenía la mancha que ahora tiene. Creo que mencionó que estaba casada, aunque no recuerdo mucho la conversación, los silencios fueron más interesantes que las palabras.

Cuando entramos a la habitación sentí un poco de vergüenza por la sencillez que demostraba, pero ella no se tomó mucho tiempo en verla, tuvo la mayor parte del tiempo los ojos cerrados y la boca abierta. Ella con la cabeza entre mis piernas y yo miraba las paredes blancas vacías. Ella respiraba entrecortadamente y yo no encontraba muebles en donde apoyarme. Pero empezaba a oler cosas. Cosas que de a poco surgían de todos lados. El techo empezó a subir más alto y todo me daba más espacio del que necesitaba. Tuve que apagar la luz, no tuve vergüenza en la oscuridad.

En algún momento nos quedamos dormidos, al menos es lo que pensé, porque al despertar ella ya no estaba. No la escuché irse y no me interesó si regresaba. Pude dormir plácidamente esa noche, ni siquiera me molesto la humedad de la mancha que dejamos en las sábanas y ahora cuatro días después está seca.

Al despertar al otro día las ropas estaban tiradas en el piso como lo estaban todos los días desde hacía seis meses. Pero todo olía diferente. Todo olía a mujer.

No me gustan los miércoles, es mitad de semana y ya me encuentro cansado y todavía quedan un par de días para el fin de semana.

Termino de vestirme y cierro la puerta de la habitación sin dejar de oler lo que dejo adentro. Como deseando que nada se escape de allí.

Salgo a la calle, respiro, empieza a aclarar el día y la brisa me sorprende con olores desconocidos. Veo que en la esquina hay un perro sin dueño que busca un lugar donde orinar, se deja guiar por su nariz, confía en ella. Marca su territorio. Él también deja su mancha.

Huelo el día con los ojos cerrados. Todo está igual pero no lo está. Llego hasta mi carro, lo enciendo, bajo las ventanillas. El pecho se me expande de aire nuevo. Busco la palanca de cambios y acelero.

Es un día nuevo. Eso huele bien. El perro me observa desde la esquina, mientras husmea el alrededor.

LA SUPERPOSICIÓN DE LAS MARÍAS

Escondido detrás de un libro y de un par de gafas de sol, miro de reojo todo lo que sucede en la piscina. No me preocupa que alguien pueda ver la dirección en la que observo, las gafas me protegen mientras no mueva la cabeza y delate hacia donde estoy mirando. Hay muchas cosas para mirar. La piscina está en el centro del complejo donde vivo, rodeada de apartamentos y plantas artificiales que le dan aspecto de oasis patético. Me llama la atención la gente que se asoma en los balcones y tiran las colillas de los cigarrillos donde no deberían, los jubilados que discuten en voz alta las instancias de un juego de dominó, algún caballero que muestra cómo le cuelga la panza por encima del traje de baño, los niños que saltan, gritan, y salpican con agua a los demás, y por supuesto, alguna señorita que valga la pena mirar. Para eso vengo. Para descansar, tomar algo de sol, y ver en la gente que me rodea a los personajes de esa novela que tengo en la cabeza desde hace más de doce años. En realidad, a los personajes ya los tengo, porque surgieron de un hecho que viví en Buenos Aires, antes de mudarme a Los Ángeles y que me empujaron a abandonar todo. Los personajes son tres, yo soy uno, el otro se llama Julián, y su novia, María. Las circunstancias que los tres vivimos son una novela sin ficción, demasiado real como para obviarla y dejarla en el olvido. Pero sé que escribirla sería como volver a vivir todo aquello, con los momentos de esperanza, y con la amargura final del exilio.

Confieso que no sé cómo empezar esa novela, o no sé cómo escribirla, o no sé cómo terminarla. Porque me hubiese gustado que todo fuera diferente.

El observar a la gente que me rodea, me da pautas para disfrazar a los personajes. Busco gestos, tonos de voz, actitudes y formas de caminar.

Cualquier cosa que encuentre en los demás, y que despierte los pensamientos que temen surgir. Eso es lo que he hecho en los últimos doce años, observar; buscar no sé qué, en no sé quién, lo que no sé cómo diré.

Aunque ahora me he dado cuenta de que, desde hace tres días, el observado soy yo.

El primer día tan sólo cruzamos miradas de ¿quién será? El segundo, me saludó con un buen día y se sentó en la reposera a tomar sol, justo frente a mí con la piscina de por medio. Empecé a observarla porque ella me observaba, y porque sus ojos eran negros, y su cabello también, y era largo y espeso, y le llegaba hasta más allá de los hombros. Como a María.

Sí, le vi también el cuerpo adolescente, firme, ese traje de baño de dos piezas, blanco y sugestivo, la gracia de sus muslos, la mirada con la cabeza baja, con los ojos escondidos entre los cabellos, pero intensa, muy intensa. Como la de María.

Alguien la llamó ayer por el nombre, creo que la madre, así supe que se llamaba María Celeste. Ella contestó con fastidio mientras me miraba. Quizá supo que la estaba observando detrás de mis gafas negras, o tal vez no supe esconder mi mirada o no quise hacerlo, porque estudiaba sus facciones, las cejas gruesas, la boca carnosa, la decisión de sus movimientos. Igual que María.

Hoy, cuando llegué a la piscina, ella ya estaba nadando, y lo primero que vi, fue su cuerpo saliendo del agua, lentamente, sin sacudirse. Con el agua cayéndole por la cara y el cuerpo, recorriéndola de pies a cabeza, y sus ojos estudiándome a través de los densos cabellos. Como María, la última noche que pasamos juntos, en aquel hotel de mala muerte.

Estaba algo lejos como para saludarla, pero ambos nos dimos cuenta de la presencia del otro. Fue magnético.

Ella se zambulle otra vez y nada despacio debajo del agua. Cada vez que se asoma a la superficie para respirar, balancea el cuerpo para sumergirse, dejando expuestas las caderas perfectas antes de entrar lentamente debajo del agua. Ya no me preocupa si me ven mirando. Sé que otros la ven también, porque es demasiado vistosa; imposible no asimilar sus movimientos de sirena. Aunque no la catalogaría como tal, porque las sirenas no tienen caderas, ni muslos, ni caminan tan seguras como lo hace esta María. Como lo hacía aquella María.

El recordar a María me trae sentimientos encontrados; por un lado, me llena de vida repasar el único momento de mi triste existencia en el que me sentí hombre en el sentido completo de la palabra, el momento en que una mujer puede moldear con sus propias manos dentro del pecho masculino, y darle sentido al caos interno. Pero al mismo tiempo, me hizo sentir tan miserable y tan ruin como un traidor lo es.

Por eso me fui de Buenos Aires, mientras otros aquí son refugiados de alguna guerra, o buscan un futuro en una economía diferente, yo vine a ocultarme, y a encontrar en el espejo una imagen diferente a la que encontraba en mi ciudad.

Allí no podía verme a mí mismo, ni a mis padres, y menos a Julián, que después de todo es mi hermano.

Quisiera decir que me fui por amor, o por honor, o por respeto. En el único término que puedo pensar es cobardía.

María se me acerca y con esa desfachatez que tienen los adolescentes me pregunta si hablo español. Sé que se dio cuenta de ello por el libro que tengo en la mano, y le digo de donde soy, y ella me dice con un inconfundible acento caribeño que es colombiana. Su voz es lejana en la memoria, pero poderosa y firme en el presente. Mis ojos la escuchan mientras viajan entre su rostro y las oscuras aureolas de sus pechos que contrastan con el blanco de su traje de baño y me señalan.

No hay mucho que pueda decir sobre cómo empezó aquello con María, partiendo de que Julián la trajo a casa un día y así empecé a verla seguido, hasta que un día pasó lo que pasó, y no dejó de pasar, hasta que Julián hizo una broma sobre nosotros dos. Y vi en las palabras de Julián algo más que una broma. Algo que sólo los hermanos pueden sentir. Porque sus ojos me miraron a mí, y no a ella.

Entonces me fui.

María me habla del sol, del calor, y de que quiere zambullirse en la piscina otra vez.

Yo sonrío. María sonríe y me saco las gafas oscuras para ver su color real y su mirada sin límites.

Tal vez estaba equivocado con respecto a la novela y a los personajes, tal vez la novela no había terminado, o no había empezado, o estaba en una transición; tal vez nunca me había ido de Buenos Aires y la pensé allá, o tal vez siempre había estado en Los Ángeles creando el espacio para vivirla en lugar de escribirla. Tal vez María nunca existió, o tal vez María siempre estuvo aquí esperando a que llegara. No sé cuál de las Marías inventó a la otra.

El sol de California arde en la piel, tal vez el agua no sea una mala idea. Me zambullo. Puedo sentir la diferencia de temperatura, puedo percibir la suavidad de un mundo distinto. El mundo donde habita María.

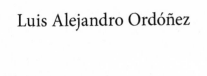

Luis Alejandro Ordóñez (Venezuela). Reside en Estados Unidos desde 2008. Entre Chicago y Miami se ha desempeñado como editor, redactor de medios, corrector de estilo, traductor, profesor de español y librero. Publicó *El último New York Times* (novela, Suburbano ediciones, 2018) y *Play* (relatos, Ars Communis, 2015). En 2014 ganó el II premio literario en español de la Universidad NorthEastern por el cuento "Doble negación". Con "Bibliotecario", ganó el Concurso de Microrrelatos Severo Ochoa de la biblioteca del Instituto Cervantes de Chicago. Ha participado en otras antologías de escritores que viven en Estados Unidos y escriben en español, como *Diáspora* (Vaso Roto), *Pertenencia* y *Trasfondos* (ambas de Ars Communis).

MI AÑO VILA-MATAS

I

2012 fue mi año Vila-Matas. Yo cuento al español entre mis favoritos y ese año publicó *Aires de Dylan*, por lo que era natural que intentara leer su nueva novela apenas salió de imprenta. Pero la editaron en España, por supuesto, y a Chicago llegó vía libro electrónico a precio de edición digitalizada literalmente, es decir, dedo por dedo.

Por suerte, vivimos en tiempos confusos. Si vas a una librería Barnes & Noble puedes tomarte un café y leer cualquier libro que te dé la gana, nadie te dirá 'señor, esto no es una biblioteca' y aunque el precio del café es estrafalario no compensa los libros que no compraste porque los leíste antes de terminarte el americano tamaño tres días sin dormir. Pero la biblioteca digital presume no de los títulos sino de la arquitectura de la red y si en aquella época, no sé ahora, tenías un Nook podías ir a Barnes & Noble y disfrutar de una hora diaria de lectura de cualquier título digital disponible. La oferta no parecía tener lógica alguna, hasta que te dabas cuenta de que *Aires de Dylan* no estaba entre las pocas y accidentales ofertas de la sección en español de la librería de ladrillo y cemento, pero sí entre las opciones de la librería virtual. Así que tras la publicación de *Aires de Dylan* y su disponibilidad en la nube de Barnes cada vez que podía iba Nook en mano a la Barnes & Noble a disfrutar de mi hora gratis de lectura.

II

En Chicago todavía somos pocos. Por eso no tuvo nada de extraño que Julio pensara en mí cuando por una nueva oportunidad laboral tuvo que dejar sus clases particulares de español, entre ellas no exactamente una clase sino un grupo de lectura en español donde se esperaba que ejerciera de facilitador de la reunión, listo para resolver dudas y consultas, pues aunque el principal interés del grupo era la práctica del idioma, en su mayoría eran ávidas lectoras y no transaban títulos o autores en nombre de la facilidad de comprensión. Cuando sustituí a Julio, acababan de comenzar *Bartleby y compañía*.

Bartleby y compañía fue uno de los pocos títulos de mi biblioteca que hicieron conmigo el viaje Caracas-Chicago. Todavía tengo más libros en Caracas que en Estados Unidos, con todo y diez años de nuevas adquisiciones, pero también de mucha biblioteca pública, de nuevas mudanzas y de un mercado de segunda mano tan dinámico que te permite revender hasta las repisas donde ya no tienes libros que poner. Pero *Bartleby y compañía* sigue ahí en la caja donde lo guardé para el nuevo viaje, esta vez de Chicago a Miami. En aquel momento estaba más a mano y apenas se confirmó que yo sería el nuevo facilitador del grupo rehojeé el libro, aunque no necesitaba hacerlo para confirmar que se trataba de una muy peculiar selección para un grupo de lectura en una segunda lengua.

Con el libro fresco hasta la página donde habían quedado en la lectura, llegué a la casa que tocaba en la rotación semanal de sedes y anfitrionas del grupo. Toqué la puerta con la expectativa con que se enfrenta cualquier nueva experiencia laboral, pero sobre todo con la intriga respecto de cómo serían las discusiones en torno a *Bartleby y compañía*.

Como era de esperar, la primera sesión fue más sobre mí que otra cosa. El nuevo facilitador, inmigrante de un país controversial, dio mucho tema para que la conversación del libro no ocupara el lugar de costumbre, pero tratándose de una tertulia en español, todo el mundo pareció satisfecho con la sesión. Aún así, pude saber que tenían la metodología de lectura bien definida y en marcha. En vez de páginas a leer y discutir, se estaban asignando los microcapítulos del libro para que la persona a la que les tocaran, dependiendo el número de capítulos de su extensión, los expusiera brevemente.

III

Semana a semana hasta el final del libro, escuchamos las breves biografías de cada uno de los escritores del No con que Vila-Matas construye su ensayo de ficción, o más bien ensayo ficticio. Las miembros del grupo hicieron bastante énfasis en dejar en claro cuáles de los escritores eran reales y cuáles apócrifos. Hacia el final del libro yo también me incluí en la rotación, me tocaron las notas 77 y 84, un poco para aliviar la carga de algunas tertulianas que a esas alturas ya estaban un poco hartas de los escritores del No, pero también para tratar de leer de la misma manera que leían ellas, una lectura que nunca había hecho no solo de *Bartleby y compañía* sino de cualquier otro texto. La atención al detalle con que abordaban cada nota me parecía imposible de repetir con textos más largos y luego de abordar mis dos microcapítulos dudé de que me fuera posible incluso para esas extensiones. Mi lectura fue a todas luces insuficiente y en mi breve intervención quedé muy lejos de transmitir la elusiva personalidad de Julien Gracq y B. Traven, o quizás por esa dificultad es que ambos están incluidos en el libro de Vila-Matas.

IV

Fracasé en mi intento de aprovechar la hora de lectura gratis para leer *Aires de Dylan*. Siempre me quedará la duda de si se trató de la novela, del adminículo o del escenario. A favor de *Aires de Dylan* diré que nunca antes había abandonado sin terminar un libro de Vila-Matas, y aunque siempre puede suceder, no veo razones particulares por las que el hombre dando su conferencia se me haya vuelto un reto que preferí no concluir. Del adminículo no soy yo el que lo ha dicho, son muchos los que insisten en que la lectura de una pantalla no es tan profunda ni gratificante como la lectura de un papel. Quizás el Nook resultó demasiado pesado y no tratándose de *2666* aquello jugó en detrimento de *Aires de Dylan*. Por cierto, la última novela de Bolaño antes de que salieran un poco de nuevas novelas de Bolaño, la leí de principio a fin en el mismo Nook, quizás por eso me pareció que *2666* no le llega de cerca a *Los detectives salvajes*, que esa sí la leí en papel.

Me inclino por el escenario. No todos los Barnes & Noble son tan agradables para sentarse a leer, por lo que terminé utilizando la hora feliz solo cuando las clases u otros compromisos me llevaban cerca de ciertas librerías específicas. Además, me distraía, la gente, la licuadora en el café, la música ambiente siempre tratando de venderte el disco que jamás escucharías, la hora no era de pura lectura, ni de lectura concentrada, por lo que avanzaba poco y terminaba sin muchas ganas de regresar al día siguiente para continuar, aunque eso debería ponerlo al menos también en contra del libro. Lo cierto es que, como traté de dejar en claro al hablar de *2666*, seguí utilizando el Nook, seguí leyendo novelas y otros libros de extensión diversa, pero lo que nunca volví a hacer luego de abandonar *Aires de Dylan* fue aprovechar la hora feliz. De hecho, salgo muy poco con el Nook (punto en contra del dispositivo: el peso sí podría haber influido, no tanto al momento de la lectura sino del traslado) y ya no voy a Barnes & Noble con la frecuencia de antes. Pero el hecho objetivo es que no terminé de leer *Aires de Dylan*, el mismo año 2012 en que releí *Bartleby y compañía* de manera enciclopédica y que viajé a París a ver a Vila-Matas presentar, no podría ser otro, *Aires de Dylan* en su traducción al francés.

V

Claro que no fui a París por esa razón, pero para el momento en que el viaje estaba cerca ya sabía que 2012 no era otra cosa sino mi año Vila-Matas. Por eso, incluí a Enrique Vila-Matas en el itinerario. Mi primera intención fue que Vila-Matas formara parte de los días en Barcelona, que el viaje incluía esta ciudad y Madrid, además de París, excelentes vacaciones. Me propuse descubrir la rutina diaria del escritor para, una vez en Barcelona, instalarme cual *paparazzo* en alguno de los lugares que Vila-Matas visitara con regularidad.

Sin embargo, apenas comencé a investigar si sería posible anticipar los movimientos de Vila-Matas sufrí un súbito ataque de escrúpulos. Podía no gustarle al escritor que, después de plantarme a su espera, tan solo me limitara a abordarlo para pedirle una fotografía o que me firmara algún ejemplar. No quería importunar a Vila-Matas. Para que mi empresa fuera de su agrado, el encuentro tenía que lucir como una auténtica trama vila-matiana.

Luego de darle algunas vueltas al asunto, se me ocurrió un plan bastante sencillo: me acercaría a él para hacerle una pregunta del tipo que se le hace a cualquier transeúnte, pero que hecha a un famoso y dando cuenta de haberle reconocido se convertiría en toda una trama del absurdo. Lo que tenía en mente era algo como "señor Enrique Vila-Matas, ¿usted sabe si por aquí se llega a la playa de Barceloneta?" o "usted, como autor de *Aires de Dylan*, por favor, ¿podría decirme qué horas es?".

Un buen plan que, sin embargo, casi de inmediato se quedó en el tintero. Como parte de mi investigación sobre las rutinas del escritor, revisé en su página web el calendario de actividades y descubrí que no coincidiríamos en Barcelona. Por pura casualidad el mismo calendario me reveló una actividad en el Instituto Cervantes de París a la cual podía asistir. Reservé el 20 de septiembre para acercarme al número 7 de la Rue Quentin Bauchart, muy cerca de los Campos Elíseos, lo cual permitiría enmarcar la presentación de la edición en francés de *Aires de Dylan* dentro de una intensa jornada de recorridos turísticos. Claro que hubo que idear otro plan; preguntarle a Vila-Matas una dirección o la hora en el contexto de la presentación de un libro no sería absurdo sino estúpido y es importante tener siempre clara la diferencia entre ambas cosas.

VI

No quiero convertir esto en un relato de viajes, por eso no hablaré de mi visita a Madrid, Barcelona y París salvo para decir que llegó el día de la presentación de la edición traducida al francés de *Aires de Dylan* y a mí no se me había ocurrido una sola pregunta para hacerle a Vila-Matas que en su completa normalidad resultara del todo absurda. Por eso, al sentarme en la butaca del auditorio mi actitud era la del derrotado de antemano. En vez de celebrar la feliz coincidencia de estar pasando apenas siete días en París y poder ver y escuchar en persona a Vila-Matas por primera vez en mi vida, me martirizaba mi falta de ingenio e incluso llegué a preguntarme qué estaba haciendo ahí sentado en vez de estar fotografiándome delante de algún monumento.

Pero Vila-Matas siempre viene al rescate, que de tanto verse a sí mismo y a su entorno como personaje ha terminado convertido en héroe de su personalísimo *performance*. Aunque en esta oportunidad, recibió no poca ayuda de los organizadores del evento.

Para ahorrar costos o por subestimar la tarea, los organizadores decidieron que podían apañárselas solo con el traductor del libro. Pronto, todos los presentes descubriríamos la brutal diferencia entre el oficio de traductor de una obra literaria y el de traductor simultáneo. Preocupado por la perfecta sintaxis de sus frases, la traducción de lo dicho por Vila-Matas se prolongaba más y más, completamente desfasada respecto al hilo de pensamientos y palabras del escritor. Por suerte para mí, Vila-Matas habló en español; por suerte para la mayoría, casi todos los presentes eran bilingües español-francés; apenas algún bicho raro que hablaba francés y dependía del traductor se quedó con el lado pobre del pensamiento de Vila-Matas; yo me quedé con el lado completo, bien hilvanado, pero ambos, el francófono desconocido y yo no pudimos participar de las carcajadas del público bilingüe, que terminó esperando las palabras de Vila-Matas menos por su contenido que por la manera en que el traductor las deconstruiría involuntariamente y a destiempo, al punto que Vila-Matas finalizó diciendo que era mejor parar ahí que el evento ya iba para comedia.

Como en toda comedia involuntaria de la vida real, el *sketch* terminó y a la siguiente cosa, que no fue otra sino la firma de libros. Hice la cola aún a falta de libro para que firmara, que *Aires de Dylan* no estaba en el Nook salvo cuando iba a Barnes & Noble y no llevé en el viaje ningún libro de papel para no hacer bulto, mucho menos *Bartleby y compañía* que además lo acababa de releer en inédita profundidad. Pronto, que el auditorio tampoco estaba demasiado lleno, quedé frente al escritor y por momentos ni él ni yo supimos qué hacer. Entonces, sin saber de dónde, me surgió una pregunta que me pareció inteligente y se la lancé a quemarropa al escritor: ¿Cuál parte de *Aires de Dylan* cree usted que pudiera resultar en un nuevo *Perder Teorías*?

Escrita así, años después, la pregunta carece de la incoherencia tan común a la palabra hablada y del balbuceo natural con que uno se dirige a alguien al que se le ha admirado por años. Algo aturdido por mi tartamudeo, lo único que pudo contestarme Vila-Matas, no sin bastante elocuencia, fue: "Perdón, pero no le entiendo". Por un par de segundos el escritor esperó mayores explicaciones y yo no se las di, no quise que se perdiera su expresión. Saqué la cámara y sin preguntarle ni pedirle permiso me incliné hacia él y me tomé un *selfie*; Vila-Matas se convirtió en el veintitanto monumento frente al cual me fotografié ese día.

Justo antes de regresar a mi ruta turística, el escritor, con una mediasonrisa en la boca me dijo que ya entendía lo que le quise preguntar, pero no reveló ninguna posible trama independiente de *Aires de Dylan* que pudiera dar fruto a un ensayo ficticio ni nada por el estilo. Eso ya no tenía importancia, en mi cámara estaba el perfecto cierre de mi año Vila-Matas.

PLATO FRÍO

Con la cara de quien pierde el último tren de refugiados por apenas unos instantes, vi a Verónica regresar desde un tiempo no tan lejano pero sí ya tan ajeno que parecía una vida anterior. Y si hay reencarnación, hay karma. Me quedé paralizado en mi silla por un buen rato. Cuando pude moverme, fui y le toqué la puerta a Cárdenas. Era un hecho, Verónica también había emigrado y le dieron un puesto en la empresa, un puesto alto, importante, a la medida de sus credenciales. En un par de semanas sería supervisora general, solo estaría por debajo de Cárdenas en la cadena de mando. No pude contenerme y solté un "me jodí" del que Cárdenas esperó una explicación mirándome con ferocidad, pero no tuve dignidad para contarle lo que había pasado entre Verónica y yo. Muy pronto lo descubriría por sí mismo, o la propia Verónica tendría que decírselo cuando tomara las medidas que considerara justas.

—¿Ella ya sabe que trabajo aquí? —le pregunté a Cárdenas.

—Desde hace un par de días tiene toda la información del departamento.

—Se te va a enfriar la sopa —me dijo Evelyn sacándome de mis cavilaciones. La miré a los ojos y supo de inmediato que algo estaba mal.

—Contrataron a Verónica, dentro de unos días será mi jefa.

Evelyn se puso lívida, luego le dio un ataque de rabia.

—¡Seguro fue Javier el que se la trajo! El muy...

—No, no fue Javier, no fue nadie, Verónica llegó por sus propios medios, no hay nada que podamos hacer hasta que ella comience a trabajar. Lo mejor es que salgamos, vámonos a la playa, relajémonos.

Pero no nos relajamos, no podíamos. Tanto Evelyn como yo estábamos seguros de que lo primero que haría Verónica sería mandarme bien lejos a la mierda con toda la soberbia que le dará el tener mi visa en sus manos.

Llamé a Javier, no por las acusaciones de Evelyn sino porque él conocía el pasado lo suficiente como para no tener que empezar explicándome.

—Me imagino que ya sabes lo de Verónica.

—Sí, lo sé, lo siento.

—¿Por qué no me lo habías dicho?

—No quería que te enteraras por mí.

—Porque no hiciste nada para evitarlo.

—Verónica es buena, se vino, como tú, como yo, y la empresa era un objetivo obvio, no necesitó sino tocar la puerta.

—Y no hiciste nada para evitarlo.

—¿Tú crees que hubiera podido? Objetivamente, no había argumentos, no iba a ponerme a inventar...

Javier se calló y ese silencio fue su opinión más dura sobre mi situación y sobre mí mismo. Colgué sin decir nada más. Él no intentó llamar de vuelta.

La reunión de presentación de la nueva supervisora general fue convocada para ese mismo lunes y era de asistencia obligatoria, ya que se esperaba que en ella Verónica nos explicara su plan de gestión y de reestructuración del departamento. No quería ir, pero era imposible faltar. Quizás llegar tarde sería la solución, pero correría el riesgo de interrumpir y que toda la atención recayera sobre mí dándole a Verónica una oportunidad perfecta. Tampoco podía llegar temprano y estar entre los primeros que se sentaran en el salón, arriesgándome a que Verónica también estuviera ahí preparando su presentación, aquello parecería un desafío y no estaba en posición de retarla. Decidí entrar al salón cuando la mayor parte de los empleados lo hicieron, y me senté lo más alejado que pude de Verónica, no quería verle la cara ni percatarme de que ella me estuviera mirando.

Cárdenas presentó y repasó la trayectoria y credenciales de Verónica sin guardarse ningún elogio. Luego Verónica tomó la palabra e hizo un análisis del presente y futuro del negocio que nos dejó realmente asombrados y satisfechos a todos, no lo niego, la empresa estaba en buenas manos. A partir de ahí comenzó a asignar nuevas tareas y responsabilidades, se trataba en efecto de una restructuración del departamento pero en función de las proyecciones que había hecho del futuro y de la capacidad y obligación de la empresa para responder a ellas. La gente estaba entusiasmada, se veían motivadas, cada quien recibía su nuevo encargo con satisfacción, además Verónica estaba contando con todos y eso de inmediato le ganó la confianza y aprobación del equipo. Con todos menos conmigo, que no fui mencionado ni recibí tarea alguna. Se dio por terminada la productiva reunión y salí de nuevo confundido entre los empleados de menor rango, los de mayor rango hicieron fila para estrechar la mano de Verónica y reiterarle que contaba con ellos.

En mi puesto no tuve otra cosa que hacer sino refrescar cada dos minutos la bandeja de entrada esperando la comunicación de recursos humanos. Pero terminó la jornada y nadie de recursos humanos se comunicó conmigo, tampoco lo hicieron Verónica ni Cárdenas. Ese día fui el último que salió del edificio.

Evelyn se contuvo todo el día de llamarme o mandarme mensajes, pero cuando llegué a casa, un par de horas más tarde que de costumbre, ella daba por hecho lo peor y me abrazó apenas abrí la puerta y nos quedamos un buen rato así sin decir nada, o eso fue lo que sentí, que había pasado mucho tiempo. "Todavía no sé qué va a pasar conmigo" le dije y aquello, lejos de atormentarla como estaba atormentándome a mí, le dio algo de esperanzas, si Verónica no había llegado cortándome la cabeza quizás no lo haría, no saber lo que va a pasar era bueno mientras tuviera el trabajo y siguiera vigente la visa que nos mantenía en el país.

Para mí, en cambio, lo peor era la incertidumbre. Al día siguiente llegué más temprano y tal como sabía que sucedería, Cárdenas ya estaba en su oficina. Le pregunté si Verónica le había dicho algo sobre sus planes para conmigo.

—No, pero tiene carta blanca para tomar cualquier decisión que considere pertinente.

Supe que habían hablado sobre mi caso.

Estuve otra vez sentado todo el día en mi puesto sin hacer nada salvo refrescar la bandeja de entrada. Vi a Verónica moverse frenética por toda la oficina, pero se las arregló para no verme en ningún momento. Yo no existía para ella, y pronto no existiría para el resto de la oficina, que de tan ocupados y entusiasmados con los nuevos proyectos nadie se tardó de más lavándose las manos o sirviéndose café, todo el mundo estaba absorto en su trabajo.

A la mañana siguiente volví a ser el primero e intenté hablar de nuevo con Cárdenas.

—Esta situación me tiene un poco angustiado —le dije.

—Habla con ella. Habla con ella y si no te gustan sus planes…

Cárdenas se dio cuenta de que estaba en manos de Verónica. Ella entró en la empresa a prepararla para enfrentar el futuro del sector con mejor pie por la misma razón que yo no tenía muchas expectativas de conseguir otro patrocinante para una visa.

—Todos sabemos que tengo que esperar a que ella tome su decisión.

Al principio mis compañeros me veían extrañados por mi calma, por mi no hacer nada, pero se acostumbraron pronto y ya ni siquiera reparaban en mí cuando sus miradas barrían mi puesto para dirigirse a otro asunto. Me estaba volviendo un adorno que se pone en la sala por compromiso, porque nos lo regaló la tía y 'pobrecita, ella lo hace con cariño'. Yo asumí la situación planteándome que estaba en huelga de silencio, no sería yo quien rompiera el velo de ignorancia que nos habíamos tejido, pero sabía que Verónica tampoco quería romperlo. Era una guerra de poder, algo ridícula por lo desigual, pero ver las cosas de esa manera era lo que me estaba permitiendo enfrentar la nada en que se había vuelto mi día a día. Seguía refrescando frenéticamente mi bandeja de entrada y temía por el monto que aparecería depositado en mi cuenta el 15, pero de resto yo también me estaba acostumbrando a mi nueva función de jarrón chino o quizás de recordatorio: tal vez Verónica me quería ahí para que mi presencia le recordara las pruebas que había superado para llegar a donde estaba.

Sí, la culpa fue solo mía, éramos buenos amigos y yo la traicioné, le hice una guerra sucia cuando me enteré de que le iban a dar un cargo para el que no me parecía que estuviera lista. Guerra sucia la llamo ahora, en aquel entonces fueron chismes de pasillo, rumores infundados, pero hicieron mella, nunca tuve que explicarme, nunca fui confrontado y terminé creando una bola de nieve que rodó libre y cada vez más grande. Lo más absurdo, lo más vergonzoso, es que no era un cargo que yo tuviera en la mira, no era mi asunto y de todos modos actué como si aquello hubiera sido un ataque personal en mi contra, como si la decisión me hubiera afectado de algún modo salvo en mi ego. El mal ambiente hizo que se pospusiera el ascenso, Verónica no estuvo dispuesta a esperar mucho tiempo y terminó yéndose de la compañía en los peores términos, enemistada con todos, incluso con los tímidos que intentaron defenderla; tras su marcha le perdí la pista y luego emigré.

Con la quincena llegó el ajuste de cuentas. Por petición de la nueva supervisora general, recursos humanos le envió a todo el departamento unas planillas de objetivos planteados y alcanzados durante el periodo. No tenía nada que escribir, no tenía nada que reportar, entregué la planilla en blanco pero la recibí de vuelta como si se hubiera tratado de un error de mi parte. "Sí, lo siento, no guardé el documento y solo reenvié el original" respondí.

Esperé hasta el último momento del plazo dado para devolver las planillas llenas y entonces escribí que mi objetivo planteado fue recibir instrucciones y que no lo había alcanzado porque no había recibido las instrucciones esperadas. Ya el asunto había escalado a recursos humanos, la espera había terminado.

Recibí el correo de Verónica con copia a recursos humanos y a Cárdenas, pero la reunión sería solo entre ella y yo. Tenía todo un fin de semana para llenarme la cabeza de dudas y temores, y a primera hora del lunes sabría por fin qué me depararía este reencuentro indeseado. Evelyn pasó todo el fin de semana viendo el apartamento, repasándolo como si estuviera aprendiéndoselo de memoria o sopesando cuánto tiempo necesitaríamos para recoger nuestras cosas y marcharnos, si ese era el caso. Yo estaba más y más seguro de que eso sería lo que pasaría, pero era el peor escenario, pensaba negociar con la mayor dignidad posible un preaviso, rogarle a Cárdenas y a Javier por unas cartas de recomendación, e intentar encontrar otro trabajo. Sí, el peor escenario era también el más probable pero no me iría sin intentar torcer las probabilidades en mi favor.

Pero mi dignidad resultó dominguera. Cuando llegué el lunes al trabajo y vi que Verónica ya estaba en su oficina me temblaron las piernas. Esperé siete minutos a que fuera la hora exacta y le toqué la puerta. "Adelante" dijo y sin verme tendió su brazo indicándome que me sentara. No dijo palabra, tampoco le quitó la mirada a su computadora. Al rato todo volvió a ser como había sido desde que llegó a la compañía. No sé cuánto tiempo pasó, no me atrevía a revisar la hora, a hacer ningún gesto, y ella no parecía en lo más mínimo incómoda con mi presencia, si alguien hubiera tocado la puerta le habría podido indicar que se sentara justo donde yo estaba sentado, y esa persona se sentaría sobre mí y apenas se movería como quien intenta encontrar una mejor posición en una silla incómoda. Entonces, finalmente, me quebré.

—Lo siento, de verdad lo siento, no puedo perder mi visa, no puedo perder este trabajo, estoy en tus manos, haz lo que tengas que hacer.

Verónica dejó de hacer lo que estaba haciendo y me miró, en sus labios se dibujó la tenue mueca de quien no está contento de tener la razón.

—Sabes, cuando Cárdenas me preguntó por ti fue cuando por fin supe cómo empezó aquello. Yo no voy a hacer nada, no cuento contigo pero tampoco voy a cargar con la deportación de nadie. Tú verás cómo llenas esa planilla.

Y con un gesto dio por terminada la reunión.

Apenas dos pasos separaban la silla donde estaba sentado de la puerta del despacho de Verónica, pero la distancia fue suficiente para saber exactamente lo que haría una vez en mi puesto. Justo antes de cerrar la puerta pude ver que la mueca de Verónica se había transformado levemente, ahora disfrutaba de tener la razón.

THE HANNAH HILL SHOW

A mí no me dedicaron un programa, no hubo entrevistas, tampoco ofertas para nuevos trabajos, a nadie le interesó si tenía planes para el futuro, si tengo algún proyecto. Mi salida del programa se decidió un par de días antes, pero no prepararon nada especial al respecto y se olvidaron de mí apenas salí de la pantalla por la puerta de atrás, porque hasta eso me lo negó: Como si hubiera tenido plena conciencia de que él era la estrella, de que estábamos en su show y por nada del mundo yo se lo robaría, no me dio la oportunidad de hacer un gran monólogo de despedida, apenas le dije que lo iba a dejar me dio la espalda, bajó al sótano y por supuesto las cámaras lo siguieron.

Recogí mis cosas y abandoné el estudio, no hubo felicitaciones ni lamentos, apenas una que otra despedida, todos estaban pendientes de él, de lo que hacía en el sótano primero y luego de su desaparición. Y yo tengo que empezar tan desde cero como él, no tengo nada, lo único que tenía era el programa, lo único que me pertenecía era Meryl y ninguno de sus logros valen aquí afuera. Me gradué de bachiller en el estudio, estudié enfermería en el estudio, trabajé en el hospital en el estudio, pero sus ausencias, sus deficiencias, ésas sí son mías, Meryl no tuvo hijos y yo tampoco, Meryl no fue feliz, yo tampoco, Meryl lucía sobreactuada especialmente cuando tenía que hacer el comercial de algún producto y yo ahora no creo tener ningún talento como actriz. Me lo quitaron todo, la confianza, la autoestima. Cuando él se me encimó y yo solo pude gritar que me ayudaran, que hicieran algo, perdí toda mi capacidad para la improvisación y ésa era la única herramienta que tenía, la única que realmente necesitaba.

Tras abandonar el show no tuve a dónde ir. Poca gente reparó en ese detalle: el estudio también era mi hogar, no podía tener otro. Acudí a mi familia, pero no había un cuarto listo para recibirme, no se imaginaban que sin previo aviso les tocaría la puerta, no estaban preparados para el abrupto final; cómo culparlos, les era muy difícil ver el programa, muy triste. Para mamá, para papá, incluso para mis hermanas era asistir en primera fila a la renuncia de un ser querido a los suyos y a su propia identidad. Después de todo, yo era Meryl y no Hannah las veinticuatro horas del día de lunes a domingo. En realidad, solo era Hannah durante los créditos del programa. Cómo odiaba los créditos del programa, odiaba con toda mi alma leer "Truman Burbank en el papel de sí mismo", lo odiaba porque yo tenía que renunciar a ser Hannah para ser Meryl, renuncié a ser Hannah desde que ingresé en el show y por una decisión de casting terminé convertida en la novia de Truman, un Truman para el que siempre fui un plato de segunda mesa. Al igual que todos los televidentes, yo también sabía que él soñaba y suspiraba por Silvia, que se casó conmigo pensando en Silvia, que me hacía el amor imaginando que lo hacía con Silvia, aunque eso tuvieron siempre la delicadeza de no ponerlo en pantalla, pero sí, sí teníamos relaciones, y no, no perdí la virginidad con Truman, pero desde que entré en el show no he estado con nadie más. Durante más de diez años tuve que dormirme y despertar junto a un hombre que creía que yo era otra y que soñaba con la mujer con quien sí quería estar, y lo hice en nombre de un contrato de siete cifras y de una carrera de actriz que no llegó a nada.

La vida en el estudio no se parecía a esto. No sé a dónde ir, no tengo a dónde volver. Todo se me muestra extraño, ajeno, como si hubiera sido secuestrada y abandonada en un país extranjero de idioma y costumbres por completo distintas a las mías. Lo único que me ata a este mundo es, por desgracia, el show.

Yo también vi el final, no pude perdérmelo. Estuve pegada al televisor pendiente de lo que sucedería, expectante, no le pude quitar los ojos a la pantalla hasta que él salió por la puerta y cesó la transmisión. Incluso esperé un poco, quería saber si tenían algo preparado en caso de que sucediera lo que sucedió, quería ver sus primeros encuentros con el exterior o si el canal intentaba extender el programa, pero no hubo plan, simplemente terminaron la transmisión de toda una vida.

El canal donde pasaban el show todavía devuelve las barras de colores de una transmisión interrumpida a la espera de la decisión final. Supongo que más temprano que tarde el canal desaparecerá por completo de la oferta del cable y con ello todo recuerdo de Meryl y mío.

Con un extraño despecho no puedo dejar de pensar en Truman. Silvia ya debe haberlo encontrado. Improvisé un matrimonio por diez años, una vida durante quince, Silvia tendría que hacer lo mismo, vivir con él y manejar sus miedos, sus confusiones, sus inseguridades, condenado al igual que yo a ser un extraño, un extranjero, a volverse ajeno a sí mismo si quiere comenzar de nuevo. Pero ni eso podrá, yo estaré ahí para evitarlo.

En el fondo, sé que tomé la decisión antes de que me sacaran del show. Estos días solo la confirmaron, mostrándome que no había remedios para el daño recibido, no sé vivir de otra manera y volver a estar confinada no será del todo tan malo.

Fue fácil ubicarlo. Por supuesto que le sacarían provecho al hombre fuera del estudio, al niño adulto conociendo el mundo, a la pareja que superó ficción y realidad para estar juntos, la nueva vida, digna de otro show, ahora sí un auténtico reality. El revuelo que causaba su presencia, la curiosidad que despertaba a su paso, las muchedumbres que lo recibían a las puertas de canales y estudios fueron suficiente camuflaje, escondite perfecto para esperar por el momento justo…

¡horror! Acabo de ver cómo le dispararon a Truman. https://t.co/k53Vc-qyC12

— Luis A Ordonez (@laosven) May 11, 2016

Noticia de última hora: Truman Burbank fue asesinado. Se sospecha de la actriz que hizo el papel de su esposa en el show, Hannah Hill.

Vea el video, imágenes fuertes: el momento en que Hannah Hill asesina a Truman.

Jennifer Thorndike

Jennifer Thorndike (Lima, 1983). Escritora y académica, se doctoró en Estudios Hispánicos por la Universidad de Pennsylvania, Filadelfia. Ha publicado la novela *Esa muerte existe* (2016) y los libros de cuentos *Cromosoma Z* (2007) y *Antifaces* (2015). Ha participado en diversas antologías tanto peruanas como latinoamericanas. Sus cuentos han sido traducidos al portugués, francés e inglés. En el 2016 fue elegida por la FIL-Guadalajara como uno de los viente escritores latinoamericanos más destacados nacidos durante los ochentas. Actualmente vive y enseña literatura en Illinois.

DÍA DE SALIDA

1

Hoy es viernes, día de salida. Me levanto, me cambio, me lavo la cara y me recojo el pelo en una cola. Luego salgo del cuarto. Ella está esperándome con la lista de víveres, el celular, las llaves y el dinero exacto. Sabe cuánto gastamos todas las semanas en el supermercado, no se necesita más. Ella saca los tres candados que resguardan la puerta antes de abrirla. No son los únicos: cada puerta o ventana está asegurada para evitar que alguien, sabiendo que adentro hay dos mujeres solas, entre a robar. Su miedo es enfermizo, como todo en ella lo es. Ahora se acerca para despedirse y darme su bendición, pero yo la rechazo instintivamente.

—No te demores.

No demoraré, no puedo. Ella controla el tiempo que debo estar fuera. Entre una hora y media y dos, no más. Si los minutos se dilatan, comenzará a llamarme sin parar. No soporto la vibración del celular ni sus preguntas de siempre: *¿Dónde estás? ¿Por qué te demoras? ¿No te parece mal dejarme sola tanto tiempo?* Salgo.

Todos los viernes, cuando ella cierra la puerta y yo después de siete días respiro el aire exterior, revivo la idea de no regresar. Para cualquiera sería fácil robar el dinero de la semana, abandonar el celular y huir. Pero para mí no lo es: a medida que avanzo, siento que su presencia se vuelve abrumadora y me acosa, sin importar cuán lejos de casa esté. Entonces imagino la huida: comenzaría a correr, buscando desesperadamente perderme antes de que ella consiga darme caza. Pero sé que es imposible: ella tiene la capacidad de invadir todos los espacios de la ciudad donde me encuentre.

Media vuelta y a comenzar de nuevo, a caminar sobresaltada, escondida, nerviosa, contando los billetes sin poder soportar sus ojos vigilantes y su voz repitiendo *eres una desgraciada, mala hija, dejas a tu madre sola y sin comer sabiendo que es una mujer enferma, mala hija,* en un eco sin final que me haría sentir culpable y terminaría partiendo mi cuerpo en unos pedazos que ella recogería para armarlos a su antojo y depositarlos, bajo custodia de un nuevo candado, en esa casa ultra segura que sólo abre sus puertas cuando su voluntad lo cree necesario.

Abandono la idea de la huida y entro al supermercado. Comienzo a comprar los víveres mirando el reloj, paso por la sección de limpieza siempre observando la pantalla del celular (no vaya a ser que haya llamado) y me detengo ante la licorería para hacer cálculos y ver si esta semana puedo comprar una botella de su vino favorito sólo para molestarla y que sienta tanto como yo el peso de la tonelada de pastillas para los nervios con las que se droga y no le permiten tomar alcohol. Pero desisto, dejo el vino en la caja y pago lo demás. No voy a recibir vuelto.

—¿Desea donar sus centavitos?

—No.

No, déjeme los centavitos para sentir que tengo dinero y que es suficiente para huir, cambiar de ciudad, de identidad y así evitar que me ella me encuentre. La ansiedad por enfrentar ese otro lado desconocido crece. Cuento: uno, dos, tres, cuatro, cinco, seis... seis centavos. Los meteré en mi latita. Ojalá hubieran inventado estas moneditas hace veinticinco años, cuando todo esto empezó. Quizá ahora ya tendría suficientes. Las meto al bolsillo y regreso a la casa empujando el carrito con las bolsas. Quiero que el camino se haga más largo para no llegar, pero mis pies aceleran el paso porque saben que el celular puede comenzar a vibrar. Ella me está esperando: sus ojos colgados de la ventana, el teléfono en la mano. Abro la puerta, descargo las bolsas. Ella pasa los candados por sus aldabas. Me quita la llave y yo subo a mi cuarto. Cierro la puerta para no escuchar sus quejas. Lo último que logro entender es la palabra *malagradecida* que sobresale cada vez que pronuncia mi nombre.

2

Quise sacar el espejo de mi cuarto, pero ella no me lo permitió. Le di mis razones, pero como no quiso escucharme, decidí romperlo. Su desesperación la llevó a hacer una de sus escenas habituales. Sin embargo, por primera vez dio patadas contra la puerta y buscó que alguna de las llaves de su manojo pudiera violar mi cerradura. Pero sabía que era inútil, que yo había logrado quitarle la única copia de la llave de mi cuarto el día que decidí refugiarme en él. Era lo mejor: encerrarme dentro del cuarto para verla lo menos posible.

La puerta parecía no soportar más golpes. Jalé la cómoda y bloqueé la entrada. Luego me miré en uno de los pedazos de espejo y redescubrí los cambios que había sufrido mi cuerpo. Estaba cansada de ver las arrugas que atravesaban mi cara, la piel caída, las canas que asomaban cada vez en mayor cantidad, los vellos encima del labio, las cejas ahora varoniles. Mis razones eran válidas, se lo repetí hasta el cansancio. Volví a correr cómoda, abrí la puerta y le tiré los pedazos de espejo a sus pies.

—Lárgate.

—Pero hijita...

Volví a encerrarme. Al otro lado de la puerta, ella empezó a hablar en tono conciliador. Últimamente no lo hacía porque sabía que yo no iba a responderle. Con los años desarrollé la capacidad de no prestarle atención. Sin embargo, ella, con su mente siempre activa buscando la manera adecuada de hacerme daño, había inventado un sistema de torturarme incluso en el único espacio donde podía evitarla. Pasaba diariamente papelitos donde se encargaba de comunicarme lo que yo no quería escuchar. Finalizaba siempre de la misma manera:

Que Dios te ablande el corazón, hija mía, para que salgas de ese cuarto y vuelvas a estar al lado de tu madre. Tú sabes que eres lo único que tengo, que eres mi única familia. No me puedes dejar sola porque podría pasarme algo, podría morirme. Yo sé que tú no eres mala como tu hermano, yo sé que tú no harías lo que él hizo. No me trates así, encuentra un poco de comprensión para tu madre. Me muero por abrazarte y que me abraces. Lo necesito, hijita. No puedo estar sola. Ruego a Dios que te ablande el corazón. Te quiero mucho.

Tenía que leer cada papelito que pasaba por debajo de mi puerta porque temía que efectivamente hiciera algo, que ese papel fuera una carta de despedida y yo terminara cargando con la culpa. Ella no era una persona normal. Siempre había estado mal de los nervios. Por eso mi papá y su otro hijo la habían dejado. Yo también lo hubiera hecho, pero no pude. Ella restringió mis salidas y tomó todas las decisiones sobre mi futuro. Me hizo sentir culpable de sus errores, y finalmente impuso que me quede a su lado para cuidarla, diciendo que yo se lo debía en recompensa a tantos sacrificios que ella había hecho. Además, desde joven comenzó a actuar como si fuera una inválida, siempre con la excusa de sus nervios. Conseguía receta tras receta de ansiolíticos, antidepresivos y pastillas para problemas neurológicos, todo para convencerme de que estaba enferma y que no podía valerse por sí misma. Lo logró, y por eso sigo acá. Pero no pienso salir del cuarto más. Abrazarla me produciría repugnancia, odio. El odio es el único sentimiento que todavía puedo percibir con claridad.

3

Hay un cristal roto en la ventana de mi cuarto. Al igual que el espejo, lo rompí en uno de esos momentos de angustia que suelo tener con frecuencia. La noche que rompí el cristal, por ejemplo, fue la primera vez que tuve esa pesadilla que ahora se ha vuelto recurrente: la veo saltando por la ventana y estrellándose contra el piso. Luego se presenta la imagen de su cuerpo reventado, e incluso comienza a percibirse el hedor de la carne pudriéndose. Sin embargo, cuando me acerco y me detengo en la expresión de su rostro, me doy cuenta de que una sonrisa satisfecha se dirige a mí.

—Te he malogrado un poco más la vida.

Desperté. Al principio me quedé como apagada, ligeramente adolorida. Miraba el techo sin poder moverme. Luego sentí una angustia desbordante y quise tomar aire porque me estaba asfixiando. Me encontré con la ventana cerrada por un candado. Empecé a dar de puñetazos hasta que rompí uno de los cristales. Entró un poco de aire, pero no me era suficiente. Empecé a inhalar con fuerza como tratando de sacar aire de un respirador artificial. Sirvió. Cuando logré calmarme del todo, agradecí la pesadilla. Ahora tenía ese respirador artificial (que había cubierto con un plástico transparente) cada vez que lo necesitaba, sobre todo los domingos en que ella, una vez más, deslizaba la misma notita adjunta a los avisos clasificados de vivienda:

> *Mira, hijita, lo caros que están los departamentos. Sería imposible que te fueras a vivir a otro lugar con lo caros que además se han puesto los servicios. La luz es la peor, ya sabes. Te he marcado algunos para que te convenzas. Te quiero, a ver si sales un ratito.*

Resaltados en amarillo, la lista de los departamentos que me eran inaccesibles, la confirmación de que estaba amarrada a ese cuarto, a esa casa, a ella, de por vida. Y en ese momento buscaba el respirador artificial, le quitaba su cubierta y sacaba la nariz. Me sentía aliviada. Pero luego abría los ojos y odiaba esa fuente de aire, la ventana entera, porque en lugar de ampliar mi espacio lo limitaba. Esa ventana era su representación perfecta y por eso el respirador artificial no era suficiente. Y el vértigo, una vez más, me tumbaba en la cama con el periódico al lado y los pulmones completamente vacíos.

4

Me he sentado contra la puerta de mi cuarto. Ella la golpea y grita. Me doy cuenta de que ha roto la botella de vino que le traje porque el líquido rojo se cuela por debajo de la puerta. Yo me distraigo formando figuras con las manchas que deja el vino en el parquet.

—Desgraciada, tanto me he sacrificado por ustedes para nada. Cuando me muera te vas a dar cuenta de lo mala que has sido con tu madre.

Toco las manchas con la mano, las estiro. El líquido es absorbido por la madera mientras yo recibo sus gritos, sus insultos, sus amenazas. Y las manchitas que se extienden, me envuelven y me protegen porque concentrada en ellas no escucho, no siento, no veo más que su color rojo sobre el parquet. Miro esa figura que se retuerce y que muta, y pido que ella se tranquilice porque si hace algo, yo seré la responsable y la responsabilidad se ocupará de borrar todas estas manchas que ahora me distraen.

—Mala hija.

Ella deja de golpear la puerta. Después escucho que se encierra en su cuarto, que está al lado del mío. Su presencia tan cercana me abruma.

Me levanto y voy a la ventana. El plástico cae y entra el aire helado. Nunca me es suficiente, pero no me quejo. En el respirador artificial se me pasó por la cabeza comenzar a contar. ¿Cuántos años tiene? ¿Cuántos años de vida le quedan? Yo tengo cincuenta, cincuenta y uno, cincuenta y dos, ¿cincuenta y cinco? Entonces ella debe tener ochenta y tres. ¿Cuántos años más tengo que esperar? Desde que cumpliste ochenta, cuento y cuento y no tengo cuándo terminar de contar porque el tiempo se sigue estirando, la espera se prolonga y no hay nada que me indique que vaya a terminar pronto. El respirador no cumple su función y me ahogo y admito que tienes razón en lo de desgraciada, en lo de mala hija, en que no me importas en absoluto porque todos los días deseo que llegue el momento y vuelvo a contar y me agoto y me ahogo y la ventana con el vidrio roto no me sirve de nada.

229

En eso momento, no me queda más que recurrir al cajón donde están todos los papelitos que pasas por debajo de la puerta. Y saco uno que conservo un lugar especial, protegido, aislado, marcado, uno que todavía puede darme un futuro a pesar de los ¿cincuenta y seis? años que cada día siento más insoportables:

> Hijita, quería conversar contigo, pero no me abres la puerta. Hablé con el abogado y me dijo que probablemente el resto de mi herencia quedará estancada en los procesos judiciales y las deudas de tu abuelo. No me dio esperanza de que ni yo, ni tú, ni tu hermano podamos disfrutar de ese dinero. En fin, no nos falta nada por ahora, pero imagino que el día que me muera, tú podrías quedarte en la calle, ya que ni siquiera terminaste la carrera que escogí para ti y que tanto sacrificio me costó. Como me preocupo por ti, a pesar de que no lo mereces, he decidido ponerte como beneficiaria de mi seguro de vida. Con ese dinero algo podrás hacer cuando tu madre te falte. He dejado los papeles en la maleta blanca donde guardo los documentos. Espero que Dios, la virgen y sus ángeles te protejan siempre. No dejo de rogar también para que se te ablande el corazón y salgas a ver a tu madre, que está sola en este mundo y solamente te tiene a ti.

El papelito y yo por un instante cobramos vida, nos ilusionamos: él por prometer, yo por confiar. De pronto, escuchamos que ella sale de su cuarto y comienza a golpear la puerta otra vez. El papelito se me escabulle de las manos y cae encima de la mancha de vino que está bajo mis pies. Se ahoga.

—Sal a limpiar, no esperarás que una vieja como yo se parta la columna haciéndolo.

Abro mi puerta y tomo el trapeador que ella sostiene. Me pongo de rodillas y recojo los vidrios. Ella supervisa, me indica lo que debo hacer, me hace cumplir sus órdenes. Yo limpio, encero, lustro mientras cuento y cuento y cuento...

5

Dos días sin pasarme papelitos por debajo de la puerta era una rareza en ella. Por eso salí, tomando precauciones. Ella podía estar planeando algo para obligarme a salir del cuarto y así dejarme a vulnerable ante su presencia sin puerta, ni respirador artificial, ni papelitos de por medio. Sin embargo, no se escuchaba nada, la casa parecía vacía. La busqué por el piso superior, no estaba. Bajé las escaleras y la encontré en la mecedora de la sala, inmóvil. Me acerqué. Todavía tenía un lapicero en la mano. Encima de la mesa de café, había una nota que no había terminado de escribir:

Hijita, estos días no me he estado sintiendo muy bien. No te lo dije antes porque no quería preocuparte, aunque si no fueras como eres e hicieras lo que debes de hacer, ya te habrías dado cuenta. Si este malestar no me pasa mañana, llamaré al doctor. Espero que estés presente cuando venga porque es lo que te corresponde. Sé que no me dejarás sola, que me quieres a pesar de ese carácter tan difícil que tienes. Yo no sé qué te he hecho para que seas así conmigo. En todo caso, espero que si te hice algo, entiendas que siempre fue porque pensé que era lo mejor para ti y por eso sé que no hice mal y no me arrepiento...

La nota terminaba ahí y, aunque hubiera seguido, no habría continuado leyéndola. La tomé y la guardé en mi bolsillo para almacenarla en mi cajón. Luego le tomé el pulso y no pude sentir nada. Tampoco respiraba. El lapicero se dejó caer de su mano para confirmarme lo que yo ya sabía. Había llegado el momento de dejar de contar, de salir, de olvidar. Vi su manojo de llaves. Lo llevaba colgado a la cintura. Me costó moverla para sacarlo. El *rigor mortis* se estaba encargando de continuar la misión que ella había planeado para mí desde el día en que me concibió. Y yo luchando, convirtiéndome en un ave de rapiña que necesitaba sus restos para sobrevivir. Hasta que cedió y yo comencé a ahogarme otra vez, a probar las llaves de los tres candados de la puerta. Y éstas, también conspirando, se resbalaban, se confundían, no coincidían hasta que pude vencerlas y romper los cerrojos con las uñas astilladas, con las manos enrojecidas.

Salí. Respiré hondo y me dejé invadir por los recuerdos para dejarlos ir. Y cuando se fueron me di cuenta de que eran lo único que tenía, que borrarlos significaba quedar vacía. Miré alrededor y no sabía qué hacer, ni a dónde ir, ni por dónde comenzar. Entonces recordé que ella siempre repetía que lo que ocurriera fuera de esta casa a mí no debía importarme. Y yo, cuando todavía era joven, me sentía indignada y quería pegarle, quería callarla y coserle la boca para que dejara de repetirlo. Cuando pasaron los años, ese comentario que antes parecía un aguijonazo dejó de dolerme, dejó de sentirse, dejó de molestarme. Finalmente, ahora me doy cuenta por qué.

LOS AÑOS QUE HICIERON FALTA PARA PERDONAR A MAMÁ

Mi novela [Ella] comienza con un sueño, o más bien una pesadilla: la madre está al borde de las líneas del metro, a punto de lanzarse. La hija se acerca intentando rescatarla, pero la madre salta después de decirle que es culpa suya. El personaje despierta con la imagen del cuerpo destrozado de su madre y las manchas de sangre esparcidas por el cemento. Sin embargo, yo no inventé esa escena: la soñaba todas las noches en versiones ligeramente distintas. Me pasé casi diez años despertando sobresaltada para correr a la habitación de mi mamá y comprobar que todavía estuviera durmiendo. En mis sueños mi mamá saltaba de puentes, se abría las venas con navajas de afeitar, tomaba demasiadas pastillas como para sobrevivir, se pegaba un tiro en la cabeza. Mientras tanto, en la realidad, mi mamá lloraba y me amenazaba. Si te vas, me mato. Si no te quedas conmigo, dejarás de ser mi hija. Fingía desmayos y predecía que iba a morirse cada vez que discutía conmigo. Decía que sufría muchas enfermedades, pero la única verdadera era mental. Tomaba doce miligramos de ansiolíticos al día, y yo me encerraba con la computadora, con los audífonos en los oídos, tratando de no escuchar sus golpes en la puerta y los gritos suplicando que saliera. Una mañana despertó con la boca manchada de un polvo blanco, casi inconsciente, balbuceando incoherencias. El *blíster* de pastillas vacío, una cantidad desconocida de ansiolíticos en el interior de su cuerpo. Comencé a llorar. Llamé a una ambulancia y esperé a su lado, tomándole la mano. ¿Era mi culpa? Era el año 2000, yo tenía dieciséis años y esto recién comenzaba.

¿Cuándo fue que la salud mental de mi mamá se quebró? Sin duda fue durante ese año. Ella siempre había tenido problemas con mi abuela. Por eso, para ella su tía Olga era su verdadera madre. Le decía mi Mita, diminutivo de la palabra "mamita". En el 2000, Mita sintió un dolor conocido, un dolor insoportable en el pecho que le indicaba que estaba teniendo su tercer infarto. Entonces llamó a mi mamá. Ella llegó rápido, pero no pudo ayudarla y a vio morir en sus brazos. Todo el apoyo emocional que Mita le daba cada día se desvaneció en ese momento. No podría llamarla cada mañana ni contarle sus problemas. No se volvería a reír con sus ocurrencias. Mi mamá cayó en una fuerte depresión. Y su pérdida hizo que se aferrara a mí. Comenzó a tener miedo a salir a la calle, pero también a quedarse sola en casa. Tres años después, una infección generalizada por una mala operación casi termina con su vida. Desde ese momento, nunca más volvió a sentirse físicamente bien. Se había convertido en una enferma sin cura. Iba a diferentes médicos, pero todos le decían que nada fallaba en su interior. Pero algo no estaba bien. Su obsesión por retenerme a su lado crecía de manera desmesurada.

Cuando publiqué *[Ella]*, en 2012, ya había dejado de hablar con mi mamá un año antes. En la historia, la madre muere; la hija, de sesenta años, que ha pasado todo ese tiempo encerrada junto a su madre, recuerda su vida como un perpetuo sometimiento a la manipulación y obsesión materna, y al daño irreparable que no le permite ser libre ni siquiera después de su muerte. Mi propia madre también me hizo daño. Durante una década se dedicó a controlar cada uno de mis movimientos: me llamaba sin parar, acosaba a mis amigos y colegas de trabajo para saber dónde estaba, me esperaba en la ventana hasta que llegara, sin importar la hora. También propició que mi hermano y yo termináramos distanciados, sin dirigirnos la palabra durante muchos años, porque inventó que yo era indiferente a sus continuos problemas de salud, mientras que a mí me decía que él la insultaba sin parar y siempre le hablaba mal de mí.

El personaje de mi novela llegó a odiar a su madre y le deseaba la muerte. Yo solo sentía dolor y vergüenza de mí misma por sucumbir ante sus amenazas. Pero, a diferencia de mi personaje, logré escapar. Tenía veinticuatro años y había encontrado a alguien con quien quería compartir mi vida, alguien por quien sería capaz de marcharme sin decir nada o apagar el teléfono para que las continuas llamadas de mi mamá no interrumpieran los momentos que pasábamos juntos. Me voy, le dije a mi mamá con firmeza. Me voy de la casa. Mi mamá no se suicidó, pero tiró a la basura mis libros, colecciones de discos, ropa, casi todo lo que me pertenecía, antes de que yo pudiera llevármelos conmigo a mi nueva casa. Lo mismo había hecho años antes con las cosas de mi papá, que lanzó por la ventana cuando decidieron separarse. Cada vez que me llamaba, lloraba sin parar pidiéndome que volviera. Varias veces apareció en la casa donde vivía con Francisco, mi pareja, y golpeaba la puerta sin parar. Yo, cobarde y aterrorizada, me encerrada en el dormitorio, mientras Francisco le pedía que se fuera. Seguía haciéndome daño; seguía sintiéndome culpable por dejarla. ¿Qué iba a pasar conmigo si ella se lanzaba del tercer piso o se provocaba una sobredosis? Sus crisis continuaron. Hasta que un día dejé de hablarle. Francisco y yo habíamos trabajado mucho para conseguir una beca e irnos juntos a estudiar un doctorado en Estados Unidos. Incluso después de recibir la aceptación de la universidad, tuve miedo de que nos negaran la visa. Se lo conté a mi mamá por teléfono. Ella me dijo: te van a negar la visa y te vas a quedar aquí. Sus palabras me dolieron muchísimo: mi mamá quería que nuestro futuro se destruyera; necesitaba que todo se quebrara para mantenerme a su lado. No quiero saber nada más de ti, le dije y colgué.

No hablé con ella durante los siguientes seis años. Pero en todo ese tiempo me escribió una cantidad enfermiza, innumerable, de correos. Siempre decía que era la peor hija y que yo le debía todo por haberme dado la vida. La bloqueé de mi correo y guardé silencio. En ese lapso de tiempo publiqué mi novela *[Ella]*, y en las entrevistas defendía al personaje de la hija porque en realidad me estaba defendiendo a mí misma. Siempre repetía: uno no tiene que querer a alguien que te hace daño, no importa que sea tu madre. Algunos lectores me confesaban que habían pasado por lo mismo o conocían a alguien con una madre similar a la de la novela. Y yo les respondía, con cierto cinismo, que no podía creer que existieran madres así, cuando bien conocía a una muy parecida: la mía.

¿Tu mamá ha leído la novela?, me preguntaban a veces los periodistas culturales. ¿Cuánto hay de realidad en *[Ella]*? Es ficción, una ficción exagerada, ¿quién no se ha peleado con sus padres alguna vez?, respondía. Pero ocultaba que había escrito esa novela con los ojos llenos de lágrimas. Pensé que nunca podría perdonarla no solo por la forma en que me había dañado, sino porque reconocía que muchos de mis defectos se los debía a ella. Quizá me parecía a ella más de lo que quería admitir. Mi descontrol cuando me molesto. Mi depresión que nunca termina de curarse. Mi adicción a las pastillas. Mi necesidad de encontrar culpables cuando algo me sale mal. Quizá mis ojos son lo único que le debo a ella y me gusta. Esos ojos que son sus ojos se reflejan en el espejo y me miran como ella me miraba a mí: a veces con ternura, otras con desaprobación. No sé por qué hace unos meses decidí volver a hablarle. Quizá porque el año pasado mi papá estuvo a punto de morir de cáncer. Quizá porque que mi tía Frieda, a quien consideraba mi segunda madre, sufrió un infarto cerebral y murió un día después de mi cumpleaños. Quizá porque, después de seis años en Filadelfia, Francisco y yo habíamos terminado el doctorado y nos íbamos a mudar a una nueva ciudad. Íbamos a volver a comenzar. ¿Podía realmente volver a comenzar sin arrastrar conmigo las cicatrices del pasado? Quizá la insistencia de mi hermano, que me seguía en Twitter y trataba de contactarme por ese medio, me hizo pensar que podía reconciliarme con ellos. Pero creo que lo más importante fue que ya no necesitaba que mi mamá me pidiera perdón. No necesitaba escuchar esa palabra porque en el fondo, muy en el fondo, ya la había perdonado. Le escribí un correo. Voy a ir a Lima en dos semanas, le dije. Nos vemos en Lima. Francisco, que se iba a quedar en Filadelfia, estaba preocupado. ¿Vas a verla justo la única vez que no voy contigo? ¿Estás segura?, me preguntó. Le dije que sí. Que estaba segura. Subí al avión pensando que iba a volver a verla. Nunca creí que eso hubiera sido posible.

Cuando llegué a Lima, mi papá me comentó que no le parecía una buena idea. Tú mamá está loca, me dijo. Puede hasta matarte. Por eso prometió que iría conmigo. Sin embargo, por primera vez en muchos años, iba a verla sin tenerle miedo. Esperaba que se pusiera a llorar y me reclamara por el abandono prolongado, que me dijera lo mala hija que había sido por el silencio que parecía que nunca iba a terminarse. Pero no fue así: mi mamá me recibió con una sonrisa, me besó quizá con temor, me preparó el almuerzo, me enseñó su nuevo departamento. Ella, al igual que yo, había escapado de la casa en que antes habíamos vivido. Después de muchos años lastimándonos, mi mamá y yo nos reímos juntas otra vez. Y en un momento de silencio, inesperadamente me tomó las manos y me pidió perdón. No sentí que fuera necesario. La estábamos pasando bien, eso era lo que importaba. Ya la había perdonado. No vamos a hablar de cosas negativas, le dije. Y, por primera vez en seis años, la abracé. Ya no quise alejarla de mi lado: no sentí repulsión, no sentí miedo, no sentí dolor. La había perdonado de verdad.

Mi mamá no es una persona normal. Todavía tiene problemas psicológicos, pero ha mejorado mucho. Lleva una vida sencilla y ordenada: lee –por ejemplo mi novela [Ella] en cada una de sus ediciones–, pinta mandalas, ve programas de televisión que la entretienen, intenta dejar de fumar. Me escribe varias veces al día y yo le respondo porque ya no me molesta escribirle para que sepa lo que me está pasando. Habla sin parar y me cuenta varias veces lo que ya me ha dicho antes. A veces tengo que decirle que no esté repitiendo lo mismo todo el tiempo. Quizá no se da cuenta. A veces su acoso me llena de ansiedad, por eso aun no estoy preparada para darle mi teléfono. Todavía toma pastillas, pero menos que antes. Sin embargo, sé que toda mejoría será siempre incompleta. Mi mamá no es normal, nunca va a serlo. Todavía sigue llamando compulsivamente a personas que ella supone pueden informarle sobre mí, gente con la que en muchos casos ni siquiera tengo mayor relación. Por eso casi nadie le contesta el teléfono. Ahora le aconsejo: no acoses a la gente, no me escribas diez veces al día porque ya sé que me has escrito y voy a responderte cuando pueda, deja tranquilo a mi hermano porque él tiene menos paciencia que yo. A veces extraño su fuerza, aunque no creo que la haya perdido del todo. A veces pienso que quizá alejarme de ella fue lo mejor. Sané. Dejé de tenerle miedo. Y ella se dio cuenta de sus errores. Quizá ahora que las pesadillas se han desvanecido lo que me falta es aprender a quererla sin pensar que el algún momento volverá a dañarme. Quizá después de seis años al fin sea posible.

LABIOS AJENOS

Esa noche, cuando regresé a casa y me quité el disfraz, tenía el calzón mojado. Toqué ahí abajo y sentí la humedad viscosa, evidente señal de la calentura ocasionada por el lunar sobre su labio superior, a la derecha, que marcaba el camino hacia su boca pequeña, roja y carnosa. Si algo adoré esa noche, fue aquel lunar que quise lamer, besar, morder antes de desear cualquier otro atributo de su cuerpo. Yo bebía un *shot* de tequila y ella me hacía ojitos a la distancia mientras un borracho le manoseaba la pierna. Otro tequila, por favor, le dije al *bartender*. La chica me guiñó el ojo y yo sonreí: mi disfraz la había engañado. Primera vez que visitaba una discoteca *straight* vestida de hombre y las cosas estaban saliendo muy bien. Ella se inclinó hacia delante, como si quisiera ofrecerme su escote, y pasó la lengua por sus labios mientras cerraba los ojos y se dejaba tocar por el tipo que la acompañaba. Yo, concentrada en su lunar, me peiné el mostacho y le volví a sonreír. Sequé otro *shot*. Limón, sal, tequila quemando mi garganta, ella mordiéndose el labio, acomodándose los mechones oscuros de su pelo. Un guiño más y perdería la cordura.

La aventura de mi transformación había comenzado con la llegada de una caja que salió desde San Francisco y dos semanas después llegó a mi departamento. Muerta de la risa, comencé a sacar los productos y juguetear con ellos. La tienda tenía una web muy llamativa, con un *header* que exhibía a unas chicas guapísimas disfrazadas de chicos guapísimos y un titular que por ratos decía *"Girls dressed as boys look pretty, hot and sexy"* y por otros *"You can be the hottest drag king ever!"* No podía contener la risa. Fui saltando de link en link y terminé comprando vendas para ocultar las tetas, mostachos falsos y una pinga de plástico *ultra realistic* que prometía hacerme sentir como todo un hombre, que nunca pude usar porque no sabía cómo quitármelo después de pegarlo pegado entre mis piernas. Me hice un corte de pelo que me servía para ir de hombre o de mujer, y lo complementé con unas mechas rubias bien mariconas. Después fui a comprar ropa a la sección de hombres. Esa misma tarde me vestí por primera vez como Valentín, versión masculina de mi nombre real. ¿Valentín? *No way.* Levanté una ceja. Valentín me sonaba espantoso, con ese nombre no me iba a levantar a nadie. Así que me cambié a Francisco. Empresario en sus *early thirties*, bien plantado y con buena billetera. Comencé a carcajearme tirada en mi cama, con las manos en el estómago, y el pene artificial metido en mi calzón morado. Tenía una imagen muy realista de Francisco, pero en el fondo tenía miedo de que no fuera suficiente para engañar a las chicas. Por eso me quité la ropa y solo tres semanas después volví a buscar el disfraz, que estaba hecho una bola debajo de la cama, con la pinga de plástico envuelta entre la ropa. Sonreí. Esa noche estaba tan aburrida que decidí sacar a Francisco de paseo. Me envolví bien con las vendas hasta ocultar mis tetas por completo, me vestí con una casaca de cuero, camisa gris, pantalón oscuro, me peiné con gel, me pegué el mostacho y me miré al espejo. Me veía realmente bien. Reí. Tarjetas, dinero, llaves. Metí todo al bolsillo y salí.

Adelante, señor, bienvenido, escuché que me decían al entrar a la discoteca. Señor, ¿quiere un trago? Señor, ¿le guardamos el saco? Me mantuve callada la mayor parte del tiempo porque tenía miedo que mi voz me delatara. Sentada en la barra, pedí un *apple martini*. El barman me miró extrañado. Va a pensar que soy maricón, pensé, y cambié el pedido por lo más macho que se me ocurrió, un *shot* de tequila que, al secarlo de golpe, me hizo temblar el mostacho. Fue en ese momento que vi el lunar, el lunar de la chica con las piernas más lindas de la discoteca, rodeada de tipos que la tomaban por la cintura y le ofrecían coloridos cócteles. La boca pintada de rojo intenso, el lunar sensual que yo quería besar. Ella se acomodó el cerquillo, coqueta, y yo tomé otro tequila a su salud mientras ella abría las piernas y me miraba tentadora. Me pareció que no llevaba, y el mío estaba cada vez más mojado. Salud, le dije solo moviendo los labios, a la distancia, y ella me seguía sonriendo. Salud, salud, más salud. Me empecé a emborrachar: un tequila más y la vi acercarse con la blusa desabrochada, la sonrisa de lado y el lunar riquísimo. Se sentó a mi lado y frotó su muslo contra mi pierna temblorosa. Me llamo Andrea, ¿y tú? Le susurré que Francisco, pero creo que no me escuchó. Me preguntó si le invitaba una cerveza. Yo asentí sin decir una palabra, con miedo de que mi voz aguda delatara la falsedad de mi mostacho. Me va a descubrir la rica y putísima Andrea, también su lunar, ese lunar que quiero lamer incluso más que sus pezones y su húmeda abertura.

Me acerqué a ella y le besé el lunar. Lo lamí, lo mordí, me pegué a sus labios, metí mi lengua, profundicé. Ella quiso hablar, pero yo no la dejé, no podía hacerlo, seguí besándola. Le toqué el muslo, metí la mano dentro de su minifalda y mis dedos se mojaron entre sus piernas. Y ella, que suspiraba cada vez con más fuerza, estiró la mano para tocarme por debajo del pantalón. Solo en ese momento recordé que a último momento decidí no usar la pinga de plástico por miedo a que se me fuera a caer mientras bailaba con alguna chica. Con cara de indignación, Andrea se apartó de mi lado y por un momento pensé que me iba a agarrar a cachetadas. Pero no lo hizo, sino que sonrió. Y yo, Francisco, ¿empresario? ¿abogado?, bien plantado y con buena billetera, sonreí mientras me pareció ver que el lunar se alejaba, o acaso se volvía a acercar, y se perdió entre unos labios entre unos labios que quizá no eran los míos.

Raquel Abend van Dalen

Raquel Abend van Dalen (Caracas, 1989). Autora de los poemarios *Una trinitaria encendida* (NY, Sudaquia Editores, 2018), *Sobre las fábricas* (NY, Sudaquia Editores, 2014) y *Lengua Mundana* (Bogotá, Común Presencia Editores, 2012); de las novelas *Cuarto azul* (Madrid, Kálathos Ediciones, 2017) y *Andor* (Caracas, Bid&Co.Editor, 2013; Miami, SubUrbano Ediciones, 2017); y coautora de *Los días pasan y las formas regresan* (Caracas, Bid&Co. Editor, 2013). Editó las antologías *La cajita cabrona* (Caracas, Editorial Cráter, 2016) y *Los topos mecánicos* (Caracas, Editorial Igneo, 2018). Realizó su maestría en Escritura Creativa en Español en la New York University, 2014. En 2016 fue escritora residente en el programa para artistas en Camac Centre D'art, Francia. Estudia el PhD Interdisciplinario en Escritura Creativa en Español e Historia del Arte en la Universidad de Houston.

NOS QUIEREN ENSEÑAR LO QUE DA PLACER

y es tan distinto a lo que da placer
siendo dos mujeres juntas
ninguna es el cuerpo que da la costilla
somos un par de costillas
ensuciando unas sábanas blancas.

I

Cuando se llega a Houston
por primera vez
te preguntan si ya fuiste a la Rothko Chapel,
como si fuera la Estatua de la Libertad o el castillo de la Cenicienta,
el pasa-por-go-y-cobra-doscientos de la tejana ciudad,
–un lejano oeste para los que viven en Nueva York
un Miami glorificado para los que viven en Florida
una gema escondida en las profundidades petroleras–
te preguntan qué opinas de la Rothko Chapel,
y antes de que puedas responder
algunos te dicen, *¿es bella verdad?*, *una belleza*,
y siguen enumerando una lista de lugares para visitar y
formar parte de un ritual de iniciación, que se te contagie la frase
aquí lo más bonito es la diversidad y tampoco hace tanto calor
otros se muestran decepcionados, *no es la gran cosa, mejor ve*
a la capilla bizantina,
entonces me quedo con la pintura fúnebre estancada en la boca
esas lápidas purpúreas y premonitorias se derrumban como una hostia
entre los dientes, la lengua enjuagada por la sangre negra de un animal
me empujan a la sacristía sin Cristo, al altar de los mil dioses sin religión
realmente nadie quiere escuchar qué opinas de la Rothko Chapel.

II

Cuando familiares vienen de visita a Houston
se les lleva a la Rothko Chapel

como si fuera el aniversario de algún muerto en común
para llevarle flores y limpiarle las hojas secas acumuladas sobre la tierra
mi madre no quiso sentarse en los bancos, se llevó las manos a la boca
petrificada en el silencio gestado por las cuatro vigilantes
gárgolas escondidas dentro de unos agujeros en las paredes,
me preguntó cuál me parecía más negro y señalé la trinidad
imponente a mi derecha
luego cuál era más rojo y más azul y más gris
nos abrazamos, como si nos hubiéramos perdonado mutuamente por
cualquier cosa irresuelta del pasado, y nos fuimos.

III

Cuando mi papá entró, me dijo algo en voz muy alta
señalando la oscuridad con la mano izquierda
y la derecha apoyada del bastón de madera maciza
una de las estatuas lo intentó callar desde la silla distante pero mi papá
no escuchó y siguió aullando y agitando el bastón
protestando en voz tan alta que no pude entender lo que decía
la vigilante se aproximó y se puso el índice sobre los labios
como se calla a los niños chiquitos
mi papá pareció ofendido y repitió en voz baja *¿tú te sientas al revés?*
así se desplazó hacia otro banco, se sentó con las piernas
en dirección contraria
y permaneció callado, mirando sus manos cubiertas de costras,
qué lugar tan triste, dijo cuando salimos a la luz,
me siento profundamente triste.

JURÉ QUE JAMÁS ESCRIBIRÍA SOBRE LA MENSTRUACIÓN

Cuando la menstruación no llega
se vuelve algo más
la espera la vuelve algo más
el creer que algo raro está pasando con tu cuerpo
que algo está creándose sin que te des cuenta
cuando eres una mujer que ama a una mujer
sabes que no hay un bebé fabricándose
sabes que es otra cosa rara la que está haciendo tu cuerpo
que la espera es de algo que no va a tener vida
que cuando salga de tu cuerpo no crecerá ni tendrá nombre
no será de carne y hueso
será solo sangre sin nombre cayendo en la poceta
será sangre y agua sucia
será coágulo que no cargara nuestros apellidos ni los santos
                                    en los que creemos
será una comida desperdiciada.

UNA SERPIENTE AMARILLA APARECIÓ

en la cocina de mi sueño
era una casa que no pertenece a mis padres
ni a otros miembros de mi familia
ni a mí
tampoco a ti
pero ahí éramos comensales de esa mesa
que sí era de todos nosotros
y ahí colgaba la serpiente como un pene
viejo y elástico contagiado de fiebre
tan caliente que bombeada como un corazón
enfermo y largo
yo decidí ignorarla, a la animal que colgaba
de los gabinetes de cereal como si estuviera
en la selva, en esa fragilidad infantil y peluda,
–en el mismo sueño me dormí
y le pedí a Dios que me protegiera–
así fue como abrí los ojos dentro de la pesadilla
y descubrí que la serpiente quería entrar
a nuestra habitación
–no nuestra, sino mía, mi cuarto en casa de mi papá,
donde tenía mi habitación propia–
estaba asomada en el umbral
deseosa de escalar a nuestra –mi cama–
y enroscarse de mi pierna como un pene
demasiado largo para caber en cualquier hueco.

TUVE UN ANALISTA

que se empeñó en convencerme
de que yo era gay
si le decía que me gustaban las mujeres
seguía existiendo
imposibilidad entre nosotros
siempre
una sesión más.

Richard Parra

Richard Parra (Lima, 1976). Está por publicar este 2019 *Resina*, su segundo libro de relatos con la editorial Planeta. En Madrid le fue editada la novela *Los niños muertos* y el díptico de novelas cortas *Necrofucker – La pasión de Enrique Lynch* (Demipage). También es autor del libro de cuentos *Contemplación del abismo* (Animal de Invierno) y del ensayo sobre el Inca Garcilaso de la Vega *La tiranía del Inca* (Premio Copé 2014). Coescribió el guión de la película animada peruana *Cabeza Negra*, actualmente en producción. Su relato "La muerte del liquichiri" obtuvo un premio del Ministerio de Cultura del Perú para ser adaptado como largometraje de animación, del cual Parra será guionista. Se encuentra preparando su segunda novela.

LA JAULA

Una vez que conseguimos lugar para vivir, María tomó la decisión de criar animales. Recuerdo que al principio estaba confundida. Lo único claro era que quería mamíferos. Me decía que los humanos los preferimos porque somos sus semejantes.

—¿Quién logra empatía con los peces? —me preguntó una vez.

—¿Por qué crees que los monstruos de las películas tienen apariencia de insecto o reptil? —me preguntó otra.

Tras pensarlo un poco, María eligió unos roedores medianos. Nos dirigimos a un criadero a las afueras de Queens llevando dos jaulas y compramos una parejita. Recuerdo que invertimos casi un mes de renta, sin contar el pago por la jaula de tres pisos, las provisiones de comida balanceada, el agua embotellada y otros.

Una cosa me dio alivio: María quería que los roedores se reprodujeran y que obtuviéramos réditos con la venta de los gazapos.

Vivíamos a cuarenta minutos del Midtown, en un barrio latino. El departamento nos lo rentó un árabe que no quería mascotas en su propiedad, pero por una oferta mayor toleró a las chinchillas. El macho era gris y tenía unos ojos intensos y aceitosos. La hembra, blanca, era significativamente más voluminosa y tupida.

Las chinchillas dormían todo el día. A veces, la hembra se tumbaba sobre el macho. Yo creía que lo aplastaría por su tremendo volumen pero así se calentaban. Nunca se peleaban. Por eso, María me pedía que aprendiera de esos animales.

—No es natural que el macho le pegue a la hembra —me dijo una vez.

María enseñaba español en Manhattan. En Perú, yo quise ser ingeniero, pero por alcohólico jalé cursos y me expulsaron de la Católica. Así que en Estados Unidos tuve que trabajar como ayudante de cocina en una fonda mexicana y, por las noches, como taxista pirata.

Después de la jornada laboral, alimentábamos a los roedores. Luego tirábamos en la ducha y fumábamos tabaco escuchando vinilos.

Por el trabajo, los días de semana tomábamos solo una o dos botellas de vino. Pero los fines de semana ya no era necesario limitarse.

En verano, íbamos a Central Park. Alquilábamos bicicletas o un bote de remos. Observábamos las aves con unos binoculares de plástico. Luego nos echábamos al pasto a leer revistas faranduleras y a tomar el sol. En la noche, nos dirigíamos a un bar de Jackson Heights a tomar cerveza y bailar música latina. Los domingos, descansábamos la resaca hasta la una de la tarde. Luego, yo limpiaba el apartamento y ella se dedicaba al cuidado de sus animales.

María no sobrevivió para ver la primera camada de gazapos. Murió en un accidente de coche cuando retornábamos de una fiesta peruana en Long Island. Nos estrellamos contra un árbol en una zona boscosa. El cuerpo de ella salió despedido, su cabeza se estrelló contra el pavimento y se partió. En el accidente también perdí a mi hijo, ya que María estaba embarazada.

Ordené que cremaran los cuerpos. No quería que nadie viese a María luciendo una mascarilla de yeso pintada de rosado. Menos quise gastar en una inútil tumba. Me entregaron las cenizas en un cofrecito que coloqué junto a la televisión a colores.

Los de la funeraria se negaron a poner el nombre de mi hijo en la caja porque, al no haber nacido, legalmente no existía.

Traté de llevar la muerte de María como una persona madura. Pensé en un momento dar las chinchillas en adopción pero por razones sentimentales descarté la idea.

No era difícil su cuidado. Habíamos instalado accesorios en la jaula, puentes colgantes, túneles, ruedas de ejercicio, incluso un gracioso tobogán. Así que dentro tenían lo que necesitaban. Pero lo incómodo era la higiene. Como todos los roedores, las chinchillas defecan todo el tiempo y yo debía limpiar la jaula cada dos días porque la mierda se acumulaba.

Los fines de semana me era imperativa una limpieza profunda. Sacaba la jaula a la yarda trasera para lavarla con agua a presión. Allí, con una escobilla raspaba la mierda. A veces, sin embargo, quedaban restos en las esquinitas y debía emplear mis uñas para remover el excremento.

Las chinchillas tienen fobia al agua. Así que, por naturaleza, para su higiene, usan ceniza volcánica. Se revuelcan sobre ella de una manera graciosa, parece que tuvieran un ataque de epilepsia o algo por el estilo. Poseen la piel más fina del mundo, la cual es tan tupida que ningún parásito soporta vivir en ella. Por lo mismo, su pelaje es muy cotizado. Usar un abrigo o bufanda de chinchilla es un lujo propio de las estrellas de Hollywood o los capos del crimen organizado. En mi país, de donde provienen, hace décadas que se extinguieron por la depredación. En Estados Unidos, más bien, son mascotas bastante populares.

Me busqué una querida para superar el aburrimiento. Se llamaba Amanda y trabajaba en una tienda de 99 centavos en Elmhurst. La conocí en un lounge del Alto Manhattan, una noche en que celebraban el aniversario de su país. Aquella vez nos la pasamos bailando tex-mex. Luego la invité a mi cuarto.

—¿Qué es ese olor? —me preguntó al llegar.
—Son mis mascotas —le dije.
—Qué cosas más horribles. ¿Por qué las crías?
—Eran de mi mujer.
—¿Y ella dónde está?
—Está allí —le dije y le señalé la urna.
Amanda la abrió. Echó un vistazo. Después, se dio media vuelta y la besé en la boca.
A la mañana siguiente, antes de irse, me dijo:
—Oye, inca, pos para la próxima limpia tu casa, pues.
No me había percatado del olor de la jaula. Se sentía cargado, como a bebé con pañales sucios.

Revisando un álbum de fotos, Amanda me preguntó:
—¿Y cómo comenzó lo de ustedes?
—Ambos salíamos de relaciones fracasadas. Mi ex se había marchado con su jefe, un hombre con más dinero y mejor dotado. Lo sé porque se atrevió a enviarme una foto con la verga de su jefe en la boca. Y, sí, el tipo era un aventajado. ¡Qué puedo decirte!
—¿Y María?

—Pues tuvo una relación de años con un primo. Parece que todo iba de maravilla hasta que el primo se metió a la coca y empezó a pegarle. Cuando le pregunté a Amanda por su pasado, me cambió de tema.

María tenía dos cicatrices. Una en la frente, la otra en la mejilla. Nunca le pregunté qué le pasó pero sospechaba que su primo tenía algo que ver. María era profesora de letras y por ese trabajo obtuvo una beca para venirse a este país de mierda. Recuerdo que estábamos juntos cuando recibió la noticia. Ella saltó y festejó como una adolescente. Luego fuimos a una discoteca de la Plaza San Martín. Allí, nos emborrachamos con pisco y terminamos peleando. Al final, le dejé un seno adolorido por una patada. Al mes siguiente, a pesar de ciertas diferencias, nos casamos.

Una mañana, después de tres días de borrachera, encontré a la chinchilla hembra muerta. Una pata se le había quedado atrapada en la rueda de ejercicios. Como ya estaba tiesa y apestaba la tiré a la basura.

La chinchilla estaba preñada. Eso me había preocupado puesto que imaginé debía ofrecerle cuidados especiales.

Supongo que el macho debió pasarla mal. Por lo poco que sé las chinchillas tienen una pareja de por vida. No pasa como con nosotros, que somos capaces de reemplazar las cosas, la familia, los amigos, las mujeres.

Pues bien, para contrarrestar el desánimo del machito lo mantenía fuera de la jaula, dejaba que jugueteara por el apartamento. No me molestaba si dejaba sus heces por aquí o por allá. Yo las limpiaba sin chistar. Lo acariciaba mirando la tele por la madrugada. Incluso me acompañaba a beber y a jalar coca. A veces, se quedaba dormido sobre mis piernas. Pero por consejo de Amanda dejé de hacerlo.

—Calienta demasiado —me dijo—. ¿Acaso no sabes que si subes la temperatura de tus genitales un grado puedes quedar infértil?

—No sabía. ¿Y cómo sabes eso, Amanda?

—Lo leí en una revista en el consultorio del ginecólogo. En esa época, Amanda hablaba sobre ser madre:

—Mi plan es tener un hijo antes de los treinta —dijo—. No me importa con quién. No quiero que se me pase el tren.

Yo le dije que no se desesperara, que ya encontraría un hombre a su medida. Uno que no la tuviera de sobresalto en sobresalto.

Otro día, Amanda me preguntó:

—¿Por qué no te casas de nuevo?

—No quiero —le dije—. Solo quiero avanzar en la vida. Establecerme.

Charlábamos de estas cosas, o bien en mi apartamento o bien en un bar de la Roosevelt.

Mi jefe me echó después de la tercera vez que llegué con aliento a alcohol. No me jodió tanto que me botaran, ya me estaba cansando de esa chamba. Aunque también era cierto que estaba chupando más que nunca. Los lunes eran los peores días. Amanecía débil y con escalofríos. Usualmente me deprimía al advertir que había gastado 200 o 300 dólares tomando. En el trabajo, más tarde, desayunaba las sobras que dejaban algunos comensales y tomaba harta agua ya que, por el calor de la cocina, la deshidratación se sentía peor.

Me volví negligente con mi persona. Recuerdo que me salieron hongos en los pies, los genitales y las axilas. La cocina se quedaba sucia por días, lo mismo que el baño y la jaula del macho. Aparecieron cucarachas y ratones. Y es que a veces dejaba restos de pizza debajo de la cama. En el refrigerador, solo había unas chatas de vodka Georgy a medio beber y un pote de melcocha

A veces, la chinchilla macho se pasaba días sin comer y sin agua fresca. Como lo dejaba suelto, el animalito echaba mano de insectos y de residuos de comida. Una vez, la ceniza volcánica se terminó y no me di tiempo de adquirir una nueva bolsa. El machito se puso incómodo. Quise calmarlo echándole talco para pies Gold Bond: no sirvió. También usé tierra de jardín, pero nada. Probé asimismo con las cenizas de mi mujer. Tomé una cuchara sopera y vertí un poco de lo que queda de ella sobre el cuerpo del roedor pero tampoco funcionó.

Cuando el marido de Amanda salió de la prisión de Rikers Island, ella volvió con él. La muy malagradecida no me anunció nada. Solo me dejó una tarjeta de cumpleaños con la foto de dos chihuahuas y la siguiente nota:

Debo decirte que no volveré a verte. Mi marido cumplió su condena y me pidió que volvamos. Parece que ha cambiado así que le di una oportunidad. Adentro, aprendió carpintería y ya consiguió un empleo. Pero tú no te pongas triste, Baby. Piensa en lo importante. No desaproveches ese trabajo que te ofrecieron en la Península del Labrador. Sé que lo lograrás. Un beso. Amanda.

Era lo que necesitaba, un nuevo rumbo en la vida. La carta llegó justo a tiempo. Para ese momento apenas trabajaba. Ciertas noches hacía algunas rondas en mi taxi. Me iba al aeropuerto Kennedy a conseguir clientes. Con eso juntaba para comer, chupar y drogarme. A veces, para olvidarme de mis mujeres, me levantaba putas en la avenida Roosevelt.

Cuando tenía insomnio, veía la tele tomando vodka, ponía al roedor en mi regazo y lo acariciaba. Recuerdo que le puse un nombre nuevo, no me gustaba el anterior, el que le escogió María. Llegué a tratar al machito como a una persona. Incluso le hablaba y asumía que tenía sentimientos.

Mi último día en Nueva York, desmonté la jaula. Luego coloqué las partes en el basurero del callejón de al lado. También saqué las botellas acumuladas dentro de una bolsa transparente. Afuera, un vecino me miró con una sonrisa pícara cuando me vio colocarla en el reciclaje.

Coloqué mi equipaje en la maletera. Guardé al machito en una jaula portátil y partimos hacia el norte. Cuando llegué a una zona boscosa, me estacioné y me introduje en la vegetación. Tomé las cenizas de mi mujer y las esparcí entre los árboles diciendo una plegaria. Luego, liberé al roedor y este corrió un poquito pero se detuvo y dio media vuelta. No sabría decir si tenía conciencia de lo que pasaría.

El hecho es que subí a mi auto y continué mi camino.

¿PAPICHULO?: BULLSHIT

A Wendy Pérez Lajara

I

Se le veía weird: uniforme, corbata y una gorrita con alitas doradas. Papi le había pagado a unos traqueteros del aeropuerto Las Américas para que lo trasladaran a Nueva York disfrazado de aeromozo. Era 1985. Tenía 22 años. Aunque yo era niña, recuerdo que, en la pista de despegue, me dijo: "Vuelvo para Navidad, mi negra", pero no lo vi hasta 1990, cuando regresó por 15 días a Baitoa con su residencia gringa y una maleta cargada de regalos y perfumes. Por fin el 96, con Mami nos venimos a Nueva York. Papi nos recogió en el aeropuerto Kennedy en su Camry negro. Ese día comimos pizza con Country Club en la Quinta Avenida. Luego conocimos su apartamento en los proyectos de Bedford-Stuyvesant. También a su otra mujer, Angie, y a su hijo de tres años, Rafael, de quienes pensábamos se había separado. Mami se encojonó y le exigió que nos llevara a la casa de una tía materna. Aquella noche, tumbadas sobre una friza, no dormimos de la rabia.

II

Papi vivía con la tal Angie, pero los sábados recogía a Mami de un restaurante poblano de Sunset Park, donde ella cocinaba, y se venían al apartamento que rentábamos en la 60. Papi se quedaba hasta el lunes. Una cosa que aborrezco de tantos paisanos: que, cuando llegan a Nueva York, se buscan una mujer y luego se traen a la esposa. Tienen doble, triple vida. Eso hizo mi padre. Incluso conozco a unas ridículas que terminaron haciéndose amigas de las amantes. "No jodan", le escribí a mi hermana, "yo no quiero esa vida".

Cuando ya estudiaba en el Brooklyn College, me peleé con Papi. A él le mortificaba que me vistiera con minifalda, escote y tacos, que me pintara exagerado, que saliera con un chilango con la pinta del cantante de Caifanes. Estaba endiablado.

"Pareces una novia del pueblo, te van a violar".

"¿Para eso aprendiste inglés? ¿Para eso vas a la escuela? ¿Para andar con un pinche mexicano que parece que batea pal otro lado? Le quedas grande a ese tipo".

"Un día te caerá a golpes, son unos hijos del diablo", me decía.

En su carro, le encaré sus trapitos, pero sobre todo que haya negado a mi hermanito Luis Enrique recién nacido en Nueva York hacía unos meses. Era el 2003.

Al final, no recuerdo por qué me preguntó: "¿Con qué hombre te gustaría casarte?".

"Con nadie como tú", le contesté.

Me jaló con fuerza del brazo para que no me bajara del carro y un vigilante uniformado se nos acercó. Creyó que éramos dos novios peleándonos. Papi le dijo que estaba corrigiendo a su hija que se le rebelaba y el guachimán le dijo: "Pues siga, primito".

III

Boricua fea: Angie tenía unas nalgas exageradas con celulitis. Aunque trabajaba en un sitio de apuestas, también se aprovechaba del Gobierno. Vivía de los cupones de alimentos, de los cheques que le daban por su hijo Giovanni, un tarado. Supe que Angie se tiró a propósito de las escaleras del metro y que se resbaló en el hielo negro delante de un edificio público para demandar a la ciudad. Le resultó: sacó miles de dólares.

Su anterior marido, Pietro, un italiano que conducía trenes de la línea amarilla, y sus amigos interceptaron a Papi bajo el elevado de la Tercera. La razón: mi padre le había propinado una pela a Giovanni, hijo del italiano aquel, por sacarle plata de la billetera. Casi lo matan. De suerte que una patrulla pasaba por allí y correteó a los agresores. Papi, sin embargo, no los demandó. Tampoco contó quién ordenó esa paliza. De eso me enteré mucho después cuando me lo confesó Muchachito.

IV

A Giovanni le daba la gota. Asistía a una de las secundarias más violentas de Brooklyn. Ansiaba enrolarse en el army para matar terroristas en Irak en venganza por el 11-S. Un día, golpeó al Principal. Dijeron que por efecto de su nueva medicación. Empeoró: amenazó de muerte a una maestra de español. La consejera de la escuela lo calificó de psicópata y propuso internarlo en el Bellevue, pero el padre se negó. Tampoco el Principal lo trasladó a una escuela del distrito 75 donde recibiría atención. Su temor: una vez mandó allá a un adolescente ruso que, por bullying, terminó ahorcándose de una escalera de emergencia.

Giovanni visitaba a Angie cada cuanto y le decía a Papi: "Cuando crezca, te mataré, mama huevo". Papi se reía. Le daba pecosones. Pero esta historia no la supe sino hasta mucho después de que asesinaron a mi padre. Me la contó mi primo Muchachito cuando volvió de Perth Amboy.

v

Determinaron que Papi y sus asesinos entraron juntos al elevador y que allí le cortaron la aorta. Papi se defendió. Le atravesaron la mano con el puñal. Como venía de comprar leche para su bebé recién nacido (que tuvo con Angie), quedó abatido sobre un charco blanquirrojo.

Interrogaron a Angie. Registraron su vivienda. También a Pietro, a decenas de exconvictos de aquellos proyectos, célebres por las balaceras, el crack, pandillas y sicarios. Detuvieron a Giovanni por unas horas, pero no habló. Tuvo un ataque y acabó en emergencias.

Se habló de la presencia de miembros de la pandilla dominicana Los Papichulos. La inspectora Mercado no descartó ni el desquite ni el robo. ¿Venganza? No creo: mi padre no tenía enemigos. ¿Robo? Angie dijo que Papi cargaba con 1.200 pesos en el bolsillo. Pero lo encontraron con su cadena de oro, su anillo de plata y 40 dólares. Ridículo. Además, era raro que los Papichulos atentaran contra un paisano en su propio territorio.

Muchachito tenía sus ideas:

"¿No sabías que tu padre compró un seguro de vida de Geico?".

"¿Que con Angie sacarían una casa en Allentown? Giovanni quería mudarse con ellos, lejos del italiano que le pega, pero tu papá le dijo que no".

"Además, desde que tu madre parió a tu hermanito, Angie le hacía la vida imposible. Lo amenazó con quitarle a sus hijos si volvía con tu madre".

"¿Por qué no hablé? Ese italiano comemierda me amenazó. Me rompieron la bicicleta de delivery y me largué a Perth Amboy".

Como andaba como crackero hablando caballadas, a Muchachito nadie le para bola con sus historias, pero it makes sense lo que decía.

259

Quise preguntarle por qué no le dijo a la policía de la agresión de Pietro y las amenazas de Giovanni. ¿Por qué dijo que Papi tenía 1.200 dólares? Nadie andaría con ese dinero por esos proyectos llenos de maleantes. Angie me mandó al diablo. Yo estaba por acudir al precinto. Pensé que mi tía Altagracia, mamá de Muchachito, me respaldaría, pero me dijo: "Puras mentiras, la policía ya los descartó a esos, ese Muchachito delira, además nada te devolverá a tu papá, mejor olvídate, no te busques problemas con esos italianos, que tienes las de perder".

"Mamá Altagracia sabía de la golpiza del italiano y las amenazas de Giovanni", dijo Muchachito. "Angie se la compró con lo que cobró del seguro. Si no, ¿cómo se hizo esa casa con piscina en Baitoa? ¿De dónde, si cuida ancianos?". "A lo que se ha llegado, prima", sentenció Muchachito. "Ni en los hermanos se puede confiar. Ni en la madre de uno".

Cuando me enteré de que lo mataron, me puse mal y casi pierdo a mi bebé. Tenía cuatro meses de preñada. Las sangrientas fotos del periódico me impresionaron. Hace ya tiempo que no lo visito en la Sassafras Avenue del cementerio Green Wood de Brooklyn. Salgo cargada de malas energías, tanto que debo hacerme una limpia donde mi amiga Gloria, pediatra y bruja. Además, su lápida no tiene su nombre verdadero. Se lo cambió para obtener la residencia.

Mamá tiene un enamorado, pero con él no visita a Papi en el cementerio, sino con Muchachito, que era bien apegado a él. Trabajaron en mueblerías y vivieron juntos en Sunset Park. Muchachito le lleva Presidentes y le canta bachatas con guitarra y requinto en la tumba. Tanto le dolió la muerte de mi padre que se tiró al trago. Ahora frecuenta fondas y bailaderos de dos pesos, bebe ron lavagallo. Hace poco, lo despidieron y vive casi como homeless. Encima, está on probation por participar en una pelea entre los Papichulos y los boricuas de la pandilla La Nieta.

Angie se mudó a Staten Island con un dominicano. A su hijo Giovanni lo mató una jeepeta: hit and run. Dicen que su padre ya no le compraba medicamentos y que andaba como desquiciado por Brooklyn. Muchachito –devoto de la Guadalupe– me dijo: "La Morena nos hizo justicia, mami", pero yo no lo veo así. La mentira sigue. Gente malhablada dijo que a mi padre lo degollaron en un lío entre gangueros y muchos se creyeron esa infamia. Bullshit.

BABILONIA

"Crear no es juego frívolo.
El creador se ha comprometido
en una aventura aterradora que consiste e
n asumir hasta el final los peligros
que corren sus criaturas."
JEAN GENET, *Diario del ladrón*

La noche del 22 de diciembre del 2016 ingerí más de 80 pastillas. Era un coctel de antidepresivos, ansiolíticos, somníferos, y una botella de tequila Cuervo reposado. Luego mis familiares me encontraron inconciente en el sofá cama, llamaron al 911 y terminé en una sala de emergencias de Brooklyn por más de 20 horas. Allí, en dos ocasiones, me quedé sin pulso y tuvieron que resucitarme. Una vez estabilizado, sin mi consentimiento, me ataron con correas a una silla de ruedas y me recluyeron en el piso psiquiátrico del Fort Hamilton Hospital, según dijeron, por mi propia seguridad.

Los días que permanecí internado allí pueden ser descritos con palabras como secuestro, degradación y tortura. Me prohibieron la libertad de tránsito, de comunicaciones, el aire fresco, así como escoger el tratamiento y los médicos que yo dispusiera, incluso la ropa que quisiera vestir. No podía leer ni escribir en paz. Se me confinó y se me privó de todo contacto humano no custodiado. A los pacientes, los médicos buscaban doblegarnos, atarantarnos, hacernos sentir limitados (por las insulsas actividades que nos aconsejaban realizar, como colorear patrones con crayones). Querían quebrantar la poca espontaneidad, compasión y ternura que todavía quedaba en nosotros. A como diera lugar, nos imponían una existencia burocrática, vegetal, bajo efecto de fármacos.

La voz del enfermo no valía nada. Todo lo que decía debía ser corroborado. Un día, sufrí de diarrea crónica y las enfermeras no quisieron proporcionarme un Imodium a pesar de las diez veces que fui al baño en una tarde. Alguien autorizado debía mirar mi mierda líquida dentro del wáter para verificar mi verdad. Los psiquiatras me suministraron dos pastillas, una para ayudarme a superar mi adicción al alprazolam, y un antidepresivo, cuyos efectos secundarios incluían alucinaciones, descargas eléctricas, la disminución de la libido, desvelo y epilepsia.

Era inquietante comprobar que varios internos defendieran el sistema (eran los días previos al Inauguration Day de Trump y hablaban de política en el manicomio). Algunos enfermos creían en las maniacas promesas de grandeza de Trump. Agradecían, estando recluidos, por la libertad que existía en América. Una discapacitada, que intentó matarse cortándose los tobillos con una hoja de afeitar, y que no tenía ni vivienda, ni empleo, ni ahorros, ni seguro médico (y que, saliendo del psiquiátrico, tendría que alojarse en un refugio para pordioseros), defendía la política exterior de Estados Unidos. Pedía, por ejemplo, que el Comando Sur invadiera Venezuela y asesinara a Nicolás Maduro.

En mi cuarto, era complicado descansar. Un interno no dejaba de hablar de la vagina de su madre. Otro roncaba. El otro sufría de repugnantes pedos por la deplorable alimentación. En los espacios compartidos, tenían la tele encendida todo el tiempo: CNN, FOX, fútbol americano, el Rose Parade. El hacinamiento y la carencia de calma producían un estrés adicional. Por eso, varios andaban malhumorados. Aburridos. Hartos. A la defensiva. Algunos llegaron a la violencia verbal, física, racista. Otros se agredieron a sí mismos, dándose de cabezazos contra las paredes.

Antes de Año Nuevo, llegó un nuevo interno a mi habitación, un joven kentuckiano, quien, para mantenerse entretenido, dibujaba retratos de los demás pacientes y bodegones con las manzanas y plátanos que nos proporcionaban en el almuerzo. Una mañana, el joven protestó porque no quisieron facilitarle un borrador para corregir un dibujo (creían que podía tragárselo). En otra ocasión, solicitó permiso para trasladar una silla al rincón más apartado del piso para que no lo molestaran ni el ruido de los televisores ni el que producían ciertos pacientes gritones o los que hablaban solos. Era imposible: las sillas estaban encadenadas al piso.

El kentuckiano exigió hablar con el director de la unidad. Le dijeron que se esperara hasta pasados los feriados de fin de año. Disgustado, le demandó a la enfermera que lo dejara salir porque consideraba inconstitucional que lo mantuvieran retenido. Recuerdo que citó una enmienda y aseguró incluso que demandaría al hospital por cientos de miles de dólares. La mujer escuchaba inmutable. "Do it, Mr. Lincoln", le decía. "Do it".

Mr. Lincoln se negó a ingerir la comida y la medicina. Luego el personal lo redujo y lo introdujeron a otra habitación, una en que aislaban a un marine que aseguraba que rebeldes iraquíes extremistas, nativos de la provincia de Babilonia, lo perseguían por las calles de Manhattan para degollarlo. En la cama ataron al kentuckiano con correas de cuero. Le inyectaron la medicina, y le metieron los alimentos a la fuerza por un tubo de plástico que le introdujeron al esófago. Le asignaron un fornido guardián entrenado para que lo vigilara permanentemente.

Pasado un rato, a mi habitación llegó un conserje con unos guantes de jebe. Retiró las sábanas de la cama que antes ocupaba Mr. Lincoln y las metió a un costalillo. Enseguida desinfectó el colchón y las almohadas sintéticas con Fabuloso y tiró los dibujos y pertenencias del kentuckiano a la basura.

Los psiquiatras usaban mocasines, porque estaban prohibidos los pasadores (con ellos podríamos estrangularnos). Las doctoras lucían joyas, iban con labial, colorete y costosas pelucas. Evitaban confundirse con las enfermeras de menores ingresos. En general, los médicos evitaban a los pacientes. En lo que estuve, hablé con ellos solo tres veces. Me planteaban preguntas protocolares. "¿Ha pensado matarse?" "¿Se siente deprimido?" "¿Todavía lo desmoraliza estar desempleado?" "¿Piensa ingerir otra sobredosis?" "¿Sigue escuchando voces?" "¿Piensa cortarse la yugular?" Dijera lo que yo dijera, su actitud era fría. Creo que negaban sus emociones. Forjaban una máscara para soportar lo que presenciaban. Me parece que también eran gente rota.

El personal estaba en las mismas. Un limpiador se burlaba de un calvo, cuyo mal lo hacía creer que estaba embarazado. El interno tenía una panza prominente. Andaba sin pantalones y respiraba como preparándose para parir. El enfermero le decía cada vez que se lo cruzaba: "Jim, you have to believe it". Otro conserje, por su lado, no perdía la oportunidad de pasarle la escoba por los pies a una joven agresiva que no soportaba que nadie le caminara por detrás. La joven se la pasaba wasapeando en un iPhone imaginario, desde donde también telefoneaba a su madre. Le suplicaba llorando que la sacara del manicomio. Decía que la acosaban, que la espiaban desnuda, que alguien se masturbaba en su delante. Los empleados, hombres y mujeres por igual, cuchicheaban y se reían de ella y "su madre".

Suicidarse es complicado si no posees un arma de fuego. Por eso muchas personas fracasan. En Nueva York, ni siquiera lanzarse a las vías del metro o al río Hudson congelado son garantía de una muerte rápida, sin tanto dolor. Y el sistema, en lugar de respetar la soberana decisión de una persona para acabar con su existencia, y dejarla ir (creo que incluso debiera facilitarle una pistola), ¿qué hace? La encierra y la dopa. La reduce a la categoría de irresponsable.

Ha pasado un mes y aún no me recupero —ni física ni emocionalmente— del internamiento. La medicina me dejó secuelas: insomnio, temblores, despersonalización, pesadillas, visión borrosa, conducta impulsiva, vómitos. Me siento tóxico. No me concentro. Hoy apenas pude ver una tonta película de vaqueros con Klaus Kinski. Me duele la cabeza y me siento tan carente de pensamientos que temo hasta haber olvidado mi lengua materna.

He dejado la medicina por insoportable. Esta noche, todavía llevo los horrendos crocs rojos que usaba en el hospital y tengo sobre la mesa las deudas del hospital, una pistola cargada que conseguí gracias a un ganguero de East New York que conocí en el psiquiátrico y una botella de mezcal oaxaqueño "Pierde Almas".

Esta noche, no tengo miedo.

Rodrigo Hasbún

Rodrigo Hasbún (Cochabamba, Bolivia, 1981). Ha publicado los libros de cuentos *Cinco*, *Los días más felices* y *Cuatro*; un volumen de relatos escogidos titulado *Nueve*; y las novelas *El lugar del cuerpo* y *Los afectos*. Fue parte de Bogotá 39, así como de la selección de «Los mejores narradores jóvenes en español», elaborada por la revista *Granta*. Su obra ha sido traducida al inglés, italiano, portugués, holandés y francés. Con guiones de su coautoría, dos de sus textos fueron llevados al cine por el director Martín Boulocq

LARGA DISTANCIA

Luego mi padre pregunta qué voy a hacer, y cometo el error de decirle que viene a buscarme la novia de Ignacio para ir a almorzar.

—¿Y él no va?, pregunta papá.

—Está de viaje, digo yo.

Se queda callado, no puedo imaginarlo al otro lado de la línea.

—¿Pa?, pregunto apenas lo escucho soltar un bufido.

—No vas a meterte con ella, dice él.

—No esperaba algo así, y menos de esa forma.

—Escúchame, dice.

—Sí, digo yo.

—No vas a meterte con la novia de tu amigo.

—Yo sé, pa. No es necesario que me lo digas.

Pero papá insiste.

—Ignacio ha hecho mucho por ti y no puedes hacerle eso.

—Yo sé.

—No le puedes pagar así, dice él.

—No hace falta todo esto, digo yo.

Y más tarde, en mi cuarto, antes de ir a almorzar, mientras empiezo a moverme sobre Emma, no puedo dejar de pensar en el tono alarmado de papá.

Por la noche vuelve a llamar. Ha inventado una excusa torpe, lo que quiere saber es cómo fue con la novia de Ignacio.

Al final ni vino, digo. La necesitaban en el laboratorio.

Papá se queda callado, decidiendo si creerme.

—¿Y tú no fuiste?, pregunta al fin.

Desde que lo jubilaron su vida ha cambiado de forma sustancial. Siempre dijo que moriría en su mesa de trabajo, que de su oficina saldría con los pies por delante, pero en la empresa lo obligaron.

Fui, respondo, pero más tarde y solo un rato. Hoy me tocaba libre.

¿Qué hiciste?, sigue indagando él.

Aproveché para descansar, digo recordando cómo se le transforma el rostro a Emma cuando está a punto de venirse. Primero saca la lengua y después los rasgos se le van distendiendo de a poco y hay un momento en el que se vuelve más hermosa que nunca. Dura lo que duran sus estremecimientos y yo la miro enloquecido mientras me corro dentro suyo. Luego, muy pronto, vuelve a sí misma, a su dureza habitual, a lo que llamo su lejanía canadiense, y casi siempre se aparta de inmediato, como si de un segundo a otro le diera asco.

Descansar es necesario, dice papá, aunque en realidad él nunca supo hacerlo. Yo podé los árboles del jardín.

Escucho ruido afuera y, con el auricular al hombro, me asomo a la ventana. Por la calle veo caminando a dos adolescentes que llevan puestos abrigos demasiado grandes para ellos. Pronto empezarán las nieves aquí y todo será blanco. Como si me oyera pensar o como si sus árboles tuvieran algo que ver conmigo, pregunta si vuelvo en diciembre.

Todavía no sé, pa. Va a depender del laboratorio.

Ojalá puedas. Parece que la higuera va a estar cargadita este año.

Sigue un silencio de varios segundos. Las adolescentes ya se han alejado, la calle ha vuelto a quedarse vacía.

Bueno, dice él de pronto.

Bueno, digo yo. Pero me gustaría que no se vaya todavía. A pesar de que ya no tenemos nada que decirnos, a pesar de que hemos hablado dos veces hoy, por un segundo me dan ganas de pedirle que espere un rato más.

Descansá, digo.

Gracias, dice él.

Y los dos colgamos casi al mismo tiempo.

*

¿Cuándo vuelve Ignacio?, le pregunto a Emma al día siguiente. Por lo general nos vemos una vez a la semana, ahora es diferente porque él no está.

Dobla su ropa y la deja sobre la silla, ya solo le queda el calzón, que al final también se quita. Ignora mi pregunta.

A veces pienso en su infancia y en su adolescencia, en su juventud, en lo diferentes que debieron ser de la mía y la de Ignacio. Papá y su padre eran mejores amigos y crecimos juntos. Fuimos al mismo colegio y a la misma universidad y luego él se vino a probar suerte aquí. Le costó hacerse de un lugar pero lo logró y unos años después me convenció de que yo también viniera. Acepté sobre todo para huir de mi trabajo, que no pagaba ni la quinta parte de lo que Ignacio me ofrecía.

La veo echarse sobre mi cama, la calefacción está encendida, hace calor. Un calor de mentira, afuera todo permanece frío.

Casi no hemos dicho nada desde que llegó. Pero eso no importa tanto si ya me está esperando desnuda en la cama.

Ven, dice.

Sigo parado a un lado, mirándola.

Su piel blanca, su pubis frondoso.

¿Qué nos une? ¿Por qué estamos aquí?

Ven, chupame, dice ella sin coqueterías, seria.

*

Como si nos estuviéramos encontrado después de años, Ignacio me abraza cuando me lo topo en el laboratorio. Me lleva por lo menos veinte centímetros y el abrazo es raro, porque no se ha agachado lo suficiente y mi cabeza, durante unos segundos, ha quedado reposada sobre su pecho.

Ha vuelto lleno de energía.

Hay mundo allá afuera, dice. Todavía hay mundo, existe.

Yo sonrío, no digo nada.

Con avenidas y bares y ruido. Con olores, dice, con gente normalita. No como en este pueblo miserable.

No lo parece pero es un tipo brillante. Y no conozco a nadie así de generoso y entregado a lo que hace, aunque tampoco lo parezca.

¿La conferencia qué tal?, pregunto sin poder evitar algunos pensamientos de Emma. Es casi como si todavía la sintiera en mi boca, como si su sabor se hubiera quedado conmigo.

Él responde largo.

Pero ya no soy capaz de prestarle atención.

*

Papá vuelve a llamar. No menciona a Ignacio ni a su novia, ha olvidado el asunto o ha decidido que es mejor no insistir. Sí habla de fin de año.

¿Entonces vienes en diciembre?, pregunta.

Todavía no sé, pa, digo yo.

¿No tienes vacación?, pregunta. ¿Cómo es posible que no tengas vacación? ¿No que ese era el primer mundo? Para eso te quedabas aquí.

A diferencia de Ignacio, no regreso hace cerca de tres años, y eso es algo que a papá le ha costado aceptar. Cómo él sí y tú no, preguntó durante semanas la vez anterior.

En la oficina, la mañana siguiente, reviso el calendario en una de las computadoras. Con miedo, como si estuviera asomándome a un pozo.

Ignacio logra ver mi pantalla desde donde está.

Deberías animarte, dice.

Él presenció el daño, supo de la destrucción prolongada, cuando mamá murió sin avisos dos años atrás. No pude volver y no quise y son mejores tiempos ahora. Lo son, en buena medida, gracias a Emma.

¿Ustedes van?, pregunto.

Estamos entre eso y Montreal. Tampoco estaría mal, ¿no?

*

Dos lunes después, sin embargo, cuando se está poniendo las medias, Emma me dice que lo va a dejar. Me parece un anuncio tan sorpresivo, y su tono es tan neutro y por lo tanto tan doloroso, que me quedo sin palabras.

No sé qué sentir, hay algo que no cuadra bien. Esto es terrible, pienso, esto no es lo que tenía que pasar.

No por ti, añade con esa franqueza despiadada que siempre he admirado en ella.

¿Por quién, entonces?, es lo único que atino a preguntar.

Por mí, dice.

No entiendo, digo yo.

Es bien simple, quiero estar sola por un tiempo. Lo he estado pensando y me he dado cuenta de que eso es lo que necesito.

¿Así de pronto?

No es así de pronto.

Es como si yo no existiera, pienso intentando encontrar mi lugar en la ecuación y temeroso de hacer más preguntas.

¿Hay algo que no sé?

A ti también voy a dejar de verte.

La frialdad siempre estuvo ahí, la frialdad no era una señal.

¿Qué nos une? ¿Qué nos ha unido hasta ahora?

Me levanto de la cama y empiezo a vestirme.

Eres una gringa igual a cualquier otra, se me ocurre que debería decirle. Eso o que para mí esto fue sexo y nada más. Pero cuando termino de alistarme, me acerco y lo que hago más bien es abrazarla por detrás.

No te precipites, digo.

Pensando en Ignacio. Pensando en mí.

La beso varias veces en la nuca, sé cuánto le gusta.

Ella cierra los ojos seguramente.

Y no responde.

*

Después de tres años que parecen diez, vuelvo a casa un mes y medio más tarde, en diciembre. Mamá ya no está y todo es diferente porque mamá ya no está y porque la distancia entre lo que existía y ya no existe es insalvable.

El primer domingo armamos la parrilla y papá y yo comemos debajo de los árboles, tomando cervezas que helamos en una conservadora.

Nada sabe mejor que la cerveza entrando lento, lejos de ese pueblo donde resulta tan difícil sobrevivir. Con este calorcito que se pega en la piel, nada se siente tan bien como el amodorramiento que se va expandiendo por dentro, al lado de papá, al que seguro está pasándole lo mismo.

A la tercera o cuarta botella le digo que debería irse conmigo.

Mi vida está aquí, responde él, aunque de esa vida ya no quede nada, ni su trabajo ni su mujer ni su hijo ni nada.

Por lo menos de visita, digo yo.

Él asiente apenas pero sé que no irá. Y como si lo único que existiera allá fueran ellos, casi automáticamente pregunta por Ignacio y su novia.

Le digo que están más felices que nunca, por algún motivo le digo eso, casi deseándolo. Y más un rato, porque lo otro ya no me parece suficiente, añado que han decidido ser padres.

Papá responde que es tiempo de que yo también lo sea.

Le doy un sorbo a mi cerveza. Las de allá son como agua al lado de esta, que tiene peso y textura y un regusto amargo persistente.

¿Hay alguien?, pregunta rascándose la barba.

Niego con la cabeza.

Contame, dice.

Nadie, pa, digo yo.

Contame, insiste él.

Nadie, repito.

Y pienso en Emma, por supuesto. Emma con la lengua afuera, transformándose. Emma desnuda y lejos y sola. Emma haciendo daño a todos los que tiene alrededor.

Siempre es necesario que haya alguien, dice él, pensando quizá en mamá, en formas de mamá que no sé imaginar.

Luego sorbe de su cerveza y yo vuelvo a sorber de la mía y se me ocurre entonces que demasiado pronto deberé volver a partir.

Salud, pa, digo.

Es lo más fácil de decir cuando hay confusión o culpa.

Él debe saberlo.

Salud, dice papá.

Andrés Pi Andreu

Andrés Pi Andreu (La Habana, 1969). Escritor, traductor y editor cubano-americano. Radica en Miami. Su familia proviene de una larga tradición de escritores y editores de literatura infantil. En 2010 fundó la editorial Linkgua USA, con el fin de representar, publicar y promover la literatura en español de autores latinoamericanos. Ha ganado el Premio Planeta Infantil, el White Ravens 2013, Apel les Mestres 2009, la Medalla de Oro de los Florida Book Awards 2015, el Premio Edad de Oro 2000 y 2002, el Premio de la Crítica al mejor libro del año (La Rosa Blanca 2004). Es autor de más de 200 libros que se han traducido a 12 idiomas.

PARAMECIO

Elmiedo González vivía en paz con el mundo.

Sus hermanos le tenían miedo. Su madre, su tía, el perro del carnicero. La sombra que se proyecta desde la catedral la plaza abría espacios de luz para dejarlo pasar bajo el sol para que sus pasos no la tocaran.

Elmiedo González tenía un brazalete de cuero con pinchos y una camiseta de malla a través de la que se le veían los pelos del pecho y unas tetillas paradas muy rosaditas. Tan pálidas en las noches que fosforesceaban trágicamente como dos luciérnagas enamoradas que vuelan juntas hacia alguna trocha húmeda.

Elmiedo González no conocía el concepto de la hipotenusa y nunca cortaba camino. Cateto a cateto iba por la vida, no por convicción, si no por designio, por diseño, por destino. Cuando se embarcaba en una aventura la vivía sin sobresaltos, a lo macho, sin la tristeza de los malos ratos ni las emociones desgañitantes del triunfo.

Si cantaba lo hacía para adentro, no en la mente, él absorbía el aire y hacía vibrar los sonidos en dirección al estómago, donde los digería, sus ácidos devoraban literalmente las canciones y no era de asombro que algunas le provocaran estreñimiento y otros malestares estético-estomacales de diferente resonancia y procedencia. Sus tripas eran particularmente sensibles a las odas, a la poesía contestataria y a las zarzuelas. No quiere esto decir que tenía buen gusto. Si tenía que matar, mataba, si tenía que amar, imitaba, si tenía que opinar, se callaba. No por recatado ni por pendejo, si no porque no tenía opiniones definidas acerca de la vida, o la justicia o la filosofía de las cosas.

Para Elmiedo González la semiótica era una repetición innecesaria, la Gestalt era el vacío, Neruda un repartidor de periódicos. En la pared de su apartamento había colgado un cuadro con el retrato de su bisabuelo general, no porque le causara un orgullo particular si no porque se ponía la misma manilla de cuero de la foto y esto de alguna manera le daba un lejano sentido de pertenencia. El cuadro era su ancla, pero un ancla arenera que se desplaza con el barco y que lo frena, pero no lo detiene.

El tiempo para Elmiedo no pasaba, no tenía esa medida vacía en medio del pecho que rota. No sentía en la frontera de su piel, el futuro. Si lo analizáramos desde un punto de vista científico, Elmio González no sabía que las personas y las cosas envejecen porque de alguna manera le había sido dado saber que las apariencias no determinan las esencias.

Cuando los pájaros cantaban sus bellos trinos a la caída de la tarde y el crepúsculo parecía un Chagal, Elmiedo se hacía una paja mientras pagaba la cuenta del agua por internet. Era lo más cercano a que reaccionaba ante la belleza, o los holocaustos. Para Elmiedo González conmoverse era como para un goldfish que la prima del hermano del dueño de la pecera hubiese descubierto que tenía un recuerdo reprimido de cuando era pequeña que la capacitaba para leer el futuro en el humo del cigarrillo.

Elmiedo no sabía lo que era el miedo. Él sabía evitar y enfrentar, intimidar y retroceder, como un paramecio. Si lo llamaban venía, si lo botaban se iba, si lo atacaban se defendía. Sentía el dolor y la felicidad como mismo tú sientes la desidia o la alegría, sin interpretaciones, todo un mismo sentimiento, un impulso, un obstáculo, un espaldarazo.

Cuando estaba cansado descansaba, cuando tenía sueño, dormía. Cuando tenía hambre cantaba, cantaba para adentro y nunca pensaba en el fin, porque los finales para Elmiedo significaban los mismo que los principios.

QUE SE JODA EL TORO

Yo nunca he ido a los toros. No porque piense que es un asesinato o porque no me guste la sangre, no he ido porque no he podido. En este país no hay corridas de toros, está prohibido, la gente dice que los toreros son asesinos desalmados y que el toro es el inocente que está destinado al matadero. He visto corridas de toro en televisión y las he seguido con el corazón en la boca, nunca por el destino del toro, sino por el del torero, el toro me importa un huevo. Si lo matan, me lo comería después en un banquete. Los pendejos que se quejan y que marchan en favor de los derechos del toro son un hato de descerebrados que odian los filete mignons y las costillas asadas. Que se joda el toro, yo he sido el toro toda la vida y mi paradigma de la libertad es alguna vez entrar a una pelea definitoria teniendo la ventaja.

He estado sentado, apoyado levemente en las nalgas, con todo el peso en las puntas de los pies, más levantado que sentado, con esa sensación de zozobra en el estómago que uno siente antes de una pelea o al de salir por primera vez con una mujer que te gusta demasiado. Medio que mareado, medio que muy alerta, todo a la vez, y cada vez que los tarros del toro rozan la capa o el brazo, o el muslo, veo por adelantado la clavada, el tarrazo, el hueco en la carne, veo al torero dando bandazos como una marioneta con los hilos cortados en la cabeza del toro, que lo zarandea como la gente agita las banderas en los discursos de los tiranos, con ese movimiento más espasmódico que entusiasta. Es por eso que cuando ese segundo pasa y el torero sigue en pie, me sube un entusiasmo que dura unos segundos, justo antes de que comience el próximo pase.

Le dije a Malena que la llevaría a verlos y a comernos unas carnes cuando saliéramos por fin de Cuba. Le dije que ganaría un concurso literario y que nos iríamos a vivir al Hotel Imperator de Nimes por unos meses, que el premio estaba dotado con cuatro mil euros y un abono de la plaza de toros cercana para la temporada del año siguiente. Lo había calculado todo para que este mismo cuento, nuestro cuento, nos ganara el dinero y el espectáculo. Y es que nuestra vida en esta isla es una corrida a toda hora y en todas partes. Cuba es una plaza donde todos corremos aterrados de un lado al otro pretendiendo ser el torero. Y yo haría de tal forma que me invitaran a recoger el premio con un acompañante y no íbamos a regresar jamás a esta isla de mierda donde ya no me queda nadie.

Malena y yo nos conocimos en el mercado agropecuario, yo había ido a comprar unas libras de carne de res de contrabando con un dinero que me había encontrado en la acera, cerca del hotel Nacional y ella vendía velas de cera de abeja. Unas velas de color cartucho que olían a miel y a esperanza. Pasé desesperado por su estante y mis ojos se quedaron con ella mientras mi estómago y mis piernas seguían hacia el carnicero. Tenía unos ojos de paloma asustada muy dulces y un escote profundísimo donde gravitaban unas tetas espléndidas con unos pezones rosados pálidos. Recuerdo que me dieron ganas de tragármelos.

—Hola, yo soy Fernando. ¿Y tú? —le dije.

—Yo no soy Fernando —me respondió y soltó una risita preciosa. Malena tenía unos colmillos tan blancos como los del libro.

—La cosa está mala hoy —dije señalando la parada, donde pastaban cientos de personas.

—Sí, no pasan las guaguas y no hay taxis —respondió. Por eso yo siempre ando en bicicleta.

—Yo no, me matan las bicis, me ponen muy flaco. Además, siempre estoy pensando en cuatro cosas a la vez y choco y me caigo. Un día no voy a terminar....

—¿Y cómo vas de un lado al otro? ¿Tienes un carro? —dijo y me tiré un clavado en su escote que me llevó a una región luminosa.

—No, prefiero nadar —comencé a hacer ejercicios de calentamiento como hacen los nadadores en la tele.

—¿Vas nadando a todas partes? Eso es imposible —me miró como uno mira a un loco.

—No, de veras, tomo la carrilera de la derecha siempre, los carros me respetan más que a los ciclistas —dije.

—Pensé que nadabas costeando alrededor de la Habana y que cuando llegabas a un punto cercano al lugar adonde ibas, salías del agua y te ponías a caminar o a correr o tomabas una guagua o u taxi —habló con suspicacia, haciéndose la chistosa.

—No, no, eso cansa demasiado, además, soy muy propenso a los catarros. No, yo nado en la calle, en el asfalto de la ciudad. Se avanza más rápido. ¿Quieres que te enseñe? —le dije y Malena volvió a reír. Y tengo que decir que su sonrisa como que iluminaba el mundo, le mudaba la luz al ambiente, le cambiaba el olor a la ciudad, y qué se yo cuántas cosas maravillosas más que ahora no recuerdo bien.

—Te crees muy inteligente, ¿verdad? ¿Le dices eso a todas las mujeres que conoces? Es una línea bastante rara la que tienes para interesarlas en ti —dijo y posó en los míos sus ojazos.

—Eres la primera que se interesa, la verdad —Mientras conversábamos, le había comprado todas las velas, habíamos caminado hasta el exterior del mercado y charlábamos en la acera, a unos metros de la parada de la ruta 222.

—¿Estás esperando a que pase la 222? —preguntó.

—La estoy toreando. Si me tiro a nadar para mi casa ahora puede que me alcance y esta guagua, como va con gente colgando por fuera, tiene que transitar por el carril derecho y siempre tengo que salir del asfalto, cederle el paso y luego volverme a tirar. Es un fastidio —Malena dio un paso atrás. Por un segundo creyó que yo me creía lo que le estaba diciendo.

—No serás un pastillero, ¿verdad? —dijo, un poco sobresaltada.

—¿Qué es eso? —le pregunté.

—Esa gente que toma pastillas para olvidar que están vivos —Después rectificó.

—Para olvidar que viven aquí —aquí me miró con un poco de miedo.

—No es que diga que aquí no se puede vivir, es que a veces la gente no puede con la realidad y prefiere olvidar sus problemas y olvidar el tiqui tiqui y volar. No sabes la cantidad de drogadictos y come-hongos que hay por ahí. El otro día pasó uno diciendo que un trasatlántico lo estaba esperando en el techo de la Casa de la Cultura y llevaba una conga de gente atrás, cantando estribillos para irse del país.

—Yo prefiero nadar —Malena entendió. Me tomó del brazo y me invitó al cine.

—Ponen una de ciencia ficción en la Rampa, ayer instalé un cojín de lo más cómo en la parrilla de la bici, ¿te llevo? —Nadé hacia la superficie rápidamente desde las profundidades de su escote. Casi no me quedaba aire.

—Yo prefiero nadar. ¿A qué hora es la tanda?

—A las seis y media —dijo y sus manos suaves tocaron, por primera vez, las mías. Aquí tengo que parar un momento y describir un poco. Me van a entender porque me imagino que a todos les ha pasado que tocar las manos de un ser sublime como Malena es una experiencia fuera de este mundo, rica, tierna, acolchada y muy sensual. Malena tenía las manos suaves, aterciopeladas, prometedoras, esperanzadoras, unas manos como orgasmos líricos, como esa parte de las sonatas de Mozart en que uno se dice ¡Este tipo estaba loco! ¡Qué loco!, de lo bien que suena. Tocar por primera vez las Manos de Malena, y tengo que escribirlas con mayúsculas para darles ese sentido monolítico que solo se adquiere mediante un título, fue como tocar el futuro. No el futuro de mierda que siempre supe que me estaba esperando a la vuelta de la esquina en esta ciudad, sino un futuro puro, un futuro incierto y oscuro y grato a la vez, en cualquier parte. Ahora que me pongo a pensar, fue en ese mismo momento, cuando nuestras palmas se tocaron, cuando nuestros dedos se palparon, en que decidí irme de mi isla, a toda costa, con Malena, a cualquier lugar.

—La película era sobre Cuba —le dije cuando salimos y Malena se echó a reír.

—Una película rara y triste —dijo.

—Era sobre Cuba. ¿Cuántas veces no has pensado que en algún lugar o en algún tiempo de esta isla puedes encontrar la felicidad? Muchas veces he tenido la idea de que está al doblar de una pared, entre las nalgas de una mujer o en una cueva marítima cerca de la desembocadura del río Canasí —dije y Malena se pegó a mi y mi brazo por primera vez rodeó su cintura diminuta. Una cintura tan apropiada y extraordinaria que me dio una certeza loca. Su cintura hacía portátil a Malena. Supe que cada vez que quisiera, podía agarrar a Malena por su cintura y situarla en cualquier parte, como una maleta. Y que cuando la agarrara por allí no pesaría y se acomodaría en cualquier espacio: en mi espalda, en el compartimiento rectangular de un avión o entre mis piernas. Tomé a Malena por la cintura y salimos volando hacia la noche capitalina. Despegamos lentamente mientras caminábamos y la Habana se elevó a nuestra misma velocidad, para ocultar el hecho de que volábamos y no volver locos al resto de sus habitantes. Malena se dio cuenta y no dijo nada, excitada, sentía cómo el suelo de la ciudad trataba en todo momento de tocar sus pies, de mantenerla asentada. Me miraba y sus labios se abrieron en un gesto de placer erótico que se extendió por muchas cuadras. Volábamos paso a paso y ella se empezó a venir sobre la ciudad en un orgasmo urbano de más de un kilómetro. Doblamos una esquina, nos paramos bajo un farol, nos corrimos juntos persiguiendo un autobús que no paró en su estación, vadeamos la muchedumbre flotante, y bebimos el aire frío que se escapaba de las puertas de los hoteles.

—¿Cómo es posible? —preguntó.

—Cuba es un precipicio, tu tierra firme es todo lo que cae a tu misma velocidad. De vez en cuando encuentras algo que sobresale del abismo y, si tienes ganas de luchar y un poco de suerte, logras aferrarte y detienes la caída por un tiempo. Tú eres mi algo. Frenar la caída te da una perspectiva distinta, esto hace únicas estas relaciones, porque cuando ese algo cede ante el peso desacostumbrado de dos personas y el otro cae contigo en el abismo, lo único a lo que se pueden aferrar es a ese tiempo donde el mundo transcurrió ante tus ojos, donde estuvieron quietos, donde tuvieron esa perspectiva única de los que ven caer a los otros, sin remedio, a una sima que no está precisamente abajo, sino delante, adelante. Después, cuando vuelven a caer, ese recuerdo los puede mantener unidos toda la vida, o hasta que alguno de los dos vislumbra otro algo y se aferra a él, y el ciclo vuelve a comenzar, o a terminar, da lo mismo.

—¡Qué horror! ¿De veras piensas eso? —dijo Malena.

—Por eso me gustan los toros. Los ponen a veces los domingos —dije.

—¿Qué tienen que ver los toros? —preguntó.

—Todo, tienen que ver todo —le respondí.

EN LA FRONTERA

Ronald llegó con un ejército de plastilina.

Se plantó en medio del patio, el parecido al de la facultad de sicología, y se puso a enseñarme una lista de posibilidades que debían servirnos para sacarme por la frontera.

Llevaba el pelo largo y rizado hasta la mitad de la espalda y la barba candado de siempre, o de antes. Estaba serio, ni siquiera me abrazó cuando nos encontramos; yo asombrado de verlo allí y él tan circunspecto, con los planos de la fuga extendidos; me miró e hizo un gesto para que me acercara, nada de muestras de júbilo, no había tiempo.

Empecé a hablarle de Alicia, del perico que me había regalado Laura y de lo hijo de puta que se había vuelto Josemari; en el papel había dibujada una serie de puertos de entrada y de salida. Ronald los señalaba con el dedo para que yo escogiera; su voz monótona nombraba las ventajas e inconvenientes de cada salida o entrada. Yo le contestaba si había recibido mi e-mail del sábado y cómo las cosas se habían ido poniendo extrañas con los amigos que quedaban.

Desde el principio Josemari me había parecido sospechoso; a pesar de la admiración por su verborrea muy culta y su rara disposición para los momentos heroicos. Si te acuerdas, fui el primero en advertirte que había algo de crueldad velada en todos sus actos. Pero el sentimiento de asco no se me manifestaba pleno; tuve que pensar mucho para sacar de la memoria dos o tres episodios que ilustraran mi animadversión. Es bastante difícil, porque no puedo recordar las cosas de un tirón; debo pensar y pensar y poner la mente en blanco para hacer fluir los recuerdos. Como aquel día en casa de Xondra. Tú no me escuchas, el ejército está en cualquier lugar, espera una orden tuya para correr y rescatarnos, y yo hablando tantas estupideces. Nos metimos en el elevador y subimos hasta el piso dieciséis del Edificio Focsa, Josemari, tú y yo; el día estaba frío frío y nada mejor que un buen paquete de marihuana para volarnos el cacumen. Subimos, nos metimos por el laberinto de apartamentos abandonados, sin puertas, sin luz, sin nada, hasta llegar al nido de Xondra. El piso de la habitación estaba lleno de mojones y charcos de orine, el piso del trayecto también. Xondra estaba tirado en un colchón de guata, de esos de escuela al campo, y se sobaba los cojones con parsimonia, al menos esta fue la frase de Josemari. Le compramos media onza y él nos regaló tres tacos con la condición de que nos los fumáramos allí, el pobre, estaba más solo... Josemari empezó a joderlo, a decirle que era un pintorcito asqueroso y bugarrón; todo muy sonriente, como jugando. El Xondra se reía y no decía nada, se revolcaba de la risa. Josemari se sentó lejos de todos, en la esquina más cercana a la ventana y siguió jodiéndolo con aquello que todos sabían: "Y te paras en el último piso, con el telescopio ese, a mirarle la pinga al capitán del Conejito, ¿ya se la has mamado? Seguro que tienes algún pomo de desodorantes escondido por aquí para metértelo en el culo cuando nos vayamos, ¿dónde está?" El Xondra se reía, se asfixiaba de la risa; nosotros también. El Xondra se asfixiaba y le dijo Comemierda a Josemari, exactamente, comemierda intelectualoide reprimido; y Josemari se paró, siempre riéndose, y le dijo que él sabía que Sandra, la madre de Xondra, se había muerto de SIDA, toda llena de pústulas reventadas y olorosas a mierda; dijo que sabía que se lo había pegado el mismo Xondra,"un día que tu mamacita te confundió con Pablo, en un vuele con anfetaminas, y te singó hasta el fondo"; dijo que "tú no estabas enganchado, como aparentaste, sino que te la signaste a conciencia, disfrutando ese ojo de culo grandote que tiene; me lo dijo tu primo que los rascabuchó, además, para nadie es un secreto que el culo de tu madre estaba riquísimo y que tú eres un Edipo congénito".

Tú y yo nos quedamos fríos, como lagartos fríos te oí decir después; pero el Xondra se levantó a duras penas y trató de abofetearlo, Josemari se rió, lo cogió por el pelo y lo arrastró por todo el cuarto cantando con música de Kindergarten: *Te la signaste, se lo pegaste, te la signaste,* y le iba metiendo la cara en las plastas de mierda. Después se sacó la pinga y se la puso entre los ojos al Xondra: "por eso te dio por metértelas, so maricón, a ver, abre la boquita y mama, a ver, para que olvides el ojo del culo de mamá, mama".

Para cuando nos paramos, ya lo había soltado y bajaba por las escaleras.

Pero el Jóse era súper con todos nosotros. Nos enseñaba latín y nos enseñaba filosofía oriental y nos enseñaba a escribir y nos regalaba dinero cuando andábamos arrancados y sin rumbo por La Habana. Ahora has virado la hoja y me enseñas los párrafos de la estrategia, el patio se parece cada vez más al de la facultad de sicología, hasta hay gentes con caras de sicólogos pasándonos por el lado. Entonces veo al ejército, la luz se refleja sobre un charco detrás de ti y me ciega y entonces veo al ejército, es de plastilina, de plastilina de colores.

Está en algún lugar fuera de la ciudad, el ejército reposa petrificado; las primeras filas de hombres, inclinados hacia delante con las ametralladoras apuntando y las bayonetas caladas; los músculos dibujados por la ropa de campaña verde olivo, listos para el ataque. Las botas son botas rusas, negras, charoladas. Pero no me fijo en las caras de los soldados, sólo en el rictus generalizado y en la posición a lo *hombre de la presentación de Soviet Sport Films,* de la mayoría.

Miro las manos y los brazos de Ronald y los tiene diferentes, son iguales a los de su mujer, son los brazos y las manos de Camila; las uñas pintadas de un rosado transparente casi invisible y un movimiento famélico y pausado. Las tropas enquistadas en las afueras están alerta. Y señalas los pasos a seguir para cruzar la frontera. Me parece un milagro el tenerte en La Habana, tan solo ayer estabas en Santiago de Chile luchando por un trabajito de vendedor de celulares a domicilio y ahora mírate, al mando de tanta gente dispuesta a todo, a todo por mí.

Te digo que nadie está igual, que todos cambiaron, que ya casi no nos vemos, que a Josemari lo mandé para la terapia intermedia del Hospital Militar de las patadas que le di en la cabeza hace una semana, el pobre, se pasó, como siempre. Con Alejandrito me sigo viendo, pero la ciudad se nos ha vuelto engorrosa, viscosa, difícil de andar y de reconocer los sitio que antes nos identificaban. La ciudad es una babosa embarradora; los niños de la casa aquella frente al parque de H y 21, la que tú le decías La Embajada de Pogolotti en el Vedado, ya son grandes y supimos de algunos por sus madres. Las vimos salir hacia la prisión de menores un domingo por la mañana, con tres jabas llenas de comida. La gente se ha replegado a los bancos que circunscriben el patio y alzas la voz: Hermano, como te extraño allá, como si estuvieras tú allá y yo aquí, me paso el día corriendo, trabajando, buscando algún lugar parecido al portal de mi casa, las aceras se me confunden, todavía no me sé muchos caminos, y pienso no aprenderlos nunca; porque hay algo, y no es el desarraigo, que me frena. Aquí no hay nadie, solo este patio lleno de personas ausentes y tú. Yo también recuerdo las malas mañas de Josemari. Como la vez aquella en Coppelia, en el festival de cine. Estábamos sentados en el parquecito que hay al lado de la facultad de economía, eran como las dos o las tres de la mañana y teníamos tremenda nota. Al frente, en la entrada a Coppelia, un policía le pidió el carné a una de las tantas pájaras que circulaban por la Rampa. El tipo, no el policía, era un mariconcito mulato, flaquito, con trenzas de plástico que le colgaban hasta los hombros; el polizonte hablaba alto: Saca el carné rápido, so maricón, que te voy a sonar la cara, sácalo. Y el tipo aquel todo nervioso no atinaba a desenfundarlo del bolsillo. Josemari empezó a gritar: Suénalo, suena al maricón lumpen ladrón de mierda ese. Y el policía lo miraba sonriendo. Empujó al muchacho contra la cerca y volvió a gritarle otra sarta de barbaridades. Entonces Josemari se paró y le gritó que el cherna era un falta de respeto, que lo había visto reírse cuando viró la cara. Y el poli le hizo caso y le soltó una galleta al pobre mulato que lo echó a rodar por el piso. Yo ni podía pararme de la curda y tú menos todavía. Creo que Josemari se aprovechaba de esos estados medio groguis nuestros para dar rienda a su crueldad, él sabía que no podíamos reaccionar. Después, al otro día, todo quedaba en un recuerdo nebuloso y su risa nos contagiaba y nos resumía, algo así como el espíritu equivocado del grupo. Pero sigo con la historia: el mulato se paró tambaleante y balbució algo como denuncia y abuso, pero una patada en la rodilla lo dobló. Entonces sí que se rió el José, cruzó la calle, se sacó el rabo, y empezó a mearle la cabeza al tipo. Hasta el policía se sorprendió, lo empujó y le dijo que estaba bueno, que circulara; miraba a los lados para cerciorarse de que nadie lo había visto. Camila extraña cantidad, a ti, a Alicia, a sus padres, a la ciudad, hasta me dijo que me extrañaba a mí, a mí cuando vivíamos en La Habana. Pero el ejército está listo, solo falta que te decidas y la fuga es pan comido, la frontera está cerca. Tan cerca como en ese escrito tuyo que puso frenético de la envidia al José; si hasta me lo sé de memoria.

Cada vez que piso, un dolor insoportable se ensaña en alguna región de mi cuerpo. Se concentra poco a poco, hasta explotar en el preciso instante en que apoyo de firme y catapulto la planta hacia adelante. Siempre coincide un determinado lugar del cemento con mi parte corporal correspondiente.

En el centro de la habitación el dolor es más llevadero; en las esquinas: desgarrante. Ya sé dónde están mis ojos en este espacio delimitado por el sufrimiento e intento no acercarme al medio metro cuadrado que me ciega.

¿Me habré extendido hacia la antes delimitada inmediatez?

Cada vez.

Siempre, el dolor.

Cada vez que me acuesto siento como un peso se apoya sobre mi endeble osamenta. Me acuesto con poca vocación de suicida.

Pero, ¡es tan denigrante estar oprimido por uno mismo!

*Si antes era difícil convivir con este Yo tan corrosivo, ahora la doble con-
dición del físico resulta en sí una carga asquerosa; tanto más cuando el espíritu también se ha extendido hacia la delimitante:*

*Me acuesto, me levanto, camino sobre el cuerpo dañándome las partes,
pensando en las primeras extravagancias, sufriendo de moral por duplicado.*

—¿Cómo se produjo este extraño fenómeno de posesión?

Cada vez.

*Esta celda me está matando, no es ni siquiera la sensación de que está
viva, sino la idea perturbadora de estar a solas con otro «tú mismo»: y te
laceras por tus propias manos y pies, y lengua; por tu propio aire irrespirable.*

*Lo peor es cuando el cansancio vence mis precarias fuerzas y trato de
conciliar el sueño. Entonces comienza a abrirse la puerta y entra ese odioso
doble incorpóreo, satisfecho por la levedad que mi doble carga le infiere, y
me dice:*

—Hola yo, soy Yo de nuevo, he estado pensando en ti.

Ronald, nunca has entendido el cuento. La primera fila se ha movido
un paso, algunos soldados han sacado las granadas y las llevan en la mano
que no sujeta el fusil; granadas estáticas, gordas, a punto de estallar. Los
oficiales se han colocado los visores de puntería y miran hacia el resplandor que producen las luces de la ciudad, allá en el horizonte. Estaban más
cerca antes de avanzar. Ronald estruja el mapa y me mira. ¿Tú te quieres ir,
quieres cruzar la frontera, vienes conmigo, verdad?, casi suplica. Olvida las
pequeñas mierdas que nos hicimos, me haces falta, te hago falta, hermano,
no guardes rencores, lo dijo el Mesías. Y yo, que no había pensado en nada
de eso, me pongo a escudriñarlo. No ha dicho nada de "olvida el problema
aquel, el imperdonable", así que me voy por las ramas y le suelto algo menos
importante. ¿Te acuerdas de Bolivia?, le pregunto sin hablar. La conocimos
en un concierto del grupo Habana, en el Carlos Marx. Josemari dijo que
estaba como un tren, a ti te arrebató, para mí era una más, otra insignificante molécula hembra dentro de mi desidia, hasta me cayó mal, con todo
su artificio, era plástica, una comemierda con culo, fue lo que dije.

Como a las dos semanas todo el mundo me miraba en la calle como
dándome el pésame y yo preocupado. La gente se me despegaba, trataban
de no hacer contacto conmigo, no sé, algo raro. Hasta que me decidí y le
pregunté a uno ahí que qué era todo aquel bayú que tenían formado conmigo. Y el tipo me suelta eso de que todos sabían que me había beneficiado
a Bolivia Singatropa y que tenía la sífilis; pero que no me preocupara, que
el asco era solo temporal y la gente se iba a acostumbrar. Todo por tu culpa,

andar diciendo que fui yo y no tú el que la metió en el baño del teatro. Dijiste todo eso porque los cogieron los segurosos del Carlos Marx y se formó tremendo escándalo. Para que tu novia de entonces no se enterara regaste por ahí que había sido yo: como nos parecemos tanto de lejos, y la que me botó fue Daisy; se fue a los dos días para México y no he sabido más de ella. Cabrón, carajo, no me dolió tanto perderla, más fue la decepción de sentirme utilizado. Pero el Jóse se metió y lo arregló todo con unas cuantas bocanadas de Canabis. Te extraño como un mulo, hermano, ya casi no salgo de la casa; Alicia y yo nos dedicamos a sobrevivir entre el desorden y el perico, echando mano al amor infinito. Las plantas de la terraza se han secado, algunas sobreviven dentro del cuarto, medio mustias, pregonando una época sin aguaceros ni cuidados: no hay tiempo para nosotros mismos o solo para nosotros. En una esquina reposan, hace un año y pico, seis galones de vinil blanco-hueso importado y dos cubos llenos de marmolina, para los techos. Pero las paredes siguen sucias e irregulares, con rastros de calcomanías y letreros inmaduros sobre el amor y la muerte: pared tremendista y cálida, que embarré de lechada hace tiempo intentando matar algunos recuerdos dañinos: amigos idos, tiempos malgastados; para una vez más descubrirlos en este presente emergente(salen, de entre las capas superpuestas de churre y cal, frases en letra corrida, firmadas por esos amigos idos, por generaciones de amigos idos que se fueron sucediendo como capas de cebolla: esta camada perdida, volver a formarla, de nuevo ida, y así, carrusel de las ausencias, descubrir que todo es lo mismo y nada cambia, solo los nombres y las edades y el dolor de esa misma soledad que representan), pero tú, amigo mío, estás a mi lado, y tu cara no está borrosa y las caras de los estudiantes o de los supuestos estudiantes de sicología son diáfanas, puras y sonrientes caras de sicólogos en período de examen; solo que este lugar, así de pronto, sin recordar cómo llegué a él, me hace sospechar. Aunque eso de las amnesias pasajeras nos pasaba mucho. Si vamos a ser más precisos, nos viene pasando todo el tiempo desde el día aquel. Oye, Josemari, mañana van a dar La Naranja Mecánica en la Cinemateca. Mira, Alejandrito, esa mierda no la veo yo, bastante tengo con los mongo-fieras necesitados de un escarmiento físico para ir a estarme cargando de más violencia. Alejandrito te miró. ¿Te vas a ir conmigo hermano?, tu verás que no hay peligro; además, el plan de los oficiales es emplear a los guerreros Kamikaze en último caso. Todavía tienes el pelo largo, ya se te está formando una ruleta calva en el medio de la chola, pero cinco años aguantas. A Camila no le gustó que me pelara, pero así es más fácil encontrar trabajo. Afuera nos espera un auto. Te miró y preguntó si a nosotros nos gustaba la película; esa onda de la violencia, los tipos vestidos de blanco que salen a matar a los pobres diablos. Josemari propuso vestirnos de negro y salir a matar a todos los hijos de puta, pero en el camino hacia la salida del patio tropecé con un borde de loza y caí de boca en el charco: Ya el ejército avanza por las calles, solo nos separaban cuatrocientos metros de él, el sol ha resecado la capa exterior de la plastilina y algunos soldados y oficiales se desmoronan sobre el pavimento en un estrépito mudo de brazos, uniformes, cabezas y piernas cuarteadas. Alejandrito se safó del abrazo-muela-de-cangrejo del Jóse y dijo que él se iba a matar hijos de puta, que nos podíamos ver a las doce de la noche en su casa, que él tenía dos o tres cuchillos viejos y una pata de mesa que podía servir como ariete descalabrador. Me voy mañana, nos dijiste en ese momento. Me voy para Chile y puede ser que no nos veamos nunca más. Y Ale se fue encabronado a cuidar a su abuela al hospital, renegando de las emigraciones y la soledad; nunca adivinó que estaríamos los tres en el portal oscuro de su casa a las doce en punto y que en vez de armas habíamos llevado cartas para mandárselas a los otros, a los que ya habían cruzado la frontera. Salimos caminando por Virtudes en dirección Plaza de Armas, era una costumbre celebrar el funeral-partida de los amigos en la Habana Vieja. Josemari llevó una botella de Silver Dry y te diste un trago largo. En la segunda esquina un flaco se nos quedó mirando, pero ustedes no lo notaron; la calle estaba oscura, no había nadie o casi nadie. Ibas contando que el Xondra estaba de lo más místico desde que estaba tomando Éxtasis y no sé que hubiera pasado si no veo la sombra del flaco, un segundo antes de que se abalanzara contra el José y le atravesara el brazo izquierdo con un punzón. Por suerte pude desviar el golpe de su trayectoria hacia la base de la nuca. El tipo intentó huir, pero tú le pusiste una zancadilla y salió disparado hacia adelante golpeándose la cabeza con el contén. Josemari se puso a darle patadas, tú y yo también, así hasta que me di cuenta que la aparente risa del mariconcito aquel de Coppelia eran sus convulsiones finales y nos fuimos corriendo. Josemari se había cagado en los pantalones y perdido mucha sangre. Ese tipo se está muriendo Mira que cantidad de sangre has botado José, vamos a coger un taxi Se jodió la despedida, dijo Josemari y exigió que lo lleváramos para el Vedado; que no se iba a morir por esperar un poco más; el ejército se ha desplegado en abanico, toma las bocacalles, asegura los accesos, se instala en las alturas y nadie lo ve, nadie les hace caso; no es tan grave, solo el susto y el agujero ya dejó de sangrar. Gracias, hermano, ya fuera un singao cadáver si no fuera...

Lo matamos, lo matamos coño, decías cuando salimos del Hospital Calixto García. Bajamos por calle L y yo pensaba persistente en la palabra asesinos. Josemari lo leyó en mi cara y no dijo nada, lo vi irse en dirección Focsa, ¡más blanco que estaba! (al otro día el Xondra se metió en el seminario, dejó el vicio y le perdonó el insulto y la mentira al Jóse); yo te acompañé hasta el portal de tu casa, y... para que tú veas, no me voy, te extraño, pero me quedo. Tu ejército está hecho tierra en la esquina, el calor lo descuarejingó y me dan lástima los héroes inconsistentes. Mándale un besote y un abrazo a la Cami y dile que la quiero mucho. Y tú, aguanta lo más que puedas; haz como yo y encapsúlate en el amor infinito hasta mi llegada, es imposible no encontrarnos de nuevo. Las cosas a veces salen torcidas, no nos hace falta perdonarnos porque el tipo va a seguir muerto y todo fue un accidente. Si te sirve, te perdono, ya sé que te hace falta que te perdonen y perdonar; no a Josemari, ese se llevó lo que se merecía; y no creas que no agradezco que quieras sacarme de aquí, la distancia sería un alivio; pero me he propuesto salir en paz conmigo mismo de este problema y eso no tiene nada que ver con el espacio, sino con el tiempo. Y si el coco no te da más y piensas volver a planear otra invasión tan arriesgada, respira profundo y ten paciencia, estás bastante grande como para creer en sueños y cuentos de hadas. La gente nos está mirando, te está mirando, aterrorizada, el cuerpo desenfocado. Anda, vete antes de que el calor te lastime demasiado, mira que tienes la cara borrosa. Y no te preocupes, ya me las arreglaré yo mismo para cruzar la frontera.

Sara Cordón

Sara Cordón (Madrid, 1983). Tiene maestrías en Humanidades por la Universidad Carlos III, en Edición de Libros por la Universidad de Salamanca, en Escritura Creativa por la New York University y actualmente cursa un doctorado en culturas latinoamericanas ibéricas y latinas en la City University of New York. Ha trabajado como editora, librera, profesora de escritura creativa y gestora cultural. Ha escrito biografías noveladas para lectores jóvenes, publicadas por la editorial El Rompecabezas. Sus relatos han aparecido en la antología *Los topos mecánicos* (Ígneo) y las revistas *Los Bárbaros, Viceversa, The Barcelona Review* y *Temporales*. Codirige la editorial neoyorquina bilingüe Chatos Inhumanos. Fue la ganadora del premio de relato Cosecha Eñe 2017. *Para español, pulse 2 (Caballo de Troya)* es su primera novela.

SUNNY HORIZONS

Hoy la caja de herramientas le pesa demasiado. Edgardo llama al telefonillo del 6° C y dice: «It's the super». Edgardo es el superintendente de ese conjunto de edificios neoyorquinos, pero podría haber sido otras muchas cosas. «Médico, mijo. O hubieras estudiado para técnico de rayos X, que esos trabajan poquito y ganan mucha lana», le repitió su madre cuando decidió dejar la universidad. Edgardo no siguió sus consejos. De todas formas, a día de hoy se siente más o menos bien. Al fin y al cabo, él es quien lo repara todo en esos apartamentos. Además, lo de "super" —así abrevian la palabra "superintendente" los estadounidenses— le aporta cierto rango de heroicidad. Hoy, por ejemplo, el administrador le ha enviado a ajustar la calefacción de una vecina, a pesar de que están en junio y rondan los 94° Fahrenheit. Para esta misión no importa que Edgardo no tenga superpoderes ni rayos oculares; eso sí, no le quedará más remedio que desarrollar una capacidad de aclimatación sobrehumana.

Se oye la voz de una vieja a través del interfono respondiéndole que ya es hora e, inmediatamente, suena un zumbido: bzzz. Edgardo abre el portal. Al entrar, recorre la escalera con la mirada: seis pisos. Tendrá que subir a pie porque esa misma mañana se estropeó el ascensor. Asciende agarrándose de la barandilla y aprovecha sus paradas en las entreplantas para pegar los carteles que le ha dado el administrador. Le están quedando torcidos pero hoy no se siente con ganas de ponerle más voluntad; no ha pasado buena noche. Susan es extraordinaria —inteligente, divertida, aguda, elegante, de buena familia, bondadosa...—, pero desde que duerme con ella, Edgardo apenas pega ojo.

Según los carteles que está colocando, queda terminantemente prohibido que los vecinos monten a sus mascotas en el ascensor. Así lo decidieron por mayoría los residentes de los ocho edificios que conforman la comunidad vecinal. Entre los argumentos que se ofrecen, destacan palabras como *adaptation, coexisting* o *compromise,* y justifican la medida en favor de la higiene y la seguridad. Edgardo piensa en Bud, el perro de Susan. Le parece que se trata de una decisión excesiva y, desde luego, discriminatoria para aquellos vecinos a los que, a partir de ahora, les tocará subir y bajar a pie cuando salgan a pasear a sus mascotas. Las comunidades siempre son así; integran a unos, rechazan a otros, categorizan... Aunque, a decir verdad, hay días en que el perro de Susan apesta. Ella insiste en que no es para tanto; es un olor natural, el de las glándulas odoríferas que tienen los animales. Edgardo piensa que, en esos días en los que las glándulas de Bud secretan cosas, seguramente resulte un infierno estar atrapado con el animalito en el ascensor.

Sube algunos peldaños más. Se da cuenta de que esas palabras —*adaptation, coexisting* y *compromise*— le recuerdan a otra época. Mientras pega el último cartel, cae en la cuenta de que formaban parte de la letra del himno del campamento al que lo enviaron cuando era pequeño. Tararea el himno antes de llegar a la sexta planta. Le parece increíble: aunque han pasado más de treinta y cinco años, es capaz de recordarlo casi entero. Se titulaba *Sunny Horizons* y lo cantaban cada mañana al izar la bandera. Aquel campamento estaba pensado para tener entretenidos a los hijos de los agricultores locales, y se encontraba en un amplio sembrado de Illinois, vecino al lugar donde Edgardo y su familia vivían. «Rancheros gringos con dinero es lo que son esos chamacos: arrogantitos e incultos, pero con dólares, así que conviene relacionarse con ellos», decía su madre.

Edgardo se limpia el sudor con el puño de la camisa antes de llamar a la puerta. «¿Para qué chingados querrá la doña ajustar la calefacción con este calor?». La vieja abre. Él saluda agachando la cabeza y restriega las botas en la alfombrilla antes de entrar. Huele a guiso de carne y el lavadero está lleno de platos y cazuelas. A Edgardo ese olor le revuelve el estómago. Se siente descompuesto. Sigue a la vieja hasta la habitación principal, deja sus herramientas en el suelo, se agacha debajo de la ventana y abre la tapa del radiador. La vieja regresa con un gato en brazos, le agarra la pata y se la mueve haciendo como si saludase. «El gato *also* habla español, *like you*, señor García».

A un lado de su camisa Edgardo lleva bordado «Galata Condominium NYC». Al otro pone: «E. Garcia». El apellido sin acento y de nombre «E». Ni Edgardo, ni Ed, como decidió llamarle su madre desde que cumplió los ocho años y se mudaron a los Estados Unidos. La ocurrencia hispana de la vieja no le hace demasiada gracia pero, de todas formas, se pone de pie, acaricia al gato y hace el esfuerzo de sonreír. Piensa que, con un poco de suerte, el gato no sólo saluda y habla español sino que también da buenas propinas. «Minino, minino...», le dice.

Vuelve a arrodillarse para examinar el radiador. Atornilla un par de tuercas y abre al máximo la llave de paso. «Pues disfrute, doña, que allá vamos». La habitación se caldea y Edgardo vuelve a sudar como lo hacía en su litera en las tardes de siesta de aquél campamento en Illinois. Los niños más espabilados se las habían apañado para conseguir camas arriba, junto a los ventiladores de techo. Los que dormían abajo solían despertarse empapados.

Cuando Edgardo y su madre llegaron por primera vez a la entrada del campamento, el instructor quiso saber por qué el chico no vestía la camiseta oficial. En vez de ir a la tienda a comprar el uniforme, su madre señaló la caseta de *Lost and Found* que había enfrente. Edgardo rogó a su madre que le diera dinero porque le parecía mal llevarse la camiseta que había perdido otro niño, pero ella insistió en que tenía que ser más vivo. «En este país tan grande uno puede llegar adonde quiera, sólo hay que ver las oportunidades. Dile a la señora de la casetita que se te perdió y agarra cualquiera de la caja del *lost and found*». Su madre también le repitió aquello de que para la familia suponía un gran esfuerzo que él pasara el verano allí y que lo mínimo que podía hacer era amistarse con los compañeros. Eso era muy importante para el futuro: amistarse y ser más vivo, le decía. «Hay que aprender a ganarse su confianza. Que vean que no somos los típicos mexicanos braceros, ¿o qué crees? De no ser porque yo les platico y les sonrío, estos gringuitos no nos comprarían los pesticidas que vende tu papá». Después su madre le dio un beso y se fue, dejándolo allí durante los treinta largos días que hacen un mes.

Mientras revisa con cuidado la válvula del radiador, Edgardo tararea el himno del campamento. Se acuerda entonces de que, tras cantarlo, el instructor utilizaba un silbato para reunirlos y anunciarles las actividades del día: recogidas de frutos, cuentacuentos alrededor de la hoguera, travesías en canoa, carreras de sacos... Al terminar el desayuno, hacían fila con las manos en forma de cuenco para que les repartieran el champú antipiojos, el instructor los enjuagaba con manguerazos de agua fría y luego se secaban al sol. A su compañero Raymond le gustaba sentarse en una roca, agarrar un palito y sacarse la suciedad de entre los dedos de los pies. Toothless

Jess jugaba a menear la cabeza haciendo que le escurriera el agua del pelo. En cambio, Edgardo aprovechaba ese rato de asueto para perderse entre los maizales. En aquel lugar de paisajes tan vastos, la sensación de reclusión, aunque fuera entre plantas, le proporcionaba cierto alivio. De estar agachado en el suelo, la camisa se le ha llenado de pelos de gato. Edgardo piensa en cómo va a presentarse esta noche así de sucio en casa de Susan. Como consecuencia del calor y del malestar que lleva sintiendo todo el día, le da un retortijón. Se acuerda entonces de Raymond y de la plasta que su compañero del campamento dejó a la entrada de su cabaña el día del festival de disfraces. Raymond iba de dinosaurio. Se bajó los pantalones de felpa, se acuclilló, echó una cagada enorme y salió corriendo. Edgardo pudo verlo todo por la ventana mientras terminaba de ponerse el traje blanco de almirante que le había cosido su madre. Sintió envidia de su compañero, de la impunidad con que hacía lo que le daba la gana por haber nacido despreocupado, estadounidense y blanco. Por no tener miedo a ser juzgado. Edgardo pensó en ir a hablar con el instructor para delatarlo. Finalmente, retiró la caca con uno de los remos que usaban cuando salían en canoa y la echó al campo sin decir nada a nadie.

En las antípodas de la capacidad de desahogo de Raymond está Edgardo que, a sus cuarenta y tantos, no es capaz de ir al retrete en casa de Susan porque le parece que su baño es demasiado pulcro como para que un tipo como él llegue a ensuciarlo. A consecuencia de esto, en casa de su novia el intestino se le vuelve tímido y, por eso, ahora, con cierto rubor, pide permiso a la vieja para usar su baño. Cierra la puerta, se baja los pantalones y se sienta. Desde el retrete abre el grifo del lavamanos para que con el correr del agua no se escuchen sus descargas. Mientras se va aliviando, piensa en cómo esa noche le explicará a Susan que, aunque dormir con ella en el condominio le evita tomar de noche el metro de vuelta a Queens y regresar al trabajo a la mañana siguiente, prefiere no quedarse más en su casa. Susan es comprensiva, lo entenderá. Él le dirá que está muy bien con ella pero que necesita fumarse su cigarro al despertar, tomar un café, ir al baño y hacer sus cosas tranquilamente, leyendo un libro. En su baño, que es un baño común y corriente; sin cobertor en la taza del váter, sin cuenco de popurrí… Concluye que tan explícito en su rutina no será pero, desde luego, está decidido a tomar medidas para preservar ese momento de concentración y de soledad de sus mañanas. Más que nada porque si no se estriñe hasta que ya no puede más y revienta. Como le está ocurriendo ahora.

Tira de la cadena, abre la ventana y se lava las manos. Sobre el espejo, la vieja tiene un perfume de violetas. Rocía un poco al aire y vuelve a la habitación. Guarda con cuidado las herramientas en la caja.

—*It should work fine now, ma'am. Please, let me know if you have any more trouble.*

—*That was quick!* Gracias, gracias, señor García.

La vieja mueve la pata del gato para que éste lo salude. Edgardo le hace unos cariños al animal y se guarda en el bolsillo los cinco dólares de propina que recibe.

Abajo, en la oficina del condominio, le espera el administrador. «*Here he is: our super*». Edgardo se siente cansado y sucio, pero el administrador le hace sentarse un rato y le dice que lo ve muy bien. Muy muy bien. Tanta adulación le extraña. Debe saber lo de Susan, se dice Edgardo. Seguro que el vecino del ático le ha ido con el chisme.

El administrador le explica que ha pedido a los de la empresa de reparación de ascensores que le llamen al móvil para concretarle a qué hora irán al día siguiente. Le recuerda que debe cambiar las bombillas del cuarto de lavadoras y cuidar que a las nueve allí no quede nadie. Después podrá volver a su casa, o a donde sea. «*You dog!*», le dice dándole una palmada en la espalda. Definitivamente, el chismoso del ático ha abierto el pico.

Edgardo comenzó a trabajar como superintendente en un condominio de Manhattan poco después de abandonar la universidad. Su madre lo llamó desagradecido y otras cosas peores. «Tu papá y yo no nos hemos matado para pagarte los estudios con la intención de que termines en un trabajo para ilegales». Pero a Edgardo aquél empleo no le pareció mal: ganaría buen dinero y podría salir de aquel pueblo de Illinois donde, aunque casi la mitad de la población era de origen mexicano, tanto los blancos como los que no lo eran le trataban con cierto recelo: unos por desconfianza, otros por considerarlo un arribista. Más tarde, conoció a Mariana, nacieron sus hijos y, poco a poco pasó a trabajar en conjuntos de edificios de mayor categoría. Allí Edgardo se siente más o menos cómodo; la vista no se le pierde en horizontes vastos y engañosos como los de Illinois. En Nueva York las perspectivas se le acaban en el edificio de enfrente.

Mira el reloj. Ha quedado en llegar a casa de Susan en menos de una hora. La noche pasada fue la quinta consecutiva que durmió con ella. Aunque a Edgardo le gusta flirtear con las chicas de la limpieza del condominio, lanzarles piropos y presumir de que tiene muy buen pelo y nada de panza, lo cierto es que, desde su divorcio, no había ligado nada. A la hora de la verdad, cuando detecta cierta disposición por parte del género femenino, se retrae. Probablemente porque es «un cagón», como ya le advirtió Raymond. Un día, los chicos del campamento salieron por parejas a hacer un recorrido en canoa. En vez de ayudarlo a remar, Raymond hundió sus manos en el agua mientras le explicaba a Edgardo que estaba decidido a atrapar un pez. Edgardo le dijo que no se entretuviera, que era imposible pescar así, sin red ni nada, que hiciera el favor de coger el remo porque, al estar remando él solo, se habían quedado atrás. Raymond respondió indignado: ¿cómo se le ocurría a Edgardo chafarle su afán pescador? Entonces le dijo que era un cagón. Que podía seguir como un estúpido remando y obedeciendo para intentar ser uno más, pero que no lo era. Edgardo no podía ser uno más, por mucho que intentara asimilarse. Y no sólo no podía por mexicano, como decía Toothless Jess, sino por cagón. «*I tell you: you're a fucking wimp, and you will always be a nobody*». Ahora se pregunta qué será de Raymond y qué diría si pudiera verlo con una mujer tan fantástica como Susan.

Edgardo saca el móvil para mirar si le han contactado los de los ascensores. Entonces descubre que tiene dos llamadas perdidas. «Chingadamadre», se dice y devuelve la llamada. «Mariana, ya te dije que no me marcaras cuando estoy en el trabajo. Sí, este fin de semana sí puedo. ¿Me mandas a los dos chicos? Ah, pues yo cómo lo voy a saber. A lo mejor querías quedarte con Julito para que te ayudara. No, no seas así, Mariana. Ya sabes que me gusta verlos. A los dos. OK, pues. Me los llevas el sábado y hablamos del verano. Sí, sí, yo me los llevo en verano, descuida. OK. OK. Bye».

Edgardo entra al cuarto de lavadoras, pide permiso a los que quedan mirando cómo las máquinas secadoras dan vueltas para que lo dejen pasar con la escalera. La despliega y se sube para cambiar la primera bombilla. Piensa que lo de Susan ha sido un milagro. Fueron rompiéndose demasiadas cosas en su casa: primero se le salía el agua del baño, después se le atascaba comida en el fregadero, más tarde no le cerraban bien las puertas y su perro se le andaba colando por todas partes. Finalmente, lo invitó a cenar. Como agradecimiento, le dijo Susan, porque si no le daría remordimiento volver a molestarlo. Y de repente, ahí estaba Edgardo, en la cama de Susan. Dudando cómo acariciarla e intentando hacerla reír porque una suerte así no se tiene todos los días. «Diviértela, mijo». Así le habría dicho su madre si todavía se hablasen. «Es gente que nos conviene y hay que agradarles. Acuérdate de las cosechas. Ellos necesitan los pesticidas que vende tu papá,

298

tú diles». Por eso, aunque le pareciera de mal gusto, a petición de sus compañeros Edgardo repitió unas cuantas veces en el campamento la gracia de la cuchara: cuando la camarera se ponía cerca de ellos para servirles la comida, alargaba la cuchara y le levantaba un poco la falda para que los otros chicos pudieran verle el trasero. Raymond se tocaba el pito por encima del pantalón haciendo ver que le daría un buen repaso a la camarera. Toothless Jess cerraba la boca pero no se aguantaba la carcajada y acababa soltando babas sobre el plato. En una ocasión la camarera se giró y se dio cuenta de lo que estaba pasando. «*I'm so sorry*», dijo Edgardo muy avergonzado. Su madre le había enseñado que ante todo estaban el respeto y los buenos modales, que él era fino, no como esos rancheros que apenitas sabían leer.

Cambia la otra bombilla mientras piensa que el fin de semana podría organizar algo para que Susan conozca a sus hijos. Si van a tener que llevárselos este verano es mejor que hagan migas cuanto antes. ¿Adónde podrían ir?, se pregunta. El pequeño se entretiene con cualquier cosa pero Julito siempre protesta.

Edgardo baja de la escalera, la pliega, la deja en la esquina y se sienta un rato para esperar a que los vecinos terminen con su ropa. Se acuerda de lo que le costó volver a dormir solo cuando Mariana lo dejó.

—*See you, Mr. García* —dicen unas mujeres al salir del cuarto de lavado.

—*Goodnight, ladies.*

Cuando no queda nadie, Edgardo tiene la tentación de meter su camisa y sus calzones en una lavadora y ponerlos en un programa de lavado rápido. Lleva cinco días sin cambiarse y, aunque por las mañanas se ducha donde Susan y le roba un poco de desodorante, no puede seguir así. Esa misma noche tendrá que hablar con ella. Apaga la luz, cierra con llave la puerta del cuarto de lavado y sale a la calle.

A pesar de ser más de las nueve, hace calor. Sin duda, el verano se está adelantando. El vecino del ático se asoma a su terraza. «Pinche chismoso», piensa Edgardo. Por no darle el gusto de que lo vea llamar al telefonillo de Susan, espera fumando un cigarro. El del ático saca la manguera y hace como si regara sus plantas. «¿A estas horas se pone usted a regar?». El agua resbala por la pared del edificio y la escalera de incendios. «Riegue, riegue, que yo no llamo hasta que usted no se marche». Un chorrillo le salpica el pelo.

Una vez, mientras el instructor le echaba su manguerazo de agua fría, para aclararle el champú antipiojos, Edgardo miró el campo infinito de maizales y, por una vez, se sintió capaz de cualquier cosa. Pensó que Raymond se había equivocado cuando le dijo aquello de que era un cagón: él también podía hacer y deshacer, llegar hasta donde le diera la gana. Por eso, avanzó rápido por una de las hileras de maíz. Estaban rígidas, secas. No le importó rasparse. Echó la cabeza hacia atrás y sacó pecho para que los tallos le golpearan el cuerpo. Luego comenzó a correr. Edgardo corría mientras le decía adiós a ser complaciente con aquellos brutos, a aquel destino mediocre que él mismo se había autoimpuesto. Se le ocurrió que al otro lado del maizal habría algo mejor. «En este país tan grande, uno puede llegar a donde quiera, mijo». El agua le escurría por la espalda. A lo lejos escuchó el silbato del instructor pero él siguió avanzando sin detenerse hasta que atravesó el último maizal. Entonces se acuclilló para tomar aire y miró al frente. Descubrió que no había nada. Al acabarse los maizales no había absolutamente nada. Algunas plantas más bajas y otros campos de maíz al fondo. Sólo otro gran espacio abierto. Caminó un rato en círculos pensando adónde podría ir. Comprendió que la única opción era volver al campamento, y regresó bordeando el camino. Tenía mucho calor y se quitó la camiseta del uniforme. Estaba harto de que el nombre de otro niño bordado en la etiqueta le irritara el cuello. La lanzó entre las plantas, lo más lejos que pudo. Todavía se demoró un rato más en llegar.

El instructor lo castigó. Durante el resto del verano tuvo que cantar él solo cada mañana el himno del campamento delante de todos.

Cuando Edgardo entra en casa de Susan, Bud se le enreda entre las piernas. Consigue atravesar el pasillo esquivándolo y la encuentra en la habitación. También Susan acaba de llegar de su trabajo. Se está quitando los zapatos y se recoge el pelo con una pinza. La sirvienta les ha dejado pescado y puré. Susan calienta la comida y se sientan a la mesa. A él le parece descortés decir que piensa irse a dormir a su apartamento mientras mastica algo tan rico, así que lo posterga. Al tiempo que le rellena a Susan el vaso de vino, la invita a ir a Queens el fin de semana. Así conocerá a los niños, ya que tendrán que pasar con ellos las vacaciones de verano. Ella se levanta para sacar el postre del refrigerador. Responde desde la cocina que si no ha pensado en mandar a los niños a un campamento. De esa manera, ellos dos podrían ir tranquilamente a algún lado: a la playa, o a la casa que sus padres tienen en Lake Tahoe.

Terminan de cenar en silencio. Bud lo mira esperando que se le caiga algo de comida. Al menos hoy el perro no huele mal. Para que no le siga mirando de esa forma, lo aparta con la pierna. Entonces le vuelven a la cabeza aquellas palabras: *adaptation, coexisting, compromise*. Edgardo se pregunta si, además de ser quien lo arregla todo en esos apartamentos, estará todavía a tiempo de ser otras muchas cosas más.

300

Mientras Susan lava los platos y él los seca, se besan. Le hace un par de bromas sobre las piernas tan largas que tiene y simula necesitar una escalera y subir peldaños imaginarios para poder llegar a su boca. Todo para que ría. Cuando ella va a lavarse los dientes, Edgardo la sigue. Ha dejado la puerta entreabierta y se asoma a aquel baño tan perfumado sin atreverse a entrar y sin saber muy bien lo que hace. Se queda ahí respirando un rato y Bud aprovecha para colarse por el hueco de la puerta. Susan se gira y lo encuentra allí mirando. «*Are you OK, Ed?*». Así lo llama ella: Ed. Edgardo tarda un rato en reaccionar. Luego responde que sólo quería avisarle de que ya no podrá bajar a Bud en el ascensor. Por lo visto, en el condominio lo han decidido así. Susan niega decepcionada con la cabeza y cierra la puerta del baño. Él se marcha al dormitorio.

No es que no le guste quedarse allí, todo lo contrario, pero mientras Susan lo mira desde la cama, se le ocurre se sentiría menos descolocado si, en vez de dormir ahí juntos los dos, tuvieran una litera. Así ella descansaría arriba y él abajo, sabiendo que están cerca el uno del otro, pero permaneciendo cada uno en el lugar en el que les corresponde. Eso piensa mientras se quita las botas. Después se desabrocha la camisa, la sacude para quitar los pelos de gato que se le pegaron horas atrás y la coloca sobre la silla, lo más estirada que puede, porque tendrá que volver a usarla al día siguiente.

EL BIEN COMÚN

Tengamos en cuenta tres cosas:

Por un lado, *The Warriors*, una película del año 79 sobre pandillas callejeras neoyorquinas que Mercedes, durante su juventud, sacaba del videoclub con una frecuencia mínima de dos semanas. Ella veía la película intentando que su ojo no vago enfocara con la mayor precisión posible, proyectando todas sus energías psíquicas púberes en el televisor hasta llegar a balbucear los diálogos antes de que se produjeran. «Quiere que nadie lleve armas y que nadie haga demostraciones de fuerza», decía un matoncete, y Mercedes se congratulaba por haber previsto aquella frase al mismo tiempo que iba preparando la entonación para otra que también le divertía: «Estúpidos, ¿sabéis contar? Yo digo que el futuro es nuestro si es cierto que sabéis contar».

Bien, eso por un lado. Por otro, está el metro neoyorquino que Mercedes —ahora treintañera y española de provincias emigrada— asocia a la atracción del "gusano loco" de la feria de su ciudad natal: incomodidad, gente rara, ruidos estridentes, el borracho de turno molestando, traqueteo, meneíto, alguno que de vez en cuando vomita y, en la mayor parte de los tramos, el desasosiego que genera la imposibilidad de contemplar lo que hay en el exterior.

Por último y por no hacer desprecios, tengámosla también en cuenta a ella.

Mercedes, que por fin ha conseguido asiento en el metro, se mira de estómago para abajo todo lo que se alcanza a ver y se arrepiente de haber salido ataviada de aquella manera. Luego se vigila de pectorales hacia arriba a través del cristal que tiene enfrente, ignorando al muchachito que acaba de poner música y se vale de una de las barras de sujeción para hacer acrobacias y bailar break dance en medio del vagón. Ella está a lo suyo, a sus propias tribulaciones. Se arranca los padrastros, se cruza de piernas hacia un lado y luego hacia el otro, se recoloca las gafas un poco más arriba del tabique nasal. Podría haber metido el birrete y la toga en una bolsa y llevarlos guardados hasta su destino. Así, habría caminado de una forma mucho más discreta desde su apartamento de Brooklyn hasta la parada de metro más cercana, evitando no sólo que gente desconocida le gritara por la calle eso de «congrats» sino también que un turista gamberro intentara en el andén descolocarle el birrete a base de disimulados toquecitos con su palo de selfie. No, Mercedes no sabe por qué se puso tan a la ligera la toga lila y menos aún ese gorro prismático que su universidad le ha alquilado por 70 dólares al día.

Mira —ahora sí y por un momento— al bailarín de break dance que, sostenido de las barras de sujeción, se contorsiona cabeza abajo, haciendo virguerías con su gorra mientras tiene el mundo vuelto del revés. Pero aunque lo mira, Mercedes ha visto ese espectáculo varias veces y ya no le impresiona. O quizás está tan abstraída que simplemente lo mira pero no lo ve. Sólo piensa que no sabe por qué ha salido así vestida de su casa. Aunque en verdad sí lo sabe. La culpa la tiene el cronotopo "graduación". Desde que Mercedes entró en la academia estadounidense usa mucho esa palabra: "cronotopo", aunque a veces lo haga desatinadamente. También, de vez en cuando dice "teleológico", "falocéntrico" e "inconmesurable". Mercedes considera que la culpa de estar ahí, sentada en un vagón de metro que la lleva dirección Uptown/The Bronx, tan nerviosa como sofocada, tan henchida de orgullo como ridícula, la tienen su educación sentimental fílmica y la ceremonia de entrega de diplomas que ha organizado su universidad. Desde luego, en todas las sensaciones de culminación triunfal que está experimentando tiene bastante que ver *The Warriors,* con sus grupos de apariencia peligrosa que atraviesan Nueva York y van conquistando la ciudad, haciéndose fuertes en conjunto, en bandas, en comunidad. Pero también *Flash Dance, Rocky, La historia interminable* y todo ese cine ochentero norteamericano dirigido a los chavales influenciables del mundo. Películas que ensalzaban el esfuerzo y la lucha de una estereotipada juventud subalterna —desde que entró en la universidad, ella también emplea esa palabra—. Juventud que, tras un exceso de transpiración catártico, alcanzaba una poética y merecidísima gloria personal.

Hablando de gloria, el bailarín de break dance usa su gorra para recoger los billetes de dólar con los que su público le aplaude las piruetas. Mercedes no aplaude porque está pendiente de sí misma; tras los cuarenta minutos que dura ese trayecto va a reunirse con sus compañeros de clase en el estadio de los New York Yankees, va a confundirse con la masa lila y a sentarse en la zona del graderío reservada para los alumnos del doctorado en estudios hispánicos. Escuchará el discurso de algún intelectual eminente, agitará el banderín con el nombre de su universidad, se quitará las horquillas que le sostienen el birrete y lo lanzará al aire, a pesar de que ahora esté prohibido hacerlo porque el año pasado un muchacho de Cleveland perdió el ojo a causa de una de las puntas de un birrete volador. La gloria. Simple y llanamente. Merecida —o eso le parece— porque ella también es morena y tiene el pelo crespo, como Alex, la soldadora de acero que soñaba con bailar en *Flashdance*. Además, es una emigrante, como el potro italiano Rocky Balboa y, al igual que Bastian, padeció bullying por ser la pardilla que se escondía para leer historias interminables en alguna de las aulas de su instituto de Alcázar de San Juan, provincia de Ciudad Real. Mercedes no puede evitar sentir que viene del lado oscuro, de cierta marginalidad entre las hegemonías sociales, de todo lo doloroso que supone tener que cubrirse durante años con un parche el ojo no vago. También, de un país en crisis. En la narrativa de superación que ella misma ha elaborado, su goce se justifica porque los honores que recibirá hoy son honores universales. Ella sabe —porque se lo ha enseñado el cine— que cuando vence el subalterno vence también el bien común.

Pero miremos. No dejemos de mirar:

Por un lado —más bien a su lado, sentado en el asiento contiguo a Mercedes—, está él, Leobardo. El cuerpo desparramado, los dedos peludos y regordetes recorriendo la pantalla del móvil con afán: juega al *Crazy taxi* y no duda en llevarse por delante a otros coches, en subirse a las aceras, en atropellar a algún que otro peatón. Levanta la cabeza de vez en cuando para asegurarse de que está donde tiene que estar; en su medio de transporte real, el metro rumbo Uptown/The Bronx. Hoy es su primer día de trabajo y se siente muy crazy, muy salvaje todo él.

Por otro lado está la mampara publicitaria que tanto Leobardo como Mercedes tienen enfrente, unos palmos arriba de sus cabezas. Una mampara que debería promocionar helado, ya que la empresa Häagen Dazs pagó un dineral por colocar su anuncio a la vista de los miles de usuarios que cada día toman la línea 4. Pero lo que los pasajeros ven es algo muy diferente: una cuchara untada en crema marrón y la frase «äah Keano Prof. undo». Al juego de palabras que los heladeros pretendieron hacer —las letras «äah» de la marca como expresión de deleite producida por la cremosidad del producto, seguido del slogan «pleasure impossible to undo»—, se superpone un cartel de papel malo que alguien ha pegado para divulgar los servicios del vidente y profesor Keano. La cuchara pringada de sustancia marrón custodia tanto a Leobardo como a Mercedes, en ese collage de publicidades que para los no hispanos no significa nada.

Por último miremos la risilla bobalicona de ella. Recuerden que toda Mercedes es resistencia contra-hegemónica, y a veces, por la autoridad que le ha conferido durante muchos años ser víctima del desprecio social, también maldad. La visión del desafortunado calambur le hace —¡por fin!— olvidarse del cronotopo "graduación", de su toga lila y de la influencia que las películas ochenteras de su infancia tienen todavía en sus expectativas. Con su hilaridad consigue distraer a Leobardo que, ante la vista del «äah Keano Prof.undo», abandona el móvil y, por lo tanto, el control de su taxi que se estrella contra un muro. Game over.

—¿Les quedó chistoso, no?

—Sí —Mercedes, que no es muy hábil para las relaciones sociales, se coloca las gafas y esconde sus padrastros carcomidos bajo las larguísimas mangas de la toga.

—Hasta poquito grosero.

Entonces él, regresa a toquetear su pantalla porque se debe a su taxi. La actividad frenética le hace olvidar que hoy por fin le toca hacer lo que ha ido a Nueva York a hacer: recoger el testigo laboral de su tío y, siguiendo su ejemplo, ganar dinero en dólares. Mercedes, que da por terminada la conversación, se relaja y desenfunda los pulgares.

Aunque para Leobardo *The Warriors* se llamaba *Los Guerreros* y el doblaje que escuchaba era diferente, también él se sabe ciertos diálogos de memoria: «¿Saben contar, torpes? Yo digo que el futuro es nuestro si ustedes saben contar». Leobardo y su vecino el Machuca, en cuyo sótano solían reunirse durante la adolescencia para beber latas de Tecate y ver vídeos, estaban fascinados por la parte de la película en que los pandilleros neoyorquinos —los «cholos gringos»— descubren que son tremendamente poderosos por una simple cuestión numérica: «son los más cabrones y, como cada día son más, en cualquier momento conquistarán no nada más el metro sino toda la ciudad». Para ser un poco como *Los Guerreros*, Leobardo y el Machuca se compraron dos chalecos idénticos que nunca se atrevieron a usar sin camiseta debajo y, menos aún, a lucir a la vez. Les daba un gusto desorbitado imaginarse como dueños de toda una urbe, incluso de unos poquitos vagones. Pero en la tranquila ciudad bajacaliforniana de Ensenada ni siquiera había metro.

Leobardo piensa que quizá en Nueva York sí haya algo conquistable. Asocia el metro de esa ciudad con el pabelloncito de deportes de la escuela en la que estudiaba: masificación, olores corporales, chicas recién duchadas terminando de vestirse y empezando a maquillarse, empujones, carteles que nadie respeta en los que se prohíbe comer y beber. Sobre todo, lo asocia a la posibilidad de compartir un espacio con gente con la que normalmente no se compartiría nada. Es decir, un lugar de reunión que, por aleatorio, se vuelve interesante. Pero Leobardo apenas sociabilizaba en el pabellón de deportes de su escuela y menos aún lo está haciendo en el metro neoyorquino. Levanta la cabeza para asegurarse de que está en la línea adecuada. Todo bien; el Upper East Side. Ahora el metro atravesará el Harlem Latino y se adentrará en el Bronx hasta llegar al lugar donde se encontrará con el socio gringo de su tío. «Él le sabe bien al business». El tío también le ha asegurado que para el negocio no necesitará saber bien inglés porque en ese barrio casi todos son hispanos. «Que hable inglés el socio. Aparte, hablar español en la chamba te puede servir para honrar la raza, mijo». «Casi dos millones y medio de hispanos y latinos en la ciudad de Nueva York. Una clase obrera en el Bronx que es como tú y como yo. Que estará de tu parte». Todo eso le ha dicho su tío. Una ciudad conquistable, piensa él y, de repente, su taxi bocabajo. Game over otra vez. Putamadre.

En este momento tan aburrido del viaje, resulta crucial permanecer atentos a tres sucesos.

El primero es que, al abrirse las compuertas en la 86 St., penetra una bocanada caliente en el vagón; lamentablemente para los usuarios del metro neoyorquino, los andenes no están refrigerados. Junto con la calorina, acceden unos padres primorosos acompañando, con toda la elegancia de la que son capaces, a su hija veinteañera. Ésta también se dirige al estadio de los New York Yankees y, al igual que Mercedes, ha tenido la poca prudencia de salir de casa con su toga lila, su birrete y su inseguridad.

El segundo suceso es que el metro se detiene en seco en la oscuridad del túnel que precede a la siguiente estación y el conductor da un aviso por megafonía: «Ladies and gentlemen: we are experiencing a momentary delay because of train traffic ahead of us». Se escucha entonces un lamento generalizado con expresiones de todo tipo: «Fuuuuuck». «Mielda». «Really?» «Jehová, dame tú la misericordia». «Jeez!». «Oh, shit». Leobardo resopla y se guarda el móvil en el bolsillo. Mercedes, que se horadaba los padrastros con un ansia jubilosa por haber encontrado a una gemela de atuendo —¡el refuerzo comunitario que su absurda singularidad tanto necesitaba!—, los desatiende y padece el mismo desasosiego que cuando en su infancia la montaban a la fuerza en la atracción del "gusano loco".

Procedente del vagón de contiguo, entra un tullido de piel muy blanca y cabello pelirrojo maniobrando su silla de ruedas: su presencia es el tercer suceso. A falta de manos libres, lleva en la boca un vaso de plástico con el que recauda donativos. «Help this homeless», dice, aunque el vaso impide que se le entienda. Los pasajeros se apartan para que circule y él decide frenar, quitarse el vaso de la boca e increpar a la gemela de atuendo de Mercedes para que le dé algo suelto. «A dollar to spare, eh? A dollar? Help this homeless, sis. Give me a few dollars». Y le acerca el vaso de plástico a la nariz. La muchacha, intimidada, se echa hacia atrás. Su padre le toma la mano. «C'mon, sis, I can't even be a criminal, I have no leg, give me a fucking dollar, fucking whore». El tullido refunfuña y avanza de nuevo con su silla, llevándose por delante los pies de quien, como Mercedes y Leobardo, no los retira a tiempo.

—Help this homeless. I live in a fucking shelter. Give me a few dollars.

Varios de los pasajeros se indignan ante el reclamo agresivo, llegando a cuestionarse si ser una persona de movilidad reducida le da derecho a exigir dinero de esa manera. Leobardo se agita y, aunque parece que va a contenerse, no lo hace.

—Me pisaste, ¿no ves?, y a la señorita le arruinaste la bata.

—What?

—Digo que debería aprender modales y disculparse. Say I'm sorry. Easy. Say I'm sorry. To her, and also to her —dice refiriéndose a Mercedes y a su gemela de atuendo para quienes, a pesar de sus togas, si ahora algo les importa poco es el cronotopo "graduación".

—What the fuck are you saying, fucking beaner? —empuja la silla marcha atrás pasando de nuevo sobre el pie de Leobardo y la toga de Mercedes—. I have no fucking leg, no fucking home, so fuck you and fuck her.

Mercedes, demasiado intimidada por el tono de voz y la herida en la frente que mancha el pelo ya de por sí rojo del tullido, trata de indicarle a Leobardo que no pasa nada. Varios pasajeros hacen gestos de sentirse irritados por la actitud de ese hombre que no sólo les ha faltado al respeto sino que además se ha atrevido a discriminar al muchacho hispano.

Leobardo está envalentonado, quizá porque es su primer día de trabajo en Nueva York. No se reconoce; hoy es más cabrón que nadie. Se levanta y dice: «Va a pedirles perdón a las señoritas. You are going to apologize or I will keep the cup». Entonces, haciendo el mayor acopio de determinación de su vida, le quita el vaso de plástico.

—What the fuuuck?

—I just want you to be gentle, amigo —Leobardo empieza a sudar a raudales—. Y eso del beaner que me dijo, ¿qué es, como frijolero? Eso es bien feo. I just want you to be gentle, amigo. Better for you, better for everybody, va a ver —dice acercándose al padre primoroso—. You give him a dollar, ¿verdad, señor?, si él apologize, you give him one dollar.

Entonces el padre de la futura graduada saca de su billetera un dólar y lo mete en el vaso que sostiene Leobardo.

—Now, smile and say it: "I'm sorry".

—I don't give a shit! Give me my fucking cup.

—Pues nomás quiero ayudarle y que sea educado, more polite, ya ve. Esta señorita también le da un dólar, ¿verdad que sí, señorita? —y como la interpelada es Mercedes, rápidamente se hurga en el bolso que trae cruzado sobre la toga y le da a Leobardo no uno sino hasta cinco dólares—. Look, amigo. Just say "I'm sorry".

—Sorry, motherfucker.

—Bueno, es un comienzo. Come with me. Sea amable y yo le ayudo. I will help you. Un donativo para el señor, por favor —pide, y el tren vuelve a arrancar mientras los pasajeros rebuscan en sus bolsillos para apoyar la causa de la educación, la tolerancia y el respeto.

Al llegar a la estación de 138 Grand Concourse, el tullido se baja con el vaso lleno. Leobardo regresa a su asiento sorprendido de sí mismo. Mercedes, por su parte, se recoloca las gafas un poco más arriba del tabique nasal y, aunque no lo mira porque siente cierto rubor, está orgullosa de su compañero de metro, de la forma con la que ha combatido a base de buenas maneras la tiranía que se ejerce en Nueva York y que incluso a veces proviene de la propia subalternidad. Piensa entonces que, a partir de su graduación, va a constituir junto con sus colegas algo así como un escuadrón de la intelectualidad. Una especie de guerreros que, como su compañero de metro, serán el azote de aquellos que perciben a los hispanoparlantes como "beaners", ladrones de puestos de trabajo, amigos del baile apretado —«latina caliente», como una vez le han dicho a la propia Mercedes, a pesar de la poca calentura que le caracteriza— y, sobre todo, como maleducados. Nunca más. Ella y sus compañeros universitarios están a punto de obtener un diploma que los consagrará por siempre a la causa del valor simbólico del hispanismo y la latinidad en el mundo. La gloria. Una gloria que se irá expandiendo. «¿Estúpidos, ¿sabéis contar?».

Por fin, su estación: Yankee Stadium. Mercedes, hermanada a su gemela de toga y birrete no sólo por su inminente graduación sino sobre todo por la experiencia compartida, camina alegre —y primorosa ella también— junto a la familia. Leobardo, por su parte, se despide de Mercedes bajando la barbilla y vuelve a sacar el móvil. Ya no siente la necesidad de jugar al *Crazy taxi*. Piensa en la influencia que las películas ochenteras de su infancia tienen todavía en él y se acuerda de *Los Guerreros* y, por extensión, de su amigo el Machuca. «No quiere a nadie armado. Como tampoco que iniciemos riñas», decía uno de los maleantes. Se sonríe con una guasa similar a la que le produjo leer el cartel de «äah Keano Prof.undo». Mientras el metro atraviesa el Bronx y, sintiendo la satisfacción del trabajo bien hecho, escribe un mensaje: «Ey tío, hecho. El socio gringo me impresionó. Bien pelirrojo, con su cortada en la frente con sangre. Todo un profesional. ¿Ahorita dónde me vuelvo a ver con él?». Aunque, como le ha explicado su tío, Leobardo forma parte de una minoría, su nueva vida no parece disgustarle. Más bien, todo lo contrario. Llegando a las últimas estaciones de la línea aprende a disfrutar del exceso de transpiración catártico, de su merecidísima gloria personal. Simple y llanamente. Con este trabajo, por fin, tiene la capacidad de conquistar un poco una ciudad. De conquistarla, por supuesto, para bien.

Gastón Virkel

Gastón Virkel. Escritor y guionista. En días soleados se define como un storyteller para no dejar plataforma alguna fuera de sus posibilidades. Sus textos han sido publicados en antologías como *Pasajeros en Arcadia* (Marcelo Di Marco), *Viaje One Way* y *Miami (Un) plugged* (H. Vera Alvarez y P. Medina León, Suburbano Ediciones) y *Los topos mecánicos* (Raquel Abend Van Dalen, Editorial Ígneo). En 2017 publicó *Cuentos Atravesados*, su primer libro de relatos por Suburbano Ediciones (SEd). Ha escrito y dirigido el largometraje *De rodillas*; además de haber participado en numerosos cortometrajes. En TV ha trabajado para marcas como MTV, Discovery Kids, Sony Entertainment Television, Boomerang/Turner y Paramount, entre otras. Publica la novela por entregas *#Lasticön* en el magazine digital *Suburbano.net,* donde también es responsable de la imagen de marca y redes sociales.

SIETE DUELOS POR MAURICE

Me provoca confesar que a veces siento que reírse de una hoja en blanco es como desafiar un espíritu vudú. Puedo no creer en él, pero pronto me entra la duda. Y la duda pasa a ser el espíritu mismo y entonces la existencia o no de esa fuerza sobrenatural ya no tiene importancia. Ya es. Y si no es, poco importa. Porque acosa desde la remota posibilidad.

No me voy a reír de la hoja en blanco pero siento que me sobra letra. Esta historia es un ovillo imposible con varias puntas desde donde empezar. Puedo, por ejemplo, elegir el comienzo del gato. Impreciso y aleatorio. Pero feroz. Tan feroz como un espíritu vudú que no existe pero se cobra sus siete vidas todas juntas. Vi morir aplastado por una caja de libros viejos, a Maurice, la mascota inoperante de Helena una tarde de invierno vudú.

"Vudú" es para mí todo objeto inanimado que aloja una intención inquieta y cínica. Y que se expresa con aires poéticos e ironías ácidas y rústicas. Maurice dejó sus siete vidas bajo esa caja desfondada de títulos viejos que nunca se vendieron. La mayoría, del "Club de los Siete". Una vida por cada socio del club. Helena hubiera sonreído si no fueran los últimos siete suspiros de su Maurice los que se perdieron bajo el pesado aluvión cultural.

Helena opinaba que las mudanzas deberían considerarse reinvenciones. Pero que notaba que cuando la gente se muda no quiere una vida nueva. Quiere una vida extra, como en los videojuegos, un poco más de lo mismo. Conserva todas sus vidas anteriores en cajas llenas de papeles, fotos y recuerdos de otros tiempos. Se mudan a un espacio más amplio solo para gozar de más lugar para guardar lo que irán recolectando desde aquel momento en adelante. ¿Cuántas vidas caben en tu buhardilla, mi amigo? ¿Siete? Ah, siete vidas. Como las de Maurice.

—Señor... —balbuceó el conductor del camión de mudanzas—, ¿qué hacemos?

—Limpien el accidente —dije sin esbozar reproche— y metan a Maurice en una caja. Yo me encargo.

Helena y yo tenemos una amistad fácil. Nos conocemos desde no hace mucho pero nos conocemos. Quiero decir que ya pasamos por situaciones incómodas, bizarras, impresentables y vergonzosas. Y nos hemos aceptado. Desde la absoluta imperfección propia, representa una soberana estupidez juzgar al otro con dureza. Todos somos losers atómicos, lo que sucede es que algunos tienen la capacidad de que la cámara los tome en el preciso momento en que convierten el gol desde la media cancha. Si no detestara tanto el fútbol, Helena me daría la razón. Pero para ella, razón y deporte espectáculo son dos conceptos que se rechazan inequívocamente.

Comunicarle una mala noticia a Helena no era nuevo para mí. Ya había estado allí muchas veces: "me singué a tu prima", "le faché twenty bucks de la cartera a tu vieja. ¿Que tu vieja no usa cartera? ¿De quién serán entonces?", "Me olvidé el password. Otra vez". La diferencia en este caso fue que el culpable era otro.

Aquella mañana, Helena guardaba fotos en una inmensa bolsa de basura. Mecánicamente, sin clasificación alguna sus larguísimos y delicados dedos amontonaban los trazos de su pasado. Me acerqué despreocupadamente y perfeccioné un matemático apilamiento de 7 u 8 ejemplares de la colección de bolsillo Austral.

—Maurice está muerto.

Ella ni me miró. Con un largo suspiro dio por terminada la tarea de meter en cajas o bolsas sus pertenencias. Lo que quedaba suelto, basura sería. Y olvido.

Tan mecánicamente como guardaba las fotos, Helena enterró a Maurice. Con el resto de una botella de *Tito's* y cero melancolía. Apisonaba rítmicamente la tierra con ambas manos. La oía y pensaba con algo de humor negro que aquella percusión necrófila sonaba muy parecido a la intro de "Curva al más acá" –el primer tema que compusimos en esa casa. Helena se me adelantó y comenzó débilmente a cantar.

Dos tibios besos apenas alcanzan para aplacar las penas de una borrachera.

Dos lágrimas pagaron sus respetos a los 7 sepulcros de Maurice.

Helena no les dijo nada. —Cuatrocientos, quinientos, seiscientos —contaba los billetes sobre la palma del chofer—. Y este es el tip. Aquí tiene la dirección.

El hombre se acercó demasiado al trozo de papel para ver la ínfima letra de Helena. Se calzó unos anteojos enormes, hizo foco y repasó:

—Two twenty five northeast, fifty nine street... Little Haiti... tres, tres, uno, tres, siete. Roger that. Vamos saliendo, entonces.

Yo no podía creerlo. Helena me fulminó con los ojos verdes y su brillo perverso. Después tomó su mochila y me arrastró a la calle. Subió a su auto. Encendió el motor y conectó su iPod a la radio. Drexler recitaba con parsimonia.

Estás conmigo, Estamos cantando a la sombra de nuestra parra. Una canción que dice que uno solo conservalo que no amarra. Ingresé medio cuerpo a través de la ventana para acallar la música.

—Helena, ¿quién vive en esa dirección?

—Nadie –dijo–, no vive nadie.

Liberó a Drexler y aceleró.

REFLEJOS

Algo tenso Ramiro esperaba que le trajeran a su amigo. El frío es una contrariedad insignificante cuando uno se encuentra de visita en el penal de Okeechobee. La pequeña puerta se abre. Un obeso guardia empuja a Herbert hacia una silla para que Ramiro lo note. Le propina así, una pequeña humillación. Una más. El mameluco naranja hace todo aún más absurdo. La conversación no puede -como hace cuatro meses no lo consigue- eludir el recuerdo de la noche fatal.

—Yo la vi, Ramiro: mientras yo servía el ron y tú le hablabas, ella lo hizo. La vi en el espejo.

Se despiden con resignación, como siempre. Ramiro promete volver en un par de semanas con el encargo. Un poco más de abrigo y el jogging preferido de Herbert. En realidad, después de la primera semana de encarcelamiento, se ha cerrado la ventana para traer paquetes a los prisioneros. Pero Herbert le aseguró que ya tiene los contactos necesarios.

Entrar en esa casa no le resulta nada fácil. Ramiro atraviesa el living a oscuras y entra en la habitación. Enciende mecánicamente la luz, abre el closet: tercer cajón a la izquierda, las medias en el primero, los sweaters arriba. Tal como había dicho Herbert. El obsesivo de Herbert. Con todas las prendas del encargo en su mochila, decide ventilar un poco la habitación. Abre las ventanas de par en par dejando entrar el primer sol de la mañana, muy parecido al naranja del convicto. El polvo en suspensión y los rayos provocan una atmósfera irreal. Se sienta en la cama y nota la foto que él mismo les había tomado: Herbert, Viviana y alguna pared descascarada de Wynwood. Se sorprende de que aquella foto no le inspire nada especial. Para él resulta esperable esa imagen de sus amigos. Lo inabordable es el asesinato de Viviana. Herbert empuñando un arma. Todo aquello configura algo que Ramiro no puede incorporar a su consciencia. O la llamada del inspector Seoane la mañana siguiente del asesinato. Y las palabras "la señorita Viviana Estévez ha sido asesinada y su novio ha confesado... yo necesitaría corroborar algunos detalles con usted". Pero nada, ni siquiera el Herbert de la cárcel resultaba tan incompatible como el gesto imposible —según el relato su amigo— que desencadenó la venganza.

Ramiro levanta la persiana y respira hondo. El sol impregna el living. Le cuesta darse vuelta. Siente la pesadez de su cuerpo y se afirma en la correa. Gira en el lugar con la vista baja. Una semana atrás se encontraba ahí mismo, de rodillas, llorando mientras borraba los últimos rastros de la sangre y la silueta de tiza. Recién entonces flamea su mirada por el lugar hasta toparse con el espejo. Y también la ve. La escena, el gesto. Tal como lo describe Herbert.

Ramiro corre apurado por el horror. Sin pensar en lo creíble de su relato, se dirige a la barbería donde, lo sabe, el inspector Seoane se afeita cada mañana a las nueve y cuarto. Cruza imprudentemente la calle 8 y gira el picaporte sin detener la inercia de su cuerpo. Las campanillas de la puerta del local estallan en los oídos de los pocos clientes que allí se encuentran.

Según cuenta el Miami Herald, el inspector Seoane nunca pudo explicar por qué disparó.

Han pasado tres semanas. El peluquero se deshace de todos los "do not cross" e ingresa a su local. Aquello apesta a encierro. Con apenas la linterna del celular, recorre el lugar tratando de reconocer ese espacio familiar antes de los disparos, la muerte y los "do not cross". Ventila el lugar. Barre el piso lleno de cabellos de todos los colores. Afila su tijera. Limpia el espejo de su puesto de trabajo cuando, junto a ese trapo maloliente se repite otra vez la misma escena que ahora se despliega solo para él. ¿Lo estará imaginando? En el reflejo la cara del policía se desfigura. Su mano izquierda toma el arma reglamentaria y descarga los tres disparos mortales sobre el cuerpo de ese hombre que ahora, a diferencia de la mañana trágica, viste un pasamontañas y le apunta con un revólver humeante.

IRMA ALMODÓVAR

La peor de mis pesadillas: quedarme varado en plena carretera del éxodo miamense, sin gasolina, a la merced de la jodida de Irma. Me imaginé en un estado de conmoción tal donde se pierde el miedo por completo. Me imaginé también de pie, desafiante en la carretera desierta. La doble línea amarilla pasa entre mis pies y se fuga ahí donde le gustaba a Kubrik. Y yo esperando a Irma con el cuchillo entre los dientes.

Abrí un ojo. En una diminuta habitación de hotel perdido en un pueblo de Georgia, aún dormían mi hijo, mi perro, mi ex mujer, la madre de mi ex mujer. Y empecé a gritar aterrado como un niño que se ha despertado sudando y aún no sabe cuál es la pesadilla.

Cinco días antes, Edson, mi amigo brasileño que atravesaba por primera vez una hecatombe meteorológica de este tipo, se impacientaba.

—¿Qué se hace en estos casos?

—Cruzás los dedos y el huracán se va para otro lado —le decía yo sabiendo que era una simplificación egocéntrica del pensamiento fantástico. Todos sabemos que es la santería de Miami la que aleja inexplicablemente los huracanes.

Hay marcas que se frotan las manos cada vez que vienen estas amenazas con nombre de vecina chismosa. Los Home Depot, los Publix, las gasolineras, los noticieros locales (el tipo del informe meteorológico pasa de ignoto a oráculo en un solo "projected path"). Ahora hay una nueva industria que tiene una chance más durante el fenómeno: las apps. A mi desktop desmadrado de íconos esta vez sumé *Gasbuddy* y *Windy*. Cuando esta última proyectaba las ráfagas de Irma en el carrusel de Miami, me empecé a preocupar. Dos días estuve que-me-voy-que-me-quedo.

Autos alemanes. Moda italiana. Cocina francesa. Para ayudarme con los los shutters de la casa, know how cubano. Roberto me pasó el teléfono de estos dos magos que me colocaron las planchas salvadoras. Me dijeron que les sobraba trabajo, que únicamente habían cruzado la ciudad porque yo era amigo de Roberto. Esa noche, Roberto me cuenta que nunca llegaron a ayudarlo a él. Al día siguiente, cuando llegan a ayudarlo, todos nos damos cuenta que el Roberto al que ellos creían estar devolviéndole favores, no era el Roberto que me había pasado el dato. Yo suelo ver estos equívocos que patean para mi lado como señales positivas del universo.

Iznel nació en Matanzas, Cuba. Aparentemente, alguien en la familia se puso de culo contra el régimen y éstos, que no andan con medias tintas, reubicaron a todo el clan en un pueblocárcel —cuyo nombre no recuerdo— por 10 años. Para cuando los dejaron volver, ya no sabían para qué volver. Su socio, también cubano, tenía una hija en la selección nacional de Yudo que venía de competir en Argentina. Cuando estos domadores de ciclones me confesaron que tenían todas las provisiones en la truck para iniciar el éxodo, tomé la decisión.

Al borde del ataque de nervios, los Almodóvar salimos a la ruta rumbo a Filadelfia. Si Irma posaba sus caderas sobre Miami, no tendríamos energía por meses. A las dos cuadras noté que me había quitado el peso de un refrigerador de los hombros. Además del perro, el hijo, la ex y la madre de la ex, nos acompañó —en diminuto Toyota Prius C (god save the Hybrid) —, durante todo el éxodo, el ya mencionado oráculo de Univisión 23. Cada uno enfrenta los fantasmas de manera muy personal. Teo y yo, con el animé Naruto. El resto de la tropa con el reality de Irma.

—La trayectoria del Huracán Irma se ha movido al Oeste y estaría entrando por Forth Myers —dictaminó el oráculo.

—Believe it! —dije parafraseando a Naruto, convencido que entre la santería y algún yutsu capaz redirigieron el chakra para empujar a la maldita Irma. Miami sobrevivirá hasta que el nivel del agua del calentamiento global lo hunda de todas maneras, sin necesidad de Huracanes.

Unos días después del paso de Irma Almodóvar, me encontré con Edson. Enarbolé mi yutsu: los dedos cruzados.

—¿Viste? —le dije—. Funciona.

UN STORYTELLING MUY CABRÓN

Esta semana viví una experiencia novedosa. Presté atención al soporífero universo del baseball. Si amas este deporte, bien por ti. No es ese el punto. Basta con establecer que, incluso para alguien tan ajeno como yo, el storytelling deportivo de esta semana pasó por la final de la serie mundial –entre equipos de un solo país– que enfrentó a los Cachorros de Chicago y a los Indios de Cleveland. Debo confesar que no vi ni quince segundos al hilo de ninguno de los siete juegos pero seguí los resultados, los estratosféricos números del *rating* y las reacciones de periodistas, de los fanáticos, de los amantes de las predicciones de la saga de Volver al Futuro (le erraron por un año solamente) y sobre todo de ese público volátil que está a la pesca de buenas historias, estén donde estén.

Los Cachorros no sólo debían batir a un equipo rival. Enfrentaban algo sobrenatural. Una maldición de más de 100 años. Parece que un tipo fue a ver un juego de los Cubs y no tuvo mejor idea que invitar a su maloliente cabra. Desconozco si su *relationship* era aún más profunda. El caso es que no los dejaron pasar. Y el tipo reaccionó como reacciona cualquiera que acude a un evento público con su cabra y le impiden el acceso: les clava la maldición más eterna que se tenga a mano. 108 años para un fan de la pelota representa varias eternidades.

Para un escritor, la epopeya de los Cachorros representa un pequeño y humilde triunfo del storytelling.

Cuando las noticias del día suelen ser deprimentes, a veces busco un consuelo efímero pensando que vivimos en un mundo cada vez mejor. Sucesos horrendos han existido siempre, sólo que antes no nos enterábamos. Sigue siendo un mundo sumamente injusto y por momentos aberrante pero cuando uno tiene la voluntad de ser optimista, se consigue hallar razones. Por estúpidas que sean. Acá va una personal. Hace unos cuantos siglos atrás, los héroes de los pueblos eran los soldados. La épica de hoy, pasa por los artistas y los deportistas. También las Kardashian pero recuerda que es éste un esfuerzo quijotesco de optimismo. Un mundo donde los héroes máximos están representados por militares, se me hace un mundo más propenso a provocar guerras.

Viene a mi mente una imagen del amigo y también escritor Leo Katz, señalando un monitor con una declaración antológica de uno de mis anti-héroes favoritos: el Diego. El Diego, con mayúscula. "Se le escapó la tortuga" –decía refiriéndose a un tal Mauricio Macri, en aquél entonces presidente del club de fútbol de sus amores y rencores. Leo sostiene que Maradona tiene necesariamente que contar con un séquito de avezados guionistas, storytellers que se reúnen a diagramar su vida y escribir las frases célebres que lo hacen Trending Topic. Y tiene su lógica.

Mientras los Cachorros celebran su merecido parade por las calles de Chicago y sueño con que me inviten al brainstorming de El Diego, mi optimismo febril y algo naïve cruza unos dedos imaginarios con la esperanza de que nuestro próximo gran héroe se esté forjando ahora mismo junto a los refugiados a la deriva en el mediterráneo, en una calle de Caracas o entre el polvo y las ruinas de Aleppo. Y me permito disfrutar de esta pequeña victoria del storytelling más cabrón de los últimos tiempos.

León Leiva Gallardo

León Leiva Gallardo (Ampala, Honduras, 1962). Estudió Psicología y Letras en la Universidad de Northeastern Illinois. Autor de las novelas *Guadalajara de noche* (Tusquets Editores, 2006) y *La casa del cementerio* (Tusquets Editores, 2008); los poemarios *Tríptico: tres lustros de poesía* (MediaIsla Editores, 2015), *Breviario* (Ediciones Estampa, 2015) y *Palabras al acecho* en la coedición *Desarraigos: Cuatro poetas latinoamericanos en Chicago* (Vocesueltas, 2008). Su obra también ha sido publicada en revistas internacionales y en antologías, entre ellas, *Voces de América Latina I* (MediaIsla Editores, 2016), *En el ojo del viento* (John Barry, 2004), *Astillas de luz/Shards of Light* (Tia Chucha Press, 2000). Ha colaborado con las revistas *Contratiempo* y *El Beisman* de Chicago y con *MediaIsla de Houston*, Texas. Como docente, en Chicago, ha impartido clases de escritura creativa en el Columbia College y de Historia latinoamericana en el Colegio San Agustín; también ha participado en lecturas y ponencias en las universidades de Northeastern Illinois, De Paul y UIC (Circle). En 2016 fue invitado a la IV edición de Centroamérica cuenta, el encuentro de escritores internacionales más importante en la región, celebrado en Managua, Nicaragua; asimismo, al Festival Internacional de Poesía Los Confines 2018, en Gracias, Lempira, Honduras.

LA VENTANA DE CASTEL

"Lo imposible nunca levanta la voz"
Roberto Juarroz

La belleza es nostalgia. Recuerdo, por ejemplo, aquella tarde de abril cuando conocí a la persona que me induciría —y también me impediría— escribir la novela. La novela que según yo le iba a dar sentido a mis días. La novela que me iba a hacer un hombre también con atributos. Entonces la tarde fue inmensa como un predio inhabitable. Un café cualquiera, frecuentado por haraganes holgados en la nada, por tipos perniciosos. Fue así que apareció, de alguna isla, una isla terrestre, con su andar que era más bien desliz. Pelirroja, como la imagen femenina de un espejo manchado, pensé. Y de pronto la sombra me llevó al pasado. La mirada misma me conmovió. La belleza es nostalgia.

Invadido ya por el deseo insobornable de escribir, su persona se fue haciendo una figura, una silueta apenas, para después reaparecer como un trastorno de mi imaginación. Como una figura de agradable demencia, pensé, delatando mi ya acostumbrado y vergonzoso hábito de repetir frases que les había saqueado a desconocidos escritores. Su cuerpo se fue volviendo una vaga imagen en mi pensamiento, meramente un croquis. Esto va a ser más difícil, volví a pensar, esta vez casi en voz alta; y en ese instante noté que su rostro insistía en quedarse intacto, ileso, en el ambiente de los artificiales aromas que se confundían con el vaho de los cuerpos. Su rostro permanecía, imponiéndose de una manera tierna y segura. Entonces me di cuenta que tenía que llegar a un acuerdo entre ese rostro, esa mirada, y la mía. Todo esto mientras ella, incólume, se afilaba las uñas totalmente ausente, sin la menor sospecha de que un malpensado observador pudiera llegar a incidir en su destino. Alguien que también podía llegar al extremo de infligirle afecto.

Mis divagaciones repararon en uno de sus movimientos: el cuerpo es sensible a las miradas. Desprendió un movimiento coordinado del cuello y el hombro, como para deshacerse de un estorbo, y luego volteó a ver hacia mi mesa. Así fue que nuestras miradas coincidieron. Cuando notó que yo sostenía el plumero, y que sólo aparentemente me perdía en divagaciones, empezó a dibujar la sonrisa con una mueca infantil, para después simular una pose ingrávida de indiferencia. Yo quise hacer lo mismo, pero todo salió aún con menos sutileza.

La tarde se volvió más densa con las insinuaciones a mi alrededor. Las parejas insufribles, el humo, mi cenicero casi repleto y las miradas de soslayo de la dependienta. Seguí escribiendo, aprovechándome del jueguito de todas aquellas viscosidades engañosas, completamente convencido de que había encontrado en ella un personaje. Ya afectado por la instancia, se me ocurrió reiterar que la belleza es nostalgia. La belleza es nostalgia.

Frente al espejo ovalado del tocador de su alcoba, sentada en una butaca de corte antiguo, sus piernas, muy tensas y apretadas, sostienen en equilibrio un necessaire *olivo, del cual saca un pequeño objeto que apenas alcanzo a reconocer, y cual parece un prendedor plateado, con una esmeralda en el centro de lo que se asemeja a una flor en despojo. Sus manos no me dejan verlo bien, pero la manera en que lo acaricia me hace pensar que le tiene mucho aprecio. Tampoco alcanzo a ver del todo su cara porque la cubren las venas de su cabello rojizo. Pues, cabizbaja, persigue con su índice los finos detalles que dibujan los pétalos de la flor. Sus dedos rosados no llevan las uñas largas y tienen la gracia de alargarse hasta volverse yemas demasiado débiles, demasiado cuidadas.*

De vez en cuando levanta la mano derecha y con un gesto parsimonioso se aparta el cabello de su cara, acomodándolo hacia atrás. Luego, al bajar la cabeza, cae de nuevo, como un velo que quiere esconder sus facciones mediterráneas. Así, con el cabello en cascada y pensativa, la imagino por primera vez. La imagino divagada en un recuerdo escurridizo que, de alguna manera habitual, dibuja el juego de luz que se refleja entre sus ojos durmientes y la pequeña esmeralda. De alguna manera quiere extraer de aquel prendedor la memoria de alguien que aún no conozco, pero a quien pronto también imaginaré como la imagino a ella.

Cuando volví de nuevo a ser otro de los cuerpos recordé mis viajes a Guadalajara. Se me ocurrió que ella, mi personaje, tenía que ser de Guadalajara. En el fondo era una manera ilusa de escapar de la ciudad que habitaba. La ciudad que me agobiaba, la ciudad de sombras de sospechosas miradas. Por eso era mejor viajar, aunque viajar fuera el viajero. Los restaurantes de Guadalajara no huelen a cartón comprimido, pensé; y me dio vergüenza pensarlo de inmediato. Me dio vergüenza haberlo pensado; pues muchos de mis pensamientos también eran prestados. A partir de ese día seguí frecuentando el mismo lugar, hasta que se hizo casi necesario hablarle. Mi interés por ella era demasiado obvio. Antes de acercarme a su mesa, me aseguré de que nadie me estuviera viendo para evitar la vergüenza de un rechazo. Mis manos sudaron la misma ansiedad de la adolescencia. Los años no me habían enseñado mucho, ni siquiera a disimular mis inseguridades. Esa tarde me acordé de La timidez vencida, el librito que había leído a los doce años con la esperanza infantil de encontrar la respuesta a todo en su contenido. Lo único que aprendí de ese libro fue que yo era capaz de leer resúmenes que no fueran de la escuela, o cuentos de horror. Con los años y con los atavíos de la educación sólo aprendí a camuflar mi timidez: entonces se volvió un complejo menos escrutable; hasta el punto que mucha gente, incluso algunos amigos, lo confundían con el intelecto.

Al fin me acerqué a su mesa y la saludé. Sonrió muy receptiva e inmediatamente me invitó a que la acompañara. La conversación fluyó mejor de lo que yo esperaba. Ella sí que había vencido la timidez. Cuando me sentí más en confianza le comenté mis intenciones y, por supuesto, que se echó a reír. Con el índice me insinuó que yo estaba medio loco. Pero le entusiasmó lo inusitado que era todo aquello. Después de hablar con ella por un rato, después de verla de cerca y con detenimiento, me di cuenta que no estaba equivocado. Ella era la mujer. Me dijo que se llamaba Camila. Ese día nos despedimos con la condición de vernos ahí de nuevo. Ella por vanidad de verse recreada en la página. Yo por motivos ultratumba: toda creación es violación.

Una semana después regresé con tres cuartillas cundidas de discordia. Ella llegó con la actitud de la que quiere ser apreciada con ojos generosos. En el labio inferior tenía un mordisco o jalea de fresa. Me dijo, "fuego", intuyendo mi curiosidad. El herpes nunca se cura. Y al paria no le importa afrontarlo para el resto de su vida. De trasfondo, una milonga y el alcanfor para la taza séptica; todo esto a la misma vez que le decía lo hermoso que era su cabello que, con insistencia, me juró ser natural.

—Celtíbera —le dije yo, queriendo darle densidad a la conversación, y ella me sonrió con la dulzura que adoptan las niñas que pretenden dominar el mundo a pesar de su ignorancia.

—De Santos Lugares —creo que quiso corregir ella, antes que yo lo hubiera adivinado.

—¿Qué haces en una ciudad sin alma? —Sin mucha reflexión:

—Lo mismo que hacemos todos los desperdigados.

Así que sonreímos y nos quedamos viendo intensamente, hasta que se volvió algo incómodo.

—Quiero que leas lo que escribí, —le dije, para salir de la incomodidad— Y por mientras, voy a pensarte en otra ciudad. Voy a pensarte en Toledo. Porque me parecés sefardí.

—¿Se-fa...qué?

—Sefardí, judía española.

Y de nuevo su sonrisa como un responso cargado de culpa con admiración. Mis ojos no podían concentrarse en otra parte. La llaga era eminente. Se me imponía como un aviso, mientras ella leía con detenimiento, adivinando mis primeras impresiones. Se convencía de que en verdad estaba algo afectado: esa tarde con lluvia helada y viento de cuaresma, mis ojos se empezaron a engolfar en el deseo y los de ella a vidriarse con asumido misterio. Por último le dije:

—Entre los dos encontraremos tu alma, entre los dos encontraremos mi alma: el alma que quiere retratarse y el alma de donde saldrán las palabras. De ella salió la sonrisa del indicio. Sonrió con una mueca de insinuada duda. La duda se le escapó por las apretadas comisuras de los labios.

Cuando alzó el rostro y vio su imagen trasnochada, se dio cuenta que en el trasfondo del espejo ya no estaba la puerta que daba al pasillo de la casa. De pronto estaba incorpórea, pero vidente, en un parque. Su memoria es clara y hasta recuerda el aroma de las flores de un día opaco de invierno en Guadalajara. Se habían citado a las diez. Eran las diez y quince. El viento jugaba con su cabello, y en su muñeca izquierda hormigueaba cada segundo que pasaba. Comenzó a dudar. Rodrigo no iba a llegar.

Se da cuenta que no hay nadie por ningún lugar y su cara hace un gesto raro, y le da miedo en el estómago. Pero justamente en el momento en que iba a dar la vuelta de regreso, alguien se adelanta y le hace cosquillas en la nariz con una rosa algo marchita. Ella se pone tan feliz que sus ojos se dilatan. Sus ojos sonríen cuando se dan cuenta que están sintiendo la demencia infantil, cuando la piel se eriza y la sangre fluye sumamente tibia por la cara. Entonces levanta la mano derecha y sujeta el tallo a modo de que el pulgar y el índice rocen el pulgar y el índice del hombre que sujeta la flor y no la suelta. En ese momento, tan cercano, tiembla, y antes de decir algo, una vena de su cabello se ha atravesado entre sus labios semi abiertos, de sonrisa tensa e incontrolable. Con los otros dedos, sin soltar la flor, aparta el cabello de su cara. Antes de decir algo, Rodrigo se disculpa por llegar tarde. Le cuenta que pasó por una tienda de antigüedades y que vio algo que le gustó mucho y que se lo había comprado. En una cajita beige, sobre algodón blanco, relució la esmeralda, la flor, el trébol, el prendedor. Entonces ella creyó que sí se estaba enamorando y que él también le correspondía. Sacó el prendedor y lo puso en la palma abierta de su mano, como si fuera un animalito raro. La piedra suscitó un tibio cambio en el matiz de sus ojos. Una lluvia suave y lerda hizo ruborizar los pétalos de la rosa ya en su otra mano. Una gota helada cayó sobre su mejilla izquierda...

Era mucho mi entusiasmo. Ella era el móvil. Hasta que no pude distinguir entre lo fatuo y lo adivino. Dejó de ser un esqueleto con tejidos, órganos y pelos, y yo la proyección de un poetastro. Todas las semanas le entregaba los escritos que iba añadiendo a la presunta novela. Pero —siempre hay un pero— hubo algo extraño en ella desde el principio. Nunca hablaba de su vida. Yo ni siquiera sabía dónde vivía.

De nuevo frente al espejo. Su cuerpo vuelve a su tiempo y, al ver su imagen, nota que una lágrima ha brotado de su ojo derecho. La deja correr para saborearla, llega al borde de su labio y queda temblorosa, produciendo la rara sensación del estorbo. Lo salobre hace que su tristeza sea más cierta y más obvia.

Ahora que puedo ver bien su rostro en el espejo, noto que sus ojos, si llorosos, son más oscuros de lo que me los imaginé al principio. Cambian de matiz. Ella es de mirada suave pero intensa. Contempla su imagen como para estar más enterada de su pena: su dolor no es tan intenso por el mismo hecho de que lo está aguantando, sin evasivas, casi con indulgencia. Saborea la tristeza porque hace un año ya que ha vivido sin que nada nuevo haya pasado en sus días. Su pena tiene algo de artificio. Luego se cerciora de que en verdad lo quiere, lo quiso, lo quiere. Que le duele haberlo perdido...

Pero —siempre hay un pero— llegó el día en que Camila cambió de actitud. Ya no se estaba tan interesada como antes. A veces hasta parecía temerosa. Entonces yo, procurando una amistad, con asumida inadvertencia la invitaba a cenar o al cine, o a donde ella gustara ir. Pero nunca aceptaba. Sus visitas al café ya no eran tan frecuentes. Sus respuestas se volvían cada vez más indiferentes.

Hasta que una tarde larguísima, en una de mis insistencias, aprovechó el momento para decirme que ya no quería seguir leyendo mis escritos. Que ya no quería ser tema de una novela, de una novela que alguien iba escribiendo a partir de cada encuentro con ella. Yo quedé perplejo. No entendí su cambio del todo, aunque ya lo intuía. Pero respeté su decisión y dejé de buscarla. Por un tiempo.

En esos días, a pesar de que trataba de distraerme con las traducciones tediosas de mi trabajo y con visitas esporádicas a mis pocas amistades, no lograba sacármela de la cabeza. Se me había metido que en verdad algo hacía falta en su vida y que no era necesariamente otra persona, y mucho menos otro hombre.

—Lo peor es que ni sabe —le dije yo a uno de mis pocos amigos que me quedaban—. Ni sabe que apenas le está buscando envases a su tristeza, que puede llegar a encontrarse con los tipos más indeseables.

Ernesto no me hacía comentarios, sino que sólo escuchaba, mirándome a los ojos de una manera que yo nunca antes había notado.

Desde esa vez no volví a mencionarle a nadie más lo de mis proyectos. A Ernesto sólo lo visitaba cuando quería hablar de las noticias, de libros, o de lo podrido que estaba la Argentina. En verdad Ernesto era el único que me aguantaba. Así que, poco a poco, me fui alejando de la otra gente que me rodeaba. Me refugié por unos días en las traducciones. De noche hacía por traducir lo que a mí me gustaba. Esos ejercicios me ayudaron a no disgregarme y a no deambular sin rumbo por las calles. Con razón se volvieron un régimen disciplinario, algo más que un modus vivendi, algo más que una diversión, aunque menos que una vocación.

Le voy a demostrar a esa tonta que ella no es tan indispensable como se lo quise hacer creer al principio, pensé, entre digresiones, una noche cuando creí haber superado mi dilema. Así lo quise creer y en mi adentró comenzaron a batir los mismos juicios de siempre. Entre digresiones, repetía, pronto sabrá lo que es sufrir de verdad. Tengo que seguir sus días como si fueran los míos. Tengo que aprender a andar por los mismos caminos que ella recorre. Tengo que aprender a andar como ella. A describirla sin tener que verla. Para después volverla una muñeca de cera.

Ha saboreado la lágrima para convencerse de que no era una gota de lluvia. Se limpia la mejilla con las yemas de los dedos y suspira para contener el llanto. Ha vuelto a su mundo y ni ella misma quiere ser testigo de su debilidad. "Ha pasado un año casi...esto tiene que parar", su voz un murmullo apenas. Y con gran esfuerzo trata de producir una sonrisa. Sus labios se estiran, pero lo que producen es un gesto que sólo los adultos saben hacer bien; un gesto simulado, ni siquiera engañoso. En ese instante recuerda los momentos tiernos y de pasión. Recuerda que Rodrigo la acariciaba de una manera algo brusca. Sus manos la acariciaban y a la vez la exploraban. La exploraba como si algo estuviera al revés...

No pude aguantarme por mucho tiempo. Sentí que aquello era como una abstinencia. Decidí volver al café, sin muchas esperanzas de verla. Pero fue la sorpresa mía que, en la misma mesa de siempre, todavía ella, como si aliada con el tiempo. Como si ella y el tiempo me pusieran trampas. Estaba hojeando una revista. Se veía rara, algo descuidada y pálida. Cuando me acerqué a saludarla noté un agua rara en sus ojos. Hablamos poco. Me pidió disculpas por haber sido tan fría la última vez que nos habíamos visto y por su decisión, pero que no podía seguir haciendo de novelitas, por mucho halago que fuera. Que llegó un momento en que ya no se comportaba igual, que iba perdiendo naturalidad. Yo le dije que no se preocupara, que yo me iba a imaginar el resto de su vida.

Ese día noté que tenía un hematoma, un hematoma morboso, en su brazo izquierdo. Me despedí sin vacilaciones, asumiendo un aire inmuto, pero ya con la idea de seguir sus pasos. Y la esperé en el auto. Una hora después, salió muy apurada y sin despedirse de la dependienta con quien siempre charlaba. En la esquina paró un taxi. Los seguí con cautela. Se iba maquillando, de lejos eso parecía. Los seguí por un rato, hasta llegar a un sector residencial. El taxi siguió por un par de cuadras, hasta que paró frente a un edificio de apartamentos. Camila le dio un billete desde afuera, como por hábito. Me di cuenta que no vivía ahí porque tocó el timbre, o de lejos así parecía. Yo sabía a qué iba. Lo supe por la manera en que miraba a todas partes. Esperé, algo indeciso. Ella siguió tocando el timbre. Y de repente ya no la vi. Me quedé ahí un rato más. Me cansé de esperar y de pensar.

A partir de ese percance sólo me dediqué a seguir sus pasos. La esperaba en mi auto, a que saliera del café, y espiaba sus movimientos. Este ritual se repitió por varios días. Aunque con poca fruición. Entonces me interesé más por conocer el hombre que la hacía llegar a la misma hora.

Un día toqué varios de los timbres para dar con el del tipo, con algo de temor, con algo de curiosidad. Después de un par de voces de mujer, por el enmohecido intercomunicador, al fin escuché la voz que esperaba. Una voz algo ronca y rancia. Pero regresé al auto inmediatamente. Minutos después llegó Camila con puntualidad. Cuando entró al edificio, noté que esta vez andaba llaves. Me apresuré para detener la puerta que se cerraba lentamente. Esperé a que subiera un piso para poder seguirla hasta el apartamento. Mis pies fueron de plomo y mi respiración taquicardia. En el tercer piso esperé a que el tipo abriera la puerta y que ella entrara. Yo estaba a punto de toser, pero me aguanté. Al fin entró y yo pude subir unos pasos más. Ese día me arriesgué demasiado, pero desde las gradas logré averiguar algunas cosas. Que se llamaba Reymundo, que era uruguayo, que era medio artistoide y que fumaba. Camila le estaba dando explicaciones de algo que no logré escuchar bien. Probablemente dinero.

La vida de Camila, una vez salía del apartamento del uruguayo, era una incógnita. Mis averiguaciones siempre siguieron la ruta del café al edificio donde se convidaban. Nunca supe dónde vivía. Ni a qué en verdad se dedicaba.

Sucedió lo que tenía que suceder. Desapareció. Camila no volvió al café. Entonces mi cuentereta se tuvo que parecer a otra. Pues yo tenía que seguir escribiendo. Llegué a buscarla dos veces más. Le pregunté a la dependienta si sabía algo de ella y la muy antipática, casi riéndose en mi cara, me dijo que no se llamaba Camila. Su nombre resultó ser María, nombre que se olvida fácilmente. Se había ido de viaje, me dijo la gallega; y entonces me acordé que ella una vez me lo había mencionado, tenía un pariente en Santos Lugares. Ese día dudé de que ella me hubiera mencionado su nombre; también dudé de que yo hubiese creído, o hubiese asumido, que ella me había dicho su nombre.

Salí del café ofuscado por la incertidumbre y los cuestionamientos. Por qué no se despidió de mí. Ni siquiera se despidió de mí, pensé, casi en voz alta. Pero es que a veces a uno se le olvida lo insignificante que es uno para el resto de la gente.

No tuve otra alternativa. Comencé a rescribir sus días en ausencia. Camila siguió siendo Camila para mí y a él, a Reymundo, el hombre que visitaba, decidí llamarlo Rodrigo, con quien todavía la imagino. Pues me convencí que en verdad tenía algo con él. Camila le hacía el amor en su estudio, como imaginé que todo tenía que suceder. Estaba seguro que hacían el amor en el estudio.

Fue por primera vez a su estudio con el pretexto de un libro. Mientras Rodrigo buscaba L'sprit Suterraine que le había regalado un profesor, con la condición de que lo pasara a la persona indicada, Camila esperaba acostada boca arriba en un colchón que estaba en una esquina del estudio, con los pies hacia la pared. Cuando al fin llegó él con el libro, Camila lo observó con detenimiento. Desde su perspectiva, trató de rehacer sus facciones. Rodrigo le dijo algo, que ella no alcanzó a escuchar, pues estaba distraída viendo cómo era su cara al revés, la barbilla arriba, la frente abajo. Todo le había cambiado. Sus ojos ya sin la ternura de siempre y su sonrisa una mueca, un gesto indefinido. Ya no era Rodrigo, a pesar de su sonrisa. Ella embullida en las imágenes, se puso a imaginar el mundo alucinado: si los ojos invirtieran el espacio. Qué náusea la de los videntes. De qué intensidad el vértigo al ver todo en un plano invertido. Qué tipos de espejos tendrían que inventar para recobrar el pasado. Se habituarían las personas. Probablemente sí, probablemente se podría caminar con los pies hacia el cielo y la cabeza hacia el infierno; se escribiría de derecha a izquierda, de abajo hacia arriba y se...

No terminó la divagación, porque el rostro de Rodrigo empezó a descender lentamente, como la máscara de un demonio oriental, hasta que la nariz se posó sobre el mentón de Camila, quien no pudo impedir la sonrisa cuando los ojos le quedaron ocultos bajo su cuello. Sintió un beso raro, un beso al revés, que si no es por el leve contacto con los dientes habría sido perfecto. Los dos sonrieron y de nuevo chocaron los dientes, esos vestigios que por lo mismo necesitan ser bellos. Rodrigo le acarició los cachetes, mientras apartaba su máscara. Camila se dio vuelta, escapándose de las caricias, para ponerse de rodillas. Quedaron frente a frente. El mundo invertido volvió a la normalidad. Después de un leve mareo, de nuevo pudo ver la ternura de sus ojos, la sonrisa tímida. Se acercó con dificultad, ya que las rodillas se hundían, y lo abrazó más con fuerza que con pasión. Él también se arrodilló y la correspondió, acercándole su oído izquierdo sobre el pecho. Después llevó sus manos hacia su cabello y empezó a acariciarle el cráneo. Cayeron los dos al piso y las dos bocas se buscaron como vertientes sedientas. Camila cerró los ojos y no se dio cuenta cuando Rodrigo se quedó viendo el reloj de la pared. La vida de Rodrigo era otra. El mundo de Camila eran los labios que temblaban. Le gustaba que Rodrigo le acariciara el cráneo con las uñas y que le acariciara los senos. Camila caía en el vacío de su abdomen y sus senos pedían las manos que nunca bajaban. Pues primero le acariciaron las coyunturas de los hombros, tentándole los huesos hasta hacerle placer que ella nunca antes había sentido; luego le bajaron la blusa, que estiraba fácilmente; las yemas de los dedos de Rodrigo le esculpieron las clavículas y se pasearon por el esternón que se hundía algo inhibido. Cuando al fin sintió las manos del hombre que amaba, ya su respiración estaba acelerada. Rodrigo dibujó una o pedigüeña con sus labios y le besó los pezones con la brusquedad del que nunca lo había hecho con un ser humano. En ese instante Camila sintió miedo y culpa, se acordó de algo que no podía mencionar, y lo apartó con violencia y se subió la blusa.

Los labios de Rodrigo perdieron la ternura y cobraron una mueca de bestia. Ella se cubrió algo que guardaba en su pecho, y se abrazó sola, cruzando los brazos. Rodrigo se puso más serio que de costumbre. No era melancolía el humor que vertían sus ojos. Simuló comprenderla, imaginándose que en el fondo ella no necesitaba comprensión, y le dio una tregua. Ella creyó que él era comprensivo. Los dos se engañaban. La verdad llegaría muy tarde...

Supongamos que el beso es la amenaza, el acto sexual el exterminio. El acto mismo de creación puede contener la destrucción. Por eso la furia en la pasión, el deseo —vedado— de poseer hasta el punto de tragar saliva, semen o la sangre misma. Por eso la soñé muchas veces entre mis brazos, mis manos, las garras de cuales a veces se advertía la ira de Dios y la ternura del monstruo. El acto sublime o la sublimación del acto. Así lo pensé. Y lo seguí pensando involuntariamente, como un incesante e impulsivo morder de uñas. Lo pensé hasta el punto de seguir sus pasos perdidos, varias veces, rastreándola como el más vil rastreador de las lejanías; hasta olfatear su olor de perfume de puta y a apetecer los coágulos de sus hematomas. La seguía, la seguía. Hasta que llegó el día cuando el acecho no encontró continencia. Y subí los escalones del edificio, con la misma convicción de sufrir que llevase un pordiosero. La seguí.

El resto apenas tomó unas cuantas cuartillas. Me confesó que en realidad le había causado mucho temor el hecho que yo la viera como a un personaje. Me insistió muchas veces, pidiéndome disculpas. Que llegó hasta a pensar que yo podía hacerle daño, alguna maldad. Después de confesármelo me volvió a pedir disculpas, un tanto nerviosa y desconfiada de cada movimiento que yo hacía. En verdad que fue muy cándida su mirada cuando me dio las gracias por los halagos, por mis atenciones. Pero seguía temiéndome como si leyera en mí algo que ni yo mismo sentía, como si hubiera descubierto en mí algo, o a alguien, de quien yo había prescindido. Cuando quise acercarme para calmarla y decirle que no tuviera miedo, comenzó a decir incoherencias y a querer distraerme con cuentos. Comenzó a contarme un sueño que tal vez me serviría, que la escuchara, que tal vez me servía para la novela. Pero su insistencia me molestó aún más que su culpa. Siguió diciéndome que me calmara, que quería contarme el sueño. Pero no le permití más distracciones y quise acercarme más para alentarla. Y le di miedo. Cruzó los brazos como protegiendo una criatura embriónica y comenzó a dar pasos cortos y rápidos hacia atrás, hasta que chocó contra una cómoda con espejo. El espejo se balanceó en sus ejes, como un péndulo trabado en una sola imagen vacilante. Le di miedo. Y se me quedó viendo como si yo fuera el miedo mismo y no el animal al acecho. La consumió el temor, porque quizá también se imaginaba lo que yo me imaginaba; como cuando coinciden el peor de los temores con el peor de los impulsos, en ese instante dado cuando todo puede ser fatal. Entonces sentí la dilación de mis ojos y mis manos alzadas en un gesto que oscilaba entre el arrebato y la súplica, y di un par de pasos hacia atrás también, mi rostro hecho un nido desmoronado de hormigas rojas, sacudidas; mis rótulas temblando como dos aldabas caídas ante el sismo del pavor y la rabia.

—¡No hay nada, no hay nada! —le dije, aguantando la voz. Y así no irrumpir más en lo que anteriormente quizá había sido un hogar en calma. Entonces me di vuelta y corriendo, como un niño sorprendido in fraganti, logré ver la desgajada figura de un viejo que se dirigía desde el apartamento contiguo, impotente y con mucha dificultad, a socorrer a Camila con un bastón o una vara.

—Déjala en paz, hijo de perra —me gritó varias veces, casi en lágrimas y con la misma voz carrasposa que ya antes había escuchado —Déjala en paz y no vuelvas por aquí.

Antes de llegar a salir oí la sacudida de la puerta contra el quicio, y otros sonidos que se confundieron con los gemidos agudos y tajantes de Camila.

Una vez fuera del edificio, hice todo lo posible por no correr, de no mostrar nervios, de no hacer nada que levantara sospechas. Caminé con naturalidad y me metí al auto. Entonces sentí todo el peso con un golpe en el esternón. Mis manos temblaron y la respiración me desgarraba los pulmones. Ya estaba algo oscuro. Encendí las luces del auto, respiré profundo y arranqué.

La imagen vacilante de su cuerpo ante el espejo se quedó embarazada en mi conciencia. El espejo ovalado, balanceándose en los ejes, su pelo largo y ondulado, como un medusario de gadejas rojas, hirvientes, congeladas, en un vidrio detenido. El pecho me ardía porque mi mentira estaba en pena.

De nuevo en el café que nunca abandono. Ya algo repuesto, me levanté de la mesa y la dependienta se puso nerviosa al verme tan afectado y pálido. Me hizo sentir muy incómodo. Me acerqué al mostrador aún más y le pregunté en voz baja que si no se acordaba de mí. Que si no sabía muy bien que yo siempre llegaba a ese mierdero lugar y me sentaba en la misma mesa. Y ella se puso más nerviosa aún y se comprometió con una sonrisa forzada. Me di cuenta de lo necia que había sido mi pregunta. Decidí no mencionar a Camila para no empeorar el ambiente. La gallega quizá decidió hacer lo mismo. Me sirvió lo de costumbre y atendió el teléfono que había estado sonando.

Volví a la mesa y saqué el cuaderno de apuntes, para escribir las últimas líneas. Creyendo que el tiempo estaba en mi camino.

Aún frente al espejo. De nuevo, levanta su rostro, como la máscara del mito primordial, y ve la imagen reflejada. Se le hace casi imposible no pensar en él, porque ella es una persona que se ajusta al pasado, especialmente en los momentos de soledad. El solo hecho de verse en el espejo suscita la memoria. Se da cuenta, de nuevo, que en el trasfondo ya no está la puerta que da hacia el pasillo. De pronto incorpórea, como una aparición, pero vidente en el estudio. Su memoria es clara y hasta recuerda el piano que cristaliza el aire.

Por qué tenía que ser Eric Satie. Por un instante pensó que la música procedía de algún salón a la distancia, pero cuando puso más atención se dio cuenta que venía del estudio contiguo. Alguien practicaba. Aquella pieza era un anacronismo al escucharla desde ese cuarto, que estaba lleno de óleos toscos, surrealistas; odaliscas obesas al desnudo, naturalezas muertas descompuestas, dibujos escatológicos de insectos y arácnidos detallados diminutamente, bocetos fantasmagóricos cual pesadillas grotescas y todo un cuento de lienzos inconclusos, algunos cortados como con rabia, y otros aparentemente echados a perder con un rabioso brochazo idéntico, y a la vez particular. Había muchos en el piso, recostados contra las paredes, algunos estaban ya enmarcados y colgados y unos pocos aún pensativos en los caballetes.

Bajo el lintel de la puerta de entrada Camila sintió que algo le cosquilleaba el cabello. Levantó su cara hacia el objeto y lo dejo deslizarse sobre su nariz. Era una araña negra de trapo, colgada de un elástico. Su estatura no permitió que la asustara. La dejó balancearse por un rato, mientras sonreía y reía a la idea infantil de Rodrigo. Luego tenía que empinarse algo para hacer contacto con el juguete. Al final del juego, los brazos de Rodrigo le ciñeron la cintura y, simultáneamente, sus labios se redondearon para dibujarle una mordida en la garganta. El beso de Rodrigo le causó aún más risa y lo apartó de su cuerpo y avanzó hacia el interior, hasta quedar frente a las dos puertas que daban a un balcón. Rodrigo la sujetó por la cintura de nuevo, haciéndole dar vuelta con un movimiento algo brusco. La abrazó fuertemente, y la presión hizo que Camila se asustara. Los ojos se le humedecieron. Hubo silencio. El abrazo duró mucho y la mirada de Camila quedó fija en la araña que subía y bajaba cada vez más lentamente como de regreso a su estaribel. Luego Rodrigo la separó y la besó levemente en los labios, dio unos pasos para abrazarla por atrás y comenzó a decirle algo en el oído, mientras la hacía caminar hacia atrás, a una de las puertas del balcón. Camila se dio vuelta como para recobrar control de sus propios movimientos. En el cristal de la puerta había una cita en un papel lustroso:

MA FEMME EST MORTE, JE SUIS LIBRE.

—¿Qué dice aquí, Rodrigo? —preguntó Camila como para esquivarlo.

—No sé. *Ese papel estaba ahí cuando alquilé el estudio* —Contestó él, *algo distraído por el seboso olor de las raíces de su cabello.*

Esa noche hablaron de tantas cosas. Camila lloró de desconsuelo y frustración. Prometieron escribirse. Si él no podía viajar a Guadalajara, ella bien podía ir a México. Y así, la mirada de Camila atravesó los cristales del balcón y desde ahí alcanzó a ver parte de la ciudad. Era una noche fría, nebulosa y húmeda. Todo parecía más lento, por la densidad del aire. El aire rociaba la ciudad con un velo gaseoso. Los sonidos que se filtraban por las hendiduras llegaban débiles y gastados. Más intenso era el sonido que procedía del estudio contiguo, casi con intención insidiosa. Unas manos inexpertas martillaban el instrumento.

Nunca volvió a saber nada de él. Los meses pasaron, el dolor fue apareciendo poco a poco, como una muerte que no se admite hasta que pasa el golpe. Un día, después de tantas esperanzas hechas trizas, Camila se encerró en su cuarto donde la apatía reemplazó su llanto y se apoderó de sus actos. Su dolor se volvió interno y taciturno, hasta el momento en que se sentó frente al espejo del tocador y del necessaire *olivo sacó todos los recuerdos, para reducirlos todos al absurdo de un objeto: el prendedor, la esmeralda o la marchita flor.*

Con el pasar de los días el miedo se fue volviendo la lejana incertidumbre que sufrimos todos: soy libre o no soy libre. Su recuerdo también se fue desvaneciendo. Un día hasta cometí el error de contárselo todo a Ernesto, pero también empecé a dudar de su amistad. Pues me dijo que se me había olvidado algo muy elemental. Pero no le permití que me dijera de qué se trataba. Siguió insistiendo, diciéndome tantas cosas que sólo me acuerdo de estas pordioseras palabras:

—Por qué mejor no escribís acerca de un tipo aburrido, que está obsesionado con una mujer a quien cree una puta. Sólo así tus garabatos van a concordar con el contenido.

Yo no se lo dije, pero sí lo pensé. Lo pensé. Ernesto era un cínico como todos los demás. Entonces lo quedé viendo por úl tima vez. Viéndolo sin verlo y le respondí casi con un grito trabado entre mis dientes:

—Porque le temo a la muerte...

El desgraciado no contuvo la risa y me dijo, con la condescendencia del que lo sabe todo, levantando los hombros:

—Entonces volvé a nacer Castelito. Volvé a nacer...

Salí de su casa doblemente devastado. Por haberme acordado de las palabras que me estaban contrariando todo, lo de Castelito, como si yo fuera un pendejo; y por haber traído a colación lo del altercado que había tenido el día anterior en el café con la misma boba dependienta, que lo único que me supo decir, la muy imbécil, con su gesto de golondrina, fue que, señor, ya le dije que ella no se llama Camila y tampoco es de Santos Lugares, que ella se llama María y es de Bariloche. La muy imbécil.

Todo esto se me iba repitiendo y martillando en la mente cuando pasé por la tiendita de antigüedades que quedaba a unas cuadras. Como siempre, me detuve a observar las mismas cosas que nadie compraba: la geisha miniatura en una cajita de vidrio, el cuaderno de dibujo de Dure y, cómo no, el broche con su espantosa esmeralda de fantasía. Todas éstas y otras cosas, más bien viejas y no antiguas, se reproducían en el barnizado marco del espejo, de cosas encontradas; el espejo que siempre creí ovalado o que siempre quise que fuera ovalado, mas era cuadrado, demasiado cuadrado. Así siempre me detuve, frente a la gran ventana, la vitrina, a modo de que yo también me viera pasmado junto a todas las cosas vetustas que me engañaban; en ese mismo lugar donde yo siempre pensaba lo que yo siempre pensaba, que la belleza era nostalgia. La belleza es nostalgia.

De todo lo que sucedió, sólo pude sacar una vaga noción, una noción que es ya, quizá, muy conocida: que la realidad no es lo suficientemente verosímil como para hacer posible la invención de una novela. También llegué al acuerdo de que lo que había pasado entre esa mujer —el espanto— y yo, había sido apenas otro de esos tratos inútiles, de nuevo pensé, de la misma manera en que pensaba, por última vez, de esos tratos inútiles que ya se había imaginado otro escritor.

UNA ESTELA DE SANGRE

A Su Majestad, Reina Isabel I:

Este XXVjth de junio del año mil quinientos sesenta y cinco de nuestra Cristiandad, hago envío del presente relato de mi más reciente empresa a la costa de Guinea y a los puertos de las Indias Occidentales a Su Majestad, Isabel I, Reina y Señora de Inglaterra.

Habiendo dado a fin a esta expedición, la cual he realizado no sin sufrir dificultades, después de varios meses de travesía en altamar y después de arduas complicaciones con los naturales y colonos de esas partes, se me ofrece la oportunidad de informar a Su Majestad lo de nuestra empresa que, afortunadamente, ha obtenido buena aceptación entre algunos señores; no obstante las leyes que restringen este tipo de comercio solamente a los encomendados, representantes del Imperio, como ellos mismos ya suelen llamarlo, no sin cierto tono de soberbia. Pues entre estos sarracenos parece ser costumbre el aprovecharse, por vías no oficiales, de cualquier oportunidad que les prometa ganancias; incluso cuando ello los lleve al extremo del comercio ilícito. Dado que, y no sin razón (teniendo en cuenta que en nuestro caso sólo se trata de un Tercio), prefieren tomar el riesgo de sufrir altas multas, y hasta de perder sus posesiones, en cambio de embolsarse el Quinto, tributo a la Corona. En otras palabras, los españoles sí que cumplen con todos los atributos que prueban la ya sabida fama, de la que ellos mismos, a veces, hacen alarde con el decir "mandado de España, obedézcase pero no se cumpla". Y yo que, aprovechándome de tal debilidad de carácter y convirtiéndola en virtud para mis pretensiones, he logrado establecer varios acuerdos verbales (ya que escritos no son más que un detrimento) con algunos cavalieros; cuestión de la cual haré más detallado relato a Su Majestad, en persona, cuando el tiempo y el lugar lo haga mejor posible.

Por ahora, gracias al Señor y a su Divina Providencia, me encuentro salvo y sano de toda peripecia. Aunque un mes hace no podía decir lo mismo, dado que a consecuencia de la cruenta incursión por el río Caces en las cercanías de la costa de Guinea — acompañado apenas por cien hombres, tres portugueses y cuatro naturales de esas tierras— recibí heridas múltiples e infecciones pestilentes, desagradables hasta a la misma vista; de las que apenas logré recuperarme sólo con la aplicación de raras hierbas aparecidas por los ya mencionados naturales que me acompañaban. No obstante lo ocurrido, como por leyes extrañas de la compensación, todo lo demás de nuestro propósito y precavido asunto se cumplió sin obstáculos insuperables.

Debo hacer mención a Su Majestad que en estas tierras in- hóspitas, más que en otras de este mundo, se presta todo tipo de hombres para las más viles campañas. Por aquí la avaricia y la lascivia hacen su gloria. La maldad se transpira a son de abundancia de sol y demás naturalezas adversas a nuestro temperamento. Razón por la cual muchos de los naturales se prestan a ayudarnos a la captura y transporte de sus semejantes.

A continuación hago constar a Su Majestad de otros sucesos importantes en las costas del África.

En cuestión de horas, en Cabo Verde, logramos abatir un navío portugués con un cargamento de 200 africanos y otras mercancías (tuvimos que deshacernos del capitán y su tripulación en la ribera del río Mitombi cerca a Sierra Leone). Una vez en Mitombi y en sus inmediaciones pudimos también hacer captura de otras cuatro naves pequeñas con un total de 150 esclavos. Finalmente, en Sierra Leone, logramos vencer una gran nave de Con- tratación, la cual transportaba marfil, cera y cerca de 500 negros. Esta última la llevamos a las Indias Occidentales, ya que cuatro de nuestras naves (la quinta tuvo que regresar con granos y oro), aunque con muy poca tripulación, ya estaban sobrecargadas. Mucho después, al ser cuestionados por los españoles en cuanto a las circunstancias de la gran nave de Contratación, les participamos que la habíamos capturado porque ésta transportaba cargamento francés. Además de los salvajes de las naves portuguesas, capturamos, ya por medio de la espada o por otros dados medios, 50 negros más. En cuestión de semanas llenamos el Salomon y el Jonas. Semanas más tarde, y desvalidos de buenos vientos, habiendo apenas atravesado unas cuantas leguas lejos de Sierra Leone, el Lyon, que yo comandaba personalmente, y el Swallow, quedaron completamente repletos. Capturamos un total de 900 negros, la mayoría de los cuales consistía de machos de buena constitución; el resto de hembras de aparente salud y fertilidad. Los transportamos a todos, también al resto de los cargamentos, a las Indias Occidentales.

Con el afán de complacer la curiosidad de Su Majestad por las cosas de estos mundos, hago mención de algunos pormenores en torno a nuestra mercancía, los cuales quizá sean de algún interés a Su observancia.

Dado el limitado tamaño de nuestras naves, que estaban todas sobrecargadas, y a la inquietud de los salvajes, tuvimos que amontonarlos donde hubiese lugar, en muchos casos, uno encima de otro; mas siempre maniatados, ya que sin las sogas, grillos y cadenas nos habrían devorado sin pensarlo mucho, pues como me informaban los calafates —quienes tienen que tolerar la pestilencia y fetidez de sus evacuaciones— los negros son carnívoros hasta el extremo que, cuando alguien se acerca a darles un bocado de pan o un tazón de avena, hacen ademanes de fieras a punto de morder a muerte a quien se les acerque. Por eso los engrillamos. Permítame Su Majestad mi modesta relación para avisarle que, dado las medidas de seguridad y la larga travesía, muchas cabezas se perdieron; todos esto por el agravante de que sufrimos de escasez de agua.

Con el pasar de los días en ultramar muchos negros perecieron por su propia culpa, pues algunos prefirieron morirse de hambre antes que obedecer; éstos eran los más bestiales y repugnantes, siempre rechazando la aproximación de un ser humano. Otros murieron porque, en la desesperación, sin poder moverse, se estrangulaban. Otros simplemente murieron de enfermedades febriles y raras. Lamentablemente, unos cuantos fueron azotados a muerte para dar ejemplo a los demás insubordinados. Pudimos deshacernos de muchos cuerpos arrojándolos al mar, pero muchos simplemente quedaron enredados y atrapados; lo que hizo imposible que los despojáramos. La pérdida total fue de 247, la mayoría machos, separados ¡válgame Dios! de las hembras; por-que si no se hubiera dispuesto así, la mortandad habría sido mayor. Le aseguro a Su Majestad que en la próxima expedición no capturaré heridos y calcularé las pérdidas de antemano.

Después de malos vientos y la larga travesía, al fin bajamos velas en Isabella, el primer puerto de desembarco en Hispaniola. Luego nos dirigimos, con sigilo, hacia Puerto Plata y después a Puerto Christi. En todos estos puertos encontramos voluntariosos compradores de esclavos; el negocio siendo mediado por un tal Licenciado Lorenzo Bernáldez y dirigido por un mercader llamado Cristóbal de Santiesteban.

Nuestra mercancía fue recibida de buena manera, con la buena fortuna de nuestra parte, los negros que perecieron no eran de la mejor talla; y los portugueses me advirtieron (teniéndose por ser los expertos en la materia), que los que sobreviven la travesía son siempre los más productivos. La naturaleza, entonces, estaba de nuestra parte, pues los que llegaron a tierra firme parecían de muy buena constitución.

Y permita, Su Majestad, a este humilde servidor opinar más sobre este asunto. Pues se me ocurre que la travesía por el mar océano es, en sí, no sólo una prueba de fortaleza y resistencia, sino también un método preciso de selección. Nuestros compradores, sin embargo —y vale mencionarlo— no optan por nuestra mercancía por su calidad, sino porque les ofrecemos precios reducidos: los esclavos de los portugueses son de 25 a 30 ducados por cabeza. A esto debo también agregar que nosotros los servidores de Su Majestad, a diferencia de los españoles y los portugueses, gozamos de superior conocimiento de las exigencias del comercio; pues desde la captura, el transporte, la travesía, hasta la destinación, mantenemos los ojos abiertos para que los salvajes no se hagan daño, alimentándolos suficientemente durante el cruce y, cuando es posible, curándoles las heridas recibidas en la captura o a bordo; las hembras, incluso reciben trato diferente, teniendo en cuenta su endeble naturaleza ...[detalles omitidos].

Si Su Majestad lo permite, le informo que a las hembras les dimos cuidado especial. Los tripulantes, siguiendo mis órdenes, sugirieron a los compradores que era buena idea marcar a los esclavos con fierro ardiente, para evitar litigios entre amos. Pero, no había pasado mucho tiempo, cuando tuve que intervenir yo personalmente para que no marcaran las hembras, pobres criaturas, en el pecho, como lo hicieron algunos; pues el cuero más débil de la hembra no resiste el fierro ardiente como el fibroso pecho del macho. De ahora en adelante, estoy seguro que van a seguir mi observación y les marcarán en el muslo derecho, abajo de la cadera. Esta recomendación la hice después de haber visto como a una hembrita le desgarraron los senos en dos intentos por marcarla. ¡Gracia que nos costó pérdidas! pues el marrano avaro no quiso pagarla, diciendo que no servía para nada, e incluso trató de disuadir a otros compradores, diciéndoles que nuestros esclavos eran debiluchos del mismo tipo. Después de ese incidente no tuvimos otra contrariedad. Vendimos toda la mercancía, incluso el marfil y los granos, de cuales hago, y envío, el estado de cuentas en otro documento adjunto a la presente.

Aboné flete (y otras cuentas) y me aseguré del reconocimiento de los "oficiales", los cuales no estaban del todo contentos al darse cuenta que yo era un viable candidato a servir al rey de España en las Indias. La causa de esta irracional desconfianza (como yo lo veo) ha de ser la fresca y reciente recordación de los grandes agravios que han recibido de otros *privateers*.

Nuestra estadía en las costas de Hispaniola fue breve. La cautela fue necesaria. Una vez nuestro negocio dado por terminado, y después de suplirnos de todo lo que necesitábamos, inmediatamente, alzamos vela mar adentro. Aseguro a Su Majestad que nuestro trato con los españoles no habrá de causar mayor agravante que el que ya existe entre los dos Reinos. Por otro lado, los portugueses no presentan amenaza inmediata, pues desenvainan a los españoles tanto como nosotros negamos sus dominios. A estas alturas los españoles están más preocupados por Drake y los corsarios franceses que por nosotros mercaderes. Yo, con gran humildad y con lealtad de sobra, le aseguro a Su Majestad que el nombre de Inglaterra jamás habrá de ser tiznado a consecuencia de mi descuidada servidumbre.

Si Su Majestad lo permite, y si goza del ocio necesario, no dudo en contentar Su inteligencia con el relato de un pequeño incidente que ilustrará un curioso acontecer.

Una vez que alzamos vela en las costas de las Indias, nuestras mentes ocupadas con cosas más inmediatas, con la constante preocupación de ser descubiertos por lo de la nave de Contratación, después de unos días en mares españoles, nos vimos de repente inmersos en algo que fue más desagradable que trágico.

Al salir de los mares españoles notamos que al Lyon lo perseguían tiburones, bufeos y gaviotas. Los animales, guiados por el olfato, probablemente creían que lo que cruzaba el mar océano no era un navío, sino una ballena herida. Pues con razón, el Lyon, que se encontraba en muy mal estado, iba dejando una estela de sangre ocre roja en un mar que era demasiado calmo. Como yo no sufro de supersticiones, ni de augurios, como mi tripulación, inmediatamente di la orden de que lavaran la sentina y todo lugar bajo cubierta donde venían los esclavos. En cambio, casi todos los demás, especialmente los cuatro negros de Benín, que aún nos acompañaban, y luego mi tripulación, por su parte pensaban que el navío estaba maldito: ideas contagiosas de los negros. Los portugueses —de quienes después me deshice (por razones de traición) y para asegurarme de que nuestra expedición quedara en silencio— se reían en furtiva complicidad, y de la manera en que siempre se burlan de toda calamidad. Sucedió que, al llegar a Hispaniola, y por la presura de sacarlos antes de que amaneciera, los calafates olvidaron (o prefirieron olvidar) los cuerpos de los que habían perecido y se habían quedado atrapados bajo cubierta. Con la hediondez del excremento y de la animalidad de los negros en sí, la fetidez de la descomposición se hizo, quizá, indistinguible o tolerable y no llamó la atención. Algunos esclavos con heridas supurantes por todas partes de sus cuerpos sangraron las costillas de la embarcación, hasta que la sangre, poco a poco, se fue filtrando por las tablas que se hacían falta de la estopa y la brea. Al alejarnos de la costa, apenas a un disparo de mosquete de tierra, el navío, en verdad, ya hedía a animal muerto. La hediondez persistió aún después de varias lavadas y cepilladas con vinagre, sal y cal. Los tiburones nos sorprendieron mucho pues persistían (al contrario de las gaviotas que habían desistido) en seguir la estela de sangre, que, sin poderlo creer, todavía en alta mar seguía manchando las aguas. Obviamente había sido un gran descuido del maestre, quien, quizá en complicidad con los portugueses, hacía muchos días ya que mostraba rasgos de insubordinación dizque por la podredumbre de la carne, el pescado y la mazamorra que comían; cuestión a la cual yo nunca hice caso. Entonces, y ante las circunstancias, les prometí que si seguían conmigo se les iba a dar buena recompensa. Todo por evitar un desafío en mares enemigos.

Cuando llegamos a las costas de Benín la fetidez de la nave era de tan mal intensidad, y el ambiente abordo tan inseguro (la tripulación enferma y dispersa, y los naturales al borde de la locura) que tuvimos que darlo todo por perdido. No pudimos salvar al Lyon, pues el hacerlo me parecía muy arriesgado. Fue entonces que decidí abandonarlo (con todo y una barca con botellería atada a la popa), cosa que me causó mucha consternación, pues era un navío veloz y agresivo. Como las demás naves estaban con poca tripulación, el Salomon nos recibió a todos a bordo. Luego di órdenes de que quemaran el Lyon, para que no quedara tan contundente prueba de nuestras incursiones.

La imagen de la nave en llamas se quedó en mi memoria un tanto más que la imperante presencia de los muertos. El Lyon había sido parte importante de mis días en la mar. Confieso que no pude contener mis lágrimas al verla esfumarse bajo aquel odioso sol, el cual no mostraba señas de que otra cosa más estuviera sucediendo en el mundo, sino aquella imagen descompuesta ante mi mirada. La mandé quemar para salvar la expedición. Si otras hubieran sido las circunstancias, habría mandado a toda la tripulación al mismo fondo amargo donde van a dar los desalmados esqueletos de los negros africanos.

Una vez consumida la nave por las llamas, dije a todos en voz alta: "ya ven que el fuego puede hasta con la sangre"; a lo que muchos cobardes reaccionaron con súplicas y más súplicas al infinito y demasiado calmo cielo.

Debo, si Dios lo permite, pronto hacer acto de presencia ante Su Majestad para informarle sustancialmente, y con prestancia, sobre lo que se debe hacer con respecto a la deuda de esta nave y otros pormenores que preferiblemente no he de hacer por escrito.

Desde Plymouth, con todo el respeto y con la más humilde lealtad, ofrece sus servicios a Su Majestad,

John Hawkins

Posdata

Con respecto al servicio que presto a la Corte de España, no dudo por nada en la sabiduría de Su Majestad en tanto Su Majestad sepa discernir y juzgar de mi lealtad, de la cual Lorship Burghley y Su Majestad por mucho tiempo han puesto en prueba; por lo tanto, ruego humildemente que Su Majestad haga conocimiento de que mi precavido y laborioso servicio a Nuestra Reina y Señora no habrá de encontrar rival en los enemigos de nuestro Dios y nuestro Reino.

También ruego a Su Majestad recibir con buen juicio mi modesto tributo, el cual envío presentemente. También ruégole mi tan esperada recompensa de portar Armas, teniendo en cuenta la confianza a la que estoy obligado a cumplir en el exterior es demasiada. Le he pedido al Lord William Cecil que me otorgue el privilegio de un Escudo de Armas, si es posible que porte: en Sable, en la punta del escudo, ondeada, un león pasante; o en el Jefe tres bezantes oro; de Cresta, un moro salvaje con cuerda atado y cautivo.

Habiendo de esta manera avisado a Su Majestad del estado de este asunto, ruego a Su Majestad señalar su complacencia con [detalles omitidos]... toda mi habilidad y mi vida están a la disposición para prestar servicio a lo que mande nuestro Reino y lo que mande Nuestra Reina y Señora.

José Ignacio Valenzuela

José Ignacio Valenzuela. Escritor y guionista. Su trabajo incluye más de una veintena de libros publicados, entre los cuales destacan los *best sellers Trilogía del Malamor, El filo de tu piel, La mujer infinita, Malaluna, Mi abuela, la loca, Hashtag;* y los libros de cuentos *Con la noche encima* y *Salida de Emergencia*. La revista *About.com*, del *New York Times*, lo incluyó en el listado de los 10 mejores escritores jóvenes latinoamericanos. En paralelo, ha desarrollado una vasta carrera como escritor de cine, teatro y televisión en Chile, México, Puerto Rico y Estados Unidos, que le ha valido reconocimientos internacionales como el del Instituto Sundance, una nominación al Emmy y la selección oficial de Puerto Rico al premio Oscar, en la categoría Película Extranjera, por su filme *Miente*.

NATURALEZA UNO

El primer brote le nació en el dedo meñique. Fue un ligero latido verde el que llamó su atención. Con sorpresa se llevó la yema cerca de los ojos y comprobó lo que suponía: un olor a flores se abría paso a través de la piel. La mujer sonrió. Esa noche, antes de dormirse, se descubrió otro: lo tenía cerca del codo. Le comentó a su marido la buena noticia y él dijo algo que ella no alcanzó a entender. Le pidió que cuando llegara el momento él estuviera atento a que nunca le faltara nada. Él también contestó en su lengua extraña, y siguió con lo suyo. La mujer soñó en colores vibrantes. Veía enormes raíces que como culebras de madera le crecían de los pies y se hundían en la tierra en busca de agua y minerales. Estaba feliz.

Cuando despertó, lo primero que hizo fue correr al baño y quitarse el camisón. Tuvo que cubrirse la boca con ambas manos para contener su grito de alegría. Su cuerpo estaba cubierto de pequeños puntos color naturaleza: algunos verdes, otros amarillos, uno que otro de tono azulado. Por fin. Estaba sucediendo. Lo que ella había pedido por años por fin se le estaba otorgando. Se miró el brote del meñique. La piel estaba tan tensa que debajo ya se adivinaban los colores de la flor que pronto iba a nacer. No se aguantó. Con la tijera de las uñas se hizo un pequeño corte en el lugar. No sangró: por el contrario, un abanico púrpura abrió sus pétalos y dejó salir, incluso, una hoja de perfectos bordes y nervaduras. La mujer no pudo contener sus lágrimas de emoción.

Ese día salió a la calle con una enorme sonrisa en los labios. Saludó al hombre que vendía revistas en la esquina, y no le importó que le contestaran en ese idioma que no comprendía. Le hizo un cariño en la cabeza al hijo de la vecina, ese chiquillo molestoso que siempre se reía de ella al verla bajar las escaleras del edificio. Su barrio incluso le pareció más hermoso. Era cosa de tiempo, se dijo mientras llegaba al puesto de verduras e impregnaba de olor a jardín en primavera el aire que la rodeaba. Era cosa de tiempo.

Decidió preparar una cena digna de reyes. Quería celebrar lo que le estaba sucediendo. Iba a tomar el cuchillo para cortar un tomate, pero tuvo un problema: la flor del meñique había crecido lo suficiente como para erguirse por sí sola, y le impedía que pudiera ocupar correctamente esa mano. El brote del codo también se había abierto y una temblorosa ramita se asomaba bajo la manga de su vestido. Sintió la presión de cientos de nuevos capullos contra la tela de su ropa. Entonces llenó la bañera y se metió desnuda al interior. Y se quedó ahí, sonriente, emocionada, dejando que cada poro abriera y cerrara su boca y bebiera el agua que tanto necesitaba. Fue entonces cuando descubrió la primera raíz que se desenrollaba desde los dedos de sus pies, y que se sacudía en el aire buscando su propio alimento.

Salió al balcón y tomó la primera maceta que encontró. El contacto con la tierra aún fresca por el rocío de la mañana calmó su hambre de minerales. Dejó el pie ahí, medio hundido en la jardinera. Tuvo que quitarse la delgada bata que la arropaba, porque el agua había estimulado cada zona de su cuerpo y ahora cientos de hojas, tallos y pétalos bailaban al compás del viento y de su respiración. Se inquietó. ¿Cómo iba a proseguir su vida normal? ¿Cómo iba a explicarle a su marido que ella sólo quería echar raíces en ese país lejano al que él se la había llevado, y al que ella había llegado siguiéndolo a él, tal como le enseñaron que una mujer obediente y devota tiene que hacer? Intentó retirar el pie de la maceta, pero de inmediato sintió un agudo estremecimiento en la pierna.

Su marido la encontró medio oculta tras su propio follaje. A él no le importó nada. Él nunca oía razones, sólo quería cenar. Ella se arrastró apenas hacia la cocina. Con dolor de cuerpo y alma tuvo que desprenderse de la tierra a la cual ya se había atado, para no manchar el suelo de baldosas. Esa noche, las sábanas sofocaron algunas flores y ramas, y le faltó el aire. No pudo dormir y menos soñar. Por más que trató no lloró: toda el agua de su cuerpo estaba siendo repartida de urgencia por entre los tallos más dañados por el peso de los cobertores.

Al día siguiente le dolía el cuerpo. Apenas su marido se fue salió al balcón en busca del rocío, los rayos tibios del sol, y la tierra húmeda de su jardinera. Pensó que tenía que ir a comprar verduras, algo de pan, un poco de carne, pero el sólo hecho de bajar las escaleras hacia la calle la hizo estremecerse entera. Sintió sus raíces chocar contra las paredes internas de las macetas, desesperadas por abarcar más espacio. Pero no lo había. La mujer abrió la boca y se echó un puñado de tierra, pero tampoco fue suficiente. Dejó colgar algunos ganchos de ramas frutales balcón abajo. El olor a naranjas y manzanas se esparció por el aire, arrastrado por el viento. Ya casi no podía ver: un bosque de malezas y madreselvas le nacía del pecho y le cubría el cuello y la cabeza. Sintió crujir la silla bajo su propio peso. Lo último que alcanzó a pensar fue en las compras que no había hecho, y en sus ganas de echar raíces en ese país que nunca había llegado a querer.

El marido se consiguió alguien que le fuera a cocinar cada día. No se preocupó de regar el enjambre vegetal que colgaba como cascada verde de su balcón. Lo dejó ahí, a la merced del viento, la lluvia y los pájaros que hacían nido entre las ramas y las flores. No le importó cuando lo vio secarse poco a poco, cuando el otoño lo despojó de hojas y el invierno terminó de matar los últimos brotes que se esforzaban apenas por sobrevivir. La misma persona que le cocinaba tuvo que limpiar, a regañadientes, el reguero de pétalos secos, tallos rotos y tierra marchita que quedó.

Cuando el hombre se casó con la sirvienta le prometió, en su propio idioma, que pronto, muy pronto, echaría raíces en esa tierra ajena. Era cosa de tiempo.

DESVELO

Ahí viene un nuevo ronquido. Se prepara dentro de la garganta. Avanza hacia la boca, atraviesa por encima de la lengua. El hombre gira sobre la cama, se ahoga y tose. La mujer se sienta y sin encender la lámpara rescata algo azul y tibio de entre los pliegues de la almohada. Lo observa. Lo hace escurrir de una palma a otra. Está soñando con mar, piensa, porque esto huele a sal. Estira las colchas y recorre las sábanas con las manos. Despacio, para que no se despierte. Tiene que estar a bordo de un bote. Ella aprendió a descubrir todo tipo de indicios y sabe con certeza que no hay arena en ese sueño.

La mujer guarda el trozo de mar dentro del cajón de su velador y se ovilla de nuevo, para que él no note que se ha movido. Cierra los ojos, porque todavía le queda noche por delante. Es una suerte que él ya no la invite a la playa. Ella detesta las rocas, las algas. Y él siempre quería correr descalzo por la arena. Había que ser firme en esos casos y saber decir que no.

Por un instante se deja llevar en el silencio.

Pero sabe que no podrá dormirse.

Ahora tiene que descubrir por qué el cuarto tiene olor a caleta marina. Entonces, con un suspiro de desagrado, estira el brazo hacia la cabeza de su marido: uno de sus dedos roza algo frío y que da saltitos encima de la almohada. Tiene que incorporarse y cogerlo con las dos manos, porque se le resbala y cae de nuevo. Y ahora el porfiado está de pesca. Va a dejar que sueñe todo lo que quiera con anzuelos y con su caña de pescar, pero no se olvide de que ella ya no está para esas barbaridades. Que se lo cocine en la playa, pero que no llegue al departamento con un pescado debajo del brazo. A ella le da asco.

El cajón del velador vuelve a abrir y cerrarse. Adentro, algo aletea en un intento desesperado por volar. Debe ser el canario de hace dos noches, piensa mientras estira de nuevo el doblés de la sábana. ¿A quién se le ocurre soñar con un pájaro? Por eso no lo va a dejar entrar nunca con una jaula al departamento. Ni de regalo. Pero ella sabe que al final su marido le encuentra razón, porque nunca dice nada.

El hombre gira sobre sí mismo y abre la boca. Un corcho vuela desde su lengua hasta el hombro de la mujer, sobresaltándola. Ella lo coge al instante. De champán. Frunce el ceño y recuerda cuántas veces le ha dicho que no le gusta que tome, menos cuando hay parientes porque se le pone la nariz roja y habla tonteras. ¿Por qué estará soñando eso? ¡Que nunca le cuente nada y que siempre tenga que estar desvelada a su lado!

El hombre da un par de ronquidos, tose, y la mujer rescata dos copas de cristal, un trozo de luna llena y cuatro corcheas de algún vals vienés. Lo sabe porque ella era profesora de música antes de casarse y reconoce los compases incluso de noche y húmedos de saliva, como esos que tiene en la mano. Y porque es su esposo le respeta los sueños y se los guarda en su cajón. Ella no se olvida que juró dejarlo todo por él, incluso sus prácticas de violín. Pero ahora, algo le dice que lo mejor es botar en el papelero del baño esas copas. Una tiene lápiz labial. Otra vez lápiz labial rojo. Y otra vez tiene ganas de llorar o de despertarlo o de irse al baño y encerrarse para no saber nada más de sueños.

Pero la mujer se pone de pie, da media vuelta alrededor de la cama y se ubica frente a su marido que sueña con la boca abierta.

Ella no podrá dormirse.

Y ahora menos que nunca.

Se inclina hasta quedar casi encima de su nariz. Parece que se ríe. O se va a reír porque ya arrugó la frente y levantó las comisuras. Le conoce todos los gestos. Los labios se juntan, lanzan besos al aire. Ella intenta alcanzarlos con sus propios labios, persigue uno por el borde de la cama, pero lo pierde de vista. Otra vez no pudo. Nunca puede atrapar sus besos. Vuela hasta ella el pedazo que le faltaba a la luna. Ahora sí que es el colmo. No se lo va a aceptar. Piensa que esa noche quiere desvelarla. Sabe que le cuida hasta los sueños. Sabe que está despierta, vigilando lo que escupe para que no alcance a manchar las sábanas. O para que ella lo guarde como un tesoro más en su cajón.

Un tosido como ninguno y el hombre manotea, atorado con algo en la garganta. La mujer introduce los dedos por la boca y saca, empapado, un trajebaño amarillo. Un escándalo, porque ella no tiene un trajebaño amarillo. Nunca se lo ha regalado. Él sabe que a ella no le gusta ese color, pero podría gustarle si él la soñara a ella en la playa. Una vez creyó que era el camisón de su noche de bodas lo que su esposo estaba escupiendo, pero era uno muy parecido. Entonces ella supo que no podía dormir nunca más...

Pero ahora corre a guardar el trajebaño al velador y no alcanza a llegar antes de que él derrame una ola de mar y moje la alfombra y las cortinas. Y cuando ella regresa al dormitorio con una toalla del baño, se da cuenta de que dejó el cajón abierto y que el pez hace piruetas entre las bajadas de cama, que el canario busca nido en los chalecos del closet y que las corcheas del vals vienés se persiguen para iniciar el compás. Desesperada, intenta que la luna llena no suba hasta el techo del dormitorio, pero un nuevo descorche de champán llena de burbujas el ambiente y pinta de rojo la nariz de su marido que se revuelve entre las sábanas.

Entonces se sienta a los pies de la cama y estira por última vez las colchas.

Sabe que no va a dormir.

Sabe que va a seguir esperando y esperando. Hasta verse aparecer en uno de los sueños. Aunque sea en el último pedacito de los sueños de su esposo. Aunque sólo sea reconocer su nombre en el dibujo de esos labios. Sólo eso. Sólo eso para alguna vez volver a dormir tranquila.

Ulises Gonzales

Ulises Gonzáles (Lima). Tiene una maestría en Literatura Inglesa por el Lehman College, City University of New York. En 2010 publicó la novela *País de hartos*. Sus cuentos han sido publicados en *Revista de Occidente, Luvina, The Barcelona Review, Frontera D, Renacimiento* de Sevilla y *Hermano Cerdo* de México. Dirigió la revista de historietas *Resina "Historietas para mentes cochinas"*. Ha publicado crítica literaria en *Hueso Húmero* y artículos en *La Opinión de A Coruña* y en la revista *Buensalvaje*. Vive en New York. Dirige la revista de literatura *Los Bárbaros*. Es uno de los directores de la casa editorial neoyorquina Chatos Inhumanos

EL PLAN DE VIDA

"Si quieres que Dios se ría, cuéntale tus planes"
WOODY ALLEN

¿Alguna vez pensé en vivir en inglés? No. Jamás. Que recuerde, hasta antes de aterrizar en Nueva York, los Estados Unidos aparecían para mí como una película de acción a la que se va sólo para comer canchita y después se olvida. Tal vez se podía disfrutar un rato con los efectos especiales, pero pensaba que al salir del cine, olvidaría el filme para siempre.

Luego, la experiencia se ha convertido en una película que ya se va por los 13 años, en la cual ha habido drama, algo de acción, misterio, terror y pornografía. Hubo buenos momentos de cine independiente latinoamericano –con poco presupuesto–, romance a la europea (ese donde se escuchan todos los ruidos de la naturaleza) y a la americana, con la música a todo volumen y el cuarto a oscuras.

¿Mis planes de vida? Bien, gracias. Si no planeé esta vida, para qué planear la que sigue. Escribo. Me imagino que en algún momento saldrán las siguientes novelas, los siguientes cuentos, la película basada en mis libros –para que algún amigo vago por fin sepa de qué se tratan. También vendrán el trabajo de mis sueños, los hijos, mi primer millón.

Este mes de agosto empiezo el Doctorado. En español, porque me gusta ese maldito idioma que paga mal a los escritores y periodistas pero es el único en el que sueño y en el que lloro. Porque como bien decía Carlos Fuentes (traducido del mexicano): "Me podrás decir *son of a bitch* y no me importa, pero si me dices *conchatumadre*, me jode bastante."

Son cinco años más de doctorado en el Graduate Center. Felizmente me he ganado una beca y será la primera vez en mi larga estadía en Estados Unidos en que mis estudios no me van a costar (por lo menos dólares, estoy seguro que sí vendrán la sangre, el sudor y las lágrimas) ¿Planes de vida? Ninguno.

Lo demás es silencio.

UNA MAÑANA HECHA DE VARIOS SILENCIOS

El pueblo tenía una bahía, una pequeña playa en la que alguna vez se hundieron mis botas. No es el mar, me convencieron. Se llama *Sound*: *Long Island Sound*. Si lo ven en el mapa les parecerá el Atlántico, pero Isla Larga, el largo pedazo de tierra que bloquea las olas que vienen de Europa, lo convierte en un accidente distinto a los océanos. El puerto, también diminuto, estaba lleno de yates cubiertos de plásticos gigantes. En verano los arbustos que van pegados a la playa cubren la vista con las hojas y las flores, pero en invierno, cuando yo aterricé, los troncos desnudos dejan ver los botes silenciosos, casi dormidos, moviéndose apenas en un vaivén. El mejor espectáculo es verlos cubiertos por la nieve.

A cinco minutos de aquella bahía, hay una calle inclinada y muy breve, de un solo sentido. Parece un callejón, y es fácil no encontrarla si el auto viene a velocidad. Apenas tiene tres casas y por la ventana de una de ellas fue la primera vez que vi un perro sentado en la sala. Sobre una alfombra de la cual solo recuerdo el color rojo, un labrador, a quien la escasa luz y el modo de estirarse lo convertían ante mis ojos en dócil y tierno, reposaba la cabeza sobre sus piernas cruzadas. Nunca he tenido un perro, y sin embargo aquel detalle parecía confirmarme que aquella casa albergaba un buen hogar. Unas semanas después, cuando empecé a manejar el Honda viejo que me había vendido mi primo por 400 dólares y pasé regresando del trabajo, vi unos niños arropados con abrigos de material sintético y de colores, frente a la casa, la puerta principal abierta, como llegando a algún almuerzo familiar. El recuerdo aún me da ternura, no sé por qué.

La casa donde yo vivía era muy vieja, con un ático donde había colocado una cama y un escritorio. Tenía un calefactor eléctrico y una vista a la calle, desde una pequeña ventana. Me la había cedido, en alquiler, una vieja tía con problemas de la vista, que se mudó a Texas para estar cerca de una hija con vocación de enfermera. Había vivido allí por casi veinte años y me mintió que estaba en buenos términos con su casero, Giovanni, un italiano roñoso que le alquilaba la segunda planta a la vieja tía, y la primera a una familia de salvadoreños. Una noche, pasando frente a la puerta del primer piso, antes de salir a la calle, vi a una jovencita que barría el piso, vestida con uniforme de empleada de servicio: rosado, con adornos blancos alrededor del cuello y una tira ancha que le rodeaba la cintura y de donde colgaba un mandil.

Los salvadoreños fueron la razón por la cual Giovanni nos desalojó. Estaban interesados en apropiarse de la segunda planta. Se quejaron del ruido y de las muchachas que entraban y salían de aquella casa decente, en la que durante veinte años mi vieja tía sólo había dejado que entraran los gatos y que se oyeran las pisadas de sus pantuflas.

Los maderos de mi catre, baratos y mal clavados, tal vez hicieron algún ruido de más. Algún gemido se filtró, quizás, entre las láminas de vidrio de la ventana de mi ático donde yo ponía la palma y me asombraba de encontrarlas heladas. Alguna carcajada, a lo mejor el calor de un cuerpo desnudo, abandonó con estruendo esa fría habitación e hizo eco en la madrugada de la calle estrecha y oscura.

Una de las muchachas que entraba y salía tenía los ojos enormes. Vino a quedarse, unos meses, con nosotros. Había llegado a Nueva York con sencillez, con la sinceridad de quien no tiene nada que perder. Recuerdo la simpleza con que me puso un relojillo de oro en las manos y me pidió, sabiendo que yo iba a diario a Manhattan, que le averiguara lo que un joyero le podía pagar por aquella reliquia. Otra mañana, cuando ya empezaba a tenerle cariño al viejo Honda, me pidió que la llevara hasta una casa de estuco con base de piedra, con un enorme cerezo silvestre frente a la puerta y un jardín que llegaba hasta el borde del agua. En una revista de ofertas de empleo, ella había encontrado una solicitud de niñera. No tuvo suerte pero siguió tocando puertas. Por fin, una tarde en que yo regresaba contento porque había visto otra vez al perro labrador, por la ventana, caminando con lentitud sobre la alfombra roja de aquella sala, ella me esperaba en la puerta para pedirme que le enseñara a manejar. Le habían dado empleo de niñera pero había tenido que mentir. La había contratado una mujer alta, muy blanca y regordeta, divorciada y con dos hijos de un breve matrimonio con un jamaiquino. Era ejecutiva de un banco chino y se iba de lunes a viernes a trabajar en Manhattan. Mi amiga tendría que vivir con ellos, en un ático muy amplio, alfombrado, con baño propio y calefacción. Tendría que usar una furgoneta para llevar a los niños al colegio por la mañana, recogerlos por la tarde, prepararles el almuerzo, la cena y echarlos a dormir. Empezaba a trabajar a la mañana siguiente. Me dijo que ya aprendería, poco a poco, a cocinar pero que nunca había manejado. Nos llevamos el Honda hasta un enorme descampado, una pampa de tierra afirmada, con un solo árbol y un poco de hierba. Después me contó, asombrada de ella misma, cómo había llevado y recogido a los niños el primer día, persignándose frente a cada esquina con semáforo.

En mi ático y en el suyo me contó de las largas conversaciones con su jefa, de las botellas de vino que abrían en la sala después de acostar a los niños. Siempre tenía novedades sobre aquella familia en la que empezaba a comprender tantas cosas del estilo de vida de los Estados Unidos, y cuando su jefa estaba de viaje, me dejaba abierta la puerta para que yo me metiera a escondidas en su cama.

Vivió dos años con ellos, falsificando una licencia de conducir peruana y algún que otro documento que probara que era capaz de administrar la casa mientras su jefa cumplía con el trabajo y uno que otro viaje de negocios. Sus hijos eran dos criaturas adorables con un hermoso color donde se mezclaban el blanco y el negro. A veces yo jugaba con ellos, mientras ella les preparaba algún sánguche o comida de sobre. Jamás aprendió a cocinar.

Me presentó a su jefa, y ella fue la que propuso que la visitara en su oficina en la Quinta Avenida, para sacar mi primera tarjeta de crédito, sin mostrarle ningún documento, en esa época de estrechez en la que apenas si podía demostrar que me alcanzaba el dinero para pagarle la mensualidad a Giovanni.

Cuando Giovanni nos echó de la casa, con el pretexto de una demora en los pagos mensuales, haciendo caso a los reclamos de sus inquilinos salvadoreños, nos mudamos a un sótano a pocas calles de allí. Yo estaba progresando con mi inglés y recién comprendía que mi estadía en los Estados Unidos podía convertirse en permanente. Quería estudiar en la ciudad de Nueva York y sabía que pronto tendría que dejar los suburbios y mi Honda. Uno de aquellos días de mudanza en ciernes, mi amante de áticos fríos y calientes, llamó una mañana para decirme que la esperara, que vendría a buscarme.

Desde la primera noche, creo haber sabido que aquella relación de lujuria intoxicada por la soledad y el invierno no podría avanzar hacia ningún lado. Nuestros encuentros agitados se repetían cada vez que nos veíamos, si bien ella ya me había presentado a un muchacho norteamericano, un alcohólico de buen carácter y de padres irlandeses, con quien pensaba casarse (sin saber entonces que lo que mejor recordaría de aquel matrimonio serían las innumerables madrugadas en que tuvo que sacarlo de la cárcel). Cuando salí a recibirla, ella se estacionó frente a mi sótano estrecho con una camioneta plateada recién salida de la tienda. Había acompañado a su jefa a recoger la camioneta, la había llevado hasta el tren para Manhattan y quería pasar la mañana conmigo, manejando su nuevo auto. Tenía más de dos horas libres antes de recoger del colegio a sus criaturas.

Al igual que todo el condado, nuestro pueblo se conectaba con Nueva York con una serie de carreteras. Escogimos dos o tres, al azar, y ella manejó a un poco más de la velocidad permitida. Era verano, ambos llevábamos anteojos oscuros. Los míos eran baratos y los suyos eran unos lentes carísimos, que su jefa le había regalado por su cumpleaños.

Pronto me iba a mudar a Nueva York y ella se iba a casar. Me dijo que apenas consiguiera sus papeles de residencia tramitaría una beca para sus estudios de postgrado. Las ventanas estaban abiertas, su cabello lacio y largo flotaba con el viento. Esa mañana estaba hecha de varios silencios. Ella estaba callada, tal vez pensaba en algo, tal vez en nada. Mirándola, recordé las horas de aquella tarde con el viejo Honda, cuando ella aprendía a manejar y casi se estrella contra el único árbol del enorme descampado.

—¿Así que este es el sueño americano? le pregunté.

Una chispa del sol rebotó en sus anteojos oscuros cuando sonrió hacia la carretera y dijo:

—El sueño americano.

362

UN AMIGO ME MANDA FOTO

Mi teléfono es un modelo Samsung de hace 3 años, imitación del formato Blackberry. Tiene Internet —muy lento— y una pésima capacidad para recibir mensajes multimedia. Esta tarde, mientras cruzaba un jardín, un amigo me mandó un mensaje que era una foto. Demoró unos segundos, apareció, pero aún no podía ver: el reflejo del sol convertía lo que allí estuviera en una mancha negra. Entré a la casa, volví a mirar la pantalla en la sombra. Era un pedazo de concreto, había unas flores encima: una tumba. Leí las letras sobre la lápida: César Vallejo.

Otra persona que no tuviera afinidad con lo que nos une, hubiera encontrado otra gráfica para decirme "Estoy en París". Sin embargo, en nuestra tradición, para él y para mí, la tumba de César Vallejo en Montparnasse, es más que una proclamación de un viaje, es una declaración de nuestros intereses literarios.

Hoy leía en el blog de Ricardo Bada que al ver los mensajes que le dejaban a Balzac sus lectores, alrededor de su tumba, Víctor Hugo decía «Una tumba como esta es una prueba de la inmortalidad». Es lo mismo que se me ocurría al mirar la pequeña y mal definida foto en la diminuta pantalla de mi teléfono Samsung: desde París, 75 años después de su muerte.

Podrán pasar cosas en el mundo: como encontrar una historia de terror, muy breve, sobre una ballena que llega a morir en una playa del Golfo; conversar, sin perder la paciencia, con un vecino que ha eliminado, sin asco, los árboles que me impedían ver su despintada casa, su sucio y desordenado jardín; reorganizar mi oficina, limpiar papeles acumulados en un año, con la radio, y enterarme de la historia del *Jeremy* de Pearl Jam; saludar a una amiga en Santiago que está perdiendo la cabeza; recordar un cumpleaños en Lima–un día tarde, para variar–, volver a pensar en este amigo, que ha dejado unas flores en Montparnasse.

Podrá pasar de todo en un primer día de julio y sin embargo, la foto de la tumba de un poeta llena la tarde de su inmortalidad.

LA MUJER DE BLANCO

En las calles del pueblo, de noche. No teníamos que alejarnos demasiado. Era terrible pensar que de pronto, entre las matas de los olivos, en alguna acequia estrecha por donde era necesario pasar (o saltar) podía aparecer *La mujer de blanco* Siempre me gustaba recordar los consejos de mi padre: "Témele a los vivos, no a los muertos". Creo que he aplicado su consejo en muchas ocasiones, optando por el sentido común, derrotando a las suposiciones y a los misterios inexplicables ¿Pero cómo vencer, en la niñez, a esos ojos fijos de tus primos que te narran la terrorífica historia que le ha sucedido a alguno de tus parientes, a uno de aquellos chiquillos que tú conoces, caminando de noche por las carreteras que llevan al pueblo, tropezando de pronto con *La mujer de blanco* Es verdad que después aligerábamos la tensión replicando —a la luz del lamparín de queroseno o de aquellas Petromax con bombilla de tela, que iluminaban como el mejor florescente, los techos de troncos, las paredes de adobe recubiertas de cal— lo que le haríamos, si la viéramos, a la mujer de blanco. Y nos reíamos simulando las proezas (a veces violentas, otras veces eróticas) a que someteríamos a su cuerpo de tela, a esa representación cuyo propósito era ahuyentarnos, impedir que nos aventuremos en los cerros donde probablemente se agazapaban animales y peores destinos que la mesa con luz donde matábamos el tiempo contándonos historias o jugando a las cartas.

No había electricidad ni alumbrado. De eso se trataba la proeza de seguir diciéndonos aventuras de miedo. El sol desaparecía a las 7 y si bien algunos —tal vez mi abuelo desde su cuarto, o algún vecino, sentado en una banca de la plaza— se distraía de la oscuridad jugando con la radio a

365

transistores, escuchando la onda corta que botaba emisiones en japonés, en ruso, en francés corrompido por la estática, el resto era oscuridad y silencio.

Por eso recuerdo tan bien la tarde en que llegó el cine, la polvorienta camioneta con un parlante oxidado amarrado al techo, dándole vueltas a la plaza y anunciando el programa: Los viajes de Gulliver. Ya de noche, caminamos desde la casa hasta el cinema —una sala de pintura descascarada al lado de la iglesia— cargando nuestras sillas y nos pusimos a ver los periplos del enano\gigante\huésped de los yahoos que inventó Jonathan Swift. Mis primos, que sabían demasiado de ese pueblo (yo era de Lima, un turista que sólo visitaba en los veranos) se reían y gritaban desde el techo, donde se echaban para ver la función entre las rendijas, entre los agujeros que ellos mismos le hacían a la quincha.

También recuerdo el circo, con sus payasos vulgares y estrafalarios que nos hacían reír, mientras el pueblo oscurecía y el cementerio —a dos cuadras de la casa— se ocultaba en la sombra de la noche. Ya muy lejos, desde el corral a donde íbamos cuando sentíamos urgencia de usar el baño, se veían las luces del "Casino", una casita con varias lámparas de queroseno, donde algunos hombres se pasaban la noche al ritmo de apuestas y cuentos subidos de tono.

Mi padre nunca fue al casino. Él era de Lima y pensaba que los del pueblo, los parientes de su mujer, lo iban a esquilmar. Ellos, quizá, pertenecían a ese grupo de vivos a los que había que temerles mucho más que a los muertos.

Fue otra noche, en una tienda, esa que quedaba en una esquina, en la parte de arriba del pueblo, cerca del camal, alguna vez en que mi madre aceptó ir conmigo y mis hermanos a comprarnos un alfajor o unas roscas de yema de huevo, cuando escuché de la boca de algún cliente, sentado sobre los costales (en el mismo rincón oscuro donde otras veces escuché rumores sobre ataques terroristas y la inminencia de una toma), de la boca de un peón que saludaba a todos los que ingresaban a la tienda con respeto, que apoyaba la espalda en uno de esos calendarios con dibujos de animales de granja que repartía Nicolini, que algo extraordinario pasaba muy arriba de la quebrada, entre cerros y fundos magníficos de los que yo sólo había oído hablar pero que aún no conocía: "En San Luis, en la mina abandonada, han descubierto oro", dijo.

Aquellos fueron los últimos días de la mujer de blanco.

OTRA TARDE

Una anciana se demora toda la vida en la caja registradora. Tiene dos tarjetas y ninguna tiene fondos.

("¿Qué hago?", se pregunta Taísha, 16 años, cajera del *ShopRite*. Hay un peruano detrás de ella que me mira, que parece no estar desesperado, que pareciera tener tiempo que perder.)

"*This is not fair!*", grita la anciana, encorvada sobre el pequeño aparato donde tiene que ingresar los números de su clave de acceso. Lenta, con sus gafas gigantes y su pelo teñido de color rabo de perro, sin entender muy bien que sus tarjetas se han quedado sin fondos, y que el líquido para los ojos que ella quiere, el que con cupón vale solo $1.90 no está disponible (ella se ha traído a la caja uno más caro, que cuesta casi 5 dólares).

Una anciana con más canas pero mucho menos paciencia, le pregunta a Taísha si la atenderán rápido. Mira una y otra vez a la anciana de las tarjetas sin fondo y abre los ojos con exageración. El peruano, que tiene mucho tiempo a su disposición, le sonríe y le dice si no quiere recoger una moneda de 10 centavos que puede ver allí entre las patitas del carro del supermercado. "Si tú te puedes agachar es tuya", dice la anciana, y hace un aspaviento, como dando entender que a ella ni a palos la hacen agacharse.

¿Y el peruano? Este peruano observa. Es retacón, va vestido de entrecasa con una casaca azul medio vieja que le ha regalado su suegro, estampada, en todo el pecho, con el emblema de su empresa de calefacción y aire acondicionado. El peruano viene de dejar a su esposa en el tren, y de la estación se ha ido derecho al supermercado y a la sección de alimentos orgánicos con una lista muy bien ordenada: pepinillos, toronjas, peras, manzanas, pimientos rojos. Además, sólo cuenta con un plan bastante vago para utilizar el resto del día en ordenar la casa, lijar las patas de una mesa, leer un par de libros y prepararse un filete de pescado. Este peruano no tiene nada mejor que hacer. Observa toda la escena: la cajera, las dos ancianas, el público que pasa alrededor de ella. Es una observación comparativa, porque cree ver en esta displicencia, la prueba de lo que separa a su país de los Estados Unidos: la libertad de tener paciencia. ¿No es acaso Nueva York el símbolo internacional del estrés y del movimiento, de la falta de tiempo, del minuto es oro?

"¿Es que acaso no tenemos paciencia los peruanos?", piensa sorprendido. "No tenemos paciencia", se responde, pensando en aquellos días recientes en la Lima estresante del tráfico, del apuro por llegar a ventanillas que se cerraban fuera de los horarios de atención, etcétera. Pronto, el peruano se imagina las quejas y reclamos de sus familiares (muy pacientes y super-sofisticados): "Esta *tiendita* de un *pueblucho* en las afueras de Nueva York no puede explicar ninguna teoría descabellada. No puede ser el ejemplo de nada más que de un día muy lento en los suburbios, de un jueves tardo y apagado, de una mañana suburbana con pies de plomo".

Mientras tanto, la anciana sin paciencia ha preguntado si la pueden atender en la caja de al costado. "Claro que sí, cómo no". El peruano la ayuda a regresar sus cosas desde la banda móvil hasta el carrito, lo empuja con gentileza hasta la caja de al lado. Él puede esperar.

Taísha está un poco sofocada. La anciana parece no entender que le faltan cancelar un poco más de 16 dólares. sigue quejándose que no entiende nada de lo que pasa, hasta llega a sugerir que Taísha no habla bien inglés. Así que la cajera llama a la gerente de la tienda y ¡Pum!: la jugada maestra: la anciana saca un billete de la cartera, un billete de 20 dólares y reclama que ya le ha explicado varias veces a la muchacha que quiere pagar en efectivo.

("¿Sonrío?", piensa Taísha, sin saber muy bien qué hacer). Sonríe, con sus pestañas largas y su moño coqueto. ("Si a esta vieja la escuchara mi madre, la pondría en vereda", piensa Taísha). Sin embargo, con cara de palo, sin muchos gestos, la gerente de la tienda ya se ha hecho cargo del problema: "Le voy a cobrar 16.20, ¿ok? Acá está su vuelto: $3.80, ¿ok?", dice la gerente, con las cejas levantadas y las gafas colgándole sobre la gruesa nariz colorada. La anciana encorvada agradece a todos, incluso al peruano (por esperar con paciencia) y se va.

Así fue la mañana. Camino a casa, el peruano mira el río. Ha descubierto una isla casi tocando el puerto: una isla que permaneció invisible los tres últimos años de idas y vueltas hacia el tren. Ve a lo lejos a un halcón que levanta vuelo entre la neblina (¡más neblina que en Lima!). Pone una canción en inglés en el iPod, acelera: se imagina otra vez al lenguado en el plato y aquello que lo espera pronto: otra tarde casera.

AQUELLA SALSA (DESPUÉS DEL HURACÁN IRENE)

Las canciones de Marc Anthony me hacen recordar la Panamericana Sur. Especialmente una curva en la carretera, a la altura de la quebrada de Agua Salada, donde recibí mi primera lección de salsa:

—*Escucha hijito. Esto es música*—dijo mi prima, mientras sostenía el timón de su auto con una mano y con la otra trataba de hacer funcionar la casetera.

La pista iba al borde de un precipicio. Desde la tapa me miraba un flaco de lentes y despeinado. No recuerdo si fue una sensación cercana al vértigo, ni si aquella tuvo que ver con la fuerza con que aquella música se fijó en mi memoria. Sólo sé que años después–muchos años después–aún escucho cualquier canción de Marc Anthony y vuelve a repetirse en mi cabeza aquella carretera al borde de los acantilados. ¿A dónde íbamos? La Panamericana Sur, que estuvo a punto de desaparecer durante los años 80, había sido completamente reparada. Las líneas amarillas y blancas brillaban sobre el nuevo asfalto. El viaje entre la playa de Silaca y el puerto de Chala duraba la mitad que cuando la carretera estaba parchada de agujeros. Por lo tanto, no pudieron ser más de cuarenta minutos de música.

No me importa su vida sexual (ni con Jennifer López ni con Miss Puerto Rico); pero lo escucho y aquella carretera aparece en mi memoria con la música de fondo y un Tercel azul que chilla en las curvas a casi 100 kilómetros por hora.

Jamás fui salsero: un salsero sabe bailar y yo no lo sé. Mi torpeza se extiende hasta la pubertad (¿14 años?), hasta la espalda de una muchacha que me tuvo que detener porque en medio de un quinceañero, sin darme cuenta de nada, siguiendo el ritmo de la salsa con mis dedos en su espalda, estaba a punto de desabrochar su brasier.

Mis mejores memorias: sentado sobre una silla Comodoy, pegado a la pared, en el salón de la casa de mis primos, durante las fiestas de año nuevo familiares, viendo a tíos y tías bailando *Fuma el barco* y *Caballo viejo*. También están los recuerdos incómodos: una y otra mujer queriendo enseñarme a mover los hombros, las caderas, a enderezar lo que parecía no enderezable. Mi madre forzándome a bailar con ella, mi hermana forzándome a bailar con ella. Y en otras ocasiones me veo feliz, ebrio, aprendiendo a dar vueltitas, a repetir el mismo paso una y otra vez, o marchando abrazado al tren interminable mientras los parlantes anunciaban que *yo dejé mi corazón que sólo vive, en un mágico rincón de mi Caribe*.

Pero si escucho: *Yo que te conozco bien, me atrevería a jurar que vas a regresar que tocarás mi puerta...* la memoria viaja hacia una geografía específica y a un tiempo específico de mi adolescencia.

Creo que se debe a cierto tipo de barrera inconsciente: a mí me gustaba andar con los chancabuques altos y la camisa de franela. No me gustaba el sistema. Me gustaba el rock subterráneo y no la salsa, porque la salsa era parte del sistema. Todo lo que sucedía en la radio era parte del sistema. Y para aquel muchacho que era yo, el iluso que creía marchar a los márgenes de la sociedad, Marc Anthony no podía pasar aquella barrera.

Sin embargo, él la pasó.

Hoy lo escucho en el auto mientras marcho a comprar lo que necesito para sobrevivir al desastre. Por estas calles de troncos caídos, su voz sigue llevándome a una época en que la música y el amor eran lo más importante. Avanzando con cautela hacia un supermercado A&P, sin querer pensar en otra cosa que una lista de víveres, aparece su voz y mi mente viaja hacia el pasado, hacia aquella carretera donde *Llegaste a mí*.

LAS HOJAS QUE CAEN

Alrededor de una mesa de madera, en un club de golf, cuatro ancianos juegan a las cartas.

El más viejo se llama Bryan, hijo de dublineses, ostenta una herida de guerra que le ha malogrado un ojo. El más robusto, siciliano, se llama Matty. El tercero, alto y tullido por la polio, un napolitano de carácter explosivo, se llama Lenny. Tony es el cuarto: pequeño y delgado, de bigote boscoso y ronca voz de fuerte acento gallego.

Los cuatro hombres se han reunido a jugar cartas alrededor de aquella mesa casi la mitad de todos los domingos de su vida. Bryan tiene 84 años, Matt 82, Lenny y Tony acaban de cumplir 80. Esa tarde, el bar está lleno de gente y sobre el campo de golf, muy cerca de la casa club, flamea al tope del asta una imponente bandera de los Estados Unidos.

Matt se levanta de la mesa a mitad del juego para ir a la barra, Lenny protesta que Matt siempre lo hace cuando va perdiendo. Matt dice que no está perdiendo, que necesita beber algo y que no se demora. El muchacho que sirve los tragos, un dominicano, le pregunta cómo van los negocios. Sabe que Matty adora conversar sobre dinero.

—Escucha: ayer vendí lo que quedaba de mi compañía. No me gustó, pero tuve que hacerlo ¿Tú sabes que tenía una flota de carros para distribuir aceite?

—Lo sé, Matty. ¿Con hielo?

—Con poco hielo. De joven yo era el único de mi manzana que tenía un auto. Todas las muchachas me pedían que las llevara a la playa ¿Te he contado eso?

—Varias veces, Matty. ¿Algo para picar?

—Un poco de maní. Eran otros tiempos, este país ya no es lo mismo. ¿Sabes tú lo que ha malogrado a este país?

—No, Matty. ¿Qué ha malogrado a este país?

—Los negros y los hispanos. Están en todos lados.

—Yo soy hispano, Matty.

—No, no. No me refiero a ti. A otros hispanos ¿entiendes? Antes también había inmigrantes... pero era diferente. Más controlado ¿entiendes?

—Tu bebida con hielo y tu maní, Matty. Entiendo.

—Mi familia llegó desde Sicilia sin dinero y hablando italiano, pero yo y todos mis hermanos aprendimos inglés. ¿Te he contado eso?

—Muchas veces, Matty.

—O.K. Gracias ¿Eh? Gracias, gracias.

Sobre la mesa, Lenny mueve el brazo por accidente y descubre que Matt esconde dos cartas bajo su servilleta.

—¡Es la última vez que juego con Matt!, grita.

Bryan trata de calmarlo: si él ya sabe que el viejo es un tramposo.

—¡Y un cochino! — agrega Tony ¡Siempre habla con la boca llena de comida! ¡Un tramposo y un vulgar! Tony lanza sus cartas, se para y ayuda a Lenny a levantarse.

Matt regresa a la mesa arrastrando los pies, tratando de no derramar bebida ni de voltear el recipiente de maní. Algunos socios, desde sus mesas, levantan sus jarros de cerveza y brindan a su salud. Matt brinda, extiende la mano, hace un comentario coqueto a una mesera dominicana regordeta y le aprieta un cachete con sus dedos embarrados de sal. Mientras Matt regresa, Lenny ya arrastra su andador, camino a la puerta de salida, seguido por Tony. Al llegar Matt a la mesa, Bryan lo recibe con una sonrisa fría. "Eres un maldito tramposo, Lenny no quiere volver a jugar cartas contigo". Matt dice que no le importa. Se sienta, bebe de su refresco, derrama un poco de líquido que chorrea hacia el borde del cuello. Estira el recipiente de maní hacia Bryan, quien, con la mirada extraviada de su ojo dañado, piensa: "¿Qué pasará por la cabeza de este viejo hijo de su madre?"

Matt insiste en jugar cartas, pero Bryan le dice que no. Que ha arruinado la tarde, que ya no quiere jugar. Prefiere mirar el campeonato de golf en una enorme pantalla de televisión. El golfista toma impulso para golpear la bola. El silencio en ese lejano campo de Virginia se contagia a los socios que llenan las mesas del bar de este club de golf en Nueva York. El jugador golpea. Es un pésimo golpe, la bola vuela por encima de los árboles hasta donde la cámara no la puede seguir. Algunos socios en el bar aplauden divertidos. Matt es uno de ellos. Bryan lo mira.

***

Tony y Bryan juegan golf todos los sábados por la mañana. Se unen a Matt y Lenny los domingos para jugar a las cartas. El convenio tácito es que Lenny debe soportar los trucos de Matty (más descarados conforme pasan los años) y que ellos tres deben aguantar el carácter explosivo de Lenny. Matt y Lenny han peleado muchas veces. Matt siempre pretende que el juego de cartas no le interesa, pero odia perder. Bryan intenta ser neutral, aunque le hacen gracia las malas bromas de Matty y las rabietas de Lenny. No le desagrada que Matty le ponga apodos. Como aquel, cuando apenas se estaba haciendo a la idea de su cicatriz en el ojo y a mitad de un juego de cartas, Matt lo apodó: "Mira con truco". Matt también intentó una vez apodar a Lenny y a sus piernas destrozadas: Lenny lo cogió del cuello con ambas manos. Casi lo estrangula frente a todos. Matt a veces agarra el bigote de Tony, se lo sacude y le dice que no parece un gallego sino un cuatrero mexicano. Tony se desquita insultándolo, gritándole que es un sucio y un vulgar, un mal educado. A veces todos terminan levantándose la voz. Se insultan, botan las cartas y se largan del club jurando no volver a verse nunca más.

El sábado siguiente, Bryan y Tony juegan golf. Después de ajustar las correas de las bolsas al carrito de golf, el *Caddy Master* les asegura que no tendrán jugadores esperando detrás de ellos. Bryan le agradece la información con un billete de veinte dólares. A Bryan le gusta tomarse su tiempo en cada hoyo y detesta cuando otros socios lo apuran. Algunos tienen pésimos modales. Años antes, al ver su cicatriz, los socios, los administradores y los empleados lo llamaban "General", con respeto. Ahora, piensa Bryan, muchos de los socios y de los empleados ni siquiera saben lo que significa "La gran generación".

A Bryan le agrada jugar golf con Tony porque casi no habla. Avanzan por el campo haciendo mínimos comentarios. Ese sábado son solo dos, pero durante muchos años fueron cuatro: Bryan, Tony, Lenny y Matty. Lenny tenía el mejor juego de los cuatro, hasta que las secuelas de la polio terminaron de arruinarle las piernas. Matt siempre jugó mal e hizo el papel de payaso del grupo. Hasta que su columna se arruinó. Las peleas entre Matty y Lenny empezaban el sábado en el campo de golf y seguían los domingos en el juego de cartas. Esa era su rutina de los fines de semana. Tony usualmente hacía causa común con Lenny, si bien en algunas ocasiones le comentaba a Bryan en privado —invocando cierta complicidad por sus ancestros celtas—, que aquellos altercados eran comunes entre sicilianos y napolitanos. "Esto es cosa de mafiosos italianos", decía.

Ese sábado demoraron casi cuatro horas en jugar los dieciocho hoyos. El campo tiene la peculiaridad de un hoyo adicional. El 19, el hoyo de la despedida. Desde el hoyo 19 se puede ver muy de cerca la casa-club y por eso es el más importante: los socios, a través de los ventanales, sentados alrededor de las mesas del bar o bajo los toldos de la terraza, pueden apreciar cuán malos golfistas son los otros socios. Es el hoyo que los jugadores escogen para sus apuestas más jugosas. El *caddy* les comenta que un grupo de socios apuesta siempre mil dólares en el hoyo 19. Los jugadores de cartas siempre fueron más modestos y apostaron invariablemente la misma cantidad: el almuerzo del domingo.

Esa tarde gana Tony en el 19. Bryan reconoce molesto que, si bien ha ganado en el resultado general, a él le tocará pagar el almuerzo del domingo. Bryan ha conversado por teléfono con Lenny y le ha prometido que jugará solo si no juega Matt. Que no volverá a jugar nunca con Matt. Matty no lo ha llamado durante la semana, pero Bryan espera que juegue. "El viejo tramposo no podrá resistir la tentación de venir. Así sea solo para vernos jugar", piensa.

Mientras conducen el carrito de golf hacia la casa-club, ven algo que les provoca escalofríos. Dos empleados desatan el nudo de la bandera que flamea sobre la casa club. Con la fuerza del viento, esta se enreda sobre sí misma y el asta se estremece. Los empleados rehacen el nudo peleando con el viento, mientras Bryan y Tony se acercan en el carrito de golf, silenciosos, sin dejar de mirarla. La bandera empieza a flamear a media asta.

Durante sus más de cien años de existencia, aquel ha sido el signo tradicional de respeto ante la muerte de uno de los socios. Bryan no recuerda en qué momento de su vida empezó a ver el detalle de la bandera como un símbolo de extrema importancia. Ni cuándo empezó a pensar que, alguna vez, ese detalle significaría que él había muerto. Tal vez después de su primer ataque al corazón. Bryan mira cómo flamean las estrellas blancas y las líneas rojas. Sabe que no necesita decir nada, que Tony está pensando lo mismo que él: mientras no estén los cuatro juntos, siempre han de sentir esa ansiedad en el pecho que los llevará, como ese sábado, hacia la casa club. No se dan cuenta que sus zapatos de dos tonos van dejando una larga huella de barro sobre la alfombra.

Bryan y Tony se detienen bajo el portal de la oficina de gerencia. Atentos y en silencio, frente a la puerta abierta, observan por un instante al gerente, que aún no los ha visto, preocupado en la lectura de documentos. Bryan suelta de golpe la pregunta que lo tortura:

—¿Quién se murió?

El gerente levanta la vista de sus papeles y los mira por unos segundos, extraviado. Piensa por un instante en lo que debe decir. Se demora una eternidad en contestar. Por fin, con la mirada fija en el ojo malo de Bryan, les dice un nombre: "Mister..."

Los dos amigos escuchan atentos, inmóviles. Entonces se abre en su mente un agujero y por allí viajan sus recuerdos. Hacia las hojas que caen.

CANELA

Saúl carga la cara mal afeitada. Cabalga su yegua albina siguiendo la línea irregular de las laderas traicioneras al borde del Chañaral. Ha matado la mayor parte del día tendido sobre la grama de sus sembríos y le parece que se merece el descanso, que el maldito sol le está jugando un truco. Su yegua aligera el paso, escudriña la tierra, rebusca con las pezuñas entre las piedras: mata el tiempo, también.

Al final Saúl ve aparecer a Lorena, a paso lento entre los granados de la casa hacienda, cruzando la acequia frente a las matas de membrillos, avanzando sobre la reseca costra del cauce del río, sin ningún temor: Lorena, la que busca y encuentra, la que lleva la voz, envuelta en un vestido que la cubre como si fuese sólo un vapor, una idea. Viene a darle alcance. Saúl inspecciona el cielo. Todo está planeado y sin embargo aún le tiemblan las manos, le siente el frío a esa caspa de agua que le moja la palma.

Cuando ella está más cerca, lo necesario para verle las líneas del rostro, Saúl hace girar al animal sólo para que Lorena lo admire. Ya no es posible admirar a esas horas. Todo ha sido teñido de un tono anaranjado y triste. Lorena lo observa, aguarda a que Saúl acomode la grupa de la yegua y le ofrezca la mano para treparla. Saúl la seca al pasar, la palma contra los pelos del lomo. Sin embargo no puede evitar que Lorena toque su nerviosismo, su milímetro de duda húmeda en esa palma que todavía le teme a las consecuencias, a pesar de encontrarse cuarteada, recia y muy bien entrenada en el campo.

Así cabalgan ahora ambos, apretados sobre el lomo, al lado del río Chañaral, por el cauce seco, entre las rocas.

—¿Eso es todo? le pregunta Lorena, cuyo cuerpo se convierte poco a poco en sólo una sombra, en una mancha negra que avanza por la banda del río, muy adelante del perfil de la hacienda que desaparece en la oscuridad de la quebrada, muy hacia el fondo.

"Eso es todo", piensa Saúl. Asiente en silencio. Siguen por la quebrada, aceptando el paso con el que la yegua los decide llevar. Se les hace de noche en la pampa. La cruzan en silencio, escuchando aquí y allá los quejidos de los zorros y las pataletas de los guanacos. Antes de la hora de la cena ya están entrando en el pueblo, pegados a las pircas de las chacras. No hay luz eléctrica y faltan almas en esas calles.

Cortan camino por el lado de la iglesia, hasta la sombra de una casa que hasta hace algunas semanas estaba tapada por el polvo y las telas de araña. La yegua se acomoda por un portón de acero e ingresa con ellos a las caballerizas. Huele a alfalfa. Mientras Saúl amarra a la yegua, ya apenas si se puede ver. Le levanta el vestido a Lorena. Sus dedos se meten entre las piernas y palpan una humedad más desesperada que la suya.

—Hace tiempo que nadie me toca, dice Lorena, sabiendo que él no necesita la explicación. En la oscuridad, gracias a un hilo de luz de luna, aún se puede adivinar al lado de la yegua, la forma de la cama de heno. Allí se tienden. Él quiere demorarse en las lamidas. Le teme al apuro y a la impaciencia, pero ella le exige que proceda.

Cuando le vinieron a decir que Lorena se casaba con ese bueno para nada, Saúl cerró la casa y vendió sus últimas reses. Se fue a la costa: buceó para los turistas, entretuvo a las criaturas paseándolas en botes con forma de banano–hizo el ridículo. Al regresar al pueblo, para ordenar sus tierras y regalarlas, lo encontraron los compañeros y le dijeron que Lorena había estado indagando por él.

Por cierta razón que entonces Saúl no entiende del todo, al final del primer chorro desesperado, la hombría se le vuelve a levantar. Saúl apoya las manos contra la piel de Lorena, pensando si le debe pedir permiso. Pero Lorena le exige que proceda, que presienta donde su carne tiembla con más fuerza. Saúl lo hace, sin darle crédito a ese estúpido dolor de viejas tardes cabizbajas, de octubres en los que sólo creía en la venganza.

Lorena tiene piel canela, y eso es todo lo que Saúl andaba buscando.

MÁS ALLÁ DE LA TIERRA

A Herberth siempre le ha gustado leer ciencia ficción. Por eso no lo sorprendió que una noche los extraterrestres le tocaran la ventana del cuarto y le dijeran que saliera. Hasta tenía la maleta preparada –ropa de verano e invierno– para el viaje. La nave espacial estaba estacionada debajo del manzano que plantó su padre, lanzando luces de colores, igual que en las películas. Tomó asiento al costado del piloto. Las manos apoyadas sobre el pantalón, esperó el despegue mirando la casa del vecino, las paredes renegridas que veía en las mañanas desde la ventana de su dormitorio, el pedazo de plástico que colgaba sobre el techo, como si no tuviera dinero para repararlo. Era un vecindario horrible, no lo iba a extrañar. El motor hizo unos sonidos desafinados, las luces espantaron a los grillos y ¡BUM!, la nave espacial saltó al hiperespacio. Herberth ya era un viajero estelar.

En el nuevo planeta le dieron trabajo y comida. Vivió en una comunidad de extraterrestres hippies y con ellos probó por primera vez la marihuana. Conoció a Odalid, la mujer más alta y más esbelta del grupo, y con ella aprendió los rituales amorosos de estos alienígenas. Odalid tenía un IQ que espantaba, su comunicación telepática no conocía interferencias y el sexo con ella era "de otro planeta". Odalid se reía cuando pensaba en esas frases que a Herberth se le ocurrían. Herberth, muy intelectual y muy apegado a la ciencia, no podía dejar de pensar que lo que más lo atraía de la Odalid eran sus tetas perfectas.

Se casaron y tuvieron hijos. La comunidad, por su trabajo, les obsequió una casa de tres pisos en los suburbios, una morada de concreto con vista al lago y una pequeña cabaña de lectura. Herberth tenía que leer e interpretar textos humanos. Esos textos servían bien a la comunidad, permitían el trabajo de los científicos espaciales que recorrían la Tierra día a día en busca de respuestas a las grandes preguntas extraterrestres. Odalid seguía siendo fabulosa en la cama y eso le impidió a Herberth fijarse en otras mujeres. Algún verano debió de haber visto, por primera vez, a Gertrude, una pelirroja que se bañaba desnuda en la piscina de la casa vecina, y no le prestó atención. La ciencia, la lectura y el sexo apenas si le dejaban lugar para distracciones banales, tan terrestres, como la infidelidad.

Sus hijos crecieron sanos. Los recargaban todas las mañanas con electricidad positiva y cuidaban que las baterías de su cerebro estuvieran completas. Limpiaban sus pantallas y los llevaban al colegio. Allí los profesores los llenaban de datos y cuidaban que la información circulara bien, que progresaran aritméticamente sus procesadores de textos, que nada impidiera su desarrollo normal como ciudadanos. Luego Herberth se concentraba en la lectura, libros viejos y nuevos, intercalaba a los clásicos con la política local y los tomos de la historia de su planeta adoptivo: había una laguna en su proceso de aprendizaje que pensaba llenar poco a poco con esos textos sagrados.

Odalid se dedicaba la mayor parte del día a pensar. Cocinaba platos sencillos para Herberth y algunas veces lo sorprendía en la intimidad de su cabaña de lectura para proponerle un descanso agitado entre las sábanas de la alcoba o en el piso de troncos de roble de su cubil lector. Era una loba, pensó Herberth, tantas veces. Y ella, que entendía sus gustos, rumiaba como una bestia telepáticamente. A Herberth le fascinaba despertar con sus piernas enredadas con las de ella. Le agradaba el mundo sin vicios y sin sobresaltos de su hogar de niños sanos y costumbres inquebrantables. A veces pensaba en el futuro que lo hubiera esperado de no haberse subido a esa nave debajo del manzano, con destino interestelar, mirando la pared y el techo del vecino, y le venían escalofríos.

Fue por esos días en que todo marchaba tan bien, que Gertrude se le apareció en sueños. Lo revolcó. Le sobó todo el cuerpo con agilidad, usando para ello los dedos largos y la cabellera roja. Herberth despertó asustado con la imagen fresca de una lengua deseando que se le acerque y la sofoque. Corrió a su cubil, se encerró allí y hojeó apurado los tomos de la historia del planeta, pero estos no le dijeron nada. Esta colonia en las estrellas solo conocía personajes calmados y sin más deseos que los del Herberth de todos los días. No había ejemplos de grandes traiciones. No se podía fracasar en este planeta cuya arquitectura había sido diseñada para el triunfo, el avance tecnológico, la conquista del espacio.

Disimuló como pudo, pero fue imposible con una esposa telepática como Odalid. Al segundo día de anormalidades ella sugirió que se encargaría de recargar las baterías de los niños y de mandarlos al colegio. Le dijo que se fuera a su cabaña, que no debería tocarles las pantallas a sus hijos en ese estado. Abrió un cajoncito al lado del lavatorio y le ofreció un porro, con una caja de fósforos. "Fúmatelo", fue lo que dijo, con las pupilas en sus pupilas, tan inteligente, con las manos encima de los teclados del más pequeño.

Herberth se encerró en su cubil de lectura y encendió el troncho. Aspiró. Las volutas se esparcieron en el cuarto, el dulce aroma de sus años juveniles le aclaró la cabeza. Por encima de los anaqueles del librero vio la casa de Gertrude y la vio salir al patio, saludarlo como si siempre hubiera estado allí para él.

|Y Herberth supo que era el momento de abandonar el planeta.

Alexis Romay

Alexis Romay (La Habana). Licenciatura en Educación artística (La Habana) y máster en Lengua y literatura hispanoamericana (New York). Gracias a esto, puede diferenciar entre una sinécdoque y la Venus de Willendorf. Es autor de las novelas *La apertura cubana* y *Salidas de emergencia*; del libro de sonetos *Los culpables* y de *Diversionismo ideológico*, una compilación de décimas satíricas sobre aquella isla de difícil mención. Sus textos han sido incluidos en antologías, revistas y diarios en Colombia, Italia, España, Estados Unidos y México. Vive en New Jersey, con su esposa, su hijo, su perro y varios libros.

EL ARTE DE LAS FUGAS

A millas y años luz de aquel instante, recuerdo la primera vez que escuché una frase que habría de marcar mi adolescencia y que, sin que me resultara obvio hasta hace un lustro, estaría presente también en mi vida adulta. La máxima era atribuida al *entonces* General de Ejército —y *todavía* heredero de la finca privada que es Cuba— y rezaba: "El deber de todo buen soldado es escaparse. Y el deber de todo buen oficial es atraparlo". La sentencia me llegó de boca de un capitán de cuyo nombre no quiero acordarme. Y me la dijo una tarde en que me atraparon en el acto de buscar mi salida de emergencia. En aquel entonces, yo no era un soldado —nunca lo fui—, pero me trataban, de hecho, *me entrenaban* como tal. Esto ocurrió durante mi incursión —breve, pero indeleble— en la vida castrense: era un alumno más de la Escuela Militar "Camilo Cienfuegos" de Capdevila, preuniversitario riguroso donde los hubiera, del que, por fin, me expulsarían en el duodécimo grado por "graves problemas disciplinarios".

El motivo de mis constantes escapadas era la Escuela Vocacional "Vladimir Ilich Lenin", un preuniversitario a una hora de mi escuela, o más, en dependencia del tiempo que tardáramos en conseguir un camión, guagua o chofer particular que tuviera la gentileza de adelantarnos un tramo del camino en aquellas carreteras nocturnas agraciadas con muy poca luz y muchos baches. Iba a la Lenin no por la cercanía, que era relativa, sino por la generosa proporción entre hembras y varones —cinco por uno—, lo que constituía el extremo opuesto de aquel cuartel militar en el que se me iba la vida entre gritos de "firmes" y "rompan filas". Algunas estudiantes de la Vocacional Lenin tenían cierta vocación por el uniforme verde que vestíamos los "camilitos". No sé si por caridad, mal gusto o para variar, pero lo cierto es que nos acogían con los brazos abiertos y hacían que valieran la pena y el esfuerzo nuestros meticulosos planes de fuga, que incluían calcular al detalle los horarios de los pases de lista y de las innecesarias e incontables formaciones en la plazoleta central, que evitáramos la pesada luz de los reflectores y cruzáramos, no siempre libres de arañazos, la cerca de alambre de púas que separaba a la jaula pequeña que era la escuela militar de la jaula grande que era el resto de la isla.

Los estudiantes de ambas escuelas estábamos confinados a nuestros respectivos recintos en la periferia habanera desde la noche del domingo hasta la tarde del viernes, cuando nos daban el pase para ir a casa a recordar como lucían los rostros de nuestras madres. En medio de aquel encierro continuo y sistemático, los camilitos nos fugábamos a La Lenin por amor... y otros efectos especiales. Perdonen el repentino salto a la primera persona del plural. La circunstancia lo pedía. Regreso a alimentar el ego.

En una escuela y un país en donde la delación era y, por desgracia, sigue siendo moneda de cambio, todavía me jacto de jamás haber delatado ni a propios ni a extraños. Esto viene a cuento pues en una ocasión estuve más de un mes castigado, sin pase, por no revelar la identidad del autor intelectual del pelotazo que rompió un ventanal del gimnasio. El noviazgo del balón de fútbol con la patada que lo condujo al futuro cristal roto fue considerado un acto de sabotaje a la institución revolucionaria, en tanto que destruyó la tranquilidad escolar y la propiedad del estado. Me amenazaron con la famosa "mancha en el expediente"; cuando ese recurso no funcionó, me trataron de reclutar a la Unión de Jóvenes Comunistas —por aquello de "si no puedes con tu enemigo, únete a él"—, pero en ambas ocasiones, ay, este hombre dijo "no" y siguió callando. ("Menudo heroísmo", pienso ahora, pero el diablo siempre ha vivido en los detalles). ¿Y qué hice durante esos fines de semana encerrado en mi escuela-cárcel? Pues fugarme para caer por los siempre gratos aquelarres que organizaban mis amigos de La Lenin. Entonces, en medio de los rones y el jolgorio, recordaba la frase jactanciosa del capitán y la subvertía: el deber de un buen soldado es escaparse *y que no lo atrapen.*

Cuando el cúmulo de indisciplinas —fugas incluidas— fue tal que la situación pedía a gritos un escarmiento público, a la jefatura de la escuela no le quedó más remedio que expulsarme de sus gloriosas filas. Fui a parar a los Camilitos del Cotorro, institución que se dignó a acogerme, cumpliendo su papel de vertedero a donde íbamos a dar todos los indeseados de las otras tres escuelas militares de La Habana. Y entonces aquello fue coser y cantar. El gardeo a presión al que me tenían acostumbrado en Capdevila brillaba por su ausencia en el Cotorro, de modo que pasé el resto del curso perfeccionando las mil y una maneras de escurrirme por el hueco de una aguja. Aun así, al final del curso, en un matutino, los jerarcas de la escuela me retiraron el derecho a asistir al acto de graduación, declarándome una "vergüenza al uniforme militar", dictamen que sigue estando en el *hit parade* de mis cumplidos.

Un poco por llevarles la contraria y un poco por cerrar aquel capítulo bailando, esa noche me colé en aquella fiesta que también era mía; lo que, si se mira bien, constituye una fuga a la inversa, pues crucé también una cerca (en ese caso, de un club de recreo para militares); la diferencia radica en que en esa ocasión lo hacía para entrar.

Nada pudo prepararme mejor para casi dos décadas de exilio sin pasaje de regreso que esos tres años envuelto en aquel odioso uniforme verde olivo, periodo en el que aprendí a ser y a estar lejos de mi familia. Nada me pudo preparar mejor para mi gran fuga del país que aquellas escapadas juveniles durante mi etapa de estudiante de una escuela militar. De tal suerte –y vaya suerte—, años más tarde tendría la oportunidad de poner en práctica lo ejercitado en los tiempos en que seguía los pasos de Papillón y aprendía a calcular el vaivén de la séptima ola.

En un breve ensayo, mi amigo Enrique Del Risco plantea un argumento irrefutable: "de las dictaduras de verdad, uno se va solo una vez". Sin embargo, tres fueron las veces que salí de Cuba y las tres siguiendo el mismo método, que no expongo aquí por si todavía no ha caducado; pero que, en esencia, consistía en jugarle cabeza a la maquinaria tan represiva como burocrática que se encarga de controlar la entrada y salida de los cubanos a la isla que los vio envilecer. La tercera de mis fugas, que a la larga fue la vencida, se asemejaba a las de mis años mozos en que también venía al encuentro de un vestido y un amor. Y al igual que en mis días de estudiante, tuve que sortear a mis cancerberos para llegar a su encuentro.

Al arribar a Estados Unidos, ya sin necesidad de seguirme fugando del sitio en que tan bien no estaba, trasladé mi obsesión con las evasiones al mundo de las letras y me lancé a escribir mi primera novela, *Salidas de emergencia*, que narra las disímiles maneras en que un puñado de compatriotas intenta escapar de circunstancias extremas y, en ocasiones, de la propia isla en peso. En mi segunda novela, *La apertura cubana*, la fuga es un elemento clave y constante. No me quedó más remedio: escribir sobre la Cuba contemporánea sin mencionar el ansia de huir del suelo patrio que desde hace décadas corroe tanto a las generaciones más jóvenes como a los entrados en años sería como pedirle a un animal que vive en cautiverio que describiera su vida diaria sin mencionar los barrotes, al margen de la ubicuidad de los mismos.

Siempre que me preguntan que cuándo *me fui* de Cuba, respondo automáticamente que *irse* de Cuba no es posible para los cubanos, del mismo modo que no era posible para los esclavos *irse* de los barracones. De un país que te impide la salida no te vas, te fugas. Como escribí este texto en Nueva Jersey —y como sospecho que será leído por compatriotas en el destierro, que son, quieran reconocerlo o no, por edicto real, fugitivos—, admito que, aunque quizá original, nada tiene de extraordinaria mi odisea privada. Solo quería dejar constancia escrita y poner en letra de molde lo verdaderamente indisputable: entre otras tantas cosas, la historia de la segunda mitad del siglo XX cubano ha sido también un tratado, un compendio, un exquisito manual sobre el arte de las fugas.

Nueva Jersey
Diciembre de 2018

LOS PASOS PERDIDOS

a los Mallozzi-Sammartino

Con estos zapatos
    que conocen el polvo de la ciudad eterna,
    que intuyeron la gloria que vivió el Palatino,
    que supieron andar las veredas insomnes
de una Ostia Antica inerte,
    que subieron colinas y montes y estamparon
una huella profunda que yo quise indeleble
en la bella campiña cercana a Colleferro,
    que habitaron a gusto a la sombra tranquila
del barrio dedicado a ese Jano Bifronte,
    que tuvieron tropiezos hasta ayer memorables
entre los adoquines y las piedras que acaso
por el correr del tiempo y los pasos ajenos
fueron desnivelados en la ruta que antaño
indicaba que todos los caminos del mundo
llevaban al viajero a la Roma que añoro,
    que todavía recuerdan el susurro del río
durante esos paseos nocturnos al Trastevere
con amigos que quiero abrazar a menudo,
    que marcaron un gol y luego otro y que dieron
un pase celestial y una patada injusta
en la tibia de un tipo que parlaba italiano
y no era mi enemigo sino solo adversario
en cancha improvisada en el patio espacioso

de una sobria academia
entre adultos que fueron, quién lo duda, muchachos
que corrían jadeando tras el balón de cuero
mientras la primavera imponía su encanto,
    que en su afán de pisar los lugares comunes
se fueron desandando con este escriba a cuestas,
a conocer Pompeya, a husmear en Herculano,
a recorrer las calles de Piano di Sorrento,
y que un día volverán a la tierra de Dante
a recitar los versos antiguos e inmortales
que nos legó Petrarca para nuestra fortuna
y yo declamaré con mi acento cubano
mientras el sol se acuesta por siempre en la Toscana
y un buen vino acompaña las buenas compañías
y esos bellos sobrinos que no son consanguíneos
de mi hijo ni míos y que quiero a distancia
me recuerdan, qué dicha, que familia, por suerte,
no se escribe con sangre,
    con estos zapatos que ahora calzo, queridos,
jamás caminaré las ruinas de La Habana.

ODA A LA JIRAFA DESCONOCIDA

¿En qué remota sabana de un continente remoto
se plantó tu semilla de una vez y por siempre,
oh, jirafa del Zoológico Nacional de Cuba?
¿Cuál fue la magnitud del vasto territorio
que recorrió rodeado de mil adversidades,
con la garganta seca, con el deseo ardiente,
con una idea fija, en busca de su hembra,
el semental en celo que te procrearía?
¿A cuántos contrincantes tuvo que superar
para aparearse en paz bajo el sol implacable?
¿Y los depredadores y su constante acecho
y el hambre y la sequía y todas las variables
y las constelaciones y los tantos peligros
que conspiraron juntos para que no existieras?
¿O acaso eres el fruto del doble cautiverio
y fuiste concebida detrás de los barrotes
en esa hermosa isla que se desdobla en cárcel?
En tu infancia cautiva soñaste con ser libre.
¡Lo deseaste tanto sin calcular el precio!
La noche en que vinieron a coro los ladrones
a profanar tu jaula, a interrumpir tu encierro,
¿paseaste por La Habana feliz y encabritada?
Hoy que nada ni nadie da fe de tu existencia,
jirafa inolvidable, te canto en mi destierro,
te añoro y especulo sobre tu paradero:
en un plato de sopa o como aperitivo,

quizá fuiste una ofrenda de algún rito pagano,
o eres bestia de carga en un infierno inmenso.
Oh, jirafa silente como la voz del pueblo,
sospecho que estos ojos que un día serán polvo
no volverán a verte andar con paso firme.
No tuve tu peluche. Me queda tu recuerdo.
Descansa en paz, jirafa. Te evoco y te celebro.

AUTORRETRATO

a Valerie Block, dos décadas después

Nos hicimos un selfi en la ventana
unos minutos antes de la aurora,
con el sol asomándose a deshora.
(Esta ciudad al fondo no es La Habana).

Nos hicimos un selfi y tu sonrisa
llenó ese hueco que dejó la ausencia
de mi tierra natal y su indolencia.
(Esto no lo previó una pitonisa).

Nos hicimos un selfi, ya de día.
Dimos las gracias por todos los dones.
Sonreímos al lente, de buen grado.

Nos hicimos un selfi, vida mía,
con Borges, con Quevedo, con Lugones.
Selfi será, mas selfi enamorado.

EL REENCUENTRO

a A. E.

Me fuiste a despedir al aeropuerto.
«Sospecho que te fugas», me dijiste.
Para variar, hicimos aquel chiste
repetido al final de algún concierto.

Pasó el tiempo y pasó por el mar muerto.
(El Caribe fue un cementerio triste).
Dijiste que vendrías, y viniste
(con pasaje de vuelta a aquel desierto).

Hoy vengo a recibirte en tierra extraña
(extraña para ti, pero ya mía):
mis laberintos son tus laberintos.

Hablamos del olvido, esa patraña.
Olvidamos hablar de ideología.
Somos los mismos. Somos tan distintos.

Gabriel Goldberg

Gabriel Goldberg (Buenos Aires, 1965). Abogado por la Universidad de Buenos Aires, máster en Leyes por la Universidad de Harvard y juris doctor por la Universidad de Miami. Ha sido autor de ensayos jurídicos, fotógrafo y productor; además de su continua actividad como corredor de maratones y triatlones de larga distancia. Su primera novela, *La mala sangre*, fue publicada por la editorial Interzona de Buenos Aires (2014). En mayo de 2015, el diario argentino *Clarín* publicó su relato "Hiroshima en la ribera uruguaya". Suburbano Ediciones editó, en octubre de 2016, su cuento "La chica de la vaca" dentro de la antología *Miami (Un)Plugged*. Su relato "Nine eleven" fue seleccionado para ser incluido en la antología *Pertenencia: Narradores sudamericanos en Estados Unidos* (Ars Communis, 2017). En octubre de 2018 fue invitado por la Miami Book Fair a ofrecer una charla-taller y a participar en la tertulia literaria del Miami Hispanic Cultural Art Center. Tiene en preparación una novela y un libro de cuentos.

ESPERANDO AL INSPECTOR

1

Hoy tuve que abrir las ventanas de la oficina; en esta ala del edificio no está funcionando el aire acondicionado. El ambiente está pesado y hace calor. Parece mentira que un par de semanas atrás pensara en comprarme una estufa eléctrica, de esas a cuarzo, para ponerla debajo del escritorio y que me quemara las piernas, la parte del cuerpo que más me hace doler el frío. Paso horas mirando el techo, pensando... y congelándome de afuera hacia adentro.

Por eso, hoy tuve que abrir las ventanas, no sea cosa que el inspector transpire su guayabera, su ropa interior, o tal vez la camiseta amarillenta que seguramente lleva debajo de las palmeras a colores de su camisa... Así que las ventanas —dos, en guillotina— están abiertas y, a pesar del ruido que me obligará en cualquier momento a colocarme los tapones de oído —me los compro en el supermercado en frascos de a cien—, debo admitir que es muy agradable trabajar con las ventanas abiertas. Es una experiencia inédita para mí. Es más: se oyen los autos que pasan por la calle, algo novedoso en el lugar en donde vivo desde hace casi diez años. Hasta oigo camiones y colectivos con sus motores gasoleros; bocinazos molestos, carcajadas de mujeres, discusiones de alguna pareja, risotadas de compañeros que almuerzan juntos, voces de una madre retando a su hijo, en fin, sonidos urbanos. La verdad que no está nada mal este proyecto que me obliga a esperar al inspector.

Son las 8:18 pm. Guardo los taponcitos que tenía preparados. No me hicieron falta y hasta disfruté de los ruidos mundanos. Me encantaron las voces que llegaron de la calle.

No puedo dejar de pensar en él. No me refiero al inspector sino a un muchacho con serios problemas, a quien he vuelto a ver en la calle. Recién, cuando caminaba de regreso de la oficina, lo vi pidiendo cigarrillos a todo el que pasaba. La gente, con muecas de asco, lo ignoraba. La única persona que lo convidó fue un señor de piel oliva y pelo oscuro, que charlaba con una señora, cuya cabeza estaba cubierta con un pañuelo de color mostaza. Reconocí de inmediato al muchacho, lo había visto en los alrededores de otro Starbucks de la zona durmiendo, en plena calle, totalmente desnudo sobre un sillón de cuero; los pies llenos de barro seco y los cabellos largos quemados por el sol. Cerca de él todo hedía a túnel de subterráneo, a baño de cancha; hasta se le veía mojada la entrepierna. El meo es difícil de soportar. Debe de tener unos cuarenta años y sus ojos son verde pardo. Antes de quedarse dormido volvió la mirada hacia mi lado. Yo no podía quitarle la vista de encima, y hasta alcanzaba a oír que mientras él dormía, respiraba con gemidos. De vez en cuando, el muchacho abría los ojos y en una de esas veces se dio cuenta de que yo lo observaba. Me sentí avergonzado y me vi obligado a desviar la mirada. Me mordí los labios, entrecerré los ojos, sentí el olor de mi propia angustia, y tuve muchas ganas de ir a mear.

3

El sueño de anoche me suena premonitorio y me llena de aprensión. Será mejor que cuelgue los diplomas antes de que sea demasiado tarde.

4

El circo fue convocado por el enano mayor. El imbécil de lengua geográfica y zapatillas rojas. La banda sonora llevaba taladros, clavos, martillos, y hasta palas, por si acaso. La rubia y su colaboradora se encargaron de los canapés de polenta. Algo tenía que haber para convidar a la concurrencia. El jefe vigilaba desde afuera por si llegaba el inspector. De las oficinas del edificio, y aun antes de abrir la puerta, caían los invitados: el sastre, la masajista, el contador árabe y seis notarios para dar fe. Los enanos del jardín de enfrente aparecieron con bandanas y pantalones de colores uno arriba del otro. Todo el mundo se rozaba dentro de la diminuta oficina. Los enanos sostenían el nivel mientras la masajista marcaba las crucecitas con un lápiz negro. Como apareció el dentista, le encargaron que se ocupara de los agujeros. El enano mayor se salía de sí mismo, ese era el día que tanto estuvo esperando. Disparaba órdenes prusianas que todos acataban a ciegas. El contador árabe dirigía la banda sonora sosteniendo los diplomas en alto para luego encastrarlos uno por uno. El frenesí duró más de diez horas. La colaboradora de la rubia frotaba los vidrios con una gamuza para que los diplomas brillaran aún más. A eso de la medianoche los dispersó una redada. Se sospecha que el del rifle no era otro que el inspector.

5

El sueño americano en versión pesadilla: "Es la historia de un chileno perdido, un joven que deja Santiago por California pero no triunfa. No hace su primer millón. No logra retomar los estudios universitarios. No consigue una hipoteca para una casa en el suburbio ni compra un auto en cuotas con su trabajo de nueve a cinco. Y un día, sin más, desaparece." Dice Fuguet, el autor: "Siempre me interesó la gente que se pierde, literal o metafóricamente."

6

Lo kafkiano de la oficina y de la vida: dos licenciaturas, dos maestrías, Harvard... ¿Para qué? Ah, sí: para colgar los diplomas en una pared de mentira, para esperar a un inspector que me apruebe o me deporte. Un lugar en donde el trabajo no es de verdad (claro, la oficina, como mi sueldo, me los pago yo mismo); en donde no tengo a quien seducir; en donde la paja no es a escondidas sino a cielo abierto, como castigo público; en donde todo es una representación, llegando al punto de perderme. Ya no sé ni mi nombre, ni mi dirección, ni para qué hago lo que hago. Incluso, he debido memorizar los nombres y apellidos de los empleados de la empresa por si el inspector me interrogara al respecto. Esto es el sueño americano: libertad condicionada. Pero, también, es la profecía realizada: "Estado de movilización permanente", decía mi papá. Sí, todo muy steimbergiano: pruebas de fuerza, de resistencia, diecisiete horas en movimiento, caminar sobre brasas para lograr la redención.

7

Lacanianos en el páramo, hubiera jurado que sería una quimera. Pienso en Restrepo, mi analista de ahora, y en los seminarios que hacen a puro pulmón en un local que les presta un banco portugués en una de las zonas más feas de la ciudad. Lo tomo como la posibilidad y el desafío de realizar cosas que para mí son imposibles, en lugares inhóspitos, con gente insensible y chata.

8

Aproveché para que hijo me enseñara a pronunciar "focus" en inglés. La influencia maligna de Guildenstern y su latín, a su estilo, daba un "fuck you". Juan se me cagaba de la risa en mi jeta. Se tomó mucho tiempo y paciencia para enseñarme a decir algo así como "fouekes". Para Lucía todavía es imposible. Y padece la risotada de la monada.

9

Vi detenido a un patrullero en el medio de la nada, en plena autopista. Pensé en que algo pasaría en la central nuclear. Los americanos son tan imbéciles que reaccionan cuando las cosas ya son un hecho, pero igual creen que desplegando luces de colores, la gente se impresionará sintiéndose protegida. Lo peor es que esto es cierto; los habitantes de este lugar efectivamente se lo creen.

10

Después del 9-11 tuve que ir varias veces a nuestro departamento que estaba dentro del área denominada como Zona Cero. Iba a buscar ropa, principalmente. Toda esa área había sido evacuada a la fuerza y se regía bajo ley marcial. Si te encontraban merodeando por ahí, podían dispararte a discreción. Me tomaba el subte y después caminaba hasta un centro de logística ocupado por el ejército y la guardia Nacional, en la avenida West y la calle Treinta, en la zona de los galpones, junto al río Hudson. Ahí me debía identificar y explicar la razón de acceder a la zona evacuada. Yo mostraba el certificado de domicilio, las listas de Lucía y su foto de embarazada, y también la de Juan. Me hacían esperar junto con las otras personas que, como yo, estaban en la misma situación. Después de pasar diversos controles en los cuales preguntaban lo mismo, una y otra vez, nos subían a un Hummer de caja abierta para llevarnos hasta algún punto cercano a nuestros domicilios. Todos los que íbamos arriba de ese camión del ejército nos mirábamos con desconfianza. Si uno tenía la piel oscura o los ojos más turbios que el celeste, ya era sospechoso. Nos poníamos carteles invisibles en la frente. En mi primera incursión, luego de recibir las instrucciones y antes de bajar del vehículo, pedí algo más de tiempo por encima de los veinte minutos autorizados. No había electricidad y debía subir por la escalera hasta el piso veintisiete. Un soldado rubio y bien rapado, muy redneck, como respuesta a mi petición, me maltrató mal: de una patada en el culo me bajó del jeep y me obligó a subir corriendo, juntar mis cosas y bajar para reportarme con él en exactamente dieciocho minutos. De lo contrario, advirtió, no te aseguro que no te vaya a poner un tiro en la cabeza. Me mostró el M-16 y se tocó el reloj. Silenciosamente, todos nos miramos asustados. Más que una zona de desastre, era un teatro de operaciones: subían y bajaban helicópteros civiles y militares, sobrevolaban aviones de combate F-15 y F-16, las tropas iban y venían justo en el parque donde íbamos a jugar con Juan. Hasta la Cruz Ruja había montado un hospital de campaña en enormes tiendas color oliva. La Agencia de Protección Ambiental medía la calidad del aire y publicaba las alertas del día. Despojos de asbesto de las estructuras derruidas eran lo menos tóxico. Ni qué hablar de lo que medían, aunque nunca lo sabremos. Me seguía sorprendiendo el hu mo que por meses no paraba de salir de las entrañas de los que habían sido los subsuelos de las Torres Gemelas. Con el humo también llegaban los olores a carne ardiendo y a combustible, dependiendo del viento pero sobre todo de la hora del día. Algo muy extraño se consumía debajo de esos escombros.

Ya arriba en la casa, sentía el temblor de mis piernas y cómo el sudor se me escurría por la cara y el cuerpo. Por momentos, también lloraba. Con la mirada nublada, luchaba por leer la lista de Lucía. Esa letra tan suya, tan de arquitecta, ese listado tan de mujer, esas palabras que me daban piel de gallina: el enterito azul, un par de mamelucos de jean y piyamas blancos de algodón de Juan; calzoncillos, bombachas, corpiños, pañuelos, abrigos, medias, mitones —empezaba el frío—, y hasta cosméticos y accesorios para Lucía. Se me ocurrió abrir la heladera y me encontré con la torta del cumpleaños de Juan. Había sido tomada por una banda de hongos. Apenas se distinguía la figura de Buzz Lightyear en la parte de arriba. Otras cosas en su interior olían a descomposición; con el estómago revuelto la cerré. Sólo me quedaba buscar la ropa interior de Lucía. Abrí los cajones, y al encontrarme con las bolsitas de seda blanca en las que guarda su ropa interior, no pude resistirme. Las estrujé y me las llevé a la nariz. Me pregunté si mis guerras anteriores no habían sido suficientes. Irónico: no sabía las que me esperaban.

11

Antes de llegar a la oficina, pasé por Starbucks para comprar un café bien cargado. Desconozco el motivo, pero el local estaba lleno de agentes de patrullas de inmigración. Iban con rifles de asalto, con perros y picanas portátiles; llevaban los uniformes repletos de placas brillantes y condecoraciones de colores. Me miraron, no sé si porque había regresado a la cafeína o tan sólo porque yo era quien estaba antes que ellos en la cola para pagar, y si no me veían, simplemente me pisaban y me llevaban por delante. No lo sé, pero igual no me gustó cómo se fijaron en mí, y supuse que ellos estarían pensando lo mismo. Automáticamente me sentí absolutamente ilegal, y esta sería la razón que justificaría que ellos se hubieran levantado de la cama aquella mañana. Repasé mentalmente mi espalda y me tranquilizó sentirla seca. También revisé de memoria la vestimenta que llevaba puesta, así como las posibles excusas que debería dar por estar comprando un café a esa hora del día. Me alivió recordar que hoy me había puesto un pantalón de traje, arreglado, color claro, casi blanco, muy apropiado para esta temperatura y acorde con las funciones de un abogado y ejecutivo de una compañía que hace comercio internacional. Más allá de que todavía no conozca realmente la actividad de la empresa para la que trabajo, tengo al menos el dato de que importan cacahuates, frijol negro y papas fritas desde un país de Centroamérica.

O sea, íbamos bien. Hoy no llevaba mis pantalones de corderoy azul oscuro que suelo usar haga frío o calor, esté nublado o haya un sol que raje la tierra; esos que están bien estirados y se sienten tan cómodos. También me liberó el saber que en vez de llevar una remera negra gastada, como Steve Jobs, y con la inscripción de alguna carrera, como también lo hago a diario, justo hoy había permitido, para evitar otra discusión al pedo, que mi esposa me impusiera la camisa celeste a cuadros, la típica de conchetito latinoamericano, conservador recalcitrante, xenófobo, racista, acomodado e insoportable, que asiste a misa todos los domingos, y al que tanto aborrezco y del que vivo huyendo; el que justifica, entre otras cosas, mi exilio, el que tanto me avergüenza y del que trato de diferenciarme veinticuatro horas al día. Pero hoy, justo hoy, no sólo llevaba puesta esa camisa sino que además la tenía metida adentro del pantalón, como corresponde. En el repaso de mi perfil y posible arresto, íbamos bien.

Pensé en mis estudios y diplomas, en mi profesión y estado civil. Todo me daba más o menos bien. Por eso, y con calma parcial, de esas que a mí no me duran más que algunos segundos antes de reemprender con otra falta y causa de persecución, y luego de revolver abiertamente, como quien está orgulloso de lo que hace, los ocho sobrecitos de edulcorante que a escondidas le había echado al café mientras los oficiales hacían su orden y debatían a quién le tocaba hacerse cargo del muerto (no me refiero a mí sino a quién pagaría), agarré mi vaso y comencé la retirada del local. Ahí sí, cuando recorría la distancia hasta la puerta y desde ese punto hasta donde estaba mi auto estacionado, sentí cómo la falta volvía a atacarme por la espalda. Es que los zapatos abotinados y de gamuza beige que obligadamente usaba para combinar con este tipo de indumentaria, deschabaron que no estoy acostumbrado a caminar con tacos y suelas de madera. La imagen que me devolvía uno de los monitores era la de un cowboy enano y del subdesarrollo, con más esteroides que un pollo de supermercado americano, y que con los genitales paspados por la fricción del sobrepeso, avanzaba pisando huevos invisibles sobre las baldosas. Por alguna razón que no se explica solamente con mi gordura, los pantalones habían encogido y las botamangas no alcanzaban a tapar las medias corridas que se derrumbaban agotadas sobre mis tobillos, casi mostrando las pantorrillas peludas. Lo que sí explica la gordura es por qué sentía que mis pantalones me ajustaban tanto, al punto de imaginarme a mí mismo ridículamente enfundado en una malla de ballet, con los testículos asfixiados y las nalgas rugiendo por una escapatoria para ver la luz de día. El bochorno fue tan grande, que llegué a mi auto casi al galope. Había perdido la contienda por exculparme y la inseguridad y el reproche habían retomado el control; la calma se había desvanecido como la breve sombra que nos garantiza la espina de un cactus.

12

Esta noche comienza Pésaj o Passover, o como dice mi adorada suegra, "las pascuas judías". No tiene nada que ver con la Pascua, pero como cae próxima a la celebración cristiana, entonces ya que está, llama así a esta festividad. En realidad, la llamada última cena de Jesucristo fue en la noche Pésaj. Eso es algo obvio para cualquiera que tenga un gramo de cultura judeocristiana. El Séder, que siempre hacíamos en casa de mis padres y que mi papá dirigía desde la cabecera en la mesa grande del comedor. Las partes en hebreo para leer y cantar las distribuía entre mis hermanos y yo. También la bobe, la mamá de mi papá, podía leer y hablar en hebreo, y hacía algunas partes de la Hagadáh, aunque no le entendíamos nada. Hablaba en un dialecto que ella creía que era español; mezclaba húngaro, ladino, yiddish, ruso y alemán. A mis padres y a la abu Leonilda les quedaban las partes en castellano. Siempre hacíamos así, a veces con invitados, a veces solos, las primeras dos noches de las ocho que dura Pésaj. Mi papá manejaba y dirigía el Séder. Introducía la cena con unas palabras sobre lo que para él significaba la libertad y siempre lo enganchaba con alguna significación de la realidad en la que vivíamos en esas fechas: el golpe de Estado del 76, la liberación de los rehenes del vuelo de Air France en Entebe, su negativa a recibir a Shamir por la invasión del Líbano. No hubo Pésaj en el que no nos recordara que los peones de la panadería esas noches debían sentarse a la mesa con el zeide, la bobe y toda su familia. Le rogábamos para que achicara los rituales, si no, hasta la madrugada no se comía. Generalmente, y luego de que papá nos mirara con cara de asco, hacíamos un arreglo para comer y continuar después del postre.

A mí me gustaba terminar con el Hatikva. Mi papá tenía grabado a mi zeide tarareando su melodía con voz fúnebre y tenebrosa. Solamente para estas ocasiones guardaba en su placar un grabador gigante, de esos que ya son obsoletos y que sólo reproducen las viejas cintas abiertas que se mostraban en las series de espías de la guerra fría. Era de lo poco que le quedaba de su padre, y a eso se aferraba. Ahora lo entiendo, a mí sólo me quedaron los anteojos de mi papá. Me los agarré de su mesa de luz la noche en que falleció.

13

¿Y si el inspector controlara si de verdad festejé Pésaj? Lo digo por la pregunta tan inquisitiva de Lourdes, mientras hacíamos doble sesión de spinning. En esta cultura está mal visto, no el ser judío, sino el no ser practicante y el no creer en Dios.

14

Todo sea por el control y el buen comportamiento. Un lugar donde los perros no cogen, porque las perras y los perros están todos castrados. Así es este pantano, ya no hay olor ni a sexo.

15

La fiesta: ciento cincuenta personas, entre ellos sesenta o setenta niños, que vinieron a mi casa para la fiesta que tuvimos que posponer por el huracán.

Asador criollo con choripanes y bifes de chorizo para todo el mundo. Dos guardavidas para que nadie se lastimara en el agua. All inclusive. Mejor que un Med en Cancún. Era la fiesta del equipo de soccer de Juan, pero terminó siendo como el casamiento más importante del páramo. Todos los chicos del equipo con sus padres y sus hermanitos y primitos y ex jugadores que quedaron encariñados, y los vecinos y vecinas cada uno con sus maridos y ex maridos y amantes y mecánicos del auto y los amiguitos de Emma y de Andy para que tampoco se aburrieran, y su padres y sus abuelitos, y la masajista y la peluquera y la puta que se coló haciéndose pasar por una madre recatada o la tía o la prima de algún jugador del equipo que era perseguida por la policía y por el cuerpo de bomberos y por la unidad de deportación de inmigrantes indocumentados que a su vez traía en su cartera una gata, que atrajo a los perros que la seguían de la calle que trajeron a sus perritos amigos, con pulguitas y todo. Estaban todos. Se fueron a medianoche.

16

Pink Floyd: *The Final Cut*. Cielos claros y azules. Aviones de combate surcan el espacio; entran y salen de la base aérea, van en formación y luego se separan. Alcanzo a contar tres, luego hasta seis. Malvinas sobrevuela en mi memoria. Debería dar vueltas alrededor de la pista; intervalos en los lados más largos. Entre dos y tres millas con una de recuperación. Sin embargo, alargo la entrada para calentar y sigo la huella de los estruendos en el cielo. Pasan rozándome el casco y vuelven a elevarse hasta romper la barrera del sonido. El estallido me hace vibrar el manubrio. Alterno la mirada en la carretera, el asfalto gastado y rugoso, las intermitentes líneas amarillas agobiadas en su continuidad. El horizonte titila por el calor, los límites temblorosos se vuelven subjetivos, nada parece lo que es. Todo resulta un espejismo. Estoy solo. Ningún camión transportando basura ni palmeras reales. El auto incendiado y desguazado sigue en el costado de la ruta. Del otro lado, a unos cien metros, aparecen los restos del sillón verde que alguien abandonó la semana pasada. Aplasto los pedales cinco millas. Piso una serpiente negra, se me acelera el corazón, temo que me tire un tarascón; miro hacia atrás, sigue arrastrándose, cruza la ruta a toda velocidad. Más adelante, un poco más calmado, veo varios pájaros que se reparten un perro inerte con los ojos abiertos. Paso sin pensar, el vigía me intimida, pero bajo la cabeza y sigo avanzando. Ahora veo una estantería que alguna vez fue biblioteca, la caja de madera sin televisor; es de esas consolas que usábamos en el living o en la cocina para ver grandes eventos, momentos extraordinarios de la historia, tal vez el hombre en la Luna, tal vez una pelea de Alí. Me recupero, las pulsaciones vuelven a estar bajas, pero igual sé que el calor se ocupará de levantarlas. Para cuando comience con los intervalos deberé estar más arriba, si no, el trabajo no servirá para nada. El viento sube y me empuja de costado. Veo en el horizonte a alguien que se acerca desde la mano de enfrente. Un ciclista vestido de negro con ropa satinada me cruza y se ríe de mí. Usa anteojos espejados, sólo se le ven los dientes blancos y perfectos. Mastica algo haciendo ruido con las mandíbulas al chocar entre sí. El inspector es ni más ni menos que Ice, el de *Top Gun*, el enemigo de Maverick al que interpretaba el repugnante Tom Cruise. El viento sigue subiendo, ahora rota para colocarse justo frente a mí. Me cuesta avanzar. Un pelotón de unas cincuenta mujeres me pasa como a un poste. Detenido en el tiempo y en la vida. Se me caen las lágrimas por el esfuerzo de avanzar en contra del viento. Estrujo los pies contra los pedales y remonto las rodillas desde abajo, me hundo en el manubrio tratando de reducir la fricción, pero no alcanza, a duras penas puedo avanzar.

Vuelve el estrépito de las naves de combate y vuelvo a perderme en el cielo. Aparecen nubes blancas en el sur, tan livianas que se esfuman en la esfera celeste. En cuanto los aviones rompen la barrera del sonido toca en mi memoria el saxo punzante y ensordecedor de *The Final Cut*, el álbum de Pink Floyd. *Get your filthy hands off my dessert...* Se me estrella el aire caliente en las orejas. Un lamento lejano, un zumbido que viaja rápido en el tiempo me estremece con el recuerdo y sus sensaciones. Estoy fuerte. Ella me dejó. Es lo que anduve buscando. Es más fácil. Pero duele igual. Regreso de la gloria, las Macabeadas. Paso el inicio de la primavera solo. Ella me dejó. De acá nacería, en un tiempo, la relación con Sofía, y desde ahí, una rebeldía que me llevaría hasta la familia que formé. Sin ese quiebre en mi vida, todo sería diferente

17

Reminder: Take your child to work. Some businesses and schools in town are participating in National Take Your Child To Work Day. Costumbre americana. Un día van al trabajo con sus hijos para que ellos puedan ver dónde y cómo trabaja el papá. Muy gracioso. Y patético también, sobre todo en mi caso. Me la llevo a Emma a la oficina de los diplomas, le presento a nadie, le digo que puede jugar, mientras hago nada, con nadie. Si llegara el inspector, al menos algo pasaría. Luego la traigo a mi escritorio aquí mismo en casa y le muestro que me envío mails a mí mismo recordándome lo que debería hacer el día que lo haga. La puedo marear llevándola a otros lados, como varios locales distintos de Starbucks, donde trabajo bebiendo café, para luego terminar recalando en la casa. ¿Se decepcionará?

18

Néstor estaba muy ansioso y atolondrado. Hoy llegaba Fernanda desde Buenos Aires. Me contó varias veces que le compró un ticket por sólo tres días para que ella se sacara las ganas de comprar todo lo que quisiera: "Este es el lugar ideal." El sábado regresarán juntos a Buenos Aires. Él tenía que recoger todas sus cosas de la piecita que había alquilado con otros médicos de Buenos Aires, que también habían venido para el congreso de oftalmología. Se mudaba a un hotel cinco estrellas sobre la playa. Nunca antes se había quedado en este tipo de hoteles.

19

Estuve tomando mucho líquido para hidratarme, cosa de poder correr al mediodía unas seis o siete millas. Es lo que pide mi programa del día de hoy y está diseñado para bancarme el calor que tendré la semana que viene en Orlando. Ahí intentaré correr la primera media del año: es el Half Ironman de Florida. Todos lo describen como algo inmundo, tanto el lago en donde debo nadar como el circuito donde correremos. De la bicicleta dicen que es pasable.

La soledad en estas pruebas no es gratuita. La gran resistencia que se necesita para terminarlas sin acabar internado en terapia intensiva o ya del otro lado debajo de la tierra, tiene más que ver con la fortaleza del alma, de poder con los pensamientos, diálogos y monólogos con los que hay que convivir durante muchas horas. El verdadero motor no son los músculos ni la capacidad respiratoria en la que uno estuvo trabajando arduamente durante largos meses. Es cierto que el cuerpo debe aguantar esfuerzos extremos bajo temperaturas, humedades y sensaciones térmicas insoportables. Pero la verdadera prueba es lograr conciliar y pacificar las voces que reprochan y piden rendición de cuentas sin perder la suma de la cantidad exacta de líquido y nutrientes que uno va consumiendo. (No sea cosa de deshidratarse o de hidratarse de más y terminar en el piso. Cuánta cafeína, cuánta proteína, cuántos hidratos de carbono simples, cuántos complejos, cuánto sodio, cuánto potasio.) Por eso, como venía diciendo, lo que pesa no es el cuerpo sino la mente. Son procesos constructivos que involucran en sí mismos [harta] destrucción. Células y tejidos enteros que se inmolan por lo que salvan, no en el organismo sino en algo que convenimos en llamar el alma.

En el micro que nos tomamos el día sábado, y que nos llevaba al punto donde debíamos dejar las bicicletas, le mostré a Juan cómo casi todos los competidores eran iguales y tan característicos. Él estaba contento de estar vestido de fútbol y yo de triatleta. El día anterior habíamos visto a los gordos obesos que abundan en Disney, pero esta vez estaban al lado de los mutantes, de los ironman. Inmundos los dos bandos.

Durante la carrera, al ver a todos corriendo por el césped, se me ocurrió que estaban en pedo. Drogados con hormonas naturales, enfermos de narcicismo. Todos con ropas ajustadas y ridículas. Pelados, sin un picogramo de grasa. Cyborgs asexuados. Tanto ellas como ellos. Son todos iguales, como clones liberados en una guerra de dos mundos. Es increíble el parecido que tienen con los enfermos de leucemia aguda infantil, pero embebidos en esteroides y tatuados hasta la médula.

20

Esta oficina se acabó. Debo mudarme a un galpón sin ventanas. Es lo que acaban de informarme. Esto es obra del inspector, no me caben dudas. Más lamentable y no menos espectacular es tener que descolgar los diplomas, de repente, sin previo aviso, y organizar con los empleados que trabajan allí otra ceremonia para volver a colgarlos.

Por un problemita menor en el llenado de los formularios, un renglón o un espacio salteado en el código genético, mi vida ha vuelto a pegar un vuelco. Otro envión hacia el éxito y la realización. No debo ni puedo trabajar desde donde lo hacía hasta ayer. A partir de hoy deberé hacerlo en el galpón de la compañía, en la República de Hialeah. Al menos tendré cerca a Raymond, mi peluquero. El abogado fue muy desagradable. Él y su asistenta mintieron descaradamente. Pagué y monté al pedo la otra oficina, la del pantano. Sí, esa misma en la que colgué todos mis diplomas, en la que pretendía realizar mi creación. El inspector vendría a buscarme allí, pero ya no es así. El inspector se clonó a sí mismo, ganó poderes de ubicuidad; ahora puede estar en los dos lugares a la vez. Ese don a mí me vendría bien: por mi realización y por la ley. Ahora estoy como en Mataderos, sin paredes ni puertas reales. La sala de máquinas amortigua apenas unos decibeles las conversaciones telefónicas de quien es la secretaria, la jefa de personal y la gerente de Marketing de la compañía. Recién habló de algo de un problema con la yuca. No puedo dejar de escucharla. Un señor con dientes grandes y sombra en la cara, de barba sin afeitar, pasa delante de la ventanita y de mi puerta inexistente y me saluda. Lleva un tanque y una manguera. Supongo que será el desinsectador. Me saluda cálidamente. No me ha detectado. No paró para meterme la manguera en la boca y aplicarme el veneno. Así no sirve. Así seguiré viviendo como un bicho y nadie se ocupará siquiera de matarme.

21

Con esto del inspector. Me paseo con mis diplomas de un lado para el otro. Secuencia. Acción.

22

Me levanté hecho un mamarracho, pero ni amagué con arreglarme el desastre en la cabeza. Manejé una hora por la autopista, había muchos agentes deteniendo autos humildes con alguna luz rota, o a personas de color, o con aspecto hispano. Eran cinco patrullas detrás de cada detenido. Acá los canas son miedosos, necesitan backup para todo.

Llegué al gueto donde tiene el boliche Raymond: la República de Hialeah. Sí, eso mismo. Territorio que parece arrancado de La Habana, con alguno que otro cartel en inglés, y en donde se exige una visa especial para entrar. Ahí no creo encontrarme con el inspector.

Avancé entre un clusterfuck, galletas de pelos gruesos como alambres, y gente en extremo bajita. Yo les llevaba una cabeza. Todos los que trabajaban, además de novatos, eran deformes. Los que se atendían, también. Al igual que una madre, y la hija que le gritaba. Raymond contrató una tanda de balseros escapados de un circo cubano. Estuve en la nueva peluquería de Raymond. Una cueva llena de personajes y animales raros.

Raymond no andaba diestro con su navaja; me cortó la cara en varios lados. Cuando me peinaba, se chocaba con mis orejas. Sus aletas no iban precisas. En el espejo lo veía más como un tiburón. Manco. Cayó la gangosa reclamando un arito que decía que estaba debajo del manojo de mis pelos en el suelo. Parece que mi peluquero, a quien vengo siguiendo desde mi casa vieja, y que no para de rotar, decidió entrenar a su familia cercana para evitar drogones y gente rara que lo terminaban cagando. Tiene un billete firmado por El Diego; en La Habana le cortó el pelo un día antes de escaparse de la Isla. Se cansó de los gays y los modernos y contrató lisiados. Había viejos con Alzheimer que cortaban el pelo. Uno con chomba de golfista, de repente se puso a trabajar en la cabeza de un muchacho con remera de fumigador. Gente con el animal print en la lengua. Una caverna kitsch. No recuerdo bien, pero creo que había animales de granja caminando de aquí para allá y picoteando en los zapatos los restos de las cabezas de la clientela. Contra la ventana, gente esperando sentada en taburetes de algarrobo. Una abuela estornudó contra el espejo en el que yo me miraba. Raymond limpió con la misma toalla que luego utilizaría para quitarme la sangre que me chorreaba al costado de los ojos. Una nena se cayó sobre el colchón de mis pelos recién cortados. Lloró. Mucho. Insoportable.

Raymond me cortajeó todo. Usó una navaja que simuló sacar de un paquete nuevo. No cortaba una mierda. Todavía no me pude mirar en el espejo, pero todos los que me han visto, preguntaron si tuve algún problema con alguien. Al aclarar, no me creían que pagara para que me hicieran esto. Es parte de la experiencia y de la expiación; teniendo miles de lugares cerca de mi casa, yo soy el que maneja una hora para que me apuñalen el pelo y sus alrededores. Cuando me bañé, recién, me ardía todo el cuello y la espalda. Es que Raymond me estuvo afeitando. Por lo menos nos despedimos hablando de fútbol.

23

Lucía ya aterrizó. Estoy en el aeropuerto. El lugar en donde nos conocimos mientras estábamos varados por el huracán Andrew. Un tall, espresso frapuchino, non fat, no whipped cream con tres Splendas. ¿Con cafeína o sin cafeína? Con cafeína. Imbécil. Tengo que parar con tanta cafeína. Ayer no podía bajar las pulsaciones. Todo lo que cambio se termina volviendo una nueva adicción, un nuevo error que me afectará en el mediano plazo. O cuando ya sea tarde. El cuerpo te lo cobra cuando menos te lo esperas, que también es cuando menos te conviene. Observo a los viajeros que llegan, sentado en medio de la gente que vino a recogerlos: una versión decadente de la escena de apertura y cierre de la película *Love actually*. ¿Qué me prometieron? ¿Qué me compré? Este es el pozo séptico de Latinoamérica. Es el filtro del lavarropas. El gran invento del lavahistorias. Soy un imbécil. No pasa nada, pero pasa de todo.

24

"So I guess you are an ironman." Me dijo el oficial de inmigración cuando salía de Alemania, mientras sellaba mi pasaporte para luego entregármelo con amabilidad. Su buena onda me sorprendió comparativamente con la de los Estados Unidos, mi nueva patria. Los nazis se mudaron a donde elegí vivir. Pero estaban antes de que yo llegara, el error es mío, y es grande. Acabo de cruzar el charco. Volví al pantano. Al entrar, el uniformado de Homeland Security, un oficial de inmigración inseguro y mal pago, me ladró mal. Lo paradójico es que no me ladró en alemán o en polaco; lo hizo en español y el oficial se llamaba Ortiz. Qué salame que soy. Para hacerlo más paradójico todavía, ese señor cambió su tono cuando a una de sus tantas preguntas le contesté que era abogado. Ahí cambió todo. Again: qué salame soy.

En Europa tuve un regreso a lo natural. Fue fácil, no había que forzar nada. Así fue con la historia de mi familia, de ahí vinimos todos. También lo fue con la comida. El azúcar y la sal, la fruta y la verdura, todo tenía gusto y olor: los colores no engañaban.

25

Las miserias de la comunidad, a lo Cheever, que habla de las familias de la alta sociedad de Nueva York. Por ejemplo, en *El nadador*. ¿Por qué vivimos en esta ciudad? Sólo un tiempo más. Si sale la residencia me voy a la mierda. Pero... ¿A dónde? Iba a escribir algo pero se me olvidó qué era. (Estoy con un teclado en el auto; lo compré especialmente para esto. Es el paso inmediato anterior a salir a correr tecleando. O de salir a escribir corriendo.)

Termino de correr y me voy a escribir al auto. El teléfono apoyado contra el tablero y el teclado inalámbrico sobre las piernas. Estoy empapado de transpiración. También de entusiasmo. Escribo unas ideas que tuve mientras corría y además lo hago como lo planeé durante mucho tiempo hasta que técnicamente me ha sido posible. Me refiero a escribir en el teléfono con un teclado de computadora, real, extendido, sin cables, esté donde esté, en español, con la eñe y con acentos. Escribo entonces algo que pensaba mientras corría:

Escena típica de película americana: el tipo está en la barra de un bar con una chica muy linda. Cuando aparece el barman, casi sin mirarlo, le dice de costado, un vodka Martini. Y sigue hablando con la chica. En mi caso, el barman no entendería mi inglés en la primera que le dijera y tendría que repetirle y con suerte el ruido ambiente me permitiría hacerme entender. Pero también debería aclararle que le pusiera más jugo de aceitunas y no tanto vodka. El ejemplo funcionaría mejor, en mi caso, si se tratara de esos cafés tan sofisticados que pido en Starbucks: tall, light, decaf, expresso, frapuccino, con tres sobres de Splenda, batido y sin crema arriba. Charlie, mi barista amiga, sí que tiene los dientes como en la contrapelícula. Son un desastre. Pero ella es divina.

26

Soy un tipo obsesionado. Escribo pensando y pienso en qué escribir. Escribo en el auto, en la bañera, en los entrenamientos, nadando en la piscina cientos de yardas. En vez de relajarme, pienso en qué voy a escribir cuando termine de nadar. Tengo un teclado inalámbrico guardado en el baúl del auto que sólo uso para escribir en el teléfono. Creo que… soy un perturbado. A propósito del tema de escribir hablando en voz alta, dictándose, para no perder espontaneidad. Así lo hacía Fogwill. Lo contaba su hijo en una nota que leí el otro día. Se quedaba dormido escuchando la voz de su papá y la máquina eléctrica que tipeaba en el cuarto de al lado. Parece que otros también lo hacían. Creo que Faulkner o Joyce.

27

Es la segunda vez en pocos días. Justo al lado del surtidor donde yo me encontraba cargando nafta, estaba parado un tipo joven, pero muy maltratado; se apoyaba en un bastón. Yo estaba de espaldas a él cuando empezó a hablar. Creí que estaba en el teléfono con otra persona, pero al darme la vuelta, descubrí que se dirigía a mí. Preguntó si hablaba en inglés o en español, y aun pudiendo escabullirme, me mandé por el español. Así es como temblando, se me puso a llorar, mientras se pasaba un manojo de pañuelos de papel por los ojos. El muchacho sufría, además, una especie de hipo, que supongo que tenía que ver con algún problema neurológico o tal vez psiquiátrico. Me decía que se había gastado la plata llamando por teléfono a su hermano que debía haber venido a recogerlo y que después de esperarlo todo el día en esa estación de servicio, no había aparecido; que no tenía ni para "la guagua" y que le daba mucho miedo no poder llegar a la casa. Me angustió, pensé por un instante en decirle que le pidiera ayuda al policía de civil que cargaba nafta en el surtidor de al lado, pero cuando reaccioné el oficial ya se había esfumado. Entonces le pregunté: "Cuánto sale 'la guagua'." Me dijo que dos dólares; dejé la manguera cargando para ir a buscar mi billetera y le di un billete de cinco. Este joven anciano volvió a llorar para decirme entre lágrimas que me agradecía el dinero, pero, sobre todo, el haberlo escuchado. Estiró la mano para ofrecérmela y no dudé en estrechársela —aunque suene trillado. Antes alcancé a preguntarme qué podría tener en la piel, o que habría estado tocando, pero se la di igual. La mano era sincera. El surtidor paró, saqué la manguera, rechacé el recibo que me ofrecía la máquina y con una coraza que inflé respirando, me subí rápido al auto pensando en las almas que sufren. Este muchacho, mezcla de John Candy, y de Ignatius O'Reilly, el protagonista de *La conjura de los necios*, me saludaba con los pañuelos de papel. Parecía que algo lo emocionaba. No era yo. Oscurecía. Creo que también seguía lloviendo.

28

Stream of consciousness. Vine a exiliarme a una jungla. Un pantano anestesiado. Como la trama de la película *La costa mosquito*, pero al revés. No vinimos a hacer esta locura por mí sino por quien vendría a ser la madre en la película.

29

Julio me acompañó hasta el final. ¿Quién me iba a decir que seis meses después él dejaría de existir por elección propia? Quería volver a su país, el sueño americano también se le convirtió en pesadilla. La soledad del páramo mata.

30

La mentira es como un queso en un placar. El primer día no pasa nada, el segundo tampoco, pero a los tres o cuatro días empieza a oler muy mal.

31

Stay Put: como se les imponía a los soldados americanos en Vietnam. Yo puedo salir. A ellos los mantenían con heroína, cannabis y LCD. De la película *Apocalipsis Now* de Coppola. El día que salga de esta jungla... ¿Voy a ser mucho más fuerte? ¿Seré mejor?

32

En menos de un año debo recibir la carta de residencia. A partir de ahí, no prometo a dónde ni qué puedo llegar a querer hacer. Es el último mojón que obliga a tener paciencia, luego… La tarjeta verde invita a fantasear con respirar libre y abierto, muy lejos de aquí. ¿O tal vez aquí mismo, sin moverme ni un metro? No lo sé. En una semana más estaré en Buenos Aires; será un buen test.

33

Sello rojo: "Temporary". 10 años de DMV. Es la oficina donde todos los años debo renovar mi licencia de conducir. Es, a la vez, el único documento de identificación que debemos tener aquí en Estados Unidos. Mientras no nos otorguen las tarjetitas verdes, nos vencerá anualmente. Ayer, de nuevo. Diez veces, diez años. Espero sea ésta la última como "alien". En esa dependencia trabaja lo peor de la burocracia de este lugar. Trogloditas a ambos lados del mostrador.

34

Y sí, se viene Rosh Hashaná. Y Iom Kipur, el día del perdón, y yo no voy a ir a ningún templo. Tampoco tendré amigos a cenar. Porque aquí no tengo amigos, y menos de los que me interesan para compartir esos momentos, como Los Días Terribles, como se llama a los diez días que van desde el comienzo del año nuevo y hasta la finalización del Día del Perdón. Son los días del juicio, del balance del alma, de pedido de disculpas por las promesas incumplidas, por los errores, por las transgresiones cometidas. Diez días en los que estamos en capilla. Los Iamim Noraim, o días terribles, en mi casa, con mis padres, eran más que eso, eran insoportables. No se podía ver televisión, ni escuchar música, salvo de la sacra. Tampoco comer. Sólo lavarse los dientes y sin tragar agua. La cara de asco de mi papá cuando me veía masticar, aun cuando yo era chico y no debía ayunar.

35

Hoy es Rosh Hashaná. Se me complicó llegar a la sesión de la una con Restrepo. Tuve que reprogramar para las tres. Estaba con Lucía y con los chicos en el templo. No podía irme. Después de todo, habían ido más que nada para acompañarme a mí. Eso creo, aunque no me gusta que así sea.

Me llamó Martín Laibel, desde Buenos Aires, era para desearme feliz año. Es una tradición que lleva casi cuarenta años. Cuando yo vivía en Argentina, nos abrazábamos en el templo al terminar el servicio de la víspera.

Ahora lo hacemos por teléfono. Entre otras cosas, me contó que el Moré Victor está con un Alzheimer galopante. (A las pocas horas, otra persona que vive en el pantano me dijo que ya se había muerto.) Es una enfermedad antisemita. Se sabe que ataca a muchos judíos asquenazíes y aún no le encontraron ni la cura ni la manera de prevenirla. La investigación sobre el SIDA está en un estadio mucho más avanzado. Esta enfermedad revolotea a mi alrededor. Es una desgracia latente. Debería de escribir más sobre eso.

36

Donde vivo no tengo cuadras para caminar, no hay veredas para subir y bajar: *Where the Streets Have no Name,* era la primera canción del disco insignia de *U2: The Joshua Tree.* Me fui entonces al strip mall. Lo recorrí de punta a punta varias veces. Sábado a la noche. La gente salía de los comercios, los empleados se tomaban el último recreo y salían a fumar en grupos por la puerta de servicio. La vida de ellos no me parece mucho más patética que la mía. A lo que siempre le tuve tanto miedo es exactamente a lo que me estaba sucediendo en ese momento: un sábado a la noche, todavía con mucho calor, sin alguien amigo o cercano con quien estar, caminando de aquí para allá en una franja de comercios, no tener ni ganas ni a dónde ir. Cuando vivía en Caballito eso me parecía sinónimo de la muerte. Es obvio que para entonces no había visto nada.

37

Es muy tarde en la noche. Hay un helicóptero sobrevolando el lago y los techos alrededor de mi casa. Exactamente igual a lo que vi aquella noche, cuando salí muy tarde del sanatorio, doce horas antes de la explosión de la AMIA.

Del Parque Rivadavia, en el barrio de Caballito, a la sede de la AMIA en el barrio de Once, diez kilómetros. ¿A quién controlaban antes del atentado? El helicóptero era de la Policía Federal Argentina, volaba rasante y recorría con insistencia el foco de luz azulada sobre el edificio del sanatorio y las copas de los árboles del parque. Se sabe, que tanto en la explosión de la Embajada como en el ataque a la AMIA, fueron zonas liberadas, no murió ningún policía, ni uniformados ni de civil. Es más, las custodias policiales no estaban donde tenían que estar. El patrullero apostado en la vereda de la puerta de la AMIA estaba vacío y el auto quedó aplastado como una porción de pizza debajo de los escombros. Alguien les avisó en ambos casos para que

413

no estuvieran en sus puestos. Eso es conexión local, eso es zona liberada, eso es colaboración y complicidad. Eso es perverso, corrupto y asesino.

Me asomo y miro por la ventana que da al lago: siguen dando vueltas en silencio. ¿Será porque volarán algo?

38

Fui al buzón de la casa por octava vez en este día. Hago lo mismo por la mañana, al mediodía y por la tarde. También le pego una miradita por la noche. Por si acaso. Esto se repite todos los días. No me llegó la tarjetita verde, estará traspapelada en el escritorio del inspector.

Sí, el permiso verde, el que espero para vivir en libertad, sin dar más explicaciones, sin tener que inventar más nada, ni justificarme. Para dejar de ser perro. Y no volver a serlo, ni cambiar de collar.

39

Terminé el libro de Shalom Auslander. Es una especie de Philip Roth, pero de mi generación. Me sentí más que identificado con él. La relación con su padre, con Dios, con su psicoanalista, con su familia de origen, las costumbres opresivas de la religión y de la escuela, la pornografía y el sexo compulsivo. Es muy sarcástico y gracioso. Logra lo que yo no: escribir, publicar, decir cosas inteligentes, ser ácido y gracioso a la vez, y hacer su vida, reconquistando el camino después de equivocarse y rebelarse contra lo que termina convencido que le hace mal.

Habla en varias partes sobre la ingratitud histórica de Dios y cuenta que Moisés no pudo entrar a la Tierra Prometida, a pesar del esfuerzo que hizo en vida. Él había sido instruido para sacar a su pueblo de Egipto y conducirlo por el desierto hasta, justamente, la Tierra Prometida. Luego de cuarenta años de diáspora y ante la puerta de Israel, Dios le prohibió la entrada a Moisés. Le dijo que él había errado y que no merecía entrar, que estaba contaminado. ¿Ingratitud divina?

Yo no sé bien cuál es la tierra prometida, pero sí que no es la tierra de la que nos fuimos con Lucía, y nuestro primogénito. Prometí buscarla y hacer todo lo posible por conquistarla. Es evidente que mi hora ya pasó y que, para garantizar a mis hijos y a mis nietos una tierra prometida de la que no tengan que exiliarse, hago lo que hago todos los días, más allá de no tener mucho sentido para mí mismo y para esos seres tan extraños que vendrían a ser los pares que me miden y que me escrutan constantemente.

Shalom Auslander dice al final de su libro, que ha descubierto tardíamente en su vida que él y la poca gente con la que ha logrado armar vínculos genuinos y frescos son todos prepucios, cachos de carne desmembrados, productos de laceraciones y sufrimientos en nombre de mandatos que no valen lo que dicen y que terminan siendo falsos.

40

Mi pasado me condena: hoy el inspector volvió para levantarme por el aire. Es que debo hacer firmar las cartas del pasado... Padilla, Guildenstern, tal vez Isaac Ross, el profesor de la cátedra de ética profesional a quien le quitaron la licencia por inventar hipotecas sobre propiedades inexistentes. Fue mi jefe durante casi dos años. Le escribía los artículos que publicaba bajo su nombre en las revistas jurídicas. Sí, el inspector volvió de lo más virulento.

41

Natalio, que vino por mi cumpleaños, me llevó a una feria de relojes antiguos. Un lugar lleno de personajes para muchas novelas. Familias enteras trabajaban en estands improvisados. Todos tenían su bruta caja fuerte. Había rusos, turcos, judíos de todos los rincones del planeta, armenios, ingleses. Detrás de un mostrador de vidrio, tres seres pequeños escapados de un dibujo animado: la mamá, el papá y la nena ya haciéndose señorita. Medían todos menos de un metro, con cara de roedores. En medio de cacharros gigantes que marcaban la hora y los segundos, había un reloj con forma de perro bulldog; con los ojos bizcos, abría y cerraba la boca al compás del segundero, la lengua seca por los años. Por la tarde, fui a despedirlo al aeropuerto.

Vine a Starbucks. Extraño a Natalio. Estacioné en la parte de atrás. Adelante no había ni un lugar, las familias ya comenzaron a juntarse para las fiestas y salen a almorzar. En este sector estacionan los empleados. Es un playón abandonado con las líneas amarillas pintadas sobre el asfalto gastado. La contracara de la parte de adelante. Los autos no brillan, tienen colores opacos y son hechos en América. Aquí dejan las cosas que no les entran en los locales. Se ve mucha basura revoloteando. Al cerrar el auto y caminar hacia el café, vi a un gato joven debajo de un camión descompuesto, que se lamía una herida en el lomo. No parecía haber nada anormal en el horizonte.

Es que aquí, en el páramo, las cosas siempre parecen normales, naturales, aún las más traumáticas. Preferiría si todo, o algo, al menos, fuera más crudo, no tan elaborado. El sufrimiento en diferido a la larga duele y desgasta mucho más. Aquí la gente es nice. Aun el viejo más decrépito se mantiene con dignidad estética, aunque su soledad nos asesinaría de sólo olerla. Te sonríen para echarte de tu trabajo; te sonríen para avisarte que tu hijo no salió de la operación; te sonríen para informarte que tu marido fue mutilado en el frente de guerra; te hacen una mueca y te dicen que no es personal. Igual las viviendas, las casas son todas prolijitas, muy "cozy". Hasta el rancho más rústico y más inmundo es así, con sus jardincitos cuidados, los caminitos serpenteantes entre los canteros y las tejas que recubren los techos pintaditas con colores fuertes. No se les nota la miseria que padecen los que viven adentro y que los va matando en vida uno por uno. Esa complicidad entre lo ético y lo estético es fatal. Y lo peor es su efecto retardado, esa transa en la que nos dormimos en los laureles, e ignorantes, pactamos con el infierno que creíamos erradicar. Y no, sólo ha sido postergado para que luego nos venga a recoger más caliente. Lo estético te da un crédito hoy, que lo ético te cobrará mañana, cuando estés solo, cuando sea tarde y ya no tengas ni garganta para gritar. Apuesto a que será un domingo por la noche.

42

Ayer estuve en una fiesta en lo de Charlie Black. El barman estaba borracho y se paseaba entre las invitadas que bailaban, rozándolas con los codos bajo la excusa de entregarles una copa de champán. El disc jockey era gordo y petiso, más que yo, y llevó a su novia para impresionarla con sus enganches. Ella y él: dos gordos de Botero, muy pasados de corticoides. Fuera de esto, lo demás fue sin pena ni gloria. A pesar de que trato de aprender sobre bajar las expectativas, me desilusiona que nada excepcional haya sucedido durante y después de la fiesta. No sé qué me imaginaba. Poca gente y ninguna era como para compartir algo en común. Nada bueno para mí. Cada día que pasa me siento más infeliz que una medusa con consciencia de vida. Aun los que no me seducen, llegan a despertar mi admiración por sonreír y existir sin conflictos que los obsesionen. No sé si es mejor, pero estoy seguro de que no es peor.

Tomé tres cervezas (o cuatro). Luego volvimos a casa. Sentía sueño y, como el resto, me fui a acostar. La trampa era vieja conocida, pero imposible de sortear: en cuanto todos se quedaron dormidos en mi cuarto, yo me desperté y me encontré fresco y despejado, activo. Los reproches vinieron de a poco. Me comparé con cada uno de los conocidos que asistieron a la fiesta, perdí con todos, contra todos. Las carcajadas sobre los festejos de "vasmisvás" —como se referían al Bar Mitzvá— y a los que no querían que sus hijos siguieran concurriendo, me ardieron en la modorra. Los imaginé a todos leyendo algo mío y meándose de la risa en grupo. Sólo lloraban con mi epitafio: lo único que hizo bien fue coger. Esto se está poniendo muy pesado. No quise leer, no quise ver televisión. Y no, no dormí nada bien, esta noche tampoco.

43

Emma y su inconveniente con un compañero de la escuela. Cuando escuchó que ella había empezado a ir al templo a estudiar, él le dijo que ahí iban los tontos judíos. Ella se quedó callada, pero una amiga lo reportó. Los padres fueron citados. Esto venía de la casa.

44

Como todos los días, dos veces por lo menos. Abrí la puertita del buzón con esperanza. Otra vez: no me llegaron los papeles, no tengo decretada la libertad aún. Ni noticias de las tarjetitas verdes.

45

Me contaron sobre el pájaro negro que ataca a los ciclistas del norte. Suena a leyenda, pero parece que es verdad. La gente se hace mierda cuando se estrella del espanto al mirarse la espalda y ver que el pajarraco les está por morder las costillas. A mí me atacó uno en Buenos Aires, en la zona del Jardín Japonés. Creí durante años que era el único. El elegido. Debería escribir más sobre los animales que veo en el pantano cuando monto por horas. Como ayer, a 95 grados. Las aves de carroña comiéndose, en minutos nomás, animales enormes. Trabajan en equipo. Me recuerdan mucho a mis hermanos, y a sus empleados y abogados y socios. En una vuelta alrededor del autódromo, por donde entrenamos, sólo quedaron los huesos. En otra vuelta más, ni los huesos. En un campo preparado para la siembra vi un bulto y muchas aves negras a su alrededor. Sobre la carretera por la que yo iba había un pájaro que hacía de vigía. El bulto creí que era una bolsa de semillas, pero, cuando volví a pasar, pude ver el vientre abierto de un ternero. Sapos aplanados y disecados sobre el asfalto. Tortugas en el canal turquesa y transparente; dicen que está infestado de cocodrilos. Es increíble la naturaleza: fueron muchas las veces en que la transparencia y el aspecto pacífico de esas aguas me invitaron a zambullirme para refrescarme un rato. Así será el diseño para que las bestias consigan sus presas.

46

Me encontré con Alan, un ex novio de mi hermana Adriana, vive aquí en la zona norte. Arquitecto, y típico exponente del porteño sobrado y vanidoso. La cuestión es que Alan estuvo bien subido a la moto de las barbaridades hechas por esto pagos, en relación con los proyectos inmobiliarios que armaron la burbuja que estallara en el año 2008. De ahí se disparó la crisis mundial que estamos padeciendo. Me quiso vender carne podrida, pero después de revisar los contratos, le pedí que me devolviera mi dinero. Él me trató por ese entonces como un cagón que nunca iba a salir adelante por ser tan conservador. Más tarde, cuando me pidió reunirse conmigo para que lo asesorara sobre su quiebra personal y las alternativas para que no le sacaran la casa en la que vivía, me reconoció que al fin y al cabo yo había estado bien, porque el lugar donde él me había inducido a invertir, hoy no era más que una duna con yuyos. También me comentó que todos los que habían invertido en ese proyecto lo estaban buscando.

Alan es una representación inconciliable. Sin embargo, camina y se comporta como si fuera Brad Pitt. Cree que juega al fútbol mejor que Iniesta y que sus hijos salieron de la cantera.

47

Hoy nos cortaron el agua. Me negué a pagar los dos mil dólares que dicen que gastamos el mes pasado. Habíamos llegado a un arreglo de pago con quita, pero, igual, alguien hoy decidió cortarnos el chorro. A lo matón, mi esposa se asustó y terminó pagando todo el saldo en cinco segundos. Igual son las 12:40 de la madrugada y nunca nos devolvieron el fluido. Espero que funcione el balde que cargué con agua de la piscina...

48

Ahora, a guardar los cambios a este archivo, poner a dormir la computadora, cerrar las ventanas, apagar las luces y, finalmente, emprender mi retirada. That's all folks!

49

—¿Y entonces?
    —¿Y entonces qué?
    —¿Y entonces, qué hay que hacer?
    —…
(Diálogo con Natalio.)

HIROSHIMA EN LA RIBERA URUGUAYA

Con Alejandro, mi mejor amigo, teníamos arreglado el programa. Navegábamos por esa zona de la adolescencia en que las hormonas empiezan a hacer de las suyas. Juntos hicimos el Bar Mitzvá y juntos debutaríamos en un prostíbulo de Punta del Este. Fue Rolando, su casero, quien nos facilitó el plan a cambio de plata. Nos hizo tomar whisky de una petaca roñosa que escondía en la campera para sellar el trato. Decía que era para que nos hiciéramos hombres del todo. Aun así, yo necesitaba hablar con mi papá y obtener su complicidad. Fue una semana de persecución y espera, hasta que un día, en la playa, mientras jugábamos a la paleta, de repente paré y me animé a sacarle el tema. Nos sentamos en la orilla, yo alisaba la arena mojada con las plantas de los pies dándole vueltas a las palabras, hasta que terminé arrugando. Le dije que yo iría solamente para acompañar a mi amigo, que me diera dinero para pedirme una Coca-Cola y un pancho mientras esperaba. Me compró la mentira, ¿o me la quiso comprar? Es que con él era imposible hablar de sexo, siempre encontraba cómo escurrirse y todo quedaba para otra vez.

El lugar se llamaba *Hiroshima* y tanto las mujeres como la experiencia fueron lamentables. Todavía recuerdo la culpa que sentía, y que al regreso y en cuanto puse un pie en mi casa, no pude dejar de escuchar los chillidos de mi madre paseándose por todas las habitaciones mientras ladraba que su hijo más chiquito andaba revolcándose con putas de quilombo. Traté de esconderme en mi cuarto y encerrarme con llave, pero mi papá me interceptó justo a tiempo para preguntarme de manera seca y seria: "¿Y...? ¿Te lavaste las manos?" Mi error había sido contar con su complicidad y su visto bueno; él no se pudo hacer cargo y no se bancó el secreto. Tuvo que tirárselo a mi madre para que ella hiciera el escándalo. Aquel día fue nefasto y tuve claro desde entonces que eso no era lo que hubiera querido para mí.

Era la tarde del último domingo de enero, pleno recambio de la temporada. El sol caía sobre la playa mansa. Íbamos con Alejandro en nuestras motos para encontrarnos con Rolando en la puerta de Hiroshima. Sweaters de cashmere escote en v, pantalones de lino blancos y zapatos náuticos. Nunca llegó. Con Alejandro nos conocíamos desde la escuela primaria, y su papá, a diferencia del mío, vivió esto con un inmenso sentimiento de victoria festejando la masculinidad de su hijo y hasta él mismo operó en su casa el superocho sonoro con el que vimos *Emmanuelle*, con la adorable Sylvia Kristel.

Fue en esa hora difusa, entre el atardecer y la noche propiamente dicha, la de la luna con estrellas sobre el mar y la brisa esquivando las dunas para despeinarme ese flequillo rubio con restos infantiles. Y me encaminé presuroso hacia el lugar donde me estrellaría. Alejandro conocía el camino de memoria, había ido varias veces a curiosear por el lugar y se había preparado para el evento haciendo simulacros como si fuera el día de su boda. Antes de partir, merendamos en el *Beer Garden* de la avenida Gorlero, nos moríamos de hambre y nos comimos un chivito canadiense y dos pizzas de tomate cada uno. Lo bajamos con una chocolatada de Conaprole. La carretera empezó siendo de un asfalto bien negro y brillante, las motos rodaban suaves y sin sobresaltos. Media hora más tarde, nos fuimos adentrando en un terreno agreste y terminamos andando en un hilo angosto de barro y ripio, a baja velocidad, esquivando pozos y cunetas, espantando perros que querían comernos de un solo tarascón. El cielo nos amenazaba con una tormenta, se incendiaba de manera intermitente con lamparazos de flebitis eléctrica. A cada fogonazo le seguía un silencio y luego un redoble ahogado. La palabra arrepentimiento se me venía encima haciéndome saltar el pecho, quería volverme, pero ya era demasiado tarde. Prefería verme muerto primero, que vivir la burla eterna de mis amigos. En el último kilómetro, empezamos a ver hileras irregulares de luces rojas, azules y amarillas, que anunciaban la cercanía de un edificio, que se asemejaba más a una posada del Vietcong que a un prostíbulo del patio trasero de la ciudad del jet set latinoamericano. Nos encontrábamos justo en el límite entre Maldonado y Punta del Este.

Hiroshima, decía el cartel de lata y neón que colgaba de la cornisa del viejo edificio. Sonaba una radio, parecía *Sobreviviré*, de Gloria Gaynor, la melodía se sentía sucia y salpicada de estática. Me sorprendió ver a los rugbiers recién venidos de misa y que sus mamis habían mandado a vestirse con camisas blancas, jeans recién estrenados y mocasines de Guido, todos concentrados en la entrada, como si fuera un boliche de onda. Estacionamos las motos y sin bajarnos de ellas, esperamos a Rolando. Inquietos, compartimos un paquete de galletitas que yo traía adentro del pulóver, y luego de media hora, con Alejandro nos decidimos a entrar. Tal vez lo encontraríamos adentro. Con las manos hicimos a un lado los largos flecos de plástico de colores de la cortina de la entrada. Pensé en la carnicería de mi barrio. El golpe de calor del lobby del burdel, mezclado con el humo de cigarrillo, me cortó los pensamientos y hasta la respiración. Rogué porque no me atacara el asma. Pensé en mi papá y deseché la idea con la misma determinación con la que me saqué el sweater.

La madama nos mandó a la mierda, no conocía a ningún "Rolo" y ante nuestra insistencia, amagó con un rebenque. Detrás de un mostrador desvencijado, había una tele con antena en "v", trasmitiendo un partido de Nacional y Peñarol. Sobre un costado, acompañando a media docena de botellas de Norteña 25, había un tipo vestido de gaucho, con un pucho apagado entre los labios. Nos reconoció, tenía un puesto en El Jagüel, el lugar en donde alquilábamos caballos los viernes por la tarde, y apostó por nosotros. Una deuda que más adelante nos resultaría muy cara. No era la mejor manera de comenzar la noche de nuestro debut, éramos menos y peores que dos pendejos principiantes. Hicimos una recorrida por los pasillos del costado y luego por la nave principal. En la única puerta de doble hoja esperaban amontonados varios chicos que yo conocía del country, esperaban su turno con Naná, la prostituta más famosa del Este. Toda una institución para nuestra generación. El fiolo nos llevó a que le pegáramos una mirada y farfullando algo con el cigarrillo entre los dientes, empujó con desprecio a todos los que curioseaban en la puerta de entrada de la pieza. La mostraba como hacía con sus yeguas de alquiler. Naná se abrió paso entre los pubertosos, caminaba como la leona de dos mundos, el pelo inflado y platinado, a lo Tina Turner, babydoll turquesa, medias de encaje blanco y zapatos de tacón de aguja en charol rojo. Llegó hasta nosotros, me miró desde arriba y me dijo: "¿Qué te hace pensar que tenés suficiente dinero para debutar conmigo?" Fueron las únicas palabras que le escuché. Los del grupo más concheto me miraban de costado, con una media sonrisa entre canchera y de desprecio. Mascaban sus chicles importados, Freshen-up de canela o Bubblicious de uva. Naná, además de que cobraba demasiado, se podría decir que estaba reservada para chicos más acomodados. Ni a Alejandro ni a mí se nos ocurrió subirle la apuesta, de inmediato nos sentimos enanos y el dinero que llevábamos nos pareció insuficiente para ofrecérselo. Naná se rió ostensiblemente. Se dio la vuelta y de nuevo, como la leona, regresó a su pieza.

Me tocó con Jenny, una rubia que se hacía cargo de los polaquitos, como nosotros. No era Naná, el sueño porno de todos nosotros, pero tal vez era la manera de cumplir el rito. Yo la sentía muy madura para acostarme con ella, pero por suerte era bajita y delgada, lo que la hacía más accesible para mí. En su cuarto, brevemente iluminado por un foco amarillento, se percibía un olor a fruta pasada. Me hizo entrar y detrás de ella cerró la puerta, que sonó a cartón escenográfico. Sobre la mesa de luz vi la foto de un chico de no más de diez años. Me angustió. Ella vio que miraba y me dijo:

—Es mi hijo.

—¿Con quién lo dejás? —le pregunté con interés, pero casi temblando.

Me explicó que con su madre, en San Carlos, que se lo cuidaba mientras ella hacía tareas de limpieza durante el día y luego entraba a *Hiroshima* hasta la mañana siguiente. Y siguió contándome que los domingos iban juntos a misa y que después lo llevaba a la playa del Grillo, un balneario populoso en la parada 10 de la Mansa. Todo esto me confundía.

—¿Es tu primera vez?

—Sí —le dije con vergüenza.

—¿Cómo te llamás?

—Daniel.

—¿Querés un poco? —me dijo Jenny con voz de poco entusiasmo, mientras revolvía un vaso con algo que parecía un licuado denso, de color anaranjado verdoso.

Agarré el vaso y le pegué un sorbo. Ella notó mi cara de asco. Tenía algo con alcohol, mejor diría que era alcohol con algo, porque sentí que me quemaba la garganta. Afuera podía escuchar a los chicos que vitoreaban. El nariz y el colchonero gritaban cosas, algo de enano guerrero y vamos polaquito lindo. Cuando Jenny me dio el menú de opciones, me asustó pensar en penetrarla. Opté por la oferta del sexo oral. Me tiré boca arriba sobre la manta desteñida que cubría el colchón de la cama. Yo no podía dejar de pensar en la cara de mi papá. Su omnipresencia era de tal fuerza, que en algún momento pensé en que él se estaba enterando de todo, y eso me paralizó.

—¿Estás asustado, polaquito lindo? ¿Por qué te dicen así...? ¿Por las pecas o por el color de la piel? —me decía con cierto dejo de algo que podría nombrarse ternura. Pero no se me paraba. Por más genialidades que Jenny hiciera con su lengua, no había ni señales de circulación sanguínea en mis cuerpos cavernosos. Cuando después de toda esa lucha, por fin iba a terminar, sentí como si por mi uretra pasara un desfile de hojas de afeitar. Percibí, también, el olor a lavandina, que me anunciaba que podría declarar que soy normal. Al salir, le dije a Alejandro, que me seguía en el turno, que esta mina era buenísima, que me había acabado como cinco veces, que la había dejado muerta, y que quién sabe si estaría en condiciones de poder atenderlo. Él dudó, pero entró igual.

La tormenta de verano solo esperaba por nosotros. En cuanto encendimos las motos y emprendimos el regreso, el cielo nos castigó con una furia de agua y viento. Íbamos despacio, cada uno mascullando sus verdades ocultas. Al regreso de esas vacaciones, me puse de novio con mi primera relación seria, yo promediaba la escuela secundaria. Elegí una novia sefardí de Flores, de escuela religiosa y familia ultraconservadora. Tal vez me tiraba a la pileta, antes de tiempo, una vez más, pero creo que estuve enamorado y logré asociar el deseo con el amor.

Ivón Osorio Gallimore

Ivón Osorio Gallimore (Cuba). Poeta, guionista y productora de radio. Autora de los libros *Etapas*, ganador del Premio de Literatura en Español Voces de Hoy, en el género de Poesía, y de *Del Amor y otras ciudades*. Actualmente vive en Miami.

LA CIUDAD DE KAVAFIS

Nací y crecí en Cuba, pero eso ya no importa. Ahora vivo en Miami y soy enfermera, muchas personas sueñan con serlo, a mi me da lo mismo. Lo que en realidad me entusiasma es conversar y conocer. Mis siete días de la semana transcurren igual.

Hoy, por ejemplo, mi despertador sonó a las 5 am, me senté en la cama, miré de soslayo el libro que estaba leyendo la noche anterior. Minutos después, conecté la caminadora y entre un bostezo y otro invertí cuarenta y cinco minutos en mi cuerpo. Me duché, probé un bocado y salí a vencer a la ciudad.

Subí por la avenida 22 hasta Coral Way y entré en el McDonald's que está frente al Winn Dixie de la 36. No puedo llegar a casa de Bertha sin un cheeseburger, y una Coca Cola light. Bertha vive en la calle 26 con la 37 Avenida, en una casa naranja y carmelita con techo de tejas camagüeyanas. Su empleada me recibe de manera cordial. Dejé la bolsa con la comida encima de la mesa, preparé la Truetrack, introduje el pincho en el dispositivo y sostuve su dedo. La sangre fluyó de manera rápida, la deposité en la tirita y esperamos. Ella siempre me habla de lo que fue la ciudad años atrás, de las familias de clase alta cubana que se establecieron aquí, de las fiestas que disfrutó en el Biltmore Hotel, en esas cálidas noches de añoranza creyendo estar en el Hotel Nacional de La Habana, de sus baños en Venetian Pool, intentando olvidar la pileta natural de agua salada en el Club de Yates de Miramar. El resultado apareció en el monitor: 95. Bertha estaba lista para su desayuno.

Mientras lo ingería, le hablé de la ciudad que ocupo ahora, cada persona sueña con sus lugares, sus calles, sus monumentos. Le comenté de lo mucho que disfruté en el Blockbuster que estaba frente a Sears. Pasaba ahí la noche de los sábados leyendo sinopsis de películas y series de televisión. A veces quedaba una sola copia de un DVD y dos personas esperaban tímidamente frente al anaquel a que la otra desistiera. Netflix nos jodió y nos benefició al mismo tiempo.

Dejé la casa de Bertha a las 7 y 30 am. Pasé por la esquina que minutos antes evocaba, ahora convertida en un Pei Wei, un Chipotle y un Chase Bank. Enseguida, vemos el Publix que pocos conocen de primera, apenas se ven sus letras verdes en el fondo amarillo de una gran muralla. Llegué a la Calle 8, atrás quedaron las vías con nombres españoles aunque no los haya mencionado. Me fui adentrando en una zona de folklore cosmopolita. Ya podía ver el cartel metálico que anunciaba Walgreens: allí voy a parquear (donde vive Pedro es imposible y poco seguro). Así también aprovecho para comprar los tabacos que le gustan y que tanto aprecia que le lleve.

Atravesé Flagler; a la izquierda, un cuadrado blanco masilla de dos pisos estaba ante mí. Subí por su escalera estrecha de veinte escalones y toqué. Jorgito, su nieto, abrió y saludó sonriente. Pedro, desde el sillón, me invitó a pasar. Hablamos del calor que hacía mientras le ponía el monitor de medir la presión en su mano derecha. En segundos se lee: 125 82 70.

Le di los tabacos y apareció esa expresión en su rostro que le hace remontarse en el tiempo. Me senté frente a él. Pedro me comenta sobre su amigo Ignacio, me dice que llegó en los 80, se lo encontró ayer de casualidad cuando había ido a tomar un café. En ese año, me dice, cambió Miami. Agregó que su amigo estaba en un sillón de rueda y que le habían amputado una pierna producto de la diabetes, pero él piensa que tuvo un poco de culpa en eso.

Me contó cómo ellos se habían conocido. Fue un día en que llegaba a su casa y este hombre, cuando aún no era su amigo, intentó asaltarlo, y él sacó su Smith Wesson de 9 mm y le disparó un tiro en la misma pierna que ya no existía. Yo le hubiese hablado de Alfredito, un ser querido que llegó a este país ese mismo año y no aguantó la presión y terminó suicidándose, pero sus ojos se enrojecieron y no quise tentar a su hipertensión después de unos números tan buenos.

Me despedí por el momento. Después de las cinco de la tarde haré el mismo recorrido, esta vez sin cheeseburger, sin Coca Cola light ni tabaco. Seguro, hablaremos de lo mismo, creyendo que será diferente.

Eran las 9:30 am cuando llegué a mi casa, corrí las cortinas, saqué una jarra con agua del refrigerador y me senté en la butaca reclinable. Podía ver el ciruelo que siempre me anuncia los cambios de estaciones, ahora con sus frutos colgando. Escuchaba el sonido de los pájaros y otros que me esforzaba por descifrar. Casi no veía televisión ni escuchaba la radio, pero eso ya no importa, será que también me da lo mismo. Recogí el libro del piso y apareció el poema de Konstantinos Kavafis. Leí: "la ciudad siempre es la misma. Otra no busques –no hay–, ni caminos ni barco para ti. La vida que aquí perdiste la has destruido en toda la tierra."

DESPUÉS DE MAÑANA TODO COMIENZA DE NUEVO

Rojo. Me detengo.
   Cada semana lo mismo. De lunes a viernes invierto nueve horas de mi tiempo en un trabajo que no me satisface. Ocho horas gastando mi energía en frases que nadie escucha, una hora de almuerzo donde no me pasa un bocado. Mi estómago y mi corazón parece que quieren salir de mi cuerpo. Ayer, por ejemplo, alguien lanzó una botella vacía a la cabeza de mi compañero. ¿Es tan difícil entender que si tienes treinta pastillas en un pomo, debes esperar, al menos, veintiséis días para pedir más? ¿Qué significa eso? ¿Es una pregunta o una respuesta? Llegado a ese punto sé que todo está perdido y pido que pase el próximo.

Verde. Continuo.
   Normalmente, me levanto sin necesidad de que algo me avise. Ya estoy acostumbrada al sufrimiento. Sólo uso la alarma para que me saque del letargo y me adentre en el mundo de la fantasía. La realidad no me gusta, de más está que se los diga. Igual prefiero dejarlo todo claro.

Amarilla. Titubeó, quedo suspendida.
   He pensado en dejarlo todo e irme a la mierda. Vivir con lo fundamental, y recuerdo que con lo fundamental es con lo que vivo ahora. Nada extraordinario, un pequeño lugar donde comer, dormir y dejar descansar mis libros. La diferencia estaría en el tiempo que voy a invertir en hacer lo que quiero. ¿Qué pasaría si me hago pasar por loca y consigo que me deshabiliten? Observo a mis vecinas quejándose siempre, yo no sería igual. Hacer ejercicios en el parque de la esquina, ir al cine, a la playa, formarían parte de mi terapia. Me sentaría en la biblioteca a escribir, leer o ver series en *Ne-*

tflix. Mantendría la suscripción de *Netflix*. Si algo eliminaría para ahorrar y poder vivir con la pensión sería hacer mis compras en mercados caros, coleccionar zapatillas *New Balance*, relojes inteligentes, luces inteligentes, y "otras inteligencias" que me vuelven pobre y me tienen atada a un trabajo que no me deja avanzar.

Roja. Unos semáforos más y llego a mi destino.

Comencé una novela hace cinco años. Ayer leyendo a Alice Munro decidí convertirla en un cuento largo, o tal vez haga un poema y así acabo con la jodedera de escritora sin musa.

Verde.

Ya estoy acostumbrada a esta ciudad. Antes era incapaz de distinguir las estrellas. Todo me resultaba oscuro. No me gustan ni las casas ni los edificios, ni los carros. Mi amor es por la naturaleza y por el mar.

Amarilla.

Podría seguir, pero prefiero esperar. Igual no me importa llegar. Desde aquí veo el parqueo, la pared engrandecida y el anuncio indicando que todo es un placer.

Roja.

Alguien toca el claxon para obligarme a doblar a la derecha. Quito el indicador y miro de manera desafiante por el espejo retrovisor. No voy a continuar, voy a disfrutar cada segundo de esta luz.

Verde.

Avanzo. Hoy es viernes, el sábado es mi día libre. Igual después de mañana, todo comienza de nuevo.

SIGUIENDO LA RUTA

Pude haber escogido una excursión para este recorrido. En cambio, preferí la soledad, la compañía de todos aquellos que me impulsaron a seguir esta ruta. Ya no estaban, pero los pensé desde el inicio.

El viaje de ida y la estancia estuvieron increíbles. Para llegar a New York fueron casi veinticuatro horas en el Greyhound. Aproveché para leer *On the road* una vez más.

El problema fue el regreso. El automóvil se detuvo de momento. Intenté encenderlo varias veces presionando la llave, empujando el pedal del acelerador y soltándolo suavemente. Nada pasó.

Mi miedo a montar en avión impidió que tuviera en cuenta muchas cosas. Por ejemplo, que en el intento de transitar en carro de New York a San Francisco, de San Francisco a Los Ángeles y regresar a la Gran Manzana, podía quedar varada en medio de la tierra árida.

Y ahí estaba, en el Big Sur necesitando a Sal Paradise de todas maneras. Mis manos desprendían un líquido cristalino y el cuerpo no podía detenerse. Quedaba poca agua, mi mente se iba enardeciendo. Cuánto necesitaba de ti, Dean Moriarty, de tus mañas de conductor vagabundo para que me ayudaras a regresar de esta aventura que inicié queriendo ser todos ustedes. Beat Generation.

Otro intento y ponme en el sendero nuevamente.

Ya no podía distinguir la imagen que sostenía mi alma. Algo se estaba desprendiendo de mi cuerpo. No tenia como seguir aunque el camino continuaba. Una luz me llegó y Miami apareció como la ilusión donde todo había comenzado.

PARALELISMO

Un hombre arrima su carro en el puente y sale afuera
enciende un cigarro que de casualidad le queda
su mirada se pierde entre los rascacielos.
Un hombre sube en el elevador
se detiene en el piso 86
saca una carta del bolsillo derecho de su chaqueta
su mirada se pierde a unos 360 grados sobre la ciudad.
Un hombre entra en la catedral
se escabulle, llega a lo alto
le sonríe a una foto que extrae de su cartera
su mirada converge en los vitrales.
Son las 10 y 30 de la mañana
los tres hombres empujados por el miedo
caen al vacío,
en el aire,
el cigarrillo, la carta y la foto se unen dibujando un motivo.

37 AVENIDA

Camina por Miracle Mile,
es un milagro que sostenga su cuerpo con tanto vodka que lleva dentro,
se palpa los bolsillos tratando de encontrar
su celular,
su cartera,
o la llave del cuarto que ocupa en el fondo de una casa
en la Pequeña Habana.
Ayer, él era otra persona,
no poseía un carro
pero tenía un trabajo que podía ayudarle a conseguirlo,
guardaba la esperanza de un "sueño americano",
sellos de comida,
un seguro médico que podía pagar.
Camina por Miracle Mile
y atrás deja un Santa Claus enorme,
árboles alumbrados le muestran el camino,
AT&T, Panera Bread,
 Navarro,
vidrieras que reflejan la esperanza
que ya da por perdida.
Avanza hacia la esquina de la 37 Avenida
ahí decidirá si subir al bus
o cruzar la calle sin mirar.

Keila Vall de la Ville

Keila Vall de la Ville. Antropóloga (UCV), máster en Ciencia Política (USB), en Escritura Creativa (NYU) y en Estudios Hispánicos (Columbia University). Autora de la novela *Los días animales* (OT, 2016), premiada en la categoría Mejor Novela por los International Latino Book Awards 2018. Escribió los libros de cuentos *Ana no duerme* (Monte Ávila Editores, 2007) y *Ana no duerme y otros cuentos* (Sudaquia Editores, 2016); el poemario *Viaje legado* (Bid&Co, 2016); y el texto crítico bilingue *Antolín Sánchez, discurso en movimiento: del pixel, al cuadro, a la secuencia* (Editorial La Cueva, 2016). Antologó la compilación americana bilingüe *Entre el aliento y el precipicio. Poéticas sobre la belleza* (Amargord, in press), y coeditó la *Antología 102 Poetas en Jamming* (OT, 2014). Su obra ha sido incluida en diversas antologías americanas y europeas. Fundadora del movimiento "Jamming Poético" celebrado en Venezuela desde 2011 y en Estados Unidos desde 2017. Columnista de The Flash en *Viceversa Magazine* (New York) y de Nota al margen en Papel Literario del diario *El Nacional* (Caracas).

FIND MY IPHONE

Para Flavia

La despedida

¡Gracias! *I'm a reader! You know?* Dijo sosteniendo mi novela dedicada en alto, con una sonrisa. *Gracias, mama, I'll read it.* Y aún con el libro como una bandera, un testigo entre las dos, agregó: *Ahora sube. Tus niños te esperan.* Yo di cuatro pasos apresurados para ajustarle un último abrazo que no correspondió del todo, y permanecí por unos segundos quieta hasta verla perderse tras la puerta batiente de mi edificio. La pantalla del teléfono marcaba las 10:26 de la noche. Mis hijos dormían. Al subir, me dediqué a cambiar la clave, a responder dos mensajes sin leer desde las 5 pm. Luego guardé en mi maleta los *souvenirs* comprados aquella tarde.

Pinball en Inwood

Dos horas antes yo rebotaba entre cuatro, seis esquinas cercanas a la calle 200 y la avenida Amsterdam, buscando al *Bus depot*, buscando al *Bus dispatcher,* sin saber si ambos términos eran sinónimos, sin un teléfono a mano con qué traducir *bus depot* y *bus dispatcher.* Porque cuando uno está preocupado, no piensa bien. Preguntándome si alguna de las dos palabras suponía la existencia de un edificio con un anuncio: MTA NYC, si era posible hallar estas siglas en un muro, si al menos podía esperar encontrarlas en el traje de algún ser humano.

Pinball en cada esquina preguntando a un transeúnte y rebotando hacia el lado opuesto. Al final comprendiendo, con los pies adoloridos y el maquillaje un poco corrido –sólo un poco, sugiriendo no un llanto incontrolable sino los ojos a punto de lágrima de tanto esperar y de tanto caminar de una esquina a la otra, y de tanto frío– que lo que yo buscaba en efecto era un ser humano.

Un *Bus dispatcher* es un ser humano que en tiempos de otoño se guarece del frío dentro de su auto y desde allí trabaja, asegurándose de que los autobuses de la línea a su cargo lleguen y salgan a tiempo, que los conductores releven los turnos, que un teléfono perdido aparezca si ha de aparecer. Caramba: *Dispatcher*. Despachador. Fue horas más tarde que caí en cuenta de lo obvio de la respuesta que buscaba. Yo salía a Madrid pocas horas después. Cuando debía estar presionando botones en un control remoto para probablemente ver bajo las sábanas de mi cama Harry Potter o The Flash, me desplazaba con mucho frío de un lado al otro en la parte alta de Manhattan, sintiendo que los seres en apariencia transitorios a mi alrededor, aunque algunos francamente apostados esperando quién sabe qué, comenzaban a reírse con disimulo de la torpeza que yo no lograba ocultar. Cuatro esquinas son infinitas cuando no sabes qué esperas de ellas, qué buscas en ellas.

Dunkin' Doughnuts has the answer

Finalmente un hombre iluminado por un anuncio naranja y rosado sobre su cabeza, y vestido de azul marino, señala más allá de lo que logro identificar con la mirada.

—*Look for a vanilla SUV at the next corner.*

Siguiendo las instrucciones y sin creérmelo del todo: tan fácil, tan extraño, tan absurdo todo, llego al automóvil y me asomo un tanto apenada a la ventana. Una mujer no muy amable en el asiento frente al volante se me queda mirando cuestionadora, y no muy amistosa, y a mi explicación torpe responde:

—*But, who told you to come here? Who told you I had the phone?*

—No, nadie me dijo que usted tenía el teléfono. Sólo me dijeron que "viniera al *bus dispatcher*".

Entendió cuán perdida estaba. Con lo que me pareció una expresión de moderado desprecio hizo varias llamadas. Circundando el vehículo para moverme, no tener (más) frío, esperé.

—*I can't find it. No one has seen it.* Tiene que esperar. Hasta el final de la jornada. Como hasta las once.

—De acuerdo. Espero —respondí.

Entonces me miró con cierta simpatía. Habrá notado mis manos empecinadas dentro de los bolsillos, mi movimiento ligero para aligerar la temperatura:

—*Why don't you seat inside, mama? It's very cold outside.*
Entré. Sin orgullo y con calefacción esperé ahora sentada junto a ella, a la hora de la bachata.

Lanzo una moneda al aire / cara o cruz / beso, atrevimiento, o verdad / eliges tú / con solo una mirada / comprendí que me querías / que ese juego de niños / no fue una tontería.

YOKASTA Y KEILA

Una vez alguien dejó su bono de navidad en un autobús. Haciendo las llamadas necesarias, Yokasta pudo recuperar el maletín con el monto intacto. Al entregarlo a su dueño, éste quiso recompensarla económicamente.

—No! *That's not the way it works*, las cosas no son así. Uno lo hace porque hay que tener corazón. Además, hoy haces una cosa buena tú, mañana alguien hace algo bueno por ti.

Yokasta supervisa. Yokasta pasa las páginas de un bloc en su contendedor metálico. Yokasta llama por radio. Yokasta también es mamá. Un conductor de azul marino y gorra se asoma a la ventana de su camioneta. Su turno ha terminado, pide autorización. Ella llama por radio y se asegura que el encargado siguiente ya está en su puesto. —Listo. Ve tranquilo —dice. Otro llega quejándose, su relevo no aparece. A éste le toca esperar: —*So sorry, dear* — El hombre que me guió casi una hora antes hasta el puesto del copiloto desde el que soy ahora testigo del mundo gracias al que el transporte terrestre del oeste de New York se desenvuelva contratiempos, se asoma por la ventana.

—*You've been here for too long.* Ve tranquilo, mi amor. Hasta mañana.

El hombre da las gracias. Agachándose un poco más para mirarme, me desea suerte. Se despide y se pierde en la calle. Es de noche cerrada.

Yokasta me presta su teléfono para avisar a quien hace sobretiempo cuidando a mis hijos mientras llego, que me tardaré aún un poco más. Le cuento de mi viaje. Le digo que escribo. Sí, ficción y poesía. Y crónicas. Esperamos. Hora del *raeggetton. Báilame como si fuera la última vez / Y enséñame ese pasito que no sé / Un besito bien suavecito, bebé / Taki taki / Taki taki, rumba.*

Esperamos.

Entonces las preguntas, sobre qué es la novela. Le cuento al mismo tiempo sin poderme separar de la pantalla iluminada en el tablero de su camioneta que indica son las nueve y cuarenta y tres, las nueve y cincuenta y cinco, las diez y tres. Yokasta entiende. Ella también es mamá, de una niña de ocho y un varón de cuatro. No leen mucho, aunque ella intenta.

—¿Qué libro les compro que les pueda gustar? En la casa si me descuido es puro *technology*. Es desesperante.

—Es normal. Cómprales Oliver Jeffers. Todos los libros de él son una maravilla.

Me pasa un papelito.

—Anota ahí dos o tres libros. And *give me your email*. Yo te aviso si aparece.

—¿Cómo?

Guarda silencio. Con expresión amistosa me pregunta:

—Dónde vives tú?

Le doy la dirección.

KEILA Y EL VIOLINISTA

A las cuatro de la tarde de ese mismo día, en el autobús 104, esta conversación ha tenido lugar:

—¿Quieres esta galletita?

Ajusto el violín de mi compañero entre las piernas para sacar unas galletitas con chips de chocolate de una bolsa de tela que dice Bitter Laughter. ViceVersa Magazine.

—Ahhh… Ya no me gustan esas galletas

—¿Y eso? ¿Por qué? Por cierto, mira lo que salió en este periódico de Madrid —saco el teléfono del bolsillo—: ¡Mira! Una noticia sobre la presentación de la novela en Madrid. ¿Seguro no quieres galletitas?

—No. ¡Qué linda! ¡Usaron esa foto!, ¡la que yo te tomé!

—Hmmm. Si no quieres las galletas… mira lo otro que te traje

—¡Ay! ¡Gracias! ¿Lo abres?

—Sí. Pero apúrate. Toma dos sorbos rápido, que estamos llegando. Apúrate que vamos tarde.

—Voy.

—Dale, cuidado con el violín. Listo. Ok. Dale, corre. Cuidado con el escalón.

—A que hora es la clase? —pregunta saltando hacia la acera.

—Ajá. A las 4.

—¡Son justo las 4! —dice viendo el reloj digital de la parada.

440

El violinista y su mamá corren. El violinista saca su violín, la mamá busca algo en los bolsillos. Algo que no aparece.

—Creo que lo dejaste en el asiento.

—¿Qué?

— Yo vi que lo pusiste en el asiento cuando me mostraste lo de Madrid.

—Coño. Voy a buscarlo.

—¿Dónde?

—No sé. Saliendo de acá bajas a la segunda clase, ¿vale? Pilas. Tienes que correr. Piso 3.

—Ya sé.

—Pilas. No dejes nada.

Beso. Corro.

Siga a ese bus

Corro a la parada de autobús. Uno está saliendo. No abre las puertas. Subo a un taxi, no sé por qué lo hago, y no puedo sino sentirme la caricatura de alguna película de aventuras cuando digo: siga a ese bus. El hombre es muy eficiente, conduce a toda velocidad, así que pronto bajo del auto, corro hacia la parada de la línea a la que pertenece el autobús donde mi teléfono quizás aún yace en una silla. Subo sudando al siguiente autobús y explico. El conductor me mira con expresión cansada. No debo lucir muy bien porque me manda a sentar y a calmarme. No hay radios, dice. Nadie a quien llamar, añade. Hay que tener paciencia, concluye. *Be patient.* Hay que quedarse sentada hasta el final de la línea.

Calle 41 con 8ª avenida, en Times Square

El encargado de la línea parado en la esquina, radio plástico en una mano y carpeta de metal en la otra, teléfono en un bolsillo, escucha mi historia. Llama, pregunta. Nada. Al despedirse pide mi número de teléfono para avisarme si mi teléfono aparece y al instante se da cuenta de la torpeza.

– Acá no tiene nada qué hacer, concluye.

Recomienda que vaya al *bus dispatcher* en Inwood. Corro de vuelta al metro. Mi hijo debe estar por salir de su segunda clase de violín. No recuerdo ningún número de teléfono, no puedo llamar a nadie y no uso reloj de pulsera. Pregunto a tres turistas haciéndose un *selfie* frente a las gradas en las que venden tickets de Broadway. Me tropiezo con un señor M&M. Y con Batman, que quiere una foto conmigo. Las turistas me han dicho que tengo aún media hora, así que entro a una tienda de *souvenirs* y compro una franela blanca con letras en negro que dicen New York City (la franela de Lennon) y tres imanes de nevera. *Souvenirs* para el viaje. Bajo al *Subway*. Busco al hijo. Lo dejo en casa y subo a la doscientos y pico con Amsterdam. Busco el *bus dispatcher*. El *bus depot*. En Amsterdam conozco a Yokasta.

Es tan tarde

Los niños duermen. Sólo una luz encendida en mi apartamento. Escribo un último email:
Querida Yokasta.
No tengo palabras para agradecerte.
Escríbeme. Si quieres un día de estos te visito y tomamos un café.
Ya tienes mis datos.
Gracias de nuevo, mil gracias!
Keila.
P.D. Ojalá te guste mi novela.

SHEPARD

Habiendo sido consultado
sobre sus hábitos de escritura
Sam Shepard dijo
Es difícil
pero importante
no hacer nada.
Debe uno educarse,
instó
en el arte
de no hacer
nada.
Añadió:
Solía trabajar en la cocina:
escribí *Buried Child*
en la cocina de nuestro rancho en California.
Qué quiere decir con no hacer nada?
volvió atrás el entrevistador.
Sam Shepard:
Sentarse a mirar la pared.
Escuchar.
Observar
los cambios
de luz.

PERSEO EN SI BEMOL

En una galaxia del Cúmulo de Perseo
a 250 millones de años luz
en un hoyo negro suena ahora
ahora
entonces
un Si bemol.
Según los astrónomos
la nota musical
sonando ahora:
ahora
entonces, es un zumbido
Entonces
allá
ahora
a 250 millones de años luz
hay un si bemol vibrando
ahora.
El espacio no es vacío
han advertido los astrónomos
las ondas sonoras requieren
un medio: aire
agua
roca sólida
para poder viajar.
El espacio no es un vacío
contiene objetos abandonados

gases
átomos
polvos en distinta cantidad y constitución
tienen en común su desamparo.
El telescopio Chandra,
luna en sánscrito,
ha detectado en el cúmulo de Perseo
gas:
el vehículo del si bemol
el progenitor de nuevas
viejas
a doscientos cincuenta millones de años luz
ahora
estrellas.
Más galaxias han sido formadas donde hay
si bemol
esto es seguro, advierte el doctor Steve Allen,
del Departamento de Física y Astrofísica
de la Universidad de Stanford
las ondas sonoras de Perseo
son la pista a seguir
para comprender el origen
de nuevas galaxias y sus cúmulos.
Ahora, acá, allá, el
Dr. Allen
busca un si bemol en este
aquel
infinito espacio
de objetos vagando
pues hay vida naciendo
en cada rincón
donde la música suena.

WHISPER IT TO ME

I.

En *Beauty and Morality* Danto medita sobre la escasez
relativa de la belleza
en el arte reciente. En la página 364
advierte
    la belleza derrama luz universalizada sobre las cosas
lo bello
    es parte inherente
    a la experiencia
    humana. Es filtro
    a través del cual procesar la falta
    del ser amado
    mitiga el dolor de la pérdida
    que es también universal
debilita el dolor de la pérdida
amansa el tormento.
    La belleza es catalizador
    transforma el dolor crudo
    en tristeza calma,
añade Danto antes del tajo
hoja exacta demasiado afilada:
    la belleza está en todo y nos urge
    pero nadie la nombra.

II.

Advierte Elaine Scarry en *On Beauty and Being Just*
  las humanidades están hechas de poemas
  historias, pinturas, bocetos, esculturas, películas,
  ensayos, debates
  bellos.
Cohabitamos con ellos, pero la conversación sobre su imán
es prohibida. Página 57:
  hablamos sobre la belleza
  sólo en susurros
  only in whispers.

III.

En *Whatever Happened to Beauty? A response to Danto*
página 33, Higgins replica
la belleza devuelve el valor al mundo
  las personas se sienten empujadas hacia ella
  como hacia el doblez hambriento en la piel del cuerpo deseado.
La belleza incita ardor
vuelve amable la realidad.
  Amable:
  del latín amabilis: digno de ser amado.
  Susceptible de ser amado.
¿Merece la realidad ser amada?
Higgins responde
en nuestro diálogo imposible:
  es por ello que el arte contemporáneo la evita con determinación.
El silencio es
respuesta avergonzada al hongo atómico
al once de Septiembre
al hambre en las periferias desplazadas
al terrorismo de estado.
Es el precipicio
ante toda condición ideal
es el grito callado ante el   desmembramiento
                                     desencantamiento
                                     aniquilamiento.

Frente a la desgracia humana
el confort estético horroriza
dice Higgins.
  Sin embargo
sin embargo,
susurra
ahora
Higgins
el impacto fascinante de la belleza
lo bello
(shhh)
podría
  incluso en estas condiciones miserables
  repotenciar
  la sensibilidad
    feroz alimento
ensalmo
defensa
poción.

¿A QUIÉN SALUDA EL DICTADOR?

Arenga con los brazos y camina
junta las manos en rezo
se inclina hacia ellas y de nuevo paso
a paso
saluda.
Saluda y agradece el dictador los vítores mudos en el patio de este colegio
colegio electoral también vacío de lunes a viernes
vacío de maestros
vacío de útiles escolares
vacío de normalidad.
Colegio de pocos niños frágiles que hoy no fueron pues no podrían aún
votar
alabado sea el Señor del dictador
porque estos niños desde la espina dorsal tan a la vista
saben
estos niños tan cada día más grises
tan cada día más ausentes
saben.
Quién saluda de vuelta al dictador
en este centro electoral?
La anemia saluda de vuelta al dictador.
Cuántas urnas de venezolanos fantasmas
números inventados
lo esperan al cruzar la puerta?
Y seguirá dando las gracias
y hundirá el dedo en la tinta violeta

"garante del normal desarrollo de esta jornada cívica"
aunque esta jornada abrió los ojos como las batallas, con toque de diana
y amenaza
hoy esta jornada es sobre todas las cosas militar y autoritaria
se habla de triturar al otro
se desconoce al hermano
a la hija, si no te gusta te vas,
Tinta intachable
tinta indeleble
tinta inútil recibe el dedo meñique del dictador adelantado.
Cuánto silencio en estas urnas
cuánto llanto y cuánto grito a diario tras las otras
en cada hospital
algunas son tan pequeñas
tan fallido su contenido.
Saluda el dictador en el patio del colegio con sus manos en rezo
silencio indeleble
arenga el dictador a los votantes de nombre hueco en una lista
nombre hueco indeleble
sus manos festivas entran amenazantes al aula
camina hacia el vacío el dictador
saluda a las madres suicidas
saluda a los profesores universitarios puestos a elegir entre lavar
su ropa
o comer
el trabajo de ascenso no dio para más,
saluda a las menores de edad encarceladas sin juicio
a las niñas desde hace varias semanas ausentes a la hora del timbre
de tanta hambre
de tanto dolor de estómago
de tanta afección sin cura
a los niños flaquitos
a las hermanas mayores que han salido a trabajar a ver si comen
y si sus hermanos menores comen
y si sus padres comen
algo.
Las manos del dictador animan a sus votantes con carnet y sin deseo.
Las manos del dictador se han quedado solas y a quién le importa
esta elección ya la ganó.

Ya no reza el dictador, ha cambiado la composición y una mano cerrada
en puño
se estrella ahora contra la otra abierta que la recibe.
El dictador camina celebrando los golpes que encaja a diario
camina sobre el cemento amplio, el patio sin recreo
sin cancha de voleibol
sin pelota de fútbol
de cantina cerrada
puño golpeando la palma de la mano abierta
horizonte desocupado
puño celebrando el triunfo que garantizó a fuerza de hambre
a fuerza de dengue y de malaria y de neonatos infectados
a fuerza de moneda ilegible
a punta de amenaza y miedo
a punta de tortura: palo por la espalda palo por la cabeza palo entre las
piernas.
En este colegio hoy no hay quien reciba al dictador y eso qué importa
puño contra la palma de la mano
no hay quien vote de verdad
y eso qué importa
puño contra la palma de la mano y gracias
puño contra la palma
de la mano
no hay quien venga el lunes dispuesta estudiar.

María Cristina Fernández

María Cristina Fernández (Santiago de Cuba, 1970). Ha publicado tres libros de narrativa; el último, *No nací en Castalia*, salió a la luz en 2016, en Miami, bajo el sello de la editorial Silueta. Ha incursionado en la literatura infantil y la crítica literaria. Textos suyos se han compilado en antologías y publicaciones periódicas como *La letra del escriba*, *Letralia*, *Conexos* y *El Nuevo Herald*, entre otros.

EL DESCONCERTANTE EJERCICIO DE VESTIR A KATHERINE

Estoy poniendo etiquetas con la precisión de un autómata cuando entra ella sin saludar, con la mirada perdida en un punto remoto; quiero decir la mitad de la mirada, porque la otra la cubre el pelo castaño cayendo hacia adelante. Su vestidito aniñado y azul se ciñe en el escote mientras el resto cuelga tanto como esa melena asombrosamente larga. Luego vienen unas piernas no muy robustas, donde resalta un césped de pelos serpenteando en la piel de leche. Para muchos sería insultante ese vello caótico que sube hasta la entrepierna que queda oculta a la vista, pero a mí me encantaría pasar mi dedo a ras de esas hebras oscuras, pero recuerdo que somos animales civiles y como tales debemos comportarnos.

Adriana la saluda con el habitual *welcome, how are you?*, pero la muchacha no responde nada. Parece una estatua que caminara por una pasarela donde los recuerdos le danzan alrededor, y extasiada en ellos la ronda el mutismo. Quien responde es el hombre que viene detrás, escoltándola, cuidándole los pasos. Pasos largos, pienso cuando veo unos zapatos que exceden en tamaño a sus pies. Son unos mocasines suaves, bordados con hilos de colores en el centro y que presumo, deben ser del hombre. Lo observo entonces a él: aún es joven, pero tiene el pelo lo suficientemente encanecido como para ser el padre de la reina díscola. Pudiera ser autista, razono y pongo otra etiqueta. El sonido de la pistolita la paraliza un instante, me mira con cierta roña, como si el ruido que yo provoco hubiera abierto una brecha en la fina envoltura que la aísla de un mundo ajeno. La sigo con la vista y noto que no se detiene ante ninguna ropa en particular. Su acompañante le pide ayuda a Adriana para encontrar un pantalón de su talla. Por respuesta le enseña un jean estrecho, todo rasgado en el frente. Para persuadirla le dice que ella se ha comprado el mismo modelo y que le queda bien sexy, pero no hay que creerle. Es parte del procedimiento emitir elogios y ensalzar el ego para asegurar las ventas, pero me pregunto si este ser que nos visita tendrá un ego bien diferenciado.

—Katherine, *stand up, please* —le ordena el hombre que la custodia al verla tirada en el piso del probador. Pero Katherine no deja de enfundarse el jean ahí sentada, luego se incorpora y mira su imagen frente al espejo.

—*That's not me!* —se queja una vez que Adriana le ha alzado el vestidito para que vea bien como queda el pantalón entallado a la cintura—. *That's not me!* —repite y se tira al piso otra vez, forcejeando para quitarse el par de patas que la oprimen.

Adriana trata de ayudarla, pero la muchacha cierra el probador y se queda adentro en silencio.

—Katherine, *please, remember we have an appointment in fifteen minutes.*

Como repuesta sale despedido un pantalón a través de la cortina.

—Disculpen... —nos dice el hombre apenado—. Ella es impredecible. Permítanme hacer una llamada.

El hombre se aparta y Adriana aprovecha para husmear por el filo de la cortina. Me hace una seña para que mire también. En posición de semiloto, mirando hacia el interior del espejo, la muchacha ha recobrado su serenidad congelada. Ha apartado el pelo de su cara y puedo ver lo perfecta que es, aun cuando sólo exprese esa pasmosa incertidumbre.

—*What a customer!* —me susurra mi compañera-. I think she is on drugs.

El hombre regresa, se disculpa otra vez y pide permiso para entrar al probador. Le habla a Katherine con determinación. Le recuerda la promesa del almuerzo pendiente. Su voz es firme; sus palabras imperativas.

—*Remember, you gave me your word* —concluye.

Yo no sé si es justo exigir a un ser tan extraviado que tenga consistencia en la palabra que empeñó. Es extraño, en esta Katherine hay algo que fue mío alguna vez. Tal vez una resistencia a razonar al estilo de otros, un hartazgo, un desafío al mirar...

El hombre le pide a Adriana terminar el asunto del pantalón y enfocarse en buscarle algo que calzar en los pies.

—Es que trae unos zapatos míos puestos—. No tenía que decirlo. Entre las dos la convencemos para que vaya al otro salón a escoger y probarse algo que le guste.

Adriana se muestra amistosa: "*Follow me. Let me find something nice for you!*"

El hombre suspira hondo. Debe haber notado mi cara de estupor porque se apresta a contarme detalles de Katherine. La conoció en la playa una semana atrás. Él es venezolano, aunque confiesa haber vivido en Miami por mucho tiempo. No así ella, quien al parecer viene de un pueblo del interior de la Florida. En Miami sólo tiene esos amigos con los que se estaba quedando. Su verdadera familia se ha roto por causas trágicas: alcoholismo, violencia, y algún intento de suicidio por parte de sus progenitores. Parece no llegar a la veintena, pero en verdad la había dejado atrás hace nueve años. El cometió el error de darle su teléfono; sintió pena de ella. Es que en el primer encuentro no pudo percibir..., todo fue rápido, fragmentado, además de que en el mar todo es distinto, tal vez más encubierto, más natural.

—Me llamó hace tres días desde un teléfono prestado y me dijo que había quedado desamparada, que no tenía para dónde ir.

Él, probablemente recordando su cuerpo de gacela, el pelo abundante, las pecas derramadas en la espalda, fue por ella. Muy pronto se percató de que había algo peor de lo que pensaba. La gacela se quejó de no tener más sus medicinas. Ha recibido atención médica desde que es una adolescente, pero a veces la descontinúa. El hombre, que podía ser su amante, o su padre, o ambas cosas en una sociedad permisiva si la hubiera, le ofreció darse una ducha. El ofrecimiento fue repetido unas dos, tres, cuatro veces... No tuvo éxito. Mucho menos aceptó usar una rasuradora. Alega que le gusta su olor, que sudar la tranquiliza. Se desvela en las noches y lo arrastra a él al insomnio.

—Mi mujer está en *Minnessota* por un par de días más, así que tengo que ver dónde dejo a Katherine. No la puedo tener por más tiempo conmigo —confesó.

Podía imaginar a cualquiera perdiendo la cabeza por Katherine y luego desanimándose por no lograrla llevar, no ya a la cama, ni siquiera a la ducha. Como éste, que parece ya harto de intentar vivir unos momentos de amor salvaje mientras la esposa se ocupa de algún asunto por allá lejos. La vida no recobra su equilibrio, ni siquiera cuando eres un buen samaritano y llevas a la ninfa descarriada a comprarse un pantalón y unos zapatos con tal de no dejarla tirada en la calle como un juguete roto.

—He llamado a una persona por recomendación de un amigo y hemos quedado en almorzar juntos a unos pasos de aquí. Es una misionera cristiana y me ayudará a encontrar algún programa donde colocarla. Yo no la puedo asumir.

Regresa Adriana con cara de suplicio; la muchacha avanza detrás con medio pie fuera de cada sandalia. Sin ánimo de razonamiento, Katherine le agarra fuerte la cabeza a la otra por detrás del cuello y le dice algo que suena a descontento. Se saca las sandalias y clama por sus zapatones anteriores. Adriana cierra los ojos, cuenta hasta diez y se masajea la parte del cuerpo tironeada.

La buscapleitos se tira en el sofá. Como si no tuviera conciencia de que está en un lugar público, extiende sus piernas velludas a todo lo largo del asiento donde normalmente se sientan los clientes. Deja bien claro que no va a ir a almorzar con ninguna misionera (en verdad utiliza una palabra muy dura que luego Adriana me traducirá). Su benefactor me llama aparte, ofreciéndonos mil perdones nuevamente y nos pide que coloquemos todo en una bolsa, que ya él se encargará de pagar a la vuelta y convencerla de que se ponga las sandalias. Se excusa un momento para cruzar al mall y reunirse con la misionera que debe estar al llegar para prefigurar qué hacer.

—Ok, no hay problemas. Nosotras la miramos acá.

Con el sofá de espaldas a la puerta, ella no lo ve salir. Puede ser que ya estuviera dormida cuando él dejó la tienda. Recuerdo que el hombre dijo que Katherine no duerme en la noche. Entonces, ¿cuándo lo hace? ¿De día? ¿A ratos? ¿Por qué tuvo que ser aquí y ahora? Miro el rostro de la mujer dormida y trato de penetrar en su sueño, pero una férrea cortina separa su vida de la mía.

—Yo creo que ella debe tener algún síndrome de abstinencia. Eso es bien duro; a una amiga mía le pasó y no fue fácil salir de eso. Imagínate que de pronto le faltara algo a tu sangre que estabas ya habituada a tener.

Lo que dice Adriana no cambiaría en mucho la difícil situación de la mente de la bella durmiente del sofá. Yo he sentido también que en mi sangre algo vital está faltando desde hace un tiempo, pero no le hablo de esto a nadie. Como Katherine crecí a destiempo y no encajo, sin embargo me enmascaro para vender unas ropas de pésimo gusto fabricadas en la China y hasta sé agradecer por ello en un idioma tomado en préstamo. Insisto, pero no hay manera de entrar en el sueño de la renegada, aunque sí de recordar a través de ella algo que leí hace unos días en un periódico cualquiera. Quisiera despertarla y contarle, pero no debo interrumpir el sueño que la previene de la pesadilla de vivir. Tampoco puedo contarle a Adriana que no entenderá nada, con esa cabecita tierna donde quita y pone a voluntad flácidas extensiones de pelo brillante. Tal vez conozcan a Kurt Cobain, pero difícilmente a William Burroughs. Leí una vez que Cobain fue a conocer a su ídolo en la casa en Lawrence donde vivía con su gato. El viejo yonqui percibió en el músico algo más que idolatría por su persona; le preocupó la expresión mortecina de sus mejillas y una extraña manía de fruncir el ceño. La autora del artículo refiere que en una de sus últimas entradas en su diario, Burroughs, luego de experimentar toda una vida con las drogas duras que reblandecen el alma y ser llamado el gurú de una generación que buscaba lo trascendental cuerpo adentro, confesó que no había nada, ni sabiduría final, ni experiencia reveladora. Nada. Que el calmante más natural contra el dolor era el amor. El amor a su gato, por ejemplo. Así de simple, así de mortal.

Si pudiera ubicar dónde hay un gato lo arrimaría a las piernas de Katherine y que se duerma junto a ella con esa paz insólita que da un ser viviente que no calza zapatos, ni ingiere sicofármacos, ni la juzgaría llamándola loca, enferma o inútil. Pero aquí no tenemos gatos. No somos un supermercado de mascotas. Aquí no hay nada que respire salvo la vendedora del pelo postizo y lentes color violáceo, y yo misma, que la miro desolada.

Media hora más tarde, Katherine se despereza en el sofá. Ha sonado una insistente alarma de un camión de bomberos avisando que despejen la calle y eso la despierta. No está enfadada, parece haber recuperado la contención inicial. Se enfunda los zapatones otra vez y curiosamente no pregunta por el hombre que la trajo hasta aquí y luego se esfumó. Es como si el sueño del sofá le hubiese lavado la memoria de los sucesos vividos un rato atrás. Sale de la tienda sin pronunciar palabra.

Cuando comprobamos que ya está a punto de cruzar la calle, Adriana devuelve las sandalias al almacén y yo dejo caer el jeans en la caja donde ponemos las piezas que las clientes manchan con el rímel de las pestañas y el esmalte de labios. No queda nada de Katherine en la tienda. El último rastro de su olor desafiante se lo traga el spray de moras frescas que disparo generosamente al aire.

EL HOMBRE DE CORNWALL, INCIERTAS GUERRAS Y YO CONTANDO

Hace unos meses he vuelto a leer *El amante* de Marguerite Duras. De una plasticidad perfecta, no sé qué me extasió más: si la descripción del acoplamiento de unos cuerpos remotos, o la puesta en palabras de los también voluptuosos escenarios donde se dan los encuentros. "Los olores de caramelo llegan a nuestra habitación, el de cacahuetes tostados, el de sopa china, de carnes asadas, de hierbas, de jazmín, de ceniza, de incienso, de fuego de leña, el fuego se transporta aquí en cestos, se vende en las calles, el aroma de la ciudad es el de los pueblos del campo, de la selva". Si bien el cuerpo de la escolar francesa no era el mío, yo también estaba lista para la llegada del amante en una tierra extraña. Cualquiera que éste fuera, lo reconocería en el modo extasiado en que surgiría ante mí. De seguro no sería una espiga sin reventar, sino un cuerpo curado por la recurrencia de intemperies y duelos, consagrado por el reto de vivir en un mundo desplazado cada vez más hacia el sinsentido, incluyendo el aparente sinsentido del amor. Pero si el mundo tiene alguna esperanza de reconstrucción, debemos comenzar por reparar esa avería.

Pienso en los arrozales de Saigón y en la ambivalencia sexual de Marguerite Duras. Y en la otra Margarita, la que amó al imposible editor francés y a un griego misterioso por quien tradujo a Kavafis, pero acabó aceptando un pacto consensuado con esa americana que la prendió a la tierra. Extraños caminos los de la gravidez de los cuerpos y sus sinuosas tragedias que dan lugar a vaciados únicos de imperfecto amor. ¿Busco yo sin reconocerlo, uno de esos cuerpos-guías que me prendan a la tierra, o busco el cuerpo que me levante en brazos sobre ella?

Pero ahora que hemos llegado a uno de esos templos consagrados a la cerveza, rodeados por múltiples televisores, debo dejar de divagar con margaritas y amantes ajenos y enfocarme en él, quien observa con resignada sorna que todas las pantallas transmiten el mismo partido de futbol. Este es el absurdo americano: la sobresaturación de los sentidos, el regodeo en la ostentación tecnológica. Y en medio de este absurdo me toca a mí hablarle de otro absurdo por el cual pregunta, sospecho que para calibrar mí desempeño en el mundo del cual vengo y que nunca ha visitado por extrañas leyes que previenen a un ciudadano cauteloso de poner los pies en un país maldito. Quiere saber cómo son las universidades en Cuba. Vaya hombre que no inquiere por playas, mujeres, licores, o los fálicos habanos. Trato de decirle que el plural sobra, que hay una sola universidad y pertenece por entero al gobierno. No pagas nada por estudiar en ella, salvo tu silencio cómplice ante una ideología que no aceptas. Te convierten en un profesional, sí, pero en un profesional cómplice. Le hablo de mi propia experiencia ante los aburridos manuales de economía política y las ideas de Lenin aplicadas al arte, y el temor al concentrado militar que me esperaba en cuarto año. Pero no llegué hasta allí; un sinfín de contrariedades me emboscó antes y para contar esto forzaré un parto de palabras en el vestíbulo de un idioma extraño.

Comienzo con algunas generalidades. Por ese tiempo inaugurábamos un ciclo llamado Período Especial en tiempos de Paz, y al final de ese tortuoso experimento viviríamos una contingencia aún más abrupta que sería bautizada como Opción Cero. Para entonces auguraban que no quedarían recursos para garantizar la sobrevivencia y con mucha suerte llegaríamos, si fuera posible, a emplazar un caldero colectivo en medio de la calle. Se descartaba, claro, que quedaran vehículos circulando por la ciudad. Sería un privilegio, un verdadero milagro, si los vecinos desesperados conseguían cocinar algo caliente que llevarse a la boca. Revivir las duras condiciones de los campamentos de la manigua en época colonial, pero en pleno siglo veinte. El abre los ojos sin poder dar crédito a lo que digo. No logra imaginarse una situación de tal calamidad (no siendo en África, menos). Lo entiendo. Yo tampoco hubiera concebido entonces que existiera un lugar así, donde te sientas a una barra rodeado de decenas de pantallas sincronizadas que debes eludir si es que quieres crear alguna intimidad con quien está a tu lado. Le inquieta eso de un concentrado militar en un centro de estudios superiores. Tendré que ubicarlo en aquel contexto: crecí bajo la amenaza de un enemigo del que había que defenderse y prepararse para la eventualidad de cualquier ataque. "Who was the enemy?" "Your country, your government or yourself…" Eran tiempos en que nos preparábamos para "la guerra de todo el pueblo" y se instalaron kioscos y campos de tiro donde el ciudadano común y corriente iba a practicar la efectividad de unos disparos simulados. A causa de esta obsesión bélica se horadaron en las principales ciudades, en las montañas y en las cavernas, unos refugios a donde se suponía iría la gente a esconderse como ratas mientras arriba se libraban los combates que decidirían nuestra suerte. Estaban las Milicias de Tropas Territoriales que ensayaban sus coreografías en uniforme de domingo e implementaron un plan de evacuación teóricamente perfecto. Podía ser que aunque vivieras en Cumanayagua, al centro de la isla, tuvieras que refugiarte en Palma Soriano, en el extremo oriental del país. Nunca entendí la lógica de esos desplazamientos utópicos.

Me visualizo en aquellos años pasando junto a la Iglesia del Cristo, en la Habana Vieja, donde los robles sacudían sus flores rosadas sobre los caminantes, y con el registro más alto de mi voz le vociferaba a los trabajadores- topos que si no eran conscientes de que estaban poniendo en peligro la integridad de un lugar con más de dos siglos de existencia. Las máquinas cavadoras, las barrenas, o como quiera que se llamaran esos instrumentos con los que trabajaban, ahogaban mi voz antes de que terminara mi soliloquio. Otras veces me escuchaban hasta el final y me miraban con cierta lástima, pero continuaban su misión de destripar las entrañas de la tierra sin imaginar siquiera que proyectos tenía el hipotético invasor.

El vivir en un país que padecía un acoso imaginario generó un estado de sicosis de situación límite. Mientras, el hambre señoreaba en los pueblos y ciudades gobernados por un enloquecido señor feudal. Comimos desacostumbrados manjares que no le mencionaré por pudor, pero me salta a la memoria un dulce de col en una latica de sardina vacía, con restos de olor a pescado alternando con el sabor del azúcar prieta. Las enfermedades se arrimaron, como siempre ocurre con las poblaciones donde la carencia y la carestía toman control. Hasta el agua rehusaba dejarse beber: personalmente contraje hepatitis y otras infecciones por parasitismo recurrente. Había días en que clamaba porque el enemigo apareciera de una vez y que la guerra si iba a ser, fuera de veras. Imploraba algún desenlace distinto a aquella lenta y corrosiva caída en el abismo.

En un verano, con suficiente malestar acumulado, la gente tomó las calles de una Habana sombría. Rompieron vidrieras, vocearon su malestar a los cuatro vientos, deambularon con su rabia a cuestas sin saber cómo encauzar tanta vitalidad subyugada. Una dura movilización represiva fue la respuesta. Entonces las miradas enfilaron hacia el mar. Comenzó el secuestro de embarcaciones; la reacción del gobierno fue castigar a los captores con la pena de muerte. La represión aumentó y la gente siguió mirando al mar. Se echaron a él en precarias balsas, muchas veces sin provisiones suficientes, apenas con una brújula y agua para calmar la sed... El, que me ha confesado su pasión por los veleros, por remar o pescar en la quietud de los lagos de Alaska, y que escogió vivir en la Florida más que nada por esa condición de península que el mar abraza posesivo, pregunta por si es que no ha entendido bien. "Did you said rafts?" No tengo inconveniente en explicarle mejor; sé que el enemigo no está obligado a saberlo todo de esa islita breve y pendenciera. Sí, rafts, rafters, balseros. Crisis de los balseros. Toda esa gente pululando en la corriente del golfo. Yo vi esos cauchos inseguros trasladados en los techos de los autos, en camiones... Vi los frágiles islotes flotantes abrirse paso en las aguas, llevando las más de las veces una imagen de la Virgen de la Caridad como única protección posible a la que encomendarse. Entonces, apartando el vaso ámbar de la Sierra Nevada, hace la más insólita de las preguntas. No voy a contener la risa porque al verlo lo que quiero es vaciarme mar adentro de su cuerpo enorme, que es o será también mi cuerpo cuando nade sobre él y me desplace a mil millas de mi poca agraciada historia; náufraga de sucesos atrofiados en un mundo que hace aguas.

¿Dónde andábamos? Ah, él me preguntaba si yo también me había subido a una de esas...no, hombre, nunca lo hubiera hecho. Yo huía tierra adentro; nunca pensé en profanar ese mar ni con el pensamiento. Mi consternación ante él era sagrada. Ni con mil vírgenes a cuestas lo hubiera atravesado. Es más, voy a revelarle algo: yo también tuve esos sueños estilo tsunami, como en el cuento de esa escritora uruguaya que me obsede. Sí, yo soñaba con gigantescos brazos de agua que hacían saltar los cascarones en que navegaba. A veces estaba nadando en uno de ellos y ninguna catástrofe ocurría, pero igual los crespos del mar me dificultaban moverme. Dicen que el mar es el inconsciente, y en medio de esa enormidad anida la conciencia, un islote apenas. Eso lo leí en un libro de un suizo medio médico, medio brujo. En uno de esos sueños le canté con una voz muy dulce a Yemayá y logré calmarla y despertar con la dicha de la calma en mi cabeza. Pero ya no sueño con ese mar, supongo que porque no lo veo rompiendo contra el muro cercano a mi casa, allí donde el hermano artista plantó con mosaicos una bandera cubana, y en medio del arrecife una concha con la virgencita venerable para ayudar a los viajeros a que en su huida encuentren tierra firme donde anclar su desamparo.

¿Que cómo llegué aquí entonces? Por culpa de esos ojos, quisiera decir. No me engaña. Puede decir que es todo lo gringo que quiera pero esos ojos delatan una conexión con la tierra donde se prensan los frutos del olivo. Tierra que destila aceites benévolos y la gente habla una lengua que suena a música, y hasta su moneda tiene un nombre sonoro, como para aligerar el mal que ocasiona su trasiego. Lo puede callar si quiere, pero su apellido suena a puente que cruza sobre el río de un pueblo que ha visto cientos de vendimias con gratitud. Bastaría echarle una ojeada a la historia de este lado de América y recordar esos abuelos de abuelos que llegaron, no como rafters, sino prensados en camarotes para inmigrantes sin clase. Imaginar que los suyos enraizaron en esta tierra, según dicen fecunda en oportunidades, me hace creer que algún día mis descendientes se sentirán ajenos a la perversión del pasado que yo traigo entre mis manos. Pero no, no hablaba de la posible razón por la que estoy rozando con mis dedos el límite donde sus rizos oscuros bordean la piel tersa del cuello, sino de una razón migratoria que justifique mi salto en el espacio hacia otro espacio. Vuelvo al entorno de la crisis y toda aquella gente recogida como sardinas en pleamar y llevadas a la base de Guantánamo. Eso sí te suena; un pedazo de tierra conflictiva que es ahora cárcel de alta seguridad para árabes peligrosísimos. Válgame que uso palabras que podemos compartir entre estos deliciosos zumos de cebada amarga: Clinton, negotiations, visa lottery...

Tal vez ahora entiendas por que llegué sin tirar una brazada, apenas sin lágrimas, metida en un avión o en un sobre, que es casi lo mismo. Sin saber cómo se vivía en el país enemigo que estuvo siempre en el background de mi infancia. Ávido, implacable, maligno, ideológicamente opuesto, insultantemente rico... Creo que levanto una sospecha imprevista al reconocer que los que no escaparon por el sendero mojado o por algún acuerdo migratorio oportuno, lo hicieron a través de casamientos con "foreign people". "But, do you have a green card, or not?" Ah, suspicaz descendiente de italianos de ojos oliváceos, "I'm already a citizen". No estoy aquí en un bar sin alma, conectando incidentes pretéritos y transformando la energía bondadosa del alcohol de cebada en caricias a tu cuello escultural, porque necesite amparo legal. En ese sentido ya alcancé el supremo de los estatus en un país que es portento de legislaciones. Pero tratando de dejar contadas y descontadas las razones por las que estoy sentada ahora al lado de mi enemigo, sin reservas de temor, salvo de estar cayendo en esa falta llamada "public display of affection", recapitulo oscuros pactos y trasgresiones que apuntan a una épica de predestinación. ¿Y que quedó entonces en el rango de la voluntad? Tal vez el ansia de un cuerpo longilíneo, comenzado a moldear en meridionales experiencias atávicas y terminado de esculpir en la vasta tierra de oportunidades y arrogancia. Sentada en este antro aséptico, me convenzo de que yo también he podido elegir.

Presumo que en ese cuerpo hay escritos muchos sucesos que ya he empezado a descifrar mientras las compuertas de sus reservas se abren. No quiere descubrirse demasiado; apenas puede constatar si soy una mujer de paso o si mis estigmas no infligirán dolor sobre los suyos. Si mi proximidad merece la atención de un hombre que ha quemado sus pestañas en concienzudos estudios sobre la calidad del agua y cómo descontaminar grandes volúmenes de ella. ¿Pensará tanto en mí como en esas porciones líquidas cuando regrese solo a su mundo, resguardado por cálculos y mesura? ¿Sobrevivirá el deseo al pragmatismo que es parte de su sangre, como el caos es parte de la mía? Por esta noche asumo que se entregará al ritual que hemos concertado. Descubriré si todavía están en su espalda los círculos precisos que le achacó a la acupunturista china, un recurso contra la inflamación crónica que le dejó un accidente de tráfico. No hay que apurarse: hay que tratar el cuerpo del amante como si fuera el del último dios sobre la tierra. Por cierto, le digo, que nació muy cerca de donde vivió una escritora americana que vino al mundo en una cabaña de troncos cerca del Hudson, y que dejó un puñado de cuentos que alumbraron mi vida. Claro que no la conoce, recuerden que ha pasado mucho tiempo estudiando la calidad de las aguas. De la Durás, de la Yourcenar y de esa Djuna Barnes, pueden ocuparse almas desatadas como la mía, que mudaron de tierra por un sinfín de incidentes y llevaron en sus maletas esa extraña pasión que no acaba en sí misma.

Escribir es una manía incurable y no conduce a nada. El debe sospecharlo cuando me invita a una última cerveza, pagamos la cuenta y nos ponemos a salvo de las pantallas múltiples. Es tarde. En un cuarto de hotel con cortinas corridas sobre ventanales, donde no llegan los olores de jazmín, hierbas o fuego de leña, ya cumplido el ritual de las palabras, nuestros cuerpos esperan.

Hernán Vera Álvarez

Hernán Vera Álvarez, a veces simplemente Vera (Buenos Aires, 1977). Escritor, dibujante y editor. Realizó estudios de literatura latinoamericana y española en FIU (Florida International University) y en la actualidad enseña Escritura Creativa en el Koubek Center del Miami Dade College. Ha publicado los libros de relatos *Grand Nocturno* y *Una extraña felicidad (llamada América)*; la novela *La librería del mal salvaje*; y el de cómics *¡La gente no puede vivir sin problemas!*. Editó las antologías *Miami (Un)plugged* y *Viaje One Way*. Varios de sus relatos fueron incluidos en *20/40 Autores latinos menores de 40 radicados en EE.UU., Los topos mecánicos, Estados Hispanos de América: Narrativa latinoamericana made in USA*, entre otras antologías. Muchos de sus trabajos también han aparecido en revistas y diarios de Estados Unidos y América Latina, como *El Nuevo Herald, Meansheets, Loft Magazine, El Sentinel, TintaFrescaUS, La Nación* y *Clarín*. Vivió ocho años ilegal en Estados Unidos, donde trabajó en un astillero, en la cocina de un cabaret, en algunas discotecas y en la construcción.

NEVADA 77

Puta madre, haberlo sabido antes
y me ahorraba esos líos;
pero ya está tarde la cosa:
volver a cargar
en Carson City.
con lo que me costó
aguantar al gringo
pero bueno, no sea cosa
que le diga al Boss
y todo se me haga complicado.

La familia pregunta mucho por cartas
pero para mí es todo lo mismo:
los campos a un lado
y esa línea blanca que es la carretera
a la noche
con la luz que quiere alumbrar tanto
pero ni modo. no hay mucho party,
creo que ya me estoy volviendo
viejo
y este país
pa' viejo no sirve.

Cuando leo los periódicos
me doy cuenta que a veces
a la prensa medio

que se le va la mano,
tampoco soy eso que dicen.
antes no me importaba
era como leer la vida de otro
como los cartoons
pero como todo
después
cansa,
uno se aburre.

A veces me pregunto si eso mismo
me pasará
y entonces voy a tener que parar,
se acabó
no más periódicos
y andar haciendo lo mío.
a Elvis le pasó lo mismo:
se cansó
y entonces se murió.
o se hizo el muerto. el otro día
leyendo lo que habían escrito de mí,
aunque ponían en claro que está vez
no le había metido nada raro a la chica,
una vieja salió diciendo que lo había visto
con bolsas de supermercado
y metiéndose en un Corbett,
y ése era el carro que le gustaba a Elvis.
Elvis, puta.

Si me preguntara la prensa por qué lo hice, más bien diría
que por aburrimiento,
un tanto,
y otro por mi niñez,
por tener un padre hijoputa.
por eso,
por vivir lleno de gente mala
con el Diablo en el alma.
por eso nomás?
por eso,

por qué más,
si el mundo es una reverenda mierda.

Estaba bien buena la chaparrita
media interesada por la lana,
pero cuando le dije
las horas que estaba aquí
arriba
trabajando duro,
hizo las cuentas:
muchos dolares.
las mujeres son todas unas interesadas:
las latinas,
las gringas,
las negras,
las chinas
(aunque nunca estuve con alguna)
pero son así.
tal vez un poco menos las negras
que son más calmadas,
los negros son unos flojos
que sólo hacen droga
y viven del social security.
por eso las negras se conforman con algún hombre
 no tan malo
que sea responsable
y que le de nomás verga.
pero jamás me casaría con una;
qué dirían mis hermanos,
mis amigos,
que al final
me fui a los states
    para andar negreando.

Ya son varias las veces
que la gente
lo ve.
así que en cualquier momento
aparece Elvis y nos da un show en Las Vegas.

si tengo billete
iría.

Puta, uno se siente un poco solo;
no es tan fácil este trabajo,
hay pocos jefes
pero los viajes cansan,
cuando no es la policía
que rompe
los cojones
con lo que se lleva y los papeles.
pero también,
para mis cosas,
no está mal eso de ir
y venir,
hoy acá,
al otro día
en otra parte.
uno no deja rastros,
no hay nadie que vea,
que oiga,
todos somos de otra parte
y la gente no habla con extraños.

No siempre estoy en lo mío,
a veces me entretengo con
la radio
y las peleas.
Mano de Piedra
sabe. tengo que distraerme
porque no es bueno
que el hombre
trabaje mucho;
las peleas de Mano de Piedra
eso sí que sabe dar,
regala pa´ todos lados,
nadie se salva.
ya bajó a unos cuantos negros.
no es como el argentino,

ese engreído,
que por serlo nomás,
le dieron unos cuantos tiros
en el Mustang Ranch.
y chau pibe, si te he visto
no me acuerdo.

Mejor con una semana de shows en Las Vegas;
así debería volver,
no menos,
es The King.

Este país ya no es el mismo:
la gasolina por las nubes,
los biles,
las deudas,
los inmigrantes que por tres dólares
hacen lo que uno por seis.
too much mexican
como me dijo el otro día el Mr. Ross.
¿para qué más?
antes era otra cosa, había pa' todos
pero ya no.

Yo podría haber sido un gran luchador,
tengo reflejos,
me muevo rápido,
por eso en lo mío soy bueno,
la policía ni sabe
ni piensa.
sí, y hubiera peleado en Las Vegas,
llevarme una corona
y una gringa,
y Elvis hasta me iría a ver.
Yo le pediría que me cante Perro Feroz,
un poco,
no el Rock de la Cárcel,
no me gustan los chistes.

Sí, a lo mejor me aburro
y dejo por un tiempo,
y después
como Elvis
regreso
a lo grande.
podría hacer dos,
o una niña,
pero sí
hacer
lo que quiera,
meterles todo,
que se vea bien en las fotos.

Regresaría
y lo haría de esta manera:
entraría al Wendy´s
una noche,
cuando ya quedan los que deben de quedar:
alguna parejita,
algún jubilado
 abandonado,
algún negro vago,
dos o tres trabajando.
dar una vuelta,
fijarme,
para así meterlos en la cocina
ponerlos de rodillas
y no fallar,
que es lo más importante en todo esto;
pero antes,
pedir unos buenos pancakes
con panceta,
huevos,
muffins,
un buen desayuno americano.

LA LIBRERÍA DEL MAL SALVAJE
(novela, fragmento)

El orden de las cosas

Una biblioteca es una autobiografía. En este caso, los libros que vendemos tienen la dictadura del mercado –top ten de best sellers–, pero a la vez, la libertad del gusto del lector que está a un lado de los "más vendidos" y busca ese autor que permanece en el tiempo pese a las modas, las malas traducciones y el rencor de los colegas.

Pienso en Thomas Mann y aquello de que una ciudad es una obra colectiva. Esta librería también lo es.

Recuerdo

Recuerdo que la librería abre de 10 de la mañana a 10 de la noche, todos los días, salvo los domingos, que es de 12 del mediodía a 8 de la noche.

Recuerdo que la frase-mantra es: "si necesita algo, estamos aquí para ayudarlo".

Recuerdo que detesto a la mayoría de los editores y escritores que viven en esta ciudad.

Recuerdo que hay que apretar F12 en la computadora cada vez que un cliente hace una compra y F5 cuando usa la tarjeta de crédito.

Recuerdo que no hay que mostrar mucha alegría.

Recuerdo que los libros que jamás llevaría a mi biblioteca son los más vendidos.

Recuerdo que hay que apagar el aire acondicionado (y las computadoras) a la hora de cerrar.

Recuerdo que debo recomendar "las novedades".

Recuerdo que los dueños de la librería son los hermanos Daranas.

Recuerdo que uno se llama Montiel, el más gordo y con una sonrisa irónica; y el otro, Reinaldo Abel.

Recuerdo que cuando no hay clientes debo hacerme el que trabajo y simular que acomodo los libros.

Recuerdo que *El Principito* y *Mafalda* son nuestros long sellers.

Recuerdo que los lunes y miércoles son mis días off.

Recuerdo que pagan cada quincena.

Recuerdo que esas fechas son las más felices del mes.

PRESENTACIONES

A veces las presentaciones son una rara experiencia, sobre todo las de editoriales locales que básicamente se dedican a estafar a incautos autores. Siempre con tapas de una fealdad increíble, como el diseño interno, el papel, la tipografía. No es el problema la baja calidad sino que hay una desidia en esos editores que todo lo vuelve grosero.

En verdad, las presentaciones se asemejan a las reuniones de Tupperware. Son una excusa para que la gente chismosee, se saque selfies y las postee en Facebook.

La mayoría de esas editoriales publican poesía y memorias.

DANZA NEGRA

Es como un tsunami que arrastra un vaho insoportable. Lo riega aquí y allá. No hay horarios ni días fijos: lo suyo es un compromiso de libertad.

La homeless afroamericana deambula con sus rollers por la librería bailando una danza narcótica, con música que sólo ella escucha. Un ademán y agarra un libro sin mirarlo para luego colocarlo con elegancia en el mismo estante.

Al irse, los que están en la librería se miran con la certeza de haber sido testigos de un hecho maravilloso y desconcertante.

SOBRE ACOMODAR LIBROS

El que visita una librería sabe que las obras están en orden alfabético, por país o por género (y sí, existe uno llamado "Autoayuda"). Pero en ésta no siempre sucede eso: a Borges que se sentía malquerido por Lugones, a veces lo coloco junto a él; también a Anais Nin que no terminó muy bien con Henry Miller. Lo mismo con Gabo y Marito.

A los suicidas –siempre las poetas ganan en la lista– los dejo en la sección infantil.

"Si te descubren te echan", me alerta una amiga. Es posible, aunque prefiero pensar aquello que decía Paco Urondo: "lo mejor de la poesía es la amistad".

El homenaje al Gran Poeta

La noche prometía un homenaje al Gran Poeta –omitamos la nacionalidad–, con amigos escritores, su familia, conocidos más cercanos, eruditos. Esa noche presentaban la edición de sus *Obras Completas*. Era un acontecimiento, una deuda de años que por fin quedaba saldada. Se preparó un banquete con vinos y comidas tradicionales.

La sala estaba llena. El primero que habló fue un joven escritor. Como era previsible, cargó su discurso de adjetivos y esperanza. Le siguió otro –de la misma generación que el homenajeado– cauto en elogios que disimuló con fechas y anécdotas. Un profesor aburrió con teorías literarias. Los hijos lloraron.

Una *loca* –"no se llega a ser loca, se nace loca", *dixit* Raúl Escari– recordó su niñez en casa del Gran Poeta, los libros que descubrió a su lado como tantos otros placeres. En un momento, *la loca* habló de su más reciente novela y a qué hora se transmitía su show de televisión.

Fue un breve paréntesis, luego regresó a la memoria del Gran Poeta y cómo sus familias criollas perdieron un país en manos del populismo.

Hubo aplausos. Más lágrimas. Terminados los discursos, el público –y los oradores– se abalanzaron sobre la mesa con comida.

A pocos metros yacían apiladas las *Obras Completas* que, como el Gran Poeta, regresaban al lugar de siempre: el implacable olvido.

La Library de América

En los Estados Unidos hablar más de un idioma está mal visto. La condición de monolingües se une a la extraña creencia de muchos de sus ciudadanos que de esta manera son "más" norteamericanos. Como pocos presidentes en la historia de este país, Donald Trump ha lanzado un plan que limita la inmigración, persigue a los indocumentados e intenta defender el inglés como lengua oficial. Entre otras supersticiones decimonónicas,

Trump cree que el español solo es un idioma de cocinas. Cualquiera que se ha ganado la vida en una sabe que, inclusive, se habla español.

En estos tiempos oscuros trabajar en una librería que tiene especialmente obras en español es un acto estético y no menos político.

Peaje literario

Al lado del libro de Kerouac llamado *En el camino*, coloco otro libro de Kerouac titulado *En la carretera*.

Lit Argentina

Ayer recibí en mi casilla de correo el mensaje de una profesora. Enseña literatura portuguesa e iberoamericana en un college del midwest y me invita a que imparta una conferencia ante sus alumnos. En un rapto de originalidad, la profesora sabe que soy argentino, por eso, sugiere que hable de literatura argentina. Durante la noche mientras camino rumbo al supermercado pienso en el asunto. El dinero que ofrece es bueno y son apenas un par de horas.

Camino y las ideas fluyen. La literatura argentina, sin duda, es un gran invento.

1. Para Antonio Requeni este libro abominable, firmó J. R. Wilcock al escritor un ejemplar de su *Libro de poemas y canciones*.
2. A Juan José, narciso tucumano, insecto del café, del fuego que me (voló) la lapicera mágica, firmó Silvina Ocampo a Juan José Hernández un ejemplar de la obra que escribió junto a Wilcock, *Los traidores*.
3. Luisa Futoransky pasó a máquina *Boquitas Pintadas*.
4. Luisa Futoransky viajó por primera vez a Europa con el sueldo que le pagó Manuel Puig por el trabajo.
5. "Oscar Hermes Villordo": así se llama la primera biblioteca LGTTB de la Argentina.
6. Ernesto Sábato conoció a Allen Ginsberg en Chile en 1960.
7. Jorge Di Paola conoció a Witold Gombrowicz en un bar de Tandil en 1958.
9. Victoria Ocampo conoció a Susan Sontag por intermedio de Edgardo Cozarinsky en el hotel de la Trémoille de París en 1975.
10. Jorge Barón Biza pagó de su bolsillo la edición de *El desierto y su semilla*.

11. Pido que me sepulten en la tierra sin cajón y sin ningún signo ni nombre que me recuerde. Prohíbo que se dé mi nombre a ningún sitio público, escribió Leopoldo Lugones en su nota de suicidio.

SENSINI

Finalmente, uno se hace la idea de la utilidad de los reviews de los suplementos culturales al trabajar en una librería... Con un recorte de diario en la mano o su teléfono celular, los clientes muestran qué obra están buscando.

El otro día preguntaron por *Zama*, de Antonio Di Benedetto. La publicación de la novela en Estados Unidos vino precedida por excelentes críticas, entre ellas, una aparecida en *The New York Review of Books*.

El que lo quería leer tenía el aspecto de un profesor de literatura de mediana edad: la melena canosa, de bigotes y barba de algunos días, con saco y una camisa sin corbata. Su rostro de tristeza me tocó cuando le dije que el libro se había encargado a la editorial, pero todavía no llegaba.

Por asociación pensé en "Sensini", el relato de Bolaño incluido en *Llamadas telefónicas* que cuenta la amistad epistolar que forjaron cuando los dos trataban de ganarse la vida malamente en concursos literarios por España. Le conté la historia al profesor, y se llevó el libro de Bolaño.

"Bien hecho", luego me dijo uno de los dueños, el señor Montiel Daranas, y yo me sentí un impostor, es decir un vendedor, un maldito cretino.

12. Manuel Mujica Láinez solía ir en su adolescencia al pequeño departamento de Alfonsina Storni, en Córdoba y Esmeralda. Un día la poeta quiso besarlo: Manucho nunca más volvió a visitarla.

13. H. A. Murena murió de un paro cardíaco el cinco de mayo de 1975, a las diez de la noche.

14. Julio Cortázar tradujo los cuentos de Poe en una pequeña habitación de un hotel en Roma.

15. Jorge Di Paola nació en la Navidad de 1940.

16. Nací en 1942, me formé en colegios, bares, redacciones, manicomios y museos de Buenos Aires, Friburgo del Sarine, Rosario, Villa María, La Falda, Montevideo, Milán y Nueva York. Leí Mann, traduje Proust. Viví treinta años de mi trabajo como corrector, negro, periodista (desde publicaciones de sanatorios psiquiátricos hasta revistas de alta sociedad) y crítico de arte, escribió Jorge Barón Biza.

17. Marco Denevi escribía en una máquina marca Olympia.
18. Arnaldo Calveyra trabajó durante dos años, todos los sábados y domingos, como fumigador en un muelle de Ensenada.
19. Arturo Carrera perdió a su madre al año de nacer.
20. *El amor* fue escritor por Sergio Bizzio y Daniel Guebel.

Los detestables I

Los que preguntan por un libro difícil, fuera de catálogo, pero por algún azar todavía está en la librería y cuando se lo das, te dicen: "Uh, ¿no tienes la edición de bolsillo?"

21. Ricardo Piglia escribió el prólogo de la primera edición de *El frasquito*, de Luis Gusmán.
22. A Jorge Di Paola le decían Dipi.
23. Jorge Di Paola y Ricardo Piglia se hicieron amigos en su juventud en la ciudad de La Plata mientras estudiaban en la universidad.
24. Alan Pauls escribió *El pudor del pornógrafo* a los 21 años.
25. Juan L. Ortiz solía andar en bicicleta por el pueblo de Gualeguay y vender sus libros de poemas.
26. Guillermo Martínez vivió en Oxford entre 1993 y 1995.
27. Nilda es el verdadero nombre Tununa Mercado.
28. Hugo Mujica vivió en Estados Unidos entre 1961 y 1970.
29. *El pudor del pornógrafo* tenía como cubierta una imagen de Paul Klee.
30. *La virginidad es un tigre de papel*, primer libro de cuentos de Di Paola, lleva una contratapa escrita por Enrique Raab.
31. *El pudor del pornógrafo*, primera novela de Alan Pauls, lleva una contratapa escrita por Luis Chitarroni.

El país de la relectura

"El pasado es otro país, allí las cosas suceden de manera distinta". La opening line de *The Go-Between*, del británico L. P. Hartley, es una presencia absoluta cuando releo algunos libros que, por el trabajo, aparecen otra vez.

Difícil salir indemne de esos desafíos. Hay ciertas páginas de Hermann Hesse, de Cortázar, de Jack London, de Poe, que es mejor atesorarlas con ese primer recuerdo, cuando las leímos en nuestra adolescencia y el mundo y nosotros éramos distintos. No es aconsejable volver a los lugares donde uno ha sido feliz.

Es entonces cuando oigo la frase de Leonardo Sciascia, y que Cabrera Infante solía repetir a aquellos que lo visitaban en su pequeño departamento londinense: "Hay dos errores que un hombre jamás debe cometer. El primero es irse de su país; el segundo volver".

32. Antonio Porchia donó casi todos los libros de la primera edición de *Voces* a la Sociedad Protectora de Bibliotecas Populares.
33. Rodolfo Rabanal fue traductor de la Unesco, en París, gracias a Aurora Bernárdez.
34. Roberto Juarroz vivió un año en París.
35. *El congreso de la muerte* se llamaba originalmente *Moncada*, novela que escribieron Jorge Di Paola y Roberto Jacoby.
36. Algunas traducciones:
    Lolita (Enrique Pezzoni, bajo el seudónimo de Enrique Tejedor)
    Otra vuelta de tuerca (José Bianco)
    Mademoiselle O (Edgardo Cozarinsky)
    En la plaza oscura (Cecilia Ingenieros)
    Las palmeras salvajes (Borges)
    Los Salvajes (Estela Canto)
    En busca del tiempo perdido (Estela Canto)
    Viaje al fin de la noche (Néstor Sánchez)
    Las criadas (Silvina Ocampo y José Bianco)
37. *La bestia debe morir* se llevó al cine por Román Viñoly Barreto. El asistente de dirección fue Haroldo Conti.
38. Haroldo Conti, junto con Augusto Roa Bastos y Raúl Beceyro, trabajó en el guion cinematográfico de *Zama*, que permanece inédito.

ETERNA Y VIEJA JUVENTUD

Un muchacho colombiano quiere ser escritor. Me lo dice con una arrogancia que despierta algo de ternura. En Barcelona se dio una vuelta por la editorial Anagrama, ya que meses atrás había enviado un e-mail con su primera novela. Me cuenta que la secretaria le aseguró que tenían el manuscrito y que lo leerían.

A pocas cuadras de la editorial, por la ventana de un café, ve a Vila-Matas que conversa con una mujer. Lo saluda y le pide un autógrafo y una foto. Le comenta lo de Anagrama. Vila-Matas le desea buena suerte.

Le digo que escriba sobre ese encuentro. Para alentarlo, traigo a la conversación el que tuvieron García Márquez y Hemingway en París. El muchacho ha leído ese texto. Tal vez nada de lo que ocurrió esa tarde fue cierto, pero la buena literatura vale una bella mentira. Al muchacho le entusiasma la idea. Me dice que cuando termine el texto lo traerá para saber qué pienso. Tal vez, se le ocurre, podría agregarlo a su primera novela...

39. El Día del Escritor se celebra cada 13 de junio, fecha del nacimiento de Leopoldo Lugones.
40. El Día del Escritor Bonaerense se celebra cada 5 de mayo, fecha en la que fue secuestrado Haroldo Conti.
41. Marcelo Birmajer es el autor de *Historias de hombres casados*.
42. Marcelo Birmajer es el autor de *Nuevas historias de hombres casados*.
43. Marcelo Birmajer es el autor de *Últimas historias de hombres casados*.
44. Bioy Casares tradujo "Sredni Vashtar", primera versión al castellano de un cuento de Saki, en 1940.
45. Bioy Casares, con Borges de testigo, se casó con Silvina Ocampo en 1940.
46. Bioy Casares publicó *La invención de Morel* en 1940.
47. Bioy Casares junto a Borges y Silvina Ocampo publicó *Antología de la literatura fantástica* en 1940.
48. Bioy Casares junto a Borges y Silvina Ocampo publicó *Antología Poética Argentina* en 1941.
49. Fabián Casas leyó *Viaje al fin de la noche* en la traducción de Néstor Sánchez.

FELICIDAD LITERARIA

Ver la alegría en el rostro de un cliente que regresa y te da las gracias por el libro que le recomendaste.

LA GENTE FELIZ DE MCDONALD'S

A fines de la década del '80 se abrieron los primeros McDonald's en Argentina. Como el país es Buenos Aires, lo hicieron por tres en la ciudad. Uno de ellos quedaba a pocas cuadras de mi casa, en la Avenida Cabildo, a metros de la calle Mendoza del barrio de Belgrano. La gente hacía largas filas para comer una hamburguesa que ahora se llamaba cheeseburger y venía envuelta muy delicadamente, como habíamos visto tantas veces en las comedias de Hollywood sobre jóvenes que concurrían a colleges súper caros. Desde este lado de Sudamérica poco se sabía que una élite podía acceder a esos establecimientos —por cierto, no había actores afroamericanos ni hispanos, aunque siempre se colaba algún asiático, por lo general muy hábil en matemáticas—, solo que eran muy bonitos y divertidos, daba gusto estudiar en aquellas aulas.

El marketing había hecho efecto: en la tierra superpoblada de vacas, los argentinos pagaban por un pedazo de carne con ketchup tres veces más de lo que salía un churrasco...Se decía que los alimentos que se vendían en McDonald's eran de lo mejor seleccionado, muy frescos, con las proteínas adecuadas para una dieta balanceada. Muchísimos jóvenes norteamericanos mientras estudiaban trabajaban en esos locales de comida rápida: era un empleo cool, nada que ver con hacerlo en un restorán.

Los empleados del McDonald's de la avenida Cabildo parecían salidos de un casting de alguna película de la época como *Footloose* o *The Breakfast Club*. Altos, flacos, de preferencia rubios o al menos de piel blanca, y que supieran inglés. Por muchos años estuvo lleno aquel local: los sábados y domingos por familias —las madres hacían un esfuerzo y olvidaban llenarse el pelo con olor a frituras; los padres resignados pagaban carísimos combos supersize—; los días de semana por los estudiantes de los colegios secundarios de la zona. Ir a McDonald's era ver y ser visto. Fumar algún cigarrillo mentolado (que se decía eran menos nocivos que los "normales") y llevar como parte de una clase de pertenencia zapatillas Nike o New Balance. Los adolescentes en esa época andaban con la vista baja pero no por los celulares sino para ver qué marca usaba la chica o el chico que deambulaba por ahí.

Esta imagen de McDonald's es un recuerdo sin Wi-Fi. Otro mundo, otra época mucho más ingenua. Todavía me doy una vuelta por esos locales que hoy gozan de un prestigio herido. No como nada de lo que se ofrece, pero tomo su café que me gusta y es mucho más barato que los overrated Starbucks, que en el fondo son iguales que los McDonald's, aunque con gente más flaca. Creo que son buenos lugares para escribir por la sencilla razón que no te echan apenas terminas lo que compraste. En los Estados Unidos no existe la sobremesa: te levantan rápidamente el plato vacío, pero aún caliente. Next, y que pase el que sigue.

Hay algunos McDonald's que no cierran por la noche. Aunque estén pintados de suaves colores y mantengan un diseño de líneas modernas, son lugares desangelados, "no lugares" para consumidores rápidos de comida denominada justamente fast–food. Pero a la noche ciertos clientes rompen ese espíritu. Entran trabajadores pobres que compran una Coca-Cola para poder sentarse y comer lo que han traído de sus casas; ancianos solitarios envueltos en batas descuidadas que pasan horas frente a una taza de café con la mirada extraviada; putas y taxiboys que sólo usan el baño; homeless con sus bolsas de supermercado a cuestas que se amontonan en un rincón en silencio y tratan de pasar una noche menos dolorosa.

Los McDonald's se han convertido en el refugio de los marginados. En inglés —idioma tan práctico para catalogar los nuevos fenómenos sociales— se los denomina "McSleepers". Estos hombres y mujeres son clientes de hoteles sin estrellas, humildes consumidores de lo precario del capitalismo.

No deja de ser curioso que el menú más vendido en esos locales se llame "Happy Meal".

BEST SELLER

Hay autores que escriben sobre sus padres muertos.
Antes, creo, hubo otra moda
en que escribían sobre sus hijos muertos.

Mi padre me dejó una carta y un revolver.

Un editor amigo
me dice
que él también publicaría
un libro
sobre mi padre muerto.

Con una carta y un revolver, concluye, se puede hacer un best seller.

IDENTIDAD

Todo lo que hago tiene acento.
Es mi único pasaporte.

DESERVE IT

Cada quien tiene el dolor de amor
que se merece.

Grettel Jiménez-Singer

Grettel Jiménez-Singer (La Habana). Autora del libro de cuentos *Mujerongas* y la novela *Tempestades solares*; además de los libros infantiles *La bella durmiente en Central Park* y *La Traviata en La Habana*. Ha escrito para *Vogue, Paper Magazine* y *Huffington Post,* entre otras importantes publicaciones. Actualmente reside entre New York y La Habana con sus dos hijas y es la editora en jefe de Cubaness.

DUELO DE HORMONAS

O me compro un sofá o congelo los huevos. Es el dilema de L., que acaba de regresar a Nueva York y debe escoger entre amueblar su nuevo departamento o invertir en una alternativa para tener hijos en el futuro (con un 20-40 por ciento de éxito y varias limitaciones de procedimiento debido a su edad). A L., por azar o por voluntad propia, se le ha retardado el reloj biológico de la maternidad. La gracia le va a costar no sólo un sofá; también dos butacas, una cama con mesitas de noche, lamparitas varias (de diseño), un juego de comedor con sus sillas, ollas Le Creuset y por lo menos 18 meses de alquiler (en el Upper West Side).

—Necesito un Ikea que congele óvulos —me dice L. preocupada.

Hasta ahora no había considerado el factor bebé, pero otra amiga en la misma situación se lo ha aconsejado y desde entonces el tema y los signos de dólar no dejan de dar vueltas en su cabeza, sobre todo en estos días que está próxima a cumplir años. Le sugiero que se olvide del baby couture imaginario y, en vez de esperar por Huevkea, encuentre un donante más o menos aceptable y planifique preñarse durante sus próximos ciclos de fertilidad. Así por lo menos se ahorraría un dinero (tampoco tiene seguro médico pero supuestamente pronto lo tendrá). Hay que aceptarlo, concluyo resignada, las ilusiones maternales sólo son factibles con un fajo de billetes o un hombre ideal, ambos brillando por su ausencia, confirma ella con una mueca de decepción.

No me puedo quejar, yo ya tengo dos niñas preciosas, exactamente como las imaginé: una rubia y una trigueña, que dan las gracias y piden permiso hasta para ir al baño, que sacan notas altas, que comen verduras, que en vez de Justin Bieber escuchan a Los Beatles y tocan sus canciones en el piano, que milagrosamente todavía juegan a las muñecas. A ellas he

491

dedicado la mayor parte de mi tiempo en los últimos años —y abandonado a ciegas la posibilidad de florecer en mi carrera, o en cualquier otro oficio que no sea el de ser mamá. Ese es mi dilema, porque los únicos que no tienen dilemas están bajo tierra, y me defiendo desde el otro extremo a la hora de ponerlos frente a frente, como un duelo entre mujeres frustradas: ella sin niños y yo sin profesión.

Dicen que la década de los treintas es la mejor edad para una mujer, la experiencia combinada con algo de pieles y muslos firmes. Pero eso es sólo al principio, digamos los tres primeros años; luego el viaje se vuelve apresurado y nos dejamos manipular por nuestras propias inseguridades, y odiamos un poco a las veinteañeras, aunque nos repitamos el mismo discurso de siempre, que nos sobra la experiencia y madurez. Aparecen nebulosas que confunden, pesadillas fantasmagóricas que se desvelan con angustias, kilos testarudos, arruguitas que se abren como cráteres, y la inesperada obsesión de las finalidades. Qué manera de sentir la cercanía a ese abismo, como una suerte de expiación para la cual no estamos preparadas. Tomamos conciencia de lo fácil que era seducir con tan sólo existir, y ahora ya casi nadie nos mira; ahora hay que esforzarse, maquillarse para aparentar esa juventud ida hace más tiempo del que estamos dispuestas a admitir.

La conversación con L. se queda a medias, hincándome por algún sitio, pero la arrastro a todas partes y siento que me sacude, me despierta de la bobería que me ha dosificado últimamente. Pienso en las diferentes etapas de mi vida y lo que hacía en cada una de ellas; no podría decir que lo hubiese hecho diferente, o sí, porque a estas alturas una se sigue engañando. Es cierto que cada momento me llevó a otro, cada cosa que dejé de hacer fue un acto en sí, una acción que me empujaba hacia esta vida que he vivido y que como es mi vida es la que más me gusta. Pero me pregunto: si hubiese sabido lo que sé ahora ¿cómo podría haberlo hecho diferente, o mejor?

Ahora nos castigamos ajustando balances sobre el exceso, lo que dejamos de hacer, cómo lograr más, y lo que es peor, comparándonos perennemente con otras mujeres que aparentan ser sobresaliente en todas las materias: esas ejecutivas con cuerpo de gimnasio, pelos y uñas de salón que hornean galleticas mientras sostienen una conferencia telefónica con Japón.

Lo más normal es que la mayoría de nuestros planes se tronchen y que sólo se logren aquellos para los cuales poseemos algún tipo de don. Pero qué va, nos empecinamos en realizar lo que nos toca a nosotras y lo que les toca a ellos. Nos preocupamos por no perder la belleza física y alimentar la interior, que ya en sí es como una carrera de postgrado. Además, queremos manejar los asuntos dentro y fuera de la casa, ser importantes en algún lugar, ser más importantes aún en la vida de nuestros hijos, practicar los buenos hábitos de la alimentación (que no es otra cosas que coger un cuchillo y pasarse el día entero metida en la cocina cortando). Luego es preciso dedicarle suficiente tiempo a los maridos o a los novios (que son más exigentes todavía). Y lo esencial en este asunto, el *timing*: a tal edad tal cosa y a tal otra edad tal otra cosa, y si no, se te fue el tren.

L. y yo volvemos a hablar otro día, ya más calmadas. Fantaseamos con egoístas planes suicidas, ella frente a un tren y yo lanzada desde lo más alto de un rascacielos, para hacerle honor a mi amiga D., que ya no está con nosotros. Nos entra un ataque de risa, porque qué pereza morir tan jóvenes y tan bellas y con tantos proyectos que ya le estamos robando tiempo a la próxima vida. Es que de eso se trata, me digo a mí misma con ánimo de consejera, de lo que nos ocurre ahora mismo: ataques frenéticos, locura temporal, un útero reaccionando a las hormonas que evitan o que procuran un feto; de lo que abarca ser mujer y serlo todo a la vez y sentir que si nos detenemos por un instante a respirar profundamente nuestros objetivos e ilusiones se deshacen, se nos van entre las manos, se nos cae el mundo encima.

Por fortuna, las cuarentonas garantizan algo más que la congoja de una vejez prematura; habrá que esperar y esperar. Por lo pronto, saco número en la cola de voluntarias para chofer, cocinera, enfermera o lo que me toque, en el hipotético caso de que L. decida congelar sus óvulos ahora y recurrir a ellos más adelante.

TEMPESTADES SOLARES
(novela, fragmento)

Salir a la ciudad es como entrar en una inmensa boca. Durante el verano Miami es como la boca de un hipopótamo: amplia, húmeda y viscosa. A simple vista parece un escenario tropical cargado de erotismo, cuando en realidad es más el simulacro de un pueblo endemoniando que a partir del mes de junio hasta finales de octubre comienza a ser derrotado por una plaga. La gente de las grandes ciudades insiste argumentando que Miami está infestada por una especie de vagancia cultural; la verdad es que resulta imposible mover un dedo con tanto calor y muchos de los proyectos se ven eclipsados y se limitan a grandes ideas rebasadas por el clima.

Amalia estaba a punto de consumirse dentro de la boca del hipopótamo, en la desolación de una autopista sin fin. Por todas partes veía obras en proceso, y se preguntaba si de verdad vivía tanta gente en el condado o si esas nuevas edificaciones estaban destinadas a quedarse vacías, como una suerte de barrio fantasma. Tal vez era el momento de invertir en segundas propiedades. Tal vez vendría alguna ola de neoyorquinos o sudamericanos a instalarse. Al menos eso es lo que se leía en los diarios alrededor del 2006. Diez años antes, cuando Amalia apenas comenzaba los estudios en la universidad, un profesor de Ciencias que no se cambiaba de ropa y jamás se peinaba, le aseguró que en menos de un siglo las inundaciones causadas por el calentamiento global y el excesivo peso de los rascacielos hundirían el sur de la Florida. En ese entonces parecía una hipótesis tan inverosímil como preocupante, y sin embargo, una década más tarde los edificios habían seguido brotando como una epidemia incurable, al mismo ritmo que se multiplicaban las oficinas de abogados y *realtors*.

Camino a la cita con el abogado que representaba a Ofelia, Amalia recordaba las palabras de su profesor mientras miraba la ciudad con lástima, como se mira a alguien que no se ha dado cuenta de que aún le espera lo peor. El perfil de la ciudad había cambiado drásticamente desde que Amalia llegara, a finales de los ochenta. Ahora era más intrincado, elegante, si cabía decir eso, luminoso, especialmente a esas horas del ocaso que desde la I-95 se convierte en un panorama fuera de serie, todo un peligro para el conductor distraído.

Al llegar al despacho del abogado, su madre la esperaba nerviosa. Miraba incrédula alrededor de la oficina, escrutando cada detalle, atormentada por lo que estaba a punto de ocurrir. Hacía seis meses que no veía a Ramón, el hombre de su vida, su marido de más de treinta años, la persona a quien había entregado como se entrega un cheque firmado y en blanco, gran parte de su vida.

Ramón y su abogada todavía no aparecían, tampoco el abogado de Ofelia. Ese día las dos partes tratarían de llegar a un acuerdo para evitar llevar el caso ante un juez. Ramón pedía la mitad de la casa en la que había vivido con Ofelia los últimos diez años. Exigía, además, manutención de por vida y retroactiva a partir del momento en que el divorcio se hiciera oficial. A Ofelia no le alcanzaría su salario para lo que Ramón pedía, y tendría que vender la casa para pagar las demandas de Ramón en caso de que éste ganara. Por alguna razón la ley lo protegía aún cuando no lo merecía. La casa había triplicado su valor en los últimos años. Esa era la única garantía de una vejez humilde pero tranquila para una mujer que se había dedicado al trabajo y al hogar, y ahora le daba frente a su fracaso matrimonial.

Amalia se había mostrado optimista ante su madre. La realidad era que se sentía extenuada y confundida ante la separación de sus padres. Sabía que su madre era una mujer frágil, que se encontraba en una edad difícil y no había planificado en lo absoluto su futuro y menos su retiro. Ofelia no había sido tan astuta como Ramón, quien había decidido abandonar su matrimonio y volver a La Habana a pasar su tercera edad con el dinero de la venta de la casa. Amalia también estaba afligida por otras razones. La atormentaba la idea de que su madre no quisiera seguir adelante con el divorcio y que con una simple demanda de perdón de parte de su padre olvidara el asunto y lo perdonara como tantas veces había ocurrido en el pasado. Hasta que se firmaran los papeles no estaría tranquila. Por supuesto, tampoco eso garantizaba una disolución absoluta.

Cuando por fin llegó el resto de los convocados, se sentaron alrededor de una mesa ovalada de madera oscura y satinada. La mesa del odio, le decía Amalia. Sirvieron agua y la reunión comenzó. Amalia tampoco había visto a su padre en los últimos seis meses. Se dio cuenta que su madre había intercambiado algunas palabras con el abogado justo antes de entrar su padre en la oficina, pero no había llegado a escuchar, y cuando le preguntó Ofelia alegó un asunto fútil. Pronto su hija se iba a enterar de que le ofrecía a Ramón el cincuenta por ciento del dinero de la casa con la condición de que él le entregara las evidencias comprometedoras con las que llevaba años amenazándola. Evidencias que un juez rechazaría por ser parte de la privacidad matrimonial que Ramón había violado sin el consentimiento de Ofelia y que al verse acorralado intentó intimidarla procurando divulgarlas entre amigos y familiares si su mujer no aceptaba sus condiciones.

Amalia estaba en desacuerdo con esa decisión, pero la respetaba, aunque considerara que por una cuestión de principios su madre no debía ceder su casa ni aceptar ningún tipo de amenazas. Admiró que el único interés de su madre fuera vivir en paz. No la podía culpar por eso. Sólo esperaba entonces que su padre estuviera conforme y no llevara las negociaciones al límite. O que se hiciera pasar por arrepentido y consiguiera convencer a su madre de otro plan más macabro aún.

En cuestión de minutos ultimaron los detalles: ambas partes aceptaron las condiciones propuestas por los abogados y se firmaron los papeles del divorcio. Un poco de dinero resolvió los malentendidos entre una pareja que llevaba casada más años de los que ella tenía cuando se conocieron. Ramón consiguió su propósito. El abogado de Ofelia no estaba demasiado contento, pero hizo lo que su clienta le exigió. Ofelia por fin se había liberado de Ramón y eso era lo más importante. Ramón en ningún momento hizo contacto con Amalia ni con Ofelia, sólo con los abogados. Al pasar junto a su padre, Amalia ni siquiera pestañeó y siguió adelante, oronda pero con el corazón acelerado. Ofelia hizo lo mismo.

Con el rabillo del ojo Amalia alcanzó a revisarlo minuciosamente. Ya era un viejo. Esos seis meses le habían caído fatal y lo que tenía delante era un anciano avaro, desquiciado e infeliz. Entonces se sintió mejor por la decisión de su madre. ¿Para qué pensar en una venganza a esas alturas?

Madre e hija se fueron a una cafetería que quedaba cerca y brindaron por los sucesos del día con un cortadito. Ofelia se sentía bien con su decisión y eso alivió a su hija, porque al fin su madre se empezaba a querer así misma. Quererse no siempre es empresa fácil. Por lo visto, Ofelia tampoco se sentía culpable, y eso era algo que también necesitaba aprender desde hacía un tiempo. No siempre hay culpables. Sin embargo, lo que tanto Amalia temía se iba haciendo evidente: podría ser que su madre no estuviera lista para perder a Ramón. Tal vez lo peor para ella iba a ser aprender a vivir sin él. Entre la duda y el pánico, Amalia le imploró una y mil veces que no regresara a sus brazos pidiéndole perdón. Ofelia sonrió e inmediatamente le aseguro que no tenía nada de qué preocuparse.

A la semana, les llegó a las dos mujeres un sobre amarillo con las evidencias que supuestamente incriminaban a Ofelia. Prendieron una fogata en el patio para quemar el sobre sellado y brindaron nuevamente, esa vez con vino tinto. Después de ese día no volvieron a saber de Ramón, aunque Amalia se lo iba a encontrar, años después, en el lugar menos pensado. En ese momento no lo sabían, pero con los años comprenderían que él ya no iba a regresar. Al principio lo iban a extrañar porque hasta a los malvados se les echa de menos, y porque el maltrato emocional puede crear adicción, y porque la gente mala también es buena, así sea en abstracto. Luego olvidarían lo injusto que había sido, hasta que llegara ese día en que ni siquiera le guardarían rencor. El mote de Difamador Profesional volvería a ser usado para aludir al problemático de la familia, sin resentimiento, más bien en son de burla cariñosa. El tiempo no sólo nos hace más viejos, sino más sabios; además, es el único remedio capaz de aliviar tanto dolor.

Aquel día había sido uno de esos en los que la información había cambiado las certezas que Amalia tenía sobre su pasado: tendría que reorganizar nuevamente sus recuerdos y redistribuirlos en nuevos sitios, más adecuados. Era un proceso devastador, lo sabía, no era la primera vez que le tocaba limpiar el escaparate de la conciencia. Recordaba otras situaciones de las cuales había sacado una imagen diferente a lo que en realidad había sucedido, pero ese día tendrían que caer en el cajón al que pertenecían. También quedarían residuos fuera de lugar, como una media suelta que ha perdido su pareja. No añoraba esos recuerdos, que vagaban camuflados por su mente sin llegar a definirse y sólo le traían confusiónera ruso o checo, tal vez alemán, al menos así lo había decidido ella. Sonidos del Este o de Centroeuropa, un lugar del que sólo le llegaban noticias.

Ofelia la llevaba al trabajo los días que no había clase o durante las vacaciones, y entonces a veces podía relacionarse con alguno de los hijos de esos extranjeros. Con ella hablaban en español, con un acento que la maravillaba y le encantaba imitar. Luego, cuando llegaba a casa, Amalia continuaba el juego, consiguiendo a menudo enojar a su padre que no le veía el chiste a la pronunciación incorrecta. Una que otra vez, algún extranjero le regalaba un chicle o un chocolate. En esa época conseguir ambos productos era casi imposible en la isla. Amalia coleccionaba envolturas de dulces, y aquellos caramelos regalados se convertían en grandes hallazgos que le daban sentido a su colección. Su madre siempre estaba pendiente de encontrar alguna envoltura por el piso o por alguna esquina.

Vivían en la costa habanera, al oeste. Años después, cuando volvió a la isla, se dio cuenta de que la ciudad estaba apenas a unos minutos en carro. Era cierto aquello que decían, que el tiempo se encargaba de que las distancias y los lugares se volvieran conceptos elásticos. Sus recuerdos eran grandilocuentes y en ese viaje que por fin la devolvió a La Habana todo terminó siendo más chiquito de lo que imaginaba.

UNA SEMANA CON ELSE

Una semana con Else era justo lo que necesitaba. Su cuerpo ligeramente amputado y tatuado de códigos requería que la manejara con delicadeza, y según RW sus necesidades exigían el mínimo: una forma de apoyo y un pensamiento en su nombre cada día. Pero Else no es un maniquí cualquiera, y desde que se instaló en mi casa lo único que hago es pensar en ella, hablarle, contemplar su postura fiel y altanera. ¿Será acaso este plan de conquista una especie de demencia que se ha aferrado a mí? En efecto, Else es una excelente compañía. Escucha y observa, con esos ojos de rasgos asiáticos y algo bizcos que cautivan toda la atención, y a veces me sorprendo a mí misma deseosa de tocarla y con la mirada clavada en sus curvas o en ese cuello; ay, ese cuello tan largo y fino que me quiero comer a besos. Y esas tetas; Else tiene unas tetas fantásticas que me tienen hechizada.

Le preparo un té. Sí, RW, a Else le gusta el té con galletas, por si no lo sabías. Mis hijas, presas de una estupefacción crónica, beben el té mientras reparan con cautela en los dotes esculturales y el sofisticado porte de la invitada. Sé que fingen no ver lo que están viendo. La regañan y la acusan de haber andando en puntillas de un lado al otro de la casa desorganizando a sus anchas las dos últimas madrugadas. Yo que la hacía tumbada a mi lado como sólo ella pude ser y estar, bien tiesa. Es así, mientras más ternura esperes de ella más rígida se pone, inerte a decir verdad. Con esa cojera que es tan atractiva, con ese extraño rictus que acicala su rostro y a veces hasta quiero comerme esos labios que parecen de carne. Esto podría ser amor, pienso, y le transmito la idea telepáticamente. No sería la primera vez que me ilusiono con lo imposible y menos a estas alturas que ya he perdido toda noción de lo que significa ese conjunto de *feelings*, y pueda que Else sepa tanto o más que yo.

Su mejor cualidad es su perenne condición de mudez. Eso no quiere decir que no sea exigente, y que cada noche no tenga que arrastrar hasta mi cama ese cacho de dimensiones amazónicas que me dobla en peso y altura porque no soporta estar sola. Antes de dormir debo primero hipnotizarla mediante extensas explicaciones sobre la más insignificante hazaña en mi jornada, desmintiendo para mis adentros una y mil veces que se conforma con un simple pensamiento como sugirió RW. A Else le desagrada que la vistan, que es en definitiva el motivo por el cuál está aquí en casa. Intento en vano colocarle un traje cargado de flores que debo acabar esta misma noche. No, no y no, replica con su lenguaje corporal terco e iracundo, a su manera diabólica. Ya eso qué importa, pienso al mismo tiempo que modelo el vestuario frente a Else, porque para ella yo debo ser un maniquí también, como mismo veo yo maniquíes hasta en la sopa.

Else podría permanecer escudriñando mi librero la tarde entera mientras llueve y ni siquiera se inmuta con el relámpago que casi estalló contra la ventana. Luego la sorprende mi hija menor y la acusa de haber girado la cabeza como mismo gira la Tierra, a lo Regan MacNeil de El exorcista. ¿Qué quieres, Else? Pregunto obcecada, y ella se vuelve a quedar quieta, en su lugar, silenciosa. La niña pícara que se ha convertido en su agente responde por ella —dice que le gustaría escuchar una canción. —¿Qué canción? Me viene a la mente la música de Blossom Dearie y hago sonar su versión de Someone to Watch Over Me, y Else parece complacida. Advierto como el rictus se va convirtiendo en una amplia sonrisa.

Else posee una generosa gama de conocimientos y una comprensión redonda y certera de la vida tan fascinante que me dejo adoctrinar como una colegiala. Si percibe que estoy llorando se solidariza y juntas lloramos. Supongo que sabe de dónde viene ese llanto aún cuando yo misma lo ignoro. Si me encuentra risueña me descuida temporalmente y se ocupa de otros asuntos. Y cuando estoy malhumorada me desafía, como para dejar claro quién es la más necia de las dos. Pronto partirá, regresará a su esquinita habitual que le tienen reservada en su casa, aunque ya me ha confesado que le apetece quedarse conmigo, pero eso no se lo voy a decir a RW.

A PRÓPOSITO DE SADY

Te trasladas a Nueva York a principios del verano. De ese horrible y desafiante verano del 2012, rectificas. Un nuevo comienzo, un *makeover*, por decirlo así, o un reencuentro con el destino, ¿por qué no? Apenas llegas a Manhattan debes regresar a Miami de repente para ver a tu padre, que ha estado muy mal y empeora cada vez más. El cáncer es así de siniestro, la única enfermedad superior a los celos. Vas a verlo varias veces, le aguantas la mano, sus dedos se entrelazan, se agarran a los tuyos cada vez que procuras alejarte de la cama. Te despides —lentamente— del hombre convaleciente y ni siquiera lo sabes. Las despedidas nunca son como debieron ser.

De vuelta a esta ciudad, en la cual aún tienes maletas y cajas a medio abrir, regadas, imponiendo el desorden y el caos de quien no está ni aquí ni allá, tal y como te sientes por dentro, desubicada. También lentamente, en interminables episodios propios de culebrón mexicano, pierdes a un amigo, que pensabas era, además, "ese" gran amor, tal vez ahora el peor de los amores, a decir verdad, a la altura del cáncer y de los celos, de las mentiras excepcionales. Mujeres lindas y no tan lindas, o más bien las que te producen celos y envidia y desconsuelo, que son más o menos todas. Te desarma que alguien ocupe tu lugar, aunque sepas que no tiene que ver con ella sino contigo, con la pérdida de lo que ingenuamente imaginabas que era esencial y por tanto único. Lo que creías el valor supremo de una conexión real, intensa, auténtica entre dos personas opuestas amarradas de golpe por un giro del destino. Y ahora sólo te queda contemplar ese concepto reducido a una falsedad absoluta e irremediable. Y si fuera sólo eso. Es también aquello que configura todo lo demás: la premeditación de otros es una fatalidad que contradice la constante espontaneidad en la que vives. Te enfadas. Ya a estas alturas el amor no debería ser un padecimiento sino un complemento. *Oh, well!*

Fallece tu padre de pronto, aunque del modo más predecible. Acompañado por el dolor, escoltado, además, por el mal de los males que es la certeza de una muerte segura. La noche firme se asentaba y tú asistías a un concierto de Beethoven en el Youth Center del bajo Manhattan, el que queda frente al Whole Foods de la calle Chambers que luego se ha inundado —a propósito de Sandy— y ha quedado destruido, como todo lo que está a punto de ocurrir en esta historia. Apenas la mañana anterior habías visto a tu padre antes de irte al aeropuerto, y aunque se había levantado distinto, pensaste, jamás se te ocurrió que sería la última vez.

A tu lado, tus hijas escuchan la música con atención y disfrutan los instrumentos. Dos violines, una viola y un violonchelo, especifica la mayor. Entre un movimiento y el otro, uno de los músicos relata anécdotas de la infancia de Beethoven, la lucha y las calamidades que le tocó afrontar, y sobre su talento, persistente y singular, que tú amas y amaste esa noche atosigada por la nostalgia y la confusión. Tus hijas te cuestionan, extrañadas por esas brutalidades de las que se ha hablado durante el concierto en su presencia y que tú esclareces en un breve susurro repitiendo lo que ha dicho el músico: que en efecto, el origen de la sordera del niño tuvo lugar a partir de una paliza que le dio su padre, aunque a ti te parecía que se debía a una otosclerosis. Haces una nota mental para investigarlo más tarde. Entretanto, lees los textos que está enviando tu madre en ese momento, en los que te asegura que tu padre no pasará de esa semana, cuando en realidad no pasará de ese lunes. Observas a las personas a tu alrededor, en su mayoría familias felices con niños pequeños. Te quedas estupefacta y reflexionas sobre lo perfecto que es el ambiente justo entonces, mientras recibes la información acerca del grave estado de tu padre, y nada a tu alrededor parece tan grave como lo que te sucede en ese instante, aunque sabes que la muerte está presente ahora y siempre, en cualquier rincón. El mundo exterior es en ese sentido engañoso: ves a las personas, sus rostros anunciando algo que no tiene nada que ver con el contenido real y lo que se anticipa a tu vista o a tus sentidos es un mero reflejo de algo muy distante de la realidad. Hablando de conflictos...

Marcas el número del padre de tus hijas, que también se ha mudado a la Gran Manzana y lleva varias semanas en tu departamento hasta que resuelva el suyo, y con quien por fortuna mantienes una relación extraordinaria. Necesitas del apoyo de alguien que no haga tantas preguntas y que sepa cómo ayudar mediante códigos previamente establecidos, alentar con audacia sin ser desmedido, que se ocupe de las niñas para que puedas hacer llamadas a tu madre, a la aerolínea. Debes pensar con claridad lo que vas a hacer en las próximas 24 horas mientras caminas de vuelta a casa. Los dejas cenando y corres inapetente: a hacer tus maletas, a comprar un pasaje. La enfermera te ha asegurado por teléfono que tu padre durará de tres días a una semana, pero tú insistes en estar ahí lo antes posible, lo presientes. El último vuelo de la noche ya ha despegado, y más o menos a esa misma hora él también levanta vuelo tras vomitar un líquido oscuro.

Sangras un poco, de amor, de rabia, de alguna enfermedad que está a punto de manifestarse. Pasas días en Miami, días largos que no parecen concluir ni abarcar nada en particular. En casa de tu madre las atrapa una "leve" tempestad que las deja sin luz el día entero. Las cenizas que pesan tanto o más que un recién nacido te recuerdan lo insólito que ha sido ese día y los anteriores. La caja que las contiene es negra, rectangular y sencilla. Es la mejor caja en muchos sentidos, la adecuada para viajar, les asegura el encargado de la oficina de los servicios de cremación de Cremations of America; vaya nombre que sugiere una fiesta más que otra cosa. En caso de que ella se decida a llevarlas a Cuba, que es donde estima que tu padre debe descansar en paz, esa es la caja ideal según la reglamentación de los aeropuertos; sin embargo, se siente mezquina por no haber elegido una más elegante y costosa. Ella, tu madre, habla de lo que hará con las pertenencias del difunto; huele su ropa, toca sus zapatos, llora en silencio y luego solloza y te hace llorar a ti también. Miras la caja e intentas imaginar un cuerpo allí dentro y ni en el envase más fino logras insertarlo. Buscan un sitio adecuado para colocar las cenizas: en el mueble del televisor, en el closet, en la ventana, en la sala…, concluyendo que no hay un lugar lo suficiente especial para él, ni es adorno para exhibir ni trasto que hay que esconder, y cada circunstancia resulta nueva para ustedes.

*

Viajas en la cabina de primera clase y bebes una amplia variedad de cócteles con tu compañero de asiento, un desconocido que atraviesa pérdidas similares y como tú se abandona al alivio del alcohol y la charla irrelevante sobre el caos de la aerolínea en el aeropuerto de Miami, que les ha gestionado la suerte de estar allí en primera clase y sobre todo, estar allí, a pesar de que Sandy comienza a acercarse. Necesitas ver a tus hijas lo antes posible; por ese motivo adelantaste tu vuelo la mañana anterior y has tenido suerte porque ese de las 4PM ha sido el último, los demás se cancelaron. De vuelta en Nueva York, con tremendo *"Cuban State of Mind"*, por la falta de electricidad, te encoges de hombros. Apenas aterrizas en La Guardia te enteras de que no puedes volver a tu edificio por causa de la evacuación obligatoria de la zona. Te reúnes con las niñas y se dirigen a casa de una amiga, un lugar pequeño, diseñado para una sola persona, cuando mucho. Ahí comienza una especie de peregrinaje urbano ya que en tu edificio se ha estropeado el sistema eléctrico y no tienen idea de cuándo los inquilinos podrán retornar a sus hogares; además la gasolina del garaje del edificio vecino se ha infiltrado en el sótano haciendo de tu hogar un lugar "inhabitable". Los rumores te asustan, podrían ser tres o cuatro meses... es decir, el año siguiente.

Deseas llevar luto. Analizas lo que es un luto tradicional, el color y el estado de ánimo, e incluso eso parece un lujo. A pesar de lo que dicen de ti, realmente no eres una gitana. Nada más reconfortante que la cotidianidad serena que organiza tus días y que durante este desastre se ha disuelto por completo. Empacas y se mudan de nuevo a casa de otra amiga unos días y más adelante a la de un amigo. Lloras por algún motivo, o todos. Tus hijas se comportan lo mejor posible, también están rebasadas.

Son las 11:11 de la mañana. Últimamente has descubierto que ese número es persistente y que a menudo cuando miras el reloj es lo que apuntan las manecillas sea AM o PM. En la nueva casa de tu ex, tu más reciente traslado temporal, desde la que fue tu cama matrimonial, miras exasperada tu edifico oscuro y abandonado al otro lado de la calle West. Piensas lo raro que todavía se siente que él sea tu ex después de llevar separados casi tres años y medio, por no hablar del otro ex, el más reciente. Es inevitable llegar a esa ridícula conclusión que adoptas cuando no encuentras la lógica: ¿cuál es el propósito de las uniones si van a terminar en separaciones? Ese día has recibido un correo electrónico en el que prometen que la electricidad está a punto de volver al edificio. Ya ha pasado más de un mes y sin embargo la noticia te produce un estado de pánico. Mientras todo estaba mal era más fácil. Oír a la gente quejarse de situaciones menos complicadas que las tuyas te confortaba, te daba una medida de lo básico y elemental de tus propias necesidades. Y ahí sigue tu edificio, la ventana de tu casa, la única ventana en todo ese espacio, frente al edificio del padre de tus hijas. Detrás de ella hay algo de lo que es tuyo, o por lo menos lo que te gusta, y se despierta el miedo otra vez, debatiéndose entre la suerte y la duda.

Admites las ventajas que has descubierto al verte perdida, husmeando en lo que es fundamental, en la carencia absoluta de aquello que llamabas hogar. Cobras la ligereza de los verdaderos propósitos, más allá de la comodidad y la seguridad ideológica o emocional que te sostiene desde hace algún tiempo. Vuelves a valerte por ti misma y la suerte no es más que un atributo inoportuno e inclemente que se aprovecha de ciertas debilidades que de otra forma permanecerían ocultas. Acechas la ciudad y su ritmo, tu edificio —que sigue pareciendo un fantasma—, y te empeñas en recordar el paseo por la rampa helicoidal del Guggenheim, y su presencia que ya no era la misma, apenas el halo de un ser extraño, muerto para ti, aunque no del todo, como tu padre. Tiene que existir alguna analogía entre esas dos pérdidas, entre todas las pérdidas, de hecho. Él entonces se zafó de tu brazo y se fue a curiosear a una de las galerías que se desvían de un pasillo del museo. Se alejó, como es habitual, y eran las 11:11, como es habitual también. Te recostaste sobre el muro cilíndrico de uno de los niveles, el más alto, crees recordar ahora. Precisabas detallar lo que te sucedía por dentro, que tenía mucho que ver con lo que sucedía por fuera. La gente era como un relleno. Es lo malo de ver el panorama desde arriba, una especie de maqueta en la que se repite una y otra persona, acción y emoción, y recuerdas por la enésima vez que lo más importante, lo indispensable podría acabarse allí mismo en ese instante, sobre esa maqueta que representa la espiral en la que estás metida, aunque más perfecta imposible, al menos desde el punto de vista visual y arquitectónico.

La cola para comprar las entradas se consume y se vuelve a formar. Las mujeres entran y salen del baño, los hombres acuden con menos frecuencia. Un niño corre hacia su madre y otro se aleja con picardía. Una pareja se besa y otra discute; también aparece en escena la pareja que ha dejado de ser pareja hace ya varios años. Las viejitas se sostienen de sus bastones y los jóvenes hablan demasiado alto, el típico artista frustrado comenta su punto de vista entre un cuadro y el otro, los asiáticos toman fotos con enormes lentes, y muchas otras personas lo hacen con sus teléfonos, para colgarlas en Facebook, Twitter, Pinterest, Instagram y cualquier otro medio posible, indagando en la prioridad del día cuando hay tanta gente en la ciudad que aún está viviendo en refugios. En cierta medida, es la única manera de seguir, junto a las condiciones precarias ha de coexistir ese otro universo paralelo que no se detiene ante la desgracia o en este caso, esa magnífica exposición de Picasso que tanto te ha hecho pensar en lo egoísta que es el hombre, en especial él, y el propio Picasso, a pesar de su impresionante obra y de lo poco que sabes de su vida. Prosigues con tu *Armagedón* interno, mientras "él" mantiene la farsa y permanece metido en un cuarto, con la cabeza en otro lugar y cuando regresa, con sus típicos planes turbios y dañinos, sabes que es hora de renunciar de una buena vez.

*

Has comenzado a nadar 5 y hasta 6 veces por semana, 850 yardas por día. Has encontrado que nadar es una manera de olvidar, de arrastrar el agua hasta un punto infinito, mental. Piensas en las yardas que se acumulan cada día, no son tantas, pero al menos estás siendo consistente. Las imaginas como un material más tangible que el agua, como una especie de tela, que es exactamente la referencia que te da la palabra "yarda". Esta tela es una exquisitez, no existe en ningún otro lugar y aunque existiese, nadie sabría manejarla excepto tú. Se extiende con increíble flexibilidad y en apenas dos semanas de nado acumularías suficiente para cubrir el camino desde esa piscina hasta la puerta del Guggenheim. De hecho, con el agua de esas yardas podrías cubrir la ciudad entera en menos de un mes si continúas siendo disciplinada con la natación. La imagen que se te presenta es hermosa y sofisticada, el propio Christo sucumbiría a los ingenios de esa instalación espectacular, si fuera factible. Te empeñas en crear un mundo que no está al alcance de tus dominios, y eso está bien, mientras haya belleza hay esperanza; uf, detestas esa última palabra, te recuerda a algún líder indecoroso. Pero esperanza es lo que necesitas ahora mismo, y es incierta, ya se sabía, pero también lo ha sido el mundo desde el comienzo y nada lo ha detenido. Entonces regresas a tu casa, a tu hogar y le das una limpieza profunda con bastante cascarilla, alistas a tus hijas y las dejas en el colegio, pones la olla de presion, bailas, te mimas, te hablas y te recomiendas a ti misma tenerte paciencia, te tumbas en la cama y haces un buen ejercicio de llanto, sin rabieta ni ira, un ejercicio simple en el que te desprendes del malestar acumulado de los últimos meses, y todo vuelve a caer en su lugar: lo bueno con lo malo, lo lindo con lo feo, y encuentras de nuevo un equilibrio estimulante que te llena de fuerza e ilusión.

Naida Saavedra

Naida Saavedra (Venezuela, 1979). Doctora en Literatura Latinoamericana por la Florida State University, su investigación aborda la Latina/o Literature, centrándose en los temas del desarraigo y la posmodernidad. Escritora de ficción, crítica literaria y docente. Ha publicado *Vos no viste que no lloré por vos* (2009), *Hábitat* (2013), *Última inocencia* (2013), *En esta tierra maldita* (2013) y *Vestier y otras miserias* (2015). Sus cuentos han aparecido en revistas literarias como *Digo.Palabra.TxT*, *El BeiSMan*, *ViceVersa*; así como en las antologías *Del sur al norte: Narrativa y poesía de autores andinos* (2017) y *Ni Bárbaras ni Malinches* (2018). En este momento se enfoca en el New Latino Boom, movimiento literario en español del siglo XXI propio de Estados Unidos, sobre el cual está escribiendo un libro de ensayo que saldrá publicado en 2019. Actualmente reside en Massachusetts, donde es investigadora y profesora de la Worcester State University.

ESE DÍA VI TRES

Ese día vi tres. Al primero lo vi en el estacionamiento de la farmacia. Yo, al Walgreens y al CVS les digo farmacias. Me he dado cuenta que cada vez que voy a la farmacia hay uno. Un homeless. Esa palabra me retumba en la cabeza, entonces trato de buscar una en español y no encuentro ninguna que me parezca adecuada. Persona sin casa. Persona sin techo. Alguien que no tiene donde vivir. Si tratara de usar alguna de esas frases volarían los segundos y perdería la atención del interlocutor inmediatamente. Vagabundo. Me suena a delincuente. Indigente. En el diccionario dice que indigente significa una persona que no tiene medios para alimentarse, para vestirse. No se refiere exactamente a lo que es un homeless, pero bueno, me resigno y pienso: hay un indigente en la farmacia.

Era un muchacho. No tendría más de veinticinco años, según mis cálculos. Era blanco. No andaba mal vestido ni sucio. No hablaba, fumaba con una mano y con la otra sostenía un cartel que decía: Homeless. Anything helps. Estaba parado en la acera que da al semáforo en la Park, así que no se dio cuenta que yo lo vi. No creo. Estaba allí, mirando los carros entrar al estacionamiento, con el letrero en la mano. Parecía resignado, como si no tuviera otra opción. Eso es lo que me retumba en la cabeza.

Luego de la farmacia fui a echar gasolina. Vi a la segunda persona. Era un muchacho moreno, muy alto y llevaba un morral. La gorra de beisbol le ayudaba a cubrirse la cabeza del frío. Se acercó mientras yo estaba parada llenando el tanque del carro. Me habló en español. Me dijo que necesitaba dinero para darle de comer a su hijo. Al tenerlo cerca me di cuenta que era bastante joven. Le di un par de billetes que tenía en el monedero. Se fue hablando solo, mirando al cielo, diciendo palabras que no logré entender.

De allí me fui a hacer una diligencia más y volví a la casa. Todavía era temprano; como me tocaba dar clase al mediodía aproveché de resolver algunos pendientes. Dejé el carro en mi casa y caminé a la universidad. No cambio esto por nada, caminar al trabajo es una bendición. Al cabo de un rato ya me tocaba empezar mi primera clase del día. Los estudiantes tenían que entregar el tercer trabajo corto del semestre. Este es un tipo de clase para los freshmen, en inglés, sobre un tema especializado según el departamento que la imparta. Yo me ofrecí a dar una sobre inmigración y la juventud latina. Durante todo el semestre repetimos mucho las palabras DREAMer, DACA y undocumented, vimos muchas noticias, analizamos discursos y leímos artículos redactados desde diversos puntos de vista. Por asignar varios trabajos escritos y como sé que muchos de los estudiantes no están holgados económicamente, les ofrecí, como siempre hago, imprimir sus trabajos en caso de que ellos no pudieran hacerlo. Imprimir no es gratis en la universidad. Una estudiante siempre me pedía que le imprimiera su trabajo. Cada vez. Ese día no fue diferente.

Ese día mis estudiantes tenían que entregar un trabajo corto sobre un documental que habíamos visto la semana anterior: *Inocente*. Ese el nombre de la protagonista del documental, Inocente, una artista plástica adolescente, inmigrante, indocumentada y además homeless. La discusión luego de ver el video fue muy buena. Añadimos una capa más a lo que veníamos discutiendo desde el principio del semestre. Los estudiantes, en voz alta, me dijeron que no podrían imaginarse vivir en esa situación. Allí vi la tercera persona. En el trabajo escrito tenían que relacionar de algún modo su vida con la de de Inocente y mi estudiante que nunca podía imprimir sus trabajos mencionó en su ensayo que un detalle en particular la unía a Inocente. Ella había sido homeless por un tiempo, vivió en su carro. También era de familia inmigrante. También era estudiante. Ya no era homeless pero podía entender perfectamente la situación presentada en el video.

Ese día vi tres homeless. Y volví a pensar en la palabra en español. Indigente no era adecuada para describir a mi estudiante. No había sido una persona sin casa, había sido una persona sin hogar, sin familia, sin afecto. Quizás todavía lo era.

Pero al fin y al cabo, ¿quién soy yo para describir a nadie?

ANTES VIVÍA EN EL SUR

Buenos días, muchachos. Bienvenidos a la clase. Tengo a todas esas caras delante de mí, prestando atención a cada movimiento de mis labios. Me miran como si quisieran saber todo acerca de mi vida. Les cuento cómo me llamo, de dónde vengo, dónde estudié, cómo llegué a Worcester. Les digo que me pueden decir doctora o profesora pero que a mí me gusta que me digan profe. Veo algunas sonrisas.

Siento las mariposas en el estómago como cada primer día de semestre. Después de tantos años me sigue ocurriendo lo mismo. Veo la lista que escribí de las cosas que haré en esta clase, y en la segunda y en las demás. Ahora estoy encargada de cuatro materias diferentes. Es el primer día de clases del primer semestre en esta universidad y el primer día del segundo mes de mi estadía en el norte. Antes vivía en el sur. Y antes de eso más al sur.

¿Y usted sabe que aquí cae nieve? Entre risas nerviosas los estudiantes me miran atentos, esperando que yo conteste esa pregunta. Les respondo que no me lo dijeron cuando me ofrecieron el contrato. El hielo se ha roto.

Abren sus ojos cuando se enteran que nunca he visto la nieve y se mueren de la risa cuando les pregunto, luego de que ellos lo mencionan, si la sal para las aceras se compra en la sección de comida del supermercado.

¡Aquí le echamos sal a la vida, profe! Escucho la palabra profe tan pronto, solo a la mitad de la primera clase de mi primer semestre, y sonrío. Me siento cómoda. Se me baja un poco el estrés y sudo menos.

Entramos en materia, discutimos el syllabus, les explico en qué consisten los trabajos que tendrán que hacer durante el semestre y los tipos de exámenes que deberán presentar. Además les indico que habrá quizzes. Pop quizzes. Veo sus caras de espanto. No veo sonrisas. Está bien. A continuación leemos en el syllabus que no habrá tarea escrita a diario; los músculos de sus mejillas vuelven a relajarse. Dando y dando.

Dejé una copia del libro en la biblioteca en reserva, muchachos. Con eso les afirmo que no hay excusa para no leer; si el financial aid no les ha llegado pueden ir a la biblioteca y prepararse para clase. Ahora empiezo a generar un poco el diálogo haciéndoles preguntas de geografía. Este es un curso sobre culturas de Latinoamérica. A partir de allí les pido que cada uno se presente y diga la conexión que tiene con algún país latinoamericano.

Mi mamá es dominicana. Escucho esa frase repetidamente junto a otra que cambia el gentilicio por puertorriqueña. Escucho además algunos nombres más como El Salvador, Colombia, Perú y Brasil. Volvemos a hablar de geografía, vemos algunos mapas en el proyector del salón de clase, seguimos conversando hasta que finalmente nos despedimos.

Vamos a dejarlo hasta aquí por hoy. Nos vemos el miércoles. Borro la pizarra, hago logout de la computadora y salgo del salón. Camino por el pasillo y trato de no tropezarme con el río de estudiantes que corre a mi alrededor. Mientras me acerco a la puerta de la próxima aula, escucho voces que preguntan cómo será la nueva profesora que contrataron. Entro al salón y solo oigo silencio. Vuelven las mariposas y el sudor frío.

Buenos días, muchachos. Bienvenidos a la clase.

VIRGINIA, TE ESPERO PARA EL CAFÉ

Así le hablo a ella aunque no me escuche. Así la llamo aunque solo pueda comunicarme con ella a través de sus textos, es especial *A Room of One's Own*. Siempre he pensado que para la época, Virginia Woolf era una futurista. O no digamos futurista, sino que sencillamente nació antes de su tiempo perfecto. Así pues, sigue el curso de Sor Juana Inés de la Cruz, por ejemplo, quien para muchos es la primera feminista de América sin pensar que durante el tiempo en que vivió el feminismo todavía no había surgido. Es una afirmación, digamos, anacrónica. Lo mismo pasa con Woolf. Ella era más de lo que su tiempo podía esperar, era más de lo que la idiosincrasia de Europa y el mundo podía manejar.

Woolf ya hablaba de la imposibilidad de la mujer para expresarse a través de la palabra escrita, no por cuestión biológica ni pragmática, sino por razones sociales. En el tercer capítulo de su libro, publicado en 1929, Woolf hace referencia a Judith, una supuesta hermana de Shakespeare. Directamente se atreve a preguntarle al lector qué hubiera sido de Judith si hubiera resultado ser tan talentosa con la pluma como su hermano. La respuesta es simple: hubiera sido Judith, simplemente Judith. Jamás hubiera llegado a ser la famosa Judith, la gran Judith, porque sencillamente la sociedad se lo hubiera impedido. De allí que tilden a Woolf de feminista, de ir contra la corriente y que después lamenten su debilidad ante la hegemonía que la arropaba, siendo su final el suicidio. Y vuelvo a pensar en Sor Juana, que sucumbió ante el poder masculino de la Iglesia que la traicionó y la hundió en una depresión tan grande que la hizo morir de tristeza -aunque dicen que falleció por la peste en México-. Total, que para Virginia Woolf, la única forma de que una mujer puede llegar a escribir es teniendo un cuarto para ella sola en el que pueda encerrarse con llave y disponer de su mente para abrirla al mundo y plasmarla en el papel. Además del cuarto propio, añade Woolf, la necesidad de tener dinero es imperiosa.

Hay quienes critican a Woolf por parecer elitista y decir que las mujeres con dinero y con alguien que las ayude con los deberes de la casa y los niños, son las únicas que pueden escribir y llegar a tener una voz dentro del mundo patriarcal imponente. Yo, por mi parte, no veo la raíz elitista de la cuestión. Más que un carácter altivo, Woolf está hablando desde el estómago, a través de los ojos de la realidad social del campo literario. La mujer no es elitista, la sociedad lo es. Sino pongámonos a pensar, solo por mencionar un par de casos, acerca de la ausencia de mujeres en la Generación del 98 o en el boom latinoamericano. Elena Garro, por ejemplo, ni se nombra en conexión con el boom pero en su centenario, aparece una antología en la que se le rinde homenaje por haber tenido algún tipo de relación con hombres como Octavio Paz, Jorge Luis Borges, Adolfo Bioy Casares y Gabriel García Márquez. Entonces falta de talento no es, hay otras razones que van más allá. Para el mismo año que Woolf publicara *A Room of One's Own*, la venezolana Teresa de la Parra se encontraba publicando la segunda de sus dos grandes obras, *Memorias de Mamá Blanca*. De la Parra pertenecía a la clase alta de principios de siglo XX, a aquel grupo venezolano que todavía rememoraba la vida colonial en las plantaciones de caña y que miraba a París como modelo a seguir. Aunque tuvo un gran amor, de la Parra no se casó, no fue madre, y tuvo la suerte de heredar una pequeña fortuna de la mujer que fuera su protectora y que la introdujera al mundo de la literatura internacional. De la Parra no era cualquier tonta y logró por su talento y una conjugación de factores del destino, destacarse dentro de los círculos literarios de América y Europa de la época. Quizás en otro tipo de circunstancias no lo hubiera alcanzado.

A pesar de haber sido escrito hace tanto tiempo, *A Room of One's Own* sigue vigente y es una joya. Se me impregnó en la memoria desde la primera vez que lo leí hace varios años, cuando todavía no había parido. Y ahora que soy madre y que vivo en un sitio lejos de mi tierra natal y alejada de la familia entiendo el punto de Woolf mucho más. Tanto así, que extraño tomarme un café con mi querida Virginia, extraño nuestras charlas de cosas triviales y de temas profundos, me hace falta hablarle por teléfono o mandarle un mensaje de texto por el celular. O hasta un correo electrónico. Extraño lo que nunca viví con ella porque ella me entiende tanto como yo la entiendo a ella. Y digo que sí, para poder escribir, en mi caso por ejemplo, se necesita concentración y silencio, un mundo propio, un lugar en el que no se es madre, ni esposa, ni profesora, ni hija, ni nada; un lugar en el que no se cumplen horarios laborales y en el que solo se es creadora. La vida me ha puesto en otro momento del mundo, en el cual la tecnología da más libertad y fácil acceso a las herramientas de creación y publicación, y me ha puesto al lado a una pareja que me apoya observándome desde su propio mundo artístico. Sin embargo, no puedo sentarme horas frente a la computadora a escribir o en un sillón a leer, sin interrupciones. Tiene que darse, me dispongo a repetir, una conjugación de factores para que la mujer pueda tener esa voz que tanto busca.

Apúrate, Virginia, que el cafecito se enfría.

LA NOVENA HORA

El primer posparto había sido de terror. Al menos los primeros quince días. Este parecía ser mejor; a los diez días ya podía doblarse y lo mejor era que podía sentarse sin ese cojín en forma de dona que su madre había improvisado. Los puntos estaban sanando bastante bien a pesar de que el desgarro había sido de segundo grado. En el primer parto el doctor le había hecho la episiotomía para poder sacar a la bebé. Ese corte tan exacto no le trajo complicaciones. Ese doctor italiano, tan bueno. Fueron muchas otras cosas las que hicieron de ese posparto una tortura. En este caso se había desgarrado porque aquí consideran que el desgarro es más sano para la mujer. Todavía no entendía la justificación de esa premisa. ¡Seguro que quien la hizo no parió nunca!

—Allá cortan a todas las mujeres a menos que lleguen al hospital ya con el muchacho afuera.

Su madre insiste en identificar las diferencias. Los puntos, sin embargo, iban bien, sanando lentamente pero bien. Eso no quería decir que no dolieran. Dolían como el hijo del demonio. Dolían como el coño de su madre. Ahora entendía por qué funcionaba también decir que algo duele como un coño. Cuando el calmante que le había indicado el médico perdía su efecto, ella sentía la dentadura de un perro apretándole allá abajo, adonde se supone todo debe ser suave y delicado. Caminaba con las piernas abiertas y muy lentamente, trantando -sin éxito- de aminorar la molestia.

—Yo no me pude sentar por seis semanas.

Cuando la fue a visitar para conocer a la bebé, su prima le contó que ella pasó la cuarentena parada porque su desgarro fue tipo árbol, es decir, con ramificaciones descontraladas, de diferentes longitudes y hacia diferentes lados. Los puntos le llegaron al ano. A su bebé se le había atascado la cabeza al tratar de salir y el destino hizo lo que quiso con la piel de su prima. En ese momento dio gracias porque la cabeza de la bebé salió sin mayores complicaciones. Realmente, dio gracias por las ocho horas de contracciones en vez de las catorce de la primera vez. Esta vez fue un paseo. Él había llegado preparado para que ella le arrancara la puca y le rompiera la camisa. Tenía los recuerdos al rojo vivo. Estaba preparado para horas y horas de dolor y gritos.

—Dele algo para que no le duela, por favor.

Él repitió esa oración varias veces la novena hora. La novena hora duró mil horas. En la novena hora del segundo parto se resumieron las catorce del primero. El doctor llegó a romperle la fuente cuando después de ocho horas de contracciones había aumentado un centímetro de dilatación. Tenía cinco.

—Tranquila, bellisima. La tua niña va nacer en un rato. I am off to the other hospital.

El médico atendía mujeres parturientas en dos hospitales. Les pidió a las enfermeras que lo llamaran si algo ocurría. El otro hospital quedaba a pocos minutos de distancia. Ella no sabe cuántos minutos pasaron cuando tuvo que arquear la espalda para poder soportar los tirones de las contracciones. La novena hora, la novena hora. En sesenta minutos pasó de cinco centímetros de dilatación a diez. ¡A diez! Gritó desesperada que le pusieran la epidural. La enfermera entró y cuando buscó el punto exacto ya había dilatado más de lo permitido para poder inyectarla en la columna. No había nada que hacer. Tenía que parir así.

—No me digas que no puedes. Mírame. ¡Mírame!

Cuando ella se sentía desfallecer sintió las ganas impetuosas de pujar. Gritó en inglés, gritó en español. Y cinco enfermeras más entraron a la sala. La encargada de su parto seguía enfrente de ella con el teléfono en la mano, llamando al doctor, hablando con el doctor.

—Don't push! The doctor is on his way!

Que no pujara, ¡que no pujara! Pero pujó. Pujó una primera vez y él le dijo que se veía la cabeza. No podía contener el dolor, sentía que en ese momento moriría y que sus hijas quedarían huérfanas, pensó en todo lo que se perdería, en lo que no vería; en el transcurso de diez segundos lo pensó y volvió a sentir ganas de pujar. Lo hizo de nuevo dejando salir un grito desaforado. Sintió como la bebé salió disparada, sintió perfectamente la superficie babosa que la cubría. Entendió por qué decían que los bebés nacían como pececitos. La bebé sorprendió a la enfermera y esta la atajó en el aire como un balón de fútbol americano. Nació y ella se desplomó. Pudo poner la espalda en la cama, pudo respirar sin gritar.

—Is she pushing?

El doctor entró como un bólido, sudando y con los pelos parados. Al enterarse de que ya había nacido la niña se aproximó hacia la enfermera encargada y le dio una palmadita en el hombro. Él seguía con ella, la besó en la frente, le habló con la mejilla junto a la suya, le dijo -honestamente- que era la mujer más fuerte y más hermosa que había conocido en su vida, y fue a ver a la bebé. Él se alegró al ver que respiraba bien mientras las enfermeras la limpiaban y examinaban. En unos minutos la cargó y sonrió plácidamente.

—Voy a coser, you tore. Ma todo está bien, bellisima, todo está bien.

El doctor se lamentaba de que todo hubiera ocurrido tan rápido y de que él no hubiera estado allí para hacerle la episiotomía pero le repetía que todo estaba bien y en realidad lo estaba. Le dolería como el coño de su madre pero estaría bien. Cuando su madre fue a verla y a turnarse con él para cuidarla al hospital, le preguntó por qué no se había cortado las trompas como dijo que quería hacer. Le explicó que el doctor era muy católico y no creía en los métodos anticonceptivos permanentes. Dios podía mandar a los hijos que quisiera. Ella había planeado esperar el tiempo prudente para visitar otro ginecólogo y programar la operación. Su madre le dijo que si quería hacérsela, no debía esperar mucho. Según su madre, ella podía quedar embarazada con solo sentarse al lado de él.

—Eso no es nada, solo es indigestión.

Cuando a escondidas de él fue a comprar una prueba de embarazo a la farmacia y luego vio en el baño de su casa como rápidamente aparecía la cruz, se puso a llorar. Se puso a llorar como nunca porque no quería parir. Se repetía a sí misma que no podría hacerlo, que moriría en el intento porque el destino no le perdonaría la vida una tercera vez. Cuando él llegó a la casa la encontró hinchada de tanto llanto y entendió que nadie en la casa tenía indigestión. Con un nudo en la garganta y con un sinnúmero de flashbacks la abrazó.

—No te vas a morir, yo estaré allí para impedirlo.

Xalbador García

Xalbador García (Cuernavaca, México, 1982). Escritor, tiene un doctorado en Literatura Hispánica. Autor de *Leopoldo María Panero o las máscaras del Tarot* (Suburbano Ediciones, EEUU, 2017), *Paredón Nocturno* (UAEM, 2004) y *La isla de Ulises* (Porrúa, 2014); coautor de *El complot anticanónico. Ensayos sobre Rafael Bernal* (Fondo Editorial Tierra Adentro, 2015). Ha publicado las ediciones críticas de *El campeón*, de Antonio M. Abad (Instituto Cervantes, 2013) y *La bohemia de la muerte*, de Julio Sesto (COLSAN, 2015). Textos suyos han aparecido en revistas de Cuba, Ecuador, España, Filipinas, Estados Unidos y México. Realizó estancias de investigación en la Universidad de Texas, en Austin, y en el Instituto Cervantes de Manila. Se ha desempeñado como profesor invitado en la Universidad del Ateneo, en Filipinas, y en la Universidad de Miami, en Estados Unidos, donde actualmente lleva a cabo un postdoctorado en Literatura y Humanidades Digitales.

¡PATRIA O MUERTE!

Decidí matar a Fidel Castro cuando le vi las nalgas a Menesleidys. Desde sus caderas el cuarto de Tula le cogió candela, se quedó dormida y no apagó la vela, papi. Pocas veces el Ball and Chain de la Calle 8 recibía a una bailarina con mar y malecón y luna llena incluidos. En su dorso Menesleidys ostentaba el Caribe. Calmo o alebrestado, aquel cuerpo seducía con sabor a sal.

Polvoreé un poquito de Tajín en mi mano. Lo lamí para aminorar la excitación. Ya saben, el chile en polvo es la coca de los pobres. Viendo aquella mujer comprendí que el Diablo es comunista y viste falditas entalladas que combina con tacones altos. Además, tiene buenas chichis. Ya te chingaste, pinche poeta. Le recé por última vez a la Virgencita del Tepeyac, porque antes de cachondo soy guadalupano, y me encaminé rumbo al infierno bailando al ritmo de Los Van Van.

Compadre, para tener a esa hembra mínimo tienes que matar a Castro. Me paré frente Menesledys y le solté: Voy a matar a Fidel Castro por tu amor. ¿Qué estás chisquiado, se te van las cabras o qué chingados traes, cabrón? Eso me hubiera dicho Menesleidys si fuera mexicana, pero como la heroína de este cuento es habanera, de esas que aparecen en las novelas de Cabrera Infante, respondió riéndose: ¡Pipo, pero qué clase de comemierda tú ere!

Decía "ere" y no "eres" porque los cubanos, y más los de Miami, no pronuncian las eses, se las comen, en una especie de logofagia que les ha permitido engañar el hambre en medio de huracanes, dictaduras, periodos especiales, embargos imperialistas y el reguetón. "Des-pa-cito"... despacito tu chingada madre, Justin Biber, Luis Fonsi, Daddy Yankee y, por último, pero nunca al final, Yusinel Vento Litvínov, el pendejo de mi compadre aguatibia que era reguetonero y cuyo consejo había sido dedicarle el asesinato de Castro a Menesleidys como una muestra de mi amor por ella.

¡Asere, no seas mongo! Lo que en castellano significa que no fuera pendejo, que cómo le decía eso a la cubana, que se trataba de una broma. Y Yusinel se ponía a imitar lo que los cubanos creen que es el arquetipo del mexicano internacional, un personaje descerebrado nacido de la combinación entre Speedy González y Chavela Vargas: Ándale manito, échate otro tequila, mi cuate. ¡Ay ay ay ay!

Sí, a mí también me daban ganas de soltarle unos madrazos por mamón. De cuates, por supuesto, pero unos chingadazos bien puestos. Estaba impedido para hacerlo. En las entrañas del monstruo (así es como plagio al prócer José Martí), yo era un frijolero, un ilegal mexicano que había cruzado la frontera, un "bad hombre" en el lenguaje del güerito, corbatas extra large, que había ganado la presidencia gringa hace unos días.

Era tremenda la muina que se había soltado con este jijo del camarón en la silla de Lincoln. Las palabras "democracia", "libertad" e "inclusión" se empezaban a desmoronar en Yoknapatawpha y sus alrededores, dejando al descubierto el odio y la ignorancia de blancos contra negros, negros contra blancos, blancos contra latinos, negros contra latinos, latinos contra latinos y todos, toditos contra los mexicanos, o lo que aquí se considera "mexicano": cualquier pinche brown centro y sudamericano. Haga usted de cuenta un desmadre racista en una película dirigida por Mel Gibson.

En medio de este ambiente matachilaquiles con huevo no podía arriesgarme a llamar la atención zapeando a mi compadre cubano. ¿Ya les dije que Yusinel era reguetonero? Y de los buenos, oiga (esto es una licencia poética: no hay reguetoneros buenos).

Desde que nos encontramos en el Hotel Betsy, de Miami Beach, nos entendimos. Los dos somos literatos. Fue natural la comunión. Con una visa falsa, cuya hoja legal ostentaba el nombre del poeta Jorge Humberto Chávez, yo había engañado a los escritores de Suburbano Ediciones ganándome la beca "Escribí Aquí".

Pasé una semana bien Agustín Lara poetizando y dando conferencias sobre los escritores malditos de la literatura mexicana. Hablé desde Juan de Gabiria hasta Antonio Cuesta Marín. Chingonas las charlas pues. Yusinel era el gerente del bar. Por las tardes me escuchaba y sonreía, pensaría que rogaba yo (¡Cadetes de Linares rules!).

Como profecía bíblica, al tercer día el cubano me confesó que le faltaba al respeto a toda la tradición barroca de nuestros Siglos de Oro. El muy osado componía octosílabos que con rima, asonante o consonante, seguían la estructura del tetrástrofo monorrimo lo que, como todo el mundo sabe, en versos menores a once sílabas, son una patada en los huevos a Don Francisco de Quevedo y Villegas.

Olvídense de cualquier tropo destacable. Metáforas, alegorías o sinécdoques le estorbaban a Yusinel. El único requerimiento de sus versos era que fueran misóginos. Ojo con el ejemplo:

Tú que me conoces, mi amol,
me ruegas un buen culebrón
para comértelo con jamón
en el fuego de tu amol
qué rico tú meneas el bombón...

Así hasta el cansancio. Cuando le explicaba que su obra era parte de la involución de la humanidad, la cual se veía sobre todo en el área de las artes y en los millennials, Yusinel nada que permanecía estoico o asimilaba la crítica. No ha nacido cubano que acepte estar equivocado. Al contrario, este compa reguetonero atacaba mis poemas.

Junto a pomos de ron y tequila, limón y botellitas de Tajín que me costaba un huevo conseguir en el Walmart de la ocho y la 70, nos gastábamos la madrugada discutiendo en su departamento de Hialeah. Viví con él cuando los de Suburbano me descubrieron la farsa. Sin trabajo ni dinero, me dedicaba a explicarle mi propuesta artística al hijo perdido del General. Mira, mi amol, que tú te ves bien buena.

A ver si aprendes algo, Yusinel. Empezaba de esta manera la disertación: A finales del siglo XIX hubo un morrillo que cambió la poesía para siempre. Se llamaba Rimbaud, Arthur Rimbaud. ¿Sabes cómo la cambió? Le quitó la rima a los versos. La musicalidad de la poesía se mantuvo en los acentos pero ya no había andamiaje homófono que la sostuviera. Ahora yo voy a dar el siguiente paso literario. La imagen interactuando en un campo lingüístico. Es por eso, mi querido Yusinel y los muy queridos lectores de este cuento, es por eso, que yo escribo Poemojis.

Ahí les va uno que le había mandado a Menesleidys a quien dejé bailando en los párrafos anteriores:

Mira, compadre, que tú no estás en París, ni eres Rimbaud y tus dibujitos son tremenda mielda. A que mi Yusinel, tan sentido. A diferencia de ti, la crítica me ha tratado bastante bien.

Como muestra, le enseñé la pantalla del celular con el "muuuuaaaa" más esperanzador de la noche. Se trataba de la respuesta al poemoji que le acaba de enviar a mi cubana de son y sol, de encanto y canto, de caricia y brisa.

Díganme ustedes si no se hubieran enamorado de una belleza que pregunta por poetas malditas. Exacto, yo también. Estábamos en la presentación de un libro sobre Leopoldo María Panero en la librería Altamira de Coral Gables. La cubana se levantó y les cuestionó a los ponentes sobre mujeres que hubieran plasmado las tinieblas en sus versos. ¿Poetas malditas? Pues quién más: Lola La Trailera, quise contestar pero me callé porque, entre venezolanos y cubanos, supuse que nadie entendería el chiste más chingón de la cultura pop mexicana.

Tú eres poeta, morelense y acabas de llegar a Miami. No está mal el indiecito este. Tú eres habanera, periodista y estudias el Doctorado en Literatura en UM. Me excitas cuando mueves tu boca de almendra. Tú no me dices por qué has huido de México, pero se nota que algo en tu pasado te desgarra. Tú no me dices que el último de tus novios te ha contaminado las manos, que has salido de la Isla buscando nuevos puertos pero sin abrir puertas. Tu silencio me atrae y sé que tu secreto es lo único que no compartirás conmigo, mexicano. Tu cuerpo me gusta y sé que es lo único que, en este momento, puedes compartir conmigo, cubana. Fallaste corazón, no vuelvas a apostar. Alma doliente vagando a solas, de playas, olas, así soy yo.

Ella vivía en la zona artística de Wynwood, ¿y tú? En mi estudio de la gusanera, en la mítica Calle 8, en la zona contrarrevolucionaria por excelencia, donde cada mañana, junto a los viejos del Parque del Dominó, planeábamos cómo chingar al dictador. Acá le dicen Castro y no Fidel. Compraríamos un yate al que bautizaríamos "Granpá". Nos montaríamos en la embarcación y partiríamos rumbo a La Sierra Maestra. Los ciclos se repiten y volveríamos a ganar. ¡Patria o Muerte!

Menesleidys ni siquiera se rió. Te invito a celebrar mi cumpleaños triple equis en el Ball and Chain de la Calle Ocho, el próximo viernes cultural, sólo si prometes que no dirás palabra alguna de política y menos de política cubana. Uy, así qué chiste. Perdone usted lo mamador. Voy con amigas, lleva amigos... te veo el viernes, mexicano. Un besito y la remembranza de un sabor con el que me eroticé toda la semana. Perdone usted lo descarado.

Al verla dirigirse desde la pista de baile hacia mí, con el tumbao que tienen los guapos al caminar, empecé a mover los hombros y, en eso sí te equivocas, mi amol, te diré todos mis secretos porque quiero tener tu cuerpo las próximas quinientas noches con todo y sus melancolías:

Me persigue un cártel literario como el que ostentaba Octavio Paz en Televisa. No te rías, es en serio. Mira, cubana, cuando tenía 16 años, fui a un programa de televisión. El conductor y su patiño empezaron a burlarse de mis poemas hasta que le estrellé un florero en el rostro a la estrella del show. Tuve que huir de la Ciudad de México para evitar la venganza de Adal Mamones y Jordi Robado, que así se llamaban aquellos capos. Desde aquel 1996 he podido vivir por medio de becas Fonca. Casi casi de incógnito, porque a nadie le importa una mierda quién se gana esos premios.

Pero desde hace una década, Jordi fraguó un plan para cazarme. Se hace pasar por escritor y conferencista, y en las ferias del libro del país busca al pendejo que madreó a su jefe en el momento más exitoso de su carrera. Estaba a punto de apañarme en San Luis Potosí, por lo que tuve que cruzar de mojado a Los Ángeles. No podía quedarme en la costa oeste, junto a la raza mexicana, porque sería muy evidente. Así que llegué hasta la tierra de Cristina y Don Francisco.

Por supuesto que le compartiría toda mi historia a Menesleidys, pero cuando me paré frente a ella tan sólo le dije lo que había aconsejado mi compadre: Voy a matar a Fidel Castro por tu amor. ¡Pipo, pero qué clase de comemierda tú ere! Y se rió como nunca lo había hecho conmigo. Y en esa sonrisa pactamos la alianza del humor ante el sufrimiento que siempre es la más duradera entre quienes no pueden amarse pero se desean.

La rumba de Yoruba Andabo empezó a sonar. Tambores por aquí. Tambores por allá. Tupa tapa ku. Tupa tapa ku. Papa ti pa. Papa ti pa. El mundo empezó a colorearse de sentimiento primigenio. ¿Asere qué bola? Y traqueteo por aquí y traqueteo por allá. El sudor abrigó los dorsos. Tras reclamarle a mi compadre, el reguetonero besa gringas ese, fui junto a Menesleidys a oler su baile, porque lo más bello del infierno es el olor.

Tambores por aquí. Tambores por allá. Tupa tapa ku. Tupa tapa ku. Papa ti pa. Papa ti pa. Manos, cinturita, sonrisa. Cadera con flores. ¿Asere qué bola? Y traqueteo por aquí y traqueteo por allá. Brazo sobre la cintura. Risa y besos.

¡Luces y silencio!

¿Luces y silencio? ¡Ah chingá!, no me jodas, escritor de mierda, que estoy a punto de conquistar a la cubana y me haces esto, cabrón, no seas ojetes. Sigue escribiendo que pasé la noche con ella, que la besé hasta tejer con su sabor mi futuro, que en aquella piel comprendí la escritura de Dios.

Perdona, poeta, pero no se puede. En este cuento llegó el momento en que los tambores callaron y se encendieron las luces. Es que se acaba de morir Fidel Castro, avisó Yusinel Vento Litvínov, hijo de un cubano con una rusa. Pinche Stalin, siempre jode las fiestas.

Se acababa el 25 de noviembre y nadie sabía muy bien qué hacer hasta que empezaron a escucharse los primeros claxon y sirenas en la calle. ¡Murió Castro! ¡Cayó el dictador! ¡Viva Cuba Libre! Gritaba la muchedumbre de Miami.

La zona se fue rodeando de policías, ambulancias y gente en los autos celebrando la muerte de aquel hombre leyenda sin entender muy bien qué celebraban. El siglo XX se estaba muriendo, ahora sí, de manera absoluta.

¡Vamos al Versailles a celebrar! ¡Vamos al Versailles a celebrar! El restaurante, símbolo de la resistencia caribeña, ya se estaba llenando de cubanos y cubanoamericanos deseando que la dictadura por fin acabara para llenar a la Isla de mierda gringa made in China. Yusinel se unió a un corro que gritaba y se enfiló rumbo a la calle. Iba también al Versailles. Nadie puede culparlo. Es reguetonero.

Los policías trataban de controlar el tráfico mientras las sirenas amenazaban con dañar los oídos de los paseantes. A nadie le importaba. La muerte de un hombre da vida a un pueblo, se repetían hasta la ingenuidad.

Menesleidys me tomó de la mano y me susurró al oído: tenemos un trato. Hoy yo celebro mi cumpleaños y aquí no se habla de política. Es demasiado lugar común abundar sobre política cuando se escribe sobre los cubanos en Miami. Hoy, tú y yo, mexicano, nos gastamos la vida singando hasta el amanecer que es lo único que tenemos para vengarnos de la historia.

Seguramente en esa noche yo era el hombre más feliz de Miami. Ningún cubano podría ganarme. Ellos habían perdido a un dictador. Yo había ganado la gloria en medio de unas piernas de mujer.

Espera, se me olvidó mi Tajín. ¿Qué es eso? Es chile en polvo, pero no tardo. Bajé del auto y me dirigí al Ball and Chain. La botellita seguía sobre la mesa del bar. Inmaculada, hermosa, perfecta.

Cuando la tomé, un brazo masculino me agarró por la muñeca. En perfecto español habanero me increpó el policía: Asere, ¿eres mexicano? Muéstrame tus papeles.

UN ACERCAMIENTO CRÍTICO AL MIAMI DADDY

I

Miami Daddy es una ciudad con alma latina y chichis de silicona. Miami Daddy es la ciudad artificio. Miami Daddy es la imagen Univisión y Telemundo de una realidad más compleja, pero no tan chick ni tan cuqui. Miami Daddy es la zona de Miami donde la superficialidad es el fondo. Miami Daddy es el lugar donde pretenden vivir actores de televisión, políticos corruptos, La Gaviota y Jorge Ramos. Y en Miami Daddy, el reggaetón es el himno nacional.

En la gran capital de Latinoamérica en Gringotitlán, con gran afluente de migrantes venezolanos, colombianos, peruanos, argentinos y brasileños, más la gran base de cubanos que, desde los años ochenta, construyeron la identidad del sur de la Florida, el reguetón se establece como el soundtrack de la vida. No hay espacio WASP, ni ruso, ni oriental, donde dejen de escucharse los castrantes loops, conjugados con letristas en español de una complejidad tan extrema como un examen gramatical de tercer año de primaria.

Tiendas de autoservicio, supermercados, transporte turístico y el Ross colorean su ambiente con la suavidad de estas rolas misóginas, arrabaleras y que presumen una facilidad en la letra y en la rima como para cagarse en toda nuestra tradición literaria:

Músico llanto en lágrimas sonoras
llora monte doblado en cueva fría,
y destilando líquida armonía,
hace las peñas cítaras canoras... (Quevedo *dixit*).

Con esta música endógena como sino, los miamenses pueden hacer compras en Publix o Sedano utilizando el ritmo reguetonero:

Deme dos cuartos de jamón
Con vinagre y con limón
Yo que soy guapo y mamalón
Te lo unto en mi tripón... etc.

Ante tal desolador panorama sólo queda encontrar un verso donde desembocar la amargura:

Suspiros tristes, lágrimas cansadas,
Que lanza el corazón, los ojos llueven,
Los troncos bañan y las ramas mueven
De estas plantas, a Alcides consagradas... (Góngora *remix*)

II

Como en todos los encuentros de poesía, había poetas malos y otros peores, más el homenajeado que cabía en cualquiera de las dos categorías anteriores. Pero usted no empiece de perspicaz, también alguno bueno se logró colar y era cuando la multitud enloquecía (la hipérbole en estos casos es falsa, pero necesaria).

Me habían invitado a leer textos gratis y por supuesto que acepté. Explico: en Miami Daddy todo se cobra. Presentarse en una lectura de poesía de la Miami Book Fair puede costar hasta 85 dolarucos. Hace más de 15 años que no escribo poesía para ser expuesta públicamente, pero al igual que en el súper, en la vida hay que aprovechar las ofertas y Asta La Vista, baby.

Así fue cómo el capitalismo voraz regresó al hado de la poesía a mi pluma. Me inventé un proyecto que me quedó muy chingón y con el que mínimo gano el Aguascalientes y me lancé a la cita.

En Miami Daddy no existe el ágora. La Plaza Pública ha dejado su lugar a la plaza comercial. Los ciudadanos sólo pueden encontrarse con sus iguales comprando entre tienda y tienda. Por tanto, la lectura pública no podía ser en otro lugar más que en el City Place del Doral. Zona que también es conocida como DoralZuela por la gran cantidad de migrantes venezolanos que ahí se han asentado tras el éxodo provocado por la dictadura y alimentado por la ignorancia.

En el centro de la plaza hay una rotonda donde se había colocado el escenario. Detrás, la fuente permeada de colores y una noche seductora del Miami Daddy hacían la combinación perfecta para subrayar el gran trabajo hecho por los integrantes de Milibrohispano. Es necesario destacar que, ostentando un espíritu quijotesco, la organización apoya, difunde y organiza la literatura en español en un lugar que, hace unos años, era un páramo yermo para las letras en nuestro idioma. Da gusto hallar personas tan dedicadas a proyectos artísticos de esta índole.

En el acto había decenas de sillas inmaculadas, un sonido realmente bueno que dejaba escuchar claramente a los poetas (necesito uno para mi sala) y varias banderas latinoamericanas subrayando el origen de los participantes. Las bases de las banderas se movían de un lado a otro debido al aire hasta que las amarraron. Ver a tu bandera ondear en las entrañas del Imperio siempre causa orgullo. No estaba la de México.

En torno a la rotonda se ubican diversos bares y restaurantes, desde Salsa Fiesta hasta Martini Bar, cuya música aquella noche se ahogaba ante el sonido del evento. Nos la Pérez Prado con letra de Agustín Lara. Al igual que Belinda, lo poetas: ganando como siempre. Nunca había vivido una experiencia similar, y el desmadre entre el agua, la poesía, las rolas a lo lejos y la gente comprando al mismo tiempo me pareció inigualable. Se trataba de un pandemónium que paradójicamente no dejaba de fluir de manera armoniosa. Por un segundo les creí a los padres del liberalismo económico: el mercado se rige a sí mismo.

Fue un segundo hasta que unos motociclistas rodearon el escenario. Los rugidos de sus Harley Davidson, con equipo de sonido incluido, opacaron la lectura. La primera vuelta posiblemente fue fortuita. Pero los hijos de la chingada se dieron cuenta que molestaban y lo siguieron haciendo una y otra vez. No se crea que junto a los caballos de acero se escuchaban las clásicas canciones de motociclistas como "Born To Be Wild" o "Bad To The Bone".

Como buenos latinos, los chavorucos-rebeldes-sin-causa de Miami Daddy escuchan reggaetón cuando andan surcando las calles de la jungla de asfalto. Con sus chamarras de piel, su actitud de degenerados y sus lentes oscuros (eran la nueve de la noche) miraban el escenario, mientras el soundtrack de su travesura señalaba: "La noche está para un reggaetón lento, de esos que no se bailan hace tiempo".

Ante tal atmósfera me entusiasmé sobremanera. Esta experiencia no se vive ni en la Feria del Libro de Frankfurt. Cuando me tocó leer nunca hubiera pensado que los plagios que hice de Gilberto Owen, Amado Nervo y Bukowski se escucharían tan mamalones acompañados con música de Maluma Bebé.

III

José Martí, Manuel Gutiérrez Nájera y Rubén Darío son tres soles en el universo poético finisecular de Hispanoamérica. Con la absorción del simbolismo y del parnasianismo franceses, la recuperación de formas clásicas y la presentación de temas múltiples que iban desde el Orientalismo hasta las costumbres indígenas de los pueblos de América, la tercia de genios logró que su voz se escuchara como nunca antes en nuestro idioma.

Era una voz única, que ya no copiaba lo que sucedía en el centro de las capitales culturales con París como piedra de toque, sino que absorbía las influencias y las incorporaba a sus tonos. El Modernismo fue el primero de los movimientos hispanoamericanos que nació en la periferia y se exportó a la metrópoli. Desde ese momento los poetas, narradores y ensayistas españoles reconocieron que la sensibilidad de sus hermanos de ultramar ya tenía un propio lenguaje al que no sólo se tenía que reconocer, sino incluso se podía copiar.

Con el Modernismo el pueblo hispanoamericano se ganó un espacio en las letras universales. A finales del Siglo XIX, con la llamada *Belle Époque* como escenario, junto a Martí, Nájera y Darío se compuso una nómina que se nutría desde todos los rincones del continente. Desde La Patagonia hasta El Río Bravo y desde La Habana hasta los Andes fueron incorporándose autores de la altura de Leopoldo Lugones, Ricardo Jaime Freyre, José Asunción Silva, Julián del Casal, Enrique Gómez Carrillo, Amado Nervo, Luis G. Urbina y José Juan Tablada, José Santos Chocano, Julio Herrera y Reissig y Rómulo Gallegos.

Con el movimiento modernista como punto de inicio la literatura en Hispanoamérica se solidificaría posteriormente con las propuestas estéticas de genios como Jorge Luis Borges y Juan Rulfo, y con el Boom como la comprobación última de la madurez de nuestras letras en el ámbito global. Lo sucedido en la esfera literaria no se ha repetido o, mejor dicho, no se había repetido en otros espacios estéticos.

Debido a la Colonización Cultural, sustentado en los *mass media* y en el neoliberalismo salvaje, es casi imposible que un fenómeno artístico de la periferia llegué al centro, no como discurso exótico, sino como una propuesta digna de permear los discursos dominantes del momento. Así pasaba con la música hasta que el reggaetón irrumpió en el mercado anglo para exigir su espacio y conquistar conciencias, con lo que nos chingamos las almas educadas en el buen gusto.

Como sucedió con el Modernismo los hijos de la simplicidad melódica se nutrieron de ritmos como el hip-hop, el pop y la música electrónica para componer su propuesta. Pocos creían que el resultado fuera avasallador. Con el apelativo de "reggaetón" el nuevo género empezó a ganar adeptos primero en El Caribe para luego pasar a Centro América y México, y por último conquistar a Estados Unidos con sus capital Latinoamericana instaurada en Miami.

Al igual que los poetas modernistas, los reggaetoneros han elaborados mitos alrededor de su doctrina. Como aquellos literatos decimonónicos que visitaban al Hada Verde por medio del consumo de Absenta, los prelados del perreo han popularizado una droga llama "Lean", cuyo significado y efecto no podrían estar más alejados del significado del verbo "leer". De color morado y como un guiño a la "Llamarada Homero", la pócima se prepara a base de un jarabe contra la tos denominado Preveral. El también somnífero contiene codeína o prometazina, sustancias recetadas contra los dolores musculares y el insomnio.

El antigripal es mezclado con refresco de limón o alguna bebida alchólica como vodka o cerveza, a lo que se le agregan algunos caramelos para darle ese color característico a fin de hablar relajadamente con el Hada Púrpura.

Estoy consciente que es muy desagradable aceptar que Daddy Yankee sea el Rubén Darío del siglo XXI y que "La Gasolina" sea nuestra postmoderna equivalencia de *Azul*; que Don Omar se homologue con Nájera por sus experimentaciones rítmicas y que Residente, de Calle 13, sea una especie de Martí por sus críticas en contra del imperialismo yanqui. Si la teoría resulta con visos de verdad, los críticos del reggaetón nos asemejaríamos a los literatos románticos que no dejaban de fustigar a los modernistas por su propuesta insana y simplista.

Las barreras generacionales, aunadas a los diques de comunicación con las redes sociales como intermediarios, hacen que sea complicado degustar toda esa insípida música englobada en el reggaetón. De ninguna de las partes es la culpa, si es que llegara a existir alguna. Cada uno goza y padece la vida como mejor pueda. En dado caso que se acepte al reggaetón como nuestro nuevo Modernismo, es justo señalar entonces que el Miami Daddy no es otro lugar más que el París del siglo XXI.

NOCTURNO DE LA PEQUEÑA HABANA

Y los ojos de dios
se pudrieron ante la miseria encarnada
entre un cortadito
y la puta de los jueves.

No olvide, usted,
la sangre que alimenta las palmeras,
la soledad de los viejos que
    como carne olvidada
araña al aire con su olor a mierda,
con su quietud de gesto moribundo
y con sus ojos
    también amarillos
que nos recuerdan
aquella esperanza que somos
o que nos decimos que somos
en las noches con vientre de pesadilla
y que inevitablemente
terminaremos por olvidar.

En los pasillos de edificios sarnosos
o en el umbral del McDonald's
donde los homeless reparten mamadas
o colillas de cigarrillos
    como quien reparte el milagro
de los atardeceres naranja...

En la pista de baile del Ball & Chain
con sus cuerpos
    desnudos y jóvenes
cuyo sudor es la sombra donde la muerte
baila los sones del Buena Vista Social Club
o en el parque del dominó
con nombre de un héroe que ya nadie recuerda...

En las filas del Navarro
que nos ofrecen doce latas de Cocacola
por $4.50
¡God bless America!,
o entre los dílers que reparten sugar
    a los travestis latinas
que tanto aman los ancianos republicanos
(Donald Trump y su little pito, en palabras de Marco Rubio)...

En la Carreta o en el Versailles de lechón asado
y tostones y congrís y arroz frito...
no aparece la misericordia reservada
    según las Escrituras
para los pueblos agonizantes
        en el final de los tiempos.

En cambio
un rumor de angustia
se va haciendo tiempo
se va haciendo labios
se va haciendo sexo
se va haciendo palabras:

¿Cómo está la cosa?

Asere
    chama
        hueón
            boludo
                dude
                    loco

                                        güey
                                                    pana
                                        che
                            amigo
                    friend
                ekobio
            carnal
        bro
man...

acaba todo como en un engaño
como en un gemido
que anuncia silencios
    y sobras y el miedo
que provoca la sensación
    de no llegar nunca
de siempre estar yéndose
    siempre
siempre hacia otra parte
para abrir los ojos en el mismo
    pinche departamentito
de una habitación
y un baño y una angustia y un dolor
    en esta noche
en que ya me canso de llorar y no aman

Lizette Espinosa

Lizette Espinosa (La Habana, 1969). Autora de los poemarios *Pas de Deux* (coautora) (Miami, 2012), ganador del International Latino Book Awards 2014 en la categoría de poesía escrita por varios autores; *Donde se quiebra la luz* (Miami, 2015); *Rituales* (coautora) (Miami, 2016); *Por la ruta del agua* (Ecuador, 2017) y la *Plaquette Lumbre* (Miami, 2018). Ha participado en festivales internacionales de poesía y ha sido miembro del jurado en Concursos Internacionales. Colabora como editora en blogs y revistas literarias de Estados Unidos. Su obra ha sido incluida en las antologías *Poesía en Paralelo 0* (El Ángel Editor, 2016); *The multilingüal Anthology The America's Poetry Festival of New York* (Artepoética press, 2017); *Crear en femenino* (Editorial Silueta, 2017); *Aquí (Ellas) en Miami* (Katakana editores 2018); *Todas las mujeres* (Función arte, 2018). Su obra aparece en revistas literarias fuera y dentro de Estados Unidos. Actualmente reside en Miami, Florida.

LA ISLA

Mi padre flotaba sobre el mar
como una isla
para que yo saltara encina de su tierra
y avistara el futuro.

La orilla a dos brazadas
nos mostraba sus dientes
de roca atardecida.

El agua sostenía nuestras vidas,
el peso inmensurable de los sueños
como a dos cargas frágiles
que un barco abandonara.

HUIDA

Fui la casa y el eco,
la calle,
la luz del farol sobre la espalda,
el almendro en flor
y la semilla en los ojos del cuervo.
Fui la puerta
y por mí huyeron todos.

LABRANZA

Que remueva el corazón
toda su tierra,
los brotes lánguidos,
la piedra adolescente.
Que vacíe la arteria
del último vino
y que el viento haga su parte,
el sol otro tanto,
y la lágrima,
también la lágrima,
sobre todo la lágrima.

ASILO

La suma de los muros que erigimos,
la piel que se aglutina en otra piel
y se vuelve corteza,
guarida donde esconder la palidez,
las marcas del amor, los cardenales
que dejan las puertas cuando cierran.

LUMBRE
(Fragmento)

Hay un espacio dispuesto en el hogar,
un sagrario donde guardar el fuego,
la luz que cada noche
nos salva de la profundidad
y espanta, no sin júbilo el vacío.
Con qué destreza engendra
humeante, escandaloso,
el alimento,
república donde se fundan
las leyes del amor y la lealtad.
Tiene igual que el árbol
el don de la congregación,
el círculo sagrado de una alianza
y va como el mendigo
abrazando la sombra, la intemperie.

LOS GESTOS PRIMORDIALES

Que no frene mi mano el entusiasmo
ni guarde para sí los gestos primordiales.
Que el viento ostente en ella sus banderas
y sea, como el puente,
tierra donde se planta la esperanza.
Provincia de mi cuerpo,
playa donde el naúfrago recobra su entereza
y encallan silenciosas las barcas del amor.

¿Qué poderes te dio aquel que deposita las monedas
y espera en recompensa *el arroz de tus dedos*?
No develes el rostro que palpas
ni des nombre al metal que te procura,
sé el dolor de la cuerda que se retrae humilde
ante el sonido memorable de tus actos.

SMOKY MOUNTAIN

La ruta zigzaguea bajo el caucho
y el aire se ennoblece
con la proximidad de la montaña.
Al final de la cuesta está el invierno,
su abrazo delirante
y en el umbral de la implacable piedra
un ángel aguarda mi destierro.
Ha sido largo el trecho hasta este día,
escuálidos los brazos que lo arropan.
Pienso en el mar, sus visitados puertos,
en las velas plegadas de la nave
que atraviesa la noche.
Pienso en el hombre y en su indomable huella,
en las manos que hilaron mi destino
y el temblor de la tarde que sentenció mis pasos.
Cuán lejos busca la sangre, qué tan alto.

ESTAMPIDA

Algo habrá que justifique la estampida,
el sonido del cuerno a media noche
quebrando la silueta de la tierra.
Alguien que desemboque en otra claridad
más humana y real.
Huir de los escaños de la muerte,
huir desde el amor, con él a cuestas
sobre el campo minado.
Sana el cuerpo de su cruz,
renace del último exterminio
agazapado entre la luz y el hábito.
Sana el cuerpo de otro cuerpo
se sobrepone a él como a una enfermedad.

Pedro Caviedes

Pedro Caviedes (Cartagena de Indias, Colombia). Periodista del diario *El Intransigente* y reconocido columnista dominical en *El Nuevo Herald* de Miami. Ha colaborado en *El Universal* de Cartagena de Indias, la *Revista GQ* México, *Esquire* América Latina, *La Opinión* de Los Ángeles, *Huffington Post*, *Voces* y *El País* de España edición América. En el año 2017 publicó la novela *La actriz*.

2.300

No sé si a ustedes les pasa que hay escenas de películas que se les quedan grabadas por muchos años después de haberlas visto. Yo una de las que más recuerdo se titula *Sofie's choice*, cuya protagonista es Meryl Streep. En la escena, un oficial nazi obliga a una madre a que escoja entre sus dos hijos cuál abandonar; por supuesto que después le quitan al otro.

Eran los nazis, los dementes que mataron a 11 millones de judíos y otros grupos de indefensos en honor a su satánica limpieza racial. Pero que los Estados Unidos, el país que salvó al mundo del nazismo y la propagación de los regímenes comunistas, por orden de su presidente Donald Trump se entregué a la práctica brutal de separar a la fuerza a niños, adolescentes y bebés, de sus padres, es el suceso más grave de los últimos 60 años.

No hay que disparar una pistola o agredir físicamente para cometer un acto violento, el maltrato verbal y la manipulación psicológica pueden ser más graves. Separar a un niño de sus progenitores, es uno de los actos más violentos que existen. Es, sencillamente, un acto de barbarie, una tortura. Donald Trump y su Fiscal General, Jeff Sessions, han cometido un crimen de lesa humanidad al poner en práctica esta política.

Pero no solo se trata de crueldad sino también de una negligencia e incompetencia criminal. 2.300 niños han sido repartidos en centros privados de detención por todo el país, sin que las autoridades hayan llenado una simple hojita que diga quién es o le asigne un número de caso y lo relacione con el padre o madre que está detenido en otro centro privado en otro lugar del país, a la espera de deportación, o que ya ha sido deportado.

Teniendo en cuenta que algunos de estos niños son bebés de brazos que no tienen idea de su nombre, mucho menos del de sus padres, no es improbable que jamás vuelvan a verlos. Donald Trump ha creado huérfanos de padres vivos. Hoy, en algún lugar de la Latinoamérica que tanto desprecia este presidente, o del país de la libertad, miles de madres y padres lloran de incertidumbre, ante la violencia que ejerció sobre ellos, el gobierno actual de los Estados Unidos.

Y nadie se engañe, esta práctica solo ha parado gracias a los medios que la desenmascararon (si es que pararon). Con razón no le gusta la prensa libre a este gobierno, lo habían escondido al mejor estilo de los dictadores que ocultan al mundo sus atrocidades. Fueron tan descarados, que una vez detectados, le prohibieron la entrada hasta a los congresistas que quisieron saber lo que pasaba.

No sabía que el capitalismo incluía que las empresas mandaran a los políticos que patrocinaban. Eso pensé que era corrupción. Y si piensan que no viene al caso, investiguen por qué todos estos centros de concentración donde el gobierno enjaula niños y madres desesperadas, son privados y no federales. Grandes empresas de prisiones privadas como GEO Group y CoreCivic son quienes los dirigen, y hoy andan con las acciones disparadas, gracias a la "crisis migratoria" de este presidente sin corazón.

Jeff Sessions, el Fiscal General, satánicamente mencionó unos versos de la Biblia para justificarse. ¿Cuál sería la opinión de Jesucristo, ante la orden de que arranquen los bebés de los brazos a sus madres?

Grupos terroristas como las Farc o Al Qaeda, y regímenes bárbaros, son los que separan niños de sus familias. Nuestro actual presidente está destruyendo el honor y buen nombre de esta gran nación.

Esta es la hora más oscura de los Estados Unidos.

LA ACTRIZ
(novela, fragmento)

1.

Dos perritos se acercaron y le lamieron el tobillo.
La mujer manipuló su teléfono:
—¿Te provoca un vinito?
Sonó una samba.
—Bueno. —Espantó con disimulo a los perros.
Admiró su larga y frondosa melena negra, mientras servía de un decantador.
Aurora Salcedo lo había recibido descalza y con el pelo suelto. Apenas le llegaba por la quijada, pero lo miraba con una seguridad de dos metros. Seguía igual de atractiva que la última vez que la vio hacía dos años. Se veía elegante hasta en ropa de ejercicio.

Camino a la sala le había dicho que almorzó con una amiga y habían hecho el amor. Después se había fumado un toque de "weed" sola y "toda sudada" en la cama, y se quedó dormida viendo *Big Little Lies*, la miniserie de HBO con Nicole Kidman y Reese Witerspon que "la tenía encantada".

Le preguntó si prefería que volviera otro día.
—No, sigue, sigue —dijo ella, y le señaló el sofá.
Antes de sentarse se paró frente a una armadura de tamaño natural que empuñaba una espada.

El piso de mármol rojo, el gran ventanal mirando al mar, las armas medievales colgando de las paredes y las tres columnas de piedra con enredaderas, lo hicieron sentirse en un castillo.

Ya en el sofá vio una pequeña escultura de una mujer desnuda, desbaratada a lo Picasso. No había ni una foto en toda la habitación.

Atardecía.

—¿Te gusta la edad media? —preguntó.

Los perros volvieron a lamerlo. Ladraron.

¡Ra! ¡Amón! —gritó Aurora.

La mujer se acercó. Los cargó. Se alejó con los animalitos rasgándole los brazos.

Fue a la ventana. El sol se ocultaba.

—¿Qué me decías?

No la había escuchado regresar. El vino estaba sobre la mesita y lo invitaba con un gesto a que volviera al sofá.

—Que si te gusta la edad media.

—Salud. —La mujer le entregó su copa.

La juntó a la de ella y bebió.

Le supo bien.

—Me encanta la edad media. Todo ese salvajismo. Toda esa lujuria — Hizo un gesto con la mano. —Toda esa carnicería. Perdona a mis hijos, son unos malcriados.

Además de un cuerpo en forma, tenía unos senos bellísimos. Los ojos miel complementaban su piel dorada.

—¿Tú tienes hijos? —Aurora cruzó las piernas y se sentó sobre ellas.

—Uno. Vive en Miami.

—Me encanta. Mi apartamento en Bal Harbour tiene una vista preciosa.

Agarraba la copa con garbo. Le gustaron sus dedos largos. Las uñas rojas.

Lo miró con una media sonrisa. Abrió un pequeño cofre. Sacó una pipa con hierba y un encendedor:

—¿Quieres?

La encendió. Aspiró. Se la entregó.

La mujer fumó y dejó la pipa junto al libreto de la obra.

Comenzó a sentir que todo pasaba más lento.

Ella se recostó en el sofá, cerró los ojos, movió el torso:

—Cuéntame de qué trata.

Siempre le costaba contestar esa pregunta.

Aurora se comenzó a hacer una cola.

Se perdió en la vista de su axila y el perfil de los senos.

—¿Hola…? —dijo ella sonriendo.

Despertó.

—La protagonista es una viuda —dijo.

La mujer cambió de expresión:

—¿En serio?

—Sí...

Lo miró a los ojos.

Le pareció que estaba estudiándolo.

—Espera —Aurora manipuló su teléfono.

Sonó un manantial, pájaros alzando el vuelo, ramas que se agitan con la brisa.

La mujer estiró los brazos.

Arqueó la espalda.

Inspiró.

Exhaló.

—¿Y cuál es su conflicto? —dijo al fin.

—Vive en un pueblo que no dejan que las viudas se casen.

—Me gustaba más la pasada —dijo ella, sin dejar de moverse.

—¿Por qué?

—Está como cursi —Se tomó el mentón y estiró el cuello hacia su derecha.

Uno de los perros chilló.

—¡Ra, Stop! —gritó Aurora.

Se corrió con disimulo hacia el otro extremo del sofá.

—Es porque la gente del pueblo cree que si un hombre casado se muere, es culpa de la esposa —dijo.

—La gente siempre cree que es culpa de la esposa —Estiró de nuevo los brazos, arqueó la espalda y dobló el torso sobre las piernas. —¿Y por qué no se van?

Se corrió otro poquito.

—Porque matan a los hijos.

—¿Tú eres así? —preguntó ella sin moverse. Le comenzaban a florear perlas de sudor en la espalda.

—¿Cómo?

—Machista —Respondió ella y se bajó del sofá e hizo la postura del perro hacia abajo. El sudor le formó un charquito en el escote. —¿Y si no tienen hijos?

Le olió al perfume de una examante.

—En ese caso le matan a la mamá, a los hermanos, a la abuelita... Un pueblo con la psicología de Pablo Escobar —dijo orgulloso.

—¿Cuál será la obsesión de todo el mundo con ese bobo? Le hicieron hasta una serie en Netflix —La mujer se sentó en el piso junto a la mesita y bebió de su copa.

—*Narcos*. Buenísima.

—Qué pendejada.

—Oye, la verdad yo no me considero machista, yo...

—¿Tú qué sabes de mí? —Lo interrumpió. Estaba envuelta en una sombra escarlata. Se veía como una diosa con los últimos trazos del día a sus espaldas.

—¿De qué?

—No sé, de cualquier cosa.

Los pezones comenzaban a traslucírsele por el sudor.

Se esforzó por no mirárselos.

—Nada, que actúas. Leí en una entrevista que está en Internet que también escribes poesía.

Aurora se puso de pie, agarró su copa y la dejó al lado del decantador. Regresó y le tendió la mano:

—Ay Pablo muchas gracias, pero no estoy interesada.

La mujer le dio la espalda, se alejó unos pasos, se desnudó sin prisa e hizo una pose de la mujer araña: quedó plegada bocarriba con la cara en medio de los muslos, ojos cerrados, pies entrecruzados sirviendo de base al cráneo, manos sosteniendo el coxis y el culo izado.

El perro volvió a chillar.

Aurora abrió los ojos:

—¿Por qué sigues aquí? —preguntó cuando lo vio.

Manuel Adrián López

Manuel Adrián López (Morón, Cuba, 1969). Poeta y narrador. Su obra ha sido publicada en varias revistas literarias de España, Estados Unidos y Latinoamérica. Autor de *Yo, el arquero aquel* (poesía, Editorial Velámenes, 2011), *Room at the Top* (cuentos en inglés, Eriginal Books, 2013), *Los poetas nunca pecan demasiado* (poesía, Editorial Betania, 2013. Medalla de Oro en los Florida Book Awards 2013), *El barro se subleva* (cuentos, Ediciones Baquiana, 2014), *Temporada para suicidios* (cuentos, Eriginal Books, 2015), *Muestrario de un vidente* (poesía, Proyecto Editorial La Chifurnia, 2016), *Fragmentos de un deceso/El revés en el espejo*, libro en conjunto con el poeta ecuatoriano David Sánchez Santillán para la colección Dos Alas (El Ángel Editor, 2017), *El arte de perder/The Art of Losing* (poesía bilingüe, Eriginal Books, 2017), *El hombre incompleto* (poesía, Dos Orillas, 2017) y *Los días de Ellwood* (poesía, Nueva York Poetry Press, 2018).

RECONOCE LA VEJEZ EN SUS PIERNAS

la delgadez es similar
a las de su padre.
Busca y no puede encontrar
los muslos rollizos
de una vida entera.
En el baño se mira al espejo
alza los brazos velludos
banderas en júbilo
dando la bienvenida
al valiente que se atreva.
Despeinado
claros en un campo reseco
pinceladas de un blanco
impaciente.
Talle abajo
dos carreteras zigzagueantes
o la rotonda del Guggenheim
reclamando espacios.
En la maleza del bosque
cobijado por los bambúes
yace Shusaku Endo
herido cada siete días
desechado
cubierto de otro blanco
que no es la frescura de la nieve.

Hablar del tic-tac interior
sería desgastar el respiro
que lento se extingue.
¿A quién podrá interesarle tocar a un hombre en ruina?

TODOS LOS DÍAS SE ALZAN ALTARES POR EL BARRIO

velas blancas
coronas de flores
dulces para la difunta.
Un gran cartel con su foto de quince
con la sonrisa que había desaparecido.
Nadie habla
de las palizas recibidas en la madrugada
de sus gritos
del ruido almacenado.
Sacan sus muebles a la acera.
Para hacerle culto a la muerta
se emborrachan.
Tantos altares en las calles
y nadie se detiene a salvar
un perro.

EN LA MAÑANA

en el vagón sin respiro
una mujer les ofreció un discurso
quería salvarlos del diablo
del billonario
y su pelo color maíz seco.
Seco como su cerebro.
De los Gays
y sus bodas ostentosas.
De la blanquitud del presidente negro
y de la poderosa primera dama.
La diminuta mujer con vozarrón
quería salvarlos
hoy viernes
a las siete de la mañana.
En la tarde
no tuvo la misma suerte
un señor cincuentón
también ofreció discurso
él no tenía
la intención de salvarlos.
Vociferó por todo el tren:
odio mis 51 años
odio mi color
odio los celulares
y odio este tren.

SE MUDÓ A LA CALLE ELLWOOD EN BUSCA DE LA MUERTE

Aquél que con sus ojos ha visto la Belleza,
deseará, ah, secarse como los manantiales.
AUGUST GRAF VON PLATEN-HALLERMÜNDE

como lo hizo von Platen en Siracusa
o Gustav en Venecia.
No intentó reemplazar versos
ni canciones
que algún día destinó para otro.
Supo que esa muerte
o renovación
llegaría de la mano de un joven poeta
una noche que regresaba a casa
aferrado al tubo tiznado de microbios
oyendo las conversaciones
de asientos vacíos
deseando un secuestro.
Veinticuatro horas de palabras
y vino.
Un hombre en ruina tiene como único plan
depositar sus huesos
en una ciudad que no conoce de su existencia.
Un hombre que huye de sí mismo
no imagina que aparecerá un desconocido
portador de una luz extraordinaria
combatiente de nubes

amo exclusivo de paisajes
y logre rozarle la espalda con esa ternura
y conteste con esa rapidez inusual
que le eres imprescindible.

DOS ARMARIOS SEPARADOS PARA EL MATRIMONIO.

Una pared los divide.
El hedor de perros abusados
impregnado en la ropa.
Ropa destinada para otro clima
zapatos que no funcionan
en aceras magulladas por el hielo negro.
Dos armarios separados para el matrimonio
imitando la trinchera dinamitada
que los separa
noche tras noche.

DEBES FIRMAR UN ACUERDO DE PAZ

ondear la banderita blanca
desde la escalera de incendios.
Olvida laceraciones
el goteo
el beso a la hora de dormir
el beso para despedirte.
Líbrate de la enfermedad crónica
de querer abrazar a hombres
en la madrugada
en sueños
contra la almohada sudada.

Confecciona historias
transfórmate en costurera de mentiras
borda en silencio
imita a la abuela con el soso hilo
tan parecido a tu vida.
Mantén la prudencia
flagélate si es necesario
suplanta los deseos
por galletas
con mantequilla *Presidente*.

Cargas un reloj inglés
la marca más antigua del mundo
en tu interior empalagoso.

Solo tú puedes llegar al segundo preciso
a la hora de la rebelión
al día en que ya no puedas con las concesiones.

Recuerda quién eres
coloca tus perversiones estratégicamente
en los anaqueles.
Crédulo repite el mantra:
aparecerá alguien que quiera tocarme
que disfrute mi cuerpo tal cual es
y ansíe fertilizarme
con el ácido amarillento de su orine
para hacerme florecer cada primavera
y dejarme morir al final del otoño.

EN QUISQUEYA SE ALZARON EN CONTRA DEL EMBAJADOR

porque venía con su esposo de la mano.
El cardenal que se considera inocente
de nunca haber tocado a un niño
mientras lo rociaba con agua bendita
exige que abandone la isla
o
"que se meta en su embajada y como esposa que es de un señor que se
ocupe de la casa".

Existen demasiadas formas de terrorismo en la villa del Señor
y algunas provienen del cristianismo.

HABLAN DE LA MUERTE

se lee en periódicos digitales.
Periódicos que no te manchan la yema
como lo hacía Juventud Rebelde
con tus nalgas.
Asesinatos
cremaciones y sus costos
inundaciones
la venganza de los *illuminati*
erradicar ciudades de acuerdo con la Biblia.
Una poeta fallece convencida de ser invencible.
Sor Juana y los yorubas
se lo habían dicho al oído.
La muerte ronda por Ellwood
juega a la suiza con tu motor defectuoso.
Exámenes.
La judía no logra dar con la vena
te pregunta si has venido solo
si alguien espera
en el incómodo cuarto de la penitencia.
La negra dulce te afeita la ingle
mientras conversa sobre un reembolso
un giro postal de dos cientos dólares
para pagar la corriente.
La armenia te advierte de lo que se aproxima:
preguntar al doctor de corbata rosada Hugo Boss
si debes enviar la gata a casa de un pariente.

Reposo.
Un período de recuperación prolongado
reconstruir lo que llevas años destruyendo.
Ilusión.
Ha venido a salvarte un primo de Evita.
Trae antídoto para tu tristeza
en el agua de los ñoquis.
Sigues enfrascado con la muerte
la revuelves seguido.
Ensalada de yerbas frescas.
Almidón
banda sonora fúnebre
Ponte la ropa nueva antes de que pase.
Anota lo que desees para cuando te llegue:
¿A quién le dejarás los libros?
Búscales orden a tus cosas.
¿Quién se encargará de ponerte a dormir?
Elimina la evidencia de este último año.
¿A cuál le encargarás las fechas de la poeta fallecida?
Camina por el parque como si fuera la última vez.

El tema ha dejado de ser sombra
se extiende como la hiedra
ya no tiene que recaer en suicidio
ahora puedes irte por todo lo alto
en un hospital neoyorkino
con nombre de santo
y costeado por el poder.

Teresa Dovalpage

Teresa Dovalpage (La Habana). Radica en Hobbs, donde es profesora del New Mexico Junior College. Ha publicado nueve novelas y tres colecciones de cuentos. Entre las novelas están *Death Comes in through the Kitchen* (Soho Crime, 2018), *A Girl like Che Guevara* (Soho Press, 2004), *Muerte de un murciano en La Habana* (Anagrama, 2006, finalista del Premio Herralde), *El difunto Fidel* (Renacimiento, 2011, premio Rincón de la Victoria en España), *Habanera, a Portrait of a Cuban Family* (Floricanto Press, 2010), *La Regenta en La Habana* (Grupo Edebé, 2012), *Orfeo en el Caribe* (Atmósfera Literaria, España, 2013) y *El regreso de la expatriada* (Egales, 2014).

AMOR A PRIMERA FUSTA

Cuando recibí la propuesta, mi primer impulso, debido a cierta pudibundez quizás hereditaria, fue contestar que no. Pero lo pensé dos veces y me acordé de lo que José Martí había dicho sobre el respeto que se deba al trabajo de pan ganar (tengo que preguntarle a mi amigo Félix Luis Viera cuál es la cita exacta). Viene a ser, si no recuerdo mal, que todo trabajo con el que uno se gana el pan es honrado —y éste en particular me ofrecía una cantidad lo suficientemente honrosa. A fin de cuentas, ¿cuál era la tarea? Nada del otro mundo: hacer un reportaje sobre una feria kink que se celebraría en San Diego.

Para los no enterados, kink es lo que se conoce finamente como "sexualidad alternativa," entiéndase dominación, disciplina, encordamiento, suspensiones, uso de collares y látigos y un largo y doloroso etcétera. Prácticas sadomaso, vaya. Una revista sicalíptica —a la que mi abuela llamaría de relajo —para la que escribo en inglés bajo seudónimo buscaba un reportero que se infiltrase en la feria y contase del pe al pa lo que pasaba allí.

El éxito de *Cincuenta sombras de Grey* ha tenido mucho que ver con la súbita popularidad de eventos de este tipo. En general son abiertos al público pero, por razones obvias, se procura ahuyentar a periodistas y fotógrafos —nadie quiere que lo saquen en el diario local y al día siguiente sus colegas digan: oh, pero qué bien se ve fulano colgado del techo y con sus vergüenzas al aire. De modo que mi actuación en la feria sería clandestina, lo que le confería al *assignment* un aura de misterio muy sandunguera. La clandestinidad implicaba, también, que de alguna manera pasara por participante.

A fin de evitarle un patatús a mi marido, que es muy liberal pero tampoco hay que exagerar la nota, le dije que asistiría a un congreso sobre trasnacionalismo, transgresión y fronteras en la literatura, que sonaba lo suficientemente académico y sosón como para que se tragara el cuento —cuento que, por supuesto, le solté a todo el que me preguntó por qué iba a California. La única que supo la verdad fue mi amiga La Azteca, coach de vida y autora de un manual de sexualidad.

Enterada de que yo no sabía de la misa la media sobre el tema kink, La Azteca me pasó enlaces a varios sitios de BDSM en Internet.

—Ahí te puedes desemburrar —me dijo—. Mazmorra.net es el mejor.

Pero no las tenía todas conmigo. Aunque mi amiga me había ofrecido amablemente un curso rapidín sobre el BDSM, todavía no le veía el chiste.

—Aquí no se trata de chiste, hija —me recalcaba ella, muy seria—, sino de un juego de poder que provoca la sublimación de la libido.

¿Sublimación?

De yapa, me había aleccionado sobre la etiqueta apropiada. No toques a nadie sin pedir permiso (muy bien; esperaba que los demás usaran la misma cortesía conmigo); no pidas prestados instrumentos o juguetes, pueden estar contaminados con fluidos (fo, gracias, tampoco se me ocurriría); no interrumpas escenas ni te acerques a quienes las montan (ni ganas de que me salpiquen con... eso mismo, con fluidos) y otras que ya se me olvidaron porque me parecían, además, obvias. De modo que, en teoría al menos, estaba más que preparada. Lo único que me faltaba era el entrenamiento *hands-on*.

* * *

Después de pagar la entrada (guardé el recibo para pedir reembolso a la revista sicalíptica) entré al recinto de la feria. A diferencia de la famosísima que se celebra en la calle Folsom, en San Francisco, a pleno sol y a la vista y paciencia de todo el que la quiera presenciar, ésta tenía como escenario varios salones de un hotel, reservados con exclusividad para el evento.

Siguiendo los consejos de La Azteca, me había decidido por un atuendo indefinido (ni sumisa ni dómina, ni chicha ni limoná). Llevaba pantalones apretados y una chaquetilla de cuero que dejaba al aire el abdomen. Hasta se me ocurrió hacerme un piercing ombliguero para darle más *reality* al show pero al fin no me decidí, por el miedo a las infecciones. ¿Y qué iba a hacer con él después? La chaquetilla tenía un escote que llamaría revelador, si no fuera porque tengo poco muy que revelar en esa zona.

Luego de vagabundear un rato por la feria empecé a sentirme más cómoda; me di cuenta de que la mitad de los asistentes iba a fisgonear y no a dejarse abofetear o dar nalgadas. Las reglas se respetaban con una puntualidad esquizoide. Recuerdo haber pasado ante una cruz de San Andrés en la que se hallaba amarrado un señor que no tenía ni con un solo vello (púbico o de otro tipo) en su pálido y desnudo corpacho. Una dómina encorsetada en rojo y encaramada en tacones de diez centímetros de altura lo adobaba a fustazos, que lo hacían prorrumpir en aullidos —me imagino que de placer.

Los fuetazos eran de esperarse, pero lo que me sacaba de situación era que la mujer parase en seco la tanda de golpes cada cinco minutos y le preguntase al encuero si se encontraba bien.

Con mi mejor cara de ingenua me acerqué a uno de los monitores (unos tipos fornidos, mezcla de *security* y guía turístico, que merodeaban por los salones con brazaletes color naranja) para averiguar el motivo de las interrupciones.

—¿Es la primera vez que usted viene a feria alternativa? —me preguntó el monitor, y me di cuenta por su acento de que era mexicano.

Admití que era así y le dije, en buen español, que tanta preguntadera le quitaba credibilidad a la escena.

—Pues oiga, lo que pasa es que tenemos que checar que el sumiso esté bien porque si le pasa algo, nos meten un *sue* y ahí sí que nos lleva la chingada —me explicó, ya entrando en confianza, el monitor—. Tenemos que ser rete estrictos con esas cosas.

Cortamos la conversación porque una señora con palillos de tendedera colgados de los pezones nos interrumpió para preguntar dónde estaban los baños.

Al cabo de media hora ya había visto más chochas (peladas y peludas) que cualquier ginecólogo en un mes, así como más pichas de distintos tamaños y colores que un urólogo diplomado. Me pregunté si aquella labor se correspondería con la definición de trabajo de pan ganar de la que hablaba Martí, el pobre. También me preguntaba dónde se habría metido el fotógrafo de la revista (se suponía que trabajásemos juntos) y cómo nos comunicaríamos, dado que, por aquel asuntito de la privacidad, no se permitía el uso de celulares dentro de los salones de la feria.

En ese momento escuché mi nombre —el real, no el que uso en la revista. Di media vuelta y me encontré frente a un tipo alto, fuerte y con músculos de cromañón. Iba descamisado; llevaba un látigo enrollado en el bíceps izquierdo, un pantalón (de cuero, por supuesto) y botas de marine. Se trataba, sin lugar a dudas, de un amo en busca de su sumisa y a sí sí que no.

—Dígame —le contesté más seria que un bidet.

—¿No te acuerdas de mí? Soy Guille Bermúdez, estudiamos juntos en el Pre de la Habana Vieja.

—¡Chico, pero cómo has cambiado! —exclamé.

El Guille que conservaba en la memoria era un mulatico larguirucho y flaco, con la cara martirizada por acné y espinillas —un infeliz al que siempre dejaban fuera del piten de pelota porque apenas podía correr con aquellas sus piernas de palillo chino. Indudablemente, los años le habían asentado.

—Sí, desde que empecé a comer bisté saqué musculatura —se rió mostrando unos dientes blancos y muy parejos—. La buena vida, mimi. ¿Y a ti qué te trajo a la feria? ¿Buscando un amo o qué volón?

Después de calcular los riegos le dije la verdad, que iba cazando historias.

—Coño, qué bien, pa que escribas sobre mí a ver si me hago famoso —me contestó, radiante hasta la punta del látigo.

—Y tú, ¿qué haces aquí?

—Tratando de montar mi número "Amor a primera fusta." Pero para eso necesito conseguir una de esas jebas que se despepitan cuando les dan su buena pateadura.

Yo no acababa de entender.

—Guille, ¿esto es de verdad o es un circo?

—Bueno, uno es *profesional.* Vaya, yo hago mi numerito y si a alguien le gusta y quiere practicarlo en otra parte, pues cuadramos el pago por mis servicios.

—Ah, ya.

—Es parte de la experiencia artística, de mi currículo, de mi pedigrí. De aquí, derechito pa Jolibú.

—Claro, claro.

—Por eso estoy buscando a alguien con quien practicar la escena, para que otra gente se anime a entrar en la jodedera.

—¿Qué gente?

—Cualquiera… mientras que sean sumisas.

Me acordé de las enseñanzas de La Azteca y seguí metiendo la cuchareta.

—¿Siempre actúas como Amo?

—¡Seguro! Para un Dominante de grandes ligas como yo, es una vergüenza que lo cojan de sumi. Yo no soy switch ni caigo en esas berracás. Mira —desenrolló la fusta que llevaba en el bícep—. Esto es pa que me respeten. A mí hay que obedecerme —dio un trallazo en el aire—. Muchacha, yo tenía hasta hace poco una sumi buenísima que me besaba los dedos de los pies, me hacía el desayuno y no movía ni la lengua sin mi permiso.

—¿Y dónde está?

—Ah, se fue pal carajo. Así que…—se quedó callado por un momento y me observó con atención—. Oye, tú tampoco estás mal, flaquita. ¿Por qué no montas "Amor a primera fusta" conmigo?

Me quedé helada.

—¿Yooo?

—Sí, tú. El argumento es muy sencillo: se trata de una tipa rebelde que no quiere nada con el Amo, pero después que recibe el primer trallazo, se derrite por él.

—¿Cómo es eso del montaje? —averigüé.

—Fácil, mamita, sin complicaciones. Tú ya sabes el lema.

—Pioneros por el comunismo, seremos como el Che.

—No jodas, flaca. El lema de los sadomasos: sexo sano, seguro y consensual.

—Sí, verdad, que lo leí en Mazmorra.net.

—Bueno, pues na. Primero te encueras porque tanto traperío desanima a la audiencia. Te pongo esposas para aguantarte las manos detrás de la espalda, le damos una vuelta a las cuerdas alrededor de las tetas, bueno, teticas, que se te van a ver más grandes y si te animas... ¿tú te depilas?

—Esto...eh...

—Y si te animas, te pongo un taponcito en el culín. No te asustes, que es como ponerse un supositorio.

La descripción me había producido cierto cosquilleo vaginal. Tendría que ver con aquella sublimación de que hablaba La Azteca. Además, si tomaba parte en la escena, podía agregar a mi currículo (a mi pedigrí, que diría el Guille) otra categoría: periodismo de inmersión. Pero no me decidía a dar el salto en la piscina sumi.

—Anda, flaca, mira que me hace falta calentar el brazo —me apremió el compatriota—. No te va a pasar nada, confía en mí. Tú escoges una palabra de seguridad y en cuanto me la digas, paro.

Confieso, sin necesidad de que me flagelen, que me sentí tentada. El Guille se había vuelto apetitoso, aunque yo no podía aún descartar la imagen del adolescente granujiento, que se superponía a la de este machote superdotado como una foto surrealista.

Me salvó de caer en la tentación una voz de mujer que pronunció mi nombre —no el real, sino el de la revista. Quien me llamaba era una gringa cincuentona con cara de mal genio.

—Soy Megan, la fotógrafa —me dijo.

Otras veces había trabajado con un muchacho joven, muy gay y deslenguado, que se burlaba de todo lo humano y lo divino y con el que había hecho buenas migas. El cambio no me pareció para mejor, pero qué iba a decir.

—Encantada.

Le presenté a mi compatriota y ella lo miró de reojo, sin dignarse a darle la mano, mascullando un hola-qué-tal.

Vieja grosera, pensé. El Guille ya debía estar acostumbrado a estas reacciones, pues se encogió filosóficamente de hombros y se alejó, meneando la fusta.

—¿De dónde salió ese árabe? —fue lo primero que me preguntó Megan, con suspicacia, en cuanto nos quedamos solas.

—No es árabe, sino cubano.

Se le suavizó la expresión.

—¿Cubano de verdad?

—Bueno, ¿acaso los hay de mentira?

—Quiero decir, de Cuba.

—Sí, por supuesto. Del mismo corazón de La Habana Vieja.

Megan se pasó la hora y media que estuvimos juntas (debíamos escoger un tema en común para el artículo y las fotos) rezongando contra la revista y la tarea que le había tocado en suerte —en mala suerte, dijo. Me explicó que su religión, que nunca llegué a averiguar cuál era, le vedaba el promiscuar y que se sentía sumamente incómoda en medio de aquella multitud que se había congregado allí con intenciones nada santas.

—¿Por qué aceptaste el trabajo? —le pregunté.

—Porque si me ponía los moños no me llamaban otra vez, y tampoco están los tiempos para andar escupiendo la plata.

Su tarea resultaba más complicada que la mía. Para evitar meterse en bretes legales, había tenido que identificarse con los organizadores de la feria y éstos le habían dicho que de tomar fotitos, nananina. La privacidad otra vez, claro. Pero la autorizaron a contactar a los asistentes, que, si gustaban, podían fotografiarse con ella en una habitación destinada a este fin, después de firmar un contrato liberando a la feria de toda responsabilidad.

—No podemos exponernos a una demanda, sabe.

A Megan no le hacía ninguna gracia la idea de pedirle a aquella panda de *promiscuos* que se dejara retratar. Me pregunté cómo se las arreglaría, con tamaños remilgos, para lograr un buen close-up. En circunstancias normales me habría desentendido de ella, pero como no quería que mi artículo saliera sin ayuda visual, procuré calmarla. Le expliqué que, a juzgar por la actitud de los *profesionales* como el Guille, el gancho de la promoción gratis la ayudaría a la hora de conseguir modelos.

—¿Cómo voy a saber quién es profesional y quién no? No voy a ir preguntándoles de uno en uno. ¿Y si me insultan?

—Mi amigo te puede indicar. Seguro que conoce a otros que están en el mismo negocio.

Aquello le pareció aceptable y me pidió que, a la salida, invitara al Guille a acompañarnos. Terminamos los tres en el Hamilton's Tavern. Una vez allí, advertí que Megan observaba a mi compatriota (que había guardado el látigo y se había puesto una camisa, pero no abandonaba su actitud de Amo Fustigador) con una curiosidad que se iba transformando, a medida que avanzaba la noche y menudeaban las cervezas, en un sentimiento más cálido y retozón. Por eso no me sorprendí cuando, después de un par de horas de charla y bebedera, se marcharon del brazo.

—Vamos a tomar unas fotos en mi habitación —dijo ella.

Se van a promiscuar, me dije yo.

* * *

A la mañana siguiente Megan y yo debíamos cubrir la segunda parte de la feria, que consistía en paneles, documentales y demostraciones en vivo. Habíamos acordado encontrarnos en el lobby del hotel donde nos hospedábamos (cortesía de la revista sicalíptica) a las nueve de la mañana. Pero dieron las nueve y media, luego las diez y nada. Pedí el número de su habitación, la llamé por teléfono y no obtuve respuesta a mis timbrazos. Subí y toqué a la puerta, pero nadie me abrió.

Empecé a preocuparme. Me acordé de todas las películas de terror que había visto y me imaginé a la pobre gringa despatarrada sobre sábanas tintas en sangre, destripada por un loco cubano que, en medio de una borrachera, había trasladado sus intenciones criminales del juego de roles a la macabra realidad.

Ya pensaba avisarle a la policía cuando la vi aparecer en la puerta del elevador, tostada e hidratada y más fresca que una lechuga.

—Lo siento por la demora —me dijo—. Me levanté temprano para ir a la piscina y me quedé dormida en una tumbona. ¡Qué nochecita! —me guiñó un ojo, salerosa y confidencial—. Ah, los cubanos son… lo máximo.

Me alegró comprobar que el Guille había dejado bien parado el honor nacional. A fin de cuentas, mi mentirilla sobre trasnacionalismo, transgresión y fronteras resultó profética, aunque el contexto no tuviera nada que ver con la literatura.

Aquel día no vi a mi compatriota por ninguna parte. No se me había ocurrido pedirle su número y Megan se mostró evasiva cuando le pregunté. Al tercer día tampoco apareció. ¿*Instinto Básico*? Ahora me tocaba sospechar de la gringa, a quien, por cierto, se le había mejorado muchísimo el humor y ya no renegaba de la revista ni hablaba de su religión, y se acercaba a los participantes en escenas, sin el menor empacho, para preguntarles si accedían a posar para ella.

Todo eso estaba bien. Pero ¿y el Guille?

Se terminó la feria. Volví a mi casa y no supe más de él, ni tampoco de Megan. Cuando el artículo salió publicado con las fotos correspondientes, en la sección dedicada a los sumisos encontré dos del Guille, atado a los barrotes de una cama de hotel. Tenía una mordaza en la boca y un taponcito en el culín.

EPISODIO UNO: PRIMER ENCUENTRO CON TAOS

LAS TORTILLAS, LAS SOPAIPILLAS Y EL AYUDANTE DEL COCINERO

La primera vez que fui a Taos fue en 2002. Me había mudado a Albuquerque un año antes y había empezado a estudiar para sacar el doctorado. Taos sonaba como un lugar bien cuco y me alegraba ir de visita. ¡Qué lejos estaba de imaginar entonces que terminaría viviendo en este pintoresco y peculiar pueblo durante casi diez años!

Fui con mis amigas María y Soledad que eran, como yo, estudiantes de posgrado en el departamento de español y portugués de UNM. Tomábamos una clase con el Dr. Enrique Lamadrid y el curso incluía investigar sobre la cultura y las tradiciones del norte de Nuevo México. Yo elegí La Llorona, que más tarde me inspiró una obra teatral. Soledad, que era de España, quería escribir sobre Los Penitentes y María estaba interesada en las canciones locales.

Era a principios de otoño, pero había empezado a hacer su friecito. Cuando entramos al restaurante, lo primero que me llamó la atención fue la estufa panzona que se hallaba en el medio del salón. Los aromas (mezcla de canela, puerco y, por supuesto, chile) eran deliciosos. Había una vidriera llenita de pasteles en la parte de la panadería, pero juramos no meter las narices allí hasta terminar el almuerzo.

Soledad había llegado de Madrid unas semanas antes, al comienzo del semestre. Había vivido en Chile durante varios años y a menudo salpicaba su castellano castizo con expresiones chilenas como ¿cachai? (¿entiendes?) Pero aún no dominaba el español local como lo demostró nuestra visita a Michael's Kitchen.

María, una taoseña de pura cepa, había sugerido el lugar no solo porque se trataba de un restaurante icónico sino porque su hijo menor había empezado a trabajar allí y ya lo iban a promover. Ella esperaba que lo conociéramos.

Examinamos el menú. Yo tenía ganas de zamparme un burrito. ¿Sería el clásico, con frijoles pintos, cebolla, queso y carne? ¿O un Martin's Breakfast Burrito, que incluía huevos revueltos, tocino, queso, chile verde y papas? ¡Ah, decisiones!

—Aquí hacen los mejores burritos —le dije a Soledad—. Tienes que probarlos.

Me hizo una mueca significativa, levantando las cejas.

—¿Qué quieres decir con eso de burritos? —preguntó, alarmada—. ¿Aquí comen carne de burro?

El dialogo transcurría en español. Al oír semejante pregunta, dos clientes de habla hispana se dieron vuelta y nos miraron. María se rio a carcajadas.

—¿Qué burro ni burro? —le dije a Soledad—. Chica, es carne, verduras y alguna que otra vez huevos, todo envuelto en una tortilla de harina grandota.

Ella frunció el ceño. Mi explicación no había servido de mucho.

—¿Envuelto en una tortilla de harina? —repitió—. Bueno, pero eso no tiene sentido. ¿Baten los huevos con harina o qué?

Le pedí ayuda a María, que al fin consiguió contener la risa.

—Nuestras tortillas no se hacen con huevos, sino con maíz o harina —dijo—. Y las usamos para hacer tacos y burritos.

—Las tortillas españolas se hacen con huevos y, algunas veces, con cebollas y patatas —respondió Soledad—. ¿Cómo las llamáis aquí?

—Ah, eso es una omeleta.

María señaló el menú, donde decía: "*Omelet* al estilo español: no tiene nada de suave ni de sosona, lleva chile casero, queso y cebolla." Debajo había más: "*omelet* sencilla: elija si quiere jamón, salchicha, tocino, etc."

Soledad refunfuñó que aquello no era *realmente* estilo español, pero la mesera ya estaba lista para tomarnos el pedido. El mío fue un breakfast burrito; María pidió una omeleta (una tortilla española, para que no haya brete) de queso y Soledad se decidió por panqueques de atole y piñón, que estaban benditamente libres de confusiones lingüísticas.

—Un panqueque es un panqueque, ¿verdad? —se aseguró.

Llegó la hora del postre. Soledad se sorprendió al encontrar sopaipillas en el menú. Ella conocía las chilenas, hechas con masa y puré de zapallo (calabaza). En Nuevo México generalmente se sirven con miel, aunque Michael's Kitchen también las ofrecía rellenas de frijoles y carne.

Discutimos por qué un término tan inusual existiría tanto en el Cono Sur como en México y en el desierto nuevo mexicano. La palabra obviamente tenía orígenes españoles, pero su travesía culinaria había pasado por rutas sorprendentes. Al final disfrutamos de las sopaipillas con miel. Fue un postre delicioso.

—Las sopaipillas nuevo mexicanas y las chilenas están hechas con harina, pero no son iguales —concluyó Soledad—. Las de aquí son más infladitas y ligeras, mientras que las chilenas son más gorditas y pequeñas.

Cuando nos íbamos, el hijo de María vino de la cocina a saludarnos.

—Ahorita lo van a promover a cocinero —dijo María con orgullo—. Él es muy bueno en la cocina, ¿que no, mijito? Pero mientras tanto, trabaja como ayudante del cocinero.

—Ah, ¿eres pinche? —le soltó Soledad al joven.

—No, señora —respondió este, ofendido, mientras que las mejillas de su madre se ponían rojas de coraje—. ¡Yo no soy pinche, por favor!

Nos llevó más de una hora, en el camino de vuelta a Albuquerque, convencer a María de que Soledad no tenía la intención de insultar a su hijo. El pinche es, en castellano, el ayudante del chef o cocinero, y tiene una forma femenina, la pincha. Pero en México es un insulto, por lo que Soledad se aseguró de no volver a usarlo frente a sus amigos mexicanos (o nuevos mexicanos) nunca más.

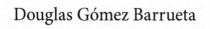

Douglas Gómez Barrueta

Douglas Gómez Barrueta (Caracas, 1974). Con estudios de Comunicación Social en la Universidad Central de Venezuela (1994-1999). Publicó *Talla de agua* (Editorial Eclepsidra, Caracas, 2013) y forma parte de la antología *Jamming. 102 poetas* (Oscar Todtmann Editores, Caracas, 2014). Emigró a Estados Unidos en 2013 y ha vivido en Menlo Park, California; Auburn Alabama y Miami, Florida. Algunos de sus poemas han sido publicados en *Suburbano*.

PALO ALTO, CALIFORNIA

Cuando escuchan el idioma español
los árboles de Palo Alto recuerdan
que son hijos de inmigrantes.

Las secuoyas milenarias intuyen
que otro día ha vuelto a comenzar.

AUBURN, ALABAMA

Los árboles son blancos en enero
una lluvia de papel los cubre cada vez que los foráneos caen fuera
                                                    del combate
al que solo aquí nombran como fútbol.

Por este pueblo pasó Roosevelt y también Elvis Presley.
Este lugar forma parte de la historia de la literatura latinoamericana.

Aquí dio sus últimos pasos el poeta Heberto Padilla.
Lejos de La Habana y de Miami.
En un jardín en el que no pastan los héroes.
Fuera del juego.

SELMA, ALABAMA

Jamás un puente detiene a nadie.

Sobre este río hay unas pequeñas grietas de la historia.
Atravesamos por ellas para recordar los pasos angustiados,
los golpes en las costillas, los caballos inquietos
como el viento de guerra que suspende la esperanza,
pero también despierta a los héroes.

A mi lado veo a un anciano que no puede caminar,
a una señora de grito ahogado en su recuerdo,
al hijo arrepentido de un hombre que escupía los insultos,
a dos mujeres con sus cabezas cubiertas que miran al pasado.

Edmund Winston Pettus vuelve a caer derrotado en una batalla.

El muelle real y su engranaje abren la puerta
de una orilla que no está escrita o conquistada
a mi me acompaña una niña que recordará con palabras
los pasos del puente.

MIAMI, FLORIDA

Odiada por la izquierda latinoamericana,
subestimada por los eurocentristas
azotada por la humedad y los mosquitos del verano.

Los brazos están abiertos, pero congestionados
como las autopistas.

Para conocerla no es conveniente
ni observarla, ni recorrerla,
sino escucharla.
Los ritmos, los acentos, las preguntas, las imprecaciones.
El ruido de los motores, el canto de algún gallo que se escapa, los golpes
de un conguero nostálgico.
Aquí casi todos vienen de otros lugares
Buscando un sonido
semejante a la libertad.

LATINO (DIVERTIMENTO)

No soy borracho, no como picante, no prendo telenovelas, no doy lástima. No boxeo ni bailo. No me quejo.

No soy una fiesta, no como chocolate, no prendo marihuana, no doy asco. No peleo ni caigo. No muerdo.

No soy jornalero, no como cuento, no prendo la chimenea, no doy abrazos. No golpeo ni salgo. No invento.

No envuelvo comida en hojas de plátano, no me sacrifico, no vengo huyendo ni tampoco saliendo.

No monto bicicleta ni tampoco caballo, no me martirizo, no vengo corriendo ni tampoco mintiendo.

No camino con ritmo ni tampoco timo, pero cocino cuando hay lino.

No tengo huracanes, ni tampoco volcanes, pero vuelo como los gavilanes.

Ni soy populista, ni comunista, ni guerrillero, ni maraquero.

Zapata mata la garrapata que se derrapa entre tus patas.

Chávez el activista y el boxeador, el supermarket y el dictador.

No manejo a exceso de velocidad, pero ¡ay! ¡qué barbaridad!.

No soy bolero, ni trovador, tampoco rapero, ni improvisador.

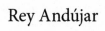

Rey Andújar

Rey Andújar. Autor de varias novelas y cuentos, entre ellos *El hombre triángulo* (Isla Negra Editores) y *Candela* (Alfaguara), seleccionada como una de las mejores novelas de 2009 por el PEN Club de Puerto Rico y adaptada al cine por Andrés Farías Cintrón. *Los cuentos de Amoricidio* recibieron el Premio de Cuento Joven de la Feria del Libro en 2007 y su colección de cuentos *Saturnario* fue galardonada con el Premio Letras de Ultramar 2010. Su novela *Los gestos inútiles* recibió el VI Premio Alba de Narrativa Latinoamericana y Caribeña en la Feria del Libro de la Habana 2015. Escribe para cine y teatro. Es profesor de historia y literatura en Governors State University y jefe editorial de la revista *Contratiempo* en Chicago.

ECUATUR [MEGAN VAN NERISSING]

I

Jamaica Plains, octubre, señor amigo,

Voy a ir directamente al grano: la casa era de un amarillo quemado con columnas y detalles de cal, de carácter y energía coloniales. Escribo con tristeza y ruego perdone la espontaneidad de estas líneas. Usté me conoce pero no, así que voy a insistir en la distancia que impone el usteo. Como verá soy consciente de la debacle que se traduce en este tropiezo de destinos.

Para los tiempos en que Megan y usté tuvieron el inconveniente fui testigo de la pasión que ella experimentaba por un chico portugués que nunca faltaba a clases y andaba de arriba para abajo con los libros de Emeterio de Goncalves. Qué digo tener los libros, los recitaba de corazón. Al mes de usté no aparecer el otro muchacho alzó la pata. Por esos días la profesora Van Nerissing anduvo con el moco inllevable, la moral apagada y ceño enfurecido. Durante algún café me enteré que el consejo de sus mejores amigos era que fuera a buscarlo, no al joven imitador de Goncalves sino a usté. Supuestamente ella tenía que montarse en el primer avión para aparecérsele y resolver; exigirle una conducta. Megan se mantuvo en sus trece de que no, que naca naca nacarile del oriente, que ella se respetaba mucho como mujer; que usté supuestamente hizo cosas demasiado hirientes y esa despedida fue la que le despertó el diablo de adentro. Admitió una pizca de aquel cariño que sentía por usté pero se justificó apuntando que la gente no puede poner un casamiento en pause

591

y arrancar por las de Villadiego. Tengo que decirle que pasó lo que tenía que pasar: estábamos muy cerca, pasamos tantísimo tiempo juntos como acabaditos de coser y había una tesis de por medio. Y una novela. Según Megan usté como escritor del establishment decía que ese proyecto de ella –porque dizque usté nunca se dignó a llamarle novela– pintaba bien, que tenía momentos interesantes pero que carecía de coherencia y que si había una propuesta en todo ese desorden era imposible determinarla. Llegados a este punto ella siempre pedía la cuenta, se limpiaba alguna lágrima y decía que era envidia lo que usté le tenía y ella de pendeja se dejó mangonear de usté, que nunca coño se dio cuenta de nada se maldecía, y me invitaba a tomar el digestivo en un café de viejo. Según la van Nerissing, la tirria suya radicaba en que al contrario de ella, que se pasaba noches escribiendo entre café, videos de Pina Bausch y cigarretes, a usté la escritura se le daba a chorros amargos y esporádicos; las cosas no iban bien y usté la culpaba a ella y vivía ofendiéndola con chamaquitas-aspirantes a poetas. Le confieso que no me rescato lo corriente que es todo esto.

II

Me gustaría ser creadora de cosas. El problema es que yo no quería crear sola, por eso te busqué por entre mares literalmente, por entre islas mucho más que literal, por bocas, por voces y gritos y alegrías y retratos. Sé que se acabó aunque tengo miedo de que si te escribo acerca de todo esto, de "nos", tú vas a empezar a preocuparte, a pensar que soy una histérica, excesiva compulsiva.

Aunque podría serlo.

Hay un cielo encapotado para lloverse entero, me hace recordar el mejor verano nuestro, el hotel de la montaña. De noche y olvidándonos de todo fuimos a comprar pollo asado y a buscar un centro de llamadas para cumplir con tu madre durante su cumpleaños. Viste una procesión de un viejo muerto al que se le marcaba el sudario por la llovizna y lo lloraste como si ese muerto fuera tuyo. Y yo gringa, enamorada de ti y de tus pelotudeces. Llegué a tu cuerpo extranjera; ahora soy exiliada política de tu cuerpo. En Quito, ser gringa también es ser pálida amarillenta, un sobre vacío, ser gringa es ser female, es ser female single tourist, es la posibilidad de una remesa, es la oportunidad de reinventarse, es ser mujer sola, cosa que ahora como nunca entiendo y brego por controlar.

¿Mi estatus migratorio? Ahora soy gringa de tu cuerpo.

III

Y cuando digo cerca me refiero a que nos acostamos con una pasión deportiva. Hacerle el amor a esa mujer era encantamiento. Esa mujer excitada: la carcajada del gusto por dentro. Siempre tuvimos claro que ella estaba muy enamorada de usté y que lo nuestro terminaría de golpe cuando usté cumpliera la promesa y yo, por qué negarlo, estaba por ahí enchulado de otra mujer. Pero estar con ella era estar con ella... azulado y desnudo... la de merengues de salón que bailamos; merengues que prometían no acabarse.

IV

Octubre. Amaneciendo.
Sentada en la acera veo un sol que aparece entre realengos, platanales y tractores. Algo hay de viento. Por encima del hombro montañas rompen la niebla, engañadas, creyendo que besan el cielo.
Así vivo yo, mintiéndome.
La belleza de Quito es de una naturaleza extraña, violenta. Podría hacer amigos todos los días, me consta. Pero no. Después de lo de Puerto Plata he perdido la fe en los seres humanos. Puede sonar un poco arrogante cuestionar la calidad del mundo, de la gente, lo sé. Ni siquiera en este edificio lleno de estudiantes puedo sentir el mínimo asunto de comunidad, de querer acercarme o ser acercada. That is not really something that can be fixed: esta es mi realidad, y ya. Hoy me iré sola hasta la ciudad. Pensaré en todo lo que "nos" gustaría. No tengo problema alguno en usar el "nos"; a veces me voy en estampida pensando en "Él", en lo que "te" gustaría; los "yo" gatean y gatean mal. Total, ya sé que me gustará la ciudad en sí misma aunque todavía estoy en el estancamiento inicial de no saber dónde coño estoy; dónde queda tal cosa, tal lugar... al parecer ese es un problema harto común entre nosotros. I feel unhomed everywhere: fuera de lugar, sin teledoppler, con el gps jodido, extranjera, fake, pretender, faker.
Unhomeliness.

V

La casa era de balcón largo, losas marrones antiguas y tarros de trinitarias y carandelias que flameaban exactamente a las dos de la tarde; lloviese, tronara o venteara esa flora prometía un olor a bondad. El cielo siempre el más azul y el ceviche puntualmente un gusto. Nos perdíamos por las calles empedradas quemándonos los dedos con el café y curando las quemaduras con anís del mono; las borrachinas que cogimos a las cinco de la tarde, temblando alerta bajo las mantas, secreteándonos chismes literarios de gente ya muerta. Volvíamos locas a las muchachas en las tiendas de discos. La tarde en que decidimos quedarnos a morir juntos en esta ciudad, la tarde en que nos engañamos con que yo olvidaría a la china por la que cacheteaba las banquetas y ella lo iba a mandar a usté y a su recuerdo de mordida caribe a la puta mierda, apareció un libro suyo... bueno, no un libro suyo sino una antología. Ella puso el dedo anular en las letras doradas, mientras me miraba y tocaba el nombre de usté perdurando en tapa dura. Leyó el relato de pie. Se fumó dos cigarrillos.

VI

PS. Me voy a arrepentir ahora mismo de lo que voy a decir:
Ven a Quito.
Ven.
Tú misma me pediste,
que de hablar te dejara,
que por favor tratara,
de no pensar en ti...

Esto es Bola de Nieve y voy a escucharlo borracha... voy a ir a una taberna en la ciudad y voy emborracharme frente a mucha cerveza y treinta cigarrillos y voy a tararearle esta canción a los camareros, borracha.
Tú me acostumbraste.

VII

Mientras pagaba en la caja y pedía excusas a la señorita, Megan salió corriendo con el libro por entre adoquines. Evadió un ciclista y a un perro aunque fue una camioneta blanca la que le hizo el daño. Las ambulancias no llegaron nunca y acá hay una ley que prohíbe a los conductores levantar heridos. No me atreví a abrazarla, me perdí entre los curiosos. Sé que ella se desangraba ahí, con el nombre suyo entre los dedos. Regresé a la casa amarilla una vez más pero no me atreví a entrar. Allí quedaron los dos libreros, un equipo de música marca Emerson y de los discos vale la pena recordar a Daniel Santos con *La muerte de linda*; salvables también eran los de Van Morrison, los de NG la Banda y uno de Rita Indiana antes de los misterios llamado *Miti Miti*... Otro bueno era ese en el que Los Beatles están bien jóvenes en la portada con la timidez del que sabe que se está llevando al mundo por delante, agotados pero felices; a John Lennon le queda bien la barba y el pelo largo, es fácil ahora decir que algo en sus ojos estaba llamando la muerte. Quedaron en la repisa un globo de papel cubano, una pintura de mujeres rojiamarillas recogiendo agua del río, haitianas, una boligrafía de José Cestero: las espaldas de Quijote y Sancho cabalgando hacia la fachada de un McDonald's en la calle el Conde del Santo Domingo Colonial. Allá arriba quedó todo eso y media azucena reseca. Una casa y una vida que era para usté, que viví de prestado y a la que no volveré.

Espero le sirva de algo saber que usté no es el único con sentido de huida. Este que está aquí, llorando y cobarde, se largó en el primer avión para Nueva York. Con el maldito regusto de su cuerpo abandonado, alimentando de sangre los adoquines, confirmo que cada viaje es una cicatriz y que en la complejidad del tiempo no existen coincidencias: hace poco conseguí una revista con un cuento suyo de nombre *Ecuatur*. Busqué de inmediato un café para dedicarme a la lectura pero no pasé de la dedicatoria, no pude dejar de pensar en aquella antología con su nombre manchado de ella. *Para Megan van Nerissing, con quien tanto quería.*

Le escribo ahora que me atrevo a leerle. Quiero de alguna forma creer que provengo también de aquella mujer en donde cada verso es atolondre y cada beso una herida.